淸詩話와 朝鮮詩話의 唐詩論

柳晟俊 著

푸른사상

이 도서의 국립중앙도서관 출판시도서목록(CIP)은
e-CIP 홈페이지(http://www.nl.go.kr/cip.php)에서 이용하실 수 있습니다.
(CIP제어번호 : CIP2008002869)

머리말

文化의 역사와 발전은 그것이 前進的이든 逆行的이든 항상 발자취를 같이 밟으면서 진행된다. 문화는 인류가 존재하므로 생성되고 시대의 흐름을 따라서 竝進한다. 문화의 이면에는 무수한 點綴로 채워지고 그 하나하나가 나름의 공간적이며 시간적인 精髓를 담고 있다. 그 중에 문학이라는 하나의 空間지대가 형성되어 그 속에서 縱橫으로 지속과 변천을 모색하고 있다. 문학이 문화의 한 支流이지만 문화의 근원이 文學과 별개로 전개될 수 없을 만큼 그 비중이 거대하다. 인류의 문화형성과 발달은 文字의 創製에 의해서 가능해지고 문학은 문자에 의해서 창작되기 때문이다. 문학에서도 中國文學은 그 어느 문학보다 역사가 長久하며 그 派生된 장르가 광대하고 다양하다.

중국문학의 장르를 말하자면, 지금은 文言文과 白話文이라는 二重的 言語 驅使方法에 따라서 고전문학과 현대문학으로 구분하는데, 중국전통문학의 개념상 고전문학만을 대상으로 보면 詩와 詞, 散文과 辭賦, 雜劇과 散曲, 小說 그리고 근세에 정립된 敦煌學 등으로 분류할 수 있을 것이다. 그런데 여기에 序頭부터 문화니 문학이니 하며 극히 원론적이고 상식적인 言辭을 펴는 그만한 이유가 있다.

중국문학은 근본적으로 지금 학계에서 細分하는 의식만으로는 장르개념을 의미 규정할 수 없는 문학적 특성을 지니고 있다. 전통적으로 중국문학자라

면 詩書畵와 經書, 老莊과 說文, 그리고 昭明文選, 史記와 漢書 등을 기본적
으로 습득한 바탕 위에서 漸進된 專攻分野를 확정하여 硏磨의 길로 나아가
는 학문연구의 절차를 중시해 왔다. 학문의 성격상 그렇게 하는 과정이 中
國의 특히 淸代 正統學派의 기본학습 과정이었기 때문이다. 그런 중국의 전
통적 학자적 개념과 기준을 놓고 본다면, 나를 포함해서 오늘날의 學人들이
초기단계부터 세분화된 연구 분야를 표방하는 것은 온전한 中國文學徒의 자
격을 具有했다고 公言할 수 없다는 논리가 성립된다.

　40여 년 전의 學生時節을 回顧하건대, 國內 大學의 風土도 全人的 學究
姿勢를 堅持하고 있었고 海外留學時節에는 中國學者의 博學强記한 通論的
인 知識은 驚歎을 禁치 못하게 하였었다. 예컨대, 國立臺灣師範大學 國文
硏究所에서 修學時節인 1970년대 초반에 나의 논문 指導敎授인 景伊 林尹
(1910~1983) 敎授는 13세에 이미 詩 3000 首를 暗誦할 수 있었고 各種 經
史子集은 물론 說文解字와 昭明文選을 전부 暗記하여 책 없이 講座를 進
行하는 모습을 直接 目睹하고 敎育받은 體驗은 그 當時의 眞正한 學者의
基本學問力量이 어디에서부터 나오는지를 깊이 自覺케 했었다. 淸末·民
國初期까지는 물론 지금까지 그 學風을 維持해 온 中國 中文學界의 學風
을 體感하면서, 외국으로서의 한국에서는 吾不關焉하면서 오늘날과 같은
便宜的인 偏見의 學風으로 造成해 왔다고 叱咤한다면 과연 그 누가 확실
한 根據를 가지고 反駁할 自信이 있겠는가? 이러하면 面壁君子的인 偏狹
한 연구 범주만을 追求하는 절름발이식 學者를 養成하는 결과를 招致하고
말 것이다. 그래서 이미 國際學術界에서 輕視받고 除外되는 현실을 맞게

될 가능성이 보이기 시작하고 있다.

나는 매년 3회 이상 中國의 各 大學의 學術研討會에 參席하곤 하였고, 今年 7月 하순 바로 며칠 전에도 國立臺灣師範大學의 招請으로 交流와 講演을 위해 다녀왔다. 그 때마다 그들의 傳統的인 學問研究의 範圍守護姿勢를 확인하며 스스로 覺醒하고 固守하여야 함을 決心하곤 한다. 그러나 우리의 現實은 果然 中文學徒로서의 面貌를 갖추고 있는지를 되돌아보지 않을 수 없는 것이다. 砂上樓閣과 같은 옅은 基礎 위에서 학문연구의 길을 걷는 光景이 學界에 蔓延되지 않기를 바란다. 이 점에 대해서 傍觀者的 자세도 있었음을 반성하고 一抹의 負擔感을 가지고, 이제 39年 半이란 긴 세월의 교육현장에서 물러나려는 것이다.

中國詩歌를 研究해오면서 靑年時節에는 王維(701~761) 詩를 가지고 學位課程을 보내고 30歲 中半 以後에는 詩 自體의 올바른 理解와 分析을 위해서 그 前後時代의 詩와 詩話를 涉獵하였고, 思想面에서는 儒佛道 三敎의 脈絡과 原理를 공부하느라고 汨沒하였으며 40歲 中半부터는 抑止로나마 中國詩를 韓國漢詩와 相互比較하고 椄木시키는데 심혈을 기울여 보았다.

≪全唐詩≫를 通讀하며 新羅人 詩를 찾아보기도 하였고 ≪明詩綜≫에서 高麗와 朝鮮詩를 찾아 考證도 하고 ≪淸詩匯≫에 收錄된 140 餘 首의 朝鮮 後期 朝貢文人의 詩를 보면서 苦笑를 품기도 하였었고 現代詩歌도 공부삼아 읽어보려고 하였다. 그러다 보니 써낸 것들이 放漫하여 深度가 不足한 面도 있다. 책 보기가 재미있어서 論文이나 著書, 飜譯 등을 數多하게 펼쳐놓아서 學校에서는 敎授評價에서 恒常 一等이고 밖에서는 여러 種의 책이 優秀學術

圖書로 選定되기도 하였고 작년 3월에는 三一文化賞 學術賞(人文社會科學分野)을 受賞하기도 하였다. 특히 1991~1992년 사이에 미국 Harvard大學에서 研究하고 論文指導하는 期間에 英美詩學理論의 尨大한 資料를 살펴보면서 나의 中國詩學理論이 微弱함을 痛感하고 中古 複寫機를 구입하여 10만 장 以上의 詩話 관계자료를 비롯한 各種 論著들을 蒐集複寫하고, 通時的인 詩論理解에 注力하여 詩話의 理論을 익히게 된 것은 늦게나마 多幸스런 일이었다. 그리고 2003년 가을 한 學期 동안 中國 教育部 基金으로 北京大學 客座敎授로서 5년간의 중국 대륙에서 발표된 唐詩論著를 蒐集하여 分析하고 그 動向을 고찰할 수 있었던 것도 나에게는 綜合的인 總括整理라는 의미에서 所重한 機會였다고 할 수 있다. 이러한 經驗들이 이 책을 꾸미게 된 작은 動機 중의 하나라고 할 수 있기 때문이다.

　周知하는 바와 같이 淸詩話는 中國詩論의 集約體라고 할 수 있을 만큼 詩學에 매우 重要한 位置를 占有하고 있어서 이미 張偉는 ≪淸詩話≫ 序에서 敍述하기를,

　　清代詩諸詩話, 尤喜標榜近昵, 搗搳古先. 或章句而詆之; 或單辭而稱之. 或則妄爲格律以詔後人; 或則別闢蹊經自矜獨得. 其究也, 設辨愈多, 去古愈遠.
　　청대의 여러 시화는 더욱 친근한 사람을 칭송하고 옛 것들을 받아서 따오기를 좋아한다. 때로는 문구로 꾸짖기도 하고 때로는 짧은 말로 칭찬하기도 한다. 때로는 함부로 격율을 지어 후인을 가르치기도 하고 때로는 특별히 좁은 길을 열어 홀로 터득한 것을 스스로 자랑하기도 한다. 그 헤아려 궁구하는 데 있어서 변별이 매우 많고 옛 것을 떨침이 매우 멀다.

라고 하여 淸詩話가 지닌 詩論的 價値를 밝히고 있다. 이 책의 바탕을 淸詩話에 두고 朝鮮詩話와 倂記한 理由도 여기에 있다. 그리고 李家源은 ≪玉溜山莊詩話≫ 緖言에서 記述하기를,

> 我國亦自麗韓, 汔于李韓, 無代可乏矣. 雖然, 此亦宇宙間, 不可遽無之事. 譬之風雅之變, 稍乖本始, 其於知人論世, 則一也. 雖其登場之人物, 直如狗屠馬駔之輩, 猶有一句可取者, 況所謂當世之文人學士群耶? 然詩話, 不可易作.
>
> 우리나라도 시화가 고려와 조선시대에 있었으며 거의 조선시대에는 빠진 시대가 없었다. 그러나 이 또한 우주간에 급히 없어선 안 될 일이다. 예컨대 풍아의 변화로 다소 근본을 어긴 것은 그 지인들이 세상을 논함에 있어 하나이다. 그 등장하는 인물이 곧 개백장이나 말거간꾼 같은 자들도 취할 만한 구가 하나라도 있거늘 하물며 소위 당세의 문인과 학인들에 있어서랴? 그러나 시화는 쉽게 지을 수 없는 것이다.

라고 하여 韓國詩話의 基本內容도 中國과 相通하고 高麗부터 이어져 왔고 詩學的 槪念이 設定되어야 寫作할 수 있다고 하여 作詩 보다 어려운 作業임을 摘示하고 있다. 그러므로 朝鮮詩話는 中國과 韓國의 文學에 理論的으로 博學한 者만이 穩當한 詩學論理를 펼 수 있다고 보아 中國의 詩話보다 어떤 面에서는 더욱 深度가 있다고 할 수 있다. 이런 意味에서 朝鮮詩話의 獨自性을 認定하여 單純히 中國詩話를 通하여 朝鮮詩話와 相互比較하기 보다는 各其 別途로 設定하여 二元化하기로 한 것이다. 그리고 그 事實的인 理由는 中國은 中國 側 立場에서 그리고 우리나라는 우리 側 境遇에서 考察하겠다

는 나의 意識 때문이었고, 또 더 나아가서는 客觀的 比較評價의 基準을 갖지 않고 있으며 設使 比較한다면 中文學徒로서의 나의 能力上 或是 論理展開가 中國에서의 影響이나 甚至於는 마치 主從的 關係로 이어질 可能性을 排除할 수 없었기 때문이다.

이 책이 있기 위해서는 勿論 내가 그 동안에 쓴 ≪淸詩話硏究≫(1999), ≪王維詩比較硏究≫(1999 北京 京華出版社, 中文版), ≪韓國漢詩와 唐詩의 比較≫(2002), 그리고 ≪中國詩歌和韓國漢詩之交融≫(2005 香港 東亞文化出版社, 中文版) 등이 基盤이 되고 東方詩話學會에 참여하면서 韓中詩話를 比較하고픈 意圖가 있었다. 이 책은 淸詩話 部分에는 旣存 淸詩話 關聯 論文에서 唐詩論에 대한 부분을 修正補完하였고, 朝鮮詩話 部分에는 壬辰亂 前後의 詩話를 중심으로 比較的 學術價値가 높은 詩話를 選定하여 韓國外國語大學校 BK21學術團의 師生間 共同硏究의 형식으로 작성한 자료와 그리고 이 책을 위해서 그 간에 따로 준비해온 ≪芝峰類說≫ 등의 글을 모아서 꾸민 것이다. 躁急한 時間的 制限과 부족한 능력으로 因해 내용이 疏略하고 誤謬가 적지 않다고 自認하면서, 未安한 心情으로 諸賢의 넓은 雅量과 容恕를 바라는 바이다.

無情한 歲月이 流波와 같아서 금년 8월 31일 자로 停年退任하여 現職에서 물러나고 '名譽'라는 이름으로 暫時나마 大學院 講座를 맡아서 同學들을 만날 수 있게 되었다. 老醜한 形相을 떨칠 수 없으니 大衆 面前에 出現하기에는 自媿心이 許諾하지 않을 것 같아서 다람쥐 쳇바퀴 돌듯이 生活領域範圍 안에서 맴돌며 餘生을 보낼 것이며, 信仰心도 篤實하게 키워 보고 現職 時

의 敎授評價라는 制度的 굴레로 因해 하고파도 못하고 있던 執筆作業을 이 제부터 勤實하게 진행해 볼 생각이다. 別 것 아닌 책을 펴내준 出版社 韓 社長에게 感謝하고 矛盾 덩어리인 나를 돌보느라고 苦生해온 家族과 周邊의 知人들에게 거듭 고맙다는 말을 傳한다.

　지금 나는 빵 한 조각 앞에 놓고 두 손 모아 感謝 祈禱드리는 老人의 畵 幅을 聯想하면서 지난 일을 回顧하고 있다. 때마침 窓밖에는 비 내리는 물 소리가 오늘 따라 귀에 또렷하게 들린다. 마치 世上의 헛된 慾望을 다 씻어 버리라고 催促하듯 물 대롱에 맺혀서 시원하게 흘러내리고 있다.

2008년 7월 31일 오후 東軒에서

柳晟俊 謹識

■ 머리말

제1편 淸詩話의 唐詩論

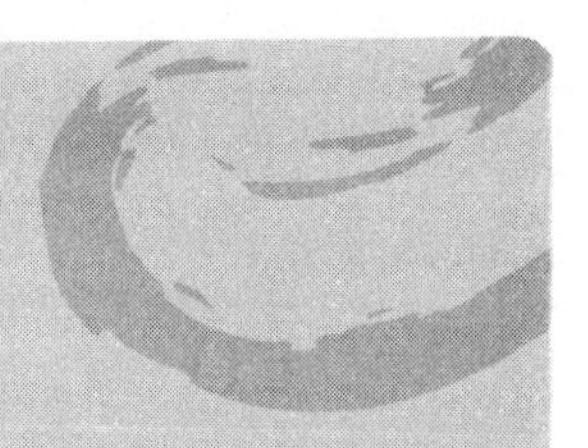

제1편

清詩話의 唐詩論

≪蠖齋詩話≫의 杜甫와 王維詩派 品評

청대 초기의 문단에 「南施、北宋」으로 이름을 떨치던 施閏章의 ≪확재시화≫는 시론적 입장에서 볼 때 부스러기 같은 고사가 많고 논리가 빈약하며 주된 맥락을 잡지 못하고 있으나, 당、송대의 시문론이 간간이 열입되어 있어서 그냥 간과할 수 없어서 여기에 몇 자 적어 약술하려는 것이다.

愚山 施閏章이 청초의 尊唐詩人이라는 점과[1] 그의 생평과 시작에서 보이는 특성이 그의 시화에서 서술된 당시에 대한 논평과 여하한 연관이 있는지 비교하기 위해 다음에 생평 및 그 시풍의 일면을 서술하고자 한다. 먼저 다음 ≪淸朝詩人小傳≫을 보면,

> 시윤장은 자가 상백인데 한편으로 우산이라 부르기도 했으며 선성[현재의 安徽] 사람이다. 할아버지와 아버지가 모두 이학으로 세상에 이름나 동남지방의 인사들이 종주로 받들었다. 선생은 젊어서 남다른 자질을 지녀 가학을 익혀 약관의 나이에 거인의 학업에 빼어났고 시부를 아울러 연마했으며 고문사로 강좌에 그의 이름이 떠들썩하였다. 순치 기축년 진사에 올라 형부주사의 관직을 제수 받았다.……얼마 후 호서지방을 나누어 지키라는 명을 받아 길·림·원 세 지역을 관할하게 되었는데, 그 지역은 병사와 군마가 온 마을을 짓밟고 관리가 세금을 포탈하려고 쫓아가 재촉하는 경우가 많자 백성들이 서로 모

---

1) 靑木正兒의 ≪淸代文學評論史≫ 第二章 「淸初尊唐派の詩說」에서 盛唐詩 爲主로 明代의 擬古派와 相近하다고 一說. (P.29)

여 도적이 되었다. 그는 민중들의 위급함을 격려하기 위해 시를 지어 눈물을 흘리면서 드러내 놓고 노래를 불러 깨우쳐 주었다. 높은 산과 넓은 계곡을 두루 다니면서 민간의 질고를 모두 담아낸 「탄자령」, 「죽원갱」 등 여러 편을 지어 여러 높은 관리들에게 고하니 읽는 자들은 감동하여 눈물을 흘렸다.

施閏章, 字尙白, 一字愚山, 宣城人。 祖父俱以理學名世, 爲東南人士所宗。先生少負異資, 習聞家學, 弱冠工擧子業, 兼治詩賦, 古文詞名噪江左。順治己丑登進士第, 授刑部主事。……已奉命分守湖西, 所轄吉、臨、袁三州, 兵馬蹂躪之餘邑, 多逋賦追呼急, 輒相聚爲盜, 作勸民急, 公歌垂泣諭之, 遍歷崇山廣谷, 備悉民間疾苦, 作彈子嶺, 竹源阬諸篇, 以告諸長吏, 讀者感泣。(≪淸朝詩人小傳≫卷一)

라고 하여 그의 이적은 佛子라는 칭호를 들었다고 한다. 그의 관직이 상당치 않은데 비해 그 문장은 대단하여 ≪宛陵詩鈔小傳≫에 보면,

이 당시 우산의 명성은 천하에 가득했다. 비문에 사용할 시가를 구하는 자가 문에 줄지어 섰으며, 사방의 이름 있는 인사들이 책 상자를 짊어지고 학업차 방문함이 하루도 끊이지 않았다.

當是時愚山之名滿天下, 求碑版詩歌者, 趾錯於戶, 四方名士負笈問業者, 無虛日。

라고 하여 문명을 날렸음을 알 수 있고 그 시문의 풍격을 부기하기를,

문장은 극히 순박하고 전아하며 시학은 더욱 심오하다. 풍취와 기상이 고상하고 오묘하며 격률은 심오하면서 온당하여 마치 옥방울 소리가 화음을 이루는 듯하고 따스한 봄기운이 가득한 듯하다. 한결같이 당시 시인들은 '南施北宋'이라 지칭하여 시윤장과 송완(宋琬)을 높였다. 왕사정 선생은 그의 시 가운데 「가을바람 어느 날 저녁 일어나, 정원 나뭇잎 모두 흩날리네. 외로운 벼슬살이에 온갖 근심 모여들고, 친구는 천리 멀리 돌아갔네. 산악의 구름 한기에 흩어지지 않고, 강 기러기 떠나가면 되돌아오기 드물구나. 차츰 늙어 가는데 이별마저 하려니, 그대 그리워 근심하고 눈발은 옷에 가득하네.」를 가장 좋아했는데 그는 평하기를, 「옛 사람들은 고시 19수는 마음을 놀라게 하고 혼백을 감동시키며 한 글자가 천금의 값어치가 있다고 여겼다. 이 시는 비록 근체시이지만 어찌 고시 19수에 부끄럽겠는가?」라고 했다. 또 맑은 시어와 화려한 시

구가 거듭 출현하는 것이 마치 장위의 주객도를 본받은 듯하다고 말했다.

　　作爲文章, 極其醇雅, 而于詩學尤邃, 體氣高妙, 格律深穩, 鏘然而玉應, 盎然而
春溫, 一時詩人有南施北宋之目, 王阮亭先生最愛其「秋風一夕起, 廷樹葉皆飛,
孤宦百憂集, 故人千里歸, 獄雲寒不散, 江雁去還稀, 遲暮兼離別, 愁君雪滿衣。」
之作, 謂「昔人論古詩十九首以爲驚心動魄, 一字千金, 此雖近體, 豈愧十九首耶。
」又謂其淸詞麗句, 層見疊出, 倣張爲主客圖之例。 (上同書)

라고 하여 우산시의 순아하고 고묘、심온한 면이 청려하고 溫敦(≪淸詩匯≫
卷43)한 시취에서 표출되면서, 그의 시본질이 당시에 주체를 둔 내면을 알 수
있게 한다. 그 자신이 그의 시화에서「당인의 절구는 한 입으로 직접 표현하
면서 전혀 함축되어 굽어지는 맛은 없으나 자연적으로 오묘한 지경에 든다.
(唐人絶句, 有一口直述, 絶無含蓄轉折, 自然入妙。)」라고 자술한 것에서 우산
의 시성과 그의 시화에서 보일 상관성을 쉽게 생각하게 된다.

　　우산시의 특성을 좀 더 부언한다면, 徐世昌이「그 장법이의 오묘함은 마
치 천의무봉과 같다.(其章法之妙, 如天衣無縫。)」라 하고 왕어양이「열 자는
사람을 가져다 매어놓음이 그지없게 한다.(十字令人攣結不盡。)」(≪漁洋詩話≫
卷上)이라 숭상한 위에, 査爲仁은 우산시의 근원까지 漢唐에 둔 것이라고 하
면서 다음에 이르기를,

　　　시를 지음에 줄곧 한당을 따랐고 특히 오언시에 뛰어 났으니,「초목의 가지
　　와 잎이 바람에 흔들려 마음과 얼굴에 나부끼니, 꽃이 짐을 모두 유쾌하게 여기
　　네. 영지 캐는 사람에게 권하노니, 봄꽃 다 없어지게 마소」라는 시구가 있다.
　　　作詩直追漢唐, 尤善五言, 有「披拂散心顔, 榮落皆愉悅, 眷言采芝人, 毋使春
　　芳歇」之句。≪蓮坡詩話≫

라고 하였다. 이상에서 우산시는 회화적인 예술감과 그의 시맥이 당을 숭상
함이 특히 盛唐을 받드는 의식을 확인할 수 있으니, 그의 <廬山遇雨>를 예
시하면 분명히 알 수 있다.

산 아래는 저절로 맑은데 산 위는 비오고,
숲은 깊고 이끼는 윤기 나고 흐르는 돌 떠가네.
납가새를 지팡이 삼아 구름을 헤쳐도 구름 걷히지 않고,
동네 어귀의 늙은 원숭이 사람 말소리 하네.
홀연히 하늘가에서 한차례 종소리 울리는 것이 들리는데,
물 건너 푸르고 아득한 산골짜기 집을 찾네.
山下自晴山上雨, 林深苔滑流石浮。
杖藜撥雲雲不開, 洞口老猿作人語。
忽聞天際一鐘鳴, 隔水蒼茫尋碉戶。(≪淸詩匯≫(卷43))

여기서 자연의 생명력을 사실적으로 묘사하며 특히 제4、5、6구에서 그 실예를 보게 된다. 이러한 우산의 시상은 그의 ≪확재시화≫에서 단편적으로 부각되고 있으니 다음에 그의 당시에 대한 단면적인 내용을 소개하고자 한다.

I. 杜甫詩論

우산이 두보시를 논평하는 데는 그의 유학을 존숭하는 의식과 존당시적 논리가 근저를 이룬다. 그의 이런 사상은 시화에서,

이몽양은 맹호연의 시를 보고는 그다지 마음에 안 들어 했는데, 매번 조잡하다고 혐오하면서 문선의 시체와 당시체가 섞여 있는 듯하다고 말했다. 나는 맹호연이 문선체와는 거리가 있다고 생각한다. 당대 시인의 아름다운 시구 중에도 역시 우연히 문선체를 띠고 있는 것이 있으니 이백, 두보 등의 시가 어찌 일찍이 한위육조 시어를 겸비하지 않았겠는가? 이몽양은 자신이 오언고시를 문선체 고시와 당시체 고시 두 종류로 나누었으니 이는 그의 소견이 좁음을 보여준다.

李空同看孟詩, 不甚許可, 每嫌調雜。似謂選體與唐調雜也。余謂襄陽不近選體, 唐人佳句, 亦有偶帶選體者, 李杜諸公詩, 何嘗不兼有漢魏六朝語乎。空同自分其五言古作選古·唐古二種, 正其所見不廣處。(「孟詩」條)

라고 하여 李夢陽의 당시에 대한 평어에 자못 비판적 태도를 보였고, 또 당시의 入妙에 심취하여 존숭하기를,

이백과 왕창령 외에도 사람마다 각자의 재능을 지닌다. 한 번 입을 열어 그대로 읊어 결코 함축이나 변화가 없으면서도 자연스레 절묘한 경지에 들어간 시가 있으니 다음이 그것이다. 「옛적 오늘 이 문에서 사람의 얼굴과 복사꽃이 붉게 비추었지. 사람의 얼굴은 어디로 갔는지 모르는데 복사꽃은 예대로 봄바람에 웃는다.」 「맑은 강 한 구석에 버들은 천 가지 드리고 이십 년 전 나무다리는 예대로구나. 일찍이 미인과 다리 위에서 이별하고 오늘 아침까지 소식 없음이 한스럽구나.」 「그린 솔이 참솔 나무 같으니 나를 기다리며 생각에 드니 기억에 없어라. 일찍 천태산에서 만난 그대 석교의 남녘의 셋째 나무이었지.」 등의 시들은 기력과 학문을 띠고 있지 않은데 이 때문에 소위 시가 삼매는 곧 당대 시인이 독보적인 경지에 있다고 하는 것이다. 송대의 현인들은 의론을 삽입하고 견해를 붙이고 산을 뽑을만한 기력을 넣고 있어 이와는 거리가 멀다.

太白、龍標外, 人格擅能. 有一口直述, 絶無含蓄轉折, 自然入妙, 如「昔年今日此門中, 人面桃花相映紅. 人面不知何處去, 桃花依舊笑春風。」「淸江一曲柳千條, 二十年前舊板橋. 曾與美人橋上別, 恨無消息到今朝。」「畫松一似眞松樹, 待我尋思記得無. 曾在天台山上見, 石橋南畔第三株。」 此等着不得氣力學問, 所謂 詩家三昧. 直讓唐人獨步; 宋賢要入議論, 着見解, 力可拔山, 去之彌遠. (「唐人絶句」條)

라 하여 당시만이 갖는 독보적 삼매경은 송시로는 도저히 미치지 못 한다고 역평하였다. 그리고 그의 유가에 대한 존경은 王士禎이 우산의 오언시를 비평하여,

나는 시윤장의 오언시를 읽으면 그 온유돈후함을 사랑하는데 한번 노래하며 세 번 감탄하게 되니 이에 참 시인의 뜻이 있도다.

余讀愚山侍讀五言詩, 愛其溫柔敦厚, 一唱三歎, 有風人之旨. (《淸詩匯》 卷 43. 徐世昌이 王漁洋의 寸評을 再引한 部分)

라 하여 즐겨 음송하였는데, 실제로 그의 <過湖北相家>(≪施愚山先生學餘詩集≫ 卷18)를 보면, 그 은근하고 高逸한 領悟를 느낄 수 있다.

> 길 돌아 돌 벽에 임하니,
> 수목 오래되어 절벽에 뿌리 돌출되어 있다.
> 들 가의 냇물 여러 산골 물 합쳐 있고,
> 복숭아꽃은 한 마을을 이루었다.
> 닭 부르는 소리 닭장 우리를 넘나드는데,
> 술잔 돌리며 아이들에게 명한다.
> 늙어서 내 장차 은거하리니,
> 앞 봉우리가 문과 마주 하고 있구나.
> 路廻臨石岸, 樹老出牆根。
> 野水合諸碙, 桃花成一村。
> 呼鷄過籠柵, 行酒命兒孫。
> 老矣吾將隱, 前峰恰對門。

여기에서 제3연은 ≪論語≫ <微子> 편의 子路가 隱者丈人을 만나 「殺鷄爲黍而食之, 見其二子焉。」이라 한 예법의 어구에서 인용하였고, 제4연도 ≪논어≫ 「雍也」편의 「知者樂水, 仁者樂山」구에서 연원되고 있어 기품이 온화하여 유풍의 표출이 강렬하다.

우산이 당시 중에서도 두보시를 많이 논술한 것은 이상의 내용과 상관되겠으니, 그의 시화에서는 두시평을 대개 풍격면·자구용례면·용운면으로 구분하여 서술하고 있다. 먼저, 그 풍격면에서 보면, 두보시 일반에 대해서 개론한 바,

> 두시는 넓고 크고 정세하여서 마치 천지를 불에 다듬은 듯하니 사물에 따라 사물을 묘사함이 하나하나 본받을 만한데 예리함과 노둔함이 없는 게 아니다.
> 杜廣大精微, 如天地爐冶, 隨物賦物, 一一效之, 不無利鈍。(「杜詩」條)

라고 하여 廣大精微하고 利鈍하다 한 것은 自然入妙的이며 現世的인 특징을 두고 한 말이며, 구체적으로 자연물을 묘사하는 데에 性情이 유로되어 있다 하여,

> 두보의 「발을 거두어 또 나그네 비추고 지팡이 의지하고 사람 따른다.(卷簾還照客, 倚杖更隨人.)」구는 성정을 읊은 것이고, 「강의 달이 사람과 지척간이구나.(江月去人止數尺)」구는 더욱 운취가 있는데 한 글자라도 더 붙이는 것을 허용치 않는다.
> 老杜,「捲簾還照客, 倚杖更隨人」, 說出性情,「江月去人止數尺」尤趣, 不容更着一語。(「月詩」條)

라고 하였다. 더구나 두시의 진수가 詩比興과 합치된다고 하여 시구의 인용과 용자의 실례를 들면서 다음과 같이 서술하고 있다.

> 두보가 읊은 「깃발 햇볕 따스하니 용과 뱀이 꿈틀대고, 궁전에 바람 살살 부니 제비와 참새 높이 나네」는 「龍蛇」와 「燕雀」이 짝을 이루어 그려져 있어 지극히 변화무쌍하다. 「動」자와 「高」자는 모두 생기를 머금고 있고, 「風微」두 글자는 연작이 가벼운 바람을 타고 전당에 이르는 것이니 큰 건물이 완성되어 제비와 참새가 높이 날아다님을 의미한다. 또 이는 조정이 넓고 크며 온갖 정과 즐거움이 따른다는 의미를 나타낸다. 비와 흥이 있고 「풍아송부비흥」육의가 모두 들어 있으니 두보는 진정한 시성이다.
> 杜子美則云:「旌旗日暖龍蛇動, 宮殿風微燕雀高。」以所畵之「龍蛇」對「燕雀」, 已極變化; 而「動」字「高」字, 俱含生氣。「風微」字則以「燕雀」因「風微」得至殿堂, 且大廈成而燕雀高, 又見朝廷寬大, 群情樂附之意; 有比有興, 六義具涵, 杜眞詩聖。(「早朝詩」條)

여기서 우산은 두시의 學古的인 自得과 生氣的인 기상을 강조하고 있는데, 두시가 단지 擬古的이 아니고 神奇的인 창출이 강한 점에 대해 다음 인용구에서 밝히고 있다.

두보는 고악부를 본뜨지 않고 신제악부로 당시의 사건을 기록할 정도로 본시 독창적인 식견을 지녔다. 그 가운데 <동관리>·<신안>·<석호>·<신혼>·<수로>·<무가> 등은 통쾌함에 그 묘미가 있고 또한 애달픈 심정을 모두 쏟아냈다. <수로별>의 '늙은 아내 길에서 우는데, 세모에 홑옷 입었구나! 죽음의 이별임을 누가 알리오만, 또 그 추운 것이 마음 아프다.'는 곡절이 분명하다.

> 杜不擬古樂府, 用新題紀時事, 自是創識。就中 <潼關吏>·<新安>·<石壕>·<新婚>·<垂老>·<無家>等篇, 妙在痛快, 亦傷太盡。<垂老別>云:「老妻臥路啼, 歲暮衣裳單。孰知是死別? 且復傷其寒。」曲折已明。(「杜五言古」條)

두시는 시제뿐만 아니라 내용에 있어서도 妙在하고 曲折이 극진하여, 우산의 말대로 「수로별」은 불가사의하고 인간 세계에 볼 수 없는 특별한 이별의 시어라고 하겠다. 우산은 두시의 풍모에는 擬詩經的 比興과 傳習을 벗어난 創識, 그리고 인간본심의 성정유로를 장점으로 하고 있음을 강조하고 있다.

다음 자구용례면에서는, 「焉」자에 대해, 「焉字用作押韻最難穩」(「用焉字」)이라 하고 두시를 놓고 이르기를,

> 두보의 「고인이 노래 끝나니 나의 도도 끝나네.」는 배율 일백 운 가운데 표일함을 간간이 운용하고 있다.
> 杜甫「古人歌已矣, 吾道卜終焉」, 在排律百韻中, 間用飄逸。(「用焉字」條)

라고 하여 用字의 주도함을 칭찬하면서도 한편으론,

> 두보의 「강을 둘러쌈이 서로 비슷하고 사립문도 있다.」는 모두 아름답지 못하다.
> 杜甫「枕帶還相似, 柴荊卽有焉」, 俱不佳。(上同)

라 하여 두시의 결점을 지적하는 용기를 잃지 않고 있다. 그리고 「哉」자에

대해서는,

> 　두보의 「왕래할 때 자주 고치니 내와 언덕이 날로 가다듬어진다.」, 「풍진
> 속에 낭패하니 군신은 어디에 있는지.」, ……「들의 다리에 말을 다 거느리고
> 수심에 바라보니 아련하다.」, 「강은 흘러 그대로인데 안온히 앉으니 흥이 그윽
> 하다.」는 대략 괜찮으나, 나머지는 한단의 걸음걸이를 배우는데 마음을 두다가
> 자기 고유의 것을 잃어버리는 것과 같은 실수를 면치 못하고 있다.
> 　杜甫 「往來時屢改, 川陵日悠哉」, 「狼狽風塵裏, 群臣安在哉」, ……「野橋齊渡
> 馬, 秋望轉悠哉」, 「江流大自在, 坐穩興悠哉」, 略可. 餘未免有心學步。(「用哉字」
> 條)

라고 하여 두시의 哉자 용법을 다분히 홀대했다고 할 수 있겠다. 「之」자에
대해서도 두시에서 아쉬운 점으로 지적하면서 예를 들어,

> 　두보의 「나그네 수심 줄어드니 여기를 버리고 어디로 갈거나.」, 「만방의 소
> 리 하나러니, 나의 길은 결국 어디로 가나.」, 「전쟁이 아직 그치지 않으니 형제
> 자매 어디로 간거나.」는 약간 미약하고, 「문을 나서 둘러보니 이미 흩은 자취,
> 약이 나를 부추겨 간다.」는 대체로 괜찮다.
> 　老杜 「客愁全爲減, 捨此欲何之」, 「萬方聲一槪, 吾道竟何之」, 「干戈猶未已, 弟
> 妹客何之」, 稍弱. 又 「出門轉盼已陳蹟, 藥餌扶吾隨所之」, 差可. (「用之字」 條)

라고 하였는데, 우산이 두시에서의 虛字구사에 대해 비판적인 것은 두시에
대한 기대가 큰 때문이겠다. 이런 허자에 대한 의견과는 달리, 두시의 用句에
대해서는 매우 혼상의 평을 달고 있다.

> 　한 글자를 덧붙여서 절묘해진 경우는 두보의 시구 「말이 우니 바람이 쓸쓸
> 하다.」이다.
> 　增一字而妙者, 杜工部 「馬鳴風蕭蕭」。(「用經語」 條)

여기에서 一자의 용어를 통해 그 빼어난 정감을 표출할 수 있는 두시의

장점을 밝히고, 아울러 두시의 시어는 반드시 출처가 있다는 것을 예로써 설명하고 있으니,

두시에 주를 달았던 사람은 두보의 시어는 반드시 출처가 있다고 말한다. 그러므로 고사를 첨가하거나 삭제하면 그 시의 장점이 감소된다. 예컨대, 「오경에 북과 피리 소리 슬프고 삼협의 은하수 그림자는 흔들거린다.」는 대체로 협곡의 흐르는 물이 쏟아져 내려 천상의 은하수를 흔듦을 말하는데 시어가 흥취와 기상이 있다.
注杜詩者, 謂杜語必有出處。然添却故事, 減却詩好處。如「五更鼓角聲悲壯, 三峽星河影動搖」蓋言峽流傾注, 上撼星河, 語有興象。(「杜注」條)

라고 한 평어는 그 좋은 증거가 된다. 우산은 두시가 허자사용을 억제했으면 더욱 백미였을 것으로 보았고 시어의 활용은 필히 고사와 출처를 근거로 하였음을 명백히 하려 했다. 두시의 用韻에 대해서는 우산은 특례를 다음에 몇 가지 열거하고 있다.

(A) 배율에는 단운이 없다는 말이 있다. 예컨대, 두보집 가운데는 십운·십이·십사·이십·이십사·삼십·사십·오십운 등은 있지만 결코 십일, 십삼, 십오운은 없다. 두보 시집을 살펴보면 정말로 그러하다. 내가 고찰한 바로는 이 시체는 당대 사람들은 심전기와 송지문이 으뜸으로 여겼는데, 성당의 여러 시인들을 살펴보니 심전기 등의 인사들이 오운과 칠운을 사용한 경우가 자못 많았다.
有謂排律無單韻,如老杜集中止有十韻·十二·十四·二十·二十四·三十·四十·五十韻之類, 幷無十一·十三·十五韻者。考之杜集, 良然。按此體唐人以沈宋爲宗, 及考盛唐諸家, 沈佺期諸君用五韻·七韻者頗多。(「五言排律」條)

(B) 두심언의 배율은 모두 쌍운인데 「화이대부사진사십운」은 가라앉은 분위기에 웅장한 맛이 있고 노숙하면서 건장한 기상을 풍기는 독자적인 입지를 확보하고 있는 것이 다른 시인들과는 다르다. 두보가 이를 계승하여 드디어 깃발을 온누리에 엄숙하게 휘날리면서 사방을 개척하는 시풍을 보이는 것은 바로 두심언의 시법에서 연유한다. 그러나 왕왕 50운 100운 가운데는 운이 중첩

되고 뜻이 중복되는 하자를 서로 드러내 보이니 이는 생략해도 괜찮을 듯하다. 정모는 이르기를 「장편은 침착하고 엄숙한 분위기로 시사를 지적하고 정감을 읊어 깊은 뜻과 근엄한 격조를 담고 있다. 이는 두보만이 해낼 수 있는 장점이다.」

　　杜審言排律皆雙韻, 「和李大夫嗣眞四十韻」, 沈雄老健, 開闔排蕩, 壁壘與諸家不同；子美承之, 遂爾旌旗整肅, 開疆拓土, 故是家法。然往往五十韻百韻中, 韻重意複, 瑕瑜互見, 似可稍省。鄭□□云：「長篇沈着頓挫, 指事陳情, 有根節骨格, 此老杜獨擅之長。」(上同)

　　(C) 두보의 『석호촌에 머물지 말지니, 관리가 밤에 잡아가네.』는 본래 고운 「원」과 「진」을 통운한 것이다. 「노인이 담 넘어 도망가고 할미는 문을 나서 본다.」는 두 글자가 서로 협운이 되지 않는다. 고녕인이 「시는 반드시 운을 달 필요는 없다」고 말한 것이 바로 이에 해당된다. 내가 이 시를 자세히 읽어보니 무릇 여섯 번 운을 옮기면서 모두 각각 고운을 쓰고서 어찌 유독 「走」·「看」 두 글자만 협운하지 않았을까? 또 시통에 다음과 같이 기재되어 있다. 「人」자는 「열녀송」에 뿌리를 두며, 협운하는 방법은 「如延」의 반절로 읽는 것인데 「看」자와는 또한 옛날에 통했다. 최종적으로 이는 견강부회했다는 느낌이 든다.

　　杜：「莫投石壕村, 有吏夜捉人。」本古韻元·眞通韻。「老翁逾牆走, 老婦出門看」, 二語不相叶。顧寧人謂：「詩有不必韻者, 此類是也。」余細讀此詩, 凡六轉, 俱各用古韻, 何獨「走」·「看」二字不叶？「詩通」又載：「人」字本列女頌, 叶法作「如延」切, 與「看」字亦古通。終覺牽强。(「石壕詩誤字」條)

이상의 3개 문장을 보면, (A)는 排律의 용운은 單韻을 쓰지 않는데, 沈佺期와 宋之問에서 시작된 것으로 성당인에 많고, 두시 중에서도 예외가 아니라는 것이다. 십·십이·십사·이십·이십사……의 식으로 用韻하고 있음을 확인하고 있으며, (B)는 (A)의 쌍운활용에서 오는 문제점으로 운이 겹치고 뜻이 중복되는(韻重意複) 경향이 있지만, 두시에서는 오히려 내용상 타인이 따르지 못하는 指事陳情과 根節骨格이 있다는 점을 강조하였다. 그리고 (C)에서는 두시의 「石壕史」에 대한 용운상의 문제점을 지적하여 독자적인 의견을 제시하고 있다.[2]

---

2) 王漁洋은 ≪池北偶談≫에 愚山의 書畫를 본 所感을 기록했다. (卷1 「記觀施愚山書畫」)

Ⅱ. 王維와 孟浩然 詩派

우산은 王維와 孟浩然 외에도 柳宗元·劉長卿·綦毋潛 및 賈島 등을 평가하고 있으니 이제 그들을 예시하려 한다.

1. 孟浩然

우산은 맹호연에 대해서 누구보다도 추숭의 마음을 깊이 두었다. 그는 소동파와 비교하여서,

> 고인들의 시는 삼매경에 들어 지은 것이지 결코 학문을 퇴적시켜 나온 것이 아니니 바로 안중에 금가루를 붙이지 않는 것과 같다. 소식은 맹호연이 운취는 고상하나 재주가 짧다고 하면서 그가 생각을 적게 한 것을 혐오했다. 맹호연의 시를 평가하면 정말로 그러하다. 그러나 소식이야말로 지나치게 생각이 많은 병폐를 지니고 있다. 소식은 머리 속에 만권의 서적이 들어 있어 붓을 들면 조그만 티끌도 없이 완벽하니 시를 지음에 있어서도 어찌 유독 그러하지 않겠는가?
>
> 古人詩入三昧, 更無從堆垜學問, 正如眼中着不得金屑。坡公謂浩然詩韻高才短, 嫌其少料。評孟良是, 然坡詩正患多料耳。坡胸中萬卷書, 下筆無半點塵, 爲詩何獨不然。(「詩用故典」條)

라고 하여 맹시가 소시에 비해 才短하지만 韻高하다 하여 그 시의 妙悟를 높이 평가하였는데, 이것은 嚴羽가 ≪滄浪詩話≫의 「詩辨」에서 맹호연시가 韓愈보다 높이 평가되는 이유를 두고,

> 또 맹호연의 학력은 한유에 미치지 못함이 심하다. 그의 시 가운데 유독 한유보다 뛰어난 것은 단지 한결같이 「묘오」의 맛이 있기 때문이다.
>
> 且孟襄陽學力下韓退之遠甚, 而其詩獨出退之之上者, 一味妙悟而已。

라고 한 것은 우산의 비교설과 상통하겠다.[3] 이처럼 우산은 孟詩가 리지적이

기 보다는 정감적이라는 개성을 인정하는데, 다음 몇 구에서 그러한 논지를 더욱 확인할 수 있다.

> 맹호연의 오언 율시와 절구는 청공한 풍취가 내재되어 있고 담박한 맛이 넘친다. 그러나 군더더기로 지은 오언배율은 갈수록 쉽사리 소진됨을 느끼게 하니 왕유보다 크게 못하다.
> 襄陽五言律·絶句, 淸空自在, 淡然有餘, 衍作五言排律, 轉覺易盡, 大遜右丞。(「孟詩」條)

> 맹호연의 「달 따라 노 젖는 노래하며 돌아오다」, 「달을 불러 짝하여 돌아오다」, 달 따라 상수를 내려오다」, 「강은 맑고 달은 가까이 있다」는 모두 다 절묘한 시어로 달을 읊은 것이다.
> 浩然 「沿月棹歌還」, 「招月伴人還」, 「沿月下湘流」, 「江淸月近人」, 幷妙於言月。(「月詩」)

여기에서 우산은 맹시의 장점을 역시 자연을 읊은 데에서 찾아야 함을 강조하고 있다.

2. 王維

왕유에 대해서는 필자의 졸문들이[4] 있는 바, 여기서는 단지 우산의 왕유에 대한 촌평 몇 구를 인용하여 부기하고자 한다.[5]

> ① 시는 선도의 기운이 없을 수 없으니 조금이라도 저술하듯이 하면 대번에 사람으로 하여금 흥취를 느끼게 하는데 실패하고 만다. 왕유 시는 선이 가져다주는 희열을 갖추고 있다.
> 詩不可無道氣。稍著述, 輒敗人興。右丞體具禪悅。(「詩有本」條)

---

3) 唐古風에 대한 用韻關係는 졸문 「唐代古風의 格律攷」 참조.
4) 졸저로 ≪王維詩硏究≫(臺灣黎明出版公司 1987), ≪王維詩比較硏究≫(北京 京華出版社 1999) 등을 참고
5) 許學夷, ≪詩源辯體≫ : 「浩然造思極精, 必待自得。故其五言律皆忽然而來, 渾然而就, 而圓轉超絶多入于聖矣。」(卷16)

② 왕유의 「솔 새로 흐린 달 드러나고, 맑은 빛은 곧 님이어라.」와 두보의 「발을 거두어 또 나그네 비추고 지팡이 의지코 사람 따른다.」은 성정을 읊은 것이다.

右丞 「松際露微月, 淸光猶爲君」, 老杜 「捲簾還照客, 倚杖更隨人」, 說出性情。(「月詩」 條)

상기의 ①에서는 왕유를 가지고 滄浪이 李·杜와 함께 以禪入詩의 논리를 세운 대상이었음을 우산도 동의한 것을 알 수 있고, ②에서는 주지하는 바, 성당의 시풍을 主情으로 특징짓는 일반논법을 추종한 면을 보게 된다.

3. 劉長卿

유장경의 시에 대해서 송대의 張戒는 서술하기를,

유장경의 시는 운취와 법도가 위응물의 고상하고 간략함만 못하고, 그 의취는 왕유와 맹호연의 빼어남만 못하다. 그러나 그의 필력은 호방하고 담력이 있으며 기격은 노련하면서 성숙한 것이 모두 위 시인들을 뛰어 넘고 있다. 두보와 같은 시대를 살았던 그의 빼어난 작품은 두보에 필적한다.

隨州詩, 韻度不能如韋蘇州之高簡, 意味不能如王摩詰孟浩然之勝絶, 然其筆力豪膽, 氣格老成, 則皆過之。與杜子美幷時, 其得意處, 子美之匹亞也。(≪歲寒堂詩話≫ 卷上)

라 하여 장경을 王·孟·杜와 상등하게 보고, 청대 施補華는 이르기를,

유장경의 「날 저무니 푸른 산 멀고, 날씨 차가운데 초가집 가난하구나. 사립문에 개짖는 소리 들리고, 눈바람 흩날리는 밤 귀가하는 사람이여.」 왕유와 위응물에 비해서는 다소 천박하지만 그 맑고 오묘함은 결코 버릴 수 없다.

劉長卿:「日暮蒼山遠, 天寒白屋貧。柴門聞犬吠, 風雪夜歸人。」較王·韋稍淺, 其淸妙自不可廢。(≪峴傭說詩≫)

라고 하여 王維·韋應物과 서로 비교하였는데, 이런 면은 우산에서도 장경시

를 沈佺期·宋之問과 王維·杜甫에 비견할만한 풍격으로 다음과 같이 기술하고 있다.

유장경은 사람들이 그의 앞에는 沈·宋·王·杜가 있고 뒤에는 錢·郎·劉·李가 있다는 말을 하자, 그는 곧 「이가우와 낭사원이 어찌 나와 나란히 일컬어질 수 있단 말이오?」 하고는 매번 시를 지을 때마다 성은 적지 않고 다만 장경이라고만 했는데 세상에서는 모두 이를 알고 있다.
劉長卿郎中因人謂前有沈·宋·王·杜, 後有錢·郎·劉·李。乃曰:「李嘉祐郎士元何得與予齊稱耶」 每題詩不署姓, 但署長卿而已, 以海內合知之耳。(「劉長卿」條)

이것은 우산이 단순히 尊唐派의 문인이라기보다는 상식의 객관성이 있는 우산의 품평으로 보아야 하겠다.

4. 綦毋潛

綦毋潛의 시는 한마디로 왕·맹의 시에 접근하니(≪中國詩史≫ P.34), 오언 위주에 자연미를 추구하고 澹遠을 장처로 하고 있음은 공지의 사실이다.[6] 비록 기무잠의 시가 왕·맹보다 品遜하다고 하나 그 시정이 情景交融의 경계를 심득하고 있어서 오히려 기상은 달리할지라도 격하의 의미는 재고함직하다. 우산도 이 점에 대해 시례를 들면서 다음과 같이 동감의 의견을 밝혔다.

기무잠의 시 「탑 그림자 맑은 강물에 걸려 있고, 종소리 울리고 흰 구름 떠 있네.」는 장호의 시 「나무 그림자 흐르는 물가에 드러나고, 종소리 강 양편에 들리네.」에는 손색이 있다. 진실로 그러하다. 심지어 백상서는 장호의 관렵시를 예로 들면서 장호는 왕유와 비교할 때 감히 우열을 가리기 힘들다고까지 말했다. 그런데 이는 객관적인 평론은 아닌 듯하다. 장호의 시 「새벽에 금성 동쪽에 나가 옅은 풀 속을 둘러본다. 붉은 깃발은 해를 향해 펄럭이고 백마는

---

6) 졸저 ≪王維詩與李朝申緯詩之比較硏究≫(亞細亞文化社·1980)를 참조.

문득 바람을 맞는다. 손을 뒤집어 쇠 활촉을 뽑고 몸을 돌려 활을 당긴다. 만
인이 다기리키는 곳에 기러기 하나 찬 하늘에 드리운다.」를 세밀히 읽어보면
왕유의 기상과는 전적으로 다르다.

　　湑詩：「塔影掛淸漢, 鐘聲和白雲。」論者謂遜張祜「樹影中流見, 鐘聲兩岸聞。」
誠然。至白尙書以祜觀獵詩, 謂張三較王右丞未敢優劣。似尙非篤論。祜詩曰：「
曉出禁城東, 分圍淺草中。紅旗開向日, 白馬驟迎風。背手抽金鏃, 翻身控角弓。
萬人齊指處, 一雁落寒空。」細讀之, 與右丞氣象全別。(「綦毋湑」條)

　　여기서 張祜시와 왕유시를 비교하면서 간설적으로 기무잠 시의 일면을 직
평하고 있다.[7] 우산의 논당시에는 왕·맹시파는 아니지만, 한유와 孟郊를 서
로 비교하고 李商隱의 <錦瑟>에 대한 촌평을 또한 찾을 수 있는데, 역시
상식적인 견해를 벗지 못하고 있다. 보건대,

　　한유와 맹호연은 좋은 벗이었다. 한유는 문장이 지극히 고상했고 맹호연은
오언시에 뛰어나 당시 「孟詩韓筆」이라고 칭했다.
　　韓文公與孟東野友善。韓文公文至高, 孟長於五言, 時號孟詩韓筆。(「韓孟」條)

　　유공부의 시화 1권은 군더더기 같은 말이 많다. 일례로 이제까지 여러 설이
제기되었던 이상은의 「錦瑟」시는 영호초 가청의의 이름이라고 했는데 종전의
의심을 푼 듯하다.
　　劉貢父詩話一卷, 語多雜碎, 稱李義山錦瑟詩, 是令狐楚家靑衣名, 似可破從前
之疑。(「錦瑟」條)

　　그리고 우산의 시론은 상기한 바, 王漁洋의 시론에 적지 않은 인연을 갖
게 하여 청대시학의 주류이며 중국시론의 요지인 神韻說을 낳게 한 간접요
인이 될 수 있었을 것으로 추량해 보는 것이다.

---

7) 張祜詩를 가지고 比喩한 根據는 아마도 ≪石洲詩話≫(卷2)의 「張祜金山詩：『樹影中流見,
　　鐘聲兩岸聞。』只唐人常調耳, 而譚藝家奉爲傑作。」라는 藝術性과 ≪全唐詩話續編≫(卷上)
　　의 「張祜：葛常之云, 張祜喜游山, 而多苦吟, 凡所歷僧寺, 往往題詠。其題金山寺詩著名外,
　　又題僧壁云：『客地多逢酒, 僧房却厭花。』題萬道人禪房云：『殘陽過遠水, 落葉滿疎鐘。』」
　　처럼 張祜도 信佛의 詩人이라는 점에서 王維와 相較한 것으로 본다.

≪漫堂說詩≫의 著者와 唐詩의 悟後境說

　시화가 시론일 수 있는가에 대해 설명하자면, 「詩話如論詩之話」(시화는 시를 논하는 말과 같다.)라고 함이 적절한 표현이 될 것이다. 청대시화에 있어서 내용상 논시적인 부분이 심다하기에 다소의 질문을 제기하는 경우들을 상정할 수 있기 때문이다. 그러나 시화는 분명히 시론서인 것이며 당대이후의 「시화」라는 명칭이야말로 중국시론의 주맥이 된다고 할 수 있다. 따라서 지금 서양문학이론의 중국시론 연구에로의 이입과 수용이 빈번하지만 중국시론의 본령을 정립시키는 정통적인 바탕을 시화에서 조성시켜야 할 것이며, 이에 반하는 방법론은 여하한 것이라도 일차적으로 배제되어야 한다고 본다. 이것을 배타적이며 편벽적이라고 책언할 것이 아니다. 이것은 정도를 걷는 기본자세이며 중국의 것을 중국의 것에서 먼저 구하고 나서 차선으로 타의 유입을 인정해야 하는 당위성 때문이다. 이와 같은 입장에서 볼 때, 牧仲 宋犖(1634~1713)의 ≪漫堂說詩≫(丁福保 편 ≪淸詩話≫ 제22차회)는 매우 간결하며 不誣, 즉 사실적인 시론서로서 단 한자의 잡어도 없이 정련된 자구만으로 오래 다듬어서 구성한 수작이라고 할 수 있다. 이 점에 대해서 張潮[1]가 이 시화의 「跋」에서 언급하기를,

---

1) 張潮, 字山來, 一字心齋, 安徽歙縣人。生卒不詳, 約淸康熙十五年前後在世。虞初新志二十卷。
　　工詞, 有花影詞。(楊家駱編 ≪中國文學家大辭典≫ p.1395)

지금 이 글을 읽어보니 가학의 연원이 진실로 헛된 것이 아니다.
今讀此編, 家學淵源, 洵不誣也。

라고 기술한 것이라든가, 또 그가 이 시화에서의 「題辭」 말미에서,

이제 중승이 오지방을 다스림에 오로지 군자 어른의 도리로써 그 아랫사람
을 대접하고, 또 아랫사람은 군자 어른의 도리로써 스스로 처신하여 점차 교
화되고 온유돈후의 풍모로 변화되었다. 여기 중승의 「설시」는 문장의 관점이
되기도 하고 아울러 정치행사의 관점이 될 만하다.
今中丞之撫吳, 一以君子長者之道待其下, 而其下亦以君子長者之道自待, 漸化
而爲溫柔敦厚之風。 則是中丞之說詩, 不惟可作文字觀, 竝可作政事觀矣。

라고 한 데에서 이 시화가 지닌 진실성과 중요 논점을 확인할 수 있다. ≪만
당설시≫의 분량은 본문이 3552자 이며, 張潮의 「제사」 408자, 「발」 120자로
구성되어 있으며, 구성은 丁福保가 편하는 과정에서 모두 13개의 조문으로
세분하고 있다. 각조별로 그 주된 논지를 도시하면 다음과 같다.

조별	주지
1	시의 성정위주설. 오후경의 시학. 高棅의 ≪唐詩品彙≫를 모본
2	尙宋派에 대한 비판. (吳孟擧의 ≪宋詩鈔≫를 예시)
3	명대 李于鱗의 ≪唐詩選≫의 맹점 비판. 시도의 협소 · 拘泥 王漁洋 추숭.
4	고악부론. 당 두보 · 張籍 · 王建 · 白居易, 원대 楊維楨, 명대 李西涯, 청대 顧景星을 추숭.
5	오언고시론. 한대부터 송대까지 대표적인 작가 거론. 蘇武 · 李陵→阮籍→陳子昂→李白 · 韋應物 · 두보→소식 · 黃庭堅 · 梅堯臣 · 陸游
6	칠언고시론. 두보 추숭. 學杜의 타당성.

7	오언율시론. 초당부터 중당까지의 맥락. 陳子昂·沈宋→李杜高岑王孟→두보→錢起·劉長卿·韋應物·郞士元
8	排律論. 두보 추숭. 당 4시기별 작가 거명. 李商隱의 學杜
9	칠언율시론. 성당 王維·李頎·岑參을 정종 삼음. 두보는 廣大敎化主. 만 당의 劉滄 거명.
10	오언절구론. 이백·崔國輔→왕유·裴廸→錢·劉·韋 柳宗元의 맥락
11	칠언절구론. 이백과 王昌齡이 최고 風騷의 영향.
12	송대부터 청초까지의 시파 열거. 西崑體→歐陽修, 歐梅→蘇門六君子→江 西詩派→남송의 杜蘇支派→江湖四靈→金代 채蔡吳體→元代四家→明初四 傑→前後七子→錢謙益
13	牧仲 자신의 작시 역정.

이상의 내용을 통하여 王漁洋의 계파로서의 목중과 그의 시관, 그리고 시의 풍격을 먼저 다루고, 이어서 시의 性情論과 「悟後境」에 대한 견해 등으로 나누어 ≪漫堂說詩≫의 시론을 개관해 보고자 한다.

Ⅰ. 宋犖과 그의 詩

청초는 명대의 전후칠자에 의해 성당시를 지나치게 고수하면서 허구적인 폐해가 조성되자, 송시를 추숭하는 작가들이 청초에 등장하게 되니 錢謙益과 黃宗義가 그 주요 인물이었다.2) 그러니까 청초의 尙宋詩的인 조류가 극성하던 시기를 소급해 보면, 宋犖이 ≪만당설시≫(제2조)에서 기술한 다음의 글로 확인할 수 있다.

---

2) 鄔國平, ≪淸代文學批評史≫ p.340 「第四節 宋詩派的理論」: 「自明末以後, 文人們有鑒於七子派恪守盛唐之詩而造成膚廓虛矯之弊, 遂轉而提倡倣法宋詩, 其中以錢謙益·黃宗義等人爲代表, 他們一方面厭薄七子的擬古祈尙, 另一方面由於身經鼎革之變, 故往往在宋人詩中找到了思想上的共鳴。」

명대는 가릉년간 이후에 시가를 칭하는 자들이 모두 송대를 언급하기를 꺼려하여 들추어 서로 헐뜯기까지 하니 따라서 송인의 시집은 시렁을 내놓지 못하였다.(음식 차려 놓듯 남에게 내보이지 못함) 근래 이십년 간 송시를 받들게 되어 내 벗 오맹거의 ≪송시초≫가 나오자 거의 집마다 책을 두게 되었다.
　　明自嘉隆之後, 稱詩家皆諱言宋, 至擧以相訾謷; 故宋人詩集, 庋閣不行。近二十年來, 乃專尙宋詩。至余友吳孟擧宋詩鈔出, 幾於家有書矣。

여기서 20여 년 간 송시풍이 크게 유행했다고 하였는데, 시화를 작성한 시기를 송락의 시화(제13조) 말미에서,

　　무인년 여름, 아들 치균이 부자의 화창하는 낙을 좋아하여 시를 배우기를 청하매 이 글을 써서 보내노라.
　　戊寅長夏, 兒致筠心艶父兄倡和之樂, 欲請學詩, 因書此說付之。

라고 한 데의 「戊寅」은 청대 康熙 37연(1698)이므로, 이로부터 20년을 소급하면 강희 17연(1678) 전후에 이미 송시 풍조가 극성하였음을 알 수 있다. 이와 같은 풍조 하에 尙唐派의 王漁洋의 동도자로서의[3] 송락을 이해하는 것은 또한 시론상 중요한 부분이며, 그의 시관 및 시의 성격을 조명하는 순서는 그의 시화 내용을 살피는데 더욱 필수적인 과정이라고 본다.

1. 宋犖 詩觀의 形成과 脈絡

송락의 생평에 관한 부분은 주로 시학 형성과 연관된 부분에 한정시켜서

---

[3] 송락 자신이 시화 속에서 「近日王阮亭十種唐詩選與唐賢三昧集, ……以此力挽尊宋祧唐之習, 良於風雅有裨。」(제3조)라든가 「阮亭侍郞序余西山詩云:『黃州以前, 守而未化; 虔州以後, 每變愈工。』余愧未敢當。」(제13조)라고 하여 漁洋을 추숭하였고 吳宏一은 ≪淸代詩學初探≫ 第五章 第二節에서 同道者로서 張實居와 張篤慶과 함께 송락을 거론하면서 上記의 송락의 기술을 인용하고 있다. 한편, 蔡鎭楚가 송락을 宗宋詩派에 열입시킨 것은 그가 「宋犖論詩比較持平, 宗宋而不廢唐。」(≪中國詩話史≫, p.235·湖南文藝出版社)라고 기술한 관점에 의거한 것이지만 송락 자신의 지론과 相差가 있어 客觀性이 缺如됨.

보고자 한다. 송락(1634~1713)의 자는 牧仲이며 호는 漫堂 또는 西陂이고
별도로 스스로를 緜津山人이라 하였으며 河南 商邱人이라는 것에는 자료 상
호간에 차이가 없다. 그리고 관직은 黃州通判을 거쳐 江蘇巡撫를 지내고서
吏部尙書에 이르렀으며 太子少師를 加贈받았다. 여기서 목중이 황주통판이
되는 과정은 그의 문학의 수학연유와 밀접한 관계가 되므로 鄭方坤의[4] ≪淸
朝詩人小傳≫의 「西陂詩鈔小傳」에서 그 일단을 다음에 참고할 필요가 있다.

　　상국문강공 총을 위해 그 나이 14세에 대신의 자제로서 숙위로 들어가 호
　종하면서 말 타고 활쏘기를 잘하며 총명하고 신중하여 빈틈이 없으매 세조 황
　제의 칭찬을 받게 되었다. 일등으로 시험에 일등으로 등용되어 황주에 통판으
　로 떠나감을 면키 어려웠다.
　　爲相國文康公冢, 嗣年十四以大臣子弟, 入宿衛扈從, 善騎射, 聰穎愼密, 爲世
　祖皇帝所賞識. 用試第一, 通判黃州以艱去。(卷二)

　여기서 목중이 14세에 文康公 댁에 宿衛로 들어가서 말 타고 활쏘기를 잘
하고 총명하므로 世祖(順治)의 칭찬을 받고 과시로 황주통판을 제수 받게 되
었음을 알게 되는데, 목중 자신도 그의 시화에서 학시의 동기가 文康公에서
부터 연관되었음을 다음에 기술하고 있다.

　　나의 나이 12세에 돌아가신 문강공의 가정교훈을 받들어 성율을 익히고 곧
　대궐 안에 들어가 모시면서 천자의 수레에 몸을 가까이하여 모시다가 이 일을
　곧 그만두었다. 후에 고향으로 돌아가서, 후방역과 가개종, 서작숙 선생을 추종
　하여 시제를 나누어 운을 맞추어 지은 작품이 자못 많았다. 첫 벼슬로 황주에
　가니 관청이 고요하여 자못 시학에 마음을 쓰게 되었다.
　　余年十二卽奉先文康庭訓, 從事聲律。旋入侍禁闥, 側身屬車豹尾間, 此道便
　棄。後歸故園, 追隨侯方域[5]·賈開宗[6]·徐作肅諸君, 分題拈韻, 篇什遂多。迨筮

---

4) ≪淸詩匯≫ 권65; 「鄭方坤, 字則厚, 號荔鄕, 建安人。雍正癸卯進士由知縣, 歷官兗州知府, 有
　　蔗尾集.」
5) ≪淸詩匯≫ 卷十二「侯方域, 字朝宗, 商邱人。有四憶堂詩集。……詩仍沿雲間餘派, 聲采蔚然。」
6) ≪淸詩滙≫ 卷三十四: 「賈開宗, 字靜子, 商邱人, 有遡園集。詩話, 靜子從侯朝宗游上下, 其議

仕黃州, 官衙岑寂, 頗究心詩學。(제13조)

성율을 익히고 黃州에 처음 출사하면서 주어진 조용한 환경이 시학에 마음 두기에 적합했던 것이 시론 정립의 계기가 되었고 ≪만당설시≫의 서술에 근거를 마련했다고 할 수 있겠다. 그러니까 그의 시화작성 동기가 이미 문강공으로부터 시작되었으며 그 시학의 바탕을 기설한 張潮의 시화의 「題辭」에서의 「온유돈후는 시교이다.(溫柔敦厚, 詩教也。)」에 둔 것도 곧 문강공의 庭訓에 있었음을 또한 장조의 다음 시화의 「跋」에서 재확인하게 된다.

　　대저 작고하신 상국문강공의 「백화당시」는 원래 충효에 바탕을 두었는데 따라서 시학의 성행이 한 가문에 모아지고, 글자 하나 하나가 후생소자에게 본보기가 되기에 부족한 것이 없었다. 이제 이 글을 읽으니 가학의 연원이 실로 헛되지 않다.
　　蓋其先相國文康公白華堂詩, 原本忠孝, 故詩學之盛, 萃於一門, 無一語一字不足爲後生小子所矜式。今讀此編, 家學淵源, 洵不誣也。

그의 시학 형성은 가학에서 연원하고 있다는 것이다. 그것은 家學을 통한 「詩教」와 문강공에 출입하면서 습득한 聲律法, 그리고 문강공의 충효의식 등이 조화되고 나아가서 창랑의 妙悟說과 施閏章[7]이나 王士禎과의 교류에서 받은 문학사상 등이 목중의 시학을 가능케 한 것이다.

그리고 목중의 시관을 구체적으로 보면, 넓게는 詩教인 「溫柔敦厚」에 근원을 두어서 시대에나 풍격에 대한 편향을 갖지 않고 소위 「詩道」(詩教)가 살아있으면서 포용적인 태도를 견지하였다. 그래서 ≪清詩滙≫(권32)에서,

　　송락의 온화한 모습이 한가롭고 그 시의 기세가 화해하며 그 시의 어사가 정련하여 성당시에서의 바로 왕유와 위응물에 가깝다.
　　西陂雍容暇豫, 其氣和, 其辭鍊, 在盛唐雅近王韋。

論星象占緯兵食圖籍皆所考訂。」
7) 졸저 ≪清詩話研究≫(국학자료원 1999) 참조

라고 하여 성당 시에 비중을 둔 목중의 기본적인 시관 의식을 보여주는 문장이다. 목중 자신도 그의 시화의 여러 곳에 그 관념을 제시하고 있으니, 보건대,

> 시란 성정의 발로인 것이니 시경과 초사는 받들 만하다. 한위는 고아하고 고담하나 급히 배울 수는 없으며 원가와 영명 이후의 것은 기려를 숭상하여 전통 풍아의 풍격이 쇠퇴하였다.
> 詩者, 性情之所發, 三百篇, 離騷尙已。漢魏高古, 不可驟學; 元嘉·永明以後, 綺麗是尙, 大雅寢衰。(제1조)

여기서 시경을 시의 근원으로 삼되 명대에 와서 외식에 치중하느라고 大雅의 풍격이 쇠락했기에 시화를 쓰지 않으면 안 된다는 의지를 볼 수 있으며, 그런 기준에서 본다면, 高棅의 ≪唐詩品彙≫가 시가의 正軌라는 것을 다음의 서술에서 확인하게 된다.

> 고병의 「품휘」는 크게 개관할 만하다. 고병은 또 뛰어난 것을 뽑아 바른 소리(좋은 시집)를 편찬하였다. …… 배우는 자는 여기서부터 입문하면 그 방향이 이미 정해진 것이다. 더욱 「품휘」 전체를 다 열람하면 당대의 정풍과 변풍을 살펴 알게 된다.
> 高廷禮品彙, 庶幾大觀; 廷禮又拔其尤者爲正聲一編。……學者從此入門, 趨向已定; 更盡覽品彙之全編, 考鏡三唐之正變。(제1조)

시교적 입장에서 볼 때 당시가 합당한 풍격을 취하고 있다고 본 것이다. 이어서 다시 기술하기를,

> 시도는 본래 신통하고 변화무쌍한 것이다.
> 詩道本靈通變化。(제3조)

라고 한 것은 시도의 시에서의 작용을 강조한 부분이 된다. 따라서 목중은 시도를 가장 적절히 작시에서 구현시킨 시인으로 杜甫를 극력 추숭하였으니, 두보의 五言古詩에 대해서,

> 두보의 작품은 주공이 지은 주역과 같아서 후세에 모의해 낼 수 없다.
> 杜工部如周公制作, 後世莫能擬議。(제5조)

라고 하였고, 두보의 七言古詩에 대해서는

> 천지간의 원기의 오묘함이 두보에게서 다 발로되었으니, 실로 집대성의 성인이라 하겠다.
> 天地元氣之奧, 至少陵而盡發之, 允爲集大成之聖。(제6조)

라고 극찬하였고, 두보의 五律과 排律에 대해서도 각각 최상의 평가를 가하여,

> 두보의 작시기교는 너무도 높아서 암수 꾀꼬리의 노래하는 경지를 뛰어넘는다.
> 子美變化尤高, 在牝牡驪黃之外。(제7조)

> 온통 가득 차고 아득히 출렁이듯 하여 온갖 형상들이 다 표현됨은 오직 두보 한 사람 뿐이다.
> 若夫渾涵汪茫, 千彙萬狀, 惟少陵一人已。(제8조)

그리고 두보의 七律에 대해서는,

> 오직 두보만이 당대를 포용하고 시의 정변을 깨우쳤으니 광대교화의 주인이 된다.
> 獨少陵包三唐, 該正變, 爲廣大敎化主。(제9조)

라고 존중한 것은 모두 전통시학의 맥락에서 나온 견해라고 하겠다.

　한편 좁은 면에서 그의 시관을 본다면, 역시 왕어양의 동도자로서 평가함
이 가할 것이다. 우선 기설한 바와 같이 吳宏一이 ≪淸代詩學初探≫에서 왕
어양의 동도자로서 張實居 · 張篤慶과 함께 열거하였으며, 부분적으로 沈德潛
은 ≪淸詩別裁≫(권13)에서 목중을 두고 「오지방을 더듬어 볼 때 어양과 면
진의 합본이 있다.(撫吳時, 有漁洋緜津合刻)」라 하여 동렬에 놓았으며 이어
서 또 동서에 목중의 연구시 「讀高念東先生瓊花觀詩因懷鄭陵舊遊卽席聯句」
를 수록하고서 註에서 「염동선생, 시우산, 왕완정, 사방산이 함께 하다.(同念
東先生施愚山王阮亭謝方山.)」라고 부기하였다. 이런 간접적인 관계사항 위에
王宋 양인의 직접적인 상호간의 거명사항은 목중의 어양으로 부터의 영향관
계를 이해하는데 매우 중요한 인증이 될 것이다. 먼저 왕어양의 기술을 살
펴보자면, ≪漁洋詩話≫(권중)에서

　　　송락이 강남을 순시하던 때에 나를 꿈꾸고 동정호의 기러기란 시를 지어
　　보냈거늘, 이르기를; 「언덕은 넓고 물가는 끝이 없는데 달이 밝은 중에 봄 기
　　러기 날도다. 이리 저리 배회하며 짝을 그리니, 맑은 그림자 소상 물가에 드리
　　웠네.」라 하였다.
　　　宋牧仲太宰巡撫江南日, 夢余屬賦洞庭雁云; 「岸闊水無際, 月明春雁翔。徘佪
　　念儔侶, 淸影落瀟相。」(제23조)

라고 하여 양인의 깊은 정분을 쉽게 이해할 수 있다. 그리고 목중의 시화에
서도 왕어양의 唐詩選集에 대한 기록을 찾을 수 있으니,

　　　근래에 왕완정 선생의 「십종당시선」과 「당현삼매집」은 원래 사공도와 엄창
　　랑의 논리에 바탕을 두었으니, 소위 「표현은 다 하였으되 그 담긴 뜻은 무궁
　　하다」, 「그 묘미는 시거나 짠맛의 경지를 뛰어넘어 있다」인 것이다. 이것으로
　　힘써 당송을 존숭하면 실로 풍아 곧 좋은 시작에 도움이 될 것이다.
　　　近日王阮亭十種唐詩選與唐賢三昧集, 原本司空表聖 · 嚴滄浪緖論, 所謂「言有盡而

意無窮」,「妙在酸鹹之外」者。以此力挽專宋祧唐之習, 良於風雅有裨。(제3조)

여기서 목중은 어양의 선시기준에 대해서 긍정적인 평가를 가하고 있으며, 또한 다음에서 목중의 시를 어양이 품평한 부분에 대해 자술하면서 흠모하는 것을 확인할 수 있다.

> 시랑 왕완정이 나의 서산시에 서문을 지어서 「황주통판 지내기 이전에는 아직 변화진전이 없었는데 건주에 기거한 이후에는 매양 더욱 공교로워졌다.」라 하였는데, 나는 부끄러워 감당치 못하겠다.
> 阮亭侍郞序余西山詩云:「黃州以前, 守而未化; 虔州以後, 每變愈工。」余愧未敢當。(제13조)

어양은 목중의 시가 갈수록 기교를 더하여서 표면상으론 어양적인 시작수준에 도달하고 있다는 점을 피력하였으나, 그 내면에는 목중이 어양을 닮고 또 그 노선을 추종하였음을 암시했다고 본다.

2. 宋犖 詩의 風格

목중의 시는 ≪緜津詩鈔≫에 수록되어 있는데, 본문에서는 ≪淸詩別裁≫(권13)과 ≪淸詩滙≫(권32)에 재록되어 있는 시작을 가지고 그의 시풍을 살펴보겠다. 심덕잠은 별재에서 목중의 시를 평하기를,

> 고체시의 창작은 분방함을 주로 삼고 근체시는 생신함을 주로 삼으며 담긴 의취는 동파를 본받음에 있으니, 지금 본받을 것은 소동파 아니면 배우지 말지라. 여기 수록한 것은 모두 당인의 작품에 가까운 것이다.
> 所作詩古體主奔放, 近體主生新, 意在規倣東坡, 時宗之者, 非蘇不學矣。玆所錄者俱近唐賢諸作。(卷十三)

라고 하면서, <蓮花洞> 등 9수를 수록하였는데 여기서 그 예시를 들어 보겠

다. 먼저 <和子湘春雪後夜坐效韋左司>를 보면,

> 매화가 반쯤 피려 하는데
> 눈 온 후의 달 아래 이 더욱 곱구나.
> 텅 빈 정자에서 봄추위 참아내며
> 앉아서 저녁 종 때까지 쉬노라.
> 연못에 드리운 빛은 추녀와 기둥에 밝게 드리고,
> 학의 우는 소리 숲의 그늘에서 울린다.
> 은둔한 이 사람 조용히 이들을 대하려니
> 시상이 맑게 뼈 속까지 스며든다.
> 梅花半將開, 媚此雪後月。
> 空亭耐春寒, 坐到昏鐘歇。
> 池光明檐楹, 鶴淚激林樾。
> 幽人默相對, 詩思淸到骨。

이 시에 대해 심덕잠은 自評하기를,

> 맑게 뼈 속까지 스민다는 세 글자로 이 시를 스스로 평가한다면, 공의 문집
> 에서 이것으로 으뜸을 삼을 것이다.
> 淸到骨三字自評其詩, 公集中以此種爲上。(≪淸詩別裁集≫ 卷十三)

라고 하여 「淸到骨」의 의취는 신묘함이 넘치는 예어가 되며, <蓮花洞>을 보
면,

> 우뚝 솟은 연화봉에
> 그 속에 연화동굴이 있다.
> 사람을 치며 박쥐가 날고
> 옷소매 적시는 안개 짙게 깔렸다.
> 석양에 굴 입구에 의지하니
> 맑은 휘파람 소리에 원숭이가 다투네.
> 嵯峨蓮花峰, 中有蓮花洞。
> 撲人蝙蝠飛, 沾袂煙嵐重。

斜陽倚洞門, 淸嘯山猿兵。(上同卷十三)

　이 고체시는 역시 심덕잠의 말대로 脫俗에의 「奔放」이란 관점에서 합당한데, 이 두 시에서 어양의 遺響이 스며있고, 위로는 唐体에 까지 근접함을 鄭方坤의 다음 글에서 明知할 수 있다.

　　송락의 시는 온화하고 품격이 준수하여 좋은 옥이 부드럽고 촘촘하여 찬란한 빛이 사방에 비치는 것과 같다. 그 체제는 진실로 답습에 머물지 않고 시경과 초사에 근원을 두고 한위와 당대를 헤아려 본받아 절로 일가를 이루었으니, 실로 재능은 두루 같으나, 그 개성은 독특한 경지에 이르렀다.
　　商邱含吐醞藉, 標格雋上, 如良玉之溫潤縝密, 而精采四照也。其體製固不相襲而其溯源風騷, 甚酌漢魏三唐以自成一家者, 固自異曲同工。(《淸朝詩人小傳》卷二「西陂詩鈔小傳」)

　이와 같이 목중시는 논시와 부합하게 묘사되는 면에서 창작과 이론의 일치성을 보여준다고 하겠다. 목중의 山水詩는 詠物詩와 함께 詩名이 높았으니, 어양이 목중을 두고 「산수가 바야흐로 넘친다(山水方滋)」(《漁洋詩話》권중)라고 하였으며, 査爲仁은 「시명이 천하에 떨치고, 그 영물시를 논하자면 매우 뛰어나다.(詩名振天下, 其論詠物詩甚佳.)」(《蓮坡詩話》)라고 한 것은 모두 목중시에 대한 適評이 되겠다. 이제 <白雲泉>을 보게 되면,

　　아득히 백운천이
　　한 가닥 바위 복판에서 치솟는다.
　　깨끗한 물이끼를 적시고
　　맑은 물소리는 거문고를 타는 듯.
　　가끔 머리 센 노승이
　　표주박 쥐고 이 깊은 골짜기에 오누나.
　　迢迢白雲泉, 一線吐巖腹。
　　涓淨涵苺苔, 淒淸韻琴筑。
　　時有白頭僧, 持瓢到幽谷。(《淸詩匯》 卷三十二)

이 시는 명대의 李東陽이 다음에 기술한 바,

시는 의취를 으뜸으로 여기는 데, 원대함을 귀히 여기되 너무 근접함을 삼가고 담백을 귀히 여기되 농염을 삼간다.
詩貴意, 意貴遠不貴近, 貴淡不貴濃。(≪麓堂詩話≫)

라고 한 의미를 이 시에서 실현해 보인 것이라고 할 만하다. 이러한 神韻的인 詩興에 대한 목중의 집착은 다음의 어양에게 부친 시에서 극명하게 표출되고 있으니 그의 <送汪陛交入都兼寄阮亭尙書>(상동)을 보면,

백발의 어양 노인은
그 풍류는 두루 스승으로 삼네.
뜻이 같은 천하 선비들아
가서 제남시에 화창하세나.
높은 하늘에 맑은 꿈이 걸려 있고
운산에는 옛 기약을 놓쳤도다.
창랑 선생이 물으신다면
나는 님의 생각에 푹 빠져 있다고 말하리다.
白髮漁洋老, 風流衆所師。
好同天下士, 去和濟南詩。
霄漢縣淸夢, 雲山失舊期。
滄浪倘相問, 道我泛漣漣。

어양에 대한 경모심과 그의 근원인 창랑에 대한 의거심이, 그리고 그 자신의 작시태도가 이 시속에 論詩詩의 형식으로 표출되어 있는 것이다. 목중의 시는 그의 시화 첫머리에서 「시란 성정이 드러난 것이다.(詩者, 性情之所發.)」라고 한 것처럼 情景交融의 묘를 묘사하는데 심혈을 기울여서 청대의 성당시라는 찬사(徐世昌의 평어로서 기설하였음)가 타당하며, 그의 시학도 종합하건대 高棅을 詩家正軌로 하여 盛唐詩를 본으로 하되 漢魏부터 宋元까

지 시대적인 편견을 갖지 않고 공평한 평시기준을 세우려 한 점은[8] 그 당시의 사조로 볼 때 확고한 주견이 필요하였을 것이다. 그리고 왕어양과 동일한 맥락을 따르려는 의도가 짙은 면은 吳宏—이 어양의 동도자로 열입시킨 것으로 객관화되었다고 하겠다.[9]

Ⅱ. ≪漫堂說詩≫의 悟後境 논리

목중의 오후경설은 필자가 설정한 나름대로 시설이며 그 논지는 滄浪과 어양에게서 근원을 두고 있음을 기설한 바가 있다. 이 시화에서 이 詩說을 전개한 부분은 제한되어 있으나 그 심도가 있으므로 별개의 절로 分章할 수 있다고 본다. 아울러 논지가 객관적이기 때문에 이 시화의 핵심부분이 되고 있으며 그 이후에 전개되는 詩體論도 이 이론을 바탕으로 하고 있다.

嚴羽창 명대 前後七子가[10] 盛唐詩를 주종으로 삼는 논지는 청대에 와서도 여전하여서, 목중이 추숭하던 왕어양도 ≪唐賢三昧集≫ 속에 이백과 두보를 열입시키지 않을 만큼 편집의식이 강하던 시기에 목중은 그의 시화에서,

> 위로는 조식·육기·도잠·사령운·완적·포조 등 육칠 명의 작가에 근원을 두고 이백과 두보 같은 대가를 탐색하여 그 뿌리를 다지고, 아래로는 송원명대의 제가에 빠져서 이른바 소재를 풍부히 하고 용의를 참신하게 하는 것이다.
> 上則遡原於曹·陸·陶·謝·阮·鮑六七名家, 又探索於李杜大家, 以植其根柢; 下則汎濫於宋元明諸家, 所謂材富而用意新者。(1條)

라고 하여 시대에 구애받지 않고 시의 소재가 본받기에 풍부하고 작시의 의

---

8) ≪漫堂說詩≫ 一條:「悟則隨吾興會所之, 漢魏亦可, 唐亦可, 宋亦可。」
9) 吳宏— ≪淸代詩學初探≫, p.190:「其詩學宗旨; 以高棅爲詩家正軌, 以盛唐爲宗, 上溯漢魏六朝, 下及宋元的主張, 也和王士禎若合符契。」
10) 嚴羽는 ≪滄浪詩話≫「詩辨」에서「論詩如論禪, 漢魏晉等作與盛唐之詩, 則第一義也。大曆以還之詩。則已落第二義矣。」

취가 生新하다면 마땅히 취해야 한다는 포용적이면서 공평성 있는 시관을 제
시하고 있다. 그러니까 시의 특성을 조대에 편승시켜 논할 것이 아니라, 시
자체의 품평에 따라서 취사선택의 기준을 세워야 한다는 것이다. 이것이 「시
는 숙성을 기다림(詩候熟)」(제1조)의 의미인 것이다. 시가 그 때에 따라 적응
하고 나름의 가치를 숙성시키고 있느냐인 것이다. 그래서 목중은 작시의 성
정상태를 「悟」라고 본다면 경물경계와 相合되면서 창작의 흥취를 발현하게
되는 意趣를 「悟後境」이라 한 것이다. 따라서 거기에는 모의나 추종 따위는
의식할 문제가 아니라는 것이다. 목중의 다음 글은 그 뜻을 분명히 밝히고
있다.

> 오래 지나서 근원이 탁 트여서 절로 성정의 핍근한 바를 터득하게 되면 당
> 대를 모의할 필요 없고 옛 것을 모의할 필요도 없으며 또한 송원명대를 모의
> 할 필요가 없는 것이니 나의 참시가 경계에 어울려 흘러 나와서 불교의 이른
> 바 손 가는 대로 짚어 나오고, 장자의 이른바 땅강아지·돌피·기와 등이 있
> 지 않은 곳이 없음 같으니, 이것을 깨우친 후의 경계 즉 「오후경」이라고 일컫
> 는 것이다.
> 久之, 源洞然, 自有得於性之所近, 不必模唐, 不必模古, 亦不必模宋元明, 而吾
> 之眞詩觸境流出, 釋氏所謂信手拈來, 莊子所謂螻蟻·稊稗·瓦甓無所不在, 此之
> 謂悟後境。(제1조)

참된 시란 觸境을 통해 나오는 것이니 때와 장소에 구애됨이 없이 가능하
다는 것이다. 창신한 주관적인 입론을 구비함이 참된 작시의 자세라는 것이
다. 전통을 계승하되 그것은 기계적인 모방이 아니라, 자가의 면목을 형성함
이니 나름의 풍격이 없이는 진정한 시인이 될 수 없는 것이다. 그래서 목중
은 그 당시의 擬古나 泥古의 시풍에 적지 않은 파장을 일으켰고 경종을 울
렸으니, 청대의 시단을 개탄하기를,

> 가슴에 정견이 없이, 물결 따라 쓸려 가고 있으니, 비유컨대 한 장님이 앞
> 에 길잡이 하면 많은 장님들이 뒤에서 그를 따라 다니며 우왕좌왕하는 것 같

아서 감히 스스로의 독자성을 내지 못한다. 아! 슬플 뿐이로다.
　胸無定見, 隨波而靡, 譬一盲導之於前, 群盲隨之於後, 曰左曰右, 莫敢自必。
烏廖, 可哀也已。(제1조)

　이로써 새삼스럽지 않지만 詩界革新의 기치를 세운 것과 같으니, 특히 명대의 맹목적인 의고의식(전후칠자의 詩必盛唐觀에 대한 비판에서 그의 논거를 확인할 수 있다.

　　① 명대는 가륭년 간 이후부터 시인을 칭하는 자들이 모두 송대를 꺼려 서로 헐뜯는 지경에까지 이르매, 송대 작가의 시집이 세상에 나와 퍼지지 못하였다.
　　明自嘉隆之後, 稱詩家皆諱言宋, 至擧以相訾警; 故宋人詩集, 庋閣不行。(제2조)

　　② 이반용의 「당시선」은 의경이 막히고 사어가 천박하여 이미 썩어 쓸모 없는 짚으로 만든 제사용 개와 같다. 종성과 담원춘의 「시구」는 덜 새롭고 궤벽하여 또한 마치 귀신 굴에서 살아갈 방도를 세우는 것과 같으니 모두 취하기에 부족하다. 대개 시도는 본래 광대하거늘 저들은 일부러 협소하게 하고, 시도는 본래 영통변화하는 것이어늘 저들은 일부러 진흙에 빠져서 파 들어가고 있다.
　　李于鱗唐詩選, 境隘而辭膚, 大類已陳之芻狗; 鍾・譚詩歸, 尖新詭僻, 又似鬼窟中作活計, 皆無足取。蓋詩道本廣大, 而彼故狹小之; 詩道本靈通變化, 而彼故拘泥而穿鑿之也。(제3조)

　여기에서 ①은 명대의 시단이 당시만을 높이고 송시를 폄하한 경우를, ②는 명대의 시선본이 주관이 없는 맹목적이며 편벽된 경우를 각각 비평하고 있다. 그러나 목중으로서도 나름대로 評詩의 기준을 제시하고 있으니, 같은 명대의 선본인 高棅의 《唐詩品彙》를 추숭하고 典範으로 삼은 것은 유의할 만하다. 다음에 우선 목중의 글을 인용해 보면,

　고병의 「품휘」는 크게 개관할 만하다. 고병은 또 뛰어난 것을 뽑아 바른 소

리(좋은 시집)를 편찬하였다. 배우는 자는 여기서부터 입문하면 그 방향이 이
미 정해진 것이다. 더욱 「품휘」 전체를 다 열람하면 당대의 정풍과 변풍을 살
펴 알게 된다.

　　高廷禮品彙, 庶幾大觀; 廷禮又拔其尤者爲正聲一編, 近代庶常館課與文章並誦
習之, 蓋詩家之正軌也。學者從此入門, 趨向已定; 更盡覽品彙之全編, 考鏡三唐
之正變。(第1조)

　여기서 지적하고 있는 것은 첫째는 고병의 선본을 시가의 정본으로 본
점, 둘째는 선본이 당시의 맥락과 그 특성을 강조한 것이다. 이 선본은 620
가의 5769首의 시를 수록하고 있으며, 그 序의 「홍무 계유 봄 신녕 고병이
삼가 서를 씀(洪武癸酉春新寧高棅謹序)」(1393년)라고 기재한 것으로 명초에
唐音의 기준을 세우기 위해서 편주하였음을 알 수 있다.11) 이 선본의 공과
는 보는 각도에 따라 다르지만 다음 ≪四庫全書總目提要≫는 이 선본의 역
할을 적절히 설명해 주고 있다.

　　명대 초기 민남 사람 임홍이 성당의 입론을 본받았으나 실지로는 고병이
그것을 좌우하였다. …… 「명사」 문원전에 이르기를 명대 내내 관각에서 이
책을 으뜸으로 삼았다. 그 후에 이몽양·하경명 등이 성당을 모의하여 이름이
우뚝 솟으니, 그 태동이 실로 여기에서 조짐된 것이다.

　　明初閩人林鴻, 始以規仿盛唐立論, 而棅實左右之。……明史文苑傳謂終明之
世, 館閣以此書爲宗。厥後李夢陽·何景明等, 摹擬盛唐, 名爲崛起, 其胚胎實兆
於此。

　여기서 고병의 선본이 명대의 당풍위주의 시단을 계도하고 청초까지 이어
졌음을 알 수 있고,12) 목중의 立論근거가 되었음도 쉽게 이해된다. 고병의

---

11) ≪唐詩品彙≫는 90권에서 오고가 24권, 칠고가 13권(長短句附), 오절이 8권(六言附), 칠절이
　　10권, 오율이 15권, 오배가 11권, 칠율이 9권(排律附), 그리고 작자 보충이 61인, 그 시 954
　　수, 습유 10권으로 구성하였다.
12) 明代 楊愼은 ≪升菴詩話≫(卷七)에서 高棅의 選本을 비평하기도 하지만, 대체로 추종하는
　　경향이 있다. 楊愼의 시화에서 「高棅選唐詩正聲」條의 일단을 보면, 「於此有盲妁, 取損罐而
　　充完璧, 以白練而爲黃花, 苟有屛堵, 必售其欺。高棅之選, 誠盲妁也。近見蘇刻本某公之序,

선본이 목중의 「悟後境」에 母本이 된다는 이유를 긍정적인 면에서 살펴본다면, 먼저 시대적인 안목에서 볼 때 당시를 그 풍격의 특성에 따라서 4 시기로 확정시켰다는 것이다. 고병은 품휘서에서 이르기를,

> 성율에 있어 표현된 사와 담긴 이치가 각각 품격에 있어 높고 낮음이 같지 않다. 대략 보건대, 초당·중당·성당·만당이 각기 같지 않는 법이다.
> 至於聲律, 文詞理致, 各有品格高下之不同。略而言之, 則有初唐·盛唐·中唐·晚唐之不同。

라고 밝혔다. 시기 구분이 단순히 역사적인 시점에 의한 분류가 아니라, 품격의 고하와 연관시켰다는 것이다. 그러니까 고병이 다음 서의 말미에서,

> 진실로 그 작가의 사람됨을 알고, 작가를 통해 그 처한 시대를 알게 하며 그 처했던 시기를 통해서 그 문장(작품)의 고하와 담긴 작품의 의취의 우열을 따져 보게 하여 그 변화를 살피고 정도로 돌아가게 하면 온유돈후의 전통 시교의 경지에 들게 될 것이다.
> 誠使吟詠性情之士, 觀詩以求其人, 因人以知其時, 因時以辯其文章之高下。詞氣之盛衰, 審其變而歸於正, 則優游敦厚之敎。

라고 한 기본인식 속에서 각 시대의 정통적인 시도에 대한 역할과 성격을 명확하게 다음의 선본 「凡例」에서 제시하고 있으니,

> 대략 초당을 정시로 보면 성당은 정종·명가·우익이 되고 중당은 계승의 위치가 되며 만당은 정변의 여운에 해당되는 것이다.
> 大略以初唐爲正始, 盛唐爲正宗·名家·羽翼, 中唐爲接武, 晚唐爲正變餘響。

라고 한 것이다. 齊梁風의 초당이 開元天寶년간을 거치면서 雅正으로 회귀하니 「正始」란 시풍변화의 시발임을 의미하고, 이어서 성당에서 李杜를 중심한 시학의 극치를 이루게 되니 여기에도 여러 품격의 작가들이 자리

乃謂正聲, 其格渾, 其選嚴, 噫！是其屛屑手。」

매김하고 그 수준이 다른 시기에 사표가 되므로 대가니 羽翼의 명칭을 부여케 된 것이다. 중당을 「接武」라 함은 「正變」과 상통함이니, 元和 이후에 韓愈·柳宗元의 복고와 박학, 張籍·王建의 新樂府, 元稹·白居易의 序事, 李賀·盧仝의 鬼怪, 孟郊·賈島의 飢寒 등 각자가 지닌 시풍이 다양하고 기복이 있으되 정도를 지키고 있었다는 점에서 성당의 접무역할을 한 것으로 본다. 그리고 만당에 대해서는 특히 「만당의 변태는 극에 이르렀으나 윗대의 풍격 흐름이 그래도 여전히 남아 있었다.(晚唐變態之極, 而遺風餘韻, 猶有存者焉.)」(序)라고 한 고병의 말과 같이 평가되었기에 창랑의 품평기준과 맥락을 같이 하고 있다.

그리고 고병의 비평적인 안목에서 본다면, 각 시대의 풍격 특성에 의해 시대구분하면서, 아울러 그 시대의 모든 작가들에 대해 예술성을 서로 다르게 특징지어 주고 있다. 성당시에서 「正宗」·「大家」·「名家」·「羽翼」의 구분을 한 것은 시의 우열도 내포되어 있지만, 그 보다는 체재에 따른 특성부여의 의미가 더 크다고 본다. 고병이 이백과 두보를 추숭하면서 楊士宏의 《唐音》에 대해 「이백과 두보 같은 대가는 수록하지 않았다(李杜大家不錄)」라고 비판한 것은13) 평시의 객관성 결여를 지적한 것이지, 맹목적인 전래의 관점을 추종한 데에 있지 않다.14) 이 점이 고병이 지닌 가치인 것으로, 그렇게 볼 때 창랑이 주장한 바 이백과 두보를 「자연스레 깨달아 들어감(自然悟入)」의 학습대상이며 정로의 시인임을 인정한 고병의 견해는 일관성이 있으며,15) 목중의 「오후경」은 고병의 지론과 노선을 같이 하는 입장에서 설정이 가능하게 되는 것이다.

---

13) 《唐詩品彙》 序: 「惟近代襄城楊伯謙氏唐音集, 頗能別體製之始終, 審音律之正變, 可謂得唐人之三尺矣, 然而李杜大家不錄。……」

14) 高棅은 상동서 서에서 「他如朝英·國秀·篋中·丹陽·英靈·間氣·極玄·又玄 ……立論造論, 各該一端。」이라고 하여 이미 전통관념에 의한 대표적인 자료들을 거론하였다.

15) 郭紹虞는 《中國歷代文論選》(中冊·p.252)에서 《滄浪詩話》 「詩辨」의 「以李杜二集枕藉觀之, ……然後博取盛唐名家醞釀胸中, 久之自然悟入。雖學之不至, 亦不失正路。」 구문을 인용하면서 「而高棅這部唐詩選集, 指示學習唐詩者以萬戶千門, 大途小徑; 而要其指歸, 也是以盛唐爲宗, 李杜爲主。」라고 고병의 선본을 평가하였음.

Ⅲ. 唐 以後의 詩派

목중의 시화는 단편이지만 그 설법의 범위와 심도가 광대하여 시법과 시체 및 유파에 관한 독자적인 견지를 제시하였음은 기설한 바와 같다. 특히 포용적인 시풍에 대한 입론은 청대 시단에 개혁적인 일언이었음을 간과할 수 없다. 부연하고자하는 것은 목중의 당대 이후의 시 유파에 관한 독자적인 계통설정인데, 그의 시관에 의해서 시화(제12조)에서 기술한 내용을 정리하여 도시하고자 한다. 참고로 목중의 글(12조) 일부를 인술하면 다음과 같다.

> 당대 이후의 시파는 송원명대를 거쳐 지금까지로 대략 지목할 수 있다. 송대 초기의 안수·전유연·양억을 서곤체라 한다. ……청대 초기에 또 전겸익에게서 변화가 온다. 그 유파 구분이 대개 이러하다.
>
> 唐以後詩派, 歷宋元明至今, 略可指數: 宋初晏殊·錢惟演·楊億號西崑體。……本朝初又變於錢謙益。其流別大槪如此。

<풍격변화로 본 당 이후의 시 유파>

	시 대	작 가
북송대	宋初	晏殊·錢惟演·楊億：西崑派
	仁宗	歐陽修·梅堯臣·蘇舜欽：學杜派 王安石
	神宗	蘇軾·黃庭堅·晁補之·張耒·陳師道·秦觀：蘇門六君子 황정견：江西詩派
남송대	南渡後	陸游·范成大·尤袤·陳與義·劉克莊：杜蘇支分派　徐照·翁卷：江湖 四靈(만당 오언)

금대	초기	蔡松年·吳激：蔡吳體派
	말기	趙秉文·党懷英·元好問：大蘇派
원대	초기	元好問·虞集·楊載·揭傒斯
	말기	楊維楨·李孝光·吳萊·趙孟頫·郝經·薩都剌·倪瓚
명대	초기	高啓·楊基·張羽·徐賁：明初四家
	成宏間	李東陽·李夢陽·何景明·徐禎卿·王廷相·康海·王九思：前七子
	正嘉間	高叔嗣·薛蕙·皇甫氏兄弟
	嘉隆間	李攀龍·王世貞·吳國倫·徐中行·宗臣·謝榛·梁有譽：後七子
	명말	袁宏道·鍾惺·譚元春·陳大韶
청대	초기	錢謙益（虞山派）

≪談龍錄≫의 反神韻說論과 唐詩 意識

　　淸詩話와 관련된 자료들을 분석하면서 正反合의 원리가 필요한 것을 수긍
하게 된다. 이것은 하나의 이론이 있으면 그에 反하는 또 하나의 반론이 있
게 마련인데, 중국문학의 각종 사조에는 그 논리가 매우 적은 경향이 있었
다. 그 이유는 전통적인 선인에 대한 추종의 관념에서 나온 현상일 것이다.
≪荀子≫「勸學篇」의 「선대의 훌륭한 왕들의 남기신 말을 듣지 않으면 학문
이 위대한 것을 알지 못한다.(不聞先王之遺言, 不知學問之大也)」라는 전래의
엄격한 구속적인 의식일 수도 있다. 그런데 진정한 학문이론의 발전을 위해
서는 그에 대한 이견이 따를 수 있다는 것을 특히 중문학연구의 성장풍토를
위해서 중시되어야 한다. 이러한 논쟁적인 견해가 청대에 비교적 쉽게 수용
될 수 있었다는 것은 證實學적인 연구태도가 일반화될 만큼 학자들의 탐구
자세가 객관화되었기 때문이다.

　　이런 조류로 인하여, 청대 시론에 있어서 그 농도가 자못 짙게 나타났으니,
沈德潛의 「格調說」에 대해 吳雷發이 「性靈說」을 유도하는 反格調와 反文學退
化說을 주창하게 되고[1], 청대 시학의 대맥인 王漁洋의 「神韻」에 정면으로 반
론을 제기한 趙執信(1662~1744)의 「시에 그 사람이 들어 있다는 설(有人之

---

1) 拙文 「說詩晬蕑의 詩論」(詩話學論文集. 1996)에 이미 거론됨.

說」 등은 가장 대표적인 문학이론의 논쟁이라 할 것이다. 그 간에 심덕잠과 王士禎 두 대가의 이론에 맹종하면서 詩經의 「溫柔敦厚」적인 詩敎에 기본을 둔 심덕잠과 司空圖와 嚴羽의 性情위주에 바탕을 둔 王士禎의 주장을 가장 온전한 이론으로 수용하려는 그 당시의 풍토에서 과감한 반론을 전개시킨 吳雷發과 趙執信은 등한시되고 비중이 비하될 수밖에 없었다. 따라서 지금까지 많은 청대 시학 자료에서 거의 그에 대한 異論을 찾아내려는 관심을 보이지 않았던 것이 사실이다. 객관적인 논리 정립을 위해서라도 반대 의견에 대한 타당성 여부가 검증될 수 있어야 한다는 순박한 마음으로 이 글을 착상되게 된 것이다. 이 글은 反格調論과 함께 조집신의 ≪談龍錄≫에 대한 참된 가치가 인정될 수 있으리라고 믿는 것이다. 조집신이 왕어양의 문하에서 나왔으면서도 虞山詩派의 馮班이나 吳喬의 사실로 시를 짓는(以實求詩) 것에 동참한 이유는 반론의 대상에 대한 깊은 이해가 선행되어 있었다는 근거이기에 그 논조가 더욱 절실하고 합리적일 것이라고 예견해도 가할 것이다.

한편 조집신은 唐詩에 대해서 다소의 견해를 서술하고 있는데 이것이 신운설과의 상관성을 지니고 있지 않고 독자적인 입장을 고수하고 있어서 동시에 거론할 필요가 있다고 본다.

Ⅰ. 趙執信의 生涯와 그의 詩論 根據

國喪을 당하여 응당 자중해야 할 때에, 연극 「長生殿」을 관람하였다고 해서 右贊善의 직책에서 野人으로 돌아간 후에 반세기 이상을 고향에 묻혀 지내면서 벗과의 교제 그리고 문학에 젖어서 살다 간 조집신의 생애와 그의 시론의 근거인 우산시파와의 관계는 그의 문학관 형성에 중요한 요인이 된다.

1. 趙執信의 爲人

  왕어양의 조카사위이면서 혈통상으로는 趙進美[2]의 從孫인 조집신으로서
는 가학을 이어서 대성할 수 있는 충분한 소지를 지니고 있었으니, ≪淸史
稿≫에 보면,

  조집신은 가학을 이어서 어려서부터 시를 짓고 읊는 것이 뛰어났으니 열아
  홉 살인 강희 18년에 진사에 올라 수편수를 제수 받았다. 때마침 홍박과를 열
  어 사방의 문학에 뛰어난 자들 모두 궁궐에 모였는데 조집신은 글재주를 뽐내
  는 자리에 참여 좌중을 모두 압도하였다. 주이존·진유숭·모기령 등이 그를
  더욱 중히 여겨서 연령을 초월한 교유를 맺었다. 산서향시에 시험관으로 나갔
  다가 우찬선이 되고 28년에 국상중 연극을 관람을 했다 하여 탄핵되어 관직을
  털고 귀향하였다
  執信承基家學, 自少卽工吟詠, 年十九, 登康熙十八年進士, 授編修。時方開鴻
  博科, 四方雄文績學者皆集輦下, 執信過從談宴, 一座盡傾。朱彝尊·陳維崧·毛
  奇齡尤相引重, 訂爲忘年交。出典山西鄕詩, 遷右贊善。二十八年坐國恤中宴飮觀
  劇, 爲言者所劾, 削籍歸。(卷四八四)

라고 하여 초년과 중년의 변화를 기술하였는데, 다음 ≪淸代七百名人傳≫(제
5편 예술문학)에 보면 조집신의 생애를 개관할 수 있다.

  조집신은 자가 신부, 산동 익도인이다. 복건 안찰사 조진미의 종손이니 진
  미는 시명이 매우 뛰어나 청지각집이 있다. 집신은 그 가학을 이었으니 어려
  서 영민하여 시문에 뛰어났다. 강희 18년에 진사가 되어 한림원 서길사와 수
  편수를 지냈다. 이때에 홍박과의 선비를 모집하니 학문과 글이 뛰어난 자들이
  궁궐에 군집하매 집신이 그 사이를 왕래하며 좌중을 압도하여 주이존·진유
  숭·모기령의 진중함을 받아 망년지교를 맺었다. 성품이 해학을 좋아하여 선
  비 중에 시문으로 예의를 취하는데 의기가 맞으면 투합하고 맞지 않으면 홀시
  하여 손을 흔들며 떠나가니 따라서 광인의 이름을 얻었다. 23년에 산서의 향

---

2) 「趙進美, 字嶷叔, 一字韞退, 號淸止, 益都人, 明崇禎庚辰進士, 入國朝授太常寺博士, 歷官福建
   按察使, 有淸止閣集。」(徐世昌 ≪晚晴簃詩匯卷二十二≫ 臺灣世界書局. 1963)

시정고관에 임명되었다가 곧 우춘방 우찬선에 발탁되고 28년에 국상 중인데도 친구의 집에서 술 마시며 연극을 관람타가 급사중 황의에게 탄핵을 받아 마침내 삭관되니 그 때가 나이 30살이다. 귀향하여 시와 술로 마음을 달래며 거하는 바 전원에 의지하고 산에 의지하며 정자를 만들어 자연의 흥취를 다하였다. 성품이 유람을 좋아하여 일찍이 영남을 넘었고 숭산을 두 번 건넜으며 오창을 다섯 번 다니면서 금릉 지방에서는 가는 곳마다 줄을 지어서 마지하며 시문을 구하는 자들이 모여들었으니 방랑하기 50 여 년, 83세에 죽었다. 집신의 시는 매우 진솔하여 부허함을 힘써 버렸으니 평생토록 상숙인 풍반의 유서에 감복하매 사숙제자를 칭하였고 왕사정의 질녀를 맞아 처음엔 애중하였으나 관해집의 시서를 써주기를 바랐으나 사정이 누차 그 약속을 어기매 드디어 자못 비난을 하게 되었고 또 일찍이 사정에게 고시의 성조를 물었다가 사정이 그를 욕보이게 되었다. 집신은 이에 당인의 시집을 가져다가 차례대로 따지고 숙고하여 마침내 그 법칙을 터득하여 ≪성조보≫ 한 권을 만들었다. 또 사정이 문인과 시를 논하는데 신룡은 머리는 보이는데 꼬리는 보이지 않으며 때로는 구름 속에서 비늘 하나 발톱 하나만을 드러내는 것과 같을 뿐이라고 비판한 것으로 하여 드디어 담용록을 지은 것이다.

趙執信, 字伸부苻, 山東盆都人。福建按察使進美從孫, 進美詩名甚著, 有淸止閣集。執信承基家學, 少穎慧, 工吟詠。康熙十八年進士, 改翰林院庶吉士·散館授編修。是時方徵鴻博之士, 績學雄文者, 鱗集輦下, 執信往來其間, 傾倒座人, 尤爲朱彝尊·陳維崧·毛奇齡所引重, 訂忘年交。性喜諧謔, 士以詩文贄者, 合則投分, 不合則略視數行, 揮手謝去, 以是得狂名. 二十三年, 充山西鄕試正考官, 尋擢右春坊右贊善, 二十八年, 以國恤中, 在友人寓讌飮觀劇, 爲給事中黃儀所劾, 遂削籍, 時年未三十也. 旣歸, 放情詩酒, 所居因園, 依山構亭榭, 各極天趣。性好遊, 嘗踰嶺南, 再涉嵩山, 五過吳閶, 維揚金陵間, 所至冠蓋逢迎, 乞詩文書者坌至, 年八十三卒。執信詩自寫性眞, 力去浮靡, 生平服膺常熟馮班遺書, 稱私淑弟子, 娶王士禎甥女, 初猶相重, 以求觀海集詩序, 士禎屢失其期, 遂詬厲, 嘗問古詩聲調於士禎, 士禎靳之, 執信乃發唐人諸集, 排比鉤稽, 竟得其法, 爲聲調譜一卷。又因士禎與門人論詩, 謂如神龍見首不見尾, 或雲中露一鱗一爪而已, 遂著談龍錄。[3]

위의 인용문에서 조집신의 생애에 관한 몇 가지 사항을 파악할 수 있다. 첫째로 출신성분이 문학가의 가문이라는 것이다. 학풍이 있는 가학을 통하여 문재를 양성하고 문인으로서의 자질을 구비할 수 있었다. 가까이는 종조

---

3) 蔡冠洛編著 ≪淸代七百名人傳≫(北京中國書店. 1984. p.1759)

부인 조진미가 太常寺博士와 福建按察士를 지낸 고관이며 문집으로 ≪淸止閣集≫을 남기고 있다. 그러니까 어린 시절에 종조부를 비롯한 가문의 훈도가 있었기에 조년(1680년)에 진사급제가 가능하였다. 조진미는 왕어양의 말대로 그의 시가 맑고 진실하며 속된 맛을 떨치고 있으며(淸眞絶俗) 王維와 孟浩然의 의취를 보여주고 있으니[4] 그의 <籠泉>(≪淸詩匯≫ 권22)을 보면,

> 쓸쓸한 냇가의 다리에 고목이 서늘하니,
> 하늘 저 끝 멀리 있는 나그네 어찌 잊을 수 있으리.
> 벌써 산의 뜻 알고 가을비 내릴 듯 하니,
> 절로 들리는 샘 소리 석양에 어울리네.
> 惆愴溪橋古樹凉, 天涯行李豈能忘。
> 已知山意多秋雨, 自聽泉聲到夕陽。

　여기서 제2구는 숭고한 자연에의 귀소의식을, 제3·4구는 자연경물과 동화된 심리상태를 묘사하고 있으며, 또 <度庾嶺數里山勢鬱秀松蘿蒙蔚怪石嵌空苔繡錯出有作>(상동)을 들면,

> 고생하며 이 그윽한 경치를 감상하나니,
> 남방의 덥고 거친 땅에 이 여행길이 위로가 된다.
> 복숭아 꽃 핀 봄 뚝이 조용하고,
> 솔잎 낀 돌 징검다리가 맑구나.
> 가는 길은 냇물 소리를 쫓아가듯 하고,
> 산은 나의 마음처럼 멋있게 서 있다.
> 저녁 노을에 산 기운 푸르고,
> 지는 햇빛은 저 새들에 비쳐 밝구나.
> 勞役獲幽賞, 炎荒慰此行。
> 桃花春塢靜, 松葉石梁淸。
> 路逐溪聲得, 山如人意成。
> 晚霞生積翠, 斜日鳥邊明。

---

4) 王漁洋은 「公少爲詩, 淸眞絶俗, 得王孟之趣, 使江西時尤刻意二謝, 其放吟一卷, 皆樂府詩, 顧盼跌宕不主。」(≪淸詩匯≫ 卷二十二)

여기에서는 제3·4구가 산의 淸靜한 기색을 묘사하고 제5·6구에서는 산의 기상이 인간의 의취(곧 작자의 것) 이며 시내 소리가 탈속한 선인의 목소리인양 合自然의 강렬한 초탈감을 표출하여 준다. 이것이 조진미의 시풍이건대 이 또한 청대 초기 宋琬의 처량하면서 맑고 격정적인(凄淸激宕) 풍격이나5) 왕어양의 옛스러우며 담백하고 자연스러운(古澹自然) 기풍과6) 상통하므로, 조집신의 초기기풍 또한 그 범주 안에서 평가될 수 있을 것이다. 그리고 조집신 자신이 당시의 문인들과 교류가 많았음도 이에 연유한다. 그 예로서, 《담용록》에 등장하는 인명만을 보아도, 洪昇·錢良擇·吳喬·顧以安·田雯·馮廷櫆·汪懋麟·朱彛尊 등 당대의 명가들이며 조집신과는 같은 조류의 시론을 지향하는 점이 많았다.7)

둘째는 성격이 해학적이지만 시문에 투합 여부에 따라 교우의 폭이 한정되어 있었으며, 논조가 다르면, 연륜의 고하없이 사제의 정분까지 끊을 정도로 괴이하고, 반면에 동조적 입장에서 시론을 같이 하면 시종여일하게 義를 중시하였다는 것이다. 20세 전에 진사로부터 30세에 젊은 우찬선의 직책으로 관직을 마감한 신세이었지만 청초 6대가의 하나인 朱彛尊(1629~1709) 같은 왕어양과 쌍벽을 이루어 唐대의 李白과 杜甫나 송대의 蘇軾과 黃庭堅에 비교되었던 문인과8) 웅장하고 곱고 호탕한(雄麗跌宕) 시풍의 陳維崧(1625~1682)9) 그리고 깊고 넓으며 고운(沈博絶麗) 칠언율시를 지은 毛奇齡(1623~

---

5) 李日剛, ≪中國詩歌流變史≫, p.712; 「其詩格合聲諧, 明靚溫潤, 撫時觸緒, 類多凄淸激宕之調。」

6) 上揭書 p.720; 「披讀漁洋衆作, 深覺確能實踐其神韻理論, 表現古澹自然, 淸新俊逸之風致者, 厥唯其七言絶句。」趙執信이 그의 詩話에서 「新城王阮亭司寇, 余妻黨舅氏也。」(序)라 하고 「錢塘洪昉思, 久於新城之門矣。與余友一日, 並在司寇宅論詩。」라고 하여 漁洋에게서 출원한 것을 밝히고 있으며, 趙進美와 宋琬 등에 대해서는 「詩話韞退少卽工詩, 與姜如須, 宋荔裳。陳臥子·李舒章·宋轅文輩分據南北壇坫。」(≪淸詩匯≫ 卷二十二)

7) 洪昇(一條), 錢良擇(三條), 吳喬(七條), 顧以安(七條), 田雯(十一條), 馮氏以下는 二十八條에 기재.

8) 李日剛의 ≪中國詩歌流變史≫, p.708

9) 陳維崧, 字其年, 江蘇宜興人。明左都御史于廷孫, 父貞慧, 以節槪稱, 著書自娛, 往還多當世碩望。所著兩晉南北史集珍六卷, 湖海樓詩八卷, 迦陵文集十六卷。(≪淸代七百名人傳≫p. 1758)

1716)[10] 등에게서 극진한 총애를 받았음을 알 수 있다. 특히 주이존에 대해서는 왕어양과 비교 평가하여 대등하게 다음과 같이 追崇하였으니,

> 누가 나에게 「어양 선생은 대가입니까?」라고 묻기에 나는 「그렇습니다.」라고 하니 「누가 그에게 짝할 만 합니까?」하길래 나는 다음과 같이 대답하였다. 「주이존 선생일걸요! 어양은 재능이 죽탁보다 뛰어나고, 학문이 족히 월등합니다. 죽탁의 학문은 어양 보다 연박하고 재능도 들어올리기에 족하니 이것은 진정 짝할 만합니다. 남이 스스로 높이 내세우면 낯 두꺼울 따름입니다.」 또 묻기를; 「그렇다면 두 분 선생은 거의 장단점을 따질 만 한 게 없는 것입니까?」 내가 대답하기를; 「죽탁 선생은 지식적으로 전고나 고사 등을 많이 나열하여 현학적인 것을 욕심내고, 어양 선생은 문장의 수식과 묘사에 있어서 아름답고 정다움을 사랑합니다.」
> 或問於余曰; 「阮翁其大家乎?」 曰; 「然。」 「孰匹之?」 余曰; 「其朱竹垞乎! 王才美於朱, 而學足以濟之; 朱學博於王, 而才足以擧之, 是眞敵國矣。 他人高自位置, 强顏耳。」 曰; 「然則兩先生殆無可議乎?」 余曰; 「朱貪多, 王愛好。」(30條)

주이존은 초당시를 중시하고 북송시를 폄하하지 않았으며 민생질고를 반영하는 작풍을 보여준다. 그의 <晩次崞縣>(≪淸詩滙≫ 권44)를 보면,

> 많은 전쟁으로 대지는 어지럽고,
> 봄날에도 북풍은 여전하다.
> 한식이 지났는데 눈발이 날리고,
> 석양 속에 성문은 닫혀있다.
> 행역 나간 이 몸 늙어가는데,
> 역겨운 이 고통 해마다 다르도다.
> 떠돌아다니면서 이 방랑객을 한탄하나니,
> 동서 이리저리 다니느라 허덕이는 신세.
> 百戰樓煩地, 三春尙朔風。

≪中國詩歌流變史≫; 「詩始爲雄麗跌宕, 一變而爲沈鬱, 橫絶一世。」(p. 725)

10) 毛奇齡, 原名甡, 字初晴, 後改今名, 字大可, 一字齊宇, 號西河, 浙江蕭山人。 …阮芸臺稱, 「西河檢討詩咀含六朝三唐之勝, 沈博絶麗, 窈眇情深, 七律天然湊泊, 唐人中最近李頎。」(≪中國詩歌流變史≫(p.726)

雪飛寒食後, 城閉夕陽中。
行役身將老, 艱難歲不同。
流移嗟雁戶, 生計各西東。

이 시에서 전쟁과 賦役의 고난을 은근하게 묘사하여 현실참여의 일념을 드러내었다. 한편 집신은 국상 중에 「장생전」극을 관람한 것이 낙향의 빌미가 되고, 그것이 詩酒로써 자연을 유람하는 향후 50년의 인생행로를 걷게 한 것이니[11] 그로 인해 비애와 울분, 그리고 극단적 비판의식과 불타협의 자기 논리에의 집착심을 갖게 했을 것이다.

셋째는 조집신이 우산시파인 풍반의 맥을 추종했음을 중시하게 된다. 조집신은 교우의 폭이 한정되었으며, 동류의 논조가 아니면 절대로 타협하지 않았기 때문에 비록 어양 문하에 있었지만 오히려 풍반을 사숙하고 평생을 추숭하는 집념을 지녔었다. 그의 詩話序에 보면 그의 의식이 적절히 표현되어 있음을 알 수 있다.

내가 어려서 가숙에서 공부하며 시 짓기를 흠모하였으나 끝내 가르침을 받을 길이 없었다. 약관에 서울에 들어 선대의 명현들의 논저를 배우면서 마음이 진실 되면서도 매양 만족할 수 없는 바가 있었다. 마침 상숙인 풍반 선생의 남기신 저서를 얻어 마음으로 아끼고 흠모하였으나 학문이 남에게 미치지 못하였다. 신성의 왕어양 선생은 나의 처의 당숙이신데 마침 시명으로 천하를 진동시켜서 천하의 선비들이 그 풍조를 따르지 않는 이 없었으나 나 홀로 제자의 예의를 갖추지 않았다. 고시에 별도로 율조가 있다는 말을 듣고 찾아가서 물었더니 어양이 창피를 주었다. 나는 은연중에 그 이치를 터득하니 어양은 크게 놀라워하였고, 또 지은 시를 보고서는 후하게 칭찬해주니 그로 인해 이름을 떨치게 되었다. 그러나 나는 끝내 풍반 선생을 추종하면서 그의 학문을 이어받아 나아가게 되니 남들은 대개 동조하지 않았으며 간혹 어양 선생과도 논점을 달리하곤 하였다.……성조 48년(1709) 6월에 조집신이 서문을 씀.

---

11) 査爲仁은 《蓮坡詩話》에서 放逐 후의 趙執信에 대해 기술하기를, 「趙秋谷贊善被放後, 縱情詩酒。客津門時, 著海漚小譜。時朱竹垞贈句云; 間敎花底安棋局, 笑比紅兒狎酒人。時竹垞亦居下, 築室曰娛老軒。趙贈句云; 老爲鷥胭漁翁長, 間上鴟夷估客船。具見兩人高致。」(166條)

馮班과는 직접 교류가 없지만 어양과의 관계를 멀리하면서까지 논지에 따
라 풍반을 추종한 점을 확인하게 된다. 이것은 어양이 嚴羽를 추숭한 것과
는 달리 풍반은 엄우의 妙悟說을 통박하고 명대 高棅과 그 당시의 시풍을
비판하는 입장에 섰기에 조집신의 처지가 어양에 출입하기에는 성격상 용이
하지 않았을 것이다. 풍반의 ≪鈍吟雜錄≫「正俗」에 보면,

악공이 가요를 채집하여 성조에 맞추면 글 뜻이 대개 통하지 않으며 요가
의 성조가 혼동되어 이것을 다시 이해할 수 없다. 이반용 일파는 악부란 이렇
게 짓는 것이라고 말하고 있으니.
樂工採歌謠以配聲, 文多不可通, 鐃歌聲詞混塡, 不可復解是也。李于鱗之流,
便謂樂府當如此作。

라고 한 것이라든가, 또 같은 「古今樂府論」에서,

종성이 이반용의 뒤를 이어서 기괴하고 난해한 것이 악부이며 평이하고 미
려한 것이 시라 떠든다. 시를 평함에 있어 어느 작품 어느 구는 악부 같으며
악부의 어느 작품 어느 구는 시 같다라고 하면 그 오류는 심하다.
伯敬承于鱗之後, 遂謂寄詭聱牙者爲樂府, 平美者爲詩。其評詩至云; 某篇某句
似樂府, 樂府某篇某句似詩。謬之極矣。

라고 하여 樂府詩에 대한 개념조차 온당하지 않다는 극단적인 평가를 가했던
것이다. 조집신이 풍반을 추숭하면서 우산시파의 吳喬・賀裳・錢良擇을 가까
이 한 것은 우연이 아니었으며, 그의 神韻說에 대한 이견을 낳게 한 요인도

된 것이다.

2. 虞山詩派의 文人

江蘇省 常熟人인 錢謙益(1582~1664)이 동향인 풍반·오교와 함께 엄우 이후의 시사조에 대해 비판적인 의식을 가진 시론을 전개하였는데, 이들을 일명 우산시파라고 한다. 조집신이 이 파에 속하는 문인들과 교류하고 동조한바, 그의 시론 배경이 된다고 할 것이다. 이 시파의 구성요인이 문인들의 출신지나 성격 등과는 상관없이 순수한 시론상의 상통점에 있었다는 것은 기존학파와는 비교되는 것이니, 전겸익 자신도 밝힌 바가 있다. 즉 ≪初學集≫ 권33 「林六長虞山詩序」에서,

> 내가 관직에 있다가 낙향한 다음부터 국내의 문인과 묵객, 그리고 높은 관리와 무관들까지 줄지어서 우산에서 교유하는 자들을 이루 다 꼽을 수 없다.
> 自余通籍以至於歸田, 海內之文人墨卿, 高冠長劍, 連袂而遊於虞山者, 指不可勝屈也。

라고 하여 그 형성의 우연성과 순수성을 기술하였다. 그 형성동기가 여하튼 간에 그 논지는 매우 진지하여서 그에 속한 문인들의 일관된 주장은 성정위주의 논조에 비해 전통시학의 재건이라는 사명감을 심어주었다고 본다. 청초의 시론이 司空圖와 엄우의 설에 경도되고 있을 때, 儒家 시학을 회복시키자는 기치를 든 문인들의 집단이 곧 우산시파라고 해도 과언이 아닌 것이다. 우선 전겸익은 「시에는 바탕이 있다(詩有本)」라는 학설을 내세웠는데, 「本」이란 유가 經敎의 본을 의미한다. 그의 ≪有學集≫ 권17 「周元亮賴古堂合刻序」에 보면,

> 옛날에 시를 짓는 분들은 근본이 있었다. 국풍의 호색과 소아의 원한과 비방, 이소의 고통과 호소 등은 군신과 부부, 그리고 친구 등과 얽어매어 있으며

신세의 핍박이나 시문의 불우한 경우에 지어졌다. 꿈꾸며 놀라고 병들어 신음하며 노래하며 웃는 것 모두가 이러한 것이니 따라서 근본이 있다고 말하겠다.
　　古之爲詩者, 有本焉。國風之好色, 小雅之怨誹, 離騷之疾痛叫呼, 結轖于君臣夫婦朋友之間, 而發作于身世逼側, 時命連蹇之會; 夢而噩, 病而吟, 春歌而溺笑, 皆是物也, 故曰有本。

라고 하여 溫柔敦厚하고 眞誠이 있는 시, 시류와 관념적인 정감이 아닌 학문과 성정이 융화된 논리의 진실성이 있는 시를 추구하는데 그 근본을 詩經과 楚辭의 시학에 두자는 것이다. 따라서 「詩之本」은 학문과 정신수양에서 배양해야 한다는 것이다. 그에 대해서 「題杜蒼略自評詩文」(≪有學集≫ 권四)에서 이르기를,

　　시문의 정도는 영험한 마음에서 싹트거나 꺾이고, 세상의 운세에 따라 닫히든가 열리며 학문의 성장여부가 따르니 이 셋은 상관되어 등잔에 등심·기름·불이 있어야 불꽃이 피는 것과 같다.
　　夫詩文之道萌折于靈心, 螫啓于世運, 而苗長于學問, 三者相隨, 如燈之有炷有油有火而焰發焉。

라고 하여 詩道의 바탕을 학문에 두었으며 성정과 학문의 상관성을 강조하여 「尊拙齋詩集序」(≪유학집보유≫)에서,

　　시의 도에 있어 성정과 학문은 어울리어 있는 것이다. 성정이란 학문의 정신이요, 학문이란 성정의 옥빛인 것이다.
　　夫詩之爲道, 性情學問參會者也。性情者, 學問之精神也, 學問者, 性情之孚尹也。

라고 하여 그 밀접성을 설명하고 있으니, 그의 「詩有本」의 내용을 바탕으로 우산시파의 주지가 설정되고 오교·풍반·하상 등을 거쳐 조집신의 以意爲主와 有人之說을 낳게 되는 것이다. 따라서 조집신에게 직접적인 영향을 준

풍반과 오교의 시론 요지를 살펴볼 필요가 있다. 조집신 자신도 이들 두 문인의 논지에 대해 깊이 존숭하고 있었음을 그의 다음 글에서 확인할 수 있기 때문이다. ≪담용록≫에 보면 풍반에 대해서,

> 시의 도에 있어 단지 풍류만을 내세운다고 될 일은 아니다. 예기에 온유돈후함이 시의 교리이다라 하니 풍반 선생은 항상 사람을 바르게 지도했다. 시경 소서에 성정을 드러내되 예의에 맞는다라 하였다.
> 詩之爲道也, 非徒以風流相尙而已。記曰;「溫柔敦厚, 詩敎也。」馮先生恒以規人。小序曰;「發乎情, 止乎禮義。」(5條)

라 하였으며, 오교에 대해서는,

> 곤산의 오교의 논시는 매우 정밀하다. 지은 바 「위로시화」는 내가 오문소주까지 세 번 찾아가 두루 구했으나 얻질 못하였다. 단지 친구에 보낸 편지 한 통을 보았는데, 그 속에 「시 속에 그 사람이 있어야 한다.」는 말에 나는 감복하여 명언이라고 생각하였다. 후세 사람으로 하여금 그 시를 통해서 그 사람을 알게 하고 그 시대를 논할 수 있게 함이 예의의 큼이다. 만약 말과 마음이 어긋나고 그 시대와 지역이 서로 맞지 않는다면 무엇을 알아서 논할 수 있겠는가?
> 崑山吳修齡論詩甚精。所著圍爐詩話, 余三客吳門, 徧求之不可得。獨見其與友人書一篇, 中有云;「詩之中須有人在。」余服膺以爲名言。夫必使後世因其詩以知其人, 而兼可以論其世, 是又與於禮義之大者也。若言與心違, 而又與其時與地不相蒙也, 將安所得知之而論之? (7條)

이상에서 조집신의 시론요지인 詩敎와 有人之說이 이들 두 풍반과 오교에게서 암시 받았음을 알게 된다. 먼저 풍반의 시론을 보자면, 그가 우산시파의 주체가 된 것에 대해서 張鴻의 ≪常熟二馮先生集≫跋에 분명히 기술하고 있으니,

> 천계 숭정년 간에 우산문학이 무성히 번창하였다. 전겸익 등은 찬란히 두각

을 보였고 풍서와 풍반 형제는 열심히 그 뒤를 받쳤으니 건실하다 할 것이다.
두보를 으뜸으로 하고 이상은을 추종하며 서곤파를 펴나갔다. 은연중에 우산
학파를 세우니 두 선생의 힘이다.

　　啓禎之間, 虞山文學蔚然稱盛。蒙叟·稼軒赫奕眉目, 馮氏兄弟奔走疏附, 尤稱
健者。祖少陵, 宗玉溪, 張皇西崑, 隱然立虞山學派, 二先生之力也。

라고 하여 馮舒와 馮班이 蒙叟 錢謙益 등에 열입되어 두보와 李商隱, 그리고
西崑體를 받들어 우산학파를 주도했음을 알 수 있다. 이러한 풍반는 전겸익
을 이어서 七子와 竟陵文人을 공격하면서 독서를 통해 性靈을 승화시킬 것을
주장하였다. 明代七子를 비판함에 있어 樂府를 논하면서,

　　이반룡은 위진의 악부에서 옛 부터 유달리 이해 안 되는 것을 가져다가 자
구를 다듬고 풀어나갔으니 배우는 자마다 어렵고 맛이 강하고 엄한 것은 악부
이며 평이하고 전아한 것은 시로 여겼다. 개 짖는 소리 시끄러워 아마도 그치
지 않을 모양이로다.

　　李于鱗取魏晉樂府古異難通者, 句摘而字效之, 學者始以難澁遒壯者爲樂府, 而
以平典者爲詩。吠聲譁然, 殆不可止。(≪鈍吟雜錄≫「論樂府與錢頤仲」)

라 하여 악부와 시의 구분조차 못하는 지경이라는가, 또 상동에서,

　　오늘날 악부를 짓는데 옛 제목을 취함이 첫째요 새 제목으로 하면 그 다음
이라. 이것을 버리고 어느 작품은 악부의 투어 같으니 어느 작품은 시어 같느
니 하고 말하는데 이 모두가 이반룡과 하경명의 낡은 방법이다. 시를 선별하
는 데에도 서둘러서 이해하기 어려운 것을 가지고 고묘하다고 하니 이것 또한
경릉파의 종성과 담원춘의 잘못이다.

　　今日作樂府; 賦古題, 一也; 自出新題, 二也。捨此而曰某篇似樂府語, 某篇似
詩語, 皆于鱗·仲默之敝法也。選詩者至汲汲取其難通以爲古妙, 此又伯敬·友夏
之謬也。

라고 하여 악부의 작법조차 터득하지 못한 것을 통박하고 있다. 그리고 독서
의 중요성에 대해 상동서 「正俗」에서,

독서를 많이 하면 마음속이 절로 높아지고 나오는 말마다 옛 선현과 조화됨이 첫째이다. 박식하여 많이 알며 문장에 근거가 있음이 둘째이다. 소견이 이미 많고 절로 득실을 깨닫고 붓을 들면 버릴 것과 취할 것을 분별함이 셋째이다. ……전겸익 선생이 작시법을 가르치매 지식을 중시하니 내가 이 지론을 얻어 이로부터 고인의 시를 읽으면 자못 의심되는 바 없었다.

多讀書則胸次自高, 出語皆與古人相應, 一也。博識多知, 文章有根據, 二也。所見旣多, 自知得失, 下筆知取捨, 三也。……錢口翁敎人作詩, 惟要識変, 余得此論, 自是讀古人詩, 更無所疑。

라고 하여 성정을 옳게 조화시키기 위해서라도 지식함양의 선요건을 강조하였다. 그럼에도 풍반은 이상은을 종으로 삼아 시의 의취가 섬세한 면이 있으며 유미적인 묘법을 강구하고 있음을 보게 된다. <村居月夜>(《청시회》 권15)를 보면,

새털구름 달을 가리지 않고,
나무 시들어지니 작은 뜰악이 넓어지네.
늙어서 남은 흥취 일어나니,
친구가 찾아오니 혼자 보긴 글렀구나.
까치 나는데 근심이 날 새도록 일고,
소가 헐떡이니 추운 줄 모르겠구나.
가을의 마음 왜 슬픈지 묻지 말게나,
관산의 가는 길이 험하기만 하구나.
微雲不礙月, 木落小庭寬。
老去餘殘興, 朋來免獨看。
鵲飛愁到曉, 牛喘不知寒。
莫問悲秋意, 關山行路難。

이 시는 단조로운 시어와 평이한 묘사 속에 삶의 고독과 노년의 우수가 담겨 있어서 섬려한 어사 속에 蒼凉한 의취가 서려 있음을 본다. 그리고 <遊仙詩>(상동서) 제1수를 보면,

용백국에 한가로이 낚시질하는 이 없고,
황금빛 두 궁궐은 절로 찬란하다.
연의 소제는 늙어 떠났고 진시황도 죽었는데,
봉래산이 발아래 있음이 안타깝구나.
龍伯無人釣餌閑, 黃金雙闕自斒斕。
燕昭老去秦皇死, 可惜蓬萊在脚間。

여기서 풍반의 해박한 지식이 드러나고 있어서 仙語가 없는 仙界를 표출하는 기묘한 작법을 구사하였다. 吳喬(1611~1695?)의 논시는 다음 두 가지로 집약할 수 있는데, 첫째는 시의 심미 경계를 강조하고 있다. 情景交融에 의해서 가능하다는 것이다. 情과 景이 따로가 아니라 景이 情의 변화에 따라 승화될 수 있고 미적 감각을 낳게 한다는 것이다. ≪圍爐詩話≫에서,

무릇 시는 정감으로 주인을 삼고 경물로 손님을 삼는다. 경물은 절로 나오지 못하니 정감으로 승화될 뿐이다. 정감이 슬프면 경물도 슬프고 정감이 즐거우면 경물도 즐겁다. 당시는 경물을 정감에 융화시킬 수 있고 정감을 경물에 기탁할 수 있었다. ……명대 홍치·가경 때의 사람에 성당의 가죽 털로 싯구를 만드는 자는 본래 의취란 없어서 경물을 융화시킬 수 없으며 더구나 서경에 있어 고원한 기풍만을 크게 하려 하니 정감과는 아무 상관없게 된다. 추운 밤에 판자로 이불 삼고 벗은 몸에 철갑을 걸치는 것과 같다.
夫詩以情爲主, 景爲賓。景物無自生, 惟情所化。情哀則景哀, 情樂則景樂。唐詩能融景入情, 寄情入景。…弘嘉人依盛唐皮毛以造句者, 本自無意, 不能融景, 況其叙景, 惟欲闊大高遠, 于情全不相關, 如寒夜以板爲被, 赤身而掛鐵甲。

그러니까 오교는 시의 미감은 情을 주요인으로 하는 景의 묘사를 강조하여 사실로 보이는 景이 시에서는 주관에 의한 情에 따라 나오는 景物의 詩化 현상으로 평가하였다. 다음으로는 시 속에 사람이 반드시 있다는 것이다.12) 곧 「詩中須有人」이다. ≪위로시화≫에서 보면,

---

12) 錢泳은 ≪履園譚詩≫에서 吳喬를 「以詩存人」의 부류에 넣어 다음과 같이 기술하였다. 「吳

선생께서는 매양 시에는 그 사람이 들어 있어야 시를 지을 수 있다고 하시
는데 이 말은 선현들에게 없었거늘 어디에서 유래한 것입니까? 대답하기를;
참선자의 문답하는 말에는 반드시 사람이 들어있는데 선을 모르는 자는 느끼
지 못할 뿐이다. 나는 이것으로 시속에도 사람이 들어 있음을 안다. 사람의 경
우에 답답한가 여의한가에 따라 마음의 애환이 일어난다. 공자께서 시를 말씀
하시는데도 애환의 정감으로 하지 않았는가. 시에 경계와 정감이 있으면 그
안에 사람이 있음이라.

　　問曰; 先生每言詩中須有人, 乃得成詩。此話前賢未有, 何自而來? 答曰; 禪者
問答之語, 其中必有人, 不知禪者不覺耳。余以此知詩中亦有人也。人之境遇有窮
通, 而心之哀樂生焉。夫子言詩, 亦不出于哀樂之情也。詩而有境有情, 則自有人
在其中。

　오교의 有人說은 우산시파의 요지로서 조집신이 신운설에 반론을 제기하
는 근거가 된다.13) 오교 또한 소위 七子 등의 허탄한 시론에 대해 부정적인
논지를 전개하고 있음은 우산시파의 통일된 논격이 확고함을 입증해 준다.
그의 ≪答萬季埜詩問≫ 20조에 보면,

　　또 묻기를; 어르신께서는 이반룡·이몽양을 매우 경시하고 전겸익의 논조
에는 동의하십니까? 대답하기를; 「저 이반룡을 논함에 더할 것이 없고 이몽양
은 또한 쇠함이 있다. 이반룡의 재주 본래 박약하고 또 학문이 엷으며 식견이
낮고, 이몽양은 단지 마음이 거칠고 기세가 부허하여 두보를 이마 위에 매달
고 한 시대를 경멸하니 이에 그 천박함을 싫어한다. … 하경명의 재주 아주 우
수하나 또한 견식이 깊지 않으며 모의를 쓰고 눈에 띌 땐 반짝이는데 음미하
면 아무 맛없는 밀랍을 씹는 것과 같다. 왕세정이 매일 수많은 글을 써내지만
마음 쓸 겨를이 없으니 어찌 뛰어날 수 있겠는가? 원중랑 왕세정과 이반룡을

喬, 又名殳, 字修齡, 崑山人。高才博學, 尤工於詩。王阮亭甞稱之曰; 善學西崑。陳其年贈詩,
亦有最愛玉峰禪老子, 力追艶體鬪西崑之句。然觀其語必沈雄, 情多感激, 正不僅以妝金抹粉,
步趨楊劉諸公而已。」
13) 吳宏一은 吳喬의 「有人說」을 「比興」으로 풀이하였으니 「吳喬好言比興, 他所說的比興, 是寄
託, 寓意之意。據詩話卷二, 我們曉得吳喬喜言詩中須有人, 此亦卽比興之意。他著西崑發微,
解說李義山詩, 大都附會史實, 其理論根據在此。西崑發微自序云; 賦必意在言中, 可因言求意,
比興意在言外, 不可以言求意。」(≪淸代詩學初探≫, p.138)

제치려 했지만 힘이 미치지 못하였다. 종성과 담원춘에게는 단지 아동의 견식
에 지나지 않으니 어찌 족히 시를 논할 수 있겠는가?」

　　又問曰; 「丈丈極輕二李, 與牧齋之論同乎?」 答曰; 「渠論于鱗者盡之矣, 空同猶
有屈處。于鱗才本薄弱, 而又學問淺, 見識卑; 空同唯是心粗氣浮, 橫戴少陵於額
上, 輕蔑一世, 是可厭賤。…仲默才最秀, 亦以見處不深, 用於摹擬, 入目燦然, 吟
咏卽如嚼蠟。鳳洲日出萬言, 不暇用心, 何以能佳? 中郞欲翻王·李, 而力有不
逮。至於鐘·譚, 直是兒童之見, 何足言詩?」

　　우산시파의 이런 자세는 조집신에게서 왕어양을 극력 반박하는 집념을 갖
게 하였다고 본다. 타협과 이해가 없는 외골수의 주견이 있다는 것은 그만
큼 논시의 입지가 확고하다는 것을 의미한다. 아울러 위와 같은 우산시파의
논조하에서 조집신은 그의 ≪談龍錄≫을 통하여 상기의 풍토 위에 멀리서
師承관계를 피력하고 있는 점을 유의하게 된다. 즉 그는 동서 21조에 이르
기를,

　　나는 금사 문예전에서 주앙의 말을 읽었다. 「문장이 겉으로는 공교로운데
안으로 졸열한 것은 사람이 많은 연회에서는 주목을 끌면서 홀로 있는 자리에
서는 아무것도 아니다. 또 입으로 칭찬을 받지만 수긍을 얻지 못한다.」 또 이
르기를; 「문장은 의취를 주로 하고 언어는 종으로 한다. 주인이 강하고 종이
약하면 순종하지 않을 수 없다. 지금 사람들은 자주 그 종을 교만케하여 날뛰
어 통제하기 어렵게 되었고 심지어는 그 주인을 부리게 되었으니 비록 시어가
극히 공교한다 해도 어찌 문장의 정도라고 하겠는가?」 나도 모르게 고개가 숙
여져 땅에 닿는다.

　　余讀金史文藝傳眞定周昻德卿之言曰; 「文章工於外而拙於內者, 可以警四筵而
不可以適獨坐, 可以取口稱而不可以得首肯。」 又云; 「文以意爲主, 以言語爲役,
主强而役弱, 則無令不從。今人往驕其所役, 至跋扈難制, 甚者反役其主, 雖極詞
語之工, 而豈文之正哉?」 余不覺俛首至地。

　　周昻(?~1212)은 王若盧의 외숙으로 以意爲主의 문론에 대해 조집신이 착
상을 얻은 것으로 평가된다.14) 그리하여 극도의 경외심을 표출하였으며 이

____

14) 王英志 ≪清人論詩研究≫, p.132; 「周昻之論曾爲其甥王若盧分別援引于文辨與滹南詩話中而

것이 우산학파와 접목하는 기반이 된 것으로 본다. 그리고 그것이 모의와
가탁을 벗지 못한 명대 전후칠자를 공박하는 우산파에 기울게 했을 것이니,
그 자신도 이들을 논하기를,

> 하경명·이몽양·왕세정·이반룡 등을 반박하는 자는 「저들은 오직 당인의
> 꼭두각시일 뿐이다.」라 하는데 그렇다. 내가 비판하는 자들이 스스로 쓴 시를
> 보니 모두 송인의 꼭두각시들이다. 모두 각시들이라면 당인을 따르는 자가 나
> 으니라.
> 功何李王李者曰; 「彼特唐人之優孟衣冠也。」 是也。余見攻之者所自爲詩, 蓋
> 皆宋人之優孟衣冠也。均優也, 則從唐者勝矣。(上同 22條)

라고 하여 명대와 청초의 논자들을 모두 이른 바 「꼭두각시 같은 優孟衣
冠」으로 평가하여 독창성이 결여된 시풍의 단점을 지적하고 있다.

조집신의 시 자체 또한 古直하여 타협과 안일함이 보이지 않고 돌출하는
기풍이 엿보인다. 다음 두 수를 보건대(≪청시회≫ 권47),

> 지난 일은 온통 꿈만 같으니,
> 오는 근심 어찌 끝이 있으랴!
> 관직을 파하고 즐겨 술에 취하나니,
> 낙향하는 이 마음 날씨마저 쌀쌀하다.
> 북쪽 궁궐 안개 속에 멀고,
> 서산 말머리는 느슨하도다.
> 십 년 만에 손 한 번 휘저으며,
> 오늘 장안을 이별하노라.
> 事往渾如夢, 憂來豈有端。
> 罷官憐酒失, 去國覺天寒。
> 北闕煙中遠, 西山馬首寬。
> 十年一揮手, 今日別長安。(＜出都＞)

譽爲 『至哉, 其名言也。』這是重視文學作品的思想內容而反對追求形式的文學觀點。趙執信爲
之俛首至地, 推崇之情亦無以復加。」

높다란 집에 있은들 편치 않으니,
몸밖의 털 한 가락처럼 관직을 내던졌다.
홀로 거문고 안고 흐르는 물 내려다보며,
구슬픈 소리 들으며 뜰에 묻힌 난초가 되리라.
垂堂高坐本難安, 身外鴻毛擲一官。
獨抱焦桐俯流水, 哀音還爲董庭蘭。(<寄洪昉思>)

앞의 시는 罷官하여 낙향하는 심정을 초연하게 수용하여 시속에 그 위인을 보여주며, 뒤의 시는 洪昇에게 방축된 신세를 토로하며 삶의 무상함을 처연하게 토로하고 있으니 이것은 徐世昌이 재인용한 다음 評語와 너무나 상통한다고 본다.

오연양이 이르기를, 조집신은 뛰어난 재주와 기이한 기품을 지니고 있어 소탈하게 자적하며 꾸밈이 없도다. 따라서 그의 시는 솔직하여 속되지 않고 고아하여 괴이하지 않으니 그 사람됨과 같다.
吳蓮洋曰: 秋谷抱異才負奇氣。率然自好, 無所緣飾。故其詩直而不俚, 高而不詭, 如其爲人。

Ⅱ. 神韻說에 대한 異見動機와 그 內容

청대의 시론에서 가장 호소력이 있으며 성정을 감발시키는 시론이 곧 왕어양의 신운설이다. 이 설은 중국의 서정적 妙悟에 기틀을 두고 司空圖의 ≪二十四詩品≫, 그리고 嚴羽의 禪道와 시도의 如一論을 도입한 시설이기에 더욱 당대의 문단을 압도했던 것이다. 그런 처지에 조집신이 감히 반론을 제기한다는 것은 남다른 근성과 이론이 정립되어 있어야 한다.[15] 따라서 본 장에서는 먼저 반론제기의 배경을 추리하고, 신운설이 지닌 맹점을 비평하

---

15) 王漁洋의 위세가 莫强하였으니, 閔鶚元의 「飴山文集序」에 「新城王漁洋司寇執騷壇牛耳, 提衡海內, 凡數十年, 後起而持同異之論者爲博山趙秋谷先生。」

는 견지에서 시가 곧 그 사람이어야 한다는 「詩有人說」, 그리고 시에는 확고한 시인의 주견이 담겨져야 한다는 「以意爲主」의 「主意說」 등 두 방면에서 조집신의 논리를 전개할 가 한다.

1. 王士禎과의 不和

조집신은 외숙인 어양의 문하에서 洪昇 등과 출입하며 그 재능을 인정받았는데, 불화의 빌미가 된 것은 조집신의 ≪觀海集≫의 서문을 어양에 부탁한 것이 약속을 여러 번 어기게 되매, 자존심이 상한 조집신이 康熙 己丑年(1709)에 ≪談龍錄≫을 써서 자신의 원한도 풀고 어양에 대한 이견을 제시하게 된 것이다. 그러니까 이 시화는 恨의 산물이라고도 할 수 있으니 그 자신이 시화의 서말에서,

> 내 스스로 30년을 생각해보매 성질이 거칠고 우직하여 원망을 샀으니, 진실로 변명할 것이 못된다. 그러나 죽은 친구를 너무 속이고 또 떠도는 소문이 너무 지나쳐서 스승에 욕이 될까 걱정이 되었다. 내 생각컨대 반평생의 지식과 견해가 자못 스승의 논설과 잘 합치되었다. 지난날 맺힌 마음을 감추고 비방을 피하느라 감히 발표하지 않았지만 지금은 할 수 있다. 이에 이 글을 지어 구실 삼아 발표하며 이름을 붙이는 바이다.
> 余自惟三十年來, 以疎直招尤, 固也, 不足與辯。然厚誣亡友, 又慮流傳過當, 或致爲師門之辱。私計半生知見, 頗與師說相發明。向也匿情避謗, 不敢出, 今則可矣。乃爲是錄, 以所藉口者冠之篇, 且以名焉。

라고 내심을 토로했음을 보게 된다. 이런 감정적인 갈등은 그의 시화에 다각적으로 표출되어 있으니 그 예구를 들어 보려한다.

> (A) 내가 예전에 소주의 망우인 고소사 집에서 술을 마시며 이런 말을 허트게 하였는데 손객에 때마침 서울 가는 자가 있어 어양을 만나 마침내 일러바치니 이로써 소원해지는 빌미가 되었다.

余曾被酒於吳門亡友顧小謝宅漏言及此，客坐適有入都者，謁司寇，遂以告也，斯則致疏之始耳。(9條)

(B) 고소사에 소하록이 있는데 그 자서에 자못 어양을 헐뜯으매 어양이 심히 미워하였다. 그러나 소사는 단지 기지와 언변에 뛰어나고 학설을 논하지 않아서 그 지론이 김성탄과 비슷할 뿐이니 어양의 단점을 논하기엔 부족하다. 그런데 어양은 어찌 그를 미워하는 것인가? 어양은 본디 마음이 좁다고 하겠다.

小謝有消夏錄，其自叙頗詆阮翁，阮翁深恨之。然小謝特長於機鋒，不說學，其持論仿彿金若采耳，不足爲阮翁病。然則阮翁奚爲恨之? 曰; 阮翁素狹。(13條)

(C) 강도의 왕무린은 왕어양의 고족제자로서, 성품이 거세고 고집이 있다. 왕어양이 마침 오계마애비를 얻었는데 왕무린이 자못 사십 운의 시를 지어 바쳤더니 어양이 그를 입이 닳도록 칭찬하며 나에게 보여 주었다. 내가 그 첫 구인 「양가네 자매의 얼굴이 요염한 여우 같네」을 보고서 급히 그것을 땅에 내던지며 말하였다. 「마음의 흥취를 읊으며 천보의 난리의 원인을 유추함에 있어 백운의 장편시로도 할 수 있겠지만 이따위 말을 쓰는 것을 견딜 수 있겠는가」라 하였다. 어양은 그 일로 안색이 좋지 않았다.

江都汪主事蛟門，王門高足也，內崛強。阮翁適得浯溪磨崖碑，蛟門亟爲四十韻以呈，阮翁贊之不容口，以示余。余覽其起句曰; 楊家姉妹顔妖狐。遽擲之地。曰; 詠中興而推原天寶致亂之由，雖百韻可矣，更堪作爾語乎? 阮翁爲之失色者久之。(25條)

(D) 옛 선인들은 글자 하나에도 엄격하게 다룬 것은 춘추에서 터득한 것이다. 나는 전에 돌아가신 작은 조부 청지공 조진미의 행실을 지었는데 중간에 자못 기휘하는 바가 있어 어양이 몇 줄을 더 보태매 나는 이 때부터 관계를 멀리하게 되었다.

昔人所爲致嚴於一字者，取諸春秋也。余曾爲先叔祖淸止公行實，中間頗有所諱，阮翁爲益數行，余自是甘自疎。(27條)

여기에서 (A)는 友人간에 있었던 어양의 수식적인 시와 시인이 깃들어 있지 않은 無人詩(시에 시인의 마음이 없음)에 대해 불만을 토로한 것을 어양에게 고한 일로 인해 관계가 소원해진 사건을 기록한 것인데, 이것은 양인의 편향적 소견에서 기인했다고 본다. (B)는 어양이 자아집착이 강하여 남의 의견을 경청하는 아량이 좁다고 한 것이며 (C)는 어양의 제자인 汪懋麟이 쓴 시를 어양이 칭찬하며 조집신에게 보여 준 바, 그것을 무례히 땅에 던진 사건인데, 이것은 조집신의 해묵은 감정을 돌출시킨 것으로 실색한 어양에게 할 수 없는 집신의 무례라고 본다. (D)는 집신의 작은 조부이며 집신의 학문의 초석인 조진미의 행장을 어양이 첨자한 것을 불만으로 삼은 것인데, 이것 또한 크게 문제삼을 일이 아니련만 관계의 소원을 가중시킨 것으로 자술하고 있다. 이상의 예문에서 조집신은 일관되게 어양에 대한 원한과 자존심을 품고 있었으니, 조집신의 반론계기는 논쟁에 앞서 반감의 요인도 다소간 작용한 것으로 본다.

2. 王士禎과 論理異見

「神韻說」이 격조설과 송시 유폐에 대한 대응방안으로 제시한 것인 만큼[16] 다음 몇 가지 조집신의 반론견해를 제시하여 정리하고자 한다.

첫째로 조집신은 신운설의 근간인 司空圖와 嚴羽에 대한 비평을 가하였다. 사공도의 ≪二十四詩品≫을 놓고서,

> 사공도는 「맛은 시고 짠 것 밖에 그 은은한 뒷맛에 있다.」라고 하였으니 개관해 보면 어찌 맛이 없는 시가 있겠는가? 24품을 순서대로 정리한 것을 보면 격식설정이 매우 포괄적이다. 후인들이 그에 가까이 한 바 있지만 사공도가 말한 「글자 하나 더 쓰지 않고 시의 멋과 흥취를 다 드러낼 수 있다.」라 한 것 만으로 준칙을 삼지는 않았다. 엄우의 논지가 어찌 이와 나란히 거론될 수 있겠는가?
>
> 司空表聖云; 味在酸鹹之外。 蓋槪而論之, 豈有無味之詩乎哉? 觀其所第二十四品, 設格甚寬。 後人得以各從其所近, 非第以 「不著一字, 盡得風流」 爲極則

---

16) 吳宏一, ≪淸代詩學初探≫, p.184 참조

也。嚴氏之言, 寧堪並擧。(19條)[17]

　　여기서 사공도의 품격론이 너무 포괄적이어서 구체적이지 못한 점이 있으며 字句 이상의 意表가 시가 지닌 장점이라는데 동의하지만 후인의 부회함이 각기 자기주관으로 흘러가는 경향이 있으니 그 대표적인 경우가 엄우라는 것이다. 이것은 어양의 시론근거에 대한 비판의식에서 가필하였다고 본다. 엄우의 당시에 대한 지나친 추숭과 분별이 당시 자체를 오도하는 결과를 낳아서 후대에 아류가 파생되고 그것이 신운설의 맹점을 보이게 되었다는 것이다. 이 논리를 전개하기를,

> 당시인의 시학은 대개 師承의 관계가 있으니 후인들이 단지 의견에 의거한 것과도 다르다. 전에 내가 매우 우수한 것을 찾아보았는데 육구몽의 장호 처사를 기술한 것 만한 것이 없었다. 이르기를; 「원화년간에 궁체소시를 지었는데 가락이 너무 화려하고 경박한 맛을 풍겨서 소문이 요란하였다. 나이 들어 건안의 풍격을 눈여겨보며 악부록을 읽고서는 작자(장호)의 본뜻을 깨달아 알게 되었다. 단편의 작품에서 원망과 비방을 풍자해내는 것이 시경의 육의와 상합되어 제목에 맞게 아름다운 경계를 잘 구사하였고 묘사된 말이 진솔하여 엉뚱하지 않았으니, 이것이 시인의 으뜸가는 재능이다.」 이 글을 보니 당대시인의 추종하는 바가 무엇인지 알겠고, 그 바탕을 대강 엿볼 수 있겠다. 이것을 따르지 않고 엄우의 잠꼬대 같은 말에 가려져 있으니, 이 어찌된 일인가?
>
> 唐賢詩學, 類有師承, 非如後人第憑意見。竊嘗求其深切著明者, 莫如陸魯望之叙張祜處士也。曰;「元和中作宮體小詩, 辭曲豔發, 輕薄之流, 合譟得譽。及老大稍窺建安風格, 讀樂府錄, 知作者本意, 短章大篇, 往往間出, 講諷怨謠, 與六義相左右, 善題目佳境, 言不可刊置別處, 此爲才子之最也。」觀此, 可以知唐人之所尙, 其本領亦略可窺矣。不此之循, 而蔽於嚴羽藝語, 何哉? (20條)

　　이것은 엄우가 第一義니, 小乘禪이니 하여 임의로 시론을 종교사상에 부회시키고 詩經六義의 사상에 뿌리 둔 전통시풍을 희석시킨 오류를 통렬히

---

17) 司公圖「與李生論詩書」;「中華之人所以充飢而遽輟者, 知其鹹酸之外, 醇美者有所乏耳。彼江嶺之人習之而不辨也, 宜哉。」司空圖≪二十四詩品≫「含蓄」;「不著一字, 盡得風流。語不涉己, 若不堪憂。」

지적하였다.

　둘째는 율조에 관한 이견으로서 어양의 詩律觀에 대해 다음과 같이 거론하고 있다.

> 왕어양의 율조이론은 계승 전수된 것이려니 끝내 그 연원을 밝히지 않았다. 그것을 남에게 전수해주는 데에 있어서도 또 그 일을 다하려 하지 않았다. 처음에 추종하는 학생들이 명성을 얻으면 오히려 자기의 설로 교만을 부리니 자신이 진정한 율조의 원칙을 지키지 못함을 망각하고 있다.
> 阮翁律調, 蓋有所受之。而終身不言所自; 其以授人, 又不肯盡也。有始從之學者, 旣得名, 轉以其說驕人, 而不知己之有失調也。(2條)

　여기서는 어양의 律調論이 연원하는 바가 분명치 않으며 작시에 있어서 율격을 중시하지 않는 경향을 지적하였다. 조집신은 自學으로 ≪聲調譜≫를 지은 바가 있을 만큼 율격에 대한 연구를 통하여 어양의 의식에 이의를 표시한 것이다. 어양의 율격에 대한 모호한 태도를 다음에서는 八分體에 비유하기까지 하였으니,

> 문득 어양의 여러 글을 보니 율시를 격시라고 호칭하고 있다. 이것은 구양수가 전서와 예서를 섞어서 혼용하는 팔분서체를 예서체라 하는 것과 같다.
> 頃見阮翁雜著, 呼律詩爲格詩。是猶歐陽公以八分爲隷也。(4條)

　율시를 格詩라 부른다는 것은 율시의 격식이 지닌 엄격성을 강조하기 위한 어양의 표현으로 보는데, 조집신은 율시의 다양한 율조와 變格의 활용성 등을 감안할 때 율시 또한 다른 시체와 구별해서는 안 된다는 견해로 본다. 실제로 그의 ≪聲調譜拾遺≫의 5·7율시의 논리를 보면,

> 당인 오칠언 근체시의 제1연에 요구를 많이 쓴다. 시율에서 제1연의 성조는 비교적 넓은 줄 안다.
> 唐人五七言近體詩, 起調多作拗句。知詩律於起調較寬也。

라고 하였으며 직접 왕유의 <酌酒與裴迪>을 분석하기를 제3연에서,

> 풀빛 온통 가랑비에 젖어 있고,
> 꽃가지가 하늘대니 봄바람이 쌀쌀하다.
> 草色全經細雨濕(三仄)
> 花枝欲動春風寒(三平)

라 하여 이들이 각기 三仄과 三平의 拗救 방법으로 구사되었다고 하였고, 이점에 대해서

> 중간 연에서 우연히 요구의 성조를 붙인 것은 전대의 시에서 찾아봐도 그리 자주 보이지 않는다. 이런 시가 엄격하지 않은 때에 제량의 유풍을 답습함이 웬일인가?
> 於中聯偶著拗調, 求之前人詩中, 亦不多見。豈是時詩未嚴, 沿襲齊梁之遺與?
> (上同)

라고 자평하였는데, 보통 고체시에서 다용되는 三平仄의 拗救방식이 근체시에 활용된 것에 대해 초당의 습작기를 벗지 못한 것으로 평가한 것이다.

셋째는 어양의 ≪唐賢三昧集≫에 대한 평가를 통하여 어양의 이 책은 엄우의 「영양이 뿔을 거니 그 자취를 찾을 수 없다.(羚羊掛角, 無跡可求)」(≪滄浪詩話≫ 「詩辨」)의 묘오론을 바탕으로 선시하여 自註를 가했다고 자술할 만큼[18] 심혈을 기울인 독자적인 당시인관의 산물이기 때문에 조집신의 견해는 어양과의 극단적인 이견으로 보아도 될 것이다. 이제 조집신의 시화 제14조과 제15조의 일단을 보고자 한다.

> 당현삼매집이 처음 나왔을 때 염약거가 나에게 말하기를 이것은 틀린 데가

---

18) 王士禎 ≪唐賢三昧集箋注≫ 「原序」 참조. (臺灣廣文書局)

많으니 교정을 잘못할 수도 있으나 역시 시를 선별한 자의 허물이라고 하겠다. 예컨대, 왕유의 시의 「동남쪽의 정자 위에 먼지바람 일지 말게 하라.」에서 「御」 은 「卸」로 틀려 있는데 장강과 회수에 사정이란 없다. 맹호연의 시의 「길가는 벗에게 서로 물어서, 잠양이 어느 쪽이냐 하네.」에서 「涔」은 「潯」로 틀려 있으 니, 잠양은 상수에 가깝지만 심양은 아주 멀다.……나는 그 말에 깊이 동감되 어서 어양에게 서신을 보냈는데 어양이 후에 지북우담을 지어 그 안에 어느 한 조에서 시인은 오로지 흥회만을 논하면 되지 길이 머니 가까우니 따위는 전혀 맞출 필요가 없다.

> 唐賢三昧集初出, 百詩謂余曰; 是多舛錯, 或校者之失, 然亦足爲選者累。如王
> 右丞詩; 東南御亭上, 莫使有風塵。御訛卸, 江淮無卸亭也。孟襄陽詩; 行侶時相
> 問, 涔陽何處邊。涔誤潯, 涔陽近湘水, 潯陽則遼絶矣。……余深韙其言, 寓書阮
> 翁, 阮翁後著池北偶談, 內一條云; 詩家惟論興會, 道里遠近, 不必盡合。(14條)

정확한 고증과 교감도 없이 선시한 어양의 경솔함을 閻若據의 말을 빌려 서 통박하였는데 어양이 「興會」가 중요한 것이라고 강변하였음을 개탄하였 다. 그리고 또 이어서,

염약거가 고증을 정밀하고 알차게 하는 점에서 전에는 그만한 사람이 없었 다. 시 짓기 좋아하면서 스스로 기교가 없다고 하지만 그 요지를 알고 있다. 내가 당현삼매집을 거론하기를 「왕유의『인적이 한가한데 계수나무 꽃이 지고 밤은 고요한데 봄 산이 비어있네.』에서 문인들은 곡해하여 잘못된 것으로 본 다. … 이기의『완가행』은 지나치게 권세를 드러냈으니 시경의 요지에 어긋난 다. 양굉의『관미인와』는 단지 음탕한 시로서 군자들이 필히 내쳐야 할 것이 다.」라고 하였더니 염약거는 자못 동의하였다. 세월 따라 왕어양은 삼현집이 유포되는 것을 원치 않고 지북우담의 판각도 훼손시켰으니, 시간이 가면 깨닫 게 되는 건가?

> 百詩考据精核, 前無古人。好爲詩, 自謂不工, 然能知其指歸。余與申論三昧集
> 曰; 右丞云; 人閑桂花落, 夜靜春山空。諸家曲爲之解, 當闕疑也。…李頎緩歌行,
> 夸炫權勢, 乖六義之旨。梁鍠觀美人臥, 直是淫詞, 君子所必黜者。[19] 百詩大以爲
> 然。比歲阮翁深不欲流布三昧集, 且毁池北偶談之刻, 其亦久而自知乎? (15條)

---

19) 梁鍠「觀美人臥」;「妾家巫峽陽, 羅帳寢銀床。曉日臨窓久, 春風引夢長。落釵仍昌鬢, 微汗欲
銷黃。縱使朦朧覺, 魂猶逐楚王。」

라고 하여 그 책의 선시 기준이 불분명한 점을 지적하여 시의 가치와 도덕성
을 문제삼았다. 어양 자신도 그 단점을 인정한데 대해 조집신도 杜甫와 李白
을 선시에서 제외시킨 책인 만큼 비록 신운설에 의거한 선시였다고 하지만
다소 모순을 지녔다고 보아 조집신의 이 견해는 객관성이 있다고 본다.

넷째로는 앞에서 선시에서 李杜詩를 제외시켰다고 하였듯이 어양이 두보
와 白居易를 경시한데 대해 반론을 폈다.

> 시인은 학문을 아는 것을 귀히 여기는데 도리를 아는 것을 더욱 귀히 여긴
> 다. 소동파는 두보시를 논하는데 그 담겨있는 故事도 다루니 옳은 일이다.
> ……어양은 두보를 그리 좋아하지 않아서 감히 내놓고 다루지 않고 매양 양억
> 같이 시골 선생의 안목으로 평하였다. 또 백거이를 무시하고 나은을 심히 싫
> 어했다. 나로써 나은은 물론 그렇다고 하겠으나 백거이의 진중음이나 신악부
> 는 좀 열은 맛이 있으나 시경의 소아같은 걸작이다.
> 詩人貴知學, 尤貴知道。東坡論少陵詩外尙有事在, 是也。…阮翁酷不喜少陵,
> 特不敢顯改之, 每擧楊大年村夫子之目以語客。又薄樂天而深惡羅昭諫。余謂昭
> 諫無論已, 樂天秦中吟, 新樂府而可薄, 是絶小雅也。(16條)

이것은 당시선 과정에 이미 경시의식이 표출되었지만, 조집신의 어양에
대한 과격한 감정적 의지가 담겨있는 듯하다. 어양은 창랑의 李杜推崇論을
무시하지 않았을 것이며 또 객관성 있는 안목을 지니고 있었다고 보기 때문
이다. 어양의 《漁洋詩話》下에 「칠언가행은 두보와 소식에 이르러서는 더
이상 보탤 것이 없게 되었다.(七言歌行, 至子美·子瞻二公, 無以加矣)」(50條)
라고 한 데에서 확인할 수 있다.

3. 詩有人說

조집신의 有人說은 吳喬의 「시속에 모름지기 사람이 들어 있다.(詩之中須
有人在)」(《圍爐詩話》)에서 영향 받은 것으로 이 논지로 어양의 「시속에 사

람이 없다(詩中無人)」에 비판을 가하였다. ≪담용록≫ 9조에 보면,

> 왕어양이 전에 소첨사와 한림시강학사로서 남해에 주재자로 있으면서 남해집을 지었는데, 그 첫머리의 「유별상송제자」에 「노구교 위에서 보니 지는 해가 먼지바람에 희미하네. 만리길이 여기서 시작이니 외로운 마음 누구에게 토로하리오?」 또 「여기서 주강을 떠나니 그리는 마음 슬퍼 우는 원숭이에 부치노라.」라고 하였다. 좌천되어 멀리 가 있는 관리로서 무슨 말을 할 지 모른단 말인가? 다음 장의 「여우야화」에서는 「차가운 밤에 술잔을 같이 하면서 갈 길 잃어 막힌 신세를 실소에 부치네.」 궁도가 무엇인가? 시속에 작자 자신이 없는 것이 아닌가?
> 司寇昔以少詹事兼翰林侍講學士, 奉使祭告南海, 著南海集, 其首章留別相送諸子云; 「蘆溝橋上望, 落日風塵昏。 萬里自玆始, 孤懷誰與論?」 又云; 「此去珠江水, 相思寄斷猿。」 不識謫臣遷客更作何語? 其次章與友夜話云; 「寒宵共杯酒, 一笑失窮途。」 窮途定何許? 非所謂詩中無人者耶?

라고 하였는데 어양이 지방 관리가 된 시기에 외로운 심회를 누구와 토로하리오라든가 窮途란 표현은 진심의 발로가 아니고 가식이라는 것이다. 오교가 「사람의 처지에 따라서 어려움과 형통함이 있는데 마음의 애환은 여기에서 나온다.(人之境遇有窮通, 而心之哀樂生焉)」[20]라 한 것은 심적 진성을 의미함이다. 시에 그 사람이 깃들어 있다함은 그 시인의 진심 그 자체의 함유를 뜻한다는 것이다. 조집신은 오교의 논지에 승복하여 이르기를,

> 곤산의 오교의 논시는 매우 정밀하다. 지은 바 「위로시화」은 내가 오문 소주까지 세 번 찾아가 두루 구했으나 얻질 못하였다. 단지 친구에 보낸 편지 한 통을 보았는데, 그 속에 「시 속에 그 사람이 있어야 한다.」는 말에 나는 감복하여 명언이라고 생각하였다. 후세 사람으로 하여금 그 시를 통해서 그 사람을 알게 하고 그 시대를 논할 수 있게 함이 예의의 큼이다.
> 崑山吳修齡論詩甚精。 所著圍爐詩話, 余三客吳門, 徧求之不可得。 獨見其與友人書一篇, 中有云; 「詩之中須有人在。」 余服膺以爲名言。 夫必使後世因其詩以知其人, 而兼可以論其世, 是又與於禮義之大者也。 (7條)

---

20) 吳喬, ≪圍爐詩話≫ 卷一

라고 하였다. 그 자신이 시유인설의 근원을 밝히고 어양의 자기 기만적인 표
현에 대해서, 어양의 처하여있는 시기와 위치와 걸맞지 않는 내용의 시와 말
과 마음이 표현되어 있어, 그 시를 통해서 볼 때 사람됨의 기본 예의조차 갖
추고 있지 않다는 점을 강조하고 있다. 그러므로 시는 「진심이 있은 이후에
어사를 다듬어야 한다.」는 것이다.[21] 誠心에서 예의의 正道가 세워지는 것이
니 예의 있는 시에 眞性이 담긴다는 것이다. 그의 시화 6조를 보면,

> 시는 본래 그 자체로 예의를 지니고 있다. 지금 기쁜 자가 눈물을 흘리며
> 흐느껴서 안되며, 슬픈 자가 기뻐 웃어서는 안 되는 것이 예의인 것이다. 부귀
> 한 자는 옹색한 말을 해선 안되며, 가난한 자는 풍을 떨어서 안 될 것이다. 이
> 렇게 미루어 볼 때 예의 아닌 것이 없다. 자세히 보면, 글은 반드시 순리를 따
> 라야 하며 담긴 의취는 반드시 기탁해야함이 예의인 것이다.
>
> 詩固自有其禮義也。今夫喜者不可爲泣涕, 悲者不可爲歡笑, 此禮義也。富貴
> 者不可語寒陋, 貧賤者不可語侈大, 推而論之, 無非禮義也。其細焉者, 文字必相
> 從順, 意興必相附屬, 亦禮義也。(6條)

슬픔(悲)에 웃음(笑), 기쁨(喜)에 슬픔(悲), 부유(富)에 누추(陋), 빈곤(貧)에 사
치(侈)의 각자 관계는 상호의 처지에서 토로를 삼가는 것이 예의라는 것이다.
이것은 회피나 허식이 아니라 일종의 품도이며 성정의 발로가 예의의 정화
작용을 거쳐서 진성으로 매듭될 때 시의 人性化가 가능하다는 것이다. 그래
서 글은 순리적으로, 뜻은 기탁(부속)으로 자리 매김되는 데에 시의 「예의」
가 갖추어지는 것이다. 이 모두가 시는 人이라는 등식에서 가능하다. 그러면
人은 의식이 있어 그것이 나타남이니 이것이 志이다. 「詩言志」는 시에 人이
있는 증거인 것이다. 조집신은 시화 10조에서 志가 진실하면 시인의 지향 ·
정조가 사실대로 드러나므로 「시로써 말한다(詩以言之)」에 「뜻은 거짓 기탁

---

21) 趙執信 ≪飴山文集≫ 卷二 「田文端公遺詩序」; 「蓋有德者之言誠立而後斮斮修, 固非票驫聲貌者
　　比 ……余爲詩之道至宋而衰, 至明而日以澌減。凡由詞臣而入殿閣者, 人有一集, 篇章雜糅以
　　百千計, 其傳者百不一二。」

해선 안 된다(志不可僞託)」란 표현이 가능하다. 위탁은 「詩無人」과 상통하기 때문이다. 따라서 어양의 추종자인 田雯의 절구 삼십수가 마치 어양을 닮은 듯이 개성이 없으며 나름대로의 감수성도 적어서 풍경이나 전고를 모사하는 단계에 머물렀음을 다음과 같이 통박한 것이다.

> 내가 말하노니, 「이런 시는 곧 내가 지은 것이기도 하고 그대가 지은 것이기도 합니다.」 객이 묻기를 「어째서입니까?」 대답하기를 「단지 강가의 풍경이나 말하고 전고나 고사를 끌어쓰며 과장되어 부허할 따름입니다.」
> 余曰; 「是詩卽我之作, 亦君作也。」客曰; 「何也?」曰; 「徒言河上風景, 徵引故實, 誇多鬪靡而已。」(11條)

강가의 경치 묘사에 故實(典故)이나 誇多(과장과 가식)가 짙어 누구의 작품인지 애매한 부허함이 가득찬 無人의 시를 예시로써 증거하였다. 한편, 조집신은 청대의 시인들에게 「詩有人」의 예를 직접 들어서 趙進美·宋琬·王士祿·朱彝尊·李澄中(1629~1700) 등을 나열하기도 하였으며[22] 전후칠자들의 優孟衣冠 같은 모방 태도를 「詩言志」와 맞지 않는 것으로 지적하기도 하였다.[23] 그러니까 조집신은 고인을 학습하되 規模(본받고 모방)에 대해선 반대한 것이다.

> 내가 단지 묻고자 함은 나의 마음과 몸이 마치 의관을 걸치고 남의 손가락질이나 받는 것처럼 해서 되겠느냐는 것이다. 예컨대 미불이 당인의 의관을 걸쳤다 해도 여전히 미불인 것이다. 만일 마음과 몸이 꼭두각시라면 지어진 시도 각시가 아닐 수 없다.
> 吾第問吾之神與其形, 若衣冠廳人之指似可矣。如米元章著唐人衣冠, 故元章也。苟神與形優矣, 無所著而非優也。(22條)

---

22) 《談龍錄》 28條 참조

23) 《談龍錄》 22條; 「功何李王李者曰; 彼特唐人之優孟衣冠也。是也。余見功之者所自爲詩, 蓋皆宋人之衣冠也。」

개인의 情思와 개성이 시의 근본이 되어야 하며 「시가 곧 사람(詩卽人)」의 일치성을 통해 어양의 興意에 입각한 人性 부재를 부정적으로 논리 전개하였다.

4. 主意說

이것은 「詩言志」의 구체적 표현이라 하겠다. 사람이 있는(人在) 곳에 사상과 감정이 있으니 시는 「以意爲主」의 관점이 중시되어야 한다는 것이다. 이것은 우산시파의 구호이기도 하다. 그 구체적인 예로 次韻시의 無主見을 선호하지 않은 것이다.

차운시는 뜻을 운에 맞추는 것으로 정밀한 생각이 있더라도, 왕왕 자의로 표현할 수 없는 것이다. 간혹 장편시에 한 두개 險韻을 억지로 압운한다 해도 몇 개의 구는 예정된 위치에 맞추어 압운해야 하므로 우회적으로 표현하다 보면 글의 뜻이 본래와 어그러지지 않겠는가? 대가라 해도 피할 수 없을 것이다. 어양이 그런 시는 짓지 않겠다고 다짐한 것은 본받을 만 하다.)
次韻詩以意赴韻, 雖有精思, 往往不能自由。或長篇中一二險字, 勢雖强押, 不得不於數句前預爲之地, 紆廻遷就, 以致文義乖違? 雖老手有時不免。阮翁絶意不爲, 可法也。(32條)

次韻詩는 구속된 用韻 때문에 부자유스럽고 글의 뜻이 本意와 不合하므로 시인의 주의가 이입되기 어렵다는 것이다. 어양도 이 점에 대해서 역설한 바가 있다.[24] 「以意爲主」은 시안에 사상의 뚜렷한 부각 여부에 초점을 맞추어서 부분적인 사조가 아니라 분명하고 전체적인 것이다. 두보의 시를 어느 단면으로 평가하면 정당한 가치를 내릴 수 없음을 다음 예화로 든 것도 그와 상관된다. 보건대,

청신하고 준일한 것을 두보는 중히 여긴 것이다. 시의 기품이 신성함은 색

---

24) 王漁洋은 「一生不次韻, 不集句, 不聯句, 不迭韻, 不合古人韻。」(≪隨園詩話≫卷六에 어양의 말을 빌려서 기록.)

을 칠하고 꾸며서 될 수 있는 것이 아니다. 그러니 이것으로 시의 기준을 세울 수 없는 것이다.

清新俊逸, 杜老所重。要是其味神采, 非可塗飾而至。然亦非以此立詩之標準 。
(18條)

시의 신성한 기품은 수식으로 표현되는 것이 아니며 시의 含意가 深度있어야 가능하다. 清新하고 俊逸함을 두보가 높이 사고, 이것이 두시의 장처이긴 하여도 부분적 관점이 아니라 전체의 사조에까지 안목을 넓혀야 達意를 원활히 할 수 있다. 그러므로 한편의 풍격이 시의 표준이 되어서는 안 된다. 달의는 순간적이 아니고 침잠된 발효와 같은 뜸들이기의 과정에 의해서 완전히 표출될 수 있다. 이 점에 대해서 조집신은 오교의 말을 빌려서 대언하였다.

시의 의취를 쌀에 비유하면 산문은 불 때서 밥이 되고, 시는 발효하여 술이 되는 것과 같다. 밥은 쌀의 모양이 변하지 않으나 술은 완전히 변한다. 밥을 먹으면 배가 부르고, 술을 마시면 취하게 된다. 취하면 근심 있는 사람이 즐겁게 되고, 기쁜 사람이 슬퍼지게 되는데, 왜 그런지를 알지 못하는 사람이 있다.

意喻之米, 文則炊而爲飯, 詩則釀而爲酒。飯不變米形, 酒則變盡。噉飯則飽, 飲酒則醉。醉則憂者以樂, 喜者以悲, 有不知其所以然者。(8條)

시의 의취는 술(酒)처럼 詩心의 입신지경에서 喜悲의 경계가 없어지고 승화된 상태에 도달하는 작가의 最高善 추구의 단계이다. 조집신은 작시의 의취가 극에 달하여 그 창조물이 「龍」과 같다고 하여 그의 시화를 ≪談龍錄≫이라 하였으며 어양이 「詩如神龍」에 대해,

왕어양이 비웃으며 말하기를:「시가 신룡과 같다면 머리만 보이고 꼬리는 보이지 않으며 때론 구름 속에 발톱 하나와 비늘 하나만을 드러낼 따름이니 어찌 전체 모습을 볼 수 있겠는가? 그런 것은 조각이나 그림에서나 볼 수 있을 뿐이다.」

司寇哂之曰:「詩如神龍, 見其首不見其尾, 或云中露一爪一鱗而已, 安得全体?

是雕塑繪畫者耳.」(1條)

라고 폄하하였을 때 조집신은 당당하게 반론하여,

> 내가 말하노니; 신룡이란 것은 몸을 굽히고 폄에 변화무쌍하여, 본디 고정된 체형이 없어 아득히 보이는 것은 오직 비늘 하나와 발톱 하나 뿐이지만 용의 머리와 꼬리가 온전하여 마치 거기 있는 듯 하는 것이다.
> 余曰; 新龍者屈申變化, 固無定體, 恍惚望見者, 第指其一鱗一爪, 而龍之首尾完好, 故宛然在也。(1條)

라고 대응하였는데 여기서는 조집신의 반론이 더욱 타당하다고 본다. 시의 가치가 달의의 극치 여부에 따라 평가될 수 있음도 심미 의식을 고차원에 둔 때문이다. 달의를 위해서 심신을 수양하며 시속에 자신의 참모습을 담으려 自勵의 공을 쌓으면, 조집신이 말한 바,

> 시 짓는 것을 배우면서 의취를 잘 표달하기를 바랄 것이다. 오래 갈고 닦으면 그 뜻이 간결하고 고담하며 고아하고 원대하여지며, 의취를 기탁하는 맛이 오묘해져서 곧 고귀하게 될 것이다.
> 始學爲詩, 期於達意, 久而簡澹高遠, 興寄微妙, 乃可貴尙。(23條)

라고 한 것처럼 고원하고 미묘한 정신세계를 창조할 수 있게 된다는 것이다. 이것은 어양이 엄우의 「참선으로써 시에 들다(以禪入詩)」를 신운설의 바탕으로 도입한 의식세계와 일맥상통하기도 한다. 길은 달라도 이루어진 목표는 하나로 歸一되는 것이다. 어양과 조집신이 지엽적인 관점을 달리 했어도 시에 대한 심미관은 궁극적으로 부합되는 면을 간과할 수 없을 것이다.[25]

---

25) 王英志 ≪淸人論詩硏究≫ p.136; 「由此可見, 趙執信與王士禎對于符合藝術規律的觀點確是『無甚抵牾』的, 袁枚此評可謂卓見。此外, 趙氏又說過; 『始學爲詩, 期于達意。久而簡澹高遠, 興寄微妙, 乃可貴尙。所謂言見于此而起意在彼, 長言之不足而咏歌之者也。』這也同樣是强調詩『達意』之曲折微妙·虛實相生等特點。」

조집신은 어양과 의도적으로 관계가 멀어지려고 하지 않았다. 친척관계이면서 문하생으로서의 학연은 결코 무시되어서는 안 된다. 이미 거론한 바, 몇 가지 요인이 조집신에게 원한을, 어양에게는 자존심 상실을 갖게 하였고 사조상으로는 우산시파의 풍반에게 심취되어 있었기에 신운설의 단점을 반박하는 단계에까지 갔던 것이다. 그러나 어양이 조집신을 근본적으로 무시했다거나, 조집신이 어양을 맹목적으로 비판했다고 볼 수 없으니, ≪담용록≫ 29조에서

> 시인은 용자에 있어 지방 사투리를 가장 꺼린다. 지금 오월지방의 선비들은 매양 북방사람들이 평측을 지키지 않는다고 비웃는다. 그러나 사투리로 인한 실수는 남방에서 더욱 심하다. 이것은 작은 문제이므로 자못 없애는데 힘쓸 것이다. 어양은 일찍이 나에게 이르기를 우리 고향에 나와 자네, 오교 등은 속된 잡소리를 면한 거라네 하며 한바탕 웃었었다.

라고 하여 조집신과 오교의 장점을 칭찬한 것이라든가, 조집신이 차운시에 대해 어양이 극히 부정적 입장을 취한데 대해 그의 시화 32조에서 「어양이 그런 시는 짓지 않겠다고 한 것은 본받을 만하다.(阮翁絶意不爲, 可法也)」라 한 점에서 조집신이 어양의 次韻法에 대한 생각에 뜻을 같이 한 것을 확인할 수 있다.

Ⅲ. 淸代 唐詩觀에 대한 反論

趙執信이 그의 詩話에서 唐詩를 거론한 부분으로 제14, 15, 16, 17, 18, 19, 20, 23, 24, 33조 등 모두 10개조에서 볼 수 있다. 그는 王士禎의 唐詩觀에 대해서 反論的인 立場을 취한 면을 보이고 있어서 나름의 價値를 부여할 수 있다. 이제 여기서 10개조를 王士禎이 보는 唐詩觀에 대한 趙執信의 평가와 李白과 杜甫詩에 관점, 그리고 詩의 意趣에 대한 言外論 등으로 내용면의

성격으로 분류하여 原文을 제시하면서 살펴보고자 한다.

1. 王士禎의 唐詩評에 대한 批判

앞에도 길게 거론하였듯이 趙執信은 王士禎과 친척이면서 師弟관계이기도 하지만 詩論觀點은 다른 路線을 지니고 있어서 ≪談龍錄≫에서 神韻說에 대한 반론을 전개하였다. 그 反論을 제14, 15, 16조에서 보기로 한다. 먼저 제14조를 보면,

> 산양의 염백시 약거는 학자이다. 당현삼매집이 처음 나오매 백시가 나에게 일러 말하기를, 「이것은 많이 잘못되어 있는데 혹시 교정한 자의 실수인가 하나 또한 선정자에 누가 되기에 족하다. 예컨대 왕우승시에 『동남쪽에 궁궐 정자위에서 전쟁이 없게 할지라.』에서 御는 卸의 오류로 강회에는 사정이 없다. 맹양양시에 『같이 길 갈 때 서로 묻기를 잠양이 어디에 있나.』에서 涔은 潯의 오류로서 涔陽은 湘水에 가까우나 潯陽은 멀리 있다. 조영시에 『서쪽으로 돌아가 머물 겨를이 없으니 한 밤에 경수를 건느네.』에서 京은 涇의 오류이다. 京水는 포전의 서쪽이니 涇水라면 벌써 국경에 들어온 것이다.」 나는 그 말을 바르게 여겨서 왕사정에게 글로 보냈더니 완옹이 후에 지북우담을 지어서 안의 한 조에 이르기를; 시인은 오직 흥회를 논할 것인데 길의 원근이 반드시 다 맞는 것은 아니다. 예컨대 맹호연시에 『어둔 돛대는 어디에 머무는가, 멀리 낙성만을 가리킨다.』에서 낙성만은 남강에 있다. 아마도 몰래 앞의 말을 풀이한 것이리라.
>
> 山陽閻百詩若據, 學者也. 唐賢三昧集初出, 百詩謂余曰:「是多舛錯, 或校者之失, 然亦足爲選者累. 如王右丞詩: 東南御亭上, 莫使有風塵. 御訛卸, 江淮無卸亭也. 孟襄陽詩: 行侶時相問, 涔陽何處邊. 涔誤潯, 涔陽近湘水, 潯陽則遼絶矣. 祖詠詩: 西還不遑宿, 中夜渡京水. 京誤涇, 京水正當圃田之西, 涇水則已入關矣.」 余深韙其言, 寓書阮翁, 阮翁後著池北偶談, 內一條云; 詩家惟論興會, 道里遠近, 不必盡合. 如孟詩: 暝帆何處泊, 遙指落星灣. 落星灣在南康云云. 蓋潛解前語也.
> (後略)

여기서 王士禎이 編注한 ≪唐賢三昧集≫에서 誤字가 적지 않은 점을 지적

하고 있다. 王維, 孟浩然, 祖詠 등 성당시인의 시에서 편집과정에 나온 착오를 거론하여 漁洋의 정밀치 못한 考證을 비평한다. 더구나 어양이 ≪池北偶談≫에서 자기 主見인 것처럼 거론한 점을 더욱 비판하고 있다. 왕사정은 그의 책에서 李白과 杜甫의 시는 수록하지 않았는데 그 이유는 嚴羽의 興趣說을 추종하는 편견을 가지고 있었기 때문이다. 그 근거로 다음 ≪唐賢三昧集≫ 原序(王士禎이 1688년 康熙 27년 七夕 후에 쓴 서문)의 첫머리를 보면 알 수 있다.

嚴滄浪論詩云: 盛唐諸人唯在興趣, …… 司空表聖論詩亦云: 妙在酸鹹之外. ……宸翰堂日取開元天寶諸公篇什, 讀之于二家之言, 別有會心, 錄其尤雋永超詣者, 自王右丞以下四十二人, 爲唐賢三昧集.

이같이 嚴羽와 司空圖의 作詩觀을 根底로 하여 三昧集이 편집된 만큼 조집신이 거론한 부분이 枝葉的이지만 그 바탕에는 근본적인 漁洋에 대한 反論的 論理를 가진 점을 인식하게 된다. 그리고 王漁洋의 三昧集이 지닌 문제점을 구체적으로 다시 거론한 부분을 다음 제15조에서 본다.

백시의 고증은 정밀하여 전에 고인에도 없다. 시 짓기 좋아하여 기교하지 않는다고 자신이 말하지만 그 요체를 알 수 있다. 나는 그에게 삼매집을 논하여 말하기를, 우승이 말하기를 「인적이 한가하니 계수나무 꽃이 지고 밤이 고요하니 봄산이 비어있네.」 제가는 이것을 곡해하여 의심한다. 저광희는 말하기를, 「산 구름이 높은 기둥을 스치고 하늘에는 구름이 흘러든다.」 아래 구의 雲자는 정말 틀렸으나 경솔히 고치지 않음이 옳으니 천천히 취하여서 배우도록 함이 좋다. 이기의 완가행은 권세를 크게 밝히고 있으나 육의의 뜻에 어긋난다. 양굉의 관미인와는 곧 음탕한 글로 군자가 필히 축출해야 할 것이다.」 백시는 크게 그렇다고 생각한다. 해마다 완옹이 삼매집을 유포하여 지북우담의 각인을 훼손하고 싶어 하지 않는데 그 또한 오래 되면 저절로 알 것이다.

百詩考據精核, 前無古人. 好爲詩, 自謂不工, 然能知其指歸. 余與申論三昧集曰: 右丞云; 「人閑桂花落, 夜靜春山空.」 諸家曲爲之解, 當闕疑也. 儲光羲云; 「山雲拂高棟, 天漢入雲流」 下句雲字定誤. 不輕改正可也, 漫而取之, 使人學之可乎.

李頎緩歌行, 夸炫權勢, 乖六義之旨. 梁鍠觀美人臥, 直是淫詞, 君子所必黜者. 百
詩大以爲然. 比歲阮翁深不欲流布三昧集, 且毁池北偶談之刻, 其亦久而自知乎.

　　위의 글은 제14조가 百詩 閻若據의 의견을 인용하여 전개한 의견과는 달
리, 조집신 자신이 삼매집에 대한 문제점을 구체적으로 거론한 것이다. 王維
시구는 <皇甫岳雲溪雜題>(≪王維集校注≫ 卷7) 5수중 <鳥鳴磵>의 第1聯으
로 어양의 평이 없지만 시의 내용이 事實的이라기보다는 환상적인 탈속의식
이 포함되어 있으므로 曲解 가능성이 있다는 것이데, 이 시는 後代의 評에
서 胡應麟은 「태백의 오언절구는 그 자체가 신선의 말이며 우승은 오히려
선종에 들었다. 예컨대 인적이 한가하니 계수나무 꽃이 지네.……나무 끝에
부용화가 맺히네.……이것을 읽으면 몸과 세상 둘 다 잊게 되고 온갖 상념
이 모두 고요해 지며 시 속이라고 말하지 않아도 이런 절묘함이 담겨 있다.
(太白五言絶, 自是天仙口語, 右丞却入禪宗. 如人閑桂花落,……. 木末芙蓉
花…… 讀之身世兩忘, 萬念皆寂, 不謂聲律之中, 有此妙詮)」(≪詩藪≫ 內編 卷
6)라고 하여 초탈적 의식 경지를 묘사하였다고 하였으며 沈德潛은 「읽을수
록 느끼는 맛이 평상의 격조를 초탈하여 있어서 후인이라도 본따지 못할 것
이니 그 까닭을 알기 어렵다.(諸詠聲息臭味, 逈出常格之外, 任後人模倣不到,
其故難知)」(≪唐詩別裁≫ 卷19)라 하여 後人이 模倣할 수 없는 非凡性을 강
조하고 있다. 이 점으로 보아 조집신의 거론은 主觀性이 강하다고 본다. 그
리고 儲光義 시구는 <題璡山人樓>(唐賢三昧集 卷上)의 제3연으로 ‘雲’자 옆
에 「遞下互雲字」라고 附記되어 있어서 조집신이 ‘雲’자의 誤用을 지적한 것
은 합리적이다. 李頎의 <緩歌行>(上同 卷中)은 六義를 벗어나서 詩經 詩敎
에 어긋난 내용이라 하였는데 黃培芳이 후에 批點하기를 「이 시는 귀족의
젊은이에게 경계로 삼기에 족하다.(此篇足爲紈袴少年戒)」라고 註解한 것으로
보아 조집신의 견해를 수용할 수 있고 梁鍠의 시를(上同 卷下) 음탕하다고 酷
評하여 三昧集에 수록한 原序的 作品選定根據와는 不合하므로 어양의 選詩基
準에 객관성이 결여되어 있다는 것인데 역시 황배방은 「娟麗是六朝人語」라

고 批點하여 이 시가 齊梁風을 模擬한 것이라고 보면 華靡한 점은 있으나
淫詞라 하기에는 혹평이라 보아서 필자는 오히려 여전히 어양의 편에 서서
이해한다. 한편 조집신은 어양이 杜甫를 三昧集에서 배제한 것과 並行하여
李白을 물론이어니와 劉禹錫 시를 제외시키고 있는 것에 대해 조집신은 다
음 제16조에서 기술하고 있다.

> 시인은 학문 알기를 귀히 여기고 더욱 도리 알기를 귀히 여긴다. 동파는 두
> 보시를 논하기를 시 자체 외에도 事實이 담겨있다고 하였는데 그렇다. 유우석
> 시에 이르기를, 「가라앉은 배 옆에 수많은 돛대가 지니가고, 병든 나무 앞에는
> 온갖 나무에 봄이라네.」 도리의 말이 있다. 백거이는 이 시를 매우 추천하였다.
> 나는 일찍이 완옹 왕사정처럼 거론하면 답하기를, 「나는 이해 못하겠다.」고 하
> 였다. 완옹은 두보를 몹시 싫어하여 특별히 감히 그를 드러내어 풀지 않고 매
> 양 양대년 촌사람의 안목으로 객에게 말하곤 한다. 또한 백락천을 가벼이 여
> 기고 나은을 매우 미워하였다. 나는 말하노니 나은은 물론이고 백락천의 진중
> 음과 신악부까지 가벼이 여기는데 이들은 진정 小雅인 것이다. 만일 두보가
> 천고에 듣는다면 나는 어떻게 말해야 하나?
>
> 詩人貴知學, 尤貴知道. 東坡論少陵詩外尙有事在, 是也. 劉賓客詩云; 沈舟側
> 畔千帆過, 病樹前頭萬木春. 有道之言也. 白傅極推之. 余嘗擧似阮翁, 答曰; 我所
> 不解. 阮翁酷不喜少陵, 特不敢顯改之, 每擧楊大年村夫子之目以語客. 又薄樂天
> 而深惡羅昭諫. 余謂昭諫無論已, 樂天秦中吟, 新樂府而可薄, 是絶小雅也. 若少陵
> 有聽之千古矣, 余何容置喙.

위의 인용문에서 거론한 바와 같이 왕사정이 以禪入詩的인 眼目만으로 選
詩하면 당연히 杜甫, 劉禹錫, 羅隱 같은 寫實主義 시인을 배제할 수밖에 없
다고 본다. 다만 杜甫를 제외시킨 왕사정의 의식이 객관적이고 논리적이지
못하다는 점을 지적한다면 조집신이 황당하게 푸념하는 입장을 지지하고 왕
사정의 삼매집 편찬이 中國詩史的 각도에서 극히 矛盾된다고 할 수 있다.
그래서 王鳴盛이 《唐賢三昧集箋註》 序에서 기술하기를,

> 두보는 천고의 시성으로 그 지은 시는 정신이 있어 반드시 만권을 독파함

을 근본으로 삼아야 한다. 만약 공허하고 성글며 천박하고 고루한 마음으로
한 면만을 멋대로 묘사하여 묘오에 들었다고 스스로 속인다면 어찌 족히 식자
의 苦笑를 감당할 수 있겠는가?

少陵千古聖, 而其言下筆有神, 必以讀破萬卷爲根本. 若以空疏淺酉之腹而漫欲
描頭畵角以自詭於妙悟, 豈足當有識者之一笑乎.

라고 하여 왕사정의 杜甫 기피의식이 偏見에서 발로되어 삼매집이 문제점을
지니고 있음을 강조하였으니 조집신이 우려하는 점을 긍정적으로 수용할 수
있다. 왕사정이 엄우에 집착하므로 해서 편견에서 벗어나지 못하니, 조집신
은 엄우를 비판적 시각으로 보게 되었고 그것을 경계하기를 주장하고 있으니
다음 제20조의 일단에서 확인하게 된다.

당현의 사학은 대개 사승관계가 있는데 후인이 다만 의견에 의거하는 것만
못하다. …… 건안풍격을 좀 살펴보면 악부록을 읽고 작자의 본의를 알아서
장단편의 작품을 왕왕 써 내는데 풍자와 원망을 강구하여 육의와 서로 합하여
좋은 경지를 제목 삼기 잘 하여 어사에 별난 곳을 가리지 않으니 이것이 재자
의 으뜸이다. 이것을 보면 당인이 숭상하는 것을 일 수 있고 그 본령을 대략
엿볼 수 있다. 이것을 따르지 않고 엄우의 잠꼬대에 덮여 있으니 어찌하자는
것인가?

唐賢詩學, 類有師承, 非如後人第憑意見. …… 及老大稍窺建安風格, 讀樂府
錄, 知作者本意, 短章大篇, 往往間出, 講諷怨謠, 與六義相左右, 善題目佳境, 言
不可刊置別處, 此爲才子之最也. 觀此, 可以知唐人之所尙, 其本領亦略可窺矣. 不
此之循, 而蔽於嚴羽藝語, 何哉?

조집신은 嚴羽의 以禪喩詩라는 개념으로 인해 후대의 詩論立地가 편벽되
고 정도에서 벗어나게 되었고 결국은 왕사정의 삼매집과 같은 시집이 나오
게 된 상황을 한탄한 것이다.

2. 李白과 杜甫 詩에 대한 見解

趙執信이 李白과 杜甫의 詩를 논한 부분은 제17, 18조 두 項目에 限하고 있다. 먼저 李白과 杜甫가 그들의 시를 형성한 淵源관계를 밝히고 宋末과 明代를 거치면서 지나친 情感위주에 흐르면서 俗情에 경도되는 조집신 當時의 시단을 비판하고 있는 다음 제17조를 본다.

> 이백은 완적과 사령운, 사조를 추숭하고 두보는 조식과 가까이 하며 도잠, 사령운, 유신, 포조, 음갱, 하손 등을 칭찬하였으며 초당사걸을 가벼이 여기지 않았으니 그 어찌 문호의 성기에 대한 견식이 있어서 그러하겠는가, 오직 달고 쓴 것을 깊이 알고 있음이다. 송대에 이르러 비로소 전인에게 지나친 성정론이 있게 되었으나 명대 사람이 일체를 버리려한 것에 미치지 못한다. 지금은 곧 속정의 습관에 빠져서 옳고 그름이 없다. 후인이 다시 후인을 두려워하면 어떻게 될 건가?
>
> 青蓮推阮公, 二謝, 少陵親陳王, 稱陶謝庾鮑陰何, 不薄楊王盧駱, 彼豈有門戶聲氣之見而然, 惟深知甘苦耳. 至宋代始於前輩有過情之論, 未若明人之動欲掃棄一切也. 今則直汨沒於俗情積習中, 非有是非矣. 後人復畏後人, 將於何底乎.

위에서 李白의 詩風은 竹林七賢의 하나인 阮籍의 詠懷詩와 謝靈運의 山水詩, 그리고 謝朓의 綺麗한 묘사법에서 형성되었고 杜甫는 曹植의 彫琢과 勉勵의 자세와 陶潛의 田園과 歸自然 의식, 그리고 六朝의 寫實主義 작가인 庾信과 鮑照의 고뇌, 나아가서 초당대의 律絶의 형식 정착에 각각 힘입은 것이 크다는 것을 강조하고 있다. 그러므로 이백과 두보의 시가 본보기가 된 이유는 전대의 名詩人들을 철저히 표본 삼는 精神과 不斷한 成就의욕이 작용한 것을 확인한다. 특히 明淸代에 이르러 詩風의 正道를 잃고 世俗化된 것을 개탄하고 있다. 그리고 이백과 두보의 상호존중의식을 인정하는 다음 제18조를 보면,

> 청신하고 준일함은 두보가 중히 여기는 것이다. 시의 정취가 신묘하고 빼어

나면 수식하지 않아도 된다. 그러나 이 시를 바르게 평가하는 立詩의 표준으로 보지 않고 있다. 훗날 이백을 칭찬한 것을 보면 말하기를, 「붓이 떨어지니 비바람이 놀라고, 시를 지으니 귀신이 흐느낀다.」라 하고 그 스스로 자랑하여 말하기를, 「말이 사람을 놀라게 하지 않으면 죽어도 쉬지 않는다.」라 하니 곧 그 유신과 포조 제현에게도 모두 약간씩 들어 있다.

　　淸新俊逸, 杜老所重. 要是氣味神采, 非可塗飾而至. 然亦非以此立詩之標準. 觀其他日稱李, 又云; 筆落驚風雨, 詩成泣鬼神. 其自詡亦云; 語不驚人死不休. 則其於庾鮑諸賢, 咸有分寸在. 약간

　명대 楊愼의 《升庵詩話》에서 庾信 시를 杜甫가 「두자미는 그를 일컬어 淸新하다고 하였다.(杜子美稱之曰淸新.)」라고 평한 데에서 조집신은 '淸新俊逸'을 杜甫의 시 평가기준으로 서술하고 있는데 可當하다. 이 점에 있어서 조집신은 이백 시도 해당하므로 두보와 이백이 상호존중한 것으로 평가한다고 보았다.

3. 詩의 言外觀

　言外觀이란 詩語로 표현하였지만 그 담긴 뜻이 깊어서 표면상으로 드러난 의미만으로 이해할 수 없는 境地를 말하니 이른바 엄우가 말한 바 「言有盡而意無盡」[26]의 시 묘사상의 특성이다. 조집신은 이 시화의 제19, 23조에서 이 점을 거론하고 있으니 먼저 다음에 제19조를 본다.

　사공표성이 말하기를, 「맛은 시고 짠 것 밖에 있다.」라고 하였다. 대개 개괄하여 논하면 어찌 맛이 없는 시가 있겠는가? 그 이십사품을 보건대 풍격 설정이 매우 넓다. 후인이 그 각각 가까운 것부터 얻으면 글자 하나로 드러나지 않을 뿐 아니라 풍류를 다 얻는 것을 최고의 규칙으로 삼는다. 엄우의 말을 어찌 함께 거론하겠는가? 풍반이 그것을 다 규명하였다.
　*제19조: 司空表聖云: 「味在酸鹹之外.」蓋槪而論之, 豈有無味之詩乎哉? 觀其

所第二十四品, 設格甚寬. 後人得以各從其所近, 非第以不著一字, 盡得風流爲極
則也. 嚴氏之言, 寧堪並擧. 馮先生糾之盡矣.

司空圖의 二十四品은 嚴羽를 태생시켰고 엄우는 淸代四大詩論 즉 神韻說,
性靈說, 格調說, 肌理說의 근간이 되었으며 그 요체는 意無盡의 興趣說에서
연원되고 있다. 청대 王士禎이 주도하고 袁枚와 沈德潛이 추종하여 중국시
론의 중심사상으로 발전시킨 것이다. 조집신은 그 장단점을 지적하며 反論
하면서도 시의 意無盡의 妙悟는 중시한 것이다. 그 주된 대상이 唐詩이며
그 중에서도 盛唐詩에 집중된다. 그래서 제23조에서는 그 구체적인 例詩를
통해서 言外論을 立證하려 한 것이다.

처음 시 짓기를 배우는 데는 뜻을 표달하기를 바란다. 오래 되면 간결하고
맑고 높고 원대하여 겨서 흥취가 오묘하게 되니 곧 귀히 여겨 받들만하게 된
다. 소위 여기에 언사로 표현하고 저기에 뜻을 일으키게 되니 오래 말하여서
부족하면 길게 노래하는 것이다. 서로 많이 겨루면 뜻은 이미 다 하였으나 여
전히 불평하며 그치지 않으니 조영의 시 종남적설을 기억하지 않는가?
　始學爲詩, 期於達意. 久而簡澹高遠, 興寄微妙, 乃可貴尙. 所謂言見於此而起
意在彼, 長言之不足而咏歌之者也. 若相競以多, 意已盡而猶刺刺不休, 不憶祖詠
之賦終南積雪乎?

조집신은 祖詠의 <終南望餘雪>을 거론하며 言外의 技法과 妙味를 설명
하고 있다. 시에서 達意를 여하히 하느냐에 따라서 시의 가치를 평가할 수
있는데 그 핵심이 '微妙'로서 不可視한 言外의 表達이기 때문이다. 여기에
祖詠의 시를 보면,

종남산 북녘 봉우리 빼어나서
쌓인 눈이 구름자락에 떠있네.
숲 밖은 날이 개어 해 밝은데
성 안에는 저녁 찬 기운이 더하네.
終南陰嶺秀, 積雪浮雲端.

林表明霽色, 城中增暮寒.

　　이 시는 겨울이 아직 남아있는 초봄의 저녁 風景을 그려놓은 한 폭의 그림이다. 詩中有畵이며 境中有意이다. 그래서 이 시를 평하여 ≪詩境淺說續編≫에서는 「유수대구를 써서 시심이 신령하고 생기 넘침을 본다.(用流水對句, 彌見詩心靈活.)」라고 하였고 邱燮友는 「3,4구가 조회되어 望자를 드러내면서 言外의 소리를 지니고 있어서 낙제자의 적막하고 쓸쓸한 心氣가 담겨 있다.三四轉合, 除了點出望字外, 另有言外之音, 有落第者的落寂苦寒.」(新譯唐詩三百首 p.327 臺灣 三民書局)라고 적절한 평가를 하고 있다. 조집신의 唐詩에 대한 의식은 王士禎이나 그 당시의 추종자가 지닌 관점보다 전통적인 詩敎的 시평의식을 바탕으로 객관성 있는 唐詩論을 재정립하려는 시도를 하였다고 볼 수 있다.

≪一瓢詩話≫의 文學觀과 中唐詩人論

≪一瓢詩話≫의 저자인 薛雪(1681~1763)이 葉燮(1627~1703)의 문하생으로 ≪原詩≫의 미학사상을 계승·발양하였다는 면에서 그 지닌 가치가 다른 시화에 못지않다고 평가하여서 이 글을 착상하게 된 것이다. 이 시화는 丁福保가 ≪淸詩話≫ 속에 총 230조로 재편하여 수록하였으며 앞뒤로 自序와 沈楙憲의 跋이 있어 시화다운 면모를 보여준다. 이제 작자 자신이 시화를 쓰게 된 동기를 그의 「自序」에서 보고자 한다.

소엽장은 내가 밭 갈고 가축 기르며 독서하는 곳이다. 때로는 지는 달이 창가에 걸려 있고 밝은 별이 촘촘하면 놀란 까마귀가 나무에서 나오고 때아닌 시각에 우는 닭과 나는 벌레들이 서로 어지러이 날아서 번잡하여 질서가 없곤 한다. 곧이어 새벽의 그림자가 점차 갈라지면서 작은 새들이 봄을 다투며 지저귀는 소리가 온갖 기교를 다 부리면 조용하고 맑은 산림은 시끄럽기 저자거리 같아진다. 어디선지는 몰라도 늙은 학이 허공을 가로지르며 날아와서 길게 한 소리 뽑으면 뭇 새들이 고요해진다. 사방으로 산의 경치를 돌아보다가 곧장 처마 끝에 내려앉으면 맑고 깨끗한 귀뿌리는 곧 나의 소유가 된다. 이에 세수하고 이를 닦고 나서 종이를 펴고 먹을 갈아서 여러 달 동안 여러 동학과 제자들과 함께 때로는 선인을 기술하고 때로는 자신의 생각을 펴서, 시문의 어구를 따져 보면, 어느 것은 장엄하기도 하고 또 조화롭기도 하니, 그 중에 좋은 것을 수록하여 한 책으로 만들었다. 모아서 읽어보니 마치 양념을 친 국을 마시는 것 같이 시큼하고 짜기도 하다. 옥석을 같이 제기에 올릴 수 없고 또 감히 창공을 가로지르는 학의 우는 소리에 비할 바 없는 것이라.

掃葉莊, 一瓢耕牧且讀之所也。維時殘月在窗, 明星未稀, 驚鳥出樹, 荒鷄與飛
蟲相亂, 雜沓無序。少焉, 曉影漸分, 則又小鳥鬪春, 間關啁啾, 盡巧極靡, 寂詹山
林, 喧若朝市。不知何處老鶴, 橫空而來, 長唳一聲, 群鳥寂然。四顧山光, 直落簷
際, 淸淨耳根, 始爲我有。於是盥漱初畢, 伸紙磨墨, 將數月以來與諸同學及諸弟子,
或述前人, 或攄己意, 擬義詩古文辭之語, 或莊或諧, 錄其尤者爲一集。錄竟讀之,
如啜蘆藭, 寸寸各具酸醎, 要不與珍錯同登樽俎, 亦未敢方乎橫空老鶴一聲長唳。

여기서 ≪일표시화≫가 어디에 구애됨이 없이 담백하고 순수한 심사로 자
신의 논지를 전개하고 있음을 확인하게 된다. 그리고 심무덕이 그의 발문에
서,

이 글은 마음에 느낀 바를 써서 속된 병폐를 통쾌히 침놓듯 지적하였다. 그
짚어서 헤쳐 놓은 것이 모두 텅 빈 구멍을 꿰뚫어 맞추어서 그 흔한 잡소리와
는 비교할 것이 못된다. 선생은 시에 관해서도 또한 명의답다 할 것이다.

是編自抒心得, 痛針俗病, 凡所指斥, 皆能洞中窾竅, 非好爲叫囂者比, 先生於
詩亦可謂三折肱矣。

라고 하여 薛雪의 논조가 의사가 질병을 치료하는 자세처럼 문인으로서 시가
지닌 단점을 예리하게 지적하였음을 적절하게 평가하고 있다. 여기서는 설설
이 거론하는 시의 문예사상과 중당시인에 대한 촌평들을 작가별로 평하고 있
는 부분들을 추출하여 소개하고자 한다.

Ⅰ. 薛雪과 그의 詩 세계

정복보가 편한 ≪淸詩話≫의 前言에는 薛雪(1681~1763)[1]이 江蘇 吳현인
(지금 蘇州)이라 하고 자가 生白이며 호가 一瓢라 한 것은 여타의 자료들에

---

1) 生卒年代는 王英志의 ≪淸人詩論硏究≫ p.137에 의거함. (江蘇古籍出版社, 1985)

서도 동일하다. 그리고 전언에서 郭紹虞가 덧붙여서 기술하기를,

> 　건륭 병진년에 박학홍사로 천거되었고 《일표시존》이 있다. 설설도 섭섭
> 의 문인으로서, 글 속에 횡산 섭섭 선생의 학설을 많이 인용하면서 밝히지 않
> 은 것도 다분히 《원시》의 말과 상합하고 있다. 이 글은 소엽장의 간본에 있
> 는데 설씨 자신의 간행본이니 『일표시화』라 칭한다.
> 　乾隆丙辰(1736)擧博學鴻詞, 有一瓢詩存。雪亦葉燮門人, 書中多引橫山先生說,
> 卽未標明者, 亦多與原詩所言相合。此書有掃葉莊刊本, 爲薛氏自刊本, 稱一瓢詩
> 話。

라고 하여 설설의 시학이 葉燮의 原詩와 일맥상통하는 것을 강조하고 있다.
이것은 설설에게 있어 그의 생평 자체보다는 그의 시작의 배경을 더 중시해
야 함을 의미한다. 그의 詩名과 醫名이 병행되어, 醫心이 詩心에 가미되어서
작시와 시평에 남다른 경지를 펴놓았기 때문이다. 이에 대해서 徐世昌은 기
술하기를,

> 　섭횡산에게서 시법을 전수 받아서 연원이 매우 바르나 시명이 의술에 가려
> 져서 마치 산과일이 거친 길에 떨어지거나 물새가 먼 고을에서 우는 것 같았
> 다. ……진실하며 소박하여 맛이 있으니 모두가 당대 이후 사람이 쓴 흔한 글
> 이 아니다.
> 　受詩法於葉橫山, 淵源甚正而詩名爲醫所掩, 如山果落荒徑, 水禽鳴遠村。……
> 眞樸有味, 皆不作唐以後語。(《淸詩滙》 卷七十三)

라고 하여 설설의 시가 진솔한 풍격을 지니고 있으며 당대 시인의 시에 가까
움을 역설하고 있다. 이것은 섭섭이 말한 바 「心聲」[2]과 상통하는 것이며 錢
謙益이 다음에 강조한 바와도 상통한다.

> 　고시는 성정에 뿌리를 두고 있고 사물의 자태를 포괄하며 높은 하늘과 깊

---

2) 《原詩》 外篇上 : 「詩是心聲, 不可違心而出, 亦不能違心而出。」

은 연못을 두루 다루어서 공교를 다하고 변화무쌍하지만, 태사공의 두 마디 말에서 벗어날 수 없을 것이다. 소위 두 마디 말이란 호색과 원비인 것이다. ……호색이란 것은 성정의 풀무이며, 원비란 성정의 연못인 것이다. 호색은 음탕과 비교되지 않으며 원비는 난동에 비교되지 않고 소위 성정에서 드러나서 의리에서 멈추는 것이다. ……참된 호색이 있으며 참된 원비가 있으면 천하는 비로소 참된 시가 있게 되는 것이다.

　古詩根抵性情, 籠挫物態, 高天深淵, 窮工極變, 而不能出于太史公之兩言。所謂兩言者, 好色也, 怨誹也。……好色者, 情之橐籲也; 怨誹者, 情之淵府也。好色不比于淫, 怨誹不比于亂, 所謂發乎情, 止乎義理者也。……有眞好色, 有眞怨誹, 而天下始有眞詩。(≪牧齋有學集≫卷十七「季滄書詩序」)

위에서부터 「眞樸」이 지니고 있는 시적인 의취를 분명히 이해할 수 있다. 그러나 沈德曆은 설설의 시를 놓고 그 양면성을 다음과 같이 지적하고 있다.

　그의 시가 기려한 것은 온정균을 본받은 것이며 조탁이 환상적인 것은 이하를 본받은 것이고 평이한 것은 백거이를 본받은 것이다. ……이에 생백의 생애를 한 마디로 개관하기 어렵고, 생백의 시 또한 한 가지 형식으로 다 표현하기 어렵다.

　其詩綺麗者本飛卿, 鎪鑱荒幻者本昌谷, 平易者本樂天, ……是生白之生平難以一端槪者, 生白之詩亦難以一體盡之。(≪淸詩滙≫ 卷七十三)

설설의 시를 연원상 溫庭均과 이하, 그리고 白居易 등 세 방면으로 그 특성을 지적한 이 평어에서 만당 溫庭筠의 기려미, 李賀의 환상미, 그리고 白居易의 사실미를 공유한 것으로 본다면, 심덕잠의 평가는 묘사상의 특성에 주안점을 둔 것이 되겠고 시의 내면성까지 거론하지는 못했다고 본다. 설설 자신도 그의 시화에서,

　시를 짓는 데는 반드시 먼저 시의 바탕이 갖추어져야 하니 흉금(마음)이 곧 그것이다. 흉금이 있은 후에 성정과 지혜를 실을 수 있고 거기에 따라서 드러나고, 드러난 즉 왕성해지는 것이다.

　作詩必先有詩之基, 胸襟是也。有胸襟然後能載其性情智慧, 隨遇發生, 隨生卽

盛。(≪一瓢詩話≫ 3조)

라고 하여 胸襟說을 강조하고 있으며, 시의 창작은 인위적이라기보다는 자연적으로 짓지 않으면 안 되는 진정의 발로에서만이 眞詩의 창작이 가능하다는 점을 다음에서 기술하고 있다.

> 시는 마음에 작정 없이 지을 수 없으니 고인의 좋은 시를 살펴보건대 어찌 작정 없이 지은 것이 있었는가? 작정 없이 지은 것은 결코 좋은 시가 아니다.
> 詩不可無爲而作, 試看古人好詩, 豈有無爲而作者? 無爲而作者, 必不是好詩。
> (上同 9조)

설설의 작가적 의식을 위와 같은 각도에서 파악하면서 다음에 그의 시를 예로 들어 살펴보기로 한다. (다음 인용시는 전부 ≪淸詩滙≫ 권73에 의거함) 먼저 <寒食日>을 보면,

> 봄바람이 우리 말릉성에 불면,
> 강가의 버들과 꽃들이 눈에 밝히 비춘다.
> 인가의 달 천리에 떠 있는데,
> 꿈에 외론 집에 돌아오니 꾀꼬리 우는 소리.
> 하늘에 닿을 만한 좋은 일이란 방초에 홀리는 것,
> 종일토록 읊조리며 지는 꽃 세노라.
> 갈지 머물지 두 갈래 길 결정 못하다가,
> 또 한식이 되니 고향의 정 더하누나.
> 春風吹我秣陵城, 江柳江花照眼明。
> 人共家山千里月, 夢回孤館一聲鶯。
> 黏天好事迷芳草, 盡日微吟數落英。
> 去住兩端判不得, 又逢寒食倍關情。

이 시는 한식의 절기를 대상으로 하여 한 폭의 그림 같은 색감의식을 소리(聲)·빛(光)·색(色)·모양(態)이라는 다양한 감각으로 묘사되어 있어서 심

덕잠이 평한 바, 「성당의 아랫목에 끼어 넣을 만하다(闖入盛唐壺奧)」[3]라고
한 것은 바로 이런 시의 의취 때문인가 한다. 이것은 청대 沈祥龍의 다음
서술과도 비교될 수 있다.

> 경물의 묘사는 담원하여 신이 든 것을 귀히 여기니 기험에 빠지지 말 것이
> 다. 성정의 표현은 마음이 온화하여 운치 있음을 귀히 여기니 외설에 빠지지
> 말 것이다.
> 寫景貴淡遠有神, 勿墮而奇險; 言情貴蘊藉有致, 勿浸藝。(≪論詞隨筆≫)

설설의 시에서 情景交融의 흥취가 우러나고, 회화상의 기법인 選材와 體
會의 감각이 시속에 깊이 이입되어 있다.[4] 위의 시에서 소리(聲)로는 봄바람
(春風)・꾀꼬리 소리(一聲鶯)・여린 읊조림(微吟) 등이 있고, 빛(光)으로는 눈
에 밝히 비춤(照明眼)・천리 멀리의 달(千里月)이 있으며, 色으로는 芳草・落
英 등이 그 대상이 되겠다. 이것이 설설의 시를 당풍의 맥락에 놓는 이유가
될 것이다. 그리고 스승 橫山 葉燮을 기리며 노래한 <過先師分湖故宅又至橫
山別墅>(상동)를 보면,

> 하루 새에 외로이 다른 세상의 마음 품고서,
> 횡산이 물을 가르니 서로의 마음 놀라네.
> 문장은 고금에 명성을 드날리건만,
> 창강에 눈물 흘리나니 생사 이별을 했음이라.
> 골목은 차가운데 누가 돌아와 말을 멈출 건가,
> 버들은 시드는데 님이 없으니 꾀꼬리 소리 끊겼다.
> 머문 자 언덕 미리 가리키는데,
> 낮잠의 꿈속에 봄이 깊은데 풀빛이 고르구나.
> 一日孤懷兩世情, 橫山分水各心驚。
> 文章先後仍聲價, 涕淚滄江竟死生。
> 巷冷何人還駐馬, 柳荒無主斷鳴鶯。

---

3) 徐世昌, ≪清詩滙≫ 卷七十三의 『沈歸愚曰』에서 引言.
4) 시와 회화의 논리에 대한 자료로 졸저 ≪王維詩比較研究≫(北京 京華出版社・1999) 참고.

　　　　居人指點岡頭地, 午夢春深草色平。

　　은사에 대한 짙은 그리움과 경외가 담겨져 있다. 시의 내외적 의취가 모두 진실되고 과장됨이 없어서 작자의 내심이 담백하게 토로되어 있다. 그래서 일찍이 楊載는 이르기를,

> 시에는 안팎의 뜻이 담겨 있으니, 안의 뜻은 그 이치를 담고자 하고, 밖의 뜻은 그 모습을 담고자 함이라. 안팎의 뜻은 그 함축됨이 실로 오묘하다.
> 詩有內外意, 內意欲盡其理, 外意欲盡其象。內外意含蓄方妙。(《詩法家數》)

라고 피력한 바 있다. 이것은 명대 謝榛이 「안팎이 함축되어야 비로소 시격에 든다.」[5] 라고 하여 시의 함축미를 중시한 것과 서로 통한다. 설설의 시에는 스승의 고택을 찾아보면서 밀려오는 고독감과 그리움이 함께 표현되어 있다. 제1연의 '孤懷', '心驚'과 제2연의 '涕淚', 제3연의 '無主' 등은 사제의 정에 대한 절실한 소회를 대언한 것이며 제1연의 '兩世情'와 제2연의 '竟死生' 등은 지금은 만날 수 없는 이미 작고한 횡산에 대한 사념을 토로하고 있다. 설설은 시론상으로도 횡산의 노선을 존중하여 다음 시화에서도 피력하고 있으니,

> 나의 스승 횡산 선생이. 나에게 일러 말씀하시기를 「작시는 세 글자를 함유시켜야 하니 곧 성정, 이치, 사실인 것이다.」
> 吾師橫山先生誨余曰: 「作詩有三字: 曰情, 曰理, 曰事。」(《一瓢詩話》 35條)

라고 하여 자신의 시관의 기본으로 삼았고, 또 작시에서 感興의 촉발 이후에야 시의와 시어의 올바른 구사가 가능하다는 논지를 폄에 있어서도 횡산의 「반드시 먼저 감촉하여 흥기하여야 한다(必先所觸而興起)」구를 인용하면서 추숭하고 있는 것이다.[6]

---

5) 《四溟詩話》 卷一: 「內外含蓄, 方入詩格.」
6) 《一瓢詩話》 四十四條; 「無所觸發, 搖筆便吟, 村學究之流耳, 何所取裁? 橫山先生有云; "必

한편 설설은 산수경물에 대한 묘사가 뛰어나니 다음에 그의 <遊乳泉洞入石雲復登蓮華巖至白雲洞>(상동)을 본다.

> 목이 말라 유천을 떠서 마시고,
> 앉아서 산새 노는 소리 듣노라.
> 다시 쉬다가 또 다시 오르니,
> 점차 같이 놀던 무리(속세)와 멀어지네.
> 바람이 부니 늙은 나무 향내 나고,
> 구름이 이니 뾰족한 산정이 흔들린다.
> 푸른 산에 올라 인간 세상과 절연하고,
> 고개 돌려 먼지 낀 속된 꿈을 떨치노라.
> 선인이 오지 않거늘,
> 현학일랑 언제나 타 볼까?
> 지는 해에 찬 안개 엷은데,
> 아득히 한 마디 쓰라린 마음 일도다.
> 저고리 여미고 산언덕 내려오는데,
> 흰 구름이 옛 굴을 틀어막았구나.
> 渴掬乳泉飮, 坐聽山禽弄。
> 再憩復再登, 漸失同游衆。
> 風來老樹香, 雲起危巒動。
> 攀緣絶人境, 回頭謝塵夢。
> 仙人不可卽, 玄鶴何年控。
> 落日淡寒煙, 茫茫堪一慟。
> 攝衣下層岡, 白雲封古洞。

이 시는 한 폭의 선경을 묘사한 脫俗詩이다. 설설 자신이 「문은 청진을 높이며 시는 평담을 높인다.」[7]라고 역설한 바와 같이 자연의 산천을 직설적으로 묘사하면서 仙語를 활용하고 있다. 이것은 청대 沈大受가 기술한 바,

---

先有所觸而興起, 其意・其辭・其句劈空而起, 皆自無而有, 隨在取之於心; 出而爲情・爲景・爲事, 人未嘗言之, 而自我始言之。故言者與聞其言者, 誠可悅而永也。」

7) 文貴淸眞, 詩貴平澹。(《一瓢詩話》 172條)

시는 자연에 가까워야 하니 시상에 들면 반드시 통절해야 한다. 시가 깊은
경지에 가까우면, 시가 손에서 또한 자연스레 나온다.
詩之近自然者, 入想必須痛切; 近沈深者, 出手又似自然.(≪詩筏≫)

라고 한 것과 상통하는 意境이며, 정취인 것이다. 遊仙詩나 산수시를 말하자
면 郭璞이나 謝靈運을 거론하게 되는데, 劉勰이 郭璞을 평하기를,

곽경순은 곱고 빼어나서 족히 시를 중흥시킨 으뜸이 된다. 그의 남교부는
이미 아름다워서 크게 볼만하며, 유선시도 표연히 탈속하여 구름을 넘나든다.
≪文心雕龍≫ 才略篇:「景純艶逸, 足冠中興, 郊賦旣穆穆以大觀, 仙詩亦飄飄
而凌雲矣.」

라고 하여 곽박의 시가 염일한 선시라면, 원대 陳繹曾은 사령운을 평하기를

사령운은 기험을 위주로 하고 자연스레 공교한 묘사를 한다. 이백과 두보는
그 깊은 곳을 얻은 바, 이 점을 많이 얻은 것이다.
陳繹曾 ≪詩譜≫:「謝靈運, 以險爲主, 以自然工. 李杜取深處, 多取此」

라고 하여 사령운 시는 老莊사상 즉 유선시보다는 산수의 완상에 주안점을
두었음을 알 수 있다. 설설의 시풍에 서경을 주제로 한 산수시는 위의 양인
을 공유한다고 볼 수 있을 것이다. 이 양면을 조화시킨 성당시풍을 보이기
때문에 徐世昌이「당대 이후 사람이 쓴 흔한 글이 아니다(不作唐以後語)」라
고 했을 것이다. 그의 시론에서 소위「胸襟」이 작시의 기본임을 주창한 것은
성정의 그릇이 흉금이라는 의미로 풀이되기 때문이다.

Ⅱ. ≪一瓢詩話≫의 文藝觀

설설은 葉燮(1627~1703)의 문도로서 橫山의 영향을 절대적으로 받았다.

따라서 횡산의 시관을 먼저 일별함이 타당하다고 본다. 횡산은 먼저 '시 원류의 정법과 변법(源流正變)'을 시가발전의 바탕으로 삼고 있다. 이것은 詩史에 대한 중요성을 강조한 것으로 ≪原詩≫「內編」에서 이르기를,

> 시는 시 삼백에서 비롯하였고 시의 형식과 체재는 한대에 갖추어진 것이다.
> 詩始於三百篇, 而規模體具於漢

라고 하면서 詩史 인식의 관건이 「變」 즉 변천에 있다고 하여, 시가의 발전은 시대에 따라서 「因」과 「創」 즉 因襲과 創新의 조화 속에서 그 체재와 풍격이 독창적이 될 수 있다는 것이다. 그러나 결코 불변하는 것이 있으니, 그것이 공자의 詩經의 詩敎 곧 「溫柔敦厚」라는 것이다. 이 시교는 시대와 형식이 변해도 시가 지닌 입의의 원칙은 이 시교에서 벗어날 수 없다는 것이다. 그래서 횡산은 이르기를,

> 한대와 위조의 어사는 한위대의 온유돈후함이 있으며 당송원대의 어사는 당송원대의 온유돈후함이 있는 것이다. 그것을 하나의 초목에 비유하면, 천지의 봄빛을 얻어서 소생치 않는 것이 없는 것과 같다.
> 漢魏之辭, 有漢魏之溫柔敦厚, 唐宋元之辭, 有唐宋元之溫柔敦厚。 譬之一草一木, 無不得天地之陽春以發生。(≪原詩·內篇上≫)

요컨대 횡산의 견해는 시가란 여하한 변화하에서도 詩傳의 主旨를 지켜야 되겠다는 것이다. 다분히 복고적이지만 중국시가의 정통성을 잇기 위한 논리인 것이다. 그리고 횡산은 시가창작에 있어서 주객관의 결합을 주창하고 있다. 객관대상은 「理」,「事」,「情」의 三因素를 지칭하고, 주관대상이란 「才」,「膽」,「識」,「力」의 四因素를 말하고 있다. 이 점에 대해서 횡산은 다음과 같이 기술하고 있다.

> 이치, 사실, 성정이라는 이 세 말은 온갖 변화의 모습을 다 드러내기에 족

한 것이다. 갖가지 모습과 소리가 모두 이것을 넘어설 수 없다. 여기에 사물에
놓고 말하자면, 어느 한 사물도 여기를 벗어날 수 없는 것이다. 재주, 담력, 지
식, 기력 등 이 네 가지 말은 이 마음의 신명을 다 드러낼 수 있는 바탕이 된
다. 그래서 갖가지 모습과 소리가 여기에 의거하여 밝히 드러나지 않음이 없
는 것이다. 이것을 「나」에 놓고 말하자면, 어느 하나라도 이 마음에서 우러나
는 것만한 표현이 더 없는 것이다.

　　曰理, 曰事, 曰情, 此三言者足以窮盡萬有之變態。凡形形色色, 音聲狀貌, 擧不
能越乎此。此擧在物者而爲言, 而無一物之或能去此者也。曰才, 曰膽, 曰識, 曰
力, 此四言者所以窮盡此心之神明。凡形形色色, 音聲狀貌, 無不待於此而爲之發
宣昭著。此擧在我者而爲言, 而無一不如此心以出之者也。(≪原詩·內篇下≫)

　　횡산이 문학창작의 주객관식 인소를 제시한 것은 하나의 획기적인 이론이
다. 횡산은 삼인소에 대해서 한 그루의 초목을 비유하여 풀이하기를 「예컨
대 하나의 초목을 가지고 보면, 그 자랄 수 있다는 것은 이치이다. 이미 자
라났으면 그것은 사실이다. 이미 자라난 후에 높이 성장하고 무성하게 되어
형상이 다양하여 모두 자득의 흥취가 있으면, 그것은 성정이다.」[8]라고 풀이
하고 있다. 여기서 「理」는 사물의 본질을, 「事」는 사물의 형상이 구체화된
상태이며 「情」은 위 두 요인이 결합하여 나타난 작자의 정신과 의취라고 할
것이다. 그리고 창작주체의 기본요소인 사인소에서 「才」는 재능, 「膽」은 용
기 즉 창신정신, 「識」은 작가의 변별력, 「力」은 시인의 재능과 식견을 표현
하는 필력을 각각 의미한다. 그러므로 횡산은 이르기를,

　　대개 사람이 재능이 없으면 생각이 드러나지 못하고 담력이 없으면 필묵이
위축되며 식견이 없으면 취사선택이 약해진다. 그리고 필력이 없으면 스스로
일가를 이룰 수 없게 된다.

　　大凡人無才, 則心思不出; 無膽, 則筆墨畏縮; 無識, 則不能取舍; 無力, 則不能
自成一家。(上同)

---

8) 譬之一木一草, 其能發生者理也。其旣發生, 則事也。旣發生之後, 夭矯滋植, 情狀萬千, 咸有自
　得之趣, 則情也。(≪原詩·內篇下≫)

라고 구분하여 설명하고 있다. 그 중에서 가장 중요한 인소는 「識」이라고 하면서,

> 대략 재능·담력·식견·필력 이 네 가지가 서로 어울려 보완된다. 만약 하나라도 결여되면 작가로서 등단할 수 없다. 네 가지는 완급이 없지만 우선 요구되는 것은 식견이다. 식견이 없다면 다른 세 가지는 모두 기댈 곳이 없다.
> 　大約才識膽力, 四者交相爲濟. 苟一有所, 則不可登作者之壇. 四者無緩急, 而要在先之以識; 使無識, 則三者俱無所託. (上同)

라고 주장하였는데, 이 네 개가 상보적 역할을 하지만 「識」이 다른 것에 대해 주도적 작용을 하기 때문에 작시에 핵심이라는 것이다. 이 주장은 횡산 이전에 이미 지적된 바로서, 劉知幾와 嚴羽, 그리고 李卓吾에게서 찾아볼 수 있다.9) 이러한 논지가 뒤에 심덕잠이나 설설을 낳게 하고 그들은 나름대로의 독특한 시론을 창안하게 되었다. 그러면 설설은 ≪일표시화≫에서 횡산을 바탕으로 그의 시관을 여하히 펴놓았는지를 개관하기로 한다.

1. 胸襟說

설설에게서 흉금설은10) 이것은 시인의 性情에 있어서 주관의식인 것이다. 그러니까 그것은 인품과 연계되어진다. 그의 시화에서 그 관계를 설명하기를,

---

9) 劉知幾는 「史有三長; 才學識」(≪新唐書≫ 劉知幾傳), 嚴羽는 「夫學詩者識爲主」(≪滄浪詩話≫ 詩辨), 그리고 李卓吾는 「才與膽皆因識見而後充者也.」(≪焚書≫)

10) 詩學槪念으로서의 『胸襟』은 이미 李白의 <贈崔侍御>; 「洛陽因劇孟, 托宿話胸襟」구와 宋代 羅大經의 ≪鶴林玉露≫ 卷9 詩人胸次條; 「李太白云; ‘劃却君山好, 平鋪湘水流’ 杜子美云; ‘斫却月中桂, 淸光應更多,’ 二公所以爲詩人冠冕者, 胸襟闊大故也.」라고 한 데서 거론되고, 葉燮의 ≪原詩≫에서 구체화된 것으로 본다. ≪原詩≫ 內篇下; 「我爲作詩者, 亦必先有詩之基焉. 詩之基, 其人之胸襟是也. 有胸襟, 然後能載其性情智慧聰明才辨以出, 隨遇發生, 隨生卽盛. 有是胸襟以爲基, 而後可以爲詩文」라 함.

시문과 서법은 같은 이치로서 흉금을 갖추면 인품이 반드시 높아진다. 인품이 높아지면 한 번 기침을 하여 읊던지, 한 번 붓을 휘둘러 서화를 그리게 되면 반드시 남보다 뛰어난 점이 있게 되는 것이다.

詩文與書法一理, 具得胸襟, 人品必高。人品旣高, 其一聲一欬, 一揮一灑, 必有過人處。(≪一瓢詩話≫ 6條)

여기서 인품과 흉금은 심적인 品度이므로 그 心思와 도덕관의 高下에 따라서 작시의 품격도 좌우된다는 극히 상식적인 견해를 보인다. 「心正」의 여부가 시의 질을 결정하므로 횡산이 강조한 시교의 근본인 「溫柔敦厚」를 바탕에 두고 있다고 할 것이다. 설설은 「心正」에 대해서 이르기를,

유공권이 말하기를 「마음이 바르면 붓도 바르다.」라고 하니 마음이 바름을 알면 바르게 되지 않을 수 없어, 시를 공부하는 자들은 더욱 긴요하게 여긴다. 대개 시로써 성정을 표현하는데 감정이 드러나게 됨에 있어, 마음이 바르지 않으면 어찌 세심하게 좋은 시를 지으려고 애써 글귀 찾을 필요 있겠는가? 어떤 이가 묻기를 「속담에 이르기를 잘못된 시라 했는데 뭘 말하는가?」 내가 말하나니 「시는 마음의 말이요, 뜻의 소리이다.」

柳公權云; 「心正則筆正。」 要知心正則無不正, 學詩者尤爲喫緊。蓋詩以道性情, 感發所至, 心若不正, 豈可含毫覓句? 或問曰; 「諺云歪詩, 何謂也?」余曰; 「詩者, 心之言, 志之聲也。」 (上同 7條)

이것은 劉熙載가 말한 바 「시의 품격은 인품에서 나온다(詩品出于人品)」 (≪藝概≫)와 일치된 것이니 마음의 곧고 그름에 따라 시의 가치가 좌우된다는 것이다. 시의 품격과 인격과의 함수관계는 자고로 평범한 논리이며 새것이 아니지만, 중국의 전통문예관에 입각하고 있다. 이에 대해 설설은 직접 그 점을 중시하고 있음을 다음에서 확인하게 된다.

이미 흉금이 있으면 반드시 옛 선현에게서 재료를 취하게 되니 시 삼백과 초사에 근원을 두고 한위육조와 당송의 대가들에 흠뻑 빠지게 되면 모두 그 요체를 몸소 얻게 되고 그 신묘한 이치를 터득할 수 있게 된다.

既有胸襟, 必取材於古人, 原本三百篇·楚騷, 浸淫乎漢魏六朝唐宋諸大家, 皆能會其指歸, 得其神理。(上同 5條)

시경에서 시의 원류를 정하고 그 맥락을 충실히 수용하는 논리가 흉금설의 근간임을 알 수 있다. 설설은 흉금과 인품의 不可分性에 있어 「품격이 높음(品高)」의 대표적인 시인으로 「杜甫」를 추숭하고 있다. 그의 시화에 두보를 품평한 부분이 적지 않고[11] 그 논지 또한 다음 인용문의 내용에서 확인한다.

> 두보의 거동 하나 하나가 충군과 애국, 그리고 시세를 연민하고 난세를 가슴 아파하지 않는 것이 없다. 비록 벗과 술잔을 나누는 때라도 잠시라도 그것을 잊은 적이 없으며, 곤경에서도 구차하지 않았고, 궁벽해도 흐트러지지 않았다.
> 杜浣花一擧一動, 無不是忠君愛國憫時傷亂之心, 雖友朋杯酒間, 未嘗一刻忘之; 顚沛不苟, 窮約不濫。(上同 55條)

이런 논거는 두보시를 유가적 사실주의에 바탕을 두고 보는 것으로 黃徹이 이를 두고 「두보는 세풍을 아파하고 나라를 근심하며 인사와 경물에 느끼는 바 컸으며 충성심이 격렬하였고 뜻을 담음이 심원하니 각각 타당함이 있다.」[12]라고 평한 것과 일치된 견해다. 설설은 또 阮籍과 陶潛의 시를 다음에 인품적 각도에서 평가하고 있다.

> 글 짓는 것은 인품을 우선으로 삼고 문장은 그 다음이니 어찌 「사람으로써 말을 없앨 수 없다」라는 말을 구실로 삼을 수 있겠는가? 예컨대, 옛 사람이 말하기를, 완적의 영회시는 하늘에 수심을 부치고 땅에 근심을 묻었으니 그 흉중에 세상의 요긴한 것을 두지 않았다. ……도잠의 음주시는 전에 이만한 고인이 없었고, 후에도 이만한 후인이 없으리니, 진정 붉은 구름이 하늘에 떠서,

---

11) 《一瓢詩話》에 杜詩를 거론한 곳이 22개조로서 條別로 보면, 10·16·17·21·24·26·29·30·31·48·55·70·77·81·98·104·114·121·144·158·173·229條 등이다.
12) 黃徹《䂬溪詩話》 卷3: 「少陵傷風憂國, 感事觸景, 忠誠激切, 寓意深遠, 各有所當也」

뭉게져 절로 어울리는 운치가 있다.

著作以人品爲先, 文章次之, 安可將「不以人廢言」爲藉口。如昔人云; 阮步兵
詠懷, 寄愁天上, 埋憂地下, 其胸次非復人間機軸; ……陶徵士飮酒, 前無古人, 後
無來者, 眞有絳雲在霄, 舒卷自如之致。(上同 99條)

설설은 인품적 안목으로 두 시인을 관찰하면서 완적에 대해서는 褒賞 중
에 貶下가 있게 하였고 도잠에 대해서는 포상만의 평가를 하고 있다.[13] 이
것은 역시 설설의 시교적 기준에서 나온 해석이 되겠다. 설설은 완적의 詠
懷詩를 통해 천상에 수심을 기탁하고 지하에 근심을 묻었다고 하였는데, 이
것은 인품의 기복이 있음을 의미하는 것이며, 도잠에 대해서는 오직 歸田園
의 초탈성만을 인품에 결부시켜 보려고 하였다.

설설의 흉금설에서 또 하나의 요건은 시에서의 志氣가 있어야 한다는 것
이다. 다시 말하면 독창성이 있어야 하며 擬古的인 작시태도를 배격한다는
것이다. 그는 이에 대해서 다음에 기술하기를,

시를 배움에 모름지기 재사와 학력이 있어야 하며 더욱이 지기를 지니고
있으면 우뚝 홀로 설 수 있고, 고인과 견줄 수 있다. 걸음 하나라도 고인의 것
만 묘사하면 이는 이미 울타리 아래에서 남에게 의지하는 것이 된다. 더군다
나 한위조를 배움에 한위조의 버린 침이나 거두고 당송대를 배움에 당송대의
기름 찌꺼기나 빤다면, 재사와 학력이 있게는 되지만 곧 지기만은 있을 수 없
게 된다.

學詩須有才思, 有學力, 尤要有志氣, 方能卓然自立, 與古人抗衡。若一步一趨,
描寫古人, 已屬寄人籬下。何況學漢魏則拾漢魏之唾餘; 學唐宋則啜唐宋之殘膏,
非無才思學力, 直自無志氣耳。(上同 2條)

라고 하여 고인을 표절하는 작시태도를 엄정히 배격하고 있다. 才思와 學力
보다 더 중요한 작시의식을 강조함은 매우 객관성 있는 논지이며, 설설은 이

---

13) 王英志는 ≪淸人詩話硏究≫에서 「對阮籍是褒中略有貶, 對陶潛則全然是褒。他推崇的詩人胸
襟偏向于兼濟天下, 有補于世的理想·抱負, 而人品則偏向于獨善其身, 保持高潔操守的思想品
質。」(p.140, 上海古籍出版社·1985)

것을 비판하기를 부화뇌동 즉 「雷同」이라고 하였다.[14] 이와 같이 의고를 반대한 것은 시의 志氣가 있어야 한다는 데 주안점을 둔 것이니, 설설은 다음에 그 점을 밝히고 있다.

> 우리는 모름지기 척추를 바로 세우고 혜안을 치켜떠야 하나니, 온 세상이 칭찬해도 더 부추기지 않고, 온 세상이 비난해도 더 꺾이지 않는다면, 뭇 요마들이 그 기량을 쓰지 못한다.
> 吾輩定須竪起脊梁, 撑開慧眼, 舉世譽之而不加勸, 舉世非之而不加沮, 則群魔妖黨, 無所施其伎倆。(上同 50條)

여기서 「척추를 곧게 세워야 한다」는 것은 志氣가 있어야함을, 그리고 「혜안을 크게 뜬다」는 是非를 구분함을 지칭하는 것이다. 작시에서 이 두 가지의 의식이 있다면 의고시가 나올 수 없을 것이다. 그래서 설설은 「擬古」자체의 의미를 경계적 입장에서 다음과 같이 밝힌 것이다.

> 의고 두 자는 창생들을 다 잘못되게 한다. 성조와 자구를 하나하나 모의하지 않으면 어찌 의고가 되겠는가? 성조와 자구를 필히 하나하나 모의한다면 여전히 고인의 시인 것이지 나 자신의 고시가 아닌 것이다.
> 擬古二字, 誤盡蒼生。聲調字句, 若不一一擬之, 何爲擬古? 聲調字句, 若必一一擬之, 則仍是古人之詩, 非我之古詩也。(上同 51條)

의고의 폐해와 무용론을 펴나가고 있으며, 근원추구와 모방표절은 그 의식의 발상부터 달라야 한다는 것이다.

2. 寄託說

시의를 직설적이 아닌 기탁의 방법으로 표출하는 것은 시가 지닌 장처가 된다. 사물을 통해 시인의 성정을 풍자할 때는 필연적으로 기탁의 묘사법을

---

14) 薛雪은 시화의 9條에서 「詩文家最忌雷同, 而大本領人偏多於雷同處見長.」

강구하기 마련이다. 그래서 원대 楊載는 기술하기를,

> 영물시는 사물에 기탁하여 뜻을 펼치고, 두 구에 맞춰 사물의 형상을 노래
> 하고 물상을 그대로 묘사하지만, 지나친 조탁과 기교는 피해야 한다.
> 詠物之詩, 要托物以伸意, 要二句詠狀寫生, 忌極雕巧。(≪詩法家數≫ 卷一)

라고 하여 「寄託」의 본의를 밝혔으며, 또 청대 李瑛은 기탁의 중요성을 강조
하기를,

> 영물시는 진실로 이 사물을 확실하고 적절하게 표현해야 하며, 외양을 버리
> 고 흥취를 얻는 것이 더욱 소중하지만, 반드시 뜻을 기탁할 곳이 있어야 비로
> 소 시인의 의취를 얻는 것이다.
> 詠物詩固須確切此物, 尤貴遺貌得神, 然必有命意寄託之處, 方得詩人風旨。
> (≪詩法易簡錄≫卷十三)

라고 하여 寄託의 수법은 작시상 원론적 방법의 하나이지만 설설은 이 기탁
에 있어서 묘사 중심보다는 함축된 살아있는 작가 정신 즉, 氣魄이 필히 깃
들어 있어야 한다는 것이다. 그러니까 기탁과 기백은 상보적 관계를 지니며
기탁은 기백을 싣고 출현되는 것이다. 설설은 이 점을 피력하기를,

> 시는 마음이 온화함을 중히 여기지만 기백이 있어야 한다. 기백이 없으면
> 결코 참된 온화함이 아니다. 시는 淸眞함을 중히 여기는데 더욱 기탁이 있어
> 야 한다. 기탁이 없으면 곧 거짓 청진인 것이다. 기탁이 있으면 꼭 기백이 있
> 어야 한다. 기백이 없다면 기탁은 허튼 말이 된다. 비유컨대, 성정이 있으면 학
> 문이 없을 수 없으며 학문이 있으면 능히 성정을 볼 수 있어서 둘은 원래 홀
> 로 가는 것이 아니다.
> 詩重蘊藉, 然要有氣魄。無氣魄。決非眞蘊藉。詩重淸眞, 尤要有寄託。無寄託,
> 便是假淸眞。有寄託者, 必有氣魄。無氣魄者, 漫言寄託。猶之有性情不可無學問,
> 有學問乃能見性情, 二者原不單行。(上同 78條)

라고 하여 기백과 기탁의 역할에 대해 긴밀하게 대비시키고 있다. 여기서 기

백은 詩興이며 기탁에 의해 그 興趣를 담아낸다고 하겠다. 그런데 흥취로서
의 기백은 설설에 있어서 민생의 질고를 반영하는 詩魂이 중심이 된다. 그
기백은 곧 「충의에 의한 忠憤」에 근원을 둔 것이다. 설설은 後蜀 花蕊夫人의
<國亡詩>를 찬양하면서 다음과 같이 기술하고 있다.

> 화예부인의 「군왕의 성 위에는 깃발이 드리워져 있는데, 첩이 깊은 궁중에
> 서 어찌 알 수 있으리?」 만일 안다고 한들, 또 어찌할 것인가? 낙구에 이르기
> 를 「십 사만 명이 모두 갑옷을 푸니 남아다운 사람 하나도 없구나.」 얼마나 기
> 백이 있고, 얼마나 충의에 넘치는가.
> 花蕊夫人: 「君王城上竪降旗, 妾在深宮那得知?」如其得知, 又將何如? 落句
> 云: 「十四萬人齊解甲, 更無一箇是男兒。」何等氣魄? 何等忠憤。(上同 139條)

설설은 筆墨의 유희 같은 진부하고 나약한 작품을 배척하면서, 劉禹錫의
시를 「하늘 끝에서 신명이 오면서 기백과 규율이 정밀하지 않음이 없다.」[15]
라고 추켜세운 반면, 閻朝隱과 宋之問이나, 魏野 등의 시에 대해서는 그 무
료함과 나약함 그리고 기백 없음을 각각 지적하기도 하였다.[16] 시의 기백이
되는 참된 성정을 바르게 묘사하려면 여하히 해야 할 가에 대해서 설설은
用典의 남용반대와 풍격의 다양화를 강조하고 있다. 典故활용의 신중성은
鍾嶸도 「사람의 성정을 읊어내는데 용사가 뭐 그리 소중하단 말인가?」[17]라
고 일찍이 그 단점을 염려하였으며, 송대 葉夢得도 ≪石林詩話≫에서 함부
로 용사를 남용하지 않을 것을 지적하여,

> 시의 용사는 억지로 해서는 안 되니 반드시 쓰지 않을 수 없을 때에 써야
> 하는 것이다.
> 詩之用事, 不可牽强, 必至于不得不用而後用之。

---

15) 神來天際, 氣魄法律, 無不精到.(上同 199條)
16) 「閻朝隱詠猫詩, 風雅罪人, 宋之問浣紗篇, 鶯花禪悅。」(上同 191條)「魏野詩, 絶無緊要, 又無氣
　　魄, 有何好處?」(上同 137條)
17) ≪詩品≫序: 「至乎吟詠情性, 亦何貴于用事?」

라고 경계할 만큼 고래로 중요한 작시방법이면서도 문제점이 있었던 것이다. 이에 대해서 설설은 작시의 사실성을 더욱 강조하여 다음과 같이 지적하고 있다.

> 시를 짓는데 고사를 나열하지 않고 온후하고 노련할 수 있다면 곧 이것이 실학이다. 만약 고사를 주워 모으고 옛 구절을 높이 드러내 쓰거나 고의로 편 벽되고 기묘한 것을 추구한다면 추하고 박대함을 드러내게 된다.
> 作詩能不隷事而渾厚老到, 方是實學。若捃撫故實, 翻騰舊句; 或故尋僻奧, 以 炫醜博。(上同 11條)

설설은 심덕잠이나 袁枚와 같이 葉燮의 제자이면서도 用詞에 대해서는 상 반된 견해를 가지고 있었다.[18] 그러나 두보의 용사에 대해서만큼은 蔡絛가 ≪西淸詩話≫에서 용사가 禪家語 같다는 평을[19] 수용이라도 하듯이 두보시 의 용사에 대한 극치를 「天然」하다고 다음과 같이 극찬하고 있음은 일률적 인 용사 반대가 아니라, 개별에 따른 찬반 논쟁의 의식이 엿보인다. 그 예를 다음에 본다.

> 두보의 자구활용은 온화하고 용사가 자연스러워서 만약 마음을 다듬지 않 고 거친 마음으로 읽는다면 뜻을 이해하지 못하니 따라서 천고에 우뚝 뛰어난 것이다.
> 杜浣花鍊字蘊藉, 用事天然, 若不經意, 粗心讀之, 了不可得, 所以獨超千古。(上 同 158條)

그리고 설설이 풍격의 다양화에 대해서 강조한 것은 시의 기백을 발양하 고 시인 각자의 개성을 함양하는 바탕이 되고 평가 기준이 된다는 점에서, 이것은 배워서 되는 것이 아니라 천부적이라는 데에서 재삼 「詩敎」의 대의 에 바탕을 두려했음을 확인하게 된다. 설설은 풍격에 대해서 그 사람됨에

---

18) 沈德潛 ≪說詩晬語≫;「援引典故, 詩家所尙。」袁枚 ≪隨園詩話≫卷一;「人有典不用, 猶之有 權勢而不逞也。」
19) ≪西淸詩話≫ 卷3:「杜少陵云; 作詩用事, 要如禪家語; 水中著鹽, 飮水乃知鹽味」

따라 풍격 또한 그에 어울리게 형성됨을 다음과 같이 피력하고 있다.

> 명쾌한 사람의 시는 반드시 맑고 깨끗하며, 돈후한 사람의 시는 반드시 장중하며, 기개가 있는 사람의 시는 반드시 표일하며, 상쾌한 사람의 시는 반드시 유려하며, 답답한 사람의 시는 반드시 메마르고, 풍만한 사람의 시는 반드시 화려하고, 울분하는 사람의 시는 반드시 처량하며, 뜻이 큰 사람의 시는 반드시 비장하며, 호탕한 사람의 시는 반드시 얽매이지 않으며, 청순한 사람의 시는 반드시 높고 맑으며, 근신하는 사람의 시는 반드시 엄정하며, 외설적인 사람의 시는 반드시 쇠약하다. 이것은 천부적이며 기품 있는 것이어서 배워서 되는 것이 아니다.
>
> 罵快人詩必瀟麗, 敦厚人詩必莊重, 倜儻人詩必飄逸, 疏爽人詩必流麗, 寒澀人詩必枯瘠, 豐腴人詩必華贍, 拂鬱人詩必悽怨, 磊落人詩必悲壯, 豪邁人詩必不羈, 清修人詩必峻潔, 謹勑人詩必嚴整, 猥鄙人詩必委靡。此天之所賦, 氣之所稟, 非學之所至也。(上同 181條)

설설은 작가의 인품에 따라서 작시의 풍격을 그의 시화에서 다음과 같이 12분류하고 있는데 이것을 당시의 시대구분에 맞춰서 도표화하면 다음과 같다.

時期	初唐		盛唐			中唐			晚唐			
人品	謹勑	清修	豪邁	倜儻	敦厚	磊落	拂鬱	寒澀	罵快	猥鄙	豐腴	疏爽
風格	嚴整	峻潔	不羈	飄逸	莊重	悲壯	悽怨	枯瘠	瀟灑	委靡	華贍	流麗
作家例示	初唐四傑·文章四友	張九齡·王績·王梵志	孟浩然	李白	杜甫	大歷十才子	白居易·元稹	孟郊·賈島	三羅·芳林十哲	韓偓	杜牧·溫庭筠	李商隱

Ⅲ. 詩話의 中唐詩人論

《일표시화》에는 시경에서부터 청시에 이르기까지 논지를 펴놓고 있으며, 특히 이두시에 대해서 풍격과 율조를 구체적으로 거론하고 있어서[20] 그 가치가 적지 않다. 그러나 본서에서 중당대에 초점을 맞추는 이유는 다음 두 가지 면을 착상했기 때문이다. 첫째는 중당대의 시인중 저명도가 높은 대상에 대해 객관성을 지니면서, 설설의 논시관이 다양하게 전개되어 있다는 점이며, 둘째는 그 품평의 깊이가 구체적이며 직설적이어서 상호비교가 가능하다는 점이다. 여기에는 각각 특성 있는 작가론을 선별하여 살펴보고자 한다.

1. 韓愈

설설은 한유의 작가의식을 한유 자신의 「진부한 말을 버리는데 힘쓴다(陳言務去)」라는 말을 인용하면서 추숭하고 있는데, 작시의 참신성을 높이 평가한 부분이 되겠다. 보건대,

> 한유 선생이 말하기를; 「진부한 말을 없애기에 힘쓴다」하니 진부한 말을 없애지 않으면, 끝내 새로운 뜻(新意)이 없음을 알게 된다. 진부한 말로 새 뜻을 나타낼 수 있어야 좋은 글이다.
> 昌黎先生云; 「陳言務去」可知不去陳言, 終無新意。能以陳言而發新意, 才是大雄(上同 47條)

新意는 創新性을 말함이니 진부한 말은 작시에 도움이 되지 않으며 성정의 표출이 바르게 될 수 없기 때문이다. 그리고 또 한유에 있어서 시의 우

---

20) 《一瓢詩話》에서 李杜를 거론한 곳이 많으니, 3·10·16·17·21·24·30·38·48·65·70·75·77·81·104·114·144·158·173·229 條 등이 있음.

국의식을 논하기를,

> 한유의 학력은 정대하여 뭇 몽매한 사람들을 굽어보고 임금을 바로 잡으려
> 는 마음을 잠시도 잊지 않았으며, 시대를 구하려는 염려를 일각이라도 게을리
> 하지 않았다.
> 韓昌黎學力正大, 俯視群蒙, 匡君之心, 一飯不忘, 救時之念, 一刻不懈。(上同
> 55條)

라고 하여 한유의 시심이 匡正과 救國에 바탕을 두어 현실을 도외시하지 않
았음을 기술하고 있다. 한유를 특히 추숭한 것은 횡산이 두보·동파와 함께
「三家鼎立」이라고 한 데에서 연유한 것이다.21)

한편 用韻에 있어서 轉韻의 어려움을 지적하면서 오언고시의 轉韻이 당대
에도 완전치 않았지만, 두보와 한유가 칠언고시의 전운체계를22) 완성했음을
다음에 밝히고 있음은 특기할 만하다.

> 칠언고시 같은 것은 일운도저가 어려운데 만일 필력이 왕성하지 않다면 어
> 긋나서 못쓰게 될 것이다. 시의 흐름이 높이 겹치고 종횡으로 변환하면서 시
> 전체가 일운으로 통하며 엄연하게 자유로이 바꾸는데 있어서는 오직 두보와
> 한유 두 분만이 할 수 있다.
> 若七古則一韻爲難, 苟非筆力扛鼎, 無不失之板腐。要其波瀾層疊, 變幻縱橫,
> 通篇一韻, 儼若跌換, 亦惟杜韓二公能之。(上同 65條)

필력이 강대한 것과 시홍이 변화무쌍하여 소위 기백이 넘치는 용운법이
한유의 시에서 다용되었음을 확인하게 된다.23)

---

21) 「橫山先生說詩, 推杜浣花·韓昌黎·蘇眉山爲三家鼎立」(上同 55 條)
22) 졸저 ≪中國 初唐詩論≫의 「古風格律」 참조 (푸른사상 2003).
23) 趙翼 ≪甌北詩話≫卷三;「昌黎古詩用韻, 有通用數韻者, 有專用一韻者。」라 하고, 또 이어서 「
    昌黎不但創格, 又創句法。」이라 함.

2. 柳宗元

설설은 시화의 154조[24)]와 193조에서 각각 유종원의 시를 거론하고 있는데 그 중에 194조에서 <嶺南郊行> 시를 거론하여 다음과 같이 기술하고 있다.

시에는 시 전체를 관통하는 것이 있어서 한 편에 구속되어서는 안 된다. 예컨대 유하동의 <영남의 교외에서> 시 한 수중에서, 열병의 기운이 나는 강, 누런 순채, 해변, 코끼리 자국, 교룡의 침, 물여우, 회오리바람 등이 중첩으로 나오니 어찌 또 시가 되겠는가? 더욱 알지 못할 것은 제7구의 「이로부터 근심이 되는 일이 하나가 아니다」로 폄적처소를 표현하고 있으니, 이러한 여러 가지가 진정 인간세계가 아니거늘, 끝내 그것들이 중첩되어 나옴을 느끼지 못하고 오히려 응당 이처럼 중첩하여 나와야 하는 것 같은 느낌인 것이다.

詩有通首貫看者, 不可拘泥一篇. 如柳河東嶺南郊行一首之中, 瘴江, 黃茆, 海邊, 象跡, 蛟涎, 射工, 颶母, 重見疊出, 豈復成詩? 殊不知第七句云:「從此憂來非一事」 以見謫居之所, 如是種種, 非復人境, 遂不覺其重見疊出, 反若必應如此之重見疊出者也(上同 194條).

위에서 설설은 귀양 가서 사는 동안에 지은 이 시에서 열대지방의 풍토를 묘사하는 장면이 거의 타시인에게서는 그 묘사법이 강구하기 어려운 열대의 특색을 지닌 시어로 구성되어 있는 점을 극찬하고 있다. 다음에 그 시를 인용하기로 한다.

열병의 장기가 어린 강남쪽 거처에 구름안개 끼니
누런 순채 보노라니 거기가 해변이라.
산중턱에 비가 개이니 코끼리 발자국 더하고
연못 속은 날이 더우니 교룡의 침이 길다.
물여우는 간교하게 노는 이 그림자 기다리고
회오리바람에 자못 여객선이 놀란다.
여기서 근심되는 일 한둘이 아니니
어찌 늙어서 흘러가는 세월을 기다리랴?

---

24) 154條:「壁空殘月曙, 門掩候蟲秋, 恨少人知.」

瘴江南居入雲煙, 望盡黃茆是海邊.
山腹雨晴添象跡, 潭心日暖長蛟涎.
射工巧伺游人影, 颶母偏驚旅客船.
從此憂來非一事, 豈容華髮待流年.(≪柳河東全集≫ 卷42)

이 시는 심덕잠이 밝힌 대로 제2연과 제3연이 남방 풍토의 특색을 묘사하고 있다.[25] 그러니까 시인이 유배를 간 謫所의 풍물을 사실대로 그려서 적소의 수심을 기탁한 것이다.[26] 유종원의 묘사기법이 설설이 지적한 것처럼 남방의 현상들을 중첩해서 나열하였음에도 불구하고 강렬한 거부감과 함께 타지에서의 객고로 인한 비애를 더해주는 작시력을 발휘한 것으로, 이것은 창랑이 騷學을 터득하였다는 평과[27] 상통한다.

3. 盧綸

설설이 211조에서 노륜의 시를[28] 다음과 같이 거론하고 있다.

「늙은 얼굴로 귀향하니 더욱 기쁘다」 이 구는 스스로 행복해 하는 말이다. 「몸이 쇠잔하니 이름 묻기가 매우 부끄럽다」 이 구는 세상일에 관한 말이다. 「상인은 낮잠 자면서도 잔잔한 물결 안다」 이 구는 남이 득의하는 것을 보는 말이다. 「뱃사공은 밤 애기에도 밀물 이는걸 느낀다」 이 구는 나만이 홀로 깨어 있다는 말이다. 내가 늙어 이룬 것이 없으며, 가장 두려운 건 나이가 얼마냐고 묻는 것이니, 이래서 동정이 간다.
　　「衰顔重喜歸鄉國」, 是自幸語.「身賤多慚問姓名」, 是世故語.「估客晝眠知浪靜」, 是看他得意語.「舟人夜語覺潮生」, 是唯我獨醒語. 余因向老無成, 最怕人問尊庚幾何, 同此可憐.(上同 211條)

---

25) ≪唐詩別裁≫ 卷12:「中二聯俱寫風土之異, 不分淺深.」
26) 元好問 ≪唐詩鼓吹注解≫:「此敍嶺南風物異于中國, 寓遷謫之愁也.」
27) ≪滄浪詩話≫ 詩評:「唐人惟柳子厚深得騷學, 退之·李觀皆所不及.」
28) 노륜의 생평과 시에 대해서는 졸저 ≪唐代 後期詩 硏究≫(푸른사상, 2001)와 ≪中國 中唐詩論≫(푸른사상, 2003), 그리고 ≪唐代 大歷才子詩 硏究≫(한국외대 출판부, 2002) 등을 각각 참조.

위의 평어는 <至德中送中書事却寄李儞>의 제3연과 <晚次鄂州>의 제2연
(≪全唐詩≫ 권279)에서 각각 인용하여 서술한 것이다. 앞의 시는 전란 중에
경물을 보며 객고와 삶의 無常을 담은 것인데, 설설의 견해는 청대 朱三錫
이 제3연에 대해서,

> 제5·6구는 기쁘면서도 부끄러운 면을 담고 있으니, 늙은 얼굴로 돌아가니
> 그런고로 기쁘고, 몸이 쇠잔하여 돌아가니 그런고로 부끄럽다는 것이다.
> 五六一喜一慚, 惟衰顔而歸, 故喜; 惟身殘而歸, 故慚.(≪東岩草堂評訂唐詩鼓
> 吹≫)

라고 평한 것과 상통한다. 이것은 명대 陸時雍이 이미 「제3연은 애원하여 이
소의 정을 띠고 있는 듯하다.(六語哀怨, 似帶騷情.)」(≪唐詩境≫)라고 평가한
것을 재확인하는 견해들이라고 할 것이다. 그리고 뒤의 시는 노륜의 대표적
인 시로서 예거하면 다음과 같다.

> 구름 걷히어 멀리 한양성이 보이니,
> 외로운 돛배 하루의 여정을 여기서 쉬리라.
> 상인은 낮잠에도 잔잔한 물결 알고,
> 뱃사공은 밤 얘기에도 밀물 이는 걸 느낀다.
> 상수의 늙은 이 몸 가을빛을 대하니,
> 만리 멀리 고향 가고픈 마음으로 밝은 달 대한다.
> 하던 일 이미 원정으로 다했거늘,
> 강가의 북소리만 더욱 들려오누나.
> 雲開遠見漢陽城, 猶是孤帆一日程.
> 估客晝眠知浪靜, 舟人夜語覺潮生.
> 三湘衰鬢逢秋色, 萬里歸心對明月.
> 舊業已隨征戰盡, 更堪江上鼓鼙聲.

이 시는 객지에서 피난 생활을 하면서 세태가 안정되는 대로 고향으로 돌

아가고픈 귀심을 애절하게 토로하였고 전란에 대한 혐오와 평화 정착이 간설적으로 표현되어 있다. 설설이 이러한 견해를 개진하는데 근거로 삼은 제2연에 대한 평어로는 송대 曾季狸가 진실된 사물묘사라고 평한 것과[29] 심덕잠이 시의 현장감을 더하는 경물의 사실적 묘사를 강조한 것[30] 등을 들 수있다.

4. 元稹과 白居易

설설은 元白詩를 높이 평가하지 않았다. 이것은 횡산이나 심덕잠의 논지와 상합되어 있기 때문인데, 여기서는 나름대로 참고할 만한 점이 있다. 시의는 물론 시형도 낮추고 있음이 곧 횡산의 논법에 의거한 것인데, 원백을「매우 단련하여 그 면목을 세웠다.(烹鍊而成其面目)」(상동 118조)라고 한 것은 작시상의 각고에 의해 겨우 시인으로서의 면모를 갖춘 것으로 평가한 것이다. 그 예구를 보건대,

> 원백의 시는 어사가 옅으면서 심사가 깊고, 뜻이 미묘하면서 사어가 밝으니 시인이면 다 능사로 하는 것이다. 시의 대장이 정밀주도하고 용사가 엄정하며 어법이 변화롭고 조리가 정연함에 있어 두보 이후에는 많이 찾아 볼 수 없다.
> 元白詩言淺而思深, 意微而詞顯, 風人之能事也. 至於屬對精警, 使事嚴切, 章法變化, 條理井然, 杜浣花之後, 不可多得。(上同 59條)

원백시에 대한 특징 없는 이 같은 평가는 盛唐의 유풍을 추숭하는 설설의 태도로서 가능한 서술이지만 그 이유를 들라면 원백시가 俚語를 다용하고 있기 때문일 것이니, 설설이「고금의 속된 말을 활용함에 있어 왜소한 장씨(張籍)나 단명한 이씨(李賀) 같은 류는 결코 배워서 안 될 것이다.」[31]라고 단

---

29) ≪艇齋詩話≫:「估客一聯, 曲盡江行之景, 眞善寫物也」
30) ≪唐詩別裁≫:「讀三四語, 如身在江舟間矣, 詩不貴景象耶」
31) 其卽用現前俚語, 如「矮張」「短李」之類, 斷不可學。(上同 59條)

정 짓고 있으며, 또 <長恨歌> 구를 인용하여 평하기를,

> 백거이의 「옥 같은 얼굴엔 눈물이 끊이지 않으니 배꽃 한 가지에 봄비가
> 맺힌 듯 하네.」에서 그 공교를 좋아하지만 그 속됨을 나무란다.
> 白香山; 「玉容寂寞淚闌干, 梨花一枝春帶雨.」 有喜其工, 有詆其俗.(上同 133條)

라고 하면서 이 구를 모의한 동파의 시를 오히려 「點鐵成金」이라고[32] 비교
평가한 것에서도 백거이의 시풍에 불만이 있었음을 알 수 있다.

5. 孟郊

맹교의 시를 편벽하다(窮僻)느니[33], 메마르다(枯槁)느니[34], 또는 고고하다
(孤峻)느니[35], 한냉하다(寒削)느니[36] 하면서 각양으로 그 풍격을 분별하는데,
종합해 볼 때 성정이 넘치고 기백이 솟는 시풍이 아닌 것만은 공통적인 평
이라 하겠다. 그런데 설설은 맹교시의 장단점을 요약해서 지적하였으니, 먼
저 단점을 지적하여,

> 맹교의 <뿔피리 소리 들으며>라는 시에 「외로운 달의 입을 열어서 지는
> 별의 마음을 말해줄 듯 하구나.」라고 하니 달구어 다듬는데 매우 고생하였으
> 나 거의 흥취가 없다.
> 孟東野聞角詩; 「似開孤月口, 能說落星心.」 煎熬太苦, 幾無生趣.(上同 147條)

라고 한 것은 시를 다듬는데 각고하되 시의 기백 즉 生趣가 부족하다는 것이
다. 이것은 천연의 맛(天然之味)이 적고 시흥의 표출이 메말라있다는 의미이

---

32) 133조에 「東坡小詞; 『故將別語調佳人, 要看梨花枝上雨.』 人謂其用香山語, 點鐵成金.」이라 함.
33) 宋代 魏泰云; 「孟郊詩寒澀窮僻, 琢削不假, 眞苦吟而成.」(≪臨漢隱居詩話≫p. 5)
34) 嚴羽, ≪滄浪詩話≫ 詩評; 「孟郊之詩憔悴枯槁, 其氣局促不伸.」
35) 沈德潛云; 「孟東野詩, 亦從風騷中出, 特意象孤峻.」(≪說詩晬語≫卷上)
36) 翁方綱云; 「孟東野詩寒削太甚, 令人不觀. 刻苦之至, 歸於慘慄, 不知何苦而如此.」(≪石洲詩話≫
卷三)

기도 하다. 이것은 송대 許顗가 맹교의 시에 대해서, 「맹교의 시는 심사에 애쓰고 심원한 면이 있어서 아끼지만 배울 만 하지는 않다.」[37]라고 한 것이라든가, 청대 施補華가 「굳고 메마름이 매우 심하다(堅瘦特甚)」[38]라고 한 것과 상통한다. 한편, 그 장점으로는 元好問의 논시절구에서 「詩囚」라고 지칭한 시구를 인용하면서,

> 「맹교는 슬피 울어 죽도록 그치지 않으니 높고 두터운 천지간에 하나의 시수로다.」에서 시수 두 글자는 극히 신선하고 흥취롭다. 한유는 매양 맹교를 추숭하여 그 장점을 후인들이 모를 가 염려하였다.
> 「東野悲鳴死不休, 高天厚地一詩囚.」 詩囚二字, 新極趣極。 昌黎每每推許東野, 恐其好處後人不識(上同 162條)

라는 예리한 평가를 가하고 있다. 여기서 「시수」란 무엇인가? 詩仙·詩佛·詩聖 등은 문자로서 그 의미를 파악할 수 있지만 '시수'는 일종의 풍격의 뉘앙스를 지니고 있기 때문이다. 이것은 맹교의 시를 단적으로 특징 지워 주는 용어로서 黃徹의 ≪䂬溪詩話≫(권4)에서의 다음 평구는 적절한 설명이 되겠다.

> 맹교의 시는 가장 담백하며 고아하여서, 동파는 「마치 방게를 먹는 데, 종일토록 텅 빈 집게발을 씹는 것 같다.」라고 하였다.
> 孟郊詩最淡且古, 坡謂 「有如食彭越, 竟日嚼空螯。

동파는 맹교 시의 풍격을 방게를 먹는 데, 질기고 고소한 맛은 없고 단지 속 빈 집게발을 씹는 느낌이라고 하였는데 황철은 그것을 「淡古」에 비유하였다. 속 빈 집게발은 풍부하지는 않지만, 게 맛의 여운이 남아있고 건조하지만 담백하게 느껴지는 것이다. 그것은 翁方綱이 기술한 「감도는 맛이 없다(無回味)」[39]일 것이며 한유가 「고개 숙여 맹교에 절한다(低頭拜東野)」라

---

37) ≪彦周詩話≫:「孟東野詩苦思深遠, 可愛不可學」
38) ≪峴傭說詩≫ 云;「孟東野奇傑之筆, 萬不及韓, 而堅瘦特甚。」
39) 翁方綱, ≪石洲詩話≫ 卷二;「孟東野詩則苦澀而無回味, 正是不鳴其善鳴者, 不知韓何以獨稱

고[40] 한 것은 꾸밈없는 진실성 때문일 것이다. 元好問이 맹교를 「詩囚」라고 했음은 동파가 맹교 시풍을 속 빈 집게발(空螯)에 비유한 것과[41] 같이 풀이해도 가할 것이다.

6. 賈島

가도의 시에 대해서 설설 전후로 품평이 다양하니, 그 예구를 몇 개 들고자 한다.

① 가도의 시는 유독 변격을 쓰며 편벽에 빠져서 원진과 백거이 보다 아름답다.
  島詩, 獨變格入僻, 以矯艶于元白。(≪全唐詩話≫ 卷三)

② 가도의 시는 경구가 있으니 한유는 그것을 좋아하였다.
  島詩有警句, 韓退之喜之 (上同)

③ 가도의 시는 간략하고 넓으며 밝고 깊으며 빼어나면서 한가롭다.
  島之詩約而覃, 明而深, 傑健而閑易。(呂南公 ≪灌園集≫ 卷十七 「書長江集後」)

④ 내가 일찍이 평하기를, 가도의 시는 오묘하며 청신한 것이다.
  予嘗評之; 賈浪仙詩幽奧而淸新。(方回 ≪瀛奎律髓≫ 卷二十三)

⑤ 기상이 웅혼하여 성당풍을 퍽 닮았다.
  氣象雄渾, 大類盛唐。(≪四溟詩話≫ 卷二)

가도 시에 대한 위의 여러 평을 보면, ①은 편벽하지만 원진이나 백거이 보다는 표현이 유려하며, ②는 훈계적이며, ③은 간약하며 건전하고, ④는 淸幽하며, ⑤는 성당풍처럼 雄渾하다고 하였다. 이들을 종합하면, 가도의 시

之?」
40) 明代 兪子客, ≪逸老堂詩話≫ 卷上;「人之於詩, 嗜好往往不同。如韓文公讀孟東野詩, 有低頭拜東野之句, 唐史言退之性倔強, 任氣傲物, 少許可, 其推讓東野如此。」
41) 施補華, ≪峴傭說詩≫ 卷三;「東坡比之空螯, 遺山呼爲詩囚, 毋乃太過。」

가 중당과 성당의 시풍의 중간점에 있어서 淸雅와 낭만을 混融시키고 있음을 보게 된다. 설설이 가도 시에 대해서 평한 다음 문구를 보면,

> 가도의 「홀로 걸으니 연못에 그림자 지고, 자주 쉬나니 나무 옆에 기댄 신세로다.」를 오직 매우 아끼는 것이다.
> 賈長江「獨行潭底影, 數息樹邊身。」, 只堪自愛。(上同 154條)

라고 하여 가도의 <送無可上人>(≪전당시≫ 권572)의 제3연을 인용하면서 스스로 좋아한다(自愛)고 기술하였다. 여기서 「自愛」라 함은 설설이 가도 시를 청초하다라고[42] 한 풍격 평가와 상통시켜 풀이해야 할 것이다. 다음에 그 시 전체를 보기로 한다.

> 모진 산봉우리에 비 갠 색이 새로운데,
> 여기에 초당의 사람을 전송하노라.
> 먼지자락 일며 절간을 떠나니,
> 귀뚜라미 소리에 잠시 이별이로다.
> 홀로 걸으니 연못가에 그림자 지고,
> 자주 쉬나니 나무 옆에 기댄 신세로다.
> 마침내 안개노을이 희미해지니,
> 천태산이 이웃에 있구나.
> 圭峯霽色新, 送此草堂人。
> 塵尾同離寺, 蛩鳴暫別親。
> 獨行潭底影, 數息樹邊身。
> 終有煙霞約, 天台作近鄰。

이 시에서 설설은 제3연을 극찬할만한 근거를 찾는다면, 이전에 王世貞이 「더 아름다운 경지가 어디 있을까(有何佳境)」라고 평가하였으며[43], 施閏章은 가도의 自註를 인용하면서 산행하며 한가로이 지은 시로서 송별시가 아니라

---

42) 「賈島詩骨淸峭」(上同 205條)
43) 王世貞, ≪藝苑卮言≫ 卷四; 「元輕白俗, 郊寒島瘦, 此是定論。島詩『獨行潭底影, 數息樹邊身。』, 有何佳境?」

면 더욱 뛰어났을 것이라고 하였다. 시윤장의 ≪蠖齋詩話≫에서 그 평어를
인용하면 다음과 같다.

> 가도는 일찍이 시구를 지어서 「홀로 길가니 연못가에 그림자 지고」……
> 자기의 주석에 「두 구를 삼 년 만에 얻어서 한 번 읊으니 두 눈에 눈물이 흐
> 른다.」…… 내가 이 시구를 두고 말하자면 산행 중에 들판을 보면서 마음이
> 한가로워 우연히 지은 것이다. 송별시로 짓지 않았으면 더욱 뛰어났을 것이다.
> 賈閬仙嘗得句云; 「獨行潭底影」……自注云; 二句三年得, 一吟雙淚流。……余
> 謂此語, 宜是山行野望, 心目閑偶得之, 不作送人詩, 當更勝。

이 평구에는 설설이 「淸峭」라 한 평가와 상통시킬 수 있을지는 모르겠으
나 여하튼 情景交融의 흥취가 넘치는 성당풍을 보여준다. 이 성당풍을 지녔
다함은 이미 謝榛과 王世貞이 기록한 데에서[44] 확인할 수 있기 때문이다.

7. 韋應物

위응물의 시는 흔히 王維 시와 비교하는데[45], 설설도 상호비교하면서 우
열을 가리지 않고 있으며 오히려 우열을 논하는 것에 대해 비판적으로 보고
있다. 보건대,

> 위응물의 시는 운치가 높고 기상이 고요하며 왕유의 시는 시격이 노련하고
> 풍미가 원대하여 두 분의 우열을 가리기 쉽지 않다. 이르기를 「격식으로 보면
> 왕유는 위응물만 못하고 시의 기풍으로 보면 위응물이 왕유에 미치지 못한다.
> 」라 하니 어찌 피리구멍처럼 좁은 식견이 아니리오?
> 韋蘇州韻高氣靜, 王右丞格老味遠, 二公未易優劣。有云; 「以體韻觀之, 右丞不

---

44) 謝榛 ≪四溟詩話≫ 卷二: 「韓退之稱賈島『島宿池邊樹, 僧敲月下門。』爲佳句, 未若『秋風吹渭
水, 落葉滿長安。』氣象雄渾, 大類盛唐。」 王世貞, ≪藝苑卮言≫ 卷四: 「又『秋風吹渭水, 明月
滿長安。』, 置之盛唐, 不復可別。」 위에서 인용된 「秋風」句는 가도의 「憶江上吳處士」(≪全唐
詩≫ 卷572)의 제2연.
45) 王韋의 詩를 상호비교한 예문을 보면, ≪峴傭說詩≫의 「韋公古澹, 勝於右丞, 故於陶爲獨
近。」≪說詩晬語≫(卷上)의 「王右丞有其淸腴, …韋左史有其沖和。」 또 ≪峴傭說詩≫의 「韋
公懷君屬淸夜一首, 淸幽不減摩詰, 皆五絶之正法眼藏也。」

逮蘇州, 以氣味觀之, 蘇州不及右丞。」何異管中窺豹。(上同 202條)

　　그런데 위의 평어가 과연 설설의 독자적인 평가라 할 수 있느냐가 문제이다. 다음의 송대 張戒의 서술을 설설이 본받아서 재평가했다고 볼 수 있기 때문이다. 보건대,

> 위소주의 시는 운치가 높고 기상이 맑다. 왕유의 시는 격이 노련하고 풍미가 길다. 모두 오언시의 으뜸이지만 서로 장단점이 있어 우열이 없지 않다. 운격으로 보면 왕유는 위소주에 미치지 못하고, 사어가 박절하지 않고 풍미가 매우 길어 여운이 있는 점에 있어서는 위응물이라 해도 또한 왕유를 따르지 못하는 것이다.
> 　韋蘇州詩, 韻高而氣清。王右丞詩, 格老而味長。雖皆五言之宗匠, 然互有得失, 不無優劣。以標韻觀之, 右丞遠不逮蘇州, 至于詞不迫切而味甚長, 雖蘇州亦所不及也。(≪歲寒堂詩話≫ 卷上)

　　설설은 장계와 같이 양인의 시풍을 특징 지웠으나, 우열을 논하는 점에 대해서 장계의 견해를 부정적으로 보았음을 알 수 있다. 필자는 설설이 양인의 시에 대한 가치를 존중하기 때문에 소위 우열불가론을 내세울 수 있다는 점을 이해하면서도, 각 시인의 장단점을 지적하는 데에 「좁은 식견(管窺)」라고 강변한 것에 대해서는 다소의 편견이 있다고 본다. 요컨대 장계와 같은 시론의식도 필요하며 그것이 시의 가치를 폄하시킨다고 볼 수 없기 때문이다. 그리고 설설의 양인에 대한 특징부여가 장계와 다른 점이 없으므로 위응물 시에 대한 설설의 평가는 독자성이 부족하다는 것을 지적한다. 단지 설설이 위응물 시를 「韻高氣清」이라고 한 것은 그 이전의 평어들과[46] 상통하고 있어서 객관적인 평가로 본다.

　　설설은 횡산의 제자로서 그 영향 받은 것이 많지만, 당시에 못지않은 작

---

46) ≪韻語陽秋≫卷四:「韋蘇州五言詩高雅閑淡, 自成一家之體。」≪升菴詩話≫卷十:「韋詩實出於沈, 然韋有幽意而沈淫矣。」≪詩鏡總論≫:「韋蘇州詩, 有色有韻, 吐秋含芳。」≪甌北詩話≫卷十二:「韋蘇州歌行清麗之外, 頗近興調。」

풍을 지녔으며 의사로서 그의 시화에서 흉금과 기탁이라는 핵심적인 시관을 설정해놓고 있다. 230 개조의 시화에는 다양한 논지를 전개하였지만, 일관된 시론은 「溫柔敦厚」의 시교를 바탕에 두었으며 성정의 순화와 작시상의 정도가 중요시됨을 강조하고 있다. 중국의 정통시론의 중심에 서서 창랑의 「以禪入詩」적 흥취설을 수용하지 않고 있다. 이것은 그의 시화에서 밝힌 바,

> 온유돈후함과 이어져 은근히 우러나는 깊은 수심의 심정이 시의 정도이다.
> 溫柔敦厚, 纏綿悱惻, 詩之正也。(上同 42條)

라고 한 점에서 재삼 확인하게 된다. 그리고 중당시인에 대한 평가도 위응물의 경우처럼 장계의 논설을 답습한 것은 옥의 티가 되지만, 한유와 가도·맹교와 노륜의 경우에는 나름대로 독자적인 견해를 제시해 주고 있다고 본다. 설설의 시론이 여기에서는 중당인에 한하여 서술되었지만, 기실은 두보와 동파를 극찬하고 추숭하고 있음을 간과할 수 없다. 그 중에 설설이 동파에 대해서 기술한 다음 예문을 보기로 한다.

> 왕완정 선생은 동파는 만고의 하나 뿐인 분이며, 율시만은 배워서 될 것이 아니라고 하였다. 종내 혜안을 갖춘 사람의 말인 것이다.
> 王阮亭先生謂東坡千古一人, 惟律詩不可學。終是具眼人語。(上同 95條)

그리고 설설은 이 시화에서 특히 수다한 만당시인들을 거론한 바, 그 가치를 높이 평가하지 않은 작가들까지 섬세하게 다루고 있는 것도 간과할 수 없다. 예컨대, 魏野(137조)·閻朝隱(191조)·薛逢(196조)·宋邕(200조)·崔塗(207조)·李郢(208조)·劉滄(210조)·曹松(212조)·吳子華(216조)·李山甫(221조)·唐彦謙(222조)·李遠(223조)·王幼仲(224조)·譚用之(225조)·崔珏(228조) 등에 대해서 반듯한 논평을 가하고 있는 것이다. 청시화에서 중국의 논시에 대한 정법을 찾아서 정리했을 때에야 진정 중국시론의 정통성을 확보하게 될 것이며, 중국만이 지닌 그 개성을 이어나가게 할 수 있는 것이다.

≪貞一齋詩說≫의 唐詩 形式論과 風格論

시는 唐이요, 시학은 淸이니, 시와 시론이 조화·분석되도록 하는 연구방법을 정립해야할 시점에 있다. 즉 문학의 창작과 그의 분석은 구분해야하겠지만, 양면의 불가분의 이유를 문학 자체의 정서에서 찾아야하기 때문이다. 이 초점을 李重華 (1682~1754)는 바로 ≪정일재시설≫에서 전대의 기존론을 이어서 「시는 정감을 따라서 나온다.(詩緣情而生)」라 펴고 「의취의 운영은 언사로 표현하기 어렵다.(意之運神, 難以言傳.)」라고 부언하여 시의 연구는 작시의 의표를 동반고찰 하는데 주중해야할 것을 암시하였다.

청대의 수다한 시론적인 시화가 있으나, 본문은 이중화가 시에 대한 논법을 沈德潛과 함께 격조에 둔 관계와 그에 의한 당시에 대한 논지를 파악하는데 주안점을 두려고 한다.

Ⅰ. 詩話와 李重華의 詩觀

살피려는 ≪정일재시설≫은 「論詩答問」 三則과 「詩談雜錄」 100조로 구성되어 있어 청대 吳江派의 시학을 대변한다 할 것이다. 「논시」편은 시의 三要와 五長을 거론하여 논시의 정격을 제시하고 「雜錄」편은 ≪詩經≫·≪楚辭

≫에서 청대까지의 시변천을 중심한 요점을 펴서 당과 송원의 절충적인 노선을 지향하고 있다.[1] 「잡록」편을 좀 더 세찰하면, 100조 중에서 시체에 관한 내용이 14개조, 시대별 작가에 대하여는 33개조, 시법 및 시풍에 관하여는 38개조, 기타 15개조로 내용이 배열되어 있어 다각적인 논조를 전개하였다. 청대 동읍인 沈楙悳의 발문을 보면,

> 시를 지음은 성정을 도야하는데 있고 반드시 육경을 근본으로 해야한다고 말하겠다. 정일재시설에는 고금의 작가에 대해 근본까지 고찰한데 대해 나는 매우 감복하는 것이니 도연명을 사령운과 병칭해서 안 된다든가, 초사에서 조식이 본 따지 않은 게 아니다라는 말 등은 모두 분명히 객관적인 논리이다.
> 謂作詩在陶冶性靈, 而必以六經爲本。貞一齋詩說, 於古今作者無不窺見底裏, 而余尤服膺者, 謂彭澤令不當與康樂公幷稱陶謝, 楚詞非陳思王不應輕擬, 是皆確然公論。(≪淸詩話≫, p.922 明倫書店)

라고 한데서 「성정을 도야하다(陶冶性靈)」구의 내용은 「잡록」 47조 구인데, 이것은 王士禎이 滄浪 시론을 승계한 것에 대한 견해인 동시에, 당송시의 중도적 입장과 상통하며, 「謂彭澤令」구는 13조 구로서 전통적 논시의 관례를 타파하고자 한데서 독도적인 평어로 간주할 수 있다. 이중화는 실상 시대에 국한하여 시론을 특징짓고 그 우열을 가리는 의식을 좋아하지 않고 있는데, 이러하다면, 본문에서 시도하는 강구가 이중화의 본의에 부합할 수도 있다. 그 점을 들어보면,

> 혹자는 당대에는 오언고시는 없고 율시가 있다고 하는데 역시 근체시가 당대보다 더 성행한 때는 없었으며 초성중만의 구분을 논하기도 한다. 송원 이래로 작가 중에는 당시를 존중하는 자는 송시를 가벼이 보고 송시를 본받는 자는 당시를 원조로 하는데 그 절충을 들어본 적이 있는가? 이르건대 한위 이

---

1) 靑木正兒 ≪淸代文學評論史≫, p.122 (開明書店)參照. 李重華는 그의 ≪貞一齋詩說≫, 「論詩答問」第三에서 「尊唐者劣宋, 祖宋育桃唐, 其折衷可得聞與?」라 하고 또 「唐以聲律取士, 宜其工者固多於宋。然公道論之, 唐之中, 拙者什四三, 宋之中, 工者亦什四三, 原不可時代限矣。」라 함. 근인 錢鍾書는 ≪談藝錄≫, p.5에서 시의 왕조분류법의 모순점을 논박하고 있다.

래로 율시를 모르면서 자연스레 읊어 나왔으니 소위 공중의 천뢰가 바로 이것
이다. 진수대에는 율시를 지으려하나 그 법칙을 깨닫지 못하여서 고시도 아니
며 율시도 아니니 어사에 음란한 소리가 많아서 본받기엔 부족하였다. 당대
심전기, 송지문이 율시를 창안하여, 그 법칙이 점차 정제되고 또 따로 고시를
짓게 되니 이에 뜻에 따라 지으매 율시에 점차 저촉되지 않게 되어 고시와 근
체시가 뚜렷이 두 가지가 되고 곡조에도 남북의 두 곡조가 되었다. 따져보면
아침에 꽃피고 저녁에 이삭 솟듯이 그 극치를 살펴보면 어찌 일찍이 오언고시
가 없었겠는가? 칠언은 포조에게서 완성되고 이백과 두보가 재능이 뛰어나서
확대시켜 끝내 정종이 되었으며 그 후에 한유와 소식이 점차 개변시켰다. 그
러나 칠언고시를 논하자면 이 4가를 넘지 못한 것이다. 초·성·중·만당을
특별히 평하는 자의 요약한 말로는 동기가 대개 좋다고 볼뿐이어서 재능의 고
하를 정하기에 부족하다. 그것은 마치 당송시대의 차이를 대개 우열을 가릴
수 없음과 같은 것이다. 어째서인가? 당대는 성율로써 선비를 취하여 의당히
기교에 능한 자가 실로 송대보다 많았다. 공평히 논하자면 당대에 졸열한 것
이 십중 서넛이라면, 송대에는 기교 있는 것이 십중 서넛이니 본래 시대로 한
정지어서는 안 된다.

　　或言唐無五言古詩而有其律詩, 且近體莫盛於唐, 而論者有初盛中晩之分。宋元
以來, 幷有作者, 而尊唐者劣宋, 祖宋者祧唐, 其折衷可得聞與?; 曰漢魏以來未知
律, 自然流出, 所謂空中天籟是已, 陳隋欲爲律而未悟其法, 非古非律, 詞多涅哇,
不足效也。自唐沈宋創律, 其法漸精, 又別作古詩, 是有意爲之, 不使稍涉於律, 卽
古近迥然二途, 猶度曲者, 南北兩調矣。究之, 朝華夕秀, 善之者自詣其極, 何嘗無
五古耶? 且七言成於鮑照, 而李杜才力廓而大之, 終爲正宗, 厥後韓愈; 蘇軾稍變
之。然論七古無逾此四家者矣。初盛中晩特評者約略之詞, 以觀風氣大槪可耳, 然
未足定才力高下, 猶唐宋時代之異, 未可一槪優劣也。何則? 唐以聲律取士, 宜其
工者固多於宋。公道論之, 唐之中, 拙者什四三, 宋之中, 工者亦什四三, 原不可時
代限矣。(上同「論詩答問」第三)

라 하여 당시에만 차별성 있는 특점을 부여하려 하지 않았다. 그러나 시설
내용의 대종은 역시 당시에 주중하고 있으므로 논점도 그에 두는 것이 타당
하다고 보았음을 부기한다.

　　이중화에 대해서는 鄭方坤의 「貞一齋詩鈔小傳」에 기술한 바를 보면 다음
과 같다.

이중화의 자는 옥주이며 오강인이다. 어려서 가정의 교훈을 받아 시를 배워 범상하지 않았다. 일찍이 장대수 선생을 본받아 배웠다.

李重華, 字玉洲, 吳江人。少承庭訓, 學詩出語, 即能越俗。旣從張匠門先生, 遊匠門。(≪淸朝詩人小傳≫(卷四))

즉 자가 玉洲이며 吳江人(江蘇 吳縣)이라 하였지만, 사실은 자가 實君이며 호가 옥주이다.[2] 이중화는 어려서 張大受의 문하에 출입하여 雍正 2년(1724)에 진사에 오르고, 翰林院庶吉士를 거쳐 編修를 지내고, 동 10년(1732)에 四川鄕試副考官을 지냈다. 소전의 匠門이란 바로 장대수이니[3] 장문은 朱彝尊에 출입하여 시문, 특히 騈體에 능하여 풍격은 청신하였다. 따라서 중화도 그 영향을 입어 소전에 부기하기를,

이중화는 운서에 맞추어서 그 조화가 모두 음악이 된다. 신선하기가 갓핀 꽃과 같고 아름답기가 미녀 같아서 그 우러남이 깊고 두터우며 그 뜻이 높은 격조가 있는 것은 금옥을 여러 해 다듬은 듯하여 그 담긴 의취는 장인의 기교 보다 풍부하고 정감은 문식 보다 깊으며 우렁차고 오묘하며 일가를 이루었다.

公弦襟韻經, 其調和皆成樂也。鮮如時花, 婷如美女, 蓋其醞釀深厚而意就高格者, 金玉追琢旣歷多年, 是以意餘於匠, 情深于文, 鏗鏘幽眇而自成一家言也。

---

2) ≪中國文學家大辭典≫에 「李重華字實君, 江蘇吳縣人。生卒年均不詳。」이라 하고 王夫之의 ≪淸詩話≫의 전언에는 「重華字實君, 號玉洲江蘇吳江人。」(p.22)라고 기술되어 있어 옥주는 호임이 사실이다.

3) 「張大受, 字日容, 江蘇長洲人。生卒年均不詳, 約淸聖祖康熙五十年前後在世。生有異才, 通經史百家。少從學於朱彝尊, 爲彝尊, 汪琬, 韓菼所重。世居吳郡匠門, 喜誘掖後進, 四方造門請業者無虛日。臨川李紱微時, 客遊吳中, 大受奇其才, 獎勵逾格, 卒成一代名賢。聖祖南巡, 嘗召至御舟賦詩, 因宣入纂修館。康熙四十八年(1709)進士, 改翰林院庶吉士。奉命督學貴州, 敎諸生讀書之法, 風氣爲一變。世宗聞其名, 詔留任。大受善詩古文, 尤工駢麗, 淸新獨出者。著有匠門老屋集三十卷行於世。」(≪中國文學家大辭典≫) 李重華의 ≪貞一齋詩說≫에 匠門에서 수업한 구문을 알 수 있다. 즉, 57조에 「匠門先生云;『詩中用實字要融艷, 用虛字要健練。』此最詩家秘訣, 於七律尤須喫緊記著。」74조에 「匠門業師問余, 唐人作詩何取於雙聲疊韻, 能指出妙處否? 余曰 ; 以某所見, 疊韻如兩玉相扣, 取其鏗鏘; 雙聲如貫珠相聯, 取其宛轉。業師歎賞久之。」75조에 「業師又云; 假如一首中, 七句壯士聲情, 著一句美人音節, 便氣體全乖。又場杜老大半鐘呂之音, 義山大半箏琶之響, 順索間雜不得。」

라고 하여 중화의 시문이 선미하고 심후한 것을 지적하고 있다. 이제 중화의
시작을 예거하여 살펴보고자 한다. 그의 <雜詠> 제6수를 보면,

> 한가한 사람 꽃 심기 좋아하고,
> 일하는 사람 그 열매 기르네.
> 꽃 심어 봄에 꽃피면,
> 열매 길러 늦게 익누나.
> 노닐며 구경할 때면,
> 천한 것이 배요, 귀한 것이 눈이로다.
> 거둘 때에 귀천이 뒤바뀜을 어이 알 건가?
> 홀연히 경박한 자는,
> 어려서부터 꽃수레 바퀴 몰고 다녔다.
> 호젓이 글 써서,
> 고운 이름 중히 남기리.
> 閒人喜種花, 勞者藝其粟。
> 種花春已榮, 藝粟晚而熟。
> 方當遊賞時, 賤腹而貴目。
> 豈知收獲候, 貴賤有飜覆。
> 翩翩獝輕薄兒, 早歲騖華轂。
> 兀兀老著書, 英名渠重錄。(≪晚淸簃詩匯≫ 卷六十六)

여기에서 세속을 떠난 閑逸과 전원미를 보여 주고 있어, 徐世昌이 평하기
를(상동),

> 시화인 옥주시설은 그 서술된 뜻이 매우 높아서 도연명·사령운·이백·두
> 보·한유·소동파 등 대가 외에는 거의 인정하지 않고 있다. 가끔 그 글에는
> 간혹 억설도 있다.
> 詩話玉洲詩說, 陳義甚高, 陶謝李杜韓蘇諸大家外, 鮮所許可, 時有見到語, 亦
> 或憑臆而談。

라고 한데서 그의 고집을 알 수 있듯이 작시에 매우 의도적인 면이 있어 그의
시론과 상합시키려는 관점을 엿볼 수 있다. 그의 <紫柏山>(상동)를 또 보면,

> 자백산 앞의 돌은,
> 솥에 곡식을 담아 놓은 듯.
> 솟은 바위엔 숲이 울창하고,
> 대숲의 바위는 맑고 공허하기까지 하다.
> 신선을 따를 마음 있으니,
> 못내 귀한 님들 도울 수 있겠는가?
> 공을 이루어 몸이 물러난 지금,
> 더할 수 없는 즐거움은 나무하고 고기잡이로다.
> 紫柏山前石, 猶鐫辟穀居。
> 巒巖遞森鬱, 竹石宛淸虛。
> 有意從仙侶, 無妨翊漢儲。
> 功成身合退, 至樂是樵魚。

라 하여 陶謝의 경지를 합일시킨 시의 뜻을 밝혀서 제2,3연은 康樂을, 제4연
은 淵明에 가까운 면을 보여준다. 중화 자신도 그의 시설 82조에서 李杜의
연원을 陶謝에 두려 하고 나아가서 자기와 합일시키려 하고 있으니, 그의 시
취의 장처를 이에서 찾을 수 있다. 이제 그것을 인용하면 다음과 같다.

> 사령운은 산수에 정을 담고, 이태백은 술 마시며 신선놀이 하였다. 진흙에
> 빠진 자는 반드시 경치에 빠져 버렸다고 말할 것이며, 널리 아는 자는 또 성령
> 을 도야한다고 말할 것이다. 대개 이런 정신을 모아서 두보가 봄에 조정을 그
> 리는 것과 같은 법칙이 될 것이다. 조식과 완적 그리고 도연명은 깊은 정을 기
> 탁하고 있어 겉모양을 보지 않는다.
> 謝康樂放情山水, 李太白飮酒遊仙, 拘泥者必曰流連光景, 通識者亦曰陶冶性靈。
> 蓋此屬精神所聚, 與少陵春戀朝廷同一轍耳。若曹阮及陶, 則又寄託情深, 不容皮。

Ⅱ. 시화의 唐詩體式論

당시의 체재는 율절이 특징이겠는데, 중화는 고시까지 골고루 의견을 제시하고 있다. 중화의 시론에 있어, 시가 갖춰야할 요건에 대해서 핵심 있는 다음과 같은 서술을 하고 있다.

시는 세 가지 요소가 있으니, 음에서 바람구멍을 형상에 색감을 징험하며 의취에서 신운을 드러냄이다. 음이란 무엇인가? 시는 본래 공중에서 나온 음이니 장자가 말한 바 「천뢰」인 것이다. 구멍은 큰 것과 세밀한 것이 있는데, 모두 각각 그 자연의 절주가 있다. 따라서 시를 지음은 읊음이니 노래함이라 하며 적막을 두드려서 찾는 것을 귀히 여긴다. 구하면 과연 얻게 되니 이 속에 슬픔이나 기쁨, 격렬과 평정이 있어 하나하나 그 음을 따라 나온다. 예컨대, 퉁소와 피리는 각각 소리구멍이 있는데 하나씩 율조에 맞추면 그 처절함과 우렁참, 그리고 아름다움이 깊이 감동을 주지 않는 것이 없다. 이제 그 음을 모르면서 자기 마음대로 거세게 대나무를 끊어서 마구 불어대고 있는 것이다. 이와 같이 문자 다룸이 온당하지 않고서야 어찌 시에 합당하다 하겠는가? 형상과 의취한 무엇인가? 사물에는 성음이 있고 색감이 있는데 형상이란 색감을 본 따서 음을 드러낸다. 그것은 마치 무도자가 몸을 움직이며 노래하면 의취가 기뻐서 다 날 듯 움직이며 표현상 비부흥에 상관없이 모두 마음에 황홀함과 같은 것이다.

詩有三要, 曰; 發竅於音, 徵色於象, 運神於意。何謂音? 曰; 詩本空中出音, 卽莊生所云;『天籟』是已。籟有大有細, 總各有其自然之節; 故作詩曰吟, 曰哦, 貴在叩寂寞而求之也。求之果得, 則此中或悲或喜, 或激或平, 一一隨其音以出焉。如洞簫長笛各有竅, 一一按律調之, 其凄鏗要眇, 莫不感人之深。今不悟其音而惟吾所爲, 猛斷竹而妄吹之也。如是以爲文字且不可, 奚當於詩? 何謂象與意? 曰; 物有聲卽有色, 象者, 摹色以稱音也。如舞曲者動容而歌, 則意惬悉關飛動, 無論興比與賦, 皆有恍然心目者。故詩家寫景, 是大半工夫。(≪貞一齋詩說≫,「論詩答問」三則第一條)

여기서 중화는 이 三要에서 음을 첫째에 둘 것을 부연 강조하기도 하여 말하기를,

이 세 가지에서 어느 것이 우선인가? 의취가 서면 형상과 음절이 그에 따르
지만, 내가 음절을 먼저 거론하는 까닭은 사람에 있어 운어의 유래를 모르면
적당히 짜깁기를 하고 끌어다가 합치시켜서 시라고 하기 때문이니 그런 즉 천
고의 자연적인 절주는 거의 사라질 것이다. 공중의 음을 알면 형상을 취하고
의취를 따르게 되어 절로 옅은 데서 깊은 데로 들어갈 수 있다. 따라서 초학자
에게 말하나니 음절만이 으뜸을 차지하는 것이다

　　是三者孰先? 曰; 意立而象與音隨之, 余所以先論音, 緣人不知韻語由來, 則綴
輯牽合舉謂之詩, 卽千古自然之節胥泯焉; 若悟其空中之音, 則取象命意, 自可由
淺入深。故指示初學, 音特居首也。(上同)

라 하여 그의 삼요에서 음을 가장 중시한 것을 알 수 있는데, 이는 곧 시의
율조에 비중을 크게 두었음을 강조한 것이다. 실지로 중화는 율조의 운용이
시의 精緻하고 巧妙한 것의 관건이 될 수 있다는 점을 다음 서술에서 더욱
밝히고 있다.

　　율시에서 평측만 논하면 끝내 입문할 수 없다. 율조를 말함에 측성도 같이
할 것이며 상거입성을 세분해야 할 것이니 상성을 응용하면 거입성을 잘못 쓰
지 않게 된다. 이와 반대도 그러하다. 평성에 있어서도 음양과 청탁을 따져 보
아야 하니 측성도 이와 같이 할 것이다.

　　律詩止論平仄, 終身不得入門, 旣講律調, 同一仄聲, 須細分上去入, 應用上聲
者不得誤用去入。反此亦然。就平聲中, 又須審量陰陽淸濁, 仄聲亦復如是。(上同
「詩談雜錄」第六十九條)

　여기서 율시의 平仄상의 陰陽과 上去入의 작용이 음절의 변화와 밀접한
점을 강조하였음을 알 수 있으니, 시체구조의 지대한 관계성을 갖도록 하였
다. 이런 점에서 당인의 시에 대해서 여하히 논술하고 있는지 규지할 수 있
게 된다.

1. 五七古詩

　고시는 근체와 분별하면서 악부를 그에 열입하려는 경향이 있으나(≪古詩源≫), 沈德潛은 자신의 ≪說詩晬語≫에서 이르기를,

> 악보에 고시체를 섞어서는 안 되니 산만할까 해서이다. 고시 짓는데 모름지기 악부의 의취를 취해야 한다. 고시에 율시체를 섞어서는 안 되니 엉킬 가해서이다. 율시를 짓는데 모름지기 고품격을 취해야 한다.
> 　　樂府中不宜雜古詩體, 恐散朴也; 作古詩正須得樂府意。古詩中不宜雜律詩體, 恐凝滯也; 作律詩正須得古風格。(卷下)

라고 하여 구분한 것은 주의할 만하다.[4] 중화는 고시에 대해 「무릇 고시는 일정한 음절이 있는데 먼저 체재의 고하를 분별해내야 한다.(凡古詩有一定音節, 先要分別出體製高下來。)」(「詩談雜錄」一條)라 하여 역시 기설한 바 시의 음절을 중시하였다. 五古詩의 원리로는 漢魏와 唐五代를 배우고 기타는 불필요하다고 다음에 기술한다.

> 오언 고시는 한위에서 진송까지 모두 배울 만하고 제량 이하는 배울 필요가 없으며 당대의 오언 고시는 진자앙과 장구령에서 위응물과 유종원까지 모두 배울 만하고 그 이후는 또한 배울 필요가 없다.
> 　　五古自漢魏至晉宋俱可學, 齊梁以下不必學, 唐代五古, 則自陳伯玉·張曲江至韋柳俱可學, 自後亦不必學。(上同 二條)

　그 시대의 여건을 상이하게 취급하여 陳子昂과 張九齡 그리고 韋應物과 柳宗元을 당대 오언고시의 上品으로 평가하고 있음을 본다. 그러나 당대의

---

4) 李重華는 ≪貞一齋詩說≫에서 악부에 대한 견해를 펴서 당이후에도 악부제를 별도로 쓰는 경향을 싫어했다. 즉 「余謂今人作詩, 何必另別樂府。緣未曾譜入樂章, 縱有歌吟等篇, 第指作五言七言, 長短雜言可矣。」(其二十一) 그리고 악부는 위진대를 정칙으로 보고 한대를 따르지 않으려 한 것도 다음에서 알 수 있다. 즉, 「人學漢樂府, 喜作詭怪不可解之詞, 不知此種係樂人汎聲如此, 魏世曹氏父子, 早已不曾摹仿。」(其二十二)

고시가 그 이전의 것과 체재와 내용에서 상동하냐에 대해서 명청대의 당시 학자들은 상이하다는 면에 편향되어 있으니, 陸時雍과 王漁洋, 그리고 葉燮의 다음 논지를 각각 보면 중화의 뜻을 짐작할 수 있다. 즉, 陸時雍은 이르기를,

> 당대의 오언고시를 보면, 이것은 마치 은주대의 제기를 한대에서 구하는 것과 같다. 고인의 정이 깊은데 당대는 의취로써 찾는 것이 첫째 잘못이다. 고인의 의상이 원대한데 당대는 경물로써 가까이 하니 둘째 잘못이다. 고인의 시법이 변화무쌍한데 당대는 격률로 하니 셋째 잘못이다. 고인의 색감은 참된데 당대는 기교로써 그리려하니 넷째 잘못이다. 고인의 용모는 온후한데 당대는 미녀로 꾸미려 하니 다섯째 잘못이다. 고인의 기상은 응축한데 당대는 경박으로 타려하니 여섯째 잘못이다. 고인의 언사는 간결한데 당대는 기호함으로 하니 일곱째 잘못이다. 고인의 작법은 넓은데 당대는 외길로 나오니 여덟째 잘못이다.
>
> 觀五言古於唐, 此猶求二代之瑚璉於漢世也。古人情深, 而唐以意索之, 一不得也。古人象遠, 而唐以景逼之, 二不得也; 古人法變, 而唐以格律之, 三不得也; 古人色眞, 而唐以巧繪之, 四不得也; 古人貌厚, 而唐以姣飾之, 五不得也; 古人氣凝, 而唐以佻乘之, 六不得也; 古人言簡而唐以好盡之, 七不得也; 古人作用盤礡, 而唐以徑出之, 八不得也。(≪詩鏡≫「總論」上)

라 하여 당대 고시가 그 전과 다른 점을 조항을 들어서 전대를 따르지 못한다고 하였으며, 왕어양은 다음에 기술하기를,

> 창명선생은 오언시를 논하기를 당대에는 오언고시가 없고 고시는 있다고 하였는데 이것은 정론이다. 錢良擇(≪唐音審體≫의 작자)은 단지 위의 한 구만을 가져다가 창명의 잘못으로 보았는데 창명은 수용하지 않을 것이다. 요컨대, 당대의 오언고시는 실로 교묘한 기술이 많아서 고시 19수와 조식, 도잠과 사령운과 비교하여 자연히 구분이 된다.
>
> 滄溟先生論五言, 謂唐無五言古詩而有其古詩, 此定論也。常熟錢氏但裁取上一句以爲滄溟罪案, 滄溟不受也。要之, 唐五言古固多妙緒, 較諸十九首·陳思·陶謝自然區別。(≪師友詩傳錄≫ 上)

라 하여 李攀龍의 의견을 정론이라 하고 妙緖가 당시에 많은 면에서 구별되
어야 한다고 하였다. 그리고 葉燮은 다음에 쓰기를,

> 성당의 시인들은 건안의 고시를 쓸 수 없으니 당대에는 나름의 고시가 있
> 음이라. 만약 한위대의 성조 자구를 본 따야 한다면 이것은 한위대의 시이지
> 당대의 고시가 아니다.
> 盛唐諸詩人惟能不爲建安之古詩， 吾乃謂唐有古詩。 若必摹漢魏之聲調字句,
> 此漢魏有詩而唐無古詩矣。(《原詩》)

라 하여 왕씨와 같은 의견을 제시하고 있다. 중화의 관점도 상기 제가의 견
지와 근사하다고 보겠으니, 七古에 대한 다음 말에서 알 수 있다.

> 칠언 고시는 진대 악부 이후 포조에게서 형성되고 이백·두보에게서 성행
> 하며 한유와 동파에게서 창달하니 이 모두 정상에 속한다. 당초의 왕발·양
> 형·노조린·낙빈왕의 시체는 원진과 백거이에 의해 본으로 삼았다.
> 七古自晉世樂府以後, 成於鮑參軍, 盛於李杜, 暢於韓蘇, 凡此俱屬正鋒。唐初
> 王楊盧駱體爲元白所宗。(上同第四條)

칠고가 이두와 한유, 소식을 일맥으로 해서 당 이전의 풍을 계승하고 중간
에 初唐四傑과 元白의 부차적 일파가 개입된 것으로 보았는데, 여기서 鮑照
의 위치를 「포참군에서 이루다(成於鮑參軍)」라 하였으니 이는 施補華가 「칠언
고시가 백량시에서 나왔지만 당대 이전에 그 체재를 갖추었다. 위문제의 연
가행에서는 음절을 보게 되고 포조의 작품에서는 기백을 보게 된다. 그러나
작품의 구성이 변화무쌍하며 활력이 넘쳐 장활함에 있어서는 성당대 이
후에 창대하여졌다.(七言古雖肇自柏梁, 在唐以前, 具體而已。 魏文燕歌行
已見音節, 鮑明遠諸篇已見魄力。 然開合變化, 波瀾壯闊, 必至盛唐而後大昌
。)」(《峴傭說詩》 91조)라 한 바와 같이 포씨에 와서 칠고의 기초가 다져
졌기 때문에 중화는 「成於…」라 표현했을 것이다. 중화는 고시에 대해 당

대 初盛의 부분에 상당한 가치를 인정한 것을 알 수 있다.

2. 律絶

이중화는 五言律詩의 비중을 발생론적인 면보다는 창작론적인 관점에서 보았다. 그는 말하기를,

> 오언율시로는 두보가 실로 시성의 경지에 이르렀고, 왕유와 맹호연은 바로 정상에 올랐다. 후에 여러 명가들이 심력을 다하였으나 이들 3가를 따를 수 없다. 이 앞에 진자앙과 이백도 역시 뛰어났다.
> 五言律杜老固屬聖境, 而王孟確是正鋒。向後諸名家, 竭盡心力, 不能外此三家, 前此則陳子昂李太白亦佳。(上同 其五)

라 하여 杜甫를 최상, 王維, 孟浩然을 상, 그리고 陳子昂·李白을 중상으로 분별하여 그 상하품을 그어 놓았는데, 이것은 전언한 바와 같이 개도한 沈宋보다는 사작의 능력에 편향된 평이라 하겠다. 특히 두보를 聖境이라 추숭한 구는 정확한 특품평이 되겠으니, 이제 타당성을 생각해 보자. 실상, 두보는 오율뿐아니라, 七律, 排律에까지 대종이 아닐 수 없다. 이는 王世貞이나 施補華·錢木庵·黃子雲·宋犖·元稹의 서술에서 그 객관적 인증이 가능하기 때문이다.5) 같은 왕조의 元稹의 두보에 대한 다음 평어는 다소 극단적이긴 해도 가장 적절하다고 본다.

> 두보에 이르러 소위 위로는 시경을 가까이 하고 아래로는 심전기와 송지문

---

5) 王世貞은 「七言排律, 創自老杜。」(≪藝苑卮言≫卷中), 施補華는 「少陵七律, 無才不有, 無法不備。」(153조) 또 「五言長排, 必以少陵爲大宗。」(212조)(≪峴傭說詩≫), 그리고 錢木庵은 「五言長韻七言四韻律詩, 斷以少陵爲宗。」(≪唐音審體≫), 宋犖은 「律詩盛於唐, 而五言律爲尤盛。神龍以後, 陳杜沈宋開其先, 李杜高岑王孟諸家續起, 卓然名家。子美變化尤高, 在牝牡驪黃之化。」(≪漫堂說詩≫ 7조), 黃子雲은 「杜之五律七言古, 三唐諸家亦各有一二篇可企及。七律則上下千百年無倫比。其意之精密, 法之變化, 句之沈雄, 字之整練, 氣之浩汗, 神之搖曳, 非一時筆舌所能罄。」(≪野鴻詩的≫)

을 포용하여 언사는 소무와 이릉을 능가하고 기상은 조식과 유정을 머금고 안연지와 사령운의 고고함을 덮었으며 서릉과 유신의 유려함을 섞어서 고금의 체재를 다 터득하였고 문인의 독특함을 겸비하였다.

至於子美, 蓋所謂上薄風雅, 下該沈宋, 言奪蘇李, 氣呑曹劉, 掩顔射之孤高, 雜徐庾之流麗盡得古今之體勢, 而兼文人之所獨專矣. (「唐檢校工部員外郞杜君墓係銘序」)

이러한 율시에 대한 두보를 위주로 한 중화의 견해는 고시와 비교한 율조론에서 분명해진다. ≪詩談雜錄≫ 69조에서 그 특성을 펴기를,

율시에서 평측만 논하면 평생 시에 입문하지 못한다. 율조를 강구함에 있어 측성도 똑같이 상거입으로 세분해야 하는데 상성을 응용함에 거입을 잘못 활용해서는 안 된다. 평성에서도 음양과 청탁을 깊이 헤아려야 하는데 측성 또한 이와 같은 것이다.

律詩止論平仄, 終身不得入門. 旣講律調, 同一仄聲, 須細分上去入, 應用上聲者不得誤用去入, 反此亦然. 就平聲中, 又須審量陰陽淸濁, 仄聲亦復如是.

라 하여 평측의 운용을 중시하고 초학자는 음절을 터득하는 외에 다른 기교가 없으며 율시는 고시가 北曲을 창하는 것과는 달리 崑曲을 말하듯 해야 한다고 세론하였다. 중화는 오율을 이와 같이 기준 삼아서 다른 율체에 까지 거론하였는데, 七律 장법에 대해서,

칠율의 장법은 대력 제공이 가장 순수하고 숙달하다. 그러나 두보의 범주를 넘지 못했다. 그 용필을 보면, 대개 모름지기 3·4구는 1·2구와 어울리고, 5·6구는 7·8구를 일으키며, 더구나 상반구는 하반구를 끌어들여서 갑자기 전환한다. 중간 4구는 차례대로 서로 이어나가서 수미가 서로 조화된다. 상6구에서 주제를 묘사하고 난 후에 홀연히 매듭짓는다.

七律章法, 大曆諸公最純熟, 然無能出杜老範圍. 相其用筆, 大槪三四須跟一二, 五六須起七八, 更有上半引入下半, 頓然飜轉; 有中四句次第相承, 而首尾緊相照應; 有上六句寫本題而末後颺開作結. (上同 二十六條)

라 하여 역시 두보를 추숭하고 각 구의 묘법강구를 밝혔다. 이 장법은 칠율
을 기법으로 하는 것과 상응하고 있어서 중화는 시율의 정통을 추종하였음
을 알 수 있다.6) 칠율에 대한 중화의 표본은 두보에 두고 있음은 다음 글에
서 더욱 분명하니,

    칠언 율시는 고금으로 모두 받드는 것인데, 이창명은 오직 왕유만을 취하
고, 이동천은 그 설을 본받으니 어찌 능히 그 오묘한 세계를 다 터득할 수 있
을까? 나는 칠언율시의 법도는 두보에 이르러 갖추어지고 필력도 두보에 이르
러서 최고조에 이르렀다고 하겠다.
    七言律古今所尙, 李滄溟專取王摩詰, 李東川宗其說, 豈能窮極變態? 余謂七律
法至於子美而備, 筆力亦至子美而極。(上同 六條)

라 하여 왕유를 추중할 수도 있으나 두시만이 완정한 것임을 강조하였다. 그
의 이런 견지는 排律에도 일관되어 있으니, 보건대 五排에 대해서,

    오언배율은 두시에서 그 극치를 보게 된다. 백개의 운은 두보에게서 단지
한 수인데 역시 펴서 꿰어놓아 만든 국면을 면치 못하고 있으니 험운에 의거
하여 뒷 폭을 남겨놓은 감이 있기 때문이다. 백거이는 이 작법을 극복하여 험
운을 전후에 섞어 놓아 거의 흔적을 없애어 곱고 여유 있게 하였다. 따라서 백
운의 묘사법은 백거이를 법칙으로 삼아야 할 것이다. 그러나 이 또한 다작해
선 안되니, 과장되고 화미한 습벽이 있을 가 해서이다.
    五言排律, 至杜集觀止; 若多至百韻, 杜老止存一首, 末亦未免鋪綴完局, 緣險
韻留剩後幅故也。 白香山窺破此法, 將險韻參錯前後, 略無痕跡, 遂得綽有餘裕。
故百韻敍事, 當以香山爲法, 但此亦不必多作, 恐涉誇多鬪靡之習。(上同 九條)

---

6) 정통장법에 대해 먼저 기구를 두고 楊載의 ≪詩法≫ 「家數」에 「或對景興起, 或比起, 或引事
起, 或就題起, 要突兀高遠。 如狂風捲浪, 勢欲滔天。」라 하고 沈德潛도 ≪說詩晬語≫에서 「起
手貴突兀」, 중2연을 두고는 沈德潛은 「三四語多流走, 亦竟有散行者, 然必有不得不散之勢乃
佳。 苟艱於屬對, 率爾放筆, 是借散勢以文其陋也。」(상동)라 하고 謝榛은 ≪四溟詩話≫에서 「
律詩重在對偶, 妙在虛實。」(卷一), 결구에 대해서는 楊載가 「或就題結, 或開一步, 或繳前聯之
意, 或用事, 必放一句作散場 ; 如剡溪之棹, 自去自回, 言有盡而意無窮。」(상동)라 하고 심덕잠
은 「收束或放開一步, 或宕出遠神, 或本位收住。」(상동 권상)라 하여 중화가 이에서 벗어나지
않고 있다.

라 하여 두시에서 이 시체가 처음 보이고 白居易에서 성숙되었다고 하였으며, 칠언배율에 대해서는,

> 칠언배율은 당인에게 그리 많지 않고 두시에게도 서너 수에 지나지 않는다. 칠언시에서 네 개의 운을 씀은 율법상 잘못이 없는데 수십 운으로 증가되면 기세가 유화한 맛에 흘러서 단편적으로 된다.
> 七言排律, 唐人斷不多作, 杜集止三四首。緣七字詩得四韻, 於律法更無遺憾, 增至幾十韻, 勢須流走和軟, 方成片段。(上同 十條)

라 하여 이 체는 오직 두시에서만 보인다고 단언하고 있다. 이 논리는 이미 왕세정이 「칠언배율은 두보에서 나왔다(七言排律, 創自老杜.)」라는 주창을 확인하는 것이 된다.[7]

그리고 절구에 관한 의견은 이백을 중심으로 극묘를 인정하고 그 작법은 탄환이 손을 벗어남(彈丸脫手)과 같이 突出入神하는 雅趣가 있어야 그 가치를 둘만 하다고 한다. 중화의 이 이론은 절구가 율시에서 나왔다는 설은 부인하고 그 내원이 분명함을 강조하는 의미도 있다. 실제로 절구는 요소면에서도 율시와는 다른 점이 있어 혼동해서는 안 된다.[8] 이제 중화의 절구론을 적어 본다.

> 오언절구는 자야가에서 발원하는데 특별히 지나친 기교가 없이 그 자연스러움을 취하니, 20자가 탄환이 손에서 벗어나듯 오묘하게 나타난다. 이백·왕유·최국보가 각기 그 장점을 드러낸다.
> 五言絶發源子夜歌, 別無謬巧, 取其天然, 二十字如彈丸脫手爲妙。李白·王

---

7) 王世貞, 《藝苑巵言》卷四에 「七言排律, 創自老杜, 然亦不得佳。蓋七字爲句, 束以聲偶, 氣力已盡矣。又欲衍之使長, 調高則難續而傷篇, 調卑則易見而傷句, 合璧猶可, 貫珠益艱。」

8) 洪爲法의 《絶句論》 第一章 「溯源」에서 詳述하고 있다. 洪氏는 대개 「絶之爲言截也, 卽律詩而截之也。」라 한 해석은 誤解라 하고 그 特質에 대해서는 上記書第二章特質和古律詩不同之點에서 整·儷·叶·韻·諧·度를 律詩의 要素로 보고, 絶句에는 儷가 缺乏되어 있음을 폈다.

維·崔國輔各擅其勝。(上同 七條)

　칠언절구는 당인의 악장으로서 기교가 가장 많다. 주죽택은 이르기를 「칠절의
극치는 모름지기 시속에 혼이 있어야 하니 입신 두 글자로 그 오묘함을 형용하
기에 부족하다. 이백과 왕창령 이후에 유우석이 가장 뛰어나다.
　七絶乃唐人樂章, 工者最多。朱竹垞云; 七絶至境, 須要詩中有魂, 入神二字,
未足形容其妙。李白·王昌齡後, 當以劉夢得爲最。(上同 八條)

Ⅲ. 詩話의 唐詩 風格論

　이중화는 시풍, 즉 포괄적으로 말해서 풍격을 말하는데 있어서 크게 성정
과 학문의 양면으로 고찰하고 있다. 이것은 《滄浪詩話》「詩辨」에서 「시에
는 남다른 재주가 있으니, 학력과는 관계하지 않는다.(詩有別才, 非關學力)」
란 정통적인 노선에서 벗어나지 않고 있다. 그는 이르기를,

　　시에는 성정이 있고, 학문이 있다. 성정은 정신을 함양하고 학문은 육경에
　　근원을 두어야 한다. 이러하지 않으면, 재능이 경박해지고 육의에 통하지 않을
　　까 두려운 것이다.
　　詩有性情, 有學問。性情須靜功涵養, 學問須原本六經。不如此, 恐浮薄才華,
　無關六義。(상동 50조)

라 하니, 이것이 바로 그의 균형 있는 논조인 것이다. 이런 두 가닥의 논리를
통해서 그의 시설에 당시의 풍격을 규정해 나갔다. 이 점을 보다 상세히 살
펴보면, 먼저 성정위주에 대해서,

　　시에는 정감과 경물이 있는데 율시로 간단히 말하면 4구 두 연은 정경이
　　서로 바뀌되 중복되어서는 안 된다. 경물 속의 정감과 정감 속의 경물 두 개가
　　서로 순환되어 변화가 그지없음을 알아야 한다.
　　詩有情有景, 且以律詩淺言之; 四句兩聯, 必須情景互換, 方不複沓; 更要識景

中情, 情中景二者循環相生, 卽變化不窮。(상동 43조)

라 하여 仇兆鰲가 두보시를 특징을 짓는 입장과 상통하다.[9] 그리고 지식중시에 대해, 그는 말하기를,

*시학이 심후함에 근거하려면 먼저 시경주소를 송원유가설에 합하여 자세히 참조하는 것 보다 더 좋을 것이 없으니 시를 말함에 조리를 갖추게 되며 본령은 잘로 같지 않게 된다.
詩學欲根抵深厚, 莫若先將詩經注疏合宋元儒說細參之, 使說詩具有條貫, 本領便自不同。(상동 64조)

*시가 순고한 경지에 이르려면 반드시 만권을 독파한 후에야 함축적이며 온자한 맛이 드러난다.
詩至淳古境地, 必自讀破萬卷後含蘊出來。(상동 65조)

*본래 서적이 없으면서 오히려 부려함으로 남을 미혹하려하면 더욱 빈곤하게 청객하게 되고 막연히 무수한 기물을 모으면 더 그 추함만 더하게 된다.
本無書籍, 反欲以富麗惑人, 如貧兒請客, 湊集無數器物, 具眼者徒增其醜。(상동 76조)

이들 내용은 공통적으로 학식을 선행해야 시의 참 경지를 표현할 수 있음을 역설하고 있다. 그러면서도 시의 工巧에 대해서는 매우 부정적인 것은 당 이후의 경향을 우려하였음을 엿보게 된다. 이 점에 대해서,

시에서 문리가 능통함을 구함은 초학자를 위해서 하는 말이다. 시에서 수식이 공교함을 귀히 여김은 시인의 경지를 아직 터득하지 못한 자를 위해서 하는 말이다. 기실 시가 고아하고 오묘한 경지에 이른다면 어찌 능통한 것을 추구하겠으며 시가 신묘한 경지에 이른다면 어찌 공교함을 추구할 필요가 있겠

---

9) 仇兆鰲는 「有景中含情者, 如感時花濺淚, 恨別鳥驚心。……有情中寓景者, 如影者啼猿樹, 魂飄結矣樓。有情景相融不能區別者 ; 如水流心不競。雲在意俱遲。」(《杜詩詳註》卷之二十三 「江漢」詩의 詳註部分)

는가!

　詩求文理能通者, 爲初學言之也。詩貴修飾能工者, 爲未成家言之也。其實詩
到高妙處, 何止於通? 到神化處, 何嘗求工? (상동 60조)

라고 하여 시의 경지가 의식적으로 工巧를 구하는데 있지 않음을 강조하였
다. 이런 중화의 시풍 논리는 당시의 시기별 풍격을 이해하는데 도움이 된다.
중화는 당시 전반을 시대별로 품평하기를,

　　초당인으로는 진자앙과 장구령을 으뜸으로 삼아야한다. 개원의 대가로는
이백·두보·왕유·맹호연이라고 알고 있으며, 왕창령의 유현함과 상건의 준
일함 또한 극치에 이르렀다. 고적과 잠삼은 바르기는 하지만 고심함에서 미치
지 못한다. 대력의 명가로는 전기가 유장경만 못하고 원화와 장경 이후에는
맹교가 한유한 못하며 원진이 백거이만 못하고 온정균이 이상은 만 못하고 피
일휴가 육구몽만 못하다. 이하의 칠언시로 말하면 따로 하나의 격조로 배열해
야 할 것이다.

　　唐初人當以陳伯玉·張子壽爲最。開元大家, 人知爲李·杜·王·孟, 而王龍標
之幽, 常肝胎之俊, 亦詣極能事, 高·岑雖正, 苦心未之或逮也。大曆名手, 錢不如
劉。元和·長慶以後, 孟不如韓, 元不如白, 溫不如李, 皮不如陸。至昌谷七言, 須
另置一格存之。(상동 15조)

라 하여 초당에는 陳子昂·張九齡을, 성당에는 李白·杜甫·王維·孟浩然·
王昌齡·常建을, 중당에는 高適·岑參·錢起·劉禹錫 그리고 孟郊·韓愈·白
居易를, 만당에는 溫庭筠·李商隱·皮日休·陸龜夢·李賀 등을 각각 열거하
여 그 시기의 대가로 거명하였는데 중화가 작가별로 서술한 것을 초성당과
중만당으로 하여 정리하고자 한다.

1. 初盛唐詩

초당에서 文章四友를 중심한 시를 두고 평하기를,

문장에는 대각체가 있으니 마땅히 고문대가 외에 또 다른 품격에 열입시켜서 편벽되게 버려서는 안 된다. 당시에서 두심언·소미도·이교·장열이 또한 대각체에 속하는 것이다.

文章有臺閣體,　當於古文大家外另列一品,　不可偏廢。　唐詩如杜審言·蘇味道·李嶠·張說, 亦屬臺閣體裁.(상동 88조)

라 하여 초당시의 臺閣風을 말한 것은 齊梁風의 맥을 지칭함이며, 대조해서 진자앙을 「진자앙은 阮籍의 유파이다(陳伯玉是阮嗣宗之派).」(80조)라고 하여 <感遇詩> 38수가 완씨의 「詠懷詩」에서 기원하였음을 염두에 둔 평이다. 실지로 진자앙은 張九齡과 함께 反美文운동을 전개하여 복고론을 주장했기 때문이다. 진자앙은 「與東方左史虯修竹篇序」(≪陳伯玉文集≫ 권1)에서 風雅와 한위 시가의 전통을 따르고 진송이래의 문장의 도리가 피폐함과 풍아의 미미함, 그리고 彩麗를 추구함의 병폐를 지적하면서 風骨과 興寄를 갖춰 시풍을 진작하려 하였다.10) 즉 풍골이란 ≪文心雕龍≫의 「풍골」편과 ≪詩品≫序에 의거하여 내용의 건전성과 어언형식의 생동미를 재흥한다는 의미이며 흥기란 托物起興(사물에 기탁하여 감흥을 불러일으킴)과 因物喩志(사물로 마음을 비유)의 표현방법을 강구하는 것이니 진자앙의 공을 두고 「퇴폐한 물결을 제거함(橫制頹波)」, 「천하가 일치하여 문질이 일변하다.(天下翕然, 質文一變.)」라 하고11) 한유가 「나라에 문장이 성하니 진자앙이 비로소 높이 서다.(國朝盛文章, 子昻始高蹈)」(「薦士詩」)라고 추숭한 것을 이중화가 긍정적으로 받아들인 적절한 평가라 할 수 있다. 성당시인에 대해서는 역시 이·두시를 중심으로 논조를 펴고 있는데 이백, 두보에 관한 중화의 다음 평구를 살펴보고자 한다.

① 시의 주종은 이백과 두보만 한 게 없다. 두보는 생기가 멀리 나오고 항상

---

10) 伯玉은 「與東方左史虯修竹篇序」에 「東方公足下; 文章道弊五百年矣. 漢魏風骨, 晉宋莫傳, 然而文獻有可徵者. 僕嘗暇時觀齊梁間詩, 彩麗競繁, 而興寄都絶, 每以永歎. 思古人常恐逶迤頹靡, 風雅不作, 以耿耿也.」라 하여 初唐文風을 恨歎함.

11) 唐, 盧藏用의 「右拾遺陳子昻文集序」에 「君諱子昻, 字伯玉, 蜀人也. 崛起江漢, 虎視函夏, 卓立千古, 橫制頹波, 天下翕然, 質文一變.」(≪全唐文≫ 卷二百三十八)

신행이 깃들고 이백은 신기가 약동하여 모두 호기로 드러낸다. 이 두 사람
은 하늘로 얻은 것으로 각기 그 장점을 드러낸다.
　詩之宗莫若李杜。杜生氣遠出, 而總以神行其間, 李神彩飛動, 而皆以浩氣擧
之。是兩人得之於天, 各擅其長矣。(上同 「論詩答問」 三則)

② 이백의 묘처는 전부 준일한 기상이 나오는데 있으니, 그 오언고시는 조식
　과 완적 두 작가로부터 나왔다.
　太白妙處全在逸氣橫出, 其五言古從曹阮二家變出.(81조)

③ 두보는 풍아를 겸비하였는데 그러나 정격은 적고 변격이 많을 따름이다.
　子美則風雅兼備, 但正少而變居多耳。(36조)

④ 두보 같은 이는 대개 정통 율조이다.
　如杜老大半鐘呂之音。(75조)

⑤ 두보는 천부적인 재능이 이미 뛰어나고 학력도 만권을 독파하였다.
　子美天才旣雄, 學力又破萬卷。(84조)

⑥ 사령운은 산수에 정감을 풀어놓았으며 이백은 술 마시며 유선하였으니 취
　하여 매인 자는 필히 경물에 빠지게 된다고 말하며 알아차리는 자는 성정
　을 도야한다고 말한다.
　謝康樂放情山水, 李太白飲酒游仙, 拘泥者必曰流連光景, 通識者亦曰陶冶性
靈。(82조)

　이상 6개 구문을 보면 이백은 神氣逸出하여(①,②) 遊仙的이어서 情景融和
의 경지에 도달하였다 하니(⑥) 두시와 함께 입신은 같으나, 취향이 정감에
편향하고 있음을 강조하였고, 두보는 神行에 氣行이 따른다 하여(①) 의지가
정에 선행하고 그것이 시학의 정통성을 지속시킨 공이 되며(③, ④), 학식이
근본이 되어 창조의 역량이 되고 있는 특색을 분명히 하고자 하였다.(⑤) 이
논지가 동시대의 풍격과 후인의 위탁대상이 되었음은 물론이다. 같은 시대
의 시가에 대해서도 기술하고 있는 것을 보면,

왕유, 맹호연, 위응물, 유종원 등은 비록 도연명과 근사하지만, 각기 그 나름의 특색이 있다. 위응물은 타고난 바탕이 가장 빼어나지만 역시 사령운을 배웠다.

　　王·孟·韋·柳雖與陶爲近, 亦各具本色, 韋公天骨最秀, 然亦參學謝康樂。(80조)

라 하여 성당의 낭만시인이 陶潛에 접근되어 있으며 韋應物은 謝靈運까지 겸전하고 있어 돋보인다고 하였으니 이는 중화의 독자적 견해이다.[12]

2. 中晚唐詩

중화는 韓愈와 柳宗元을 두고,

　　한유와 유종원은 모두 시가 고아하지만 시의 기상이 옛 것을 중시하고 지금 것은 소홀히 하였다.
　　韓·柳二公, 共爲雅詩, 氣味視古略近。(36조)

라 하여 전통 풍골을 따른 풍격을 추숭하였는데, 특히 한유 시에 대해서는 철저한 복고론자로 명기하고 있다. 즉,

　　시가의 심오파는 한유로부터 시작한다. 그러나 한유는 전적으로 경학에 근본을 두고 다음으로 굴원·송옥·양웅·사마상여에서 고아한 의취를 취하여서 글자마다 전아하다. 그 후로는 육구몽이 자못 그 경지를 이루었다.
　　詩家奧衍一派, 開自昌黎; 然昌黎全本經學。次則屈·宋·揚·馬亦雅意取裁, 故得字字典雅。後此陸魯望頗造其境。(51조)

　　여기서 전아하고 심오한 시취를 한유시에서 찾으려 했고 陸龜蒙이 이 경

---

12) 葛立方의 《韻語陽秋》 권4에 「韋應物詩擬陶淵明, 而作者甚多, 然終不近也。」라 하고 施補華의 《峴傭說詩》엔 「韋公古澹, 勝於右丞, 故於陶爲獨近。」이라 한 평어는 있어도 사강악에 비교한 부분은 한소하다.

지를 습취하였다고 했다. 그리고 맹교와 가도 시를 지칭하여 기술하기를,

맹교·가도는 탁월하고 편벽되니 모두 고심하고 외롭게 시를 얻는다. 노동
은 더욱 자기 방임하여 성글고 거친 점이 특히 심하다.
　孟東野·賈浪仙卓犖偏才, 俱以苦心孤詣得之。 若盧玉川則更頹然自放, 疏野
特甚矣。(85조)

라고 하여, 孟郊와 賈島는 탁월하되 편벽하다 하고 盧仝은 疎野하다고 논평
하였다. 이것은 朱承爵이 「시가들이 노동시의 시어를 평하기를 험괴가 백출
하여 거의 이해할 수 없다.(詩家評盧仝詩造語, 險怪百出, 幾不可解。)」≪存餘
堂詩話≫라 한 것과 黃子雲이 「옥천 노동은 기괴를 좋아하여 월식시를 지어
솔개새끼를 놀라게 하니 어찌 하늘의 매가 그걸 보고 한 번 치려고 하지 않
으리오? 일곱 그릇 밥을 다 먹지 못한다는 구는 또한 땀나고 토하게 한다.
(玉川好怪, 作月蝕詩以嚇鳶雛, 寧不慮蒼鷹見之而一擊之? 至七碗吃不得也句,
又令人流汗發嘔。)」≪野鴻詩的≫라 한 평어와 상통하고 있음을 알 수 있다.
중화는 元稹과 溫庭筠을 평하기를,

시도는 경박함을 가장 꺼리니 부허하고 요염한 체재가 모두 그러하다. 더구
나 음탕하여서 더욱 속되고 더러운 어사이니 시경의 육의는 버려진 것이다.
나는 매양 원진과 온정균을 본받아서는 안 된다고 말하는 까닭은 이 때문이다.
　詩道最忌輕薄, 凡浮艶體皆是; 加以淫媟, 更是末俗穢詞, 六義所當棄絶也。 余
每謂元微之; 溫飛卿不應取法者, 爲此。 (48조)

라 하여 이들의 시가 부염하고 경박하다고 했는데 만당대의 유미풍에 대한
격조파의 의식에서 오는 거부반응의 표현으로서 그의 주관적 견해이다. 그리
고 杜牧을 평하기를,

두목은 매우 호준하나 시법이 완밀하지 못하다. 나은은 필치가 매우 상쾌하

지만 시의 공력이 성글다. 허혼은 격식이 매우 풍간적이지만 시의 기력이 깊
고 두텁지 못하다.

　　杜樊川才甚豪俊, 法未完密; 羅江東筆甚爽傑, 功稍粗疏; 許丁卯格甚凝諫, 氣
未深厚。(86조)

라 하여 杜牧은 호준하지만 완밀치 못하고 羅隱은 爽傑하지만 粗疏하고 許渾
은 凝諷하나 深厚하지 못하다고 하였다.13) 李商隱 시를 또 평하기를,

　　*의산의 성녀사 같은 작품은 뚜렷이 기우의 언정이다.
　　義山如聖女祠等作, 顯然是寄寓言情。(46조)

　　*의산의 대부분의 쟁과 비파시는 혼잡스럽지 않다.
　　義山大半箏琵之響, 須索間雜不得。(75조)

라 하여 義山이 갖고 있는 정감적이며 우의적인 특성과 음악적인 율조미를
상찬하였다.14) 이와 같이 중화는 당시인에 대한 품평을 서술하는데 있어서
그 요지를 성당에 두고 있고 그 중에도 이·두를 위시하여 왕유파 시인에게
도 집중하고 있음을 알 수 있다. 그의 시론은 전통적이며 청대 神韻과 格調
의 흐름을 계승한 것으로 본다. 따라서 그가 당시의 후대에의 유전을 한계
있게 서술하고 있는 것을 다음에서 볼 수 있다. 중화는 송대에의 전승을 평
하기를,

　　송대 시인에 있어 구양수와 매성유가 서곤체의 구습을 바꾸었으나 성행하
　　지 못하였다. 소동파에 와서 비로소 그 재주가 고금을 포용하였으니 그 의취
　　를 보면 이백·두보·한유·백거이의 장점을 거의 겸비하였고 각 시체에서 칠
　　언고시는 더욱 활달하고 두루 통하며 웅혼하여 빼어나니 이 또한 시대에 국한
　　시킬 수 없는 것이다. 황정견은 같은 시대로 칭하지만 재주가 못 미치고 서강

---

13) 두목시를 호준하다고 한 면을 인증할 자료로 졸문 「杜牧詩의 憂國的 豪健風」(≪中國文學≫
　　7輯, 1980)과 김성문의 「杜牧詩研究」(1993·박사논문) 참조
14) 拙書 ≪中國唐詩研究≫(1994) 下册 참조

시파의 비조라 일컫는데, 두보에 짝하려는 것을 망령되다. 남송의 육유는 백거이와 발맞출만하다.

趙宋詩家, 歐梅始變西崑舊習, 然亦未詣其盛. 至坡公始其才涵蓋今古, 觀其命意, 殆欲兼擅李杜韓白之長, 各體中七古尤闊視橫行, 雄邁無敵. 此亦不可時代限者. 黃山谷雖同時幷稱, 才調不相及, 至謂西江詩祖, 追配杜陵者, 妄也. 南宋陸放翁堪與香山踵武. (16조)

라 하여 동파시의 출원과 강서의 黃山谷 시의 약점, 그리고 陸游과 백거이와의 상관을 위진까지 소급하지 않고 가까운 데서 가장 확실한 영향관계를 찾으려 한 의도가 엿보인다. 그리고 金·元대시에 대해서는,

금원의 시체는 대개 같은데 가장 뛰어난 사람은 원호문과 우백생, 살천석, 조자앙 등 제가이다. 원호문이 가장 빼어난데 그가 두보에 바탕 두었으나 소동파에 미치지 못하는 이유는 공교로움을 너무 내세웠기 때문이다. 요컨대, 송대 사람은 당시를 배울 뜻이 없었기에 시법이 성글지만 시의 의취가 간혹 빼어나고, 금원 사람은 오로지 당시를 배우려 했기 때문에 시법은 있어도 시의 기품이 약하다.

金元詩體略同, 最著者爲元遺山, 虞伯生, 薩天錫, 趙子昂諸家. 遺山自是傑出, 其祖述子美未及蘇長公者, 尙巧處略多故也. 要之; 宋人惟無意學唐, 故法疏流而天趣間出, 金元人專意學唐, 故有法而氣體反弱. (17조)

라 하여 元好問이 두시를 따랐으나 교묘가 너무 많듯이 금원대시는 시법은 갖추었어도 氣弱이 있어 생동하지 못하다고 하였는데, 적절한 품평이라 하겠다. 그리고 명대의 시에 대해서는,

종합컨대 명인의 폐단은 당인의 모습을 즐겨 본 따는 것이니 형상을 통해 나름의 신통을 얻을 수 있다면 족할 것이다.

總之, 明人弊病, 喜學唐人狀貌, 苟能遺形得神, 便足垂也. (18조)

라 하여 神妙의 부족을 지적하였으니, 이 모두가 漁洋을 중심한 청대의 주류

시론의 입장에서 관찰한 표현이어서 객관성은 부족하지만, 참고해야 할 논리로 본다. 중화의 시론 입장은 자신이 말한 바, 「시의 풍격은 정신 속에 포함되어 있으며, 시의 골간은 기상 속에 갖추어져 있으니, 정신과 기상을 알면 곧 풍골이 그 속에 있는 것이다.(風含於神, 骨備於氣, 知神氣卽風骨在其中.)」(「論詩答問」三)이라 하듯이 신기가 살아 있는 시가 참된 것이며 이를 위해 풍아로부터 시학의 정맥을 따라야 한다고 강조하였다. 그를 위해 學唐이 그 정도임을 그의 시설에서 시종 주장하고 貴神的(신묘함을 귀히 여김) 자세로 당시 자체를 다양하게 논구하여 이·두를 중심한 성당시에 초점을 맞춘 결과가 나왔음을 알 수 있었다. 대부분의 청대 시화가 갖는 공통점이지만 중화에게 서는 보다 강렬한 수구적 논지가 깃들어 있음을 명지하게 된다. 청대의 실증적 학술 성향으로 볼 때 중화가 지향하는 요지는 滄浪으로부터 시작하는 시의 興趣에서 이어지는 하나의 맥으로 나아가고 있다는 데에 두고 봐야 할 것이다. 이중화는 청대 시단에서 주견이 분명하고 개혁적인 논리를 전개하려는 독자적인 시론가라는 점을 특히 부각시켜야 할 것이다.

≪詩學纂聞≫의 唐四家詩評과 唐詩體論

汪師韓(1707~?)의 ≪시학찬문≫ 1권은 논시가 절실하여 타시화와는 다른 면을 보여 주는 특성을 보여준다.1) 왕사한 자신도 그의 「自題序」에서 기존 시화의 無定見을 지적하면서 저술의 결심을 다음과 같이 피력하고 있다.

> 송대 이후의 문인들은 시화를 즐겨 썼는데 그 산만하고 부스러기 같은 잡 담으로 되어 있는 것이 십중 육칠이나 되니 내 또 더 그걸 본받아야 한단 말 인가 ? 나는 그걸 극복할 것이다.
> 宋後文人好著詩話, 其爲支離瑣屑之談, 十且六七, 而余復尤而效之乎? 余過矣.

왕사한은 ≪시학찬문≫을 쓰면서 엄정한 견지를 지켰으며 일체의 잡사를 거론하지 않았다. 그런 고로 시화는 저자의 확고한 논지를 담고 있으며 예 문도 간결명료하다. 그는 시를 통하여 그 시인과 세상을 인지할 수 있어야 한다고 다음에 강조하였다.

> 사람마다 나름의 시가 있고 시대마다 나름의 시가 있다. 따라서 그 시를 읽 으면 그 작자를 알 수 있고, 그 세대를 논할 수 있다. 만일 서로 간에 구분이

---

1) 郭紹虞는 『淸詩話』의 「前言」에서 「中年以後, 一意窮經, 多論學之著. 汪氏論詩較切實, 與一 般詩話摘句述事者不同.」 (p.17 臺灣 明倫出版社)라 함.

없이 앞뒤가 같다면 혼란을 가져 와서 시가 어찌 경서 사서의 대열에 들 수
있겠는가?

　一人有一人之詩, 一時有一時之詩, 故誦其詩, 可以知其人, 論其世也, 若彼我
之無分, 後先之如一, 闟闟混混, 詩奚以進於經史哉 ? (上「三有」)

이와 같이 그의 논시관은 엄격하여 經史에 근거를 두고자 하였으니 특히
周易에 그 근거를 두어야 함을 밝혀서 논시의 전통성을 회복하고자 한 것이
다. 그 지적된 부분을 제시하면 다음과 같다.

　　또 절실하지만 흥취가 없으면 실상 밖의 경계가 막히게 된다. 기교하되 성
정이 없으면 시속의 뜻이 없게 된다. 「메마른 버들에 꽃이 나네」가 어찌 오래
다 하겠으며 「큰소리가 하늘에 닿네」가 어찌 길다 하겠는가 ? 그 논지가 원대
하고 그 시어가 무늬가 지며 그 표현이 완곡하면서 사리에 맞으며 그 담은 내
용이 넓으면서 은밀하면 함께 시를 논할 수 있는데 반드시 주역에 상통되어야
할 것이다.

　　且也切而無味, 則象外之境窮 ; 巧而無情, 則言中之意盡.「枯楊生華」, 何可久
也 ?「翰音登於天」, 何可長也 ? 其旨遠, 其詞文, 其言曲而中, 其事肆而隱, 可與
言詩, 必也其通於易.(上 <四美四失>)

왕사한의 논시는 <理性情>(上 <三有>) 즉 성정을 다스리는 이성을 중시
했기에 독서의 효용을 강조하게 되고 엄우의 別才나 別趣의 설에 대해 이견
을 보이고 있다.2) 본고는 졸문 <詩學纂聞의 論唐詩 考>(중국연구 15집.1994)
에서 당시의 풍격과 관련된 내용을 서술한 것과는 달리 시화상의 당시형식
과 운율에 관한 주제에 초점을 맞추려 한다. 이 시화가 고시와 율시의 通韻
에 대해 다양한 예시를 하고 있는 점을 중시하여 고찰하고자 한다.

---

2) 汪師韓은 그의 詩話에서 다음과 같이 直說하고 있으니,「三百篇, 漢, 魏之作, 類多率爾造極.
故嚴滄浪曰 ;『詩有別材, 非關書也. 詩有別趣, 非關理也』後人傳誦其語. 然我生古人之後, 古
人則有格有律矣, 敢曰不學而能乎?」(上「讀書」)

Ⅰ. 汪師韓의 詩論 배경

  왕사한(1707~ ?)은 자가 抒懷, 호는 韓門으로 浙江 錢塘人이다. 康熙 46년
에 (1707)나서 졸년은 미상이다. 雍正 11년(1733)에 진사에 급제하고 후에 翰
林院庶吉士, 散館, 授編修, 奏直起居注 등을 지냈다. 잠시 母病으로 귀향하였
다가 이어서 尙書 張照3)가 武英殿總裁가 되자 校勘經史로 추천되고 후에 大
學士 傳恒이 추천하여 上書房에 들고 다시 授編修에 재임명된다. 낙향하고
난후에 유랑생활을 하던 중에 直隷總督 方觀承이4) 蓮花池書院의 主講이 되
고 왕사한을 원장으로 추천하는데, 왕이 그를 기억하여 <好學問>의 칭호를
주니 왕사한이 감읍하여 시 4수를 짓게 되었다고 한다. 어려서 문명을 날려
서 시의 기법과 수다한 전적의 지식을 깊게 다져서 龍書 50운을 지으니 李
紱5)이 경탄을 금치 못하여 八旗志書館에 들게 하였고 중년 이후에는 경학연
구에 몰두하여 특히 周易에 박통하였다.
  저서로는 ≪觀象居易傳箋≫12권·≪孝經約義≫1권·≪韓門綴學≫5권·≪談
詩錄≫1권·≪詩學纂聞≫1권·≪上湖紀歲詩編≫5권·≪上湖分類文編≫10권
등과 ≪詩四家故訓≫·≪春秋三傳注≫·≪文選理學權輿≫ 등이 있다.
  왕사한의 시에 대한 견해는 서에서 기설한 바 경학에(특히 詩經과 周易)

---

3) 張照(1691~1745); 字는 得天이며 號는 涇南, 또는 天瓶居士이며 江蘇 華亭人이다. 康熙 30년
   에 나서 高宗 乾隆 10년에 卒. 康熙 48년(1709) 進士, 雍正 11년(1733)에 刑部尙書로써 『大淸會
   典』을 찬수함. 乾隆 7년 당시 刑部尙書를 지내고 徐州로 가던 길에 卒함. 시호는 文敏. 書法에
   능하고 音律에 전통함. 저서로는 『月令承應』, 『法官雅奏』, 『九九大慶』, 『勸善金科』, 『昇平寶筏
   』이 있음.(『中國文學家大辭典』에 의거.)
4) 方觀承(1698~1768) ; 字는 遐穀, 號는 宜田, 安徽 桐城人이다. 康熙 37년에 나서, 高宗 乾隆
   33년에 卒. 雍正 11년(1733) 平郡王 福彭을 따라서 準噶爾을 정벌하며 記實을 지냄. 저서로
   는 『薇香集』1卷, 『燕香集』2卷, 『燕香集』2卷(以上 『四庫總目』에 의거.) 그리고 『問亭集』, 『述
   本堂詩』 등이 있음.(상동)
5) 李紱(1673~1750); 字는 巨來, 別號는 穆堂이며 江西 臨川人이다. 康熙 12년에 나서, 高宗 乾
   隆 15년에 卒. 康熙 48s년(1709)에 進士, 散館, 授編修를 지내고 工部右侍郎, 乾隆初에 戶部
   侍郎, 內閣學士를 역임. 저서로는 『穆堂類稿』, 『陸子學譜』, 『朱子晚年全論』, 『陽明學錄』 등
   이 있음.(상동)

근거를 두고 있으니,

> 시경은 비유와 기흥을 높이 내세워서 반드시 새·짐승·초목의 이름으로
> 간접적인 표현을 하니 소재를 취하지 않는 것이 없거늘 한 자라도 내력이 없
> 는 것이 없다.
> 詩尙比興, 必傍通鳥獸草木之名, 旣不能無所取材, 則不可一字無來歷矣.

라고 하여 논시상 비흥의 중요성을 강조하고 그것을 시경에 근거를 두어 또
예증하기를,

> 시경의 「관관」「요요」의 정황이나 「돈연」「옥약」의 정신은 정초선생이 특
> 히 따져서 밝혀 놓았는데 그 요지는 독서로 귀착될 따름이다.
> 『關關』『呦呦』之情狀 ; 『敦然』『沃若』之精神, 夾漆特著論以明之, 其要歸
> 於讀書而已.

라고 하여 정통적인 고래의 시론을 고수하는 동시에 시경의 오의에 있어 역
경에 상통하여 심상의 정궤를 지향할 것을 이미 제시하였으니,

> 「메마른 버들에 꽃이 나네」가 어찌 오래다 하겠으며 「큰소리가 하늘에 닿
> 네」가 어찌 길다 하겠는가 ? 그 논지가 원대하고 그 시어가 무늬가 지며 그 표
> 현이 완곡하면서 사리에 맞으며 그 담은 내용이 넓으면서 은밀하면 함께 시를
> 논할 수 있는데 반드시 주역에 상통되어야 할 것이다.
> 「枯楊生華」, 何可久也 ?「翰音登於天」, 何可長也 ? 其旨遠, 其詞文, 其言曲
> 而中, 其事肆而隱, 可與言詩, 必也其通於易.」

라고 한 것은 왕사한의 시론의 지침을 분명히 한 서술이라 할 수 있다. 그러
면 왕사한은 청대의 여러 시론 가운데서 어느 유형에 넣을 수 있을는지 단정
할 수 없지만, 吳宏一은 宋俊, 恒仁 등과 함께 왕사한을 심덕잠의 맥락으로
분류하고 있다.6) 왕사한이 시경과 주역에 근거하는 시론을 전개하는 보수적

인 성향은 심덕잠의 격조설에 보이는 논시의 다음 귀납적 측면에서 상통함을 인지하게 된다. 심덕잠은 ≪淸詩別裁≫「凡例」에서,

> 시가 도리와 상관됨은 공자의 제자나 백어에 대한 교훈과 다를 바 없으니, 그 입론이 온유돈후로 귀착됨은 고금을 막론하고 한결같다.
> 詩之爲道, 不外孔子敎小子敎伯魚數言, 而其立言一歸於溫柔敦厚, 無古今一也.

라고 하여 온유돈후의 시교로 정도의 관념을 밝히고 있는데 이것은 그의 「重訂唐詩別裁集序」에서,

> 시교에서의 존귀 여김은 성정을 조화시키고 인륜을 두터이 하며 정치를 바르게 하며 신명을 감동시킬 수 있음이라. 중정과 화평으로 귀일함이다.
> 詩敎之尊, 可以和性情, 厚人倫, 匡政治, 感神明. 而一歸於中正和平.

라고 한 논지와 같은 것으로 왕사한이 시론의 바탕을 시삼백에 둔 성향과 일치된다. 따라서 자연히 比興과 寄託을 중시하게 되니 심덕잠이 ≪說詩晬語≫ 권상에서,

> 인사는 밝히 다 진술하기 어렵고 사리는 말로 다 표현하기 어렵다. 매양 사물에 기탁하여 동류의 비유에 연결시켜서 그 뜻을 나타내는데 답답한 심정을 펴 보려니 천기가 따라 일어난다. 매양 사물을 빌려서 감회를 끌어내어 그 뜻을 표현하는 것이다. 비유와 흥기가 서로 표현되어 반복하여 읊게 되면 그 중에 기쁨과 슬픔이 감추어져 있다가 은근히 드러나 전해지는 것이니, 그 표현된 말은 옅으나, 그 담긴 성정은 깊은 것이다.
> 事難顯陳, 理難言罄. 每託物連類以形之, 鬱情欲舒, 天機隨觸, 每借物引懷以抒之. 比興互陳, 反覆唱歎, 而中藏之歡愉慘戚, 隱躍欲傳, 其言淺, 其情深也.

---

6) 吳宏一은 「淸代詩學初探」 第6章 「格調說」 p.221(臺灣牧童出版社)에서 「這種微實的風氣自康熙以來, 逐漸盛行, 宋俊的柳亭詩話, 汪師韓的詩學纂聞, 吳騫的拜經樓詩話, 都很能表現這種特色, 恒仁的月山詩話尤爲突出, 而這與沈德潛一定不無關係.」

라고 하니 이것 또한 왕사한의 노선에 부합하며 심덕잠의 후계에 넣어도 가할 것이다. 그 뿐만 아니라 ≪설시수어≫ 권하에서 또 이르기를,

> 엄창랑의 「시에는 뛰어난 재능이 있어 배워서만 되지 않는다」의 학설은 신명나고 묘오함을 일컬음이니, 학문만을 힘쓰지 않게 하여 학문을 그만두게 하려는 것이 아니다.
> 嚴儀卿有 「詩有別才, 非關學也」 之說, 謂神明妙悟, 不專學問, 非教人廢學也.

라고 하여 재능보다는 공부, 즉 독서의 기틀이 더 선행되어야 함을 피력하였다. 왕사한의 시론 근원은 詩三百에서부터 제일의적인 본류를 추종하면서 청대의 성정위주의 설보다는 논리의 가시성에 두려고 했다는 점에서 가깝게는 심덕잠에 근접하였으며, 그 서술방법이 매우 체계적이며 입증적인 논조를 제시하고 있음을 알 수 있다.

Ⅱ. 唐四家詩에 대한 品評

왕사한은 당대인의 특정작품을 거론하는 경향을 보이고 있는데, 유독 그의 시화에서 「綺麗」 항목을 따로 설정한 것은 역시 외면보다는 내면의 載道를 강조하고 부각하려 했다고 본다. 왕사한은 선대의 풀이들에 대해 오해해선 안 된다는 점을 다음과 같이 서술하고 있다.

> 위문제는 「전론」에서 말하기를 「시부는 미려함이라.」 육기는 「문부」에서 말하기를 「시는 성정에 바탕을 두어 기려함이라.」 유협은 「명시편」에서 또 말하기를 「사언오체는 우아하고 윤택한 것을 바탕으로 하고, 오언의 율조는 청신하고 미려한 것을 으뜸으로 한다.」라 한 것을 기려로 시를 논한다고 후대 군자들은 배척하였으니 이것은 이의의 근본을 모르는 때문이겠다.
> 魏文帝典論曰; 「詩賦欲麗」 陸士衡文賦曰; 「詩緣情而綺麗」 劉彦和明詩亦曰;

「四言五體, 則雅潤爲本, 五言流調, 則淸麗居宗。」以綺麗說詩, 後之君子所斥爲
不知理義之歸也。(「綺麗」條)

선대의 논리는 단순히 표현상의 수식과 전고, 그리고 성정상의 묘사기교
에 한정되는 것이 아니라, 진언의 표출이 동반되어야 한다는 것이다. 그래서
屈原의 離騷는 공담의 나열이라는 것이다.7) 그 이유는 유학에 경도된 왕사
한의 의식의 발로로 평가할 수 있지만, 표현의 사실성을 중시하므로 기려의
비중을 우려하였다. 그래서 두보의 「노인이 맑은 새벽에 백발을 빗질한다(老
夫淸晨梳白頭)」 구라든가 韓愈의 「노인이 정말 아이 같도다(老翁眞箇似童兒)」
구는 양인의 시구에서 걸구이며 ≪長慶集≫은 노파들도 이해할 수 있고, 鄭
谷의 「雲臺篇」은 소아에게도 가르칠 만 하다는 견지를 펴고 있다.8) 이 점은
결론적으로 「기려」에 치우치는 작시태도를 견제하고 재도의 보충을 요망한
것으로 이해해도 될 것이다. 시의 사실성은 가장 인간적이며 살아있는 생동
감을 동반해 주기 때문이다.

1. 杜甫의 〈戱爲六絶〉(≪全唐詩≫ 권227)

왕사한은 최조의 논시절구인 두보의 이 시에서 독자적인 장별 견해를 피
력하고 있다. 두보는 전3수에서 庾信과 初唐四傑에 대한 그 당시의 평가에
이견을 제기하였고, 후3수에서는 논시의 종지를 제시하였다. 왕사한은 시화
의 「論杜戱爲六絶」의 서두에서 「두보집의 희위육절구는 곧 두보가 시를 논
한 시인데 그 구법을 밝히 알지 못하는 사람이 많다.(杜集戱爲六絶, 乃公論
詩之詩, 而人多不明其句法.)」라고 하여 논평의 동기를 기술하고 있다. 모두 6
수 중에서 제4수를 제외한 5수에 대한 왕사한의 논평을 열거하면서 그 타당
성 여부를 살펴보기로 한다.(시 전체는 ≪全唐詩≫ 권227이나 ≪杜詩詳註≫

---

7) 汪師韓은 詩話에서 「嘗讀離騷矣, …… 占靈氛而要巫咸. 始之秋蘭秋菊……皆空談也。」
8) 汪師韓은 詩話에서 「少陵之傑句, 無如老夫淸晨梳白頭; 昌黎之佳作, 莫若老翁眞箇似童兒.
……香山長卿集, 必老嫗可解也; 鄭谷雲臺編, 必小兒可敎也.」(綺麗條)

권11에서 참고하고 여기에서는 생략함.)

첫 장에서 「오늘날의 사람들은 유신의 전해지는 작품을 비웃는데 전현(유신)이 후생가외의 마음을 지닌 것을 알지 못한다.」라고 하니 이는 곧 힐문하는 말인데, 오늘날의 사람들은 유신의 작품을 헐뜯지만 어찌 유신 같은 전현이 그대 후인들을 두려워했겠는가?
首章云; 「今人嗤點流傳賦, 不覺前賢畏後生.」 乃詰問之言, 今人詆毁庾信之賦, 豈前賢如庾信者, 反畏爾曹後生也?

이 시구는 제1수의 제2연으로서 왕사한이 유신의 문학과 인품을 찬미하는 관점에서 보아야 할 것이다. 이 관점은 仇兆鰲가 서술한 다음 글에서 분명해진다.

유신의 문장은 노련하여 더욱 격조를 이루고 그 필력은 구름을 타고 속세를 초월하며 그 재사는 거칠 것 없이 빼어나도다. 후인들은 그 전해지는 작품을 가져다가 비웃는데 어찌 전현이 절로 품격을 지니고 있음을 알겠는가? 그 겸양하여 후생가외함을 보지 못한다.
開府文章, 老愈成格, 其筆勢則凌雲超俗, 其才思則縱橫出奇. 後人取其流傳之賦, 嗤笑而點之, 豈知前賢自有品格, 未見其當畏後生也.(≪杜詩詳註≫ 卷之十一)

여기서 두보의 본의는 <시속에 모름지기 그 인성이 들어 있다(詩中須有人)>[9]처럼 유신의 작품은 그 인품과 비례한다는 것으로 해석하고 있다. 이런 해석은 楊愼이 말한 바 「유신 같은 이는 겸하고 있다고 할 수 있다. 그렇지 않다면 두보가 어찌 이와 같이 감복하겠는가.(若子山者, 可謂兼之矣. 不然, 則子美何以服之如此)」(≪升菴詩話≫ 卷五)라 한 것과 의미가 상통한다. 이런 관점에 대해서 郭紹虞도 仇兆鰲의 상기문을 재인용하면서 동의하고 있다.[10] 그러니까 왕사한의 관점이 창신하지 않지만 후대 학자의 평석에 길잡

---

9) 吳喬의 ≪圍爐詩話≫와 拙著 ≪淸詩話硏究≫, p.151 참조
10) 郭紹虞의 ≪歷代文論選≫, p.370 참조

이의 역할을 했음을 알 수 있다.

> 다음 장에서 「양형·왕발·노조린·낙빈왕의 그 당시의 문체에 대해 경박하다고 쉬지 않고 비웃는도다.」라고 하였는데, 「輕薄爲文」 네 글자는 후인들이 네 시인의 글을 비웃는 것이지 후인들이 경박한 사람들임을 비웃는 것이 아니다.
> 次章云; 「楊王盧駱當時體, 輕薄爲文哂未休.」 輕薄爲文四字, 乃後生哂四家之語, 非指後生輩爲輕薄人也.

왕사한의 지적은 정확한 것이다. 문은 사걸의 시가와 騈文을 지칭하고 當時體란 초당대의 齊梁風에서 완전한 탈피를 못한 문풍인 것이다. 이 해석에 대해서는 仇兆鰲와 郭紹虞도 같은 입장에 서 있어서,[11] 各家마다 주해에 대한 별다른 오해가 없다.

> 3장에서 「가령 노조린·왕발이 필묵을 잡고 쓴 글들이라도 한위시가 시경·초사풍에 근접한 것에는 따르지 못하도다.」에서 「漢魏近風騷」의 다섯 자를 서로 이으면 노조린·왕발 또한 시경·초사풍에 가깝지만 한위시가 시경·초사풍에 근접한 것보다는 못하다의 뜻이 된다. 또 다른 해석으로 「盧王操翰墨劣於漢魏」의 아홉 자를 이으면, 노조린·왕발은 한위시 보다는 못하지만 시경·초사풍에 가깝다라는 뜻이 된다.
> 三章云; 「縱使盧王操翰墨, 劣於漢魏近風騷.」 五字相連, 言盧王亦近風騷, 但劣於漢魏之近風騷也. 又一解; 盧王操翰墨劣於漢魏, 九字相連, 言盧王比之漢魏則劣, 然其於風騷之旨則近矣.

왕사한의 두 가지 해석에서 어느 것이 보다 타당한가의 문제인데, 다섯 자의 相連해법ⓐ이 아홉 자의 상연법ⓑ보다 우세한 경향을 보이고 있으니 ⓐ해법에 있어서는 구조오가 「한위대가 고시에 가까운 것만 못하다(不如漢

---

11) 仇兆鰲云; 「四公之文, 當時傑出, 今乃輕薄其爲文而哂笑之……盧注謂後生自爲輕薄之文而反譏哂前輩.」(≪杜詩詳註≫ 卷之十一) 郭紹虞云; 「輕薄爲文, 是說當時人譏笑其文體輕薄.」(≪中國歷代文論選≫, p.370)

魏近古)」(상동)라 하고, 錢謙益의 평에 대해 「전겸익의 ≪두시전주≫에 한위 보다는 못하되 풍소에 가깝다라고 한 것은 틀린 것이다.(錢箋謂劣於漢魏而近於風騷, 誤矣.)」(上同)라고까지 하면서 확실성 있게 서술하였으며, 郭紹虞도 「한위대가 시경과 초사에 가까운 것만 못하다(不如漢魏之近風騷.)」(상동)라 하였다. ⓑ해법이 전겸익에 가깝다고 보겠지만 한위의 문풍이 역시 풍소에 근원을 두고 있기 때문에 시학의 맥락으로 볼 때에 ⓐ가 ⓑ보다 해석상의 타당성이 인정된다고 할 수 있다.

> 5장의 「오늘날의 사람들이 옛 사람을 좋아하는 것을 부인하지는 않지만 고인의 청려한 사구를 반드시 가까이해야 할 것이다.」에서 「今人愛古人」의 다섯 자를 서로 이으면 옛사람의 청려한 문구를 오늘날의 사람들이 애호하는데 그 뜻은 본래 경박하지 않으나 그 근본이 얕아서 제양풍에도 따르지 못하니 또 어찌 소위 굴원이나 송옥의 경지를 알 수 있겠는가라는 말이다.
>
> 五章云; 「不薄今人愛古人, 淸辭麗句必爲隣」 今人愛古人, 五字相連, 言古人之淸辭麗句今人愛之, 其意原不可薄, 但其根柢淺陋, 齊梁且不能及, 又安知所謂屈宋哉?

여기서 今人이란 杜甫 그 당시의 문인들이며 古人은 屈原과 宋玉을 지칭한다. 여기서의 왕사한의 관점은 예리하다고 하겠으니, 두보의 본의를 정확하게 풀이한 신선한 해석으로 본다. 이 견해에 대해서 구조오도 평어를 가하기를,

> 다만 두렵기는 뜻은 크되 재주가 용렬하여 남몰래 굴원과 송옥을 사모하여 따르려하는데 그 글을 따져보면 결국은 제양풍의 뒷 먼지를 털고 있는 것이다.
>
> 但恐志大才庸, 竊思仰攀屈宋, 論其文, 終作齊梁後塵矣.(上同書卷之十一)

라고 하여 왕사한과 풀이를 같이하고 있다. 그리고 郭紹虞도 왕사한에 동의하면서 왕사한의 「그 뜻이 본래 경박하지 않다(其意原不可薄)」 구를 직접 재인용한 것은[12] 매우 객관적인 근거가 된다.

---

12) 郭紹虞는 <蓋言今人以愛古人之故, 喞點庾信之賦, 譏哂四子之文, 矯正一時風氣. 其意原不可

5장의 「선대의 풍격을 본받아 자신의 풍격을 이루는데 또 누구를 앞선다는 건가」 구는 후세 사람이 본받는 것이란 생명이 없는 모의적인 형식일 뿐인데 그 형식의 내원을 모르니 고로 또 그 누구를 앞선다는 것인가라는 말이다. 말 구의 「더욱 전대의 많은 선현들을 본받을지니 곧 그대들의 스승이로다」에서 많은 스승이란 노조린과 왕발을 지칭하는 것으로, 노조린과 왕발이 시경과 초사의 풍격을 가까이 본받은 것처럼 그대들도 마땅히 본받을 것이라는 말이다.

六章云; 遞相祖述復先誰言後生所祖述者僞體也，僞體不知所自來，故曰復先誰. 末句云; 轉益多師是汝師多師指盧王, 言如盧王之近風騷, 乃汝所當師者也.

6장에서는 제2구와 제4구에 대한 해석인데 명대 楊愼은 제6장이 후인들에게 학시의 도리를 계시해준 시라고 하면서 앞의 두 구는 후인의 수준이 갈수록 떨어짐을 경계한 것이며 뒤의 두 구는 후인이 선현의 풍격을 배워야함을 권면한 것이라고 풀이하였다.[13] 그리고 왕사한이 지적한 두 구에 대해서는 양신이 그 이전에 다음과 같이 논평하고 있다.

대개 후인들이 선대인을 따르지 못한다함은 선현의 풍격을 본받아 자신을 이루는데 날이 갈수록 그 풍격이 미치지 못하기 때문이다. 필히 부허한 문체를 골라 바르게 하고 위로는 시경과 초사의 격조를 가까이 하면 제공 위로 배울 스승이 더욱 많을 것이라. 그대들의 스승은 바로 여기에 계시는 것이다. 이런 설파는 실로 정묘하도다.

蓋謂後人不及前人者, 以遞相祖述, 日趨日下. 必也區別裁正浮僞之體, 而上親風騷, 則諸公之上, 轉益多師, 而汝師端在是矣. 此說精妙.(≪升菴詩話≫ 卷五)

이 논설은 후대의 평자들에게 정설로 제시되어 받아들여졌다.[14] 다만 왕

薄.>(≪杜甫戲爲六絶句集解≫)

13) ≪升菴詩話≫ 卷五; 「此少陵詩示後人以學詩之法. 前二句, 戒後人之愈趨愈下. 後二句, 勉後人之學乎其上也.」

14) 評者들을 例擧하면 다음과 같다. 金聖歎은 『杜臆』에서 <今人才力未及前賢, 以其遞相祖述, 愈趨愈下, 無能爲之先者……始知端源所自, 前賢皆可爲師.?라 하였고, 錢謙益은 ≪杜詩錢注≫에서 「遞相祖述, 謂沿流而失源. ……風騷有眞風騷, 漢魏有眞漢魏, 等而下之, 至於齊梁初唐, 莫不有眞面目焉」라고 評述하였다. 그리고 仇兆鰲는 이들 二人의 說을 再引用하면서 同意

사한의 논지에서 스승(師)을 盧照隣과 王勃이라고 지칭한 것은 선택의 폭을
한정시켰지만 두보가 이 시에서 초당사걸을 집중적으로 거론한 맥락과 연관
시켜 볼 때, 상당히 객관성 있는 독자적인 풀이로 평가할 수 있다.

2. 劉長卿의 〈別嚴士元〉(상동 권151)

　유장경 시에 대한 심도있는 분석으로는 국내에서 吳允淑의 「劉長卿과 韋
應物의 浪漫詩 硏究」(성균관대 박사논문. 1998)가 본격적인 연구 자료인데,
여기서는 왕사한의 품평에 대한 객관성여부를 가려보고자 한다. 먼저 유장
경의 「別嚴士元」을 보기로 한다.

> 봄바람에 노를 의지코 합려성을 지나는데
> 어촌의 날씨는 흐렸다가 맑았다 하누나.
> 가는 비가 옷을 적시는데 보아도 보이지 않고
> 한가론 꽃 땅에 지는데 들어도 소리가 없구나.
> 해가 기우는 강가에 외론 돛대 그림자 지고
> 풀 푸른 호남에서 만리 떠난 이 마음.
> 주인이 만나 알아보고 묻는다면
> 청포 입은 관직이 이제는 서생의 길을 그르쳤다.
> 春風倚棹闔閭城, 水國春寒陰復晴.
> 細雨濕衣看不足, 閑花落地聽無聲.
> 日斜江上孤帆影, 草綠湖南萬里晴.
> 東道若逢相識問, 青袍今已誤儒生.

　이 시에 대해서 왕사한은 시의 작시시기와 시의 작법 등을 서술하였다.
먼저 작시연대를 보면, 왕사한은 시화에서,

> 고찰컨대 유장경이 일찍이 전운사판관을 지내고 회서의 악악전운유후를 맡

하였고(≪杜詩詳註≫ 卷之十一), 郭紹虞도 <最後歸依於風雅>(≪中國歷代文論選≫ p.371)라
고 하였다.

았는데 악악관찰사인 오중유가 무고 되어 반주남파위로 좌천되었다가 마침 변론해 주는 자가 있어서 목주사마를 제수 받게 되었다. 이 시는 응당히 목주로 부임할 때 합려성을 지나는 길에 엄사원을 송별한 작품이다.

考長卿嘗爲轉運使判官, 以知淮西鄂岳轉運留後, 鄂岳觀察使吳仲孺誣奏, 貶潘州南巴尉, 會有爲辯之者, 除睦州司馬. 是詩應是赴睦州時, 道過闔閭城. 因有別嚴之作.

라고 하여 「赴睦州時」(대력 11년 · 776)의[15] 작품으로 고증하였다. 그런데 儲仲君이 이 시의 시기를 유장경이 33세인 至德 2년(757)으로 분류한 것은[16] 착오로 추정된다. 왜냐하면 儲仲君은 唐汝詢의 《唐詩解》에서 기술한 「오중유에게 무고 당해서 반주남파위로 폄적 되어 합려성을 지나는 길에 엄사원과 작별하면서 이것을 지어 자탄한 것이다.(爲吳仲孺所誣, 奏貶潘州南巴尉, 道經闔閭城. 因別嚴士元, 賦此自歎.)」 부분과 왕사한의 상기문을 인용하면서[17] 簡表에는 조년작으로 분류했기 때문이다.[18] 다음으로 왕사한은 시의 작법상의 의견을 시화에서 제시하기를,

가랑비가 옷을 적시는데 보아도 보이지 않는다라 한 것은 극심한 참언을 비유한 것이며 한가론 꽃이 땅에 떨어지는데 들어도 소리가 없다함은 한가한 관리의 좌절을 비유하는 것이니 이것은 시경의 육의에서 비에 해당한다. 제 6구의 풀 푸른 호남엔 만리 떠난 나그네 마음 서려 있네는 곧 호남의 일을 추억하는 것이고 말구의 청포 입은 관직이 이제 벌써 서생의 마음 그르쳤구나는 폄적 후의 시임이 틀림없다.

其言細雨濕衣看不見者, 以比浸潤之讒. 閒花落地聽無聲者, 閒官之挫折, 此於六義爲比. 第六句草綠湖南萬里情, 乃追憶湖南時事, 末句靑袍今已誤儒生, 其爲遷謫後詩無疑矣.

---

15) 儲仲君의 《劉長卿詩編年箋注》(P.586)의 「劉長卿簡表」의 「長卿事跡」에서 「朝廷命監察御史苗丕就地按覆, 長卿之寃得雪, 復籍, 然仍貶爲睦州司馬. 是年秋, 由鄂州沿江而下, 經江州況州, 赴睦州任所.」

16) 上同書 P.580

17) 上同書 P.126

18) 傅璇琮 《唐代詩人叢考》, pp.245~247 참고

라고 하여 이 시의 제2연을 시인의 불우한 처지에 비의한 것으로 기술하였는데[19] 沈德潛은 『唐詩別裁集』(권14)에서 제2연은 단순한 경물의 자태를 묘사했다고 하면서,

> 3·4구는 단지 흐리고 맑은 경치를 각각 묘사한 것인데, 주석가들은 참언에 빠져서 조정에서 현신을 버린 것으로 비유하고 있지만 처음에는 이런 뜻이 아니었을 것이다.
> 三四祗分寫陰晴之景, 注釋家謂比讒言之漸漬, 朝廷之棄賢, 初無此意.

라고 하였는데, 儲仲君은 왕사한 보다는 심덕잠의 견해를 따르고 있음을 다음의 기술에서 확인할 수 있다.

> 나의 견해; 이 시는 어촌의 초봄 흐리고 맑은 경물의 기묘함을 묘사하여 그 정수를 얻었다. 유장경이 처음 관직에 나가는 기쁨이 글 속에 흘러넘치고 있다. 관직이 지금 서생의 마음 그르치게 하였네는 마침내 관직에 들었음을 말해준다. 자구에 얽매이면 고지식하여 융통성이 없게 된다.
> 君按; 此詩狀水鄕初春乍陰乍晴之奇, 得其神髓. 而長卿初仕之喜悅, 亦溢於字裏行間. 靑袍今已誤儒生者, 終於入仕之謂也. 句句於字面, 難免失之膠柱鼓瑟.

그러나 필자는 심덕잠이나 儲仲君의 논지보다는 왕사한의 관점을 따르려고 한다. 그것은 史實과 처지를 유추해 볼 때 비흥법적인 은유성이 짙기 때문이다.[20]

---

19) 이 견해를 따라서 焦文彬 등은 ≪大歷十才子詩選≫ p.48에서 <三四兩句寫陰晴之景, 實寓有作者的不滿之情>라 함.
20) 『唐七律雋』에 「語甚工警, 以極作意」.

3. 韓愈의 〈辛卯年雪〉(상동 권340) 등 詠雪詩

왕사한은 詠物詩로서의 영설시는 寄興의 본의를 살려야 함을 강조하는데 한유의 雪詩들을 예거하고 있다.[21] 즉 美辭麗句의 다용에 기울지 말고 영물 자체의 작시의도를 충실히 표현하여야 하는데 한유의 시가 그 대표적인 예라는 것이다. 그 예로 <辛卯年雪> 제7·8연(상동 권340)을 보면,

　　소복소복 산마루에 두터이 쌓이고
　　싸락싸락 음침한 기운이 감돌아든다.
　　난생 이제껏 보지도 못한 이 광경에
　　어느 겨를에 옳고 그름을 따지려 들겠는가!
　　　翁翁陵厚載。謙謙弄陰機。
　　　生平未曾見, 何暇論是非。

라고 한 구와 <詠雪贈張籍>(상동 권343) 중간 부분의,

　　솔과 대나무가 꺾이어지고
　　거름진 땅에 수북히 깔려가네.
　　막혀 끊어진 대문과 뜰 안이 두렵고
　　밀쳐나간 층계는 잿빛이 완연쿠나.
　　산과 고을을 어찌하면 지킬 건가.
　　또한 매실을 소금에 절여 맛을 낼 건가.
　　해 무리가 파묻히어 기울려하고
　　땅의 지축이 짓눌리어 꺼지려 하는구나.
　　물고기와 용이 추위에 겨울나기 괴롭겠고
　　호랑이와 표범이 굶주려서 구슬피 우는구나.
　　　松篁遭挫抑, 糞壤獲饒培。

------

21) 韓愈의 詠雪詩는 모두 11수가 있으니 그 詩題를 들면 다음과 같다. <雪後寄崔二十六丞公>(≪全唐詩≫卷342), <喜雪獻裵尚書>(上同343), <春雪1>(上同343), <春雪間早梅>(上同343), <早春雪中聞鶯>(上同343), <辛卯年雪>(上同340), <詠雪贈張籍>(上同343), <酬王二十舍人雪中見寄>(上同343), <春雪2>(上同343), <春雪3>(上同345), <酬藍田崔丞立之詠雪見寄>(上同345)

隔絶門庭邃, 擠排階級纔。
豈堪裨嶽鎭, 强欲效鹽梅。
日輪埋欲側, 坤軸壓將頽。
魚龍冷蟄苦, 虎豹餓號哀。

이 시는 상기의 전시와 함께 譏貶의 내용을 담고 있으며, 그리고 <酬藍田
崔丞立之詠雪見寄>(상동 권345) 제2~4연에서,

덮이어 사라져서 온통 땅이 없는데
아득하니 어찌 하늘에 있어서야!
무너져 내려 어지러이 쏘아대니 놀랍기도 하려니와,
쉬지 않고 휘 뿌리니 서로 끈으로 매어 놓은 가 의심스럽다.
어느 사이에 마루와 층계에까지 스며들었으니,
이제 멀지 않아 지붕과 서까래까지 부러지겠다.
泯泯都無地, 茫茫豈是天。
崩奔驚亂射, 揮霍訝相纒。
不覺侵堂階, 方應折屋橡。

이들 시구는 풍자를 지니고 있다는 것이다. 따라서 翻案變調가 아니고 영
물로서의 기능과 목적을 다 제시하고 있다는 것이다. 왕사한의 이 같은 서
술은 전혀 새로운 것이 아니나, 단지 예시가 적절하다는 것이다. 이 논리는
남송 曾季貍의 《艇齋詩話》에서 이미 「韓退之雪詩, 笋詩, 皆譏時相。」(한유의
눈의 시와 대나무의 시는 모두 시대의 현실을 풍자하고 꼬집은 것이다.)라고
하여 설시들을 제시하고 끝으로 「其言皆有譏誚, 非徒作也。」(이 시들은 모두
풍기와 질책을 담고 있어서 헛된 작품이 아니다.)라고 품평한 것과 상통하고
있기 때문이기도 하다.

4. 劉禹錫의 〈金陵懷古〉(상동 권354)

이 시는 白居易가 「驪龍之珠」라고[22] 평한 것에 대해 왕사한은 그 근거를

제시하고자 한 것으로, 王濬23)이 東吳를 정복했던 金陵을 회고하며 허무한
세월과 인사로 인한 국가의 흥망을 암시해 주는 작품이라는 것이다. 이제
그 작품을 보면,

> 밀물은 야성의 물가에 차고
> 뜬 해는 정노정에 기울도다.
> 채주에는 새 풀이 푸르고
> 막부에는 묵은 안개 파랗구나.
> 국가의 흥망이 인사에 달렸거늘
> 산천은 공허히 그 모양 그대로다.
> 후정화 한 곡조에
> 깊이 맺힌 원한이 서려
> 차마 듣지를 못하겠다.
>
> 潮滿冶城渚, 日斜征虜亭。
> 蔡洲新草綠, 幕府舊烟靑。
> 興廢由人事, 山川空地形。
> 後庭花一曲, 幽怨不堪聽。

　시의 전반은 金陵의 경물을, 후반은 인사로 인한 망국의 비감을 회상의
성정으로 각각 묘사하고 있다. 이 시를 백거이가 찬탄한 이유에 대해 왕사
한은 그의 시화에서,

> 「갈대가 쓸쓸한데 아침의 맑은 때를 걸으며 옛 보루에 기대어 있네」라는
> 대목에 이르러선 함축된 의취가 진정 끝이 없다. 이른바 「여주」의 터득이 혹

---

22) 後蜀 何光遠 『鐵戒錄』 卷七 「四公會」; 「長慶中, 元微之, 劉夢得, 韋楚客同會于白樂天之居,
　論南朝興廢之事。樂天曰; 『請各賦金陵懷古一篇, 韻則任意擇用。』劉騁其俊才, 不勞思忖, 一
　筆而成。白公覽詩曰; 『四人探驪龍, 吾子先獲其珠, 所餘麟瓜何用。三公於是罷唱, 但取劉詩吟
　詠竟日沈醉而散。』」
23) 『晉書』卷四十二 「王濬傳」; 「吳人於江險磧要害之處, 并以鐵鎖橫截之, 又作鐵, 錐長丈餘, 暗置
　江中, 以逆距船。……濬乃作大筏數十, 亦方百餘步, 縛草爲人, 被甲持杖, 令善水者以筏先行,
　筏遇鐵錐, 錐輒著筏去。又作火炬, 長十餘丈. 大數十圍, 灌以麻油。……濬入于石頭, 皓乃備亡
　國之禮……。」

시 이 지경에 있음이런가?

라고 분석하였는데, 이 점은 왕사한의 감상적 안목에서 나온 평가로 보여서, 서정성이란 면에서 볼 때 원대 方回가 ≪瀛奎律髓≫(권16)에서 이 시의 구성에 대해서 「말구는 곧 비창한 심정을 기탁한 것이니, 그 묘취가 이와 같다.(末句乃寓悲愴, 其妙如此)」라고 평술한 면을 수용한 것이다.

Ⅲ. 唐詩의 體式論

시의 형식에는 시대별, 격식별, 용운별로 다양하게 나눌 수 있지만 여기서는 단지 시체상의 변별만을 다루어지게 될 것이다. 그러나 시에 있어서 그 구성요소인 자구의 기능을 병행하여야 함으로 두보시의 자구도 더불어 거론하게 될 것이다. 이것은 ≪文心雕龍≫「章句」편에서,

> 무릇 사람이 글을 쓰는데 있어 글자에서 문구를 만들고 문구가 쌓여서 문장이 이루어지며 문장이 쌓여서 완성된 작품이 되는 것이다. 작품이 빛나려면 문장에 티가 없어야 하고 문장이 밝게 뛰어나려면 문구에 흠이 없어야 한다. 문구가 맑고 꽃다우려면 글자를 마구 써선 안 된다. 근본이 다져지면 말단이 순리하니, 하나를 깨우치면 모든 것이 완정하게 된다.
> 夫人之立言, 因字而生句, 積句而成章, 積章而成篇. 篇之彪炳, 章無疵也. 章之明靡, 句無玷也. 句之淸英, 字不妄也. 振本而末從, 知一而萬畢矣.

라고 한 것과 상통하는 뜻이니 자구가 쌓여 편장이 되므로 문자의 문학과의 관계가 크기 때문이다.

1. 雜詩

「雜」이란 유례에 얽매이지 않고 사물에 감흥을 받아 표현하는 의미이다. 한 구에 몇 자이며 운율은 여하하냐에 구애받지 않음이 왕사한의 견해이다. 여기에는 잡의와 잡시가 있는데, 잡의는 擬古나 倣古를 말함이요, 잡시는 古詩 19수나 蘇武, 李陵 등의 한초시를 들고 있다. 왕사한의 의고의 정의를 다음에 보겠다.

> 의고의 형식은 옛날의 유명작품에서 취용하며 그 담긴 뜻과 음조를 모방한다. 그것은 한두 수에 불과할 뿐, 직접 제목을 「어느 작품을 모의함」라고 제목을 부친다.
> 擬古類取往古名篇, 規摹其意調, 其止一二首者, 旣直題曰擬某篇.

그럼에도 당대 이후의 시에서는 古風, 古意, 古詩, 詠古, 依古, 述古 등으로 임의로 표현하여 진정한 분별을 못하고 있다는 것이다. 왕사한은 이에 대해 이르기를,

> 옛날의 명작품으로는 포조의 「의고 8수」와 도연명의 「의고 9수」를 들겠는데 이들이 어느 시를 모의하였다고 밝힌 적이 없다. 그러나 제목에 「의고」라고 하였으니 반드시 후인들이 멋대로 그렇게 해서는 안될 것이다. 이백과 두보의 시집을 보면 이백에는 「의고」가, 두보에는 「술고」가 있어 모의한 것을 표현하지 않았다. 이백은 「고풍」 2권 외에 있는 것이고 두보는 「이릉, 소문은 나의 스승이다」라고 하였는데 이 어찌 경솔하게 글을 쓸 수 있겠는가?
> 古之名作, 惟鮑明遠擬古八首, 陶靖節擬古九首, 未嘗明言所擬何詩. 然題曰擬古, 必非若後人漫然爲之者矣. 李杜之集, 李有擬古, 杜有述古, 雖俱不言所擬, 然李之擬古, 乃在古風二卷之外, 而杜稱李陵蘇武是吾師, 夫豈率爾操觚者耶?

즉 기준에 대한 애매성을 지적하여 당대로부터 남용된 원칙을 재정리하려고 하였다. 왕사한은 나아가서 의고와 잡시를 혼돈하고 있다는 혹평을 가하였으니,

　　후인들의 작품에서 「의고」니 「잡시」니 하는 것은 한 가지일 따름이다. 어찌
「의고」와 「잡시」가 원래 다른 것을 알고 있겠는가?
　　後人所作, 其謂之擬古, 謂之雜詩, 一而已. 豈知擬古與雜詩原自有別.

라고 하였는데, 韋應物의 「의고」 8수는 의고라는 제목만을 가지고 이해하려
다가 그 주지를 파악하지 못한 것을 지적하고 있다.24) 오언시의 의고에는 특
히 고시19수에 의거하는 경향을 보이고 있는데 이는 당대에 있어 잡시의 활
용이 광범위하여지면서 의고와 혼용되고 그것이 이른바 「雜擬」란 신용어를
붙여할 만큼 구분이 모호한 현상을 낳았음을 지적한 것이다.

2. 樂府

　　왕사한은 당시에 대해 악부와 율시를 근본적으로 혼동하고 있음을 비평하
고 있으니, 이것은 매우 예리한 지적이라고 할 수 있다. 특히 칠언율시인 경
우에 흔한 예를 들 수 있다는 것이다. 그 예로서 「享龍池樂章」(《전당시》
권12) 10수는 모두 郊廟樂章으로서의 악부가 아니고 칠언율시라는 것이다.25)
그러니까 중당에 자리 잡은 것으로 보는 신악부의 존재를 의심한다고 볼 때,
이 주장은　재고하여 분명한 설정을 다시 할 필요가 있다. 기실 신악부의
구분이 고시 및 율시와 혼동되는 경우를 흔히 볼 수 있음을 간과할 수 없기
때문이다. 왕사한은 악부로 간주한 율시의 예를 다음과 같이 구체적으로 들
고 있는 것이다.

---

24) 韋應物의 「擬古」 八首 (『全唐詩』卷168)에서 「辭君遠行邁」는 古詩十九首에서 「行行重行行」,
　　「黃鳥何關關」은 「靑靑河畔草」, 「綺樓何氛氳」은 「西此有高樓」, 「嘉樹霞初綠」은 「庭前有奇
　　樹」, 「月滿秋夜長」은 「明月皎夜光」, 「春至林木變」은 「凜凜歲云暮」, 「有客天一方」은 「客從
　　遠方來」, 「白日淇上沒」은 「明月霞皎皎」를 각각 擬古하고 있음.
25) 「享龍池樂章」 10首는 각각 姚崇, 蔡孚, 沈佺期, 盧懷愼, 姜皎, 崔日用, 蘇頲, 李義, 姜晊, 裵璀
　　등 10人의 作으로 구성되어 있음.

심전기 「노가소부」 한 수는 악부의 「독불견」에 속하고, 진표의 「음마장성
굴」도 칠언율시이다. 사언의 「신곡」, 최융의 「종군행」, 채부의 「타구편」도 모
두 단지 칠언 장율에 지나지 않는다.
　沈佺期『盧家少婦』一詩, 卽樂府之『獨不見』. 陳標『飮馬長城窟』, 亦是七言
律詩. 謝偃『新曲』, 崔融『從軍行』, 蔡孚『打毬篇』俱直是七言長律.

이와 같이 실례를 들고 있으며, 당대에서의 악부는 단지 長短句의 형식으
로만 남아 있다고 까지 단정하고 있으니,

　　시경의 가락을 살펴보면 동한에서 시들고 진대에서 사라 졌다. 한위대의 악
부는 동진에서 시들어서 당송대의 장단구로 변하였으며, 금원대의 남북곡으로
완전히 어지러지고 말았다.
　嘗考三百篇之聲歌, 亡於東漢, 而絶於晉. 漢魏之樂府, 亡於東晉, 變於唐宋之
長短句, 而亂於金元之南北曲.

이러하다면 왕사한의 단정이 청대 시학계에서 전혀 참고삼지 않은 이유가
무엇이었을까? 필자의 견해로는 왕사한의 논지는 守舊的이며 경학에의 집착
에서 근거하려는 것이다. 그는 청대시학의 근거인 滄浪의 「선으로 시에 들
다(以禪入詩)」에 크게 동의하지 않았고 창랑의 「시엔 별재가 있으니, 독서와
는 무관하다. 시엔 별취가 있으니, 이지와는 무관하다.(詩有別才, 非關書也
詩有別趣, 非關理也)」(≪滄浪詩話≫ 「詩辨」)라는 이론에 대해서는,

　　후대 사람들이 창랑의 그 말을 두루 인용하고 있다. 그러나 내가 옛 선현의
(창랑) 뒤에 태어나 본받고 있는데 옛 선현께서도 격식과 율절을 갖추어 나갔
을 것이니, 후인들이 감히 학문을 닦지 않고 선천적으로 능력을 갖출 수 있다
고 하겠는가?
　後人傳誦其語. 然我生古人之後, 古人則有格有律矣, 敢曰不學而能乎?

라고 하여 부단한 독서의 결정체로서 창작이 가능하다는 것과 그 근거에 있
어서는,

『예기』의 「학기」에 이르기를 널리 배워서 터득하지 아니하면 시를 (시경)바
르게 알고 익힐 수 없다.』 시를 읽으면 널리 터득하지 않을 수 없는 것이다.
傳曰 :『不學博依, 不能安詩』, 讀詩且不可不博依也.

라고 하여 周易과 詩傳에서 연원할 것을 강조하였다. 왕사한은 청시학에 대
해 복고적 원천론을 제기하였던 것이다.

3. 散體

　　당대인에게는 흔히 오율에 不對(대구를 하지 않음)하는 것이 많은데 칠율
에는 없다고 본 것이다. 단지 七排에는 不對하는 것이 있으니, 예컨대 李義
山의 <七月二十人日夜與王鄭二秀才聽雨夢後作>(≪전당시≫ 권539)을 들고
있다. 그러니까 이 시가 對仗을 하지 않으므로 오히려 音調가 和諧하고 詩
格을 높인다. 그런데 이 시를 古詩로 편입시킨다면 그 筆力이 쇠약하게 되
고 개성을 잃게 된다. 이런 경우는 고시의 형식을 지니고 있는 칠율산체의
시로 분류하는 것이 가하다는 왕사한의 견해이다. 이것을 일명 轉韻律詩라
할 수 있으며 고시의 平聲調와 흡사한 형식을 취하므로 주의를 요하여야 한
다. 李商隱의 상기시를 보기로 한다.

　　　　처음 용궁을 꿈에 보니 보석처럼 빛나고,
　　　　상서로운 노을이 밝고 곱게 하늘에 가득하네.
　　　　홀연히 취하여 봉래수에 기대었더니
　　　　어떤 신선이 나의 어깨를 치는구나.
　　　　문득 멀리서 가느다란 피리소리 들리는데,
　　　　소리는 들려도 보이지 않으니,
　　　　흩날리는 안개 속에 묻혀서인가!
　　　　머뭇대면서 소상의 빗속을 지나려니
　　　　빗줄기가 상부인곡을 타고 있는

오십 줄의 가야금을 치는구나.
슬그머니 풍이 수신을 보노라니
유달리도 슬퍼 보이나니
상어색 비단을 팔지 말게나,
바다가 육지 될까 하네.
또 모장 미인을 만나니 원망의 빛이 전혀 없고
용백은 경건히 화악의 연꽃을 딴다네.
정신이 아득하여 밝았다가 어두워졌다 하고
끝없이 허둥대어 끊어졌다가 또 이어진다.
깨어나 보니 때마침 평평한 층계에 비가 내리는데,
홀로 차가운 등잔불을 등지고서 손 베개 하여 잠든다.
初夢龍宮寶歘然, 瑞霞明麗滿晴天.
旋成醉倚蓬萊樹, 有箇仙人拍我肩.
少頃遠聞吹細管, 聞聲不見隔飛烟.
逡巡又過瀟湘雨, 雨打湘靈五十絃.
瞥見馮夷殊悵望, 鮫綃休賣海爲田.
亦逢毛女無慘極, 龍伯擎將華嶽蓮.
恍惚無倪明又暗, 低迷不已斷還連.
覺來正是平階雨, 獨背寒燈枕手眠.

이 시에서 제7연만이 對仗을 이루어서 외견상 대장의 원칙을 어기고 고시의 평측을 도입하는 면이 보이지만,[26] 用韻에 있어서 先운으로 一韻到底하여 「天, 肩, 烟, 絃, 田, 蓮, 連, 眠」에 압운하고 있음에서 율시에 속하게 한 왕사한의 견지는 타당하다고 본다.

4. 杜詩字句

왕사한은 그의 시화에서,

시는 두보에 이르러서 집대성되었다고 하겠지만, 한 자 한 구라도 꼭 따질

---

26) 唐古風의 平仄에 대해서는 拙文 「唐代古風의 風格考」 (淵民李家源博士回論集, 1977年 4月)

만한 것이 없는 것은 아니다. 그의 전집을 읽어보면 흔적이나 하자를 찾아내
는데 어찌 다 헤아릴 수 있겠는가?

    詩至少陵, 謂之集大成, 然不必無一字一句之可議也. 讀其全集, 求痕覓瑕, 亦
何可悉數?(「杜詩字句之瑕」)

라고 직언을 하면서 그 예구를 58개 들고 있으니 필자의 견해로는 두보 시구
의 구사에서의 단점을 다음 7종으로 분류하고 있다.

(1) 陋俗: 자구의 표현이 천박하거나 저속한 속어 또는 俚言을 사용하는
것이다. 그 예구를 보면,

    *문 난간에 기쁜 기색이 많으니 사위는 가까이 용을 탄다.― 속된 율조
    門闌多喜氣, 女壻近乘龍(「李監宅」)― 俗調

    *남은 잔은 냉기 감돌고 도처에 비애가 스며든다― 어사가 비속
    殘杯與冷炙, 到處潛悲辛.(「贈韋左丞」)―語涉卑瑣

    *푸른 잣나무에 깊이 빛 드리고 붉은 배나무엔 멀리 서리 맺힌다.― 구가
누추한 파
    翠柏深留景, 紅梨迥得霜.(「眞元皇帝廟」)―句陋派

    *담을 두른 대숲의 오동이 열 길이다― 구법이 모두 졸열
    掖垣竹埤梧十尋(「題省埤壁」)―句法皆劣

    *복사꽃 잘게 버들꽃 따라 지고 꾀꼬리는 시시로 백조와 난다.―개속파
    桃花細逐楊花落, 黃鳥時兼白鳥飛(「曲江對酒」)―開俗派

    *나 빈곤해 가마 없음도 족하다― 속되고 경솔
    我貧無乘非無足(「偪側行」)―俚率

    *상머리에 독서 등불 말라 죽는다― 거침
    案頭乾死讀書螢(「題鄭著作」)―粗派

*여러 날 다시 전당을 그만하지 못하다— 조잡하고 경솔
　數日不可更禁當(「春水生」)—粗率

*허전한 맘에 응당 술이로다— 거속파
　寡心應是酒(「可惜」)—擧俗派

*배 같이 하고 어제 밤 무엇을 했나— 끝3자 경솔
　同舟昨夜何由得(「送辛員外」)—何由得三字率爾

*청포에 백마는 무슨 뜻이 있나— 하3자 대개 경솔
　靑袍白馬有何意(同上)—下三字牽率

*매화 피려는데 그걸 모른다— 하3자 군더더기
　梅花欲開不自覺(同上)—下三字贅

*백로가 떼로 날아 너무 굳세다— 너무 이속
　白鷺群飛太劇乾(「遣悶戲呈」)—太劇近俚

*먹을 게 없고 아이도 없는 한 아낙네— 속된 구
　無食無兒一婦人(「呈吳郞」)—俚句

*부귀는 필히 근면고생으로 얻는다— 시골집의 어사 같음
　富貴必從勤苦得(「柏學士茅屋」)—似村塾中語

　(2) 失體: 시의 형식상 조화가 안 되고 내용에 있어 합리적이지 못한 자구
의 묘사를 지칭한다. 예구를 들어 보면,

*대종산은 어떠한가 제노는 아직 푸르지 않다— 경박한 실체
　岱宗夫如何, 齊魯靑未了.(「望嶽」)—起輕佻失體

*구름과 진흙이 서로 걸쳐 있다— 공과 서기가 어찌 구름과 진흙의 차이에
이르랴, 실체임.
　雲泥相望懸(「送韋書記」)—公與書記何至雲泥, 失體.

(3) 曲解: 자구의 본의를 잘 이해하지 못하는 부분으로 두시에서 지적되는 사항이기도 하다. 예구를 들어 보면,

 *재주 겸한 포조 수심에 들다— 후인의 곡해 불필요
  才兼鮑照愁絶倒(「簡薛驛」)—後人曲解不必

 *문장이 병으로 나쁘다— 각기 이해가 다르나, 어사가 불분명.
  文章差底病(「赴靑城縣」)—雖各異解, 要是語不分明.

 *푸른 언덕의 백피는 무늬가 지다— 十자가 난해
  蒼陵白皮十抱文(「海棕行」)—十字難解

 *금 항아리 살며시 기울다— 隱자가 이해 안 됨.
  金壺隱浪偏(「陪李梓州泛江」)—隱字不可解

 *오랜 객이 응당 나의 길이다— 어의 표달 안 됨.
  久客應吾道(「舍弟歸草堂」)—詞不達意

 *만고에 구름진 하늘의 한 깃털이라— 구가 곡해되어 드러나지 않음.
  萬古雲霄一羽毛(「詠懷古迹」)—句紆曲而無著

(4) 湊韻: 趁韻 또는 掛韻脚이라고도[27] 하는데 韻脚字가 시 전체의 命意와 연관되어야 하면서도 연관되지 않는 자를 억지로 써서 協韻하는 것을 말한다. 청대 紀昀은 柳宗元의 <別舍弟宗一>에서[28] 押韻字인 「邊, 年, 天, 烟」에 대해서 '烟'자를 湊韻이라고 평하였다. 이것은 '烟'자가 다른 운자보다 飄忽한 이미지를 지니고 있기 때문이라는 것이다.[29] 이런 관점에서 두보 시의 예구를 들어 보면,

---

27) 周勛初 《唐詩大辭典》, p.945 참조
28) 柳宗元「別舍弟宗一」(《柳河東集》 卷四十二)의 押韻句만 보면 「……雙垂別淚越江邊. …… 萬死投荒十二年. ……洞庭春盡水如天. ……長在荊門郢樹煙.」
29) 紀昀 《瀛奎律髓刊誤》 卷四十三 참조

*빨리 건너며 복사를 생각한다— 읍에 임하고 바다 가까이 하므로 번도를
인용하니 어찌 주운이 아니리.
　　利涉想蟠桃(「臨邑舍弟書至」)—以臨邑近海而用蟠桃, 豈非湊韻.

*베개와 허리띠가 비슷하고 땔나무도 있다.— 대구 하3자가 주운
　　枕帶還相似, 柴荊卽有焉(「移居東屯」)—對句下三字湊韻

　상하구의 「還相似」와 「卽有焉」은 시어로서는 不合한 虛字의 나열인 동시
에 뜻도 중복 표현되어 있어서 억지적인 구사법이니 두시에서는 보기 드문
경우가 된다.

　(5) 合掌: 對仗의 두 구가 同意의 경우를 합장이라 한다.[30] 1연 속에 뜻이
중복되므로 율시의 대장에서 가장 기피하여, 두시에서도 발견되는데 왕사한
은 다음 세 가지의 예를 들고 있다.

　제오교 가에 흐르는 물 한이 깃들고 황파 언덕의 정자엔 수심이 맺혔다. —
恨水와 愁亭이 합장
　　第五橋頭流恨水, 黃陂岸北結愁亭.(「題鄭著作」)—恨水愁亭合掌

　여기서 대장이 되는 ‘恨水’의 ‘恨’과 ‘愁亭’의 ‘愁’ 동의어로 통하므로 단
점이 된다는 것이다.

　여러 해 준매를 아끼다— 數金은 數齡이라고도 하는데 대구 「총각은 총명
을 좋아한다」와 합장.
　　數金憐俊邁(「不歸」)—數金或謂當作數齡, 然與對句「總角愛聰明」合掌

　왕씨는 ‘數金’을 수령(數齡)이라고도 하지만 대구의 시구와 合杖이 된다고

---

30) 周勛初 ≪唐詩大辭典≫, p.931 참조

분석하였데, '俊邁'와 '聰明'이 동의어이기 때문이다.

> 너무 기뻐 멋대로 춤추고 매우 기뻐 앉아 백발로 읊는다— 觀劇과 喜多 자
> 는 합장인 듯.
> 歡劇提攜如意舞,　喜多行坐白頭吟.(「舍弟觀赴藍田取妻子到江陵嬉寄」)—歡劇
> 喜多字嫌合掌.

왕씨의 관찰이 매우 정확하니 '歡劇'(너무 기쁘다)과 '喜多'(매우 기쁘다)가
동의어이니 두시에서 여하히 변명될 수 있는지 의아스럽다는 것이다.[31]

(6) 疊出; 同字나 同意字, 그리고 同音字가 중복되거나 섞어서 同句와 대구
에서 활용되는 경우로서 적절한 시구가 되지 않는다. 두보 시에서 그 예구
를 들어 보면,

> *예대로 진흙 머금는다— 의구는 곧 이미인 것이니, 3자 중첩
> 　舊已銜泥(「梓州登樓」)— 依舊卽已也, 三字疊出.

> *한 때 오늘 저녁 모인다— 一時와 今夕이 중첩
> 　一時今夕會(「江樓夜宴」)— 時今夕重疊

> *남아는 모름지기 다섯 수레의 책을 읽어야지— 五車와 萬卷이 중첩
> 　男兒須讀五車書(「柏學士茅屋」)— 五車萬卷疊出

> *꾀꼬리 함께 앉아 수심에 젖네— 並과 交가 섞임
> 　黃鶯並坐交愁溼(「遣悶戱呈」)— 並交雜出

> *낮은 가지 열매 드리다— 卑와 低가 중첩
> 　卑枝低結子(「何將軍山林」)— 卑低疊出

---

31) 仇兆鰲 ≪杜詩詳註≫ 卷之二十一:「歡劇喜多, 尙與弟相隔許程」

(7) 不對; 율시에서 가장 기본구법인 對偶가 두시에서 홀시된 경우인데, 두보의 작시태도가 시율을 엄수했다고 볼 때, 극히 이례적이라 할 것이다. 예구를 보면.

　　이들 은혜 지극에 감동하니 남은 무리 어이하면 좋을 가— 배율 중에　두구가 대우 소홀
　　此輩感恩至, 羸俘何足操(「官軍臨賊境」)— 排律中忽兩句不對

왕사한이 시성인[32] 두보의 작시내용에서 이견과 결점을 지적한 것은 청대 시단에서 용이한 자세가 아니니, 王漁洋이 ≪唐賢三昧集≫을 편찬하면서 이백과 두보를 포함시키지 않은 주관과[33] 함께 고래의 맹목적 추종의식에 대한 확고한 주견적인 논지전개라고 하겠다.

Ⅳ. 唐詩의 韻律

왕사한은 시화에서,

　　율시는 출운 하지 않고 고시는 통운을 쓸 수 있는 것이 정해진 이치이다.
　　律詩不出韻, 古詩可用通韻, 一定之理也(「通韻」)

라고 하였는데 율시는 당시를 지칭하는 것이고 出韻(失韻 落韻 走韻이라고도 함)은 押韻格律을 어기고 非同韻字를 채용하는 경우인데, 首句에서 韻部

---

32) 詩聖; 魏慶之 ≪詩人玉屑≫ 卷十四引楊萬里云; 「詩人之詩, 唐云李杜, 宋言蘇黃. ……黃蘇之詩, 靈均之乘桂舟・駕玉車, 有待而未始有待也. ……有待而未始有待者, 聖于詩歟」

33) ≪唐賢三昧集箋註≫ 王阮亭의 原序에「宸翰堂日取開元天寶諸公篇什讀之, 于二家之言, 別有會心, 錄其尤雋永超詣者, 自王右丞而下四十二人, 爲唐賢三昧集……不錄李杜二公者仿王介甫百家例也」라고 하여 독자적인 기준에 의한 選詩임을 밝혔음.

배율상 語音이 相近하는 鄰韻을 쓰게 되면 다른 구도 인운을 쓰게 되는데, 당시에서는 大忌하는 경향이 있다. 예시하건대 李商隱의 <少年>의 제2구 「나이 20에 중한 봉록을 지니다(生年二十有重封)」에서 ‘封’은 東韻이고 기타 제4구의 ‘中’, 제6구의 ‘叢’, 제8구의 ‘蓬’은 모두 東韻인데, 이 경우는 韻不合이므로 出韻이 된다. 그리고 通韻은 두 개 또는 그 이상의 韻部가 통용할 수 있는 경우인데 왕사한은 통운에 있어서 두보의 칠언고시와 율시를 집중적으로 예거하고 있다.

1. 杜甫의 七古通韻

왕사한은 두시 칠고통운이 적지 않다는 자료를 제시하였고, 율시에 대해서도 고시 못지않게 다용된 예시를 제시하고 있어서 용운의 한계에 대한 폭을 넓게 인정하는 근거를 마련해준 중요한 논리로 볼 수 있으니 그것을 세분하여 보기로 한다. 杜甫의 칠언고시에서의 통운도 다용되었다는 점에 대해서 왕사한은 시화에서,

> 지금 두보 시 칠언고시는 통운이 없다고 하는데 두보집에 두루 있으니 어째서 모두 착오가 있는 건가? 당시에 이백과 두보가 명성을 나란히 하였는데 이백 시의 통운한 것은 많다. 그리고 후인들이 두보와 한유를 병칭하는데 한유 시에도 그런 것이 있다. 하물며 칠언은 당대에 시작된 것이 아니고 한위대 이후로 통운이 있었다. 한위대의 칠언은 오언과 용운이 같았는데 왜 두보만이 달리할 마음 가졌을 리 있겠는가?
>
> 今謂杜詩七古無通者, 杜集具在,豈皆錯誤耶? 且當時李杜並名, 李詩通韻者多矣; 後人並稱杜韓, 韓詩亦有之矣. 況七言不始於唐, 自漢魏以來有之. 漢魏之七言, 其用韻與五言同也. 何爲少陵有心立異乎? (通韻)

라고 하여 두시 칠고의 통운은 필연적인 것임을 밝히고 있다. 이제 왕사한이 제시한 두시 통운의 예구를 들어서 고찰하기로 한다.

(A) <悲陳陶>(仇兆鰲 ≪杜詩詳註≫ 권4); 왕사한은 시화에서,

> <비진도> 같은 것은 지운을 쓰되 끝에서 「밤낮 더욱 관군 오기 바란다.」
> 구는 곧 치운이다.
>   若夫悲陳陶用紙韻, 而末云「日夜更望官軍至」, 乃寘韻.

라고 하여 上聲 4 紙韻과 去聲 4 寘韻이 원래 통운이 불가한데도[34] 두보는 채용한 것이다. 이 시의 압운은 제1연의 '子·水', 제2연의 '死', 제3연의 '市' 등은 모두 지운에 속하는데 제4연의 '至'만은 치운에 속해 있다. 仇兆鰲가 「자는 거성으로 읽을 수 있다.(子, 可讀去聲)」·「사는 고운협4이다.(死, 古韻叶四.)」·「시는 거성과 협운한다.(市, 叶去聲.)」(상동)이라 한 것은 上聲과 巨聲의 상통을 인증하려는 주석이라 할 수 있다.

(B) <陪王侍御同登東山最高頂宴姚通泉晚攜酒泛江>(상동 권11) 제3수; 왕사한은 시화에서,

> 또, <陪王侍御登東山最高頂中>에서 종운을 썼는데, 사방에 빈객 안색이 굳
> 었도다의 구는 동운이다.
>   又如陪王侍御登東山最高頂中用腫韻, 而云「四坐賓客色不動」, 乃董韻也

라고 하였는데, 이 시의 후반은 上平聲5 微韻을 써서 同首異韻의 換韻을 하고 있으니 전반을 보면,

> 삼경의 한밤에 바람이 일어 찬 물결 출렁이는데,
> 음악으로 떠드니 배가 무거워 나가지 않다.
> 하늘 가득 은하수 부서진 듯 빛나는데
> 사방에 앉은 빈객 안색이 굳었도다.

---

34) ≪詩韻集成≫의 紙韻에 「古通尾薺賄轉蟹」라 하고, 寘韻에는 「古通未霽隊轉泰韻」이라 하여
    통운범위를 정하고 있다.

三更風起寒浪湧, 取樂喧呼覺船重.
滿空星河光破碎, 四座賓客色不動.

여기서 '湧·重'은 腫韻이고 '動'은 董韻으로 통운이 가능하다.[35]

(○) <古柏行>(상동 권15) 말단; 왕사한은 시화에서,

> 고박행의 말단은 송운을 썼는데, 「만년 후에 고개 돌려도 산처럼 장중하다」
> 와 「예부터 재능이 뛰어나면 등용되기 어렵다」의 두 구는 모두 송운을 쓰고
> 있다.
> 古柏行末端用送韻, 而云「萬年回首邱山重」, 又云「古來才多難爲用」, 重用俱
> 宋韻也.

라고 기술하고 있다. 이제 그 말단을 보면,

> 큰집이 기울면 대들보가 필요하고,
> 만년 후에 고개 돌려도 산악처럼 장중하리라.
> 문장 드러내지 않아도 세상이 벌써 재능에 놀랐거늘,
> 자르고 베는 것 막지 않아도 누가 능히 꺾을 건가.
> 아픈 마음 어찌 땅강아지나 개미 같은 소인들이 감내할 수 있으리.
> 향기로운 잎에는 일찍 봉황이 깃들었도다.
> 지사와 은자들아, 원망하고 탄식하지 말지니,
> 예부터 큰 재목은 쓰이기 어렵다네.
> 大廈如傾要梁棟, 萬年回首邱山重.
> 不露文章世已驚, 未辭剪伐誰能送.
> 苦心豈免容螻蟻, 香葉終經宿鸞鳳.
> 志士幽人莫怨嗟, 古來材多難爲用.

이 시 전체는 3차의 환운을 하는데「柏·石·尺·惜·白」은 入聲11 陌韻
을,「東·宮·空·風·功」은 上平聲1 東韻을, 그리고 앞의 引詩에서「棟·

送·鳳」은 거성1 送韻을 각각 채용하고 「重·用」은 거성2 宋韻을 쓴 것이다. 왕사한이 지적한 送과 宋 이 두 운의 통압은36) 공식화된 통운관계이므로 새 로운 지적은 아니다. 그리고 '大廈'와 '香葉' 양구는 單拗를 강구하고 있다.

(D) <寄狄明府博濟>(상동 권19); 이 시에 대해서 왕사한은 시화에서,

> 기적명부는 제운을 썼는데, 그 중에 「태후는 조정에서 간교가 많도다.」구는
> 곧 제운이니 이 또한 상성과 거성 양성이 통전한 것이다.
> 寄狄明府用薺韻, 而中云「太后當朝多巧計」, 乃霽韻, 是又上去兩聲通轉矣.

라고 지적하였다. 이 시는 고시로서는 드물게 율시의 一韻到底 방법을 강구 하여 압운하고 있는 점이 특이하다. 그런데 총 32구에서 오직 왕사한이 지적 한 「太后當朝多巧計」구의 '計'자만이 거성8 霽韻을 썼고 기타 31구에서 상성 8 薺韻으로 압운한 것이다. 따라서 仇兆鰲는 원문에서 '計'자 대신에 '詆'자 (薺韻)를 넣고서 주에서 「명대의 양신이 말하기를 계자는 운에 있지 않으니 마땅히 저자여야 한다.(詆一作計. 楊愼云; 計不在韻, 當作詆.)」라고 부기하고 있는데, 이것은 韻屬 의식에서 용자의 묘를 배제시킨 데서 나온 주이므로 왕 사한의 計자에 의한 통운법칙을 따라야 할 것이다.37)

(E) <君不見簡蘇傒>(상동 권18); 이 시에 대해서 왕사한은 지적하기를,

> 또 「君不見簡蘇傒」는 동운을 썼는데, 「한 섬 묵은 물에 교룡이 숨어있다.」
> 구가 있다.
> 又君不見簡蘇傒用東韻, 而有「一斛舊水藏嫩鏞」句.

---

36) ≪詩韻集成≫에 「送古通宋轉鋒」, 「宋古通送」이라고 함.
37) ≪詩韻集成≫에 「薺古通紙」라 하고 「紙古通尾薺」라 하여 薺와 紙가 통압이 가능한데, 「霽
　　古通寘」라 하여 紙와 寘가 통운 허용하므로 薺와 霽의 통운이 간접으로 가능하겠다.

라고 하였다. 이 시 전체를 보게 되면,

> 그대는 길가에 버려진 연못을 보지 못했는가.
> 그대는 앞에 꺾인 오동나무 보지 못했는가.
> 죽은 지 백년 된 나무로 비파를 만들고
> 한 섬 묵은 물에 교룡이 숨어있다.
> 대장부 관을 덮고서 만사가 끝나는데
> 그대는 지금 늙지도 않았거늘
> 어찌 산에서 한탄하며 초췌해 있는가.
> 심산유곡에서 거해서는 안 되니
> 천둥과 도깨비가 광풍을 같이 한다네.
> 君不見道邊廢棄池, 君不見前者摧折桐.
> 百年死樹中琴瑟, 一斛舊水藏蛟龍.
> 丈夫蓋棺事始定, 君今幸未成老翁.
> 何恨憔悴在山中, 深山窮谷不可處,
> 霹靂魍魎兼狂風.

　여기서 2구의 '桐', 6구의 '翁', 7구의 '中', 9구의 '風' 등은 상평성1 東韻에 속하는데, 4구의 '龍'만은 상평성2 冬운에 속하여 ≪詩韻集成≫의 「동은 고래로 동과 통하고 강에 전운한다(東古通冬轉江)」과 「동은 고래로 동과 통한다(冬古通東)」에 부합하므로 通押이 가능한 것이다. 왕사한의 칠고 통운이 특별하지 않고 일반화된 현상이었음을 강조한 점을 다음 그의 기술에서 재차 확인할 수 있다.

> 시화에 또 칠언고시의 통운은 소동파시에서 비롯한다고 하는데 내가 보건대 구양수·매요신·왕안석·황정견 등은 통운하지 않은 것이 없고 기타도 헤아릴 수 없거늘 어째서 동파시만을 헐뜯는 건가?
> 詩話又謂七古通韻始於蘇詩. 余觀廬陵·宛陵·半山·山谷無不通韻, 其他尤不勝數. 何得獨咎蘇詩?(「通韻」)

2. 律詩의 通韻

　율시는 一韻到底에 의한 압운이 정격이다. 그런데 왕사한은 당대의 율시 통운이 일반화되었음을 다음에 예시를 들면서 거론하였으니, 그 원문을 인용하여서 고찰하고자 한다.

　　율시에도 통운이 있으니 당대부터 그러하였고 동·동·어·우에 더욱 많았다. 예를 들면, Ⓐ명황제의 「전왕준순변」 장율은 어운인데 2연에서 부자를 쓰고, 10연에서 부자를 썼으니, 부·부는 모두 우운이다. Ⓑ소정의 「출새」 5율은 미운인데, 2연은 휘자를 쓰니 지운인 것이다. Ⓒ두보의 「기가엄양각노」 50운은 선운인데, 말구에 건자를 썼으니 원운이다. 또 「최씨옥산초당」 7율은 진운인데 3연에 근자를 썼으니 문운이다. Ⓓ유장경의 「등사선사」 5율은 동운인데, 3연에 송자를 썼으니 동운이다. Ⓔ대숙륜의 「강향고인집객사」 5율은 동운인데 3연에 충자를 썼으니 동운이다. Ⓕ여구효의 「야도회」 5율은 담운인데 2연에 범자를 썼으니 함운이다. Ⓖ위겸서의 「송장병조」 5율은 동운인데 첫연에서 농자를 썼으니 동운이다. Ⓗ송약소의 「인덕전」 장율은 동운인데 4연에서 농자를 쓰고 5연에서 종자를 썼으니 농·종 모두 동운이다. Ⓘ경위의 「자지관」 5율은 동운인데 첫연에서 풍자를 쓰니 동운이다. Ⓙ석담교의 「망번천」 5율은 동운인데 첫연에서 중자를 썼으니 동운이다. Ⓚ이하의 「추부화강담원」 5율은 홍·용·공·종 4자를 섞어 썼으니 이것은 후인들의 「녹로」와 「진퇴」의 격식을 개척한 것으로 시의 다른 체재가 되었다. 그 동운에 종자가 있고 어운에 서자가 들어 있으면 응당히 당운에서 원래 이렇게 한 것이니 통운으로 분류하지 않는다. 예컨대, Ⓛ경위의 「예순공문도」 5율의 끝연과 왕유의 「화진공호종온탕」 장율의 제8연, 양거원의 「성수무강사」 장율 제8의 끝연, 사공서의 「화상사인집현전」 장율의 제3연의 모두 동운을 썼는데 종자가 있다. Ⓜ이백의 「앵무주」는 경운인데 청자를 압운하였다. 이 시는 ≪당문수≫에는 7고에 편입하였고 후인은 칠율에 편입하였지만 그 체재가 고시든 근체시든 간에 모두 본래의 운을 벗어나 있다.

　　律詩亦有通韻, 自唐已然, 而在東冬魚虞爲尤多. 如明皇餞王晙巡邊長律乃魚韻, 次聯用符字, 十聯用敷字, 符敷皆虞韻也. 蘇頲出塞五律乃微韻, 次聯用麾字, 則支韻也. 杜陵寄賈嚴兩閣老五十韻乃先韻, 末句用騫字, 則元韻也; 又崔氏玉山草堂七律乃眞韻, 三聯用芹字, 則文韻也. 劉長卿登思禪寺五律乃東韻, 三聯用松字, 則冬韻也. 戴叔倫江鄕故人集客舍五律乃冬韻, 三聯用蟲字, 則東韻也. 閻邱曉

夜渡淮五律乃覃韻, 次聯用帆字, 則咸韻也. 魏兼恕送張兵曹五律乃東韻, 首聯用
農字, 則冬韻也. 宋若昭麟德殿長律乃東韻, 四聯用濃字, 五聯用宗字, 濃宗皆冬韻
也. 耿湋紫芝觀五律乃冬韻, 首聯用風字, 則東韻也. 釋詹交望樊川五律乃冬韻, 首
聯用中字, 則東韻也. 至如李賀追賦畫江潭苑五律, 雜用紅龍空鐘四字, 此則開後
人轆轤・進退之格, 詩中另爲一體矣. 其東韻之有宗字, 魚韻之有胥字, 必是唐韻
原是如此, 非屬通韻. 如耿湋詣順公問道五律之末聯, 王維和晉公扈從溫湯長律之
第八聯, 楊巨源聖壽無彊詞長律其八之末聯, 司空曙和常舍人集賢殿長律之第三
聯, 俱用東韻, 而有宗字. 李白鸚鵡洲一章, 乃庚韻而押韻青字; 此詩唐文粹編入七
古, 後人編入七律, 其體亦可古可今, 要皆出韻也. (「律詩通韻」)

　　이상의 원문을 기호순으로 정리분석하면, Ⓐ 명황제의38) ＜餞王晙巡邊＞
(≪전당시≫ 권3)은 20구의 오언배율시로서 「墟・餘・虛・車・初・除・書・
疏」는 모두 상평성6 魚韻에 속하지만 「符・敷」는 상평성7 우운(虞韻)에 속한
다. 「어는 고래로 우와 통한다(魚古通虞)」・「우는 고래로 어와 통한다(虞古通
魚)」(≪詩韻集成≫에 의거함. 이하 생략)이므로 압운에 합당하다. Ⓑ 蘇頲의
＜邊秋薄暮＞(≪전당시≫ 권73) (一作 ＜出塞＞)를 보면,

　　　　　저 멀리 가을 매가 치는데
　　　　　서리 앞엔 떠가는 기러기 돌아간다.
　　　　　삭풍에 군중의 북소리 생각하고
　　　　　지는 해에 군대 깃발 쓸쓸하다.
　　　　　물가에 어둠이 깔리니 고깃배 들고
　　　　　냇물 길게 흐르는데 사냥 말이 드물다.
　　　　　저물녘에 나그네 마음 슬픈데
　　　　　이에 더 전쟁의 전략을 꾸려 보고자.
　　　　　海外秋鷹擊, 霜前旅雁歸.
　　　　　邊風思鞞鼓, 落日慘旌麾.
　　　　　浦暗漁舟入, 川長獵騎稀.
　　　　　客悲逢薄暮, 況乃事戎機.

---

38) ≪全唐詩≫ 卷三 「明皇帝」; 「帝諱隆基, 睿宗第三子, 始封楚王, 後爲臨淄郡王. 景雲元年, 進
　　封平王, 立爲皇太子. 英武多能. 開元之際, 勵精政事, 海內殷盛, ……貞觀之風, 一朝復振.」

여기에서 「歸・稀・機」는 상평성5 微韻에 속하고 제4구의 「麾」는 상평성4 支韻에 속하니 「미는 고래로 지와 통한다(微古通支)」・「지는 고래로 미・제・회와 통하고 가에 전운한다(支古通微齊灰轉佳)」에 의거해서 통운된다. ⓒ 두보의 <寄岳州賈司馬六丈巴州嚴八使君兩閣老五十韻>(≪전당시≫ 권225)을 왕사한은 생략하여 <寄賈嚴兩閣老五十韻>이라고 제하였는데, 옳지 않은 것이다. 이 시는 「형악산에 원숭이 울고 파주에는 새 나는 길이 있다.(衡岳啼猿裏, 巴州鳥道邊)」의 「邊」에서 시작하여 「然・偏・懸・筵・騫・船・千・漉・堅・天・前・巓・燕・川・旋・鞭・仙・煙・湲・鮮・錢・綿・肩・眠・賤・賢・翩・全・憐・虔・先・穿・蓮・篇・傳・弦・拳・泉・年・捐・田・玄・焉・弦・遷・聯・遣・便」 등은 下平聲1 先韻에 속하는데, 말구의 「騫」은 上平聲13 元韻에 속한다. 그리고 두보의 <崔氏東山草堂>(≪杜詩詳註≫ 권6)은 「新・人・筠」이 상평성11 眞韻이고 제3연의 「芹」은 상평성12 文韻인데, 「진은 경・청・증과 통하고 문・원에 전운한다(眞古通庚靑蒸轉文元)」과 「문은 진에 전운한다(文古轉眞)」에 의거하여 통압한다. ⓓ 劉長卿의 <登思禪寺上方題修竹茂松>(≪전당시≫ 권147)에서 「籠・中・風・翁」이 상평성1 東운에 속하는데 왕사한이 지적한 3연의 '松'이 ≪전당시≫ 상에서 「뭇 냇물 대나무 길과 이어 있고 여러 산봉우리는 솔바람과 같이 한다.(衆溪連竹路, 諸嶺共松風)」와 같이 원시에는 「風松」이 아니라 「松風」이기 때문에 왕사한이 오판한 것이거나, 판본의 차이에 의거한 지적이라고 할 것이다. 따라서 冬韻의 '松'은 이 시에서 통운대상으로 제기할 수 없다. ⓔ 戴叔倫의[39] <江鄉故人偶集客舍>(≪戴叔倫詩集校註≫ 권2)에서 「重・逢・鐘」은 冬韻에 속하지만 3연의 「露草覆寒蟲」의 '蟲'은 東운에 속하여 통압할 수 있다. ⓕ 閭丘曉의[40] <夜渡江>(≪전당시≫ 권158)에서 「潭・南・甘」은 하평성 13 覃韻에 속

---

39) 戴叔倫은 拙文 「戴叔倫과 그 五言律詩考」(二不先生停年紀念論集. 1999) 참조.

40) ≪全唐詩≫ 卷158; 「閭丘曉, 爲濠州刺史, 祿山之亂, 張鎬檄之救宋州張巡圍, 以後期杖死 詩一首.」

하는데 2연의 「春風滿客帆」의 '帆'은 하평성15 咸韻에 속한다. 「담은 산과 통한다(覃古通刪)」·「함은 산과 통한다(咸古通刪)」인데 「산은 담과 통하고 함은 선에 전운한다(刪古通覃, 咸轉先)」이라 하니 통압이 가능하다. ⑥ 魏兼恕의[41] <送張兵曹赴營田>(≪전당시≫ 권776)에서 「功·中·驄」은 東韻에 속하는데 첫연의 「王師每務農」의 '農'은 冬운에 속하여 통압한다. ⑪ 宋若昭의[42] <奉和御製麟德殿宴百僚應製>(≪전당시≫ 권7)에서 「通·功·兇·同」은 東운에 속하는데, 4연의 「恩霑雨露濃」의 '濃'과 5연의 「禮樂盛朝宗」의 '宗'은 冬운에 속하여 통압한다. ⑫ 耿湋의 <遊鍾山紫芝觀>(≪전당시≫ 권268)에서 「重·濃·逢」은 冬운에 속하는데, 첫연의 「淸磬落春風」의 '風'은 東운에 속하여 통압한다. ⑬ 왕사한이 지적한 澹交의[43] <望樊川>은 ≪전당시≫(권823)에 수록되어 있지 않으며 단지 「效古」오율(1구의 辱, 4구의 足, 6구의 綠은 沃운. 2구의 覆, 말구의 祿은 屋운)과 <病後作> 오율(寒운), 그리고 <寫眞> 오율(眞운) 등 3수의 작품이 있다. 따라서 왕사한의 지적은 고찰이 불가한 것이다. ⑭ 李賀의 <追賦畵江潭苑> 4수(≪전당시≫ 권392)에서 제4수의 偶數句들을 보면,

宮宜小隊紅(2句) 尋箭踏盧龍(4句)
霜乾玉鐙空(6句) 不待景陽鐘(8句)

여기서 '紅·空'은 東운에 속하며 '龍·鐘'은 冬운에 속하여서, 율시에서 제2·6구에 갑운을 쓰면 제4·8구에서는 갑운과 상통하는 을운을 쓴 격식을 구사하였는데 왕사한은 이런 격식이 李賀에서 처음으로 시도되었다는 것이다. 이같이 양운을 間押하는 것을 進退格이라 하고 압운상 먼저 율시에서 갑운을 두 곳에 쓰고 그 다음에 을운을 두 곳에 쓰는 것을 轆轤格(녹로

---

41) 「魏兼恕, 開元天寶間人. 全唐詩卷776收其送張兵曹赴營田詩一首.」(中國文學家大辭典, 唐五代卷)
42) ≪全唐詩≫ 卷七;「穆宗拜若昭尙宮, 嗣若華秩, 歷穆敬文三朝, 皆呼先生. 進封梁國夫人. 詩一首.」
43) ≪全唐詩≫卷823;「澹交, 蘇州昭隱寺僧, 乾符中人也. 詩三首.」

는 균형을 잡는 물레)이라 한다.44) Ⓛ 耿湋의 <詣順公問道>(≪전당시≫ 권 268)는 「公·中·叢」이 東운이고 말연의 「南宗與北宗」의 '宗'은 冬운이다. 王維의 <和僕射晉公扈從溫湯>(≪王摩詰全集注≫ 권11)에서 제8연의 「詞賦 屬文宗」의 '宗'(冬韻) 외에 모두 東운에 속하며, 楊巨源의 <春日奉獻聖壽無 彊詞十首>(≪전당시≫ 권333) 배율 제5(왕사한은 제8이라 하였음.)에서 「同· 風·空·功·聰」은 東운이고 말연 「天外亦朝宗」의 '宗'은 冬운이다. 그리고 司 空曙의 <奉和常舍人晚秋集賢殿酬事寄徐薛二侍郞> 장율(≪전당시≫ 293)에서 「通·風·聰·中·公·紅·叢·同·楓·東·工」은 東운이고 3연 「儒開百氏宗」 의 '宗'은 冬운이다. Ⓜ 이백의 <鸚鵡洲>(≪李太白全集≫ 권21)를 보면,

　　　앵무새 왔다가 오 땅의 강물을 지나갔더니
　　　강가의 물섬을 앵무주라 한다.
　　　앵무새 서쪽으로 날아서 농산으로 갔는데
　　　향초 돋은 물섬의 나무 어찌도 푸른가.
　　　안개 개이고 난초 잎 향기롭고 바람 따스한데
　　　언덕 가의 복사꽃 비단물결 일도다.
　　　지나는 나그네 이 때에 공허히 멀리 바라보니
　　　긴 물섬의 외로운 저 달은 뉘를 향해 밝은가.
　　　鸚鵡來過吳江水, 江上洲傳鸚鵡名.
　　　鸚鵡西飛隴山去, 芳洲之樹何靑靑.
　　　煙開蘭葉香風暖, 岸夾桃花錦浪生.
　　　遷客此時徒極目, 長洲孤月向誰明.

　여기서 「名·生·明」은 하평성8 庚운에 속하는데 제2연의 靑은 하평성9 靑운에 속하여 통압한다. 품평에서 왕사한은 시경의 시교적인 시관으로 당 대 시인의 시를 평가한 점이 특징적으로 나타나고 있다. 두보의 <戲爲六 絶>은 최초의 논시 절구시라고 할 수 있는데, 6수에서 제4수를 제외한 5수

---

44) 嚴羽 ≪滄浪詩話≫ 「詩體」에 「有轆轤韻者, 雙出雙入. 有進退格者, 一進一退」 郭紹虞는 ≪滄
　　浪詩話校釋≫ 「詩體」注59에서 「若律詩先二韻甲, 次二韻乙, 爲轆轤格. 兩韻間押, 爲進退格.
　　吳喬圍爐詩話謂; 平水韻視唐韻雖似寬, 而葫蘆等諸法俱嚴, 則實狹矣.」

에 대한 왕사한의 논평이 초당대의 盧照隣과 王勃을 두보가 사승한 것으로 분석한 점은 논거 선택의 폭을 한정시킨 경향이 있지만, 그 거론한 견해는 상당히 객관성이 있는 풀이라고 볼 수 있다. 劉長卿의 <別嚴士元>에 대해서는 작시 시기를 大歷 11년(776)으로 고증한 것이 주목되며 작법상의 견해로는 沈德潛이나 儲仲君보다 왕사한의 견해가 史實과 처지로 보아 比興的인 은유성이 짙기 때문에 오히려 타당성이 있다. 그리고 韓愈의 <辛卯年雪> 등 영물시에 대해서는 왕사한의 시론적 입장에서 당연히 미사려구의 다용을 좋게 볼 리 없으므로 한유 시의 기험성을 비판적으로 평가한 것이다. 그러나 한유 시가 영물시의 특성인 기탁과 풍자를 충분히 표출하고 있음을 인정한 것이다. 劉禹錫의 <金陵懷古>에 있어서는 白居易가 이 시를 「검은 용의 여의주(驪龍之珠)」라고 평한 것에 대해 근거 제시한 점이 돋보인다. 체식에서는 두보의 칠고시 자구활용에 대한 냉엄한 비평은 두시의 평가기준에 객관적인 성과를 거두었다고 보며, 용운에서는 통운의 체계를 고시에 기초하여 제시하고 예시한 점을 재평가하게 된다. 그리고 통운에서 「통하지 않으면 협운한다(不通而協韻)」의 예들을 통계적으로 제시하고 있으며, 부연하고자 하는 점은 長篇轉韻의 예로 이백의 <扶風高士歌>에서 「내 모자 벗고 그대 향해 웃고 술 마시고 그대 위해 읊는다(脫吾帽, 向君笑. 飮君酒, 爲君吟.)」 구의 「笑」는 去聲의 嘯韻인데, 「吟」이 平聲 侵韻과 轉韻관계로 통운시킨 것을 지적할 수 있다. 그러나 율시통운에 있어서도 통계적으로 통운상 다용되는 것은 「東, 冬, 魚, 虞」 등이 있으며 그 통운이 현행의 시운집성의 본령에 불합하지만 古通의 원칙을 따라 통운되어 있는 예로서 「明皇, 蘇頲, 杜甫, 劉長卿, 耿湋, 楊巨源, 司空曙」 등 상세한 예구를 제시하였는데, 그 예증이 進退格에 부합되도록 기술하고 있는 점이 단조롭다 하겠다. 왕사한의 시화가 편협적이면서 수구적이었기 때문에 청대의 시론이 다양하게 전개되는 상황에서 그의 논지가 객관화되지 못하고 단지 심덕잠의 시학의 유파로 분류되는 선에서 평가받게 된 것이다. 그러나 그의 시론이 잡사와 무체계한 비평이 없이 시종일관되게 유학경전의 시교와 오의에 바탕을 두어 「시에 도를 담음(詩以載道)」의 논지를 견지한 점을 높게 평가할 수 있다.

≪香石詩話≫의 唐詩人과 ≪粤岳草堂詩話≫의
唐詩 論評

　　黃培芳(1778～1859)의 3종 시화인 ≪香石詩話≫, ≪粤岳草堂詩話≫, ≪香石詩說≫ 등은 소위 ≪嶺南詩話滙編≫(廣東高等敎育出版社)에 열입시켜서 최근에 거론되기 시작한 시화집으로서 浙江, 廣東 일대를 중심으로 활동한 작가의 시화 30종을 담고 있는 것이다. 그 중에 주요 자료로는 상기의 ≪향석시화≫, ≪월악초당시화≫, 張維屛의 ≪藝談錄≫ 그리고 ≪飮冰室詩話≫가 있고 희소한 전본으로서 ≪詩紃≫·≪茅洲詩話≫·≪橡坪詩話≫ 등이 있는 한편, 단행본으로 나오지 않았던 ≪茶村詩話≫, ≪小辦齋詩話≫, ≪秋琴館詩話≫, ≪吟芷居詩話≫ 등을 들 수 있다.

　　본문을 전개함에 있어서 황배방의 시화에 담긴 다양한 시론을 개괄적으로 성격 지어 가면서, 특히 당시에 대한 입론에 초점을 맞추어 내용을 꾸며보려 하는 것이다. 시화 자체가 체계적인 논지가 부족하지만 조직적인 특징을 추출하려 하며, 저본으로는 黃國聲 주편의 ≪黃培芳詩話三種≫(管林標点· 廣東高等敎育出版社, 1995)을 참고하였다. 본론에 앞서 「영남시화」에 대해 장유병이 ≪예담록≫ 卷下에서 自評한 것을 인용하고자 한다.

　　이 자료는 덜 소중하게 여겨질지라도 성내의 좋은 덕성, 고향의 옛 이야기,

산천 경물의 곱고 신기한 것, 인정과 사물이치의 변화 등 모든 것을 여기에서
알 수 있다. 단지 시화만으로 보지 말 것이다.

　　玆編雖以少爲貴, 然穗城之耆德, 梓里之舊聞, 山川景物之瑰奇, 人情物理之繁
變, 皆可于此見之。勿徒以詩話視之

Ⅰ. 黄培芳의 生涯와 交遊

황배방은 유학자의 가정에서 성장하여 온유돈후의 시교를 기반으로 하는
문학세계를 추구하였고 그의 교우관계 또한 學人과 方外之人에 두루 편재되
어 있다.

1. 生平

황배방은 廣東 香山(지금 中山市)인으로 자가 子實이고 호는 香石이다.45)
출신이 학인집안이어서 조부 黃冕은 《蠹餘集》을 남겼으며46) 부친 黃紹統
은 당대의 문장가로서 학자들의 추앙을 받았다. 道光의 《香山縣志》(권6)
를 보면,

　　박학하고 문장에 능한데 특히 시에 뛰어났다. 흠주의 편수인 풍민창이 젊은
시절 회성에 와서 그 시를 보고 크게 매료되어 마침내 오랜 교분을 맺게 되었
다. 그 때의 사람들이 그들을 염파의 우정에 비유하였다. 그의 시는 기괴하지
않고 기교를 강구하지 않았으며 모방을 따르지 않았는데, 어떤 사실에 임해서
감회를 펴냄이 절로 온유돈후의 뜻에 맞았다.

　　統博學能文, 尤長于詩。欽州馮編修敏昌, 少時至會城見其詩, 大爲傾倒, 遂訂
古交。時人比之廉慶。其詩不炫異, 不求工, 不規摹仿, 卽事抒懷, 自合溫柔敦厚
之旨。

---

45) 《黃培芳詩話三種》 前言 1면
46) 道光 《香山縣志》 卷六: 「以文受知惠學使士奇, 早卒。」

라고 하여 그가 부친에게서 받은 교육이 지대함을 알 수 있다. 황배방의 출생년대는 乾隆 43년(1778)에 광동 石城(지금 廉江市)에서 출생하니 부친이 석성훈도로 재임하던 시기이다. 어려서 田西疇에게 시를 배우기 시작하였는데 ≪향산현지≫에47) 「황배방은 어려서 총명하여 현의 과시에 응하여 '산사'를 시제로 하였는데 방승무가 보고서 찾아가 교분을 맺었다.(培芳幼聰穎, 應縣試時, 題詩山寺, 方繩武見之, 訪與訂交。)」라고 기술한데서 그가 총명하고 감성이 풍부했음을 알 수 있다.

嘉慶 2년(1797)에 弟子員에 보하고 이듬해 羊石書院에 입사하여 劉朴石에게 수업하고 가경 9년에야 비로소 式副榜에 들게 되었다. 관장에 뜻이 없던 성격이 조년에 과시에 응하지 않은 이유인데, 이는 虛譽를 추구하지 않았던 그의 담박한 성격에서 연유한다.48)

가경 10년(1805)부터 강단에서 강학의 생애를 시작하니 그 자신이 배웠던 羊石講院을 주재하여 인재를 양성하였다.49) 道光 10년(1830)에 乳源에서 교유를 하면서 선행을 베풀어 칭찬을 받았고50) 이때까지 2차에 걸친 광동으로의 귀향을 하였으니, 1차가 여의치 않는 상심에서의 사향의 귀로라면, 2차는 武英殿校錄官으로 있던 도광 4년(1824)에51) 俗事의 허무감으로 귀향한 것이었다. 이러한 2차에 걸친 회향에서 황배방의 현실 부적응력과 피세적 교육

---

47) 同治 ≪香山縣志≫ 卷十五 「黃培芳傳」

48) 黃培芳의 [詠懷]詩 일단을 보면 「丈夫志八區, 焉能守方隅, 古人破萬卷, 戮力窮三余。……君子寡所營, 羞得不虛譽。南陽淡泊人, 千古誰能如。」라는 구절이 있다.

49) 同治 ≪香山縣志≫ 卷十五 「黃培芳傳」: 「當道聞名, 延課子弟, 未嘗干以私。游其門者, 名碩輩出。」

50) 同治 ≪香禺縣志≫ 卷三十三: 「秉鐸乳源, 時新進諸生, 沿舊例書券爲贄, 及送出門, 卽返稊其袖。老生應考, 貧不得歸者, 留共飯, 助資歸之。」 또 同治 ≪香山縣志≫ 卷十五: 「浮源大旱, 徒步入山禱雨, 立應, 人呼老師雨。」

51) 第1次 回鄕時期는 嘉慶 25年(1820)이며, 第2次의 회향에서는 汝南・武昌 등을 유람하는 浩然之氣를 보여준다. ≪黃培芳詩話三種≫ 前言 4면: 「結果事與願違, 過着寄食聊爲客, 傳經愧作師的生活, 經常思念家鄕, 眷念親人, 終于在嘉慶二十五年, 因子疾親懷思, 一紙來鴻書, 驅車出皇州, 南歸廣東。」上同 5면: 「道光四年二月, 黃培芳第二次出都南歸。這次南歸, 經汝南・信陽, 至武昌, 登黃鶴樓, 沿楚水, 弔屈原, 望南岳。」

관을 엿볼 수 있다.

도광 20년(1840), 鴉片전쟁이 나자, 조정의 실정과 八旗兵의 무기력에 비판을 가하고 현실을 혐오하며 만년의 빈질이 교차하는 처경을 맞는다. 그 때의 사회참상을 묘사한 <粵東省垣失守感賦>의 일단에서,

> 여러 현의 향병이 각각 수많은데,
> 그 때에 따라 출동하니 채찍을 들도다.
> 누란에서 머리를 내주고 간과 뇌가 길에 떨어지니,
> 피가 양성에 물들어 초목이 붉도다.
> 諸縣鄉兵各萬千, 待時而動旭揚鞭.
> 樓蘭授首塗肝腦, 血染羊城草木鮮.

라고 당시 사회상과 민심의 암담함을 실토하고 있다. 황배방은 咸豊 9년(1859)에 향년 82세로 서거하였고, 많은 저술을 남겼는데 그 주요 저서를 열거하면 다음과 같다.(≪黃培芳詩話三種≫ 전언과 同治 ≪香山縣志≫ 권21에 의거함)

> ≪易宗≫9권, ≪尙書漢學≫10권, ≪詩義參≫20권, ≪春秋左傳翼≫30권,
> ≪十三經或問≫13권, ≪四書考釋≫19권, ≪史傳事略≫1권, ≪香山志≫1권,
> ≪浮山小志≫3권, ≪端州金石略≫2권, ≪永思錄≫1권, ≪儒林錄約刻≫4권,
> ≪相地要訣≫1권, ≪目下偶筆≫4권, ≪縹緗雜錄≫1권, ≪香石山房叢鈔≫4권,
> ≪兵略≫1권, ≪良方偶存≫1권, ≪嶺海樓詩鈔≫12권, ≪才調百首≫1권, ≪廣
> 三百首詩選≫, ≪唐賢三昧傳評鈔≫3권, ≪香石詩話≫4권, ≪粵岳草堂詩話≫
> 2권, ≪國風詩法隅擧≫1권, ≪七律評鈔≫4권, ≪秋興詩評≫1권, ≪香田小草≫,
> ≪香石詩說≫ 등

덧붙여서 황배방의 생평을 연대별로 기술하면 대략 다음과 같다.

- 乾隆 43년(1778): 부친 黃紹統. 광동 石城(지금의 廉江市)에서 출생.
- 건륭 45년(1780): 부친이 瓊郡敎授로서 南海에 이주.

- 건륭 47년(1782): 11세에 부친 졸.
- 건륭 49년(1784): 13세에 田西疇선생에게 시를 배움.
- 嘉慶 2년(1797): 20세에 弟子員에 보함.
- 가경 3년(1798): 羊石書院에 들어가서 劉朴石선생에게 수업.
- 가경 9년(1804): 27세에 式副榜에 들고, 과장에 뜻을 두지 않음.
- 가경 10년(1805): 강학을 시작하여 양석강원을 주지.
- 가경 23년(1818): 41세에 상경, 여의치 않아 江西·浙江·江蘇·山東 등을 유람.
- 가경 25년(1820): 광동으로 회향.
- 道光 元년(1821): 재입경, 武芳殿校錄官에 임명됨.
- 도광 4년(1824): 제2차 광동 회귀에서 汝南·信陽·武昌을 거쳐 黃鶴樓에 올라보고, 楚水를 따라 屈原을 조문함.
- 도광 10년(1830): 53세에 乳源 교유를 지냄.
- 도광 12년(1832): 陵水敎諭를 지냄. 재임 3년에 공적이 많아 候送人이 90리에서 끊이지 않았다함.
- 도광 15년(1835): 肇慶府訓導로 옮김.
- 도광 19년(1839): 11月에 粤秀山長 區玉章· 羊城山長 陳其錕 및 張維屏·鮑俊·梁廷楠 등과 林則徐를 찾아가 소위 禁烟抗英의 의견을 제시.
- 도광 20년(1840): 아편전쟁이 발발하여 영국군의 침략이 거세자, 영국은 林則徐를 제거하고 琦善으로 대행케 한다. 이후 군사가 부실하고 외교상 영국에 투항하는 협약이 있게 됨에, 황배방은 강개하여 결의 항쟁을 다짐.
- 도광 21년(1841): 양석서원을 감독하고 또 兩廣總督祁塤衙門에서 군무를 협조. 이후 가난과 질병 속에 혼란의 세태를 개탄하면서 만년을 보냄.
- 咸豊 9년: 황배방 졸. 향년 82세.

2. 交遊

황배방의 교유는 학인과 방사들에 집중되어 있지만, 본문에서는 다음 시우와의 교분을 통해서 향석의 문풍을 이해할 수 있을 것으로 본다.[52]

(1) 方繩武: 竹孫, 향산인으로 향석 조년의 시우이다. 향석의 시에는 <九月十六夜登粤秀山同方竹孫劉三山>, <月夜與竹孫吉士游桂峰>, <偕方竹孫天

---

52) 交游關係는 ≪黃培芳詩話三種≫ 前言에서 참고.

池庵弔其從兄子谷先生>(이후 모든 향석시는 ≪香石詩鈔≫에 의함) 그리고 <傷逝五首>가 있는데, 이 중 <傷逝五首>의 제3수는 方竹孫을 애도하는 시이다.

> 우리 마을의 죽손자는
> 산에 마음을 두고,
> 세상 사물에 있어 속세의 명분을 끊고
> 믿는 것 철석같은 내심을 가졌으니,
> 이로 인해 자못 속세를 싫어하고
> 마음을 둠은 오직 두강 선생이었다.
> ……
> 부귀영화는 뜬구름과 같으니
> 한번 취하면 전원의 마을에서 놀뿐이었다.
> ……
> 가을 기러기에 곧 답신 없더니
> 흉한 소문에 아픈 가슴 어이 견디리.
> 몸을 비스듬히 사방을 바라보니
> 옛 교분이 이 어찌 아득한가!
>> 吾鄕竹孫子, 岳岳稱懷方。
>> 處物絶脂書, 所恃鐵石腸。
>> 因之頗忤俗, 知心惟杜康。
>> ……
>> 富貴等浮雲, 一醉游其鄕。
>> ……
>> 秋鴻未卽答, 凶問已堪傷。
>> 側身望四表, 古交何茫茫。

시속에 담긴 감정이 매우 절실하여 두 사람의 우의를 짐작할 수 있다.

(2) 譚敬昭; 호는 康侯, 陽春人. 가경년간에 翁方綱에 의해서 粤東三子의 하나로 칭하여졌다. 향석의 시에 「康侯聽雲樓圖」, 「爲康侯作聽雲樓圖幷題絶句」 등이 있으며 ≪향석시화≫에도 강후의 시풍을 품평하고 있으니, 예를

들면 다음과 같다.

> 강후의 오언시는 자연스레 오묘한 경지에 듦이 있다. 예컨대 「저녁에 속삭
> 이듯 바람소리 버들가지에 걸려 있네.」, 「강가의 달이 먼저 나의 정자 옆을 와
> 있는 줄 모르노라.」와 같은 것이다. 또 매우 기교 있고 아름다운 묘사를 하고
> 있으니 예를 들자면 「봄풀」에서 「푸르름이 하나의 빛으로 천리에 펼쳐있고,
> 사방의 산은 저녁노을에 담뿍 젖어 있네.」라고 한 것이라든지 「초가을 저녁」
> 에서 「가을 바람에 놀라 잎이 지고 한낮의 달은 고요히 꽃을 찾누나.」 제량의
> 풍치가 있다.
>
> 康侯五言, 有自然入妙者, 如竟夕如人語, 風聲在柳條。不知江畔月先到, 我亭
> 邊是也。又有極工麗者, 如春草云: 一碧自千里, 四山多夕陽。初秋夕云: 風秋驚
> 落葉, 月午靜臨花。有齊梁風致。(卷之一)

향석이 강후의 시를 높이 평가한 것은 그 시의 공교함과 유려함, 그리고
입묘한 자연미에서 그 장점을 취하여 이에 근거를 두고 있음을 알 수 있다.
결국 이것은 향석이 강후의 재능을 익히 알고 있었다는 것을 증명하며, 이
러한 사실은 그가 두보의 <秋興>시를 놓고 상호 담론을 전개한 예문을 통
해 확인하게 된다. 여기에 향석의 강후에 대한 품재의 글을 보고자 한다.

> 양춘 담강후는 효렴으로서, 타고난 재능이 특출하여 악부시와 육조의 풍격
> 과 이백·이하·이상은에 깊이 심취하니, 마치 붉은 노을이 하늘에 걸려 있는
> 듯 하고 또 막고야의 신인인 듯하다. 그 시품의 오묘함은 다 얻어 배울 수 없
> 도다.
>
> 陽春譚康侯孝廉, 天才超越, 深於樂府·六朝及三李, 如朱霞天半, 又如姑射神
> 人, 詩品之妙, 不可多得。(上同卷之一)

여기서 향석은 강후의 재조가 각조대의 특장을 겸전하고 있으리 만큼 출
중하여, 찬란한 광채의 발휘와 함께 입신의 경지에 있음을 강조하고 있다.

(3) 張維屛; 호는 南山, 番禺人으로 월동삼자의 하나이다. 향석은 남산과
함께 白雲山에 雲泉山館을 세워서 東坡를 추숭하였으며[53] 아편전쟁 중에 欽

差大臣 林則舒를 배알하고 아편을 금하도록 건의한 지기지간이다. 향산은
그 아버지의 문집인 ≪仰山堂遺集≫의 序를 남산에게 부탁한 바 있으며 남
산은 그의 序에서,

> 선생의 아들 황배방은 품행이 돈독하고 학문을 쌓아서 시명이 당시에 났으
> 며 나와는 젊은 때부터 교분이 있다.
> 先生子培芳, 敦行績學, 以詩名于時, 與維屛爲總角交。

라고 하여 향석을 깊이 알고 있는 소감을 쓰고 있다.

(4) 胡紹寧; 호는 栗堂, 浙江錢塘人이다. 향석의 율당에 대한 시로는 <題
胡栗堂羅浮遇仙圖>와 <酥醪觀中贈胡栗堂>, <胡栗堂處士紹寧>이 있는데
상기의 마지막 작품을 보면 다음과 같다.

> 안개노을에 맺힌 한이 있는 듯
> 다섯 번이나 나부를 찾아 놀았다.
> 허겁지겁 한 몸을 중히 아끼지만
> 세상만사가 뜬 안개처럼 가벼울 뿐.
> 세상살이 물보다 맑으니
> 나를 보고 느긋한 정이 있다 하다.
> 烟霞有痼疾, 五度游羅浮。
> 汲汲重身后, 萬事浮烟輕。
> 處世淡于水, 暇予有餘情。

위의 시는 호율당의 위인됨과 향석과의 우정을 반영하고 있다.

(5) 溫承恭; 호는 莊亭, 德慶人이다. 향석과는 정치와 군사에 관한 의논을
하면서 막역한 정분을 나누었다.54) 향석의 시로서 <喜晤溫莊亭>을 보면 다

---

53) 同治 ≪香山縣志≫ 卷十五: 「與張維屛輩于自雲山濂泉間, 築雲泉山館, 中祀蘇文忠公, 崔淸獻
公及文裕公, 以志景仰。」
54) ≪粤岳草堂詩話≫(卷之二): 「莊亭素以王景略, 陳同甫自命, 與余論政談兵, 最爲莫逆。其言皆
可見之施行, 惜未用於世。」

음과 같다.

> 가까이에서 그대의 행장을 보니
> 은둔하는 이가 나에게 돌을 주는군.
> 가슴에는 전쟁의 병기를 지니고 있건만
> 늙은이 신세가 심히 애석하구나.
> 내 장차 남은 삶의 길 추구하리니
> 세상의 일이 어찌 짐이 되리요.
> 구름 낀 샘터에 이미 초가를 지었으니
> 안개노을에 미친 버릇을 비웃지 마오.
> 　近覘子行藏, 幽人介予石.
> 　胸諸武庫兵, 坐老深可惜.
> 　我將究遺經, 世事胡爲役.
> 　雲泉已結廬, 莫笑烟霞癖.

　여기서 장정의 강개심과 속사에 초월하여 독서할 것을 권면하는 우정을 읽을 수 있다. 아울러 그의 문재를 상찬하여 ≪踏鴻集≫의 詩稿를 ≪월악초당시화≫(권2)에서 평하기를 「장정의 시고는 스스로 담고 있는 것이 백여 수에 불과하지만 「답홍집」이라고 이름하여 모두 20여 년간 15개의 성을 밟은 작품들이며, 대개 두보를 주종으로 삼고 있다. …… 「태화산을 바라보며」에 이르기를: '땅은 진의 사방 요새를 이루었고, 하늘은 세 산봉우리에 드는구나.'라고 하였고 「동관을 나서며」에서 이르기를: '땅은 황하로 그어있고, 성에는 자주빛 서기가 서린다.'라고 하였다. …… 모두 구마다 단단하고 글자마다 소리가 울려난다.(莊亭詩稿, 自存不遇百餘首, 各踏鴻集, 皆二十餘年踪迹十五省之作, 大抵以老杜爲宗. ……「望太華」云: 地成秦四塞, 天入岳三峰. 「出潼關」云: 地就黃河劃, 城當紫氣來. ……均句堅字響.)」라고 하여 서로 친하고 상호존중하는 생각을 학술적 견지에서 서술하였다.

　(6) 惲敬; 자는 子居, 江蘇陽湖人으로 양호파의 한 사람이다. 저서로 ≪大雲山房文稿≫가 있으며, 가경 20년(1815) 8월에 ≪향석시초≫의 서를 썼는데,

서에서 향석을 찬양하기를 「심신을 지켜나감이 또한 매우 근엄하여, 그 선
조를 버리지 않았다.(持身亦甚謹, 不背其先人。)」고 하였다. 향석도 운경과의
우정을 추념하여 <過常州懷亡友惲子居敬>이라는 시를 썼다.

> 다섯 준령에서 비천한 이 몸과 교분을 나누고
> 사해에서 배를 띄워 과거의 동년생을 사랑했었지.
> 문장은 당대의 대가여서
> 땅에서는 오로지 호랑이와 코뿔소 같고 강에서는 교룡이나 악어 같도다.
> ……
> 위세 차지 않고 재능 펴지 못했으니
> 명성이 높기가 수명보다 더한 이치가 바로 그것이런가.
> 　五嶺論交首賤子, 四海泛愛寧同科。
> 　古文當代推臣手, 陸軻虎兕江蛟鼉。
> 　……
> 　位不滿才志未展, 名高于壽理則那。

　이 작품의 제1연은 두 사람의 우정을, 제2연은 운경의 학문적 성취를, 제4
연은 운경의 서거를 각각 애석하게 묘사하고 있다.

　(7) 盛大士; 자가 子履로 江蘇鎭洋人이다. 향석은 ≪월악초당시화≫(권2)에
서 「인품이 우아하고 박학하며 재능이 많아 저술이 매우 풍부하다. 임신산
동기생의 거처에서 나의 그림을 보고 곧 계산와유록에 채록하였다. 가경 기
묘년에 비로소 도문에서 교분을 맺게 되었다.(人品冲雅, 博學多才, 著述甚富。
從林辛山同年處見余畵, 卽採入溪山臥游錄。 嘉慶己卯, 始訂交于都門。)」라고
하여 재능을 인정하고 「嘉慶己卯」(24년, 1819)부터 42세의 향석과 정교를 갖
고 있었다. 향석이 강남으로 떠나는 자이와 전별하며 지은 <與盛子履錄別>
에서 그들의 깊은 교우관계를 엿볼 수 있다.

> 그대와 한번 만나서 친해졌으니
> 대낮에 즐거이 그림 같은 신분 만남이라.

서쪽에선 웃으며 몇 년을 두건 쓰고 다녔고
남쪽으로 돌아가 절룩이며 맴돌았지.
관직이랑 맛이 없고 선비가 소중하니
붓에 정분도 많아서 지어냄이 새롭도다.
간담의 깊은 마음으로 교분하여 눈물이 가리니
그 누가 나의 세상살이 탓하리.
   與君一見卽相親, 日下欣逢畵裏身。
   西笑幾年餘襆被, 南歸此度倦蹄輪。
   官閑有味師儒重, 筆健多情著作新。
   肝膽論交揮涕淚, 是誰貧病我風塵。

이 작품의 제1연은 상면의 기회는 없었지만 자이가 향석의 그림을 「溪山
臥游錄」에 넣은 것, 제2연과 3연은 자이의 저서가 풍부하고 관직보다는 학문
을 중히 여기는 그의 인품을 향석이 추숭하는 것, 그리고 제4연에서는 헤어
지는 눈물겨운 아픔에 대한 고백 등을 각각 묘사하고 있다. 향석의 시교 대
상은 단순한 의례적 친분이 아니라 지음의 일심동체적 교우관계였기 때문에
향석의 인간성을 이해하는 근거가 되며, 그러한 성향이 시화의 요점을 파악
하는데 잣대가 되는 것이다.

Ⅱ. 黃培芳 詩의 性格

먼저 향석시에 대한 특성을 기술하고, 그것을 바탕으로 그의 시화를 통한
시론의 내용을 개관하는 입장에서 향석시를 살펴보고자 한다. 향석의 시에
대해서 黃喬松은 다음과 같이 말하고 있다.

젊은 시절에 이미 모든 묘취를 겸비했다고 하겠으니, 말들 하기를 '천상의
여인이 말이 없는 듯, 또 깊은 낭애에서 폭포를 보는 듯, 마음과 뼈가 모두 서
늘하며, 큰 금종 같아서 감히 어지러이 희롱을 못하겠고, 또 가을 숭채 나물과
봄 부추와 같아서 맛이 자연스레 우러난다'한다. 화평하고 올바른 음악은 맑고

진실함을 바탕으로 삼는다.

> 少壯之年已兼衆妙, 說者謂; 如天女無言, 又如幽崖觀瀑, 心骨俱涼; 如金鐘大
> 鏞, 不敢褻玩, 又如秋菘春韭, 味出自然。 要皆和平中正之音, 而以淸眞爲主者也。
> (≪香石詩鈔≫ 題辭)

여기서 향석의 청진하고 낭만자연한 풍격을 보여준다는 평석을 볼 수 있으니, 이것은 소위 「詩人之詩」라고 분류할 수 있을 것이다.[55] 이러한 평가는 향석시가 博學强記한 學人之詩라든가 富贍하고 縱橫無盡한 才人之詩에 비해서 지기가 고원하고 성정이 진실한 풍미가 있음을 의미한다. 향석시를 살펴보면 먼저 唱酬詩를 들 수 있는데, 주로 광동경내의 고향을 기반으로 활동했기 때문에 우인과 관계된 작품이 많다. 우인에 대한 증답시의 예로서 <送胡栗堂返錢塘>을 보면 다음과 같다.

> 5년 동안 산과 바다로 왕래하면서
> 무던히도 안개와 구름 낀 아득한 경지에서 지냈다네.
> 이 날에 돌아갈 쪽배는 어디에 있는가?
> 선인이 그대에게 한 주머니 산을 주신 것이네.
> 五年嶺海往來閑, 多在烟雲縹緲間。
> 此日歸舟何所有, 仙人贈爾一囊山。(≪香石詩鈔≫)

이 시는 선계에서 교유하는 청신한 감흥을 우인에 보내는 순수미를 보여주고 있다. 다음은 제화시로서 <自題畵>을 보면,

> 뭉게 진 구름안개 그림 같은 마을에 한가롭고
> 그윽한 돌샘은 대숲 사이로 흐른다.
> 수많은 봉우리와 계곡이 가슴에서 일어나니
> 붓을 잡으면 의연히 산은 멀고 깨끗하다.

---

55) ≪方南堂先生揆錣錄≫(郭紹虞의 ≪淸詩話續編≫):「詩人之詩, 心地空明, 有絶人之智慧; 意度高遠, 無物類之牽纏。 詩書名物, 別有領會, 山川花鳥, 關我性情。 信手拈來, 言近旨遠, 筆短意長, 聆之聲希, 咀之味永。」

收拾雲烟畫里閑, 平泉幽石竹林間。
千峯萬壑胸中起, 下筆依然遠澹山。(≪粤東三子詩鈔≫ 卷三)

　여기에서는 산수의 경물을 묘사하면서 우인에 대한 자신의 초탈의식을 담고 있어 향석의 풍격과 그림의 기품까지 파악할 수 있다. 다음은 산수시에서 사경을 주제로 한 것으로 <雲泉山館二十境詩>를 대표작으로 들 수 있는데 그 서의 일단에서,

> 가경 17년에 나는 여러 동지들과 냇가를 따라 집을 지어 산에 기대어 지붕을 잇는데 벽허관 밖의 빈터로 족한 것이었다.
> 嘉慶十七年, 余與諸同志沿澗卜築, 依山結宇, 幷構碧虛觀外餘地以足之。(≪粤東三子詩鈔≫ 卷三)

라고 하여 향석의 시취가 청대에 있지 아니하고 당대에 출입하고 있음을 확인하게 되니, 여기서 그 제1수 <北園>을 보기로 하겠다.

> 발자취 남원 뒤에 이어있어
> 산 속에서 북원으로 숨었도다.
> 안개구름이 작은 집을 감돌고
> 화조 노니는데 한가로운 문은 닫혀있다.
> 고금에 한번 만났던 풍류객들 몇 분이나 계신가.
> 양성에는 좋은 일이 많으니
> 좋은 날에 매양 술잔을 잡아봄이 어떠하리.
> 跡繼南園後, 山中避北園。
> 烟雲圍小築, 花鳥閉閑門。
> 今古一相接, 風流幾輩存。
> 羊城多好事, 佳日每携樽。(上同)

　이 시의 주제는 자연에 대한 애착인데, 향석은 그 순진성과 초탈의식을 다음과 같이 밝힌 바 있으니 곧 ≪향석시화≫(권1)에서,

이 시에는 우뚝 뛰어난 독특함이 있어서 마냥 천진하고 준영함을 느끼게
되니 저 기괴함을 좋아하는 자와는 같지 않다.
詩有落落獨造, 彌覺淸眞俊永, 彼嗜奇好怪者不與焉。

라고 하였으니, 여기에서 그가 산수경물에 대한 확실한 창작관이 있음을 볼
수 있다. 다음으로 그의 영물시를 들겠는데, 향석은 영물의 전통적인 비홍법
을 「詩敎」에 의해 추숭하고 있기에 그 또한 「시는 반드시 사물로써 비홍해야
그 뜻이 더욱 뚜렷하고 그 담긴 정감이 더욱 깊어진다.(詩必以物比興, 其志益
顯, 其情愈深。)」(≪월악초당시화≫ 권1)라는 엄정한 작시태도를 견지하고 있
다. 그의 <讀錢蒙叟觀棋詩>를 보기로 한다.

바둑 두는 가운데에도 의당히 몸을 한가로이 가질 것이니
장안의 기국을 보는 것이 또한 새롭다.
따져보니 누군가 한 점 차이 나니
바둑 놓아두고 육조시대 이야기하세.
只宜局外寄閑身, 眼見長安局又新。
算劫是誰差一着, 殘棋休說六朝人。(≪香石詩鈔≫)

한편, 향석은 백성의 질고를 소재로 한 사회시도 다수 남겼는데 먼저 <蘭
陽>을 보면 다음과 같다.

황하에서 겨우 난양성을 건너서
이 날에 수레를 몰고 가니 또한 슬프도다.
지붕 뿔과 처마 끝이 흙에 묻히고
모래 가에는 낮은 담이 드러났구나.
黃河甫渡蘭陽郭, 此日驅車尙可哀。
屋角檐牙埋土裏, 沙邊露出女墻來。

이 시의 「自注」에 「전 해에 황하의 재난으로 현 전체가 매몰되었다.(前年

河患, 全縣淹沒。)」라고 기록하고 있듯이 시 속에 황하의 수재가 심각하여 국민생계에 대한 우려를 반영하고 있으며, 또 <暑病吟>(其四)에서는 농업생산의 중요성을 강조하면서 성실한 농사일은 풍년을 기약한다는 人定勝天의 勸農을 일깨워준다. 작품을 보면 다음과 같다.

언덕 가의 그 사람 농사짓기 게으르니,
비가 안 오면 호미 잡지 아니하다.
조물주의 마음을 어찌 알랴만
재주 이것만을 아끼는구나.
밭 사이가 점차 금이 가서 갈라지니,
이때를 지나치면 어찌 다시 할 것인가?
저 시냇물과 강에서 흐르는 물이 있으니
세찬 물 길어 인공으로 대신할 것이라.
또한 족히 물댈 만 하리라.
사람은 꼭 하늘을 극복할 수 있으니
하늘에는 구름이 자욱할 것이다.
어찌하여 농사의 즐거움을 버리고
백묘의 땅을 황폐케 두었는가.
陵人惰耕作, 非雨不秉來。
詎知造物心, 因材斯篤愛。
田間漸龜坼, 過此時豈再。
溪河有流水, 運激人工代。
雖未擬甘霖, 亦足資灌溉。
人定可勝天, 雲漢或灑翳。
胡爲舍業嬉, 百畝任荒廢。

근면한 정성 속에 조물주(天)도 감동하여 감우를 내려줄 것이며 농사의 희열 속에 삶의 가치를 추구할 것을 계훈하고 있다. 향석의 긍정적인 개선의식이 강하게 엿보이는 시라고 할 수 있다.

Ⅲ. ≪香石詩話≫의 唐詩人論

　　향석의 시론은 이미 거명한 ≪향산시화≫, ≪월악초당시화≫, ≪향석시설≫에서 각각 테마에 따라 종합적으로 정리해보려고 한다. 본론에 앞서 시화 3종에 대해서 개괄적인 풀이를 하고자 한다.

　　≪향석시설≫은 가경 8년 (1803) 우인에게 문답형식으로 쓴 글이다.(羊城西湖街墨寶樓刊印) 시의 공용에서 시와 악의 관계, 풍격, 명제, 시체에 이르기까지 다양하게 기술하고 있으며, 王漁洋, 沈德潛, 錢籜石 등 3인의 시론에 대해 담백하게 장단점을 피력하였다. 향석의 조년의 시관을 반영시킨 글이다.

　　≪향석시화≫: 두 권으로 기술한 이 시화는 향석의 시관을 가장 진솔하게 담고 있는 글로서, 그의 「自序」를 보면 이 시화의 주지의 뿌리를 시교에 두고 있음을 알 수 있다.

　　　노론에 기록되기를 공자는 시를 논함이 매우 상세하다고 하였는데 이것은 우리들이 시를 배우는 근본이 되며, 고금시화의 비조가 된다. 시화의 글로 진정 시를 논하기도 하며 시의 미감을 표현하기도 한다. 최신명의 단풍이 떨어지니 오강이 차다의 구절은 단어가 마침내 천고에 뛰어나니 그런 것이 많이 있겠는가? 대개 시를 선정하는 자들이 역대의 시를 남겨놓았고, 또 시화에 시인의 정서를 다 표현함에 있어 시학은 버려지지 않게 되고 예림의 장점이 없어지지 않게 되었다. 나는 우연히 알고 있는 바를 모아서 이 한 편의 책을 만드니 서술에 만족하지 않지만 제자들이 교정하여 기록하고자 함에 기꺼이 말머리에 몇 마디를 적는다. 가경 기사년 가을 향석거사가 쓴다.

　　魯論記夫子論詩最詳, 此吾黨學詩之本, 卽古今詩話之祖也。詩話之作, 固以論詩, 兼以志美。崔信明楓落吳江冷, 單詞遂足千古, 其在多乎? 蓋有選家存歷代之詩, 復有詩話盡詩人之緖, 詩學可以不墜, 而藝林之善, 可以不沒矣。余偶掇拾所聞, 成此一編, 本無足述, 門人輩愛而校錄之, 愛識數語于首。嘉慶己巳秋, 香石居士漫題。

여기에서 이 시화가 공자의 논시를 본으로 하여 전개되고 가경 14년 (1809)에 향석 32세에 서를 썼으므로 이 시화는 그 이전에 지어졌음을 알 수 있다. 이 시화의 판본은 가경 15년(1809)에 간행되고, 그 이듬해에 중간된 ≪嶺海樓黃氏家集≫ 표점이 되겠다. 향석의 전기시론과 청대 문인의 시에 대한 시론을 주내용으로 한다. ≪월악초당시화≫는 향석 만년의 작으로서 가장되다가 선통 2년(1910)에야 ≪綉詩樓叢書≫에 넣어 간행되었다.56) 이제 향석의 문하생 孔繼勛의 서의 일단을 보겠다.

> 우리 월 땅에 시화가 있는데 내 스승의 향석시화로부터 비롯한다. 그 책은 논지가 매우 엄정하여 벌써 옹방강 선생의 칭찬을 받은 것이니, 이것은 칠언 고시의 법칙을 밝혀놓고 있다. 전에 조집신 선생이 왕사정에게서 시법을 배우고자 하였으나 왕사정이 비밀로 하매 곧 분발하여 고대의 명작들에서 터득하여 성조보를 지은 것이다. 그러나 성조에 대한 논조와 고시법이 여전히 완전치 않았는데, 향석시화를 읽으면서 정도를 터득한가 하는 것이다. 선생께서는 근래 또 월악초당시화를 지었는데, 논지의 표달이 많고 정밀하며 깊이가 있다. 이것이 비록 선생의 여가의 일이지만 족히 밝은 아침에 장구소리와 같아서 문단을 발양시키는 한 근거가 되리라 본다.

> 至吾粤之有詩話, 自吾師 ≪香石詩話≫始。其書持論甚正, 旣深爲翁覃溪先生所許, 而發明七古詩法。昔趙秋谷求詩法於阮亭尙書, 阮亭秘之, 乃發憤求諸古名作, 著爲聲調譜。然專論聲調, 古詩法仍未備, 讀香石詩話, 庶可得正路乎。先生近復撰 ≪粤岳草堂詩話≫, 多所表彰, 更宣精蘊。此雖先生之餘事, 亦足爲熙朝鼓吹·藝林揚扢之一端也。(≪黃培芳詩話三種≫ p.59)

여기에서 ≪향석시화≫가 옹방강의 상찬을 받고 趙執信과 왕어양의 관계에서 ≪聲調譜≫가 나온 일이며, 그리고 이 시화의 정세하고 온자한 특성 등을 거론하고 있다. 이제 시화들이 지닌 시론상의 주요특성을 파악함에 있

---

56) 간행을 담당한 陳步墀의 이 시화에 대한 序의 일단을 보면, 「先生早歲著 ≪香石詩話≫, 傳誦海內, 覃溪犬深陸節。後復撰此二卷, 以 ≪粤岳草堂詩話≫ 名之。已見 ≪香山藝文志≫, 惜未付刊, 微文考獻者恒以未睹爲憾。歲在庚戌。先生侄孫日坡明經考職赴闕, 道出香江, 袖此見示。余忻喜贊嘆, 以爲得未曾有, 亟印入拙輯 ≪綉詩樓叢刻≫ 中, 籍慰明經保存先集苦心, 亦以見越裳翠羽, 南海明珠, 經有發采揚輝之日。」

어서 대개 청대 문인을 주대상으로 했다는 단점과 체계적 품평이 부족한 면이 있지만, 본문에는 질량면에서 차이가 있을지라도 단지 당시에 관한 논점만을 추출하여 가늠하고자 한다.

황배방은 시에서 소중한 것은 「性情」이라 하여 「시는 시인의 정감을 말해주는 것이니 정감을 귀히 여김이 언어보다 더해야 한다.(詩言性情, 所貴情餘于語。)」라고 이 시화 서두에서(권1) 피력하고 있다.[57] 그런데 그 성정이 단순한 본능적인 정감이어서는 안 되며 유가의 「온유돈후」를 그 근저에 두어야 한다는 것이다.[58] 그러기 위해서는 시는 그 시인 자체이어야 하기 때문에 시는 「眞」을 바탕으로 창작되어야 하는 것이다. 향석은 이 시화에서 그 점을 기술하고 있다.

> 시를 짓는 데는 참됨(眞)을 바탕으로 할 것이니, 여섯 가지 요체가 있어서 올바름, 웅대함, 정밀함, 세련됨, 숙달함, 독창적임인 것이다. 올바름이란 올바른 길을 취하는 것이다. 웅대함이란 대가들을 본받는 것이다. 정밀함이란 조잡하고 낡은 것을 경계하는 것이다. 세련됨이란 얕고 경솔함을 없애는 것이다. 숙달함이란 글을 씀에 순수하고 농숙함에 이르는 것이다. 독창적임이란 붓놀림이 독보적인 경지에 집약되는 것이다.
>
> 作詩以眞爲主, 而有六要: 曰正, 曰大, 曰精, 曰煉, 曰熟, 曰到. 正者, 取正路也。大者, 法大家也。精者, 戒粗腐也。煉者, 去淺率也。熟者, 由成章至於純熟也。到者, 由筆到臻於獨到也。(卷之一)

이와 같이 향석의 논거는 시교에 의한 진실순숙한 성정의 발로를 이 시화의 주지로 하여 당대 작가에 대한 품평을 가하고 있으니, 연대별로 작가론을 정리하고자 한다.

---

57) 《說詩菅萌》: 「詩以道性情。」(三條) 또 上同: 「詩本性情。」(三十三條)
58) 《香石詩話》 卷之一: 「前人論詩, 曰; 溫柔敦厚, 曰博大昌明, 曰淸新俊逸, 曰沈鬱頓挫。雖非一說所能窮, 要皆貴醞釀於胸, 淋漓於手, 不徒推敲句調之間。」

1. 張九齡

향석은 曲江의 <望月懷遠>의 「바다에 밝은 달이 뜨니, 하늘 저 끝 그대 있는 곳도 이때를 같이 하겠지.(海上生明月, 天涯共此時。)」라는 시구에 대해

> 시어는 매우 천이한데 정감은 매우 깊으니, 마침내 오래 세월을 두고 뛰어난 작품이 된 것이다.
> 詩極淺而情極深, 遂爲千古絶調。(卷之一)

라고 하여 곡강의 興寄論을 뒷받침하는 言外之情의 장점을 높이 사고 있다.

2. 杜甫

향석의 두공부에 대한 논거는 시의 구법에 한정하여 작가를 다루고 있는 점이 특이하다. 그것도 칠언고시와 칠언율시만을 거론한 것이다. 칠고에서 대구의 중요성을 놓고

> 칠언고시는 대우를 많이 씀으로써 묘취를 삼는 것이다. 칠언고시는 대구를 하지 않을 수 없는 곳이 있는 것이다. 두보의 「단가행증왕랑사직」에 이르기를 나는 그대의 가로막힌 뛰어난 재능을 드러낼 수 있으리. 장뇌나무에 회오리바람이 부니 밝은 해가 움직이고, 고래가 물결을 밟으니 넓은 바다가 열리네. 대개 위의 구는 마침 기특한 재주를 먼저 거론함이며, 아래의 두 구는 기특한 재주를 적절히 묘사하여서 반드시 서로 간에 굉대하고 정제함을 보여주고 있다. 만약 여기에 산체를 써서 몇 줄 붓을 놀리면 산만하여 잘 다듬어지지 않게 될 것이다. 또 「미파행」 중간에 이르기를 자못 강 가운데에는 강물 빛이 맑으며 아득한 데로 내려오니 종남산이 어둡도다. 이 두 대구는 정돈이 되고 정신이 백배 발양되어 마치 강 속의 기둥 같다.
> 七古, 以多作對仗爲妙。七古, 有不可不對之處。老杜, 「短歌行贈王郎司直」云: 我能拔爾抑塞磊落之奇才。下卽對云: 豫章翻風白日動, 鯨魚跋浪滄溟開。蓋上句正提奇才, 下二句接寫奇才, 必對方見宏整。若此處用散體, 搖筆數行便渙散不凝煉矣。又如「渼陂行」中幅云: 宛在中流渤海淸, 下歸無極終南黑。得此二語對仗

作停頓, 精神百倍, 亦如中流砥柱也。(卷之一)

라고 정세한 견해를 피력하고 있으며 칠고에 있어 대장과 함께 「疊, 銜, 接」 등의 구법을 모두 두보에게서 열거하려 한 것은 향석의 객관성 있는 평가와 관련된다고 본다. 「疊」법에 대해서 두보의 <渼陂行>을 가지고,

> 누가 쌍단자법이란 무엇을 말하는 가라고 묻는데, 대답하자면, 두보의 「미파행」을 보게 되면, 엄참(하늘빛이 검다), 유리(출렁이는 물결이 맑다), 산란, 조추(새가 울다), 침간물에 잠긴 낚시대, 속만(줄을 이어놓다), 능엽(마름잎), 하화(연꽃), 상비, 한녀, 금지, 취기 등 모두가 쌍자이다. 가, 무, 유, 무, 뇌, 우, 신, 영 모두가 단자이다. …… 이것이 즉 첩법으로서 여러 번의 돈오를 거쳐서 글자 한 자의 돈오에 이르면 그것은 변화를 전부 시킨 것이 되겠다. 이런 싯구를 많이 쓰면 시가 허약하지 않으니, 칠언고시의 가장 좋은 요체인 것이다.
>
> 或問何謂雙單字法? 曰: 如工部「渼陂行」, 黬慘, 琉璃, 散亂, 啁啾, 沈竿, 續蔓, 菱葉, 荷花, 湘妃, 漢女, 金支, 翠旗皆雙字也。 曰歌, 曰舞, 曰有, 曰無, 曰雷, 曰雨, 曰神, 曰靈, 皆單字也。 …… 此卽疊法, 由三頓五頓, 至一字一頓, 各極其變。多用此等句則不虛弱, 最爲七古要法。(卷之一)

라고 한 향석의 이 견해는 자수에 의거한 분류로 보이지만, 첩법의 언외적 묘오를 겸하여 설명하려는 「頓」의 의미를 주의할 필요가 있는 것이다. 「銜, 接」법에 대하여도 향석은 다음과 같이 구체적인 예증을 통해 그 중요성을 적고 있다.

> 칠언고시의 함접법에는 긴장과 완만이 있고 입필과 점필을 귀히 여긴다. 예컨대 두보의 「고도호총마행」에 이르기를, 「안서도호부의 오랑캐 청총마」의 이 구는 직기 즉 직접적인 묘사이다. 아랫 구에서 「명성은 홀연히 동쪽으로 향한다」에서 이것은 매우 긴묘함이 있다. 긴장하지 않으면 덧붙여서 산만해진다. 아래에 이르기를 「이 말은 전진에 나가 오래 상대할 것이 없다」에서 입필하여 윗구를 이어 받고 있다. 중간의 웅자, 오화의 두 연은 대입인 것이다. 뒤의 「장안의 사내 감히 말 못 타네」의 이것은 윗구에 따라 붙는 것이다. 끝에 가서, 「푸른 수실에 말고삐 장식의 어르신이 무슨 일로 성문길을 가로질러 전

쟁터로 달려가는가」의 구는 느슨함과 거두어들임의 묘법으로 성가를 얻은 것
이다. 이 모두가 자연의 음절인 것이다.

    七古銜接之法, 有緊有緩, 又貴用立筆·挺筆。如少陵「高都護驄馬行」云: 安
西都護胡靑驄。此是直起。下句接云: 聲價欻然來向東。非此則不緊妙。不緊則敷
衍而散漫矣。下云: 此馬臨陣久無敵。是立筆接上。中幅雄姿·五花二聯是對入。
後長安壯兒不敢騎, 又是挺上去。末云: 靑絲絡頭爲君老, 何由却出橫門道。則放
緩收以取聲, 此皆自然之音節。(卷之一)

아울러 칠율의 구법에 대해서는 기존의 三頓구법에다 향석 나름대로의 倍
寫法을 부가하여 독자적인 창안을 제시하고 있다. 보건대,

    칠율에는 삼돈구법이 있고 또 배사법이 있다. 삼돈이란 두보의 「바람이 급
히 부니 하늘이 높고 원숭이 슬피우네」의 두 구가 그 예가 된다. 배사란 「끝없
는 낙목」의 한 연이 그 예가 된다. 「낙목」, 「장강」은 이미 「소소」, 「곤곤」으로
써 표현하였으며 「무변」, 「부진」을 그 위에 더 가하였으니 배사법을 더함이
아니겠는가? 요컨대 첩자의 경우인데 삼돈이 바로 실첩자의 묘미이며, 배사는
허첩자의 묘미인 것이다.

    七律有三頓句法, 又有加倍寫法。三頓, 如老杜風急天高猿嘯哀二句是也。倍
寫, 如無邊落木一聯是也。落木·長江, 旣以蕭蕭·滾滾形之矣, 更加無邊, 不盡
於上, 非加倍寫法乎? 要之只是疊, 三頓是實疊之妙, 倍寫是虛疊之妙。(卷之一)

향석은 칠율의 구법에 배사법을 도입하여 시의 감흥을 강렬하게 환기시키
는데 효과적인 작용을 하게 하는데, 이것은 주어진 단층묘사에 시간적으로
나 거리상으로 폭을 넓혀주므로 해서 첩어의 묘사기법을 알차게 하는 것이
다.

3. 李白

嚴羽가 두보의 시법을 孫吳에, 이백을 李廣에 비유한 것을(《滄浪詩話》)
참고로 하여 「두보는 따라 배울 수 있지만 이백은 배워서 될 것이 아니다.

(杜可學而李不可學)」(권1) 라는 일반적인 의식에 부정적 평가를 하고 있으며 이백 시에 대한 체계적인 학습을 않고 즉흥적이며 천재성에 의해서 터득이 가능한 것으로 인식하는 왜곡된 견해에 대해, 향석은 다음과 같이 견실한 기술을 하고 있다.

> 세상에서 태백을 소홀히 보고서 제대로 배우지 못한 자들도 소홀함에 빠져 있으니 이는 태백이 실로 실제적임을 모르기 때문이다. 마땅히 그 근간이 되는 것을 가다듬어서 보아야 할 것이다.
> 世徒以飄忽了太白, 不善學者亦徒索於飄忽, 不知太白固有實際, 當於其整頓筋節處觀之。(卷之一)

향석의 이 의견은 청대의 徵實學과 유관한 것으로 경솔한 학습태도와 그 편견을 시정해주고 있다.

4. 白居易

향석은 香山에 대해서 <晚桃花>란 시만을 인용하면서 王維의 <酌酒與裴廸>(《王右丞集箋注》 卷十)과 상비시키고 있는데, 먼저 백거이의 것을 보면

> 한 그루 홍도는 아스라이 연못에 닿아 있고,
> 대나무는 소나무 덮어 무성하니 저녁이로구나.
> 지는 해가 아니면 만나볼 수 없는 터에
> 한가론 이 아니고야 어찌 알 수 있는가.
> 추운 곳에 자란 나무 버려지기 쉽고
> 빈가에서 자란 소녀 시집감이 늦는다.
> 봄 깊어져 꽃 지니 누가 애석해 하리만,
> 백시랑이 와서 한 가지 꺾는군.
> 一樹紅桃業拂池, 竹遮松蔭晚開時。
> 非因斜日無由見, 不是閑人那得知。
> 寒地生材遺較易, 貧家養女嫁常遲。

春深欲落誰憐惜, 白侍郎來折一枝。

향석은 이 시를 놓고 서술하기를,

솜씨가 유화하여 머금고 뱉어내는 묘미 다 하고 있으니 왕유의 「배적과의 술마심」과 함께 칠언율시 중에서 진일보한 격조의 시라 하겠다.
千腕柔和, 極層折呑吐之妙, 與王右丞酌酒與裵廸, 皆七律中進一格者。(卷之一)

라고 평어를 달고 있다. 이 평가가 왕유의 상기시와 여하이 상통한지를 알기 위해 왕유의 시를 대비하여 인용하고자 한다.

그대와 술 마시는데 그대는 마음이 넓은데
세상 사람의 인정이 뒤바뀌기 물결과 같구나.
늙어서 만나서 칼자루 어루만지고
관문에 먼저 들었는데 웃으며 관을 털었다네.
풀빛이 완연한데 가랑비가 촉촉하고
꽃가지 흔들대니 봄바람이 차구나.
세상일 뜬구름이니 뭘 또 묻겠는가,
차라리 높이 누워 한 잔 더함이 어떠리.
酌酒與君君自寬, 人情翻覆似波瀾。
白首相知猶按劍, 朱門先達笑彈冠。
草色全經細雨濕, 花枝欲動春風寒。
世事浮雲何足問, 不知高臥且加餐。(《王右丞集箋注》 卷十)

이 시에 대해 趙殿成은 箋注本에서 「경물로 기탁하여 비유한다(卽景托論)」라고 하여 제3연을 한 포기의 식물을 가지고 비흥을 강구하였다고 하였으며 용구에서도 拗體를 쓰고 있는 점에서 향석의 呑吐의 묘를 다했다는 기술이 적절함을 알 수 있다.

5. 劉長卿

향석은 유장경(726~790)의 칠율이 왕어양이 평가한 바, 「칠율은 왕유와 이동천를 읽어야 하며 더욱 유문방의 여러 작을 숙달해야 한다.(七律宜讀王右丞·李東川, 尤宜熟玩劉文房諸作。)」(≪然鐙記聞≫)에서 그 장점을 인정하면서도[59] 유장경의 「長沙過賈誼宅」에 대해서는 허자의 남용을 과감하게 지적하여 경계하고 있다. 보건대,

> 유장경의 「장사에서 가의집을 지나며」에 이르기를 「삼년의 좌천객으로 여기에 머무니 만고에 오직 초나라 나그네의 슬픔만이 남았도다. 가을 풀 홀로 그대 찾아 나선 후, 찬 숲에서 멍하니 지는 해를 보고 있네. 한나라에 도리 있지만 은택이 엷고 상수가 무정한 것 내 어찌 알았으리. 고요한 강산에 낙엽이 지는 곳에 그대가 어쩐 일로 이곳 하늘 먼 곳에 왔단 말인가.」 이 시는 자못 인구에 회자하고 있다. 전택석 선생은 그 모두가 허자여서 너무도 경박스럽다고 평하였다. 대개 시속에 활용된 此, 惟, 獨, 猶, 豈, 處 등의 허자들의 매우 가볍고 나약한 맛을 준다. 전부가 이런 글자로 두루 쓰였기 때문이다. 칠언율시를 쓰는 이들은 이러한 병폐를 알아두지 않으면 안 될 것이다.
>
> 劉隨州長沙過賈誼宅云：三年謫宦此棲遲, 萬古惟留楚客悲。秋草獨尋人去後, 寒林空見日斜時。漢文有道恩猶薄, 湘水無情弔豈知。寂寂江山搖落處, 憐君何事到天涯。此詩頗膾炙人口。籜石評其都是虛字, 薄弱不可耐。蓋以篇中所用, 此·惟·獨·空·猶·豈·處等虛字, 甚輕弱。全靠此等字周旋故也。作七律者, 不可不知此病。(卷之二)

여기서 향석은 隨州의 이 시가 7개의 허자를 남용하여 시의 참된 의취가 반감되고 큰 병폐로 나타나는 실례로서 거론하고 있다. 향석의 평가는 대상에 대한 편견을 두지 않고 객관적으로 보려하였다는 점에서 그의 시화가 청시화에서 볼 수 있는 편견을 어느 정도 극복하고 있는 것처럼 보인다.

---

[59] 劉長卿에 대해 「思銳才窄」(高仲武 ≪中興間氣詩集≫)이라 하는 것과 「子美之後, 定當推爲臣擘. 象體皆工, 不獨五言爲長成也。」(盧文弨 ≪劉隨州文集≫題辭)라 하는 서로 다른 평가가 많다.

6. 許渾·盧綸·李郢·薛濤

　만당의 허혼은 유미파의 하나로 평가되는데 향석은 허혼시의 전원적 낭만
풍을 거론해 놓았고,[60] 한편 중당의 노륜의 시에 대해서는 齊梁風의 일면이
있는 것으로 보았음은 역시 주관성이 짙다고 본다.[61] 향석은 다음에 이르기
를,

> 「꾀꼬리 우는데 며느리는 게으르고 누에 나오니 시누이가 바쁘네.」 당대 허
> 혼의 싯구로서 봄날 마을의 경치를 묘사한 것으로 운치가 매우 넘치고 있다.
> …… 노륜의 「흰 구름 산 고개에 걸쳐서 비를 내리고 누런 잎은 층계를 감돌
> 아 바람에 나부끼네.」는 또한 문인의 말인 듯하다.
> 　鶯啼中婦懶, 蠶出小姑忙。唐人許丁卯句, 寫春日村居之景, 別饒風致。……盧
> 綸: 白雲當嶺雨, 黃葉繞階風。又文朝人語。(卷之二)

라고 하여 나름대로의 상찬을 하고 있다. 그러나 향석의 평가가 다소 돌출적
이라는 점에 있어서, 필자의 견해로는 丁福保나 郭紹虞에 의해 《淸詩話》나
《續淸詩話》에 열입되지 못한 이유가 되었을 것으로 보는 것이다. 이러한
논조는 설도시에 이르러서는 더욱 짙게 나타나고 있으니,

> 　설도의 「주변루」에 이르기를 「멀리 구름에 닿을 듯 새 높이 날고 창가에
> 가을이 드는데 장하게도 서천의 사십 주를 제압했도다. 여러 장수들 오랑캐
> 말 탐내지 마소. 아주 높은 곳에서 변방을 둘러보소.」 필조가 고상하고 장엄하
> 며 뜻이 풍유적이다.
> 　薛濤籌邊樓云: 平臨雲鳥入窓秋, 壯壓西川四十州。諸將莫貪羌族馬, 最高層處
> 見邊頭。筆調高壯, 意存諷喩。(卷之二)

라고 하여 여류시인에게 가하는 평어에 이견을 제시하였으며, 만당의 아류로

---

60) 李立朴의 《許渾研究》(貴州人民出版社, 1994)와 拙書의 《中國唐詩研究》참고

61) 盧綸, 字允言, 蒲州人, 戶部郎中. 大曆十才子中一人. 生平은 《舊唐書》 卷163과 《新唐書》
　　卷203, 《唐詩紀事》 卷30, 《金石錄》 卷10 등을 참고

평가되는 李郢과 趙嘏에 대해서는[62]

　　이영은 「원거」 첫 구에서 「저녁비가 양웅의 집에 내리고 가을바람이 멋진 정원을 스치누나.」라고 하여 매우 심오한 감정을 일으킨다. 조하는 「여차상산」 의 3·4구에서 「깎은 듯한 낭떠러지는 말을 피해 있는 듯하고, 향기로운 나무는 지나는 발걸음 멈추게 하네.」라고 한 묘사는 그윽하고 빼어나니 이 모두가 만 당에도 풍골이 있음이라.
　　李郢園居起句云: 暮雨揚雄宅, 秋風向秀園, 起得蒼深。 趙嘏旅次商山三四云: 斷崖如避馬, 芳樹欲留人。 寫得幽秀。 皆晚唐有風骨者。(卷之二)

라고 하여 극히 의외의 높은 품평을 가하고 있는 데에서 그 근거를 찾을 수 있다. 그러나 향석의 견해는 전체적이라기보다는 한 작가의 단편적인 장처를 시대의 조류에 구애 없이 조명해보려는데 있었다고 보아도 될 것이다.

Ⅳ. ≪粤岳草堂詩話≫의 唐詩 作品論

　향석의 이 시화는 두 가지 면에 주안점을 두고 있다. 하나는 시경의 육의 에서 「興」에 작시의 가치를 부여하였다는 것이다. 이것은 전통시학의 뿌리 가 되는 것으로서, 향석은 이르기를,

　　육의에서 「흥」자가 가장 중요하니 마음에 흥이 나서 초연하여 어떤 격식에 얽매이지 않으면 시가 반드시 상승의 경지에 든다.
　　六義中, 興字最重, 神興超超然, 不拘是何體格, 詩必上乘。(卷一)

라고 하였으며, 또 이어서

---

62) 李郢의 生平은 ≪新唐書≫ 藝文志四와 ≪金華子雜編≫卷下, ≪唐詩紀事≫卷58, ≪唐才子傳 校箋≫卷8을 참조, 趙嘏의 生平은 ≪唐摭言≫卷15와 ≪新唐書≫藝文志四, ≪唐詩紀事≫卷 56, ≪唐才子傳校箋≫卷7, 譚優學의 ≪趙嘏行年考≫를 참조.

시는 필히 사물로 비흥하게 되면 그 뜻이 더욱 드러나게 되고 그 정감이 자
못 깊어지게 된다.
　詩必以物比興, 其志益顯, 其情愈深。(卷一)

라고 하여 시의 비흥적 묘사법이 시작론의 최상임을 역설하였다. 이것은 시
의 理趣를 최대한 깊게 할 수 있는 것이어서 향석 자신도 「시가 이취를 지니
면 작은 것을 크게 드러낼 수 있다.(詩有理趣, 卽小可以喩大。)」(권2)라고 밝히
고 있는 것이다. 다른 하나는 시와 음악과의 관계와 시의 풍격론인 것으로,
이 이론은 극히 일반적인 논리이지만 실로 지키기가 쉽지 않는 것이다.[63] 특
히 풍격에 관해서 향석은 이르기를,

　　당시는 풍격을 가장 중시하여 그 근원이 전해지는데 그것을 수격법이라 한
　다. 예컨대, 포하가 맹호연을 스승으로 모셨으니 풍격의 법도를 전수해준 것이
　다. ……후세인이 스승의 뜻을 받으면서도 전수는 적으니 이것이 옛과 같지
　않은 것이다.
　　唐人詩最重風格, 其淵源相傳, 謂之授格法。 如包何曾師事孟浩然, 授格法。
　……後人師心自用, 鮮有傳授, 是以不古若也。(卷一)

라고 하여 그 전수의 중요성을 강조하였다. 이러한 관점에서 향석은 당시작
품을 여하히 보았는지 몇 가지 사례를 열거하려고 한다.

1. 李白의 〈秋浦歌〉

　향석은 이 시의 다음 4구를 놓고 평하기를,

　　「백발이 삼천 장이나 되니 맺힌 근심이 이같이 깊다. 밝은 거울 속에 비춰
　보아도 몰랐는데, 어디에서 문득 가을 서리를 얻었단 말인가.」 어렸을 때 이
　시를 익히면서 늘 깊이 이해할 수 없었고, 이것이 바로 근심을 표현하는 말이

---

63) 香石은 이 詩話(卷一)에서 詩樂關係를 「詩樂自古相通, 任心齋解聲律之學。……」라 함.

지 노년을 한탄하는 작품이 아니라는 것을 몰랐던 것이다. 백발이 어찌 삼천
장이 되겠는가? 머리칼에 근심과 백발을 연계시켜서 백발이 길다고 하여 근심
이 길다는 것을 형용했을 뿐이다.

　　白髮三千丈, 緣愁似個長。不知明鏡裏, 何處得秋霜。幼卽熟此詩, 時未能解,
不知此乃言愁之辭, 非嘆老之作。白髮安有三千丈者? 髮緣愁白, 言白髮之長, 卽
以形愁長耳。(卷一)

여기서는 탁물과 비흥의 묘리를 작시에 활용한 이백의 능력을 상찬하고
있다. 백발과 수심을 같이 놓고 삼천장이란 수심이 깊고 많음을 암시함이니
노년의 수심과 허무감이 이 한 구에 충분히 표출되어진 것이다.

2. 杜甫의 〈題桃樹〉 등

향석은 두보의 <上兜率寺>의 두 구 「江山有巴蜀, 棟宇自齊梁.」에서 「有」
자는 지리적 감각으로 보아 수천리를 종횡하고, 「自」자는 시간으로 보아 수
백 년을 넘나드는 것으로 분석하여

> 한 글자가 수천 리를 종횡하고, 한 글자가 수백 년을 오르내린다.
> 一有字縱橫數千里, 一有字上下數百年。

라고 서술하였는데, 이 안목은 허자의 작시상의 묘처를 적절하게 파악한 것으
로 본다. <題桃樹>에 대해서는, 「이 시의 주석가는 혹시 잘 이해하지 못한가
한다.(此詩注家或謂不可解。)」라 한 점에 대해 불만족하면서 칠율 중에 진일격
한 시로 평가하고 있다. 논리적인 의견을 제시하지 않았지만, ≪杜詩詳注≫
(권13)에서 仇兆鰲가 黃生의 말(≪杜說≫)을 인용하여,

> 이 시는 사려가 깊고 시의가 원대하여 근심과 즐거움의 한계가 없다. ……
> 그 성정을 이해 못하고 겉으로 자구만을 따지니 의당히 두보 시를 읽기 어려
> 움이라.

此詩思深意遠, 憂樂無方。……不得其性情, 而膚求之字句, 宜杜詩之難讀也。

라고 한 것과 동감하였다고 본다. 이것은 구씨의 자평에서

　　두보 시에는 수사상으로 느껴지지 않는데 의취에 있어서는 느껴지는 것이 있으니 반은 제목상의 경물을 묘사하고 반은 제목 외의 의취를 묘사하고 있다. ……이 시의 윗 6구는 초당의 경치를 서술하고 아래 2구는 세상일을 개탄하고 있는데, 끊어진 듯 이어져 있어서 독자들은 진실로 멋진 시정의 느낌을 갖게 되는 것이다.

　　杜詩有文不接而意接者, 半寫題中景, 半寫題外意, ……此詩上六賦草堂景物, 下二則慨歎世事, 斷中有續, 讀者固當善會。(上同)

라고 기록한 것과 같은 맥락에서 보아야 할 것이다. 여기에 <題桃樹>를 보기로 한다.(≪杜詩詳注≫ 卷之十三)

　　오솔길 따라 초당 오르니 예대로 반듯하고,
　　다섯 그루 복숭아가 가로막고 서있다.
　　가을에는 언제나 가난한 자에게 열매를 주고,
　　오는 해에는 또 편안히 잔뜩 술에 취하리라.
　　발을 드리운 문은 어린 제비 다니게 해야 하고,
　　아이들은 멋대로 까마귀를 때리지 말라.
　　과부는 도적들로 인한 오늘 같은 난리 없으리니,
　　천하의 문물이 갖추어지리.
　　小徑升堂舊不斜, 五株桃樹亦從遮。
　　高秋總饋貧人實, 來歲還舒滿眼花。
　　簾戶每宜通乳燕, 兒童莫信打慈鴉。
　　寡妻群盜非今日, 天下車書已一家。

　　朱鶴齡이 「이 뜻을 이해 못하다(不解此意)」라고 주석을 한 것도(구씨본의 권13), 이 시가 지닌 표의상의 애매성에서 기인되는데, 향석이 여기서 재론한 점도 이 시의 해석에 대한 이설을 대변했다고 본다. <詠懷古跡>의 明妃

에 대한 시의 기구가 제목과 맞지 않다는 점을 거론하고 있으니 다음에 보
면,

> 두보의 「영회고적」 명비 시의 첫 구는 시 제목과 맞지 않는 것 같다. 장남
> 산 만은 절묘한 해석을 하고 있다. 그는 말하기를 「수많은 산과 계곡을 거쳐
> 형문에 도달하니」의 한 구는 무수한 영웅호걸이 그 속에 있었음을 포용하는
> 것이다. 제2구는 단지 「상유촌」의 3자만을 써서 본래 거점을 그어놓고 있다.
> 　老杜詠懷古跡明妃一首起句, 似與題不倫。張南山獨有妙解。謂群山萬壑赴荊
> 門一語, 包却無數英雄豪傑在里許。第二句只用尚有村三字折到本位。(卷之三)

라고 하니 향석의 이 분석은 예리한 면이 있다. 張綖의 ≪杜通≫의 말을 인
용하면서 두시의 단처를 객관적으로 지적한 점을 높이 평가해야 할 것이다.
구씨는 기처에 대해서 朱瀚의 평구를[64] 인용하여 참고로 삼았지만 향석의
평은 역시 주시할 만하다. 향석은 「送樊二十三侍御赴漢中判官」과 「送從弟亞
赴安西判官」에 대해서도,(원시는 ≪杜甫全集≫ pp.17~18 참조, 大行出版社)

> 시의 격조가 강하고 시의 구성이 천균의 힘을 갖추고 있다. 숙독하면 점차
> 대가의 면목을 알 수 있다.
> 　格力最大, 造句具千鈞之力。熟讀之, 漸可識大家面目。(卷之三)

여기서 격력과 조구의 탁월함을 지적하고 있다. 격력은 구씨가 胡夏客의
평을 인용하여(≪杜詩詳注≫ 卷之十五),

> 「송번시어」, 「송종제아」, 「송위평사」 3수의 시는 강개하고 비장하여 나약한
> 기운에서 분발케 하고 의당 그 몸이 흥기에 차게 되니, 이것이 곧 시의 음율이
> 시운과 상통한다는 것이다.
> 　送樊侍御·送從弟亞·送韋評事三詩, 感慨悲壯, 使人懦氣亦奮, 宜其躬遇中
> 興, 此聲音之通乎時命者也。

---

64) 朱瀚의 「見鍾靈毓秀而出佳人, 有幾許珍惜。」

라는 것과 상통하며, 조구라 함은 구씨가(상동) 盧世灌의 「송삼판관 시는 관계가 있어서 따로 문사의 결구가 있다.(送三判官詩, 絕有關係, 別有機杼。)」라한 평구로 그 의미를 대변할 수 있다.

3. 崔顥의 〈長干曲〉

최호에 대해 향석은 다음에 서술하기를,

최호의 「장간곡」; 「당신의 집은 어디인가, 나는 횡당에 산다오. 배를 멈추고 잠시 물어보며 혹시 고향사람인가 하네.」 시어가 매우 천하지만, 그 담긴 뜻은 매우 깊다. 표현이 고향에 마음든 것으로 하였으면서 실제로도 고향 사람에 뜻을 담았을 뿐만 아니라 고향 사람이면 위로가 되지만 고향사람이 아니면 어떤가 하는 두려움이 담겨있다.
崔顥長干曲云; 君家住何處, 妾佳在橫塘。 停舟暫借問, 或恐是同鄉。 語極淺, 意甚深。 辭雖屬意同鄉, 實不僅屬意同鄉也。 且同鄉已足慰, 而猶恐其非同鄉也。(卷之一)

향석의 이러한 평은 매우 적절하다. 최호에 대한 그간의 평가들을 보면,

*최호의 시 기격은 기준하고 성조가 아름답다.
顥詩氣格奇俊, 聲調儁美。(徐獻忠 《唐詩品》)

*최호는 종군시를 잘 하니 역시 포조체를 배운 것이다.
崔汴州自善從軍詩, 亦學鮑體。(顧璘 《批點唐音》卷一四)

*최호 오언고시에서 운을 평하면 잡율체를 섞었고 측운에서 학슬을 피했다.
崔顥五言古, 評韻者間雜律體, 仄韻者亦多忌鶴膝。(許學夷 《詩源辯體》 卷一七

등에서 긍정적인 면을 보여 주고 있는데, 향석에게서는 語淺과 意深의 대비

적 표현으로 최호의 악부에 대한 정확한 평가를 내리고 있다.

4. 韓愈의 〈石鼓歌〉

향석은 <石鼓歌>에 대해서,

> 한유의 석고가는 시구가 기험하고, 시어가 엄중하여, 고금의 대작이니 대대
> 로 몇 명 안되고, 작품으로도 몇 편 안되니 칠고에선 필히 다뤄져야 할 대상인
> 것이다.
> 　昌黎石鼓歌, 句奇語重, 古今巨制, 代不數人, 人不數篇, 七古所必問之津。(卷
> 三)

라고 하였는데, 기존의 평가를 종합한 것이라고 할 수 있다.「句奇語重」은 무엇인
가? 포괄적으로 말한다면,「시의 기교와 정감이 거칠 것 없이 뛰어남(才情縱恣)」[65]
의 의미와 상통하고, 세부적으로 본다면「奇句」란 方東樹가 말한 바,

> 한유의 필력이 강하고 조어가 기험하며 경계를 취함이 넓고 기세가 원대하
> 며 용법이 다양하고 매우 엄정하니 고금을 압도하는 것이다.
> 　韓公筆力強, 造語奇, 取境闊, 蓄勢遠, 用法變化而深嚴, 橫跨古今。(《昭昧詹
> 言》 卷九)

라고 해석할 수 있다. '奇'는 단순한 기험이 아니라, 정신이 돌올하고, 오기가
넘치는 노성의 경지일 것이며, 한유의 정감세계의 특성을 대변해 주는 말이
다. 이것은 劉熙載가 말한 바,

> 한유의 시는 진부한 말을 없애려는데 힘썼으니 따라서 하늘에 의지하여 땅
> 을 뽑아내는 호방한 뜻이 담겨있다.
> 　昌黎詩陳言務去, 故有倚天拔地之意。(《藝概》 詩概)

---

65) 賀裳 《載酒園詩話》:「韓詩至石鼓歌而才情縱恣已極。」

라고 단정 지을 수 있는 것이다. 그리고 '奇'를 격률상의 의미로 본다면, 許
學夷가 평한 바,

> 한유의 오칠언 고시는 착운에 있어 기험함을 다하였고, 관운에 있어서도 호
> 방함을 다하였다.
> 退之五七言古, 于窄韻旣極奇險, 于寬韻又極豪縱.(≪詩源辯體≫ 卷二四)

라고 하여 용체상의 특성을 지적하는 것으로 보며, 이것은 「語重」의 의미와
상통된다. 향석이 지적한 한유시의 적평을 뒷받침하는 전대의 평어를 본다면,
胡震亨이 「한유는 자구활용을 가장 중시하였으며 시에서 고운을 다용하였다.
(韓愈最重字學, 詩多用古韻.)」(≪唐音癸籤≫ 卷七)라든가, 張謙宜가 말한 「고
체시의 용운이 다양함은 한유만한 사람이 없다.(古體詩用韻之寬, 莫如昌黎.)」
(≪繭齋詩談≫ 卷五)라고 한 것을 예어를 들 수 있겠다. 향석이 칠고를 한유
에게서 본받기를 강조한 부분은 한유시의 재평가를 위해서 주시할 만하니,
이 점은 이미 施補華가 두보와 비교하면서 다음과 같이 역설한 바가 있다.

> 칠고에 있어서 성당 이후에 두보를 계승하여 패권을 잡은 뛰어난 이는 오
> 직 한유 뿐이다. 한유의 칠고는 웅대하고 기험한 기세가 특히 강하며 변화가
> 다소 적은 것이 아쉬울 뿐이다. 두보의 칠고는 대우를 다용하였고, 한유는 단
> 행을 다용하고 있다.
> 七古盛唐以後, 繼少陵而覇者唯有韓公. 韓公七古, 殊有雄强奇杰之氣. 微嫌少
> 變化耳. 少陵七古多用對偶, 退之七古多用單行.(≪峴傭說詩≫)

칠고의 경우 두보 이후에 한유만이 독보적인 위치를 차지하며 나름대로의
개성을 지니고 있다는 것이다. 향석의 뜻은 시보화의 평을 단적으로 대변해
주는 것이라 하겠다.

향석의 시에 대한 논리는 체계적이기보다는 직감적이면서 감흥적인 비평
의식을 지녔다고 할 수 있겠다. 향석은 3종의 시화에서 논리성은 부족하지

만 주관과 독창성이 있는 시론을 전개하였다는 점에서 일고의 가치가 있음을 인정하게 된다. 향석은 그의 시화에서 조선의 문인과의 교류를 피력하고 있는 곳을 찾아 볼 수 있는데, 이 글을 마치면서 소개할 필요가 있을 것 같다. 그 하나는 金正喜 등이 청대 劉華東의 시를 접하였다는 기록으로 「번우 화동 유삼산은 우뚝 빼어나서 기이한 기품을 지녔다. …… 조선 사신 김정희와 윤재열 등이 그의 명성을 사모하여 시구를 많이 구하여 돌아갔다.(番禺 劉三山孝廉(華東), 磊落有奇氣. …… 朝鮮使臣金正喜尹載烈輩慕其名, 多索詩字而歸.)」(≪香石詩話≫ 권2)라고 한 것이고, 다른 하나는 李鶴秀와 洪義臣의 시를 인용하면서 양국 문인의 교류가 돈독했음을 기록한 것이다. 향석은 이학수의 「慕和聖制詩」66)에서 「귀한 회갑을 맞이하시니, 멀리서 성대하게 축하드리며 두 손 모아 북쪽 향해 절 드리네.(幸逢寶甲重回日, 遐祝洋洋拱北樞.)」라는 구와 홍희신의 「타고난 천성이 뛰어나서 대과에 급제하니, 은택이 흘러넘쳐 사해에 넘치겠노라.(天庥滋至三元泰, 惠澤旁流四海敷.)」라는 구를 인용하면서, 「우연히 '삼원' 두 자를 썼는데 본래 마음 두지 않았지만 달포 지나서 회시의 과거시험에 월서의 봉사 진계창이 마침내 대과에 수석으로 급제하였다. 고향에 경사가 나니 벌써 길조로 여기는 것이다.(偶用三元二字, 本無成心, 而越月春闈, 粤西陳君蓬史(繼昌), 竟以三元及第. 國家得人之慶, 已爲之兆.)」(이상 ≪香石詩說≫)라고 하였으니 청대에 양국 문인의 교왕이 빈번하고 우리 문인의 문학이 높이 평가되었음을 확인하게 된다.

---

66) 李鶴秀의 詩 전부를 보면, 「德化相隨若合符, 要荒皮幣在庭衢. 九成詔自民謳始, 萬國春從御翰敷. 禁樹未華先有氣. 仁天不雨亦能濡. 幸逢寶甲中回日, 遐祝洋洋拱北樞.」이다.

제2편
朝鮮詩話의 唐詩論

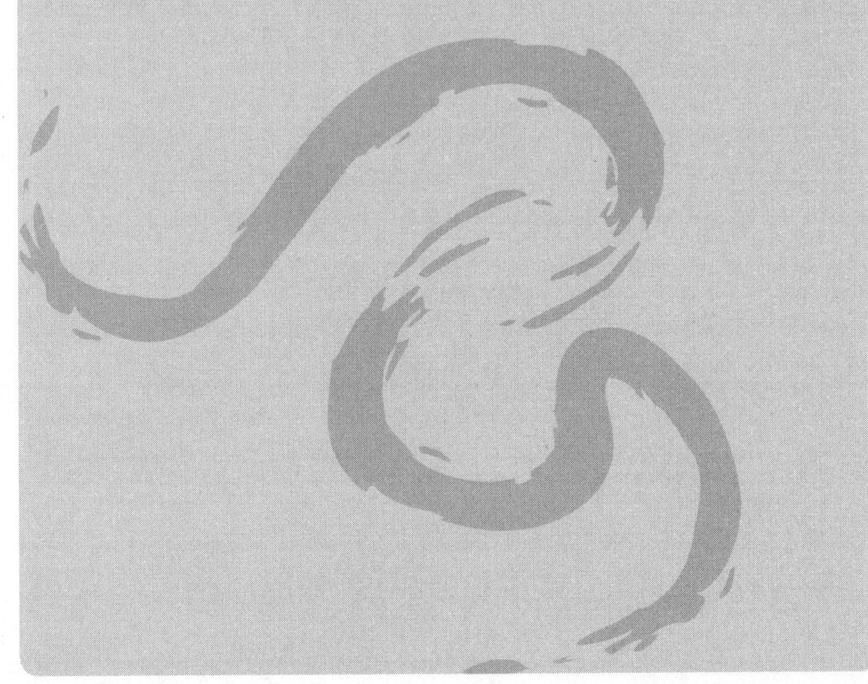

≪晴窓軟談≫의 詩學 思想과 唐詩論

조선중기에 문학풍토가 宋詩風에서 唐詩風으로 전환되면서 시론전개도 독자성을 주창하게 되니 李睟光의 ≪芝峰類說≫, 許筠의 ≪惺叟詩話≫, 梁慶遇의 ≪霽湖詩話≫와 함께 조선중기의 대표적인 시론서인 申欽(1566- 1628)의 ≪晴窓軟談≫은 한국의 시론을 객관성 있게 서술했을 뿐 아니라 중국시에 대해서 심도 있게 논술하고 있어서 한국인의 중국시에 대한 평가 자료로서 매우 유익하다고 본다. 따라서 ≪晴窓軟談≫ 卷上下 2권을 중심으로 서술된 중국시론은 당송시 부분이 주가 되어 신흠이 조선중기의 朴淳과 李達 등 三唐詩人에 의해 주도된 문단의 당풍을 다량으로 수용하고 있는 점도 확인할 수 있다. 본 논제와 상관시켜서 볼 때 신흠은 당시와 송시의 차이점을 불교의 宗派에 비유하여 차별하고 있으니,

> 당시는 남종과 같아서 한 번 돈오하니 곧 본래의 면목을 보이고 송시는 북종과 같아서 점진적이다. 또한 성문과 벽지를 지니니 이것이 당송의 구별이다.
> 唐詩如南宗, 一頓卽本來面目, 宋詩如北宗, 由漸而進. 尙持聲聞辟支爾, 此唐宋之別也.(≪晴窓軟談≫ 上 제3조)

위에서 신흠은 당시를 南宗, 송시를 北宗에 비유하고 있다. 당시는 한 번의 '頓悟'를 통하여 본래 面目을 터득하는 南宗과 같으며 송시는 '漸修'를 통

하여 단계를 나아가는 北宗과 같다는 것이다. 이 이론은 嚴羽의 ≪滄浪詩話≫의 논리와[1] 상통하는 것으로 남종은 大乘이며 북종은 小乘이니 宋詩를 小乘의 聲聞辟支와 비유하여 당시의 우위의식을 편 것이다. 그 기준으로 당시는 정감적 의미에서 보고 송시는 시적인 단련이 바탕을 이룬다는 의미로 풀이한다. 그리하여 송시를 당시보다 평가 절하시키고 있다. 신흠의 尊唐的 시관에 의해서 서술된 이 시화로부터 한중시론의 비교적 입장에서 접근하는 대상과 방법은 당연히 신흠이 갖고 있는 당송시론에 초점을 맞추어지게 된다.

그래서 ≪晴窓軟談≫의 전체내용과 시론적 일반성격에 대해서는 기존 자료들에서 이미 서술된 만큼 본문에서는 시화에서 중국시에 대한 논설만을 주된 대상으로 삼고 그 중에서도 唐詩 부분에 한하여 한국인으로서 중국시를 어떻게 보았는지를 살펴보고자 한다.

Ⅰ. 申欽과 ≪晴窓軟談≫의 詩觀

신흠은 자가 敬叔, 호는 象村, 平山人이다.[2] 20세에 生員과 進士에 합격하고 21세에 別試 丙科에 급제하여 27세에 良才察訪에 제수되고 30세에는 咸鏡道 巡按御使로 나갔다. 36세에는 홍문관 부제학이 되며 41세에는 병조판서와 예조판서를 동시에 제수 받으면서 국사에 전념하고 58세에 이조판서를 거쳐서 62세에 좌의정과 영의정을 역임하는 최고위관직에 오르고 그 이듬해인 1628년 63세로 생을 마친다. 비교적 순탄한 관로생활이지만 그 과정에 남다른 심적 고초를 겪기도 하면서 그의 문학세계는 높은 경지에 이르고 그의 시관이 독자적인 성격을 형성하게 되니 그의 시관을 개관하면 다음과 같다.

---

1) 嚴羽 ≪滄浪詩話≫ 詩辯: 「禪家者流, 乘有大小, 宗有南北, 道有邪正, 學者須從最上乘, 具法眼, 悟第一義. 若小乘禪, 聲聞辟支科, 皆非正也. 論詩如論禪, 漢魏晉與盛唐之詩, 則第一義也. 大歷以還之詩, 則小乘禪也, 已落第二義矣. 晩唐之詩, 則聲聞辟之科也.」

2) 신흠 생평에 대한 자세한 내용은 金周漢 <申欽의 晴窓軟談 簡介>(詩話學 제1집 1998)과 金周伯 <象村 申欽의 詩文學 硏究>(단국대학 박사논문 1997) 등을 참조.

1. 詩話의 構成

신흠의 이 시화는 上中下 3권으로 구성되어 있으며 상권은 唐詩, 중권은
唐代에서 明代까지의 시를 서술하고 있다. 尊唐的 시관을 지닌 신흠으로서
는 이 시화의 초점을 唐詩에 두고 있되, 宋詩와 明詩에 대해서도 긍정적인
가치부여를 하고 있다.3) 따라서 시화를 편찬하면서 중국시를 인용 평가하는
데 高棅의 ≪唐詩品彙≫와 ≪唐音≫을 가장 精細하다고 평가하여 크게 참고
한 것이다.4) 그리하여 ≪唐詩品彙≫의 작가와 작품은 물론, 編制上의 述語까
지 借用하고 있으니, 初唐을 正始라 하고 晩唐을 餘響이라고 한 것이 그 예
가 된다.

이렇게 구성된 이 시화는 상권은 전부 唐詩에 대한 評語가 39개조로 구
성되어 있으며 그 중에는 武元衡, 李德裕(文饒), 潘南, 崔魯 등 시가적 가치
비중이 덜한 시인의 시도 거론한 것은 신흠의 심도있는 당시에 대한 식견을
대변하는 것이라 하겠다. 그리하여 중권은 41개조로 구성하여 唐, 宋, 元,
明대의 시를 淸氣와 豪放味에 근거하여 평가하고 있다. 여기서는 杜甫, 東坡
朱熹와 元代의 楊廉夫와 명대의 王世貞, 李夢陽, 李攀龍 등 擬古派이며 尊唐
을 지향한 前後七子의 시를 주로 평가한 점에서 신흠의 시화서술의 기준을
확인하게 된다. 하권은 68개조로 구성하여 주로 高麗, 朝鮮의 시를 논술하고
단지 제20조(曹植), 제30조(東坡), 제37조(陳與義), 제66조(白居易) 67조(梁元
帝), 제68조(宋徽宗) 등 6개조만 중국시를 논하고 있다. 한국한시에 대한 평
가 또한 唐風에 근거한 바, 제3조의 鄭知常시와 三唐詩人의 唐風, 제26조
의 林悌의 杜牧詩風, 제49조의 權韠의 杜甫風, 제51조의 金玄成의 唐詩風 등
이 그 예가 된다. 이같이 시화(上)에서 唐詩를 거론한 부분을 구체적으로 조

---

3) ≪晴窓軟談≫上: 「世之言唐者, 斥宋, 治宋者, 亦必尊唐, 玆皆偏已.」
4) ≪晴窓軟談≫上: 「選唐詩者, 有品彙, 有唐音, 有全唐詩選, 有萬首選, 有百家詩,而品彙唐音,
   最精.」

별로 분류하여 그 내용을 다음에 개관하고자한다.

조별   요점

3 唐詩選集에서 ≪唐詩品彙≫와 ≪唐音≫을 높이 평가

4 唐詩와 宋詩를 禪宗의 종파와 상관시켜서 차별

5 두보와 이백을 비교

6 두보를 北海 李翁과 비교

7 蘇頲과 張說의 시를 평하고 만당 이하의 시를 폄하

8 초당 魏徵의 시를 평가

9 虞世南의 從軍行을 극찬

10 王勃의 <山亭夜宴>를 평가, 5언율시에서 正始之音으로 虞世南, 楊師道, 初唐四傑, 文章四友, 陳子昂, 宋之問, 張九齡 등을 거론

11 沈佺期의 <古意>, 李白의 <淸平調>, <黃鶴樓> 등 평가

12 王維, 賈至, 岑參杜 甫의 早朝詩를 평가

13 韋應物의 <相逢行>, <雜體> 등 시를 평가

14 初唐四傑을 논함

15 李賀의 浩歌를 평가

16 溫庭筠의 渭上詩 거론

17 唐彦謙의 <題仲山>을 「可謂絶唱」이라고 평가

18 王建의 <過楊州>를 평가

19 武元衡의 <荊帥詩>를 「豪放可詠」이라 평가

20 李德裕의 <謫圭山詩>를 「語致英爽」이라 평가

21 元稹과 白居易 시를 鄭衛之音이라 평가

22 杜牧의 시를 豪俊하다고 평가

23 潘南의 시를 緻麗藻艶하다고 평가

24 張祜의 楊州시를 극찬

26 杜甫와 黃庭堅 시 평가

26 李白의 樂府詩 평가

27 杜甫의 排律을 거론

28 言外의 함축된 뜻을 시에서 귀히 여김

29 白居易의 寒食詩를 극찬

30 王建의 <春詞>와 張籍의 <寄遠曲>을 거론

31 杜甫의 <和嚴武早秋>를 거론

32 柳宗元의 <南礀>을 거론

33 許渾과 劉滄의 懷古詩, 韓偓과 司空圖 시를 거론

34 崔魯의 <岳陽言懷>를 평가

35 劉禹錫과 李涉의 竹枝歌 거론

36 劉禹錫과 蘇軾의 영향 받음을 거론

37 趙嘏의 시 거론

한편 신흠의 이 시화에서 당송시 중심의 중국시와 연관된 내용을 전체 시
화에서 3분지 2이상으로 구성한 배경과 상관시켜 볼 때 그의 중국에 대한
남다른 관심과 교류가 중요한 요인이 된다고 보아 그의 중국사신들과의 교
류관계를 살펴볼 필요가 있다. 신흠은 그의 생애를 통하여 2차의 중국 燕京
行이 있었는데 그 제1차는 1594년 8월부터 1595년 3월까지 成均館司成으로
奏請使 書狀官이 되어 尹根壽, 崔岦을 수행하여 明代 學風과 古風文體를 체
득하게 된다. 이 기간에 신흠은 《朝天錄》에 다량의 酬唱詩를 남기고 <天
朝先後出兵來援志>, <天朝詔使將臣先後去來姓名記> 등을 기술하였다. 신흠
은 燕京行을 상기하여 다음과 같이 서술하고 있다.

만력 갑오 가을에 연경에 가는데 월정 윤공이 상개가 되고 간이 최공이 부
사가 되니 두 분은 모두 문장으로 당세를 풍미하고 나 또한 나이 29세로서 때
마침 서예에 힘을 써서 두 분의 칭찬을 받았다. 길을 따라서 왕복 대개 칠천
리 길에 경치를 보면 즉시 읊고 읊으면 반드시 화창하니 귀국하매 두루마리를
채웠다.
萬曆甲午秋赴京師, 月汀尹公爲上价, 簡易崔公爲副, 兩公皆以文章爲當世, 余
亦年二十九歲, 時方致力於觚墨, 蒙兩公許與. 沿途往返蓋七千里, 遇景輒詠, 詠必
酬和, 暨歸盈卷矣. (《象村集》72冊 山中獨言)

위에서 신흠은 단순한 여정이 아니라 문학을 습득하고 발전시키는 중요한
기회로 삼았음을 알 수 있다. 그리고 제2차 연경행은 1609년 11월 예조판서
로서 世子冊封奏請上使가 되어 1610년 4월까지 중국에 다녀왔는데[5] 이 시기
에도 朝天錄이 있다. 2차의 연경행은 신흠에게는 중국의 문물을 직접 접하

고 교류하는 기회가 되어 중국문학에 대한 객관적인 안목을 갖게 되었다.

2. 詩話 詩學 思想

신흠의 시학이 형성된 배경에 있어서 먼저 학문적 배경을 보면 六經을 중심으로 한 古文학습에 전념하고[6] 明代의 前後七子를 본받아서 盛唐詩를 숭상하는 擬古派에 근거를 두고 있다. 그리고 사상면으로는 儒家와 道家思想 양면을 모두 수용하여 문학사상의 근간으로 삼았다. 특히 陽明學에서는 實踐意志를, 老莊에서는 齊物論的 의식과 超脫的인 脫俗의식을 터득하고 있다.[7]

(1) '淸' 개념

신흠은 시의 本色으로 '淸' 풍격을 내세워서 시가 구비해야 할 기본요건이라고 주장하고 기타 풍격들은 그 아래로 분류하고 있다. 여기서 기타란 '奇健, 險怪, 質實' 등으로 이들을 부정하지 않았으나 시의 本領 즉 '正覺'과 완전히 부합된다고 보지 않았다.[8] 그러니까 '淸' 풍에 대한 가치기준을 더욱 중시하였다고 할 것이다. '淸'에 대한 신흠의 논리를 다음 詩話 상권 제38조에서 본다.

> 고인이 말하기를; 천지에는 맑은 기운이 있어 시인의 비장에 흩어져 들어가니 청(맑음)은 시의 본색으로서 기이함은 건전함과 같아서 또한 제이의이다. 험괴하고 침착한 것도 실질적이나 시도와는 더욱 멀어서 맑은 즉 높고, 높은 즉 성색으로 구할 수 없다. 시는 반드시 무성의 성과 무색의 색을 얻어야 하니 맑고 밝으며 깨끗하여 경치와 정신이 조화되면 정신과 붓이 응대하여 일어나

---

5) 《李朝實錄》 光海君日記:「以世子冊封, 遣上使申欽副使具義剛書狀官韓纘男赴京奏請.」
6) 金尙憲 玄軒先生行狀, 象村稿 附錄:「公爲文章, 本於六經, 幼嗜昌黎, 旣壯悉取古文讀之, …祇取左馬莊騷禮記古樂府選詩李杜詩諸家.」
7) 崔鳴吉 象村集跋:「夫老氏得易之體, 邵子得易之隨, 先生之學, 靡所不通 而自有契悟之處.」
8) 《晴窓軟談》下:「以險壤奇健, 爲之能, 至於得正覺者, 猶不多.」

서 그런 후에 들여우가 길밖에 있듯 아직 깨닫지 못하는 일이 아니기를 바란
다. 그러므로 지난 작가를 보면 한거의 작품은 세속의 것보다 낫고 초야의 소
리는 관청의 것보다 뛰어나니 대개 마음을 두어 의도적으로 지은 것은 자연에
서 얻는 것보다 못한 것이다.

古人云: 乾坤有淸氣. 散入詩人脾, 淸是詩之本色, 奇若健, 猶是第二義也. 至於
險也怪也沈着也質實也, 去詩道愈遠, 淸則高, 高則不可以聲色求也. 詩必得無聲之
聲無色之色, 瀏瀏朗朗, 澹澹澄澄, 境與神會, 神與筆應而發之, 然後庶幾不作野狐
外道. 故歷觀往匠, 閑居之作, 勝於應卒, 草野之音, 優於館閣, 蓋有意而爲之者,
不若得之於自然也.

천지자연의 淸氣가 시인의 성정과 조화하여 높은 차원의 聲色을 얻어서
맑고 고운 韻致를 표현해야 한다고 보았다.9) 신흠은 淸의 풍격을 구현한 조
선문인으로 朴淳의 시에 대해서는 '淸邵' 하다고 하였고 鄭澈의 <金沙寺>
시를 인용하여 '淸惋'하다고 평하였으니10) 이 시의 意境이 맑고 悲感이 어
린 것을 지적한 것이다. 인용한 <金沙寺>의 제3연에서 자연스런 의경을 묘
사한 것은 곧 淸의 '得之自然'에 기반을 둔 작시태도라는 것이다. 그리고 신
흠은 다른 예로 宋翼弼의 詩才를 칭찬하여 '淸葩可貴'라 하여 이치도 갖추었
음을 지적하였다.11) 이러한 시의 淸氣論은12) 唐風의 경지를 보여주는 것이
다. 淸氣는 脫俗의 情趣에 시의 자연미를 더하여 주므로 신흠은 이것을 '得
之自然'이라고 표현한 것이다.13) 이 시의 자연미는 청대 吳雷發이 貴自然의
창작관을 주창한 것과 맥락을 같이한다. 오뇌발은 시인마다 나름대로의 독
창성을 발휘할 때 그다운 시를 창작할 수 있는데, 이것이 작시의 자연성이

---

9) 조융희 ≪朝鮮中期漢詩批評論≫ p.168

10) ≪晴窓軟談≫下9조:「駐箚於金沙寺, 有詩曰十日金沙寺, 三秋故國心. 夜潮分爽氣, 歸雁有哀音.
虜在頻看劍, 人亡欲斷琴. 平生出師表, 臨難更長吟. 其詩淸惋激昂.」

11) ≪晴窓軟談≫下14조:「宋翼弼雲長, 雖繫寒微, 天稟甚高, 文章亦高, 如柳深煙欲滴,池淨鷺忘飛
之句, 度越諸人, 非徒淸葩可貴, 理亦自到.」

12) 淸氣는 고대시학개념으로서 그 語源은 元代 劉將孫의 彭宏濟詩序에서「天地間淸氣, 爲六月
風, 爲臘前雪, 于植物爲梅, 于人爲仙, 于千載爲文章, 于文章爲詩. 氷霜非不高潔, 然刻歷不足
玩; 花柳豈不明媚, 而終近婦兒. 玆淸氣者, 若不必有, 而必不可無」라 한 데서 유래.

13) ≪晴窓軟談≫上 제39조:「池塘生春草, 非難道之語, 空梁落燕泥, 卽眼中之境,而遂爲正覺上乘,
此乃得之自然, 無假於意造也.」

라는 것이다. 산수전원의 자연이 아니라, 感發하여 性情을 자유로이 읊는 것이다. 오뇌발은 ≪說詩菅蒯≫에서 이르기를,

> 대지 중의 경물이 어찌 끝이 있겠는가, 마음에 맞게 되어 우연히 눈에 들어 읊게 되면 저절로 신령한 마음과 빼어난 흥취를 갖는다.
> 大塊中景物何限, 會心之際, 偶爾觸目成吟, 自有靈機異趣(제18조)

라고 하였는데 영기는 독창적인 영감이며, 모방이나 강제가 아니라 풍우가 문득 일듯이 興起 그 자체인 것이다. 심성의 발로가 내외적 동기와 무관하게 가능한 것이다. 그래서 오뇌발은 작시의 극치를 '平淡'에 두고 '貴自然'과 일치된 시적 영감으로 평가하고 있다. 이것은 신흠의 淸氣와 상관되고 자연미와 상통한다.[14]

(2) 시의 含蓄性

시에서 함축미는 자고로 중시되어 온 것인 만큼 신흠이 제시한 논리가 새로운 것이 아니다. 단지 시어와 시구가 길면 함축성이 결여될 수 있다는 점을 강조하였다. 이 함축성은 시에서 문자로 표현할 수 없는 내면의 心地가 어떠한 感興을 지니고 있는가를 추리하는 것이니, 이것을 '興趣'라고 말하였다. 이 흥취는 嚴羽의 주된 시론으로서, ≪滄浪詩話≫(詩辨)에서 밝히고 있다.

> 시라는 것은 감성을 읊은 것이다. 성당의 여러 시인은 오직 흥취에만 두어서 영양이 뿔을 걸어서 찾을만한 자취가 없다. 그러므로 그 오묘한 곳은 투철하고 영롱하여 머무를 수 없으니 마치 공중의 소리, 얼굴의 빛, 물속의 달, 거울 속의 모습과 같아서 말은 다 하였으나 뜻은 다함이 없다.
> 詩者吟詠性情也. 盛唐諸人惟在興趣, 羚羊掛角, 無跡可求. 故其妙處透徹玲瓏, 不可湊泊, 如空中之音, 相中之色, 水中之月, 鏡中之象, 言有盡而意無窮.

---

14) 吳雷發 시화 제27조:「極平淡而難及者, 人或以爲警鍊少, 不知其駕警鍊而上之也. 但學者未造警鍊, 不可先學平淡.」

여기서 엄우는 흥취의 핵심을 겉으로 드러나 보이지 않으나 그 不可視한 상상력 속에 있는 감흥에 두고 있다. 신흠은 엄우의 흥취의식을 시의 함축성이라는 점과 연관시켜서 장편시의 단점으로 평가하고 있다.

> 시는 말은 다했으나 뜻은 다하지 않음을 귀히 여긴다. 배율을 짓는 자는 뜻이 이미 다했으나 말이 많아서 심한 것은 외부의 경물을 취하여 이어 놓음이 마치 음식을 늘어놓고 먹지 않음과 같이 의미 없는 문사를 늘어놓으니 의미가 없음이 괴롭다.
> 詩貴言盡而意不盡. 作排律者, 意已盡而言有多, 甚者鉤取外邊物色, 連綴如飣餖餻案, 苦無意味(≪晴窓軟談≫上28조)

신흠의 관점이 엄우를 계승한 것이지만 보다 구체적인 면이 보인다. 시의 함축미는 넓게는 문학에서 정감의 발로를 상징적으로 표현해 주는 특성이라 할 것이며 좁게는 시에서 작법상의 오묘한 묘사법이 된다. 위에서 排律 같은 장시는 興趣 즉 시의 함축미가 부족하기 쉽다는 점을 지적하고 있는데 신흠의 다음 서술은 장시의 단점을 밝히고 있다.

> 율시가 이미 배열함이 잘못인데 또 길게 하여 배율을 짓고 두보가 백운을 지으니 시의 병폐이다.
> 律詩已病排矣, 又長之爲排律, 子美爲之百韻, 詩之病也(詩話上 제28조)

시가 길어지면 수식이 가해지고 형식에 매이며 여운이 적어지면서 시의 正道에서 벗어나기 쉬운 점을 서술하고 두보의 시도 길면 단점을 노출시키고 있다고 지적하고 있다.

(3) 詩는 詩人 自身

이 논지는 청대 吳喬가 「시 속에 모름지기 사람이 들어 있다(詩之中須有

人在」(≪圍爐詩話≫권1)라고 주장한 '詩有人說'과 그것을 추종한 趙執信(≪談龍錄≫제9조)과 상통하는 이론으로서 이 또한 신흠이 이미 제시한 것은 주목이 된다. 이것은 詩는 곧 人이다라는 等式으로 보아야 한다. 시인이 心的인 眞性을 갖고 시를 짓느냐에[15] 따라서 시의 가치를 평가할 수 있는 기준으로 삼아서 시속의 사람을 거론하고 있으므로 이런 논지는 시학적 입장에서 매우 중시된다. 조집신은 誠心 즉 眞性에서 禮義의 正道가 세워지고 性情의 發露와 淨化가 가능하여진다는 의미를 제시하고 있어서 신흠이 의도하는 논조와 상통한다. 먼저 조집신의 논조를 보면,

> 단지 친구에 보낸 편지 한 통을 보았는데, 그 속에 「시 속에 그 사람이 있어야 한다.」는 말에 나는 감복하여 명언이라고 생각하였다. 후세 사람으로 하여금 그 시를 통해서 그 사람을 알게 하고 그 시대를 논할 수 있게 함이 예의의 큼이다.
>
> 獨見其與友人書一篇, 中有云; 詩之中須有人在, 余服膺以爲名言. 夫必使後世因其詩以知其人, 而兼可以論其世, 是又與於禮義之大者也.(≪談龍錄≫7조)

라고 하여 시를 통하여 사람됨을 알고 세상을 논하며 궁극적으로 인성의 높은 경지인 예의를 알 수 있다는 것이다. 그러므로 시는 그 자체가 예의를 지니고 있다고 본 것이다.[16] 이런 인식은 신흠의 다음 글에서 확인할 수 있으니 보건데,

> 성수종은 곧 청송선생의 동생으로 기묘년의 명인이다. 일찍이 높은 과거에 뽑혔으나 관직을 깎여서 한가로이 지내면서 절구 한 수에 이르기를, 몇 겹의 푸른 산이 저자 가에 떨어져 있고 층을 이룬 성에는 저물녘에 바람이 일고 연기가 흩어지네. 숨어 지내며 계곡을 가까이 하니 오는 이 적어서 홀로 국화꽃을 따며 돌밭에 앉는다. 이것을 읊으니 그 사람이 생각난다.
>
> 成守琮, 卽聽松先生之弟也, 己卯名人. 早擢巍科, 被削閑居, 有一小絶曰, 數疊

---

15) 趙執信 ≪飴山文集≫ 卷2 田文端公遺詩序:「蓋有德者之言誠立而後修辭.」
16) 趙執信 ≪談龍錄≫ 6조:「詩固自有其禮義也.」

青山落市邊, 層城日暮散風煙. 幽居近墅人來少, 獨採黃花坐石田. 詠之, 可想其
人.(≪晴窓軟談≫下)

　시인의 인격과 시가 상등관계에 있다는 것을 신흠은 강조하고 있다. 성수
종의 인격을 언급하지 않고 한가로이 은거한다는 것만을 서술하면서 그 속
에서 대상의 내면세계를 관찰하는 근거가 바로 작품이라고 본 것이다.

Ⅱ. ≪晴窓軟談≫의 唐詩 觀點

　신흠의 시화는 앞에서 이미 거론한 바와 같이 그 서술의 근거를 당시에
바탕을 두고 그 자료도 중국 당시 관계서에서 참고하고 있다. 그 대표적인
자료가 高棟의 ≪唐詩品彙≫로서 신흠은 唐五言律詩 중 뛰어난 작품이나 聯
句를 선별하여 시화 앞부분에 수록하고 正始音이라고 한 것은 당시품휘의
正始부분에서 차용한 編次인데[17] 시화의 5언율시 시구들이 모두 당시품휘의
시구들이고 7언율시의 분류항목도 高棟의 것을 따르고 있으니 그 의존도를
가늠할 수 있다. 고병의 책을 높이 평가한 것은 신흠으로서는 매우 객관성
있는 의식으로 보는데 중국에서는 청대 宋犖이 ≪漫堂說詩≫에서 ≪唐詩品
彙≫를 詩歌의 正軌라고[18] 확인해주고 있는 것이다. 그리고 신흠은 「나는
정종 이후에 위응물시를 매우 좋아한다(余於正宗之後, 酷愛韋應物詩)」(詩話
上)라고 하여 5언고시 4편을 수록한 것도 역시 당시품휘의 분류항목이다. 그
러니까 신흠의 시화에서 거론한 당시는 모두 당시품휘에 선록된 작품이라고
보아야 할 것이니, 이것은 신흠이 전적으로 唐詩에 경도된 評詩基準에 의해
서 唐詩를 推崇하고 好評하였다고 본다. 따라서 이 시화의 당시비중은 절대
적이며 그만큼 중시되어야 할 것이다.

---

17) 조융희 ≪조선중기한시비평론≫, pp.207~211
18) ≪漫堂說詩≫ 제1조: 「高廷禮品彙, 庶幾大觀; 廷禮又拔其尤者爲正聲一編……學者從此入門,
　　趨向已定; 更盡覽品彙之全編, 考鏡三唐之正變.」

신흠은 시화에서 당시인을 40명을 거명하고 있는데 당시에 대한 평가는 시화 상권 39조 중에서 당시일반론부분(1-4,8,28,38,39조)8개조 외에, 초당시로는 王勃(15), 沈佺期(13), 賀知章(8), 魏徵(玄成)(9), 虞世南(10), 初唐四傑(11), 張九齡(12), 張說(12), 성당시로는 李白(15,26), 杜甫(5,6,25,27,31), 王維(13), 賈至(13), 韋應物(14), 중당시로는 王建(19,30), 劉禹錫(35,36), 白居易(22,29), 李賀(16), 柳宗元(32), 만당시로는 許渾(33), 劉滄(33), 溫庭筠(17), 唐彦謙(18), 武元衡(20), 李德裕(文饒)(21), 杜牧(23), 潘南(24), 崔魯(34), 趙嘏(37) 등 여러 시인을 거론하고 있다. 이 중에서 이백과 두보에 대한 관점과 기타 시인에 대한 한 중시 비교적 입장에서 참고할 만한 부분을 살펴보고자 한다.

1. 唐宋詩의 差別

신흠이 시화에서 시를 정의하기를 詩는 形而上인 것이고 반면에 文은 形而下인 것이라고 서술하고 있어[19] 시를 문학정신의 상위단계로 인식하고 있음을 알 수 있고 서문에서도 이미 서술한 바이지만 신흠은 嚴羽의 ≪滄浪詩話≫의 「論詩如論禪」(詩辨)이라는 評法에 의거하여 불교종파를 인용하여 당시와 송시를 구별하고 있으니 시화 제4조를 보면 당시를 南宗의 頓敎, 송시를 北宗의 漸敎로 구분하였는데 당시는 직관적 감흥을 중시하고 송시는 이지적으로 시작 단련을 중시한다는 점을 강조한 것으로 본다. 그렇다고 송시를 당시보다 가치가 덜하다는 배타적인 편견을 경계하는 매우 객관적 관점의 일면을 보여주기도 하니, 詩話(上) 제2조를 보면,

> 당나라가 쇠퇴하니 어찌 속된 악보가 없겠으며, 송나라가 흥성하니 어찌 우아한 소리가 없겠는가.
> 唐之衰也, 豈無俚譜, 宋之盛也, 豈無雅音.

---

19) 詩話上 제1조: 「詩, 形而上者也, 文, 形而下者也. 形而上者, 屬乎天, 形而下者,屬乎地也詩主乎詞, 文主乎理.」

라고 하여 시대의 구분의식으로 획일적인 평가를 부정적으로 보았다. 신흠은 송시에서 蘇軾詩를 높이 평가하였는데 詩話(中卷)에서 기술하기를,

> 소식의 시문은 모두 신의 경지이다. 세상에 당시를 배우는 자는 항상 그것을 헐뜯는데 만일 그 아름다운 것을 골라낸다면 대략 몇 권의 책이 되련만 세상에 유행함에 있어 어찌 그 당시인이 세상을 덮은 것만 못한가.
> 東坡詩文, 俱神境也. 世之學唐者, 常訾之, 若簡摘其艶麗, 略爲數卷書, 行于世, 何渠不若唐家時世粧也.

라고 하여 소식의 시문이 당시를 배우는 자들에게서 비판을 받지 아니하고 오히려 神境에 들었음을 강조하고 있다. 만당풍의 唯美的인 풍격을 제외하고 당시에 필적함을 밝히고자 한 것이다. 그리하여 소식시를 두보에 비견하여 다음과 같이 서술하고 있다.

> 그의 무산을 지나며는 두보의 운을 쓰고 있는데……너무도 두보에 가까워서, 제나라 요리사 역아의 입이 아니라면 치수의 물맛과 승수의 물맛을 분별하기 어렵듯이 그 시를 구별하기 어렵다.
> 其過巫山用杜子美韻…太逼杜家, 苟非易牙之口, 難辨其爲淄爲澠.(詩話 中卷)

소식의 시가 두보에 근접하여서 구분하기 어려울 만큼 높은 경지의 창작을 했다는 점을 강조하고 있다.

2. 正始之音의 初唐詩

초당대는 齊梁風이 주된 사조를 이루고 성당대로 진입하기 직전에 反齊梁風이 흥기하는 현상을 보이는데 신흠은 명대 高棅의 이론을 따라서 이 시기를 '正始之音'(신흠이 시화 제8,12,14조에서 쓴 용어) 즉 '올바른 시작의 소리'(唐詩의 正音)라고 하여 매우 중시하고 있다. 그래서 시화 상권 제9조에서

魏徵을 서술하고 제10조에서는 虞世南, 제11조에서는 王勃, 楊師道, 楊炯, 盧照隣, 駱賓王, 陳子昻, 杜審言, 沈佺期 宋之問, 李嶠, 蘇頲, 제12조에서는 張說, 張九齡, 崔湜, 賀知章, 王翰, 孫逖 등, 그리고 제13조에서는 沈佺期, 제15조에서는 王勃, 盧照隣, 駱賓王 등 19명을 거명하고 있어서 신흠의 초당시에 대한 중점적 의식을 확인할 수 있다. 이 중에는 단지 시나 시구만을 나열한 것이 상당수이고 시평을 논한 것은 적어서 여기에 그 논한 부분만을 열거하여 중국측 評語와 비교하려 한다.

시화 제9조에서 신흠은 魏徵(玄成 580~643)을 서술하기를,

> 처음에는 이밀을 따라서 천하를 도모하는 뜻을 지니니 한가한 사람이 아니다. 술회 시에 말하기를, 「중원에서 노루를 쫓고, 붓을 던지고 나라 일하네」…… 이것은 곧 당고조를 알현할 때 지은 것으로 그 담긴 뜻을 볼 수 있다.
> 初從李密, 有圖天下之志, 非寂寂人也. 述懷詩曰; 中原還逐鹿, 投筆事戎軒. ……此乃初謁唐高祖時作, 可見其志之所存.

라고 하여 시에 「천하를 도모할 뜻(圖天下之志)」이 담겨져 있다고 한 것은 중국의 ≪唐詩直解≫에서 이 시를 두고,

> 이것은 이미 성당의 골격을 보여 주는데 진나라와 수나라의 잔재를 떨치니 그 사람을 생각한다. '출몰' 두자는 원대한 희망의 정신이 깊이 들어 있다.
> 此已究盛唐之骨, 離却陳隋滯靡, 想見其人. 出沒二字, 深得遠望之神.

이라 하여 六朝의 齊梁風을 벗고 성당풍을 유도하였다고 하였으며 다시 ≪唐詩鏡≫에서는,

> 꼿꼿이 열사의 풍도가 있다. 「고목에 한가론 새가 울고, 텅빈 산에 밤원숭이가 우네.」 이것은 초당의 으뜸가는 풍격이다.
> 挺挺有烈士之風, 「古木鳴閑鳥, 空山啼夜猿」. 是初唐一等格力.

라고 하여 시에 烈士의 風貌가 깃들어 있다고 하였고 ≪而庵說唐詩≫에서는,

> 이것은 당초기 한 편의 고시조로서 필력이 강인하고 사조가 의연하여 으뜸
> 가는 한 시대의 시인이다.
> 此唐發始一篇古詩, 筆力遒勁, 詞采英毅, 領袖一代詩人.

라고 하여 시의 筆力과 辭語에 기백이 넘친다고 하여 각각 評文이 신흠과 상
통한 점을 알 수 있다.

신흠은 시화 상권 제11, 12조에서 초당의 오언율시에 탁월한 작가로 18명
을 거명하고 시구를 제시하고 있는데 이들을 正始之音이라고 한 것은 근체
시가 정착하는 과정에 오언율시의 창작이 그 원류를 형성하고 있음을 강조
한 것으로 본다. 이들을 신흠이 거명한 순서대로 다시 열거하면 虞世南, 楊
師道, 王勃, 盧照隣, 駱賓王, 陳子昂, 杜審言, 沈佺期, 宋之問, 李嶠, 蘇頲, 張
說, 張九齡, 崔湜, 王翰, 賀知章, 孫逖 등이다. 이중에서 몇 작가를 例擧하여
신흠이 어디에 근거해서 오언율시의 正始之音으로 擧名하였는지 필자 나름
대로 신흠의 입장에 서서 객관화시켜 보기로 한다.

먼저 虞世南의 경우, 신흠이 시화에 제시한 詩句는 <侍宴應詔賦韻得前
字> 시의 제3연 「녹색 들판에 지는 해가 밝고, 푸른 산에는 저녁 안개가 맑
네.(綠野明斜日, 靑山澹晚煙.)」이다. ≪唐詩鏡≫에서는 이 시구를 평하기를 「
5·6구는 격식이 절로 갖추어 번거롭게 수식하지 않는다.(五六標格自成, 不
煩點飾.)」이라고 하여 격조가 높고 불필요한 수식이 가하여지지 않았다고 호
평하고 있다.

蘇頲(670~727)의 경우, 신흠은 <奉和聖制登驪山高頂寓目應制>의 제2연
「바위 소리가 계곡에서 울리고, 하늘의 말소리가 공중에서 들린다.(岩聲中
谷應, 天語半空聞)」 구를 인용하였는데, ≪唐詩觀瀾集≫에서 이 시수를 평
하기를 「소공의 시는 기미가 매우 순수하고 골력이 높다.(蘇公詩氣味深醇,
骨力高峻.)」이라 하고 ≪三唐詩品≫에서는 「그 연원이 사조에서 나오니 청신

하고 준일함이 넘친다.(其源出于謝朓, 故淸俊有餘)」라고 평하고 있어서 신흠은 초당에서도 淸氣가 있는 시를 선호한 것을 알 수 있다.

賀知章의 경우, 신흠이 인용한 시수는 <送人之軍>의 제3연 「언덕의 구름이 개이다가 비오고, 변방의 풀은 여름인데 벌써 가을빛이네(隴雲晴半雨, 邊草夏先秋)」구로서 ≪唐詩鏡≫에 「5·6구의 요점이 떨어지는 듯하나 의취는 또한 우아하다(五六指黜如次, 語致復雅)」라 하고 ≪唐詩廣選≫에서는 「섬세하고 절실하여 흘러 움직이니 매듭이 또한 반듯하다.(精切流動, 結亦正)」라 하여 이 시가 우아하고 정절하여 正音의 풍격을 보여준다고 하였다. 그리고 張說(667~730)의 오언율시에 대한 가치에 대해서 명대 胡應麟은 ≪詩藪≫(內編)에서 「장열·장구령의 오언율시는 대개 심전기·송지문·진자앙·두심언과 비슷하여 경물이 어구 중에 담겨 있고 정감이 더하여져서 청아하다.(二張五言律, 大槪相似于沈宋陳杜, 景物藻會中, 稍加以情致, 劑以淸空.)」라 하여 五律詩의 정착에 기여가 큰 것을 지적하고 ≪詩源辯體≫에서는 「장열의 오언율시는 재능이 심전기, 송지문에 미치지 못하지만, 그 기세는 오히려 취할 만하다.(張說五言律, 才藻雖不及沈宋, 而聲氣猶有可取.)」라고 하여 장열이 비중이 沈佺期와 宋之問에는 따르지 못하나 初唐에서 盛唐으로 이전과정에 맡은 역할을 중시한 것은 신흠이 인용하는데 참고 되었으리라 본다. 陳子昻도 反齊梁風을 추구한 초당말기의 시인으로 성당 五律의 성행에 초석이 된 바, ≪詩藪≫에서 「오언율체는 당대에 매우 성행하니 그 큰 요체는 또한 두개의 격조가 있다. 진자앙, 두심언, 심전기, 송지문은 전아하고 화려하며 기교가 있다.(五言律體, 極盛于唐, 要其大端, 亦有二格. 陳杜沈宋, 典麗精工)」라고 평한 것과 상통한다.

3. 李·杜詩의 優劣論

신흠도 이백과 두보를 중국 제일의 시인임을 인정하고 높이 추숭하고 있다. 이백에 대해서는 天仙의 자질을 가진 시인으로, 두보시에 대해서는 周公이 지은 것이라고 그 탁월성을 인식하고 진실한 군자로 존경하고 있다. 먼저 이백을 논한 다음 評文을 보기로 한다.

> 태백은 선인이다. 문집에 실린 것이 흠 되는 것이 하나도 없으니 후에 흠 찾기 잘하는 자가 있더라도 그 언론이 능함을 받아들이기 힘들다 예컨대 상운악, 보살만, 독록편, 천모음 등 시는 모두 하늘이 내린 음율이니 어찌 세상의 재잘거리는 자가 닮을 수가 있겠는가?
> 太白, 仙人也. 集中所載, 無一可疵雖有後之善摘瘢者, 亦難容其三尺喙矣.如上雲樂, 菩薩蠻, 獨漉篇, 天姥吟等作, 俱是鈞天帝律, 豈世間啽囈者, 所彷彿耶.
> (≪晴窓軟談≫ 中卷)

신흠은 여기서 이백이 신선 같은 시인으로 완벽한 작품성을 지니고 있어서 <上雲樂>, <獨漉篇>, <夢遊天姥吟留別> 등의 시는 천부적인 재능으로 지어진 天上의 명작으로서 그 누구도 흉내 낼 수 없다고 확신하고 있다. 이것은 高棅이 이백을 正宗으로 추대하는 것과 맥락을 같이 한다. 예컨대, <獨鹿篇>의 일단을 보면,

비단 장막이 펴지니
사람이 열어 놓은 듯하네
명월이 곧장 들어오니
무심하게 시기하네
웅검을 벽에 거니
때때로 용이 우네.
끊어지지 않는 무소뿔과 상아에는 이끼 돋아 수놓았네.
나라의 수치를 설욕하지 못하면
무엇으로 명성을 이룰 건가
신령한 매가 연못을 꿈꾸며,
올빼미와 솔개를 돌아보지 않네.
님을 위해 한번 치니,
봉새가 하늘을 치고 오르네.

　　　……
　　　羅幃書卷, 似有人開.
　　　明月直入, 無心可猜.
　　　雄劍挂壁, 時時龍鳴.
　　　不斷犀象, 綉澁苔生.
　　　國恥未雪, 何由成名.
　　　神鷹夢澤, 不顧鴟鳶.
　　　爲君一擊, 鵬搏九天.
　　　……

　　위에서 첫 연은 「담백한 경치와 오묘한 이치(淡境玄理)」(≪唐詩廣選≫)라고
한 것처럼 담백한 경지에 깊은 이치를 담고 있으며 제3연 이하는 호방한 선
비가 나라를 위해 수치를 설욕하고 명성을 이루어 붕새와 같이 웅대한 의지
를 키울 것을 토로한다.[20] 이것은 이백이 安祿山亂을 보면서 救國의 憂愁심
정을 보여준다. 그리고 <夢遊天姥吟留別>의 일단을 보면,

　　　번개가 치며 갈라지니
　　　산언덕이 무너지네.
　　　굴 앞의 돌문이 쾅하며 울리며 열리네.
　　　푸른 하늘이 넓어 밑이 안 보이고
　　　해와 달이 금은대를 비추네.
　　　무자개로 옷을 삼고, 바람으로 말을 삼아
　　　구름신이 어지러이 내려오네.
　　　호랑이는 가야금 타고
　　　봉황은 수레 돌리니, 신선들이 줄서 있기가 삼베 서듯하네
　　　……
　　　列缺霹靂, 邱巒崩摧.
　　　洞天石扉, 訇然中開.
　　　靑冥浩蕩不見底, 日月照耀金銀臺.
　　　霓爲衣兮風爲馬, 雲之君兮紛紛而來下.

---

20) 沈德潛 ≪唐詩別裁≫:「雄劍挂壁以下, 言豪士爲國雪恥, 當立大功以成名, 猶鷹之不顧凡鳥, 而
　　擊九天之鵬也.」

虎鼓瑟兮鸞回車, 仙之人兮列如麻.
……

　이 시는 선계의 광경을 묘사하는 듯 황홀하면서 기괴하다. 그래서 「시어
가 매우 기괴하다(騷語奇奇怪怪)」(≪李杜詩選≫)라고 하였고 沈德潛은 夢境이
며 仙境이라고 평하고 특히 自然을 기틀로 삼아 俊逸하고 高暢한 풍격을 지
녀서 홀연히 仙人의 心界에 들게 하여 <遠別離>와 함께 杜甫도 써낼 수 없
다고 하였다.21) 그래서 신흠은 이들 시를 '천상의 운율(釣天帝律)'이라고 극
찬한 것이니 신흠의 이백 시에 대한 애착은 거의 신앙적이라고 본다. 그리
고 시화 제13조에서 이백의 淸平調와 行樂詞, 黃鶴樓를 거론하기를,

　　이백의 청평조, 행락사, 황학루는 모두 세상에 아직 없었던 말로서 예컨대
　「5월에 천산에 눈 내리니 꽃은 없고 단지 춥기만 하다.」는 읽으면 가벼이 멀리
　들어 올리는 느낌이다.
　　太白之淸平調, 行樂詞, 黃鶴樓, 皆世間未有之語, 如五月天山雪, 無花只有寒.
　讀之令人飄然遐擧.

　그리고 두보를 논한 신흠의 시화에서의 다음 評文을 본다.

　　두보 시는 고인이 주공의 작품에 비하는데 진실로 논할 만하다. 후에 두보
　를 배우는 자는 잘못하면 세속에 빠지고 졸렬한 데로 흐르니 심하면 고집이
　있어 읽지 못하게 된다. 한유의 글도 그러하다.
　　杜詩, 古人比之周公制作, 誠的論也. 後之學杜者, 不善則陷於俗, 流於拙, 甚則
　木强不可讀. 韓文亦然.(上同)

　여기서는 두보시를 周易을 지은 周公과 불멸의 시인으로 비교한 옛사람들
의 의견을 긍정하고 후대에 두보시를 정통적으로 학습하지 못하는 경향이

---

21) ≪唐詩別裁≫:「一路離奇滅沒, 恍恍惚惚, 是夢境, 是仙境 …… 以氣爲主, 以自然爲宗, 以俊逸
　　高暢爲貴, 咏之使人飄飄欲仙, 而尤推其天姥吟, 遠別離等篇, 以爲子美不能道.」

일반화된 것을 비판하고 있다. 신흠의 이러한 논리는 송대 張戒가 두보시는 古今을 두루 포용하고 있어서 두보를 배우려면 國風과 屈原의 離騷를 알아야 시의 깊은 의미를 알 수 있으며 漢魏대의 시를 알아야 두보의 작시법을 이해할 수 있다는 주장을 수용한 것으로 본다.22)

그리고 신흠은 두보의 <早朝詩>를 가장 우수하다고 평가하고(시화 제13조), 시화 제25조에서는 두보의 <曲江> 제1수 시구를 인용하여 인생허무를 警策하는 교훈시로 제시하고 있는데 그 시를 보기로 한다.

> 한 조각 꽃이 날려 봄이 지나가고
> 바람이 건듯 부니 온갖 것이 수심에 차게하네.
> 또 보노라니 꽃이 눈앞을 어른대니
> 강가의 작은 집엔 비취새가 깃들고,
> 꽃 옆 높은 무덤엔 기린이 누워 있네.
> 만물의 이치를 생각하며 즐거이 살지니
> 어찌 헛된 명예로 이 몸을 벗하리오?
> 　一片花飛減却春, 風飄萬點正愁人.
> 　且看欲盡花經眼, 莫厭傷多酒入脣.
> 　江上小堂巢翡翠, 花邊高塚臥麒麟.
> 　細推物理須行樂, 何用浮名伴此身.

신흠은 이 시에서 제3연을 인용하여 黃庭堅의 시구와 대비하면서 「이 말을 보여주어서 넘어져 죽는 것을 경계하지 못함을 한스러워한다.(恨不揭此語, 以警顚冥也)」(시화 제25조)라고 하였는데 신흠의 이러한 評語는 앞에서 이미 거론한 바이지만, 평소에 高棟의 《唐詩品彙》의 체재에 얼마나 관심을 두었는지를 확인하게 한다. 신흠의 평어가 당시품휘에서 이 시를 품평한 다음 문구와 같기 때문이니 고병이 제3연을 평하기를 「글이 매우 생동감이 있고 교훈적이면 마음이 감동하여 깨닫게 되니 단지 아름다운 시구만으로 남는

---

22) 張戒 《歲寒堂詩話》卷上: 「子美詩奄有古今. 學者能識國風, 騷人之旨, 然後知子美用意處; 識
　　漢魏詩, 然後知子美遣詞處.」

것이 아니다.(警策之至, 可以動悟, 不特麗句而已)」라고 하였다. 신흠의 두보를 추숭하는 자세가 매우 경건하고 도덕적인 점을 확인한다.

신흠은 그 만큼 이백과 두보를 개별적으로 더 할 수 없이 높이 극찬하면서도 양인의 시를 비교하는 데는 상당히 신중한 면을 보여주고 있으니 양인의 시에 대한 신흠의 견해를 다음 네 문장을 통하여 살피기로 한다.

> (A) 옛 논자는 두보가 사령운에서 나왔고, 이백은 포조에서 나왔다고 생각하였다. 두보는 진실로 형상에 의해서 서는 것이 있는데 이백 같은 자는 하늘의 신선으로 마치 공중에서 우담발라화 같은 상상의 나무가 나타나듯 하니 특별히 그 자질은 포조와 서로 비슷하다.
>
> 古之論者, 以子美爲出於靈運, 太白爲出於明遠. 子美固有依形而立者, 若太白, 天仙也, 如優曇鉢花變現於空中, 特其資偶與明遠相類爾.(≪晴窓軟談≫上 제5조)

> (B) 두보와 북해의 시는 북해를 몹시 닮았다. 북해의 웅혼함은 두보보다 뛰어나다.
>
> 子美和北海詩, 甚似北海. 北海之雄, 出子美上.(上同 제6조)

> (C) 두보는 엄무의 <군성조추> 절구에 화창하였는데, 엄무의 시가 났다. 지금 그것을 적어서 식견은 바르게 한다.
>
> 杜子美, 和嚴武軍城早秋絶句, 嚴詩勝. 今並記之, 以正於具眼.(상동 제31조)

> (D) 칠언고의에서 왕발의 <추야장> <임고대>, 노조린의 <장안고의>, 낙빈왕의 <제경편>은 이백과 두보가 짓지 못한다. 이백을 짓게 하면 우수할 것이나, 두보는 아마 한 수 질 것이다. 이들 작품은 모두 제량조이다.
>
> 七言古意, 王勃之秋夜長, 臨高臺, 盧照隣之長安古意, 駱賓王之帝京篇, 李杜所未道. 使太白爲之, 足以優爲, 子美恐輸一籌也. 此等作皆齊梁調也.(상동 제15조)

위에서 A는 두보시가 謝靈運에서 연원하고 이백시는 鮑照에서 연원한다는 기존의 평가에 동의하고 있다. 신흠의 이런 견해는 중국 시이론에서 이미 보편적인 논리로서 신흠이 위에서 「古之論者」라고 한 것은 진실되고 객관적인 자세이다. 두보의 경우를 보면 漢魏晉과 六朝의 작가의 영향을 받은 중에서 屈原과 曹植, 특히 謝靈運의 영향이 크니 그 근거를 제시하면 ≪艇齋詩話≫에 이르기를,

> 두보시에서 중배끼를 사용한 것은 초사 초혼의 「중배끼에는 엿이 있네」에서 나온 것이다.
>
> 老杜詩用粗粧, 出楚詞招魂粗粧蜜餌, 有餦餭些.

라 하여 초사와의 관계를 제시하였고, 조식과의 관계를 역시 정재시화에서,

> 두보의 「주인은 나그네를 존경하고 사랑하네」구는 조식 시의 「공자가 나그네를 존경하고 사랑하네」에서 나왔다.
>
> 老杜主人敬愛客, 出曹子建詩公子敬愛客.

라 하여 시구의 차용을 밝혔으며, 더욱이 사령운과의 관계는 같은 정재시화에서,

> 두보는 「늙은이가 처량하네」구는 사령운 시의 「어진 이를 생각함이 또 처량하다」구에서 나왔다.
>
> 老杜白首淒其, 出謝靈運詩懷賢亦淒其.

라고 하여 그 상관성을 제시하고 있다. 그리고 이백과 鮑照의 관계를 보면, ≪苕溪漁隱叢話≫에서 「雪浪齋日記」를 인용하여 서술하기를,

> 어떤 이가 말하기를, 이백 시는 그 연원이 포조에서 나와서 악부 같은 것은 백저가를 많이 쓰고 있다.
>
> 或云: 太白詩其源流出于鮑明遠, 如樂府多用白紵.

라고 하여 그 연원을 밝혔으며 陳繹曾의 ≪詩譜≫에서는,

이백시는 시경과 초사를 바탕으로 하여 한위대를 본받았고 포조, 서릉, 유신에까지 또한 때때로 활용하였다.

李白詩祖風騷, 宗漢魏, 下至鮑照, 徐, 庾, 亦時用之

라고 하여 그 영향을 이미 거론한 바, 신흠의 서술은 기존의 내용을 재서술한 정도로 평가된다. 그런데 특이한 것은 신흠이 두보 자체는 추숭하면서 이백과 상호비교에 있어서는 이백과 직접 대조하지는 않았으나 A에서 비중을 이백에 두어 서술한 면이라든가 B와 C에서 각각 北海와 嚴武[23]의 시를 두보보다 뛰어나다고 한 것은 비록 신흠의 견해가 객관성은 없지만 이백과 비교하여 차등을 둔 논리라고 본다. 특히 C에서 「嚴武의 시가 두보보다 낫다(嚴詩勝)」라는 평은 두보의 位相으로 볼 때 D와 함께 의외의 評語라고 할 것이다. 여기에 두 시인의 시들을 나열하여 직접 비교하기로 한다.

가을바람이 하늘하늘 높은 깃발을 흔드는데,
옥장막에서 활을 당겨 적진을 쏜다.
이미 적박의 구름 사이의 수자리를 접수하고
봉파의 눈 밖의 성을 뺏으려 한다.
秋風嫋嫋動高旌, 玉帳分弓射虜營.
已收滴博雲間戍, 欲奪蓬婆雪外城(杜甫 <奉和嚴鄭公軍城早秋>)[24]

어젯밤 가을바람이 한나라의 변방에 들더니
북방 구름 가의 눈이 빈산에 가득 차네.
더욱 비장에게 교만한 적을 쫓게 하려니
사막의 말일랑 돌아오게 말지라.
昨夜秋風入漢關, 朔雲邊雪滿空山.
更催飛將追驕虜, 莫遣沙場匹馬還(嚴武 <軍城早秋>)[25]

---

23) 嚴武(726~765), 能詩, 與杜甫, 羊士諤等詩人友善, 多所贈答. 詩淸立意新. 全唐詩卷261錄存其詩六首.(≪中國文學家大辭典≫ 唐五代卷 中華書局 1992)
24) 仇兆鰲 ≪杜詩詳注≫ 卷之十四
25) ≪全唐詩≫ 卷261

두보와 엄무가 친분이 깊었다는 점을 논외로 하고라도[26] 위의 두 시에서 신흠이 의외의 평을 가한 근거를 찾아보자면, 두보시는 仇兆鰲가 黃生의 평을[27] 인용한 것에 의하면 시에서 '滴博, 蓬婆' 같은 지명을 활용한 것이 '雲間, 雪外' 등 시어를 통하여 거친 느낌을 調和시켜서 運用의 妙를 다했다고 하였지만 엄무시를 놓고 張溍이 「엄무시는 호방하고 웅건하기가 비길 데 없어서 마땅히 시경의 품격으로 중히 여겨야 할 것이니 격조를 같이 한다고 하겠다.(嚴詩豪健無匹, 宜其以風雅重公, 可謂同調矣.)」[28]라고 평한 것과 비교할 때 엄무의 시를 호평할 만 하다고 하겠다. 더구나 「식견을 바르게 하다(正於具眼)」라고 부언한 것은 대단히 파격적이어서 두보시를 폄하시키는 면도 있다고 본다.

그리고 D에서는 초당의 칠언고시 작품을 통하여 이백과 두보로 하여금 창작케 한다면 이백은 우수하지만 두보는 한 수 아래라는 내용인데 신흠이 과감하게 이와 같이 양인의 우열을 구분한 데에는 초당의 칠언고의가 전적으로 제량풍이므로 두보의 작풍과 부합하지 않는다는 기준으로 보는 것이 가할 것이다. 그러나 신흠이 「아마도 한 수 질 것이다(恐輸一籌)」라고 차별우위를 둔 평어는 역시 이백의 우월성을 암시한다고 하겠다. 필자가 신흠의 평가를 객관화시키는 근거를 제시하려 하지만 신흠의 위에 지시된 이러한 평어를 놓고 볼 때, 이두시의 비교우열론은 道家風으로 분류하여서 이백을 경원하던 조선문단의 두보경도의식과는 대조적인 입장에 있다고 본다. 이런 신흠의 의식은 문학성격상 주관성을 상당히 인정한다 해도 여전히 두보를 노골적으로 폄하할 만한 객관적 근거를 제시하지 못한 점을 지적하고 문제

---

26) ≪全唐詩≫ 卷261 嚴武생평에 「最善杜甫, 其復鎭劍南, 甫往依之」라고 하여 근친한 관계를 확인할 수 있음. 엄무가 남긴 시 6수 중에 <寄題杜拾遺錦江野亭>, <酬別杜二>, <巴嶺答杜二見憶> 등 3수가 있음.

27) 仇兆鰲 ≪杜詩詳注≫ 卷之十四: 「黃生曰,……滴博, 蓬婆, 地名本粗硬, 用雲間, 雪外字以調適之, 讀來便覺風秀, 運用之妙如此」

28) 上同 卷之十四 嚴武詩評에서 仇兆鰲가 인용.

가 있다고 본다. 여하튼 이같이 객관성 여부를 떠나서 두보를 비교차원에서 차등화한 것은 조선문단에서 신흠만의 독자적인 견해라고 본다.

4. 餘響(晩唐詩)의 無名作家論

≪晴窓軟談≫ 上卷에는 39조의 시론과 당시인론, 그리고 시화 중권에 이백과 두보에 관한 2개조를 포함하여 집중적으로 당시를 거론하고 있다. 그 중에 초당시는 위에서 거론하였고 중당대 王建, 李賀, 劉禹錫 등 유명작가를 간단히 거론한 것은 극히 일반적이어서 특성이 부족한 반면, 만당시 부분을 평가하는 분량이 다수이다.

신흠이 특히 만당의 무명작가에 관심을 기울인 것은 조선의 변혁기에 살았던 시기와 연관되어 있어서 만당을 중시하고 무친 진주를 캐듯이 가치 있는 작가를 거론하고 있다. 만당문학은 쇠망해가는 사회풍조와 맥락을 같이 하여 퇴폐적이며 은둔적이고 나약하면서 美辭麗句를 중시하는 유미적인 사조로 흘러가고 있었는데 한편으론 중당대 元稹과 白居易 등의 사실주의적인 시풍, 그리고 賈島와 岑參 등의 淡白하고 質朴한 古淡的인 묘사법을 추종하는 반유미파가 활동하고 있었다. 이 반유미파에는 三羅와 芳林十哲과 咸通 계열의 시인들이 그 주류를 형성하였는데 신흠은 이 중에서 바유미파계통의 무명작가들을 상당히 중시하여 寸評하고 있는 것을 하나의 특징으로 본다. 신흠이 거론한 만당시인으로 溫庭筠, 杜牧, 許渾 등도 있으나 그 비중이 무명작가를 품평한 것에 양적으로 미치지 못하니, 신흠이 거명한 시인들은 劉滄(시화 상 제35조), 唐彦謙(상동 18조), 李德裕(동 21조), 潘南(동 24조), 崔魯(34조), 趙嘏(37조), 李涉(35조) 등이다. 이들은 당시연구의 중심대상에서 벗어나 있는 비중이 적은 작가로서 현재에도 거의 연구가 미진한 상태인데 신흠은 박식한 안목으로 이들 작가들을 분석한 것은 조선 문인 중에서 그 예를 찾기 힘들다. 예를 들면 다음과 같다.

劉滄; 회고작은 또한 일대의 모의한 가작으로 한악에 미치지 못하며 당말인이
　　다.(懷古之作, 亦一代佳作摹擬, 不及韓偓, 唐季人也.)
李德裕; 어사가 빼어나고 시원하여 흐르듯 핍진하다.(語致英爽, 亹亹逼人.)
唐彦謙; 절창이라고 말할 수 있다.(可謂絶唱.)
潘南; 섬세하며 아름다움이 극에 달하다.(緻麗藻艶, 極矣.)
崔魯; 여운 속에 절실함이 있다.(餘響中精切者也.)
趙嘏; 단지 누각에 의지함을 아름다움으로 여기지 않는다.(不徒倚樓爲美.)

　　위와 같이 적절한 평을 가하고 있어서 중국측의 관련 자료와 대조할 만한
가치를 지니고 있다고 본다. 위의 인용문을 보면, 劉滄은 懷古詩에 장점이
있어서 ≪唐音癸籤≫에서 「유창의 시는 회고시에 뛰어나고 슬프면서 웅장
하지 않다.(劉滄詩長于懷古, 悲而不壯.)」이라고 이미 평한 것과 일맥상통하
고 唐彦謙은 그의 <仲山>시를 인용하면서 평한 것인데 原注를 보면 「漢
高祖의 형 仲이 은거하던 곳(高祖兄仲隱居之所)」이라고 하여 이 시가 絶句
로서 用事가 隱僻하여 諷諭가 悠遠한 맛이 있다고 평가되며29) 崔魯는 만당
중에서 精切하다고 평한 것은 신흠의 기준으로는 적절하고 객관적이라 할
것이니 ≪唐才子傳≫에 그의 시풍을 「최로의 시는 경물 묘사와 영물에 능하
니 읽으면 마치 안개 낀 언 눈과 같아서 마음이 상쾌하고 정신이 기이해지
며 성병을 멀리하고 기상이 청초하며 격조가 또한 높다.(魯詩善于狀景詠物,
讀之如煙氷雪, 心爽神異, 能遠聲病, 氣象淸楚, 格調且高.)」라고 극찬한 것과
상통한다. 개괄적이지만 신흠의 시평안목이 중국의 시평과 비교하여 독자적
이면서 상통하는 점으로 보아 ≪晴窓軟談≫의 서술이 시학이론에 상당한 가
치를 지닌다고 보며 보다 더 한중시론의 상호비교차원에서 지속적인 작업이
진행되기를 기대한다. 신흠은 시화에서 상권과 중권의 일부를 당시평 부분
으로 서술하면서 초당부터 만당까지 50여 명의 작가와 시를 거론하고 간단
한 시평을 비교적 객관적으로 가하고 있다. 거기에는 객관성이 있는 것이

---

29) ≪唐詩選脈會通評林≫:「茂業絶句, 大多用事隱僻, 諷諭悠遠.」

상당수이지만, 이백과 두보를 비교 서술한 부분은 이백을 두보보다 우위에
두고자 하는 의도가 있어서 이해하면서도 무리한 논조가 있음을 불식시킬
수 없다. 이 점은 이 시화의 취약점으로 지적될 것이다.

 신흠은 역시 唐詩를 宋詩보다 높이 두고 있으면서 한편으로는 송시의 가
치를 인정하고 기타 시대의 시도 그 나름의 위치를 부여해야 할 것을 강조
한 점은 긍정적으로 본다. 특히 초당대의 율시형성과 발전에 역점을 두어 18
작가의 시구를 인용하여 강조하였고 만당대의 무명작가를 다수 거론한 것은
이 시화의 장점이라고 본다. 그 중에는 현시점에서도 거의 고찰이 안 되고
있는 작가군을 평하고 있는데 각종 참고자료가 부족한 그 당시의 안목으로
평가한 내용이 상당부분 객관성이 있다는 점에서 높이 사야 할 점이다.

≪霽湖詩話≫의 主題와 唐詩 形式論

中國詩話를 근거로 中國詩論을 전개하는 것이 客觀性을 賦與하는데 무리가 없듯이 韓國漢詩論도 韓國詩話의 資料를 통해서 擧論하는 것이 安當性이 있다. 韓國漢詩를 거론한 최초의 詩話의 出現은 高麗朝 李仁老의 ≪破閑集≫을 거론하지만 詩話라는 명칭이 붙은 순수한 詩話集은 朝鮮朝 徐巨正의 ≪東人詩話≫에서부터라고 할 수 있다. 그러니까 한국시화는 조선조 중기에 이르러서야 성행하고 그 시론적 가치를 지니게 된 것이라 하겠다. 조선조 중기는 소위 穆夌盛世라고 하여 宋詩風에서 唐詩風으로 그 追從風格이 변화하고 시창작의 熱風이 강렬하여지면서 注目할 만한 시화들이 창작되는데, 그 대표적인 것으로 許筠의 ≪惺叟詩話≫(1611년), 李晔光의 ≪芝峰類說≫(1614년), 申欽의 ≪晴窓軟談≫(1618년), 그리고 梁慶遇의 ≪霽湖詩話≫(1627년)[1] 등을 들 수 있다.

이들 시화들이 출현한 시기를 대략 1611년에서 1625년 전후로 보는데 이것은 이들 시화가 指向하는 論調가 서로 柤通한다는 점과 연관시킬 수 있다. 즉 이들은 풍격상 唐詩와 宋詩에 대한 立論이 過渡期적 성격을 지니고 있으

---

[1] ≪霽湖詩話≫의 編纂年代는 일정치 않으니 趙鍾業의 ≪韓國詩話叢編≫ 제2책 p.185의 해제에는 1627년으로 기록하고 조융희의 ≪조선중기한시비평론≫(한국문화사, 2003) p.20에는 仁祖反正(1623) 직후에 지어졌다고 기록하고 있어서 시기적으로 상통한다고 하겠다.

며 情感표현을 중시한 興趣論, 그리고 詩有人的인 시와 시인과의 相關性 등
을 공통적으로 거론한 점을 지적할 수 있다. 이 중에서 분량과 평가수준에
서 다른 3종 시화에 못 미치지만 중국시론에 대한 나름의 독창적인 견해를
제시하고 있는 면에서 ≪霽湖詩話≫의 가치를 중시할 필요가 있다. ≪霽湖
詩話≫를 지은 梁慶遇(1568~?)는 主觀이 명백한 문인으로서 獨善的인 면이
있지만 唐宋詩를 중심으로 한 시론을 주로 詩描寫上의 문제점을 例示하면서
비평하고 있다. ≪霽湖詩話≫의 原文은 趙鍾業 編 ≪韓國詩話叢編≫ 제2책
(東西文化社 1989)2)에 의거하고 洪萬宗 編 ≪詩話叢林≫卷之三(亞細亞文化社
1973)을 참조한 바 ≪詩話叢林≫에는 25조만을 수록하고 있어 본문은 62조
(본래 조별 분류되어 있지 않으나 편의상 필자의 분류임)를 수록한 詩話叢編
에 전적으로 의거한다.

I. ≪霽湖詩話≫의 個條別 主題

梁慶遇(1568~1638)는 字가 子漸, 號는 霽胡, 또는 點易齋, 蓼汀, 泰巖이며
南原人이다. 그 부친 大樸은 詩文이 능하고 壬辰亂 시에 義兵을 일으켰다. 양
경우는 宣祖朝 丁酉年(1597)에 別試 文科 丙科에 급제하고 丙辰年(1616)에는
文科 重試 丙科에 급제하여 奉常侍僉正에 이르렀으며 ≪霽湖集≫을 남겼다.3)
　詩話의 구성에 있어서 分量은 모두 62條의 1卷本이나 每條가 長文이어서
전체의 분량은 비교적 장편이다. 趙鍾業 編 詩話叢編本은 62조인데 洪萬宗

---

2) 詩話叢編의 ≪霽湖詩話≫는 본래 梁慶遇의 ≪梁大司馬實記≫ 卷十에 수록되어 있는 데에서
　詩話부분만을 抽錄한 것이다.
3) 양경우의 생애부분은 이미 蔡奐鍾 석사논문 <霽湖詩話研究>(충남대, 1989) p.3~16에 상세
　히 서술된 바, 생략하고 졸년에 대해 의견이 분분한데 여기서는 ≪霽湖集≫ 續集 卷2에서
　양경우는 <盧公墓誌銘>에 「皇明萬曆己卯十二月三日甲子生……崇禎庚午正月二十六日……
　終于家 春秋五十有二平生」라고 기록된 것에서 崇禎 庚午年은 1630년이며 ≪南原梁氏大同
　譜≫의 양경우 묘지명에 「戊寅十一月十三日卒, 享年七十一」라고 기록하니 戊寅年은 1636
　년에 해당하매 졸년을 그 해로 본 것이다.

編 詩話叢林本은 25조인 이유를 가늠하기 어려우나 필자의 견해로는 후자에
선 중국시평 부분이 누락되어 있고 시화 후반이 삭제되어 있어서 학술적 가
치가 반감된다. 62개 조의 시론 중에서 중국시평은 22개 조이며 三唐詩人에
대한 평은 5개 조, 唐詩를 중시하여 그 영향관계에 대한 평은 8개 조, 그리
고 조선조 시인에 대한 평이 27개 조로 서술되어 있다. 시화 전체를 조별로
그 내용을 요약하면 다음과 같다.

조별	주제

1 조선조 중기의 시풍은 晩唐풍이며 用事 다용. 용사상 唐宋의 차이는 格律
  音響에 있음.
2 시의 격율론으로 吳體와 虛實體가 있고 回鸞舞鳳格, 扇對格, 隔句對格이 있
  음.
3 詩句의 兩解문제는 詩家의 기피할 부분.
4 入聲 押韻을 旁韻으로 通押한 예.
5 五律에 半律體가 있음. 頷聯에 對偶 不用.
6 排律은 偶數句만 押韻. 초당시의 오언배율은 古詩類. 배율은 杜甫에 완성.
7 常建 시에서 '酒醒'과 '醒酒'의 平仄 차이.
8 '從'자를 '侍從'의 '從'으로 사용하면 仄聲.
9 押韻상 한 자에 두 개의 뜻이 있으면 疊押 가능. 七言에 散韻이 多.
10 杜甫시의 '不分'의 의미는 '嫌'의 뜻.
11 두보시의 '聯拳'의 의미해석.
12 字音의 高低 즉 平仄의 通用을 중시.
13 두보 <杜鵑行> 시 「業工竄伏深樹裏」 구의 '業工'을 '새끼 두견새'라 함은
   오역. 본래 '業業'(두렵다)의 誤傳이라 함. 「두려워서 깊은 나무속에 숨다」
   로 풀이.
14 詩語 중첩의 妙味. 두보 <北征> 시의 '或'자 다용의 精妙함과 東坡시의
   '更'자와 韓愈 <南山> 시의 '或'자 다용의 支離함과 비교.
15 두보 시어의 矜嚴함은 香奩體가 전무. 晩唐이나 宋人의 纖巧함과 차이.
16 東坡 시어사용의 오류 지적. <金山寺> 시의 「是時江月初生魄」 구의 '生
   魄'은 '生明'으로 해야 상통한다는 것. 두보 시에는 이런 오류가 全無하다
   는 것.
17 唐詩의 '餘'와 '殘'의 활용. '餘'의 활용에 반드시 '殘'을 代用. 예: 杜甫의

<洗兵馬行.>

18 詩語 '稱'의 平仄法.

19 高敬命시와 李達의 비교. 이달 시는 晚唐풍이므로 고경명시를 높이 평가.

20 고경명과의 교유

21 李達과 崔慶昌과의 시 담론. 鄭知常시를 평함.

22 鄭士龍 시구 중 '擲'자의 활용을 두보 시에 비교.

23 林芑 시에 대한 정사용의 평.

24 李崇仁의 <嗚呼島詩>를 극찬.

25 정사용 長律詩를 극찬. 宋代 陳與義에 비교.

26 정사용 시의 근거는 蘇軾과 黃庭堅.

27 林悌의 유랑과 시

28 임제 시의 근원은 李商隱

29 이달의 <塞下曲> 3수의 표절

30 鄭彦訥 시 평.

31 崔岦 시 평.

32 李山海의 최립 시에 대한 폄하.

33 이산해와 車天輅의 교분

34 차천로의 詩用韻에 대한 평.

35 차천로의 작시태도

36 李爾詹과 차천로의 인품.

37 고경명과 정사용 시에 대한 이아계의 평.

38 白居易 <長恨歌>의 「夜雨聞鈴斷腸聲」의 '鈴'에 대한 해석.

39 시어의 의미 불분명 多. 예로 '來'자는 어조사.

40 중국 詔使 韓世能의 시에 대한 평.

41 三唐詩人과 임제의 교유와 그 시 평.

42 權鞸이 白光勳의 시가 晚唐풍이라 하여 폄하.

43 崔致遠 시에 대한 극찬.

44 盧守愼의 시에 대한 稱美.

45 壬辰亂에 朴守庵의 자결과 그 작별시에 대한 글.

46 어느 書生의 世事를 비유한 시에 대한 평.

47 중국 사신 滕達과 조선관리의 酬唱詩

48 권필의 시가 두보를 바탕하고 진여의의 묘사법 습득.

49 이달시가 두보시를 襲取한 예.

50 李春英의 시풍이 富麗滔滔한 면.

51 중국 사신으로 가면서 경물을 보며 唐代 薛稷과 李頎의 시 인용.

52 酬唱詩의 次韻法은 宋人에서 시작. 元稹의 수창시는 白居易 시를 차운한
   것이 있음.
53 金玄成의 시는 陳子昻을 배움.
54 노수신의 五言律詩는 두보를 배움. 호음시와 상호비교.
55 중국사신이 蘇齋 盧守愼의 시를 '大家手'라고 극찬.
56 許篈과 許筠의 시에 대한 찬미
57 李安訥의 시가 渾厚濃麗.
58 成汝學의 시가 窮語의식에 대한 평.
59 柳塗의 시에 대한 평.
60 두보시의 '行椒'의 '行'자에 대한 해석.
61 洪千璟의 시에 대한 평.
62 두보시의 造句法은 萬古의 으뜸. 그 시구를 인용하며 거론.

위에서 唐宋詩의 律格을 논한 것으로는 2, 4, 5, 6, 8, 9, 12, 14, 17, 18, 52
조 등 11개 조가 있고, 詩語를 논한 것으로는 1, 7, 10, 11, 13, 14, 15, 16,
17, 38, 39, 60, 62조 등 13개 조를 들 수 있다. 그 構成成分으로 보아 조선조
문인 중에서 三唐詩人과 車天輅, 權韠, 林悌, 鄭士龍, 高敬命, 盧守愼, 許筠
등 대문인을 거론하면서 金玄成, 柳塗, 洪千璟 등 무명시인의 시도 객관적으
로 品評한 점이 이 시화가 지닌 詩論的 價値라 할 수 있다. 특히 양경우가
시를 논하는 기준으로 杜甫를 중시하고 있어서 13개 조에서 그 근거를 제시
하고 있다.

Ⅱ. 唐詩의 對句와 押韻·平仄論

《霽湖詩話》가 지향하는 시론은 杜甫詩를 위시한 唐宋詩를 主體로[4] 삼
고 詩語驅使上의 문제점과 시의 율격상의 논점을 서술하고 조선중기의 시인

---

4) 시화에서 唐宋詩에 의거한 부분이 많지만 엄밀히 보면 尊唐적 의식이 더 강하고 宋詩風을
   배제하는 경향이 있어 소위 尊唐黜宋적 논술이 짙다고 할 것이다. 예 시화16조에서 東坡시
   를 杜甫시에 비교하여 「杜陵無此等失處」라고 한 것은 동파를 비하한 서술이다.

과 그 전후의 시를 직간접적으로 비평하는 성격을 지니고 있다. 그 당시의 타시화들에 비해서 이 시화는 身邊雜事를 기술한 면이 극소하고 시평 부분을 집중적으로 서술하고 있다는데 그 가치가 크다. 시화의 전반부는 주로 시의 律格論과 聲韻論, 그리고 詩語 해석에 치중하여 서술하고 후반부에는 조선시인과 그 시에 대한 시평에 비중을 두고 있으며 杜甫를 존중하여 그를 '詩祖'로[5] 추앙하는 논조를 전개하고 있다. 한편 시화에서 시론의 근거를 당송시에 두었다고 하겠지만 다음 19조의 일단에서 보면,

> 손곡시는 만당에서 나와서 비록 한 편과 한 구를 읊을 만 하다고 하지만, 어찌 어르신의 짙고 아름다우며 풍부하고 무성한 것만 하겠습니까? 제봉 고경명이 말하기를… 매번 절구를 지을 때면 감히 송인의 시체로 그 사이에 넣을 수 없다.
>
> 蓀谷詩, 出於晩唐, 雖一篇一句可詠, 豈若閣下濃麗富盛乎. 霽峯曰;……每賦絶句, 不敢以宋人體, 參錯於其間.

라고 하여 宋詩를 盛唐도 아닌 晩唐에도[6] 못 미치는 것으로 평가하고 있다. 이것으로 양경우의 시화의 논조가 송시보다는 당시에 優位를 두고 있음을 알 수 있다.

시화에서 율격에 관한 서술로 對句에 대해서 2, 5, 9, 12조 등에서 각각 논하고 韻律聲調에 대해서는 4, 6, 12, 17, 18, 52조 등에서 각각 거론하고 있으며 詩語에 관해서는 3, 8, 14, 16, 38, 39조 등에서 杜甫를 위시하여 白居易, 蘇軾 등의 시어를 분석하여 그 탁월성을 확인할 수 있다.

---

5) ≪霽湖詩話≫ 61조: 「老杜爲萬古詩祖…」
6) 嚴羽 ≪滄浪詩話≫ 詩辨: 「漢魏晉與盛唐之詩, 則第一義也. ……晩唐之詩, 則聲聞辟支果也」라 하여 만당시도 하품으로 평가하던 의식인데 양경우는 송시 더구나 동파마저 만당에 미치지 못하는 것으로 품평했음.

1. 對句

　對句의 경우를 보면, 율시에서 대구를 제2연과 제3연에 활용하게 되어 있는데 양경우는 시화에서 對偶法을 ①回鸞舞鳳格, ②扇對格, ③半律體로 구분하고 있다.

　①은 A(我)로써 B(彼)를 비유하고 B로써 A를 비유하여 되돌아오는 비유형식의 대구로서 시화 2조에서 기술하기를,

> 회란무봉격은 무엇인가? 말하건대; 나를 가지고 저것을 비유하고 저것을 가지고 나를 비유하는 것을 말한다. 예컨대 한유의 시에서 「깃발은 새벽해를 뚫고 구름과 노을이 움직이는데 산은 가을 하늘에 의지하고 칼과 창은 밝다.」에서 나의 깃발로 저 구름과 노을을 비유하고 저 산으로 나의 칼과 창을 비유하는 것 바로 이것이다.
>
> 至如回鸞舞鳳格者何耶? 曰以我況彼, 以彼況我之謂也. 如韓詩旗穿曉日雲霞動, 山倚秋空劍戟明. 以我之旗況彼雲霞, 以彼之山況我劍戟者是也.

라고 하여 韓愈의 <奉和裴相公東征途經女几山下作>시의 두 구를 인용하여 풀이하고 있다. 여기서 '旗'와 '劍戟'은 A로 하고 '雲霞'와 '山'을 B로 하여 서로 짝을 이루게 한다는 것이니, 이것은 사상의 반복적 비유인 것이다. 그리고 시화 31조에서 다른 예를 들어 서술하기를,

> 그 함연에 이르기를; 「초땅에서 진이 망할 날을 바라지 못하고 오히려 오의 병사가 영땅에 들어올 해를 경계하네.」는 대개 시대를 마음 아파하는 작이다. 이상이 나를 보고 말하기를; 「그대는 이 작품을 보게나, 초는 누구를 비유하는 건가?」 대답하기를; 「우리나라를 비유한 것이다.」 또 물어 말하기를; 「진은 누구를 비유하는 것인가?」 대답하기를; 「왜적을 비유하는 것이다.」 말하기를; 「오는 누구를 비유하고 영은 누구를 비유하는 것인가?」 말하기를; 「오는 왜적을, 영은 우리나라를 비유하는 것이다.」
>
> 其頷聯曰; 未期楚戶亡秦日, 猶戒吳兵入郢年, 蓋傷時之作也. 李相目余曰; 君試觀此作, 以楚比之誰歟? 答曰; 比之我國矣. 又問曰; 以秦比之誰歟? 答曰; 比之倭賊矣. 曰以吳比誰, 以郢比誰歟? 曰; 吳比倭郢比我國矣.

라고 하였는데 여기서 A는 '我國'이고 B는 '倭賊'이 된다. 그러나 양경우는 이 格式이 句 중간에 활용되면 比喩가 중첩되는 단점이 있으므로 시인들이 기피한다고 하였다.7)

　②는 일명 隔句對 또는 開門對라고 하여 제1구와 제3구, 제2구와 제4구가 서로 對를 이룬다. 嚴羽의 《滄浪詩話》 詩體에서는 扇對에 대해 서술하기를,

　　　선대가 있는데 또 그것을 격구대라고 말하며 예컨대 정도관의 「옛날 함께 소나무냇물의 그림자를 비추었는데 소나무는 부러지고 비석은 무너져서 스님은 이미 없네. 오늘 돌아와 금성의 일을 생각하니 눈은 녹고 꽃은 시드니 꿈은 어떠한가.」가 바로 이것이다.
　　　有扇對, 又謂之隔句對, 如鄭都官昔年共照松溪影, 松折碑荒僧已無. 今日還思錦城事, 雪消花謝夢何如是也.

라고 하여 위의 인용시구에서 제1구의 '昔年共照'와 제3구의 '今日還思', 제2구의 '松折碑荒'과 제4구의 '雪消花謝'가 각각 대를 이루고 제1구의 '松溪影'과 제3구의 '錦城事', 제2구의 '僧已無'와 제4구의 '夢何如'가 각각 대를 이루고 있다. 이것이 율시의 聲調와 詩語의 조화를 이루게 하고 詩意를 명백하게 하는 묘사가 된다. 이러한 묘사법을 양경우는 시화에서 강조하여 기술하기를,

　　　선대격이 있는데 혹 격구대격이라 말하며 아래 두 구로 위 두 구를 대구하는 것을 말한다. 두보의 哭蘇鄭詩에 이르기를; 「죄를 얻어 태주로 가니 때가 위험하여 큰 선비를 버렸네. 관직을 봉래산으로 옮긴 후에 곡식이 귀하여 숨어사는 자가 죽는다.」가 이것이다.
　　　有扇對格, 或曰隔句對格, 以下二句對上二句之謂也. 少陵哭蘇鄭詩曰; 得罪台州去, 時危棄碩儒. 移官蓬島後, 穀貴歿潛夫是也.

라고 하여 엄우와 같은 해석을 가하고 있는데 인용한 두보의 5언시를 보면

---

7) 《霽湖詩話》 2조: 「秦楚吳郢四字, 沓入於二句之中, 比喩繁疊, 此實詩家之所忌.」

제1구와 제3구의 '得罪'와 '移官', '台州'와 '蓬島', '去'와 '後', 그리고 제2구와 제4구의 '時危'와 '穀貴', '棄'와 '歿', '碩儒'와 '潛夫'가 각각 대를 이루고 있다.

③은 5언율시에서 頷聯 즉 제2연에는 대구를 쓰지 않고 頸聯 즉 제3연에만 대구를 활용하는 경우를 말한다. 중국 율시 작법에는 맞지 않으나 古詩에는 쓰이던 작법이어서 沈約의 八病說에 蜂腰格[8]으로 구분하여 작시의 단점으로 본다. 그런데 양경우는 이 작법을 인정하고 활용할 필요가 있다고 본 것이다. 시화 5조에서 보면,

> 율시에 반율체가 있다. 함연의 구는 대우를 쓰지 않으며 단지 경연에서 대구를 할 뿐이다.
>
> 五言律詩有半律體. 頷聯做句不用對偶, 只頸聯作對做句是已.

라고 하여 함연에 대우 즉 대구를 안 쓰고 경연에만 대구를 한다고 밝히고 있다. 그리고 이 시화(5조)에서 이어서 시의 예로 李白의 <觀胡人吹笛>과 杜甫의 <百五日夜對月>, 그리고 李商隱의 <白石蓮花>를 인용하고 있다.[9] 이 중에 이백시를 보면 제2연의 「시월의 오산이 밝으니 매화가 경정에 진다(十月吳山曉, 梅花落敬亭.)」구는 대구를 이루고 있지 않고 제3연의 「근심 속에 출새곡을 들으니, 눈물이 추방당한 신하의 갓에 차네(愁聞出塞曲, 淚滿逐臣纓.)」구만 '愁聞'과 '淚滿', '出塞曲'과 '逐臣纓'으로 대구를 이루고 있으며, 두보시를 보면 제2연의 「달빛의 계수나무 자르면 맑은 빛 응당 더 많으리라.(斫却月中桂, 淸光應更多.)」구는 대구를 이루지 않는데 제3연의 「헤어져 붉은 꽃을 뿌리면서, 생각하며 푸른 눈썹 찡그린다.(仳離放紅蕊, 想象嚬靑蛾.)」구는

---

8) 蜂腰는 詩律 八病의 하나로서 5언시의 한 구에서 제2자는 제5자와 同聲이면 안 되니 그렇지 않으면 양머리가 거칠고 중앙이 가늘어져서 마치 벌허리와 같다고 해서 붙인 용어이다. ≪文鏡秘府論≫ 文筆十病得失:「蜂腰, 第一句中第二字第汚字不得同聲. 詩得者惆悵崔亭伯; 失者聞君愛我甘. 按君甘皆平聲字, 所以犯也.」

9) 이백시는 ≪李太白全集≫ 卷25, 두보시는 ≪杜詩詳注≫ 卷3, 이상은 시는 ≪全唐詩≫ 卷539를 각각 참고

'仳離'와 '想像', '放'과 '嚬', '紅蕊'와 '青蛾'가 각각 대구를 형성하고 있다.

2. 押韻

押韻하는데 있어서 次韻과 疊韻 그리고 改韻 즉 換韻과 通押旁韻에 대해서 중점적으로 거론하고 성조에 있어서는 平仄문제를 논하고 있는 점을 중시하게 된다.

먼저 압운에서 次韻은 타인의 시의 운을 빌려서 다시 작시하는 법인데 양경우는 차운의 목적이 단지 형식적인데 머물 것이 아니라 시의 意境까지 고려할 것을 강조하고 있다. 시화 52조에서 기술하기를,

> 당인이 시로 창화하는 것은 단지 시 중의 뜻만을 화답하는 것으로 차운의 예는 없다. 송인의 창화는 오로지 압운만을 중시하여 반드시 그 뜻을 화답하지는 않았다. 차운의 예는 대개 송인에게서 시작된 것이다.
> 唐人以詩酬唱者, 不過和詩中之意, 而無次韻之例. 宋人酬唱, 專尚押韻, 不必和其意. 次韻之例, 蓋始於宋人矣.

라고 하여 중국 시론에서 거론하지 않았던 次韻의 기본취지를 詩意에 두고 형식적인 면을 덜 중시한 양경우의 논조는 매우 참신하지만 당시를 송시보다 우위에 둔 의식의 발로라고 본다. 양경우는 그 예로 中唐代 元稹이 白居易에게 酬唱한 <詠通州事>와 조선조 金玄成의 시를 차운한 東岳 李安訥의 시를[10] 들어서 차운의 가치가 韻만을 빌리는 데에서 머물지 않고 意趣가 합해지도록 해야 좋은 차운시를 창작할 수 있다는 논지를 편 것이다.

다음으로 疊韻 즉 重韻인데 이 押韻法은 原韻을 두세 번 반복해서 사용하는 것으로 排律에서는 채용하지만 원칙적으로 기피한다. 양경우는 중국의 전통논리에 맞는 논지를[11] 펴서 혹 사용할 경우에는 한 자에 두 개의 의미

---

10) ≪霽湖詩話≫ 52조 참조.
11) 王力 ≪漢詩韻律論≫ 참조.

를 지니고 있으면 가능하다고 한 것이다. 시화 9조를 보면,

> 무릇 압운의 한 자는 두 개의 뜻을 가지고 있으니 첩운은 무방하다. 두보의 園人送瓜詩에 이미 이르기를; 「아낌이 영지초와 같다.」라 하고 절구에 또 이르기를; 「이것을 심는데 어찌하여 근심스러운가.」이다. 한유시는 대작을 쓰는데 첩운을 매우 많이 압운하고 또 자의가 같거나 다른 것을 가리지 않았는데 이것은 본받을 만하지 않다.
> 凡押韻一字有二義, 則疊押無妨. 杜詩園人送瓜詩旣曰; 愛惜如芝草, 終句又曰; 種此何草草. 韓詩則縱筆大篇疊押甚多, 亦不擇字義同異, 此則不可爲法.

라고 하여 두보시의 제6운에 '芝草'를 쓰고 말구 제10운에서 '草草'라고 하여 다시 중첩하여 운을 쓰고 있는 것을 거론하였는데 앞의 '芝草'의 '草'는 '풀'의 뜻이고 뒤의 '草草'는 '근심하다'라는 뜻으로 사용하였기 때문에 疊韻이 가능하다는 것이다. 韓愈가 이 원칙을 어기고 잡다하게 사용한 점을 본받을 만하지 못하다고 평가하고 있다.

改韻은 작시에서 다른 운으로 바꾸는 換韻을 말하는데 근체시에서 一韻到底를 원칙으로 하므로 이 운법은 많이 쓰이지 않는다. 그러나 쓴다면 양경우는 5언시는 첫 구에 운을 달지 않고 7언시는 운을 다는 것을 원칙으로 하는데 두보시는 예외가 있다고 하여 두보의 작시능력을 높이 본 것이다. 시화 9조에서 改韻에 대해서 서술하기를,

> 무릇 칠언에서 여러 운을 많이 산만하게 압운하는 것이 지금의 소위 산운이다. 그 개운할 때에는 1연의 상하구 모두 한 소리의 운을 압운하고 그런 후에 그 아래의 여러 연에서 단지 아래 구만을 압운하니 매 개운마다 늘 이러하다. 오언고시에서 개운하더라도 단지 아래 구만을 압운하고 간혹 1연을 고쳐서 압운하는데 칠언체에 의한 것은 역시 그것이 있다. 두보시 送王評事 오언시는 첫 구부터 성한 일에 이르기까지 모두 有자운을 쓴다. 그 아래 개운 豪로 한 것으로 이르기를; 봉황새 새끼는 털이 없고 오색은 너희들이 아니다. 여기서 毛와 曹가 개운으로 칠언과 같다. 이것으로 논하면, 칠언은 반드시 법칙을 지켜야 하나 오언은 반드시 예대로 하지 않는다.

凡七言多散押諸韻, 今之所謂散韻也. 其改韻之際, 一聯上下句皆押一聲之韻,
然後其下諸聯, 只押下句, 每改韻每如是. 五言古詩則雖改韻, 只押下句, 間或一聯
改押, 依七言體者, 亦有之. 杜詩送王評事五言詩, 自初句至盛事垂不朽, 皆用有字
韻. 其下改韻豪者曰; 鳳雛無凡毛, 五色非汝曹. 此則毛與曹改韻也, 與七言同. 以
此論之, 七言則必守法, 五言則不必爲例.

라고 하여 5언시와 7언시의 차이점을 논하고 있다. 이것도 중국 기본시율법
에 따른 논리인데 그 例詩로 두보의 <送王評事>를 거론한 것은 매우 탁월
한 예로서 두보시의 주석에 없는 것이다.[12]

通押旁韻은 一韻到底만 하는 것이 아니고 다른 운과 통용하여 압운하는
것으로 일명 叶韻이다. 詩經의 압운을 보면 협운으로 분류하는 경우를 보는
데 양경우의 이 운법에 대해서 다음 시화 4조에서 그 견해를 밝히고 있다.

압운은 입성에서 방운을 두루 압운하는데 단지 음이 가까운 것만 취하니
즉 고시이다. 두보와 한유는 모두 이러하니 평성의 東冬과 支微 같은 것, 歌麻
같은 것, 元文寒刪先 같은 것, 庚靑 같은 것, 覃咸 등의 운은 예전에는 통압해
도 무방했다. 율시 같은 것은 진퇴격 외에 결코 섞어서 압운해선 안 된다. 절
구 또한 율시와 같으나, 다만 제1운이나 방운의 압운은 또한 무방하다.
押韻至入聲則通押旁韻, 只取音近者, 卽古詩也. 杜韓皆如是, 平聲之東冬·若
支微·若歌麻·若元文寒刪先·若庚靑·若覃咸等韻, 古則通押不妨. 至如律詩,
則進退格外, 決不可混押. 絶句亦如律詩, 而但第一韻或押旁韻亦不妨.

위의 글에서 양경우의 논지는 古詩에서 入聲을 쓰면 가능하고 平聲의 경
우에는 東과 冬, 支와 微, 歌와 麻, 元·文·寒·刪·先, 庚과 靑, 覃과 咸
등 운이 서로 通押할 수 있다는 것이다. 그리고 율시는 進退格[13] 이외에는
불가하고 絶句는 율시와 같되 첫째 운에 협운하는 것은 가능하다는 것이다.

---

12) 仇兆鰲 ≪杜詩詳注≫ 卷12(中華書局) 참조.
13) 시에서 제2구에서 東운을 쓰고 제4구에서 그 옆의 상통하는 冬운을 쓰며, 제6구에서 다시
   東운을 제8구에서 다시 冬운을 써서 마치 진퇴하는 것 같다고 해서 붙인 명칭인데 淸代 汪
   師韓 ≪詩學纂聞≫:「至如李賀追賦畫江潭苑五律, 雜用紅龍空鍾四字, 此則皆後人轆轤進退之
   格, 詩中另爲一體矣.」

이런 점은 杜甫와 韓愈의 시를 본받을 만하다고 하였다.

3. 平仄

平仄에 대한 양경우의 견해를 보면 조선조 문인들이 한자 성조를 감안하여 작시에 활용하는데 용이하지 않고 字義에만 집착하는 데서 오는 율시의 평측법을 소홀히 하는 풍조를 지적한 것으로 평측법을 엄격하게 지켜야 한다는 것이다. 그래서 양경우는 「시인 중 혹은 자음의 고저를 다 모른다.(詩人或未盡曉字音高低)」(시화 12조)라고 우려하였다. 다음에 양경우가 지적한 사례를 시화 7조에서 들어본다.

> 空자는 본래 평성인데 당율시 중에 潭影空人心구가 있어서 대개 연못물이 맑아서 사람 마음을 텅 비게 할 수 있다고 말하는 것이다. 이 空자가 인심 위에 있어서 음이 높다. 예컨대 술이 酒醒의 醒과 醒酒의 醒자는 음이 평측으로 다르다. 酒醒의 醒은 평성이고 醒酒의 醒은 측성이니 이것이 곧 항상 쓰이는 예이다. 다만 두보시의 「여울이 세차니 바람에 술이 깨고 배가 가니 안개가 둑에 인다.」라는 것은 평성으로 썼다. 이창부의 여유시에 이르기를; 「술이 깨니 고향이 먼데, 멀리 누각소리 밤새도록 들린다.」라는 것은 측성으로 써서 상용되는 예와 오히려 다르다.
>
> 空字本平聲, 而唐律詩中有潭影空人心之句, 蓋潭水澄淸, 能使人心空虛如水之謂也. 此空字處人心之上, 故音高. 如酒醒之醒, 醒酒之醒, 音有平仄之不同. 酒醒之醒平聲, 醒酒之醒仄聲, 是乃常用之例. 只杜詩湍駃風醒酒, 船行霧起堤者, 平聲用也. 李昌符旅遊詩曰; 酒醒鄕關遠, 超超聽漏終者, 仄聲用, 與常用之例反不同.

위의 글에서 보면 양경우는 '空'자가 본래 平聲이지만 仄聲이 가능하여 그 예로 常建의 <題破山寺後禪院>의 시구를 인용하였고 '醒'자의 경우에 '酒醒'이면 平聲이고 '醒酒'이면 仄聲인 것이 常例로서 杜甫와 李昌符[14]의 시구를 인용하고 있다. 이런 기본원칙을 조선인이 소홀히 한다는 점을 지적

---

14) 李昌符. 字若夢, 晚唐시인으로 鄭谷, 許棠 등과 齊名.(唐才子傳) ≪全唐詩≫ 卷601 詩1卷.

하고자 한 것이다. 양경우는 여러 예문을 더 거론하여 平仄의 원칙을 준수할 것을 강조하고 있으니 그 예를 들면 다음과 같다.

* ‘從’자는 본래 平聲인데 동사로 활용되는 ‘侍從從臣’의 ‘從’일 경우는 仄聲으로 쓰인다. 예로 두보시: 「曾從嫖姚立戰功.」(시화 제8조)
* ‘王’자는 平聲인데 간혹 去聲 즉 仄聲으로 쓰고, ‘行’이 간혹 平聲으로 쓰는 것은 잘 몰라서 하는 것이다.(시화 제12조)
* 平聲인데 仄聲으로 통용되는 경우: ‘燈檠’의 ‘檠’, ‘筠籠’의 ‘籠’(시화 제12조)
* 측성인데 평성으로 통용되는 경우: ‘莽蒼’의 ‘蒼’(시화 제12조), ‘衣服稱身’의 ‘稱’(시화 제18조)

Ⅲ. 杜甫의 詩語論

양경우는 杜甫를 詩祖라고 하여 시의 기본원칙을 모두 두보에 초점을 맞추어서 논지를 펴고 있다. 양경우는 晩唐詩를 부정하지 않았지만, 嚴羽가 盛唐詩를 ‘第一義[15]라고 평한 것처럼 역시 성당시를 더욱 높인 것은 두보가 있기 때문이다. 그래서 시화 제1조에서 성당시를 만당시와 비교하여 다음과 같이 서술하고 있다.

> 근래에 당시를 배우는 사람은 만당에서 나온다. 성당과 만당은 멀어서 짝이 아니니 성당의 여러 시를 취하여 익숙해지면 곧 알 수 있다. 만당을 배우는 자는 용사를 가리켜서 말하기를; 당이 아니다. 성당의 용사처는 또한 많은데 때때로 송시 같은 것이 있으나 구법이 절로 구별되거늘 세상에 그걸 알 수 있는 자가 적다.
> 近世學唐者, 出於晩唐. 盛唐與晩唐迥然不侔, 取盛唐諸詩熟翫, 則可知已. 學晩唐者指用事曰: 非唐也. 盛唐用事處亦多, 時時有類宋詩, 然句法自別, 世人鮮能知之.

---

15) 嚴羽 ≪滄浪詩話≫ 詩辨 「論詩如論禪, 漢魏晉與盛唐之詩, 則第一義也. 大曆以還之詩, 則小乘禪也, 已落第二義矣.」

위의 글에서 성당과 만당을 구분하고 성당시의 다양성을 강조하고 있다. 用事란 典故 즉 故事를 시어로 활용하는 문제인데 이런 작시태도는 宋詩에 특히 성행하였지만 성당시에도 多用된다 함은 성당시의 포괄적인 우수성을 평가하고자 한데 있다. 성당시인으로는 단지 杜甫 외에는 李白16)이나 王維 등도 본받을만하다는 점을 전혀 거론하지 않았음도 유의할만하다. 그런데 이 시화에서는 두보 시의 詩語 묘사에 대한 평가에 중점을 두고 서술하고 있는 것이 특징이다. 먼저 두보 시어에 대한 총괄적인 평어를 시화 제15조에서 보면,

> 두보의 시는 그 어의가 엄정하여 향렴체를 끊어서 바꾸고 麗人行은 시사를 풍자하여 읊었으니 국풍의 뜻이 있다.
> 杜陵之詩, 其語意矜嚴, 絶貿香奩體, 麗人行則出於諷咏時事, 有國風之義

라고 하여 어의가 謹嚴하여 만당의 韓偓의 香奩體시처럼 나약하지 않고 國風 즉 詩經의 溫柔敦厚한 풍격을 지니고 있다고 하였다. 이런 평은 두보시를 보는 공통적인 평가이지만 양경우가 시론을 전개하는 기준이기도 하다. 그래서 두보시의 시어해석에 독자적이며 정확한 근거를 제시하고 있다. 그 예들을 들어보기로 한다. 시화 제10조에 두보시구 「不分桃花紅勝錦」구의 '不分'을 풀기를 '嫌'의 뜻으로 하고 있는데 그 해석을 보면,

> 두보시에 「아련히 복숭아꽃이 붉기가 비단 보다 더 하네.」라 한 것에서 不分의 뜻을 사람들이 많이 모른다. 마음에 편안한가 아닌가라는 것은 오히려 마음에 불안함을 말하니 곧 嫌자의 뜻이다.
> 杜詩曰: 不分桃花紅勝錦, 不分之意人多未曉, 安於心者爲分不分者猶言不安於心, 卽嫌字意也.

---

16) 양경우는 《霽湖詩話》 15조에서 李白을 논하기를 「李白詩蕩故多言婦人, 此古人所不取也」라고 한 것으로 보아 이백시를 폄하하고 있다.

라고 하여 '不分'의 의미가 애매한 것을 '嫌' 즉 '—인가' 정도로 적절하게 풀이한 것이다. 그리고 시화 제11조를 보면 두보시구에서 '聯拳'의 의미해석이 매우 정확하다. 이것은 仇兆鰲의 注本에도 없는 새로운 해석으로서 다음에 보기로 한다.

두보시에 이르기를; 「모래 가에 잠든 백로가 오롯이 서서 조용하다.」 당시의 시 중에 聯拳을 사용한 곳이 매우 많은데 聯拳이란 것은 무리 진 백로가 떨어져 서있는 모양으로 그 주먹을 나란히 하다라는 말이 아니며 두보시는 날아 뛰다와 대를 이룬다. 지금 시인은 날개를 접한다로 대를 이루게 쓰는데 매우 잘못된 것이다.
杜詩曰: 沙頭宿鷺聯拳靜. 唐人詩中用聯拳處甚多, 聯拳者, 群鷺離立之貌, 非謂聯其拳也, 以故杜詩與撥剌爲對. 今之詩人, 或以接翅作對用, 誤甚矣.

위에서 '聯拳'을 '새들이 늘어선(離立) 모양'으로 풀고 있다. 그러니까 '撥剌(날아 뛰다)'과 대를 이루고 있어서 단지 '接翅(날개를 맞대다)'의 의미로 봐서는 안 된다는 것이다.

시화 제13조를 보면 두보 <杜鵑行>의 「業工竄伏深樹裏」구에서[17] '業工'의 의미를 석연하게 근거를 제시하여 풀이하고 있다.

당본 서책 중에는 문자 사이에 한 자를 첩자로 쓰는데 예컨대 漠漠, 蕭蕭 같은 것으로 다시 쓰기에 귀찮아서 혹 작은 又자로 이어놓으니 예컨대 우리나라 사람이 두 점으로 이어놓은 경우이다. 글 새기는 사람이 잘못하여 又자를 工이라 쓰니 자주 그런 것이 있다. 業工은 필시 業業이 잘못 전해진 것이다.
唐本書冊中, 有文字間一字疊下, 如漠漠, 蕭蕭之類, 則厭於再書, 或以小又字繼之, 如我國人以兩點繼之者. 剞劂氏誤以又作工, 比比有之. 業工必業業之誤傳也.

위에서 '業工(두견새끼)'은 '業業(두렵다)'의 뜻이라는 것이다. '業又' 즉 '業'이 하나 더 있다라는 것이다. 글 새기는 자(剞劂)가 실수하여 '業工'이라

---

17) 仇兆鰲 ≪杜詩詳注≫ 卷之十 <杜鵑行>의 제2수 제3구. 이 注本에 '業工'의 주해가 없어 이 시화에서 初注로 봄.

하니 시구의 의미가 상통하지 않는다는 것이다. 논리적이지 않지만 고대의 인쇄술로 보아 이해가 간다.

그리고 시화 제14조를 보면 두보시에서 同字를 반복하여 쓰는 重言의 경우인데 韓愈나 東坡에서는 '支離'하게 보이지만 두보 시에서는 오히려 '警句'이며 '三嘆之音'으로 표현된다는 것이다. 두보시에서 시어구사의 극치를 보여주는 점을 지적한 것이다. 두보의 <北征> 시구[18]를 인용하여 그 장점을 기록하기를,

> 두보의 북정시에 이르기를; 「혹 붉은 것은 단사 같고 혹 검은 것은 옷 칠 같다. 비이슬이 젖는 곳에 달고 쓴 것 모두 열매 맺는다.」 두 혹자는 읊게 되면 세 번 감탄하는 소리이다. 한유의 남산시에는 50 개의 혹자를 이어놓아서 지리한 것 같다. 시가 정묘하려면 부허한 것을 겨루지 말아야 한다.
>
> 杜詩北征詩曰: 或紅如丹砂, 或黑如點漆. 雨露之所濡, 甘苦齊結實. 兩或字令人詠賞, 有三嘆之音. 而韓公南山詩衍爲五十或字, 亦似支離. 詩欲精妙, 不要鬪富.

라고 하여 색채 묘사의 묘미를 虛字 '或'을 반복 사용하여 극대화시킨 점을 칭찬한 것이다. 시 묘사의 요점은 화려한 수식에 있지 않고 허자 하나라도 엄밀한 작법으로 충분히 그 묘사의 목적을 달성할 수 있음을 강조하고 있다.

한편 양경우가 동파시의 결점을 지적하면서 두보시의 우위를 평가하고 있는 예로 시화 16조를 보면,

> 동파의 금산사에 이르기를; 「이 때 강의 달이 막 빛을 잃으니 이경에 달이 지고 하늘이 매우 검다. 이경에 지면 곧 밝아진다이니 빛을 잃다가 아니매 대개 경솔하게 틀린 것이다. 두보는 이런 틀린 곳이 없다.
>
> 東坡金山寺曰: 是時江月初生魄, 二更月落天深黑. 二更而落則生明, 非生魄也, 蓋率爾誤矣. 杜陵無此等失處.

라고 하여 '生魄(빛을 잃다)'이라고 표현하면 틀린 것이며 '生明(밝아지다)'라

---

18) 仇兆鰲 위의 책 卷之五 <北征>의 제39-42구 부분.

고 해야 한다는 것이다. 동파가 정확한 뜻을 모르고 시어를 사용했다는 의미인데 두보라면 이러한 실수를 할 리 없다는 것이다. 그리고 양경우는 白居易의 <長恨歌>에서 「夜雨聞鈴斷腸聲」구의 '鈴'의 의미를 단순히 작은 종, 방울 정도로 풀이해온 것을 근거를 통해 정확하게 해석한 것은 중국시화에서 없는 점이다. 시화 제38조를 보면,

> 장한가에 「밤비에 방울의 애끓는 소리 들린다.」의 구를 보면, 우리 동방사람은 마침내 처마의 물방울을 방울로 보는데 곧 속담에서 나온 것이다. 명황이 촉에 들어가서 경사진 골짜기에 이르러 밤비 속에 방울소리 들리니 우림령곡을 지었다. 대개 중국사람은 말 노새 같은 것의 목 아래에 방울을 걸어서 가면 소리가 난다. …… 옛날 천자의 병사가 우리나라에 오면 장군의 행차에 많이 노새의 목 아래에 방울을 묶어서 가면 여러 방울이 모두 울리는데 이것을 보면 더욱 증거로 삼을 수 있다.
>
> 長恨歌有夜雨聞鈴斷腸聲之句, 吾東人遂以簷溜爲鈴, 卽出於諺言. 明皇之入蜀, 到斜谷, 夜雨中聞鈴, 作雨淋鈴曲. 蓋中華人懸鈴於馬若騾之頭下, 行則有聲……昔天兵之來我國也, 將官之行, 多以騾載裝, 而編鈴於騾子頸下, 行則衆鈴皆鳴, 見此益可驗矣.

라고 하여 '鈴'을 사용하는 풍속을 조선조와 중국을 비교하면서 밝히어 '鈴'의 본뜻을 이해하도록 한 점은 이 시화가 처음이다. 양경우가 시화에서 시어의 활용이 造語와 造句에 기본이 됨을 인식하고 예거하면서 두보시를 중심으로 한 논지를 서술한 것은 독자적이면서 주관이 명백한 점이며 중국인과 차별되는 한국 한시론의 일맥이라 할 것이다.

梁慶遇의 ≪霽湖詩話≫는 총 62조인데 그 중에서 시의 형식을 서술하고 있는 부분만을 선별하여 본문에서 거론하였다. 그러니까 신라의 崔致遠(43조)과 고려의 李崇仁(24조), 그리고 조선조 중기의 문인 高敬命(19조), 鄭士龍(22조), 權應仁(26조), 林悌(28조), 三唐詩人(19, 49조), 權韠(48조) 등의 시를 평한 부분은 한중시 비교라는 각도에서 제외시키고 단지 시화에서 중국시 특히 唐詩, 그리고 杜甫시를 중점적으로 서술한 부분만을 분석하였다. 따라서 편

벽된 면이 있으나 포괄적인 관점에 대해서는 이미 ≪霽湖詩話硏究≫(蔡奐鍾) 등 몇 편의 개괄적인 자료가 있으므로 여기서는 그들 자료와 차별화하여 본문의 초점을 맞추게 된 것이다.

양경우는 이 시화에서 자신이 시운율과 두보시를 중심한 당시의 독해에 매우 정통한 면을 보여주고 있으며 특히 두보시의 해석은 중국 杜詩의 대표적인 주석가 淸代 仇兆鰲가 이 시화를 참고하지 못한 점이 아쉽기까지 한다. 왜냐하면 후대에 나온 仇兆鰲의 주석본에 전혀 주석하지 못한 부분이 이 시화에 이미 근거 제시 하에 기술되어 있기 때문이다. 그 예로 10조의 ‘不分’, 11조의 ‘聯拳’, 13조의 ‘業工’, 16조의 ‘生魄’, 38조의 ‘鈴’의 근거 등을 들 수 있다. 그리고 대구에서 ‘回鸞舞鳳格’은 중국 각종 시학자료에 전혀 기록되지 않아서, 이 시화에서 처음으로 새로운 용어로 제시한 것은 특기할 만하다. 후대에 이 시화의 가치를 인정한 자료가 적은데 金得臣의 ≪小華詩評≫ 序에서 「내가 보건대 서거정의 동인시화는 정밀하지만 넓지 못하고 양경우의 제호시화는 온유하면서 흠이 없다.(余觀之徐四佳之詩話, 精而不博, 梁霽湖之 詩話, 溫而不次.)」라고 한 평가가 비교적 객관적인 서술이라고 보여진다. 한국의 중문학자가 한국한문학의 자료를 통하여 중국의 것을 평가하고 비교한다면 학문하는 주체성을 확립하고 우리 고전문학의 연구에 가교적 역할을 할 수 있으리라 본다.

≪鶴山樵談≫과 三唐詩人의 詩論

韓國詩話는 高麗 후기부터 정착되기 시작하여 李仁老의 ≪破閑集≫을 위시하여 조선조에 들어서 본격적인 시화의 출현을 보게 된다. 이 시화자료는 한국고대문학의 詩學史와 그 이론의 정립을 위해서 절대적인 자료가 되며 나아가서 우리 詩話에서 중국시를 여하히 평가하는지를 조명하는 중요한 근거가 되고 있다. 이 시화에 서술된 내용은 어디까지나 우리의 시각에서 중국문학을 평론한다는 의미에서 그 독자적 안목을 중국과 차별화해야 함은 물론, 그 가치도 우리 나름의 주체적인 위치에 두어야 한다. 그러므로 한국시화의 서술은 우리 고유의 文學觀點인 것을 분명히 한다. 본고에서 許筠의 ≪鶴山樵談≫을 근거로 하여 조선조 중기의 詩思潮를 파악하고 그 중에서 대표적인 문인 즉 許筠의 스승이며 조선중기 당시 추숭자인 三唐詩人(李達 崔慶昌, 白光勳)의 리더인 李達의 시를 고찰하는 작업은 우리의 詩學體系를 설정함과 동시에 韓中文學 교류를 규명한다는 의미에서 그만한 동기부여가 되리라 본다.

許筠(1569~1618)은 字가 端甫, 號는 蛟山, 惺叟, 惺惺居士, 鶴山, 白月居士 등이며 그가 쓴 詩話集으로는 ≪惺叟詩話≫와 ≪鶴山樵談≫(1593년 작)이 있다. ≪惺叟詩話≫는 縱的인 詩史的 입장에서 서술하였고, ≪鶴山樵談≫은 橫的으로 宣祖시대의 시를 중심으로 그 脈絡과 淵源관계를 學唐的 위치에서

상세하게 기술하고 있다. 그러니까 ≪鶴山樵談≫이 詩評의 가치로서는 ≪惺
叟詩話≫를 능가한다고 볼 수 있다. 許筠은 어려서 문장은 柳成龍, 시는 李
達에게서 受學한 바, 師承的 脈絡으로 唐詩大家인 朴淳과 鄭士龍에게서 李
達이 수학하고 許筠이 그 계승자가 되는 流派的 관계로 보아서 許筠의 시의
식은 唐詩에 근거를 둔 것임을 확인한다. 그러므로 ≪鶴山樵談≫도 시의 가
치기준이 唐詩에 두고 있으며 學唐派에 대해서 다수 거론한 것을 염두에 두
어야 할 것이다.1) 이런 관점에서 본고는 許筠의 ≪鶴山樵談≫ 108則에서 三
唐詩人과 관련된 評文 17則을 중심으로 종합하고 그 중에 朝鮮文壇에서 가
장 탁월한 문인으로서 조선중기와 후기에 지대한 영향을 준 李達詩와 唐詩
와의 관계를 설정하여 분석함이 온당한 절차라고 본다.

Ⅰ. 許筠의 詩觀과 詩話의 性格

1. 許筠의 詩觀 背景

개혁적인 문인이며 유학자인 허균은 26세에 과거에 급제하고부터 대대로
문벌가문의 가풍에 맞게 藝文閣檢閱, 春秋記事官을 위시하여 世子侍講院說
書, 兵曹佐郎과 正郎, 黃海都事, 成均同藝, 遂安郡守, 三陟府使, 公州牧使, 刑
曹, 禮曹, 兵曹參議, 承文院副提調, 承旨, 刑曹判書, 右參議 등의 관직을 역임
하였지만, 그 사람됨이 경박하여 마침내 慶運宮兒檄事로 사형을 당하는 삶
을 마친다. 그의 불우한 생애와는 달리 그의 문학은 조선조문학에 중요한
위치를 차지하고 있으며 그의 문학에서 시와 시론의 비중이 지대한 것이다.

그의 문학관 좁게는 詩觀을 형성하는 요인을 보면 먼저 그의 가정환경을
들어야 할 것이다. 부친 許曄는 허균에게 문장은 柳成龍, 시는 李達에게서
수학케 하고2) 經典과 文集은 물론, 歷史 특히 ≪東國通鑑≫을 필독케 하면

---

1) 허경진, ≪許筠의 詩話≫, 民音社 1982, p.27.

서 엄격한 교육을 실시하고 위로 許筬, 許筠, 許楚姬 등 당대의 문인들인 형제의 지도하에서 문물을 익히고 천재적인 聰氣를[3] 지니고 있어서 전형적인 조선조 사대부의 환경 속에서 성장하였다. 그러므로 그의 유년기의 학문은 엄격한 유가적 학풍과 문학으로는 전래의 성리학을 근간으로 하는 蘇軾과 黃庭堅의 송대 사조를 습득하는 관례를 수용한 것이다. 이러한 기풍이 명대의 문물에 영향 받으면서 崇唐黜宋의 조선중기의 신문풍에 의해 문학평가기준이 재설정되는 것이다. 그리고 관직생활을 통하여 부패와 음모가 횡행하는 사회구조의 일원으로 처신함이 허균으로서는 극복하기 어려운 문제였기에 자연스레 현실과 불화하게 되고 독자적인 처신을 하며[4] 종교적으로도 佛敎와 道敎에 관심을[5] 갖는 경향을 보이게 된다. 그리하여 그 불화를 극복하고 현실초탈의 의지를 추구하니, 그의 의식은 일종의 內在的 초월로서 주어진 관계를 벗어나서 自足的이며 주체적인 자유존재를 소망하게 된다. 다음 글은 그의 심적 자세를 대언하고 있다.

여기 신선이 아니라고 느끼고 여기 부처가 아니라고 느끼며 또한 성인도 아니니 오직 마음만으로 초월하노라.
此覺非仙, 此覺非佛, 亦非聖人, 唯心對越(≪惺所覆瓿藁≫ 卷14 覺軒銘)

그래서 허균은 遊仙詩 14수를 남기고 있으니 그 제1수를 본다.

서울에서 의협의 굴에서 놀다가
산림에서 은둔하여 지낸다.
붉은 문이 어찌 영화로우리,
봉래에 기탁함만 못하도다.

---

2) ≪惺叟詩話≫:「仲兄自遣還, 始敎以古文, 文從西崖相學, 詩從蓀谷學, 方知文章之經.」
3) ≪宣祖大王實錄≫ 34년 11월 18일:「許筠非徒能詩, 性且聰敏, 多識典故及中朝事.」
4) 許筠 ≪惺所覆瓿藁≫ 卷6 四友齋記:「許子性疎誕, 不與世合, 時之人群罵, 而衆斥之.」
5) 허균의 부친 許曄이 徐敬德에게 도교수업하고 그 당시 鄭礦 형제와 鄭之升, 鄭斗卿이 문학에 도교사상을 도입한 유선시를 창작하여 문학의 일파를 이룸.(참고: 李鍾殷 ≪한국시가상의 도교사상연구≫ 보성문화사, 1978. 李家源 ≪韓國漢文學史≫, 민중서관, p.255)

京華游俠窟, 山林隱遁棲.
朱門何足榮, 未若託蓬萊.

　　이와 같은 생활여건 하에서 허균은 문학에 있어 尊唐派인 李達에게서 문학과 인품을 함께 수득하는 과정을 거치면서 그의 시관도 詩經의 溫柔敦厚的 詩敎와 學唐에 기반을 두게 된 것이다. 성장과정에서 유학적 교육을 받은 허균은 그의 시관의 바탕도 시경의 詩敎를 중시한 것이니 다음 글에서 詩道의 근본을 시경에서 근원함을 밝히고 있다.

　　　일찍이 말하기를 시도는 삼백편에서 크게 갖추어졌다고 한 바, 그 빼어나고 돈후함은 징계자를 감발하기에 족하다. 국풍이 가장 성하고 아송은 이로에 들어 성정을 버리니 점차 멀도다.
　　　嘗謂詩道大備於三百篇, 而其優遊敦厚足以感發懲創者. 國風爲最盛, 雅頌則涉於理路, 去性情爲稍遠矣.[6]

　　허균은 시경에서 雅頌보다 國風을 더 높이 평가하였는데 이것은 국풍이 성정을 위주로 표현된 시가이기 때문이다. 性情의 感發이 理性의 작용을 먼저하고 그것이 시로 나타나는 과정을 중시한 것이다. 성정위주의 시로 盛唐詩를 추숭하는 계기가 여기서 시작되었음을 알 수 있다.
　　조선조의 시단이 송대 시풍을 추종하던 시기에 스승 이달의 파격적인 송시풍으로부터 탈출과 송시의 성정부재의식에 대한 반발심이 작용하여 명대 前後七子의 성당시로의 회귀의식을 추종하게 된 것이다. 이 과정에 허균은 「文必秦漢 詩必盛唐」의 擬古운동의 前七子를 계승한 嘉隆七子 즉 後七子의 하나인 王世貞(1526~1590)을 깊이 추숭하고 그 문학에 접근하고자 한 것이다. 허균이 왕세정을 추숭한 점은 그의 續夢詩 40수를 통해 꿈에 만난 何景明과 徐禎卿, 그리고 王世貞을 詩題로 하여 창작한 의식을 보면 확인하게 된다.[7] 허

---

6) ≪惺所覆瓿藁≫ 卷5 題唐絶選刪序
7) 허경진 ≪許筠詩 硏究≫ pp.232~233(평민사 1984)

균은 후칠자 중에서 李攀龍과 王世貞을 으뜸으로 삼았고, 이반룡이 죽은 후 20년간 왕세정이 문단의 맹주가 되면서 같은 시대의 명문단을 추종하던 조선중기의 문단으로서는 일리가 있는 상황이라 하겠다. 왕세정의 문학을 보면 그의 才氣가 출중한 점과[8] 文風이 秦漢을 본받은 점이[9] 중요하고 그의 시는 전칠자의 盛唐詩 추숭을 견지한 점을 중시한다. 왕세정은 자신의 문장을 自評하기를,

> 이에 우리는 삼보가 있으니, 초보는 웅혼하고 유창하며, 조보는 기발하고 초일하고 덕보는 정밀하고 온전하니 모두 내가 따르지 못하는 것이다.
> 自是吾黨有三甫: 肖甫之雄爽流暢, 助甫之奇秀超詣, 德甫之精嚴穩稱, 皆吾所不及也.(≪藝苑卮言≫ 卷7)

라고 하여 그가 지향하는 풍격은 웅혼하고 기초하며 정온함을 서술하고 있으며 더 자평하기를,

> 나는 시문에 있어서 전문가가 되지 못하고 또 여러 가지 가락을 짓지도 않는다. 무릇 뜻이 붓보다 앞서 있으니 붓이 뜻을 따라 나아간다.
> 吾於詩文不作專家, 亦不雜調. 夫意在筆先, 筆隨意到.(上同)

라고 하여 의취의 중요성을 강조하니 이것은 왕세정이 작시에 있어서 성정을 으뜸으로 삼음을 의미하는 것으로 杜甫를 위시한 전형적인 당시의 풍격을 중시함을 보여준다.[10] 그런데 그 당시의 조선문단에서 왕세정의 위상이 높았기에 단지 허균 개인만의 선호대상이 아닌 것을 확인한다. 조선사신들이 燕京에 오면 왕세정의 문집을 수집하는데 열중한다거나[11] 조선에서 직접 문집을

---

8) ≪靜志居詩話≫:「嘉靖七子中, 元美才氣十倍于鱗, 惟病在愛博, 筆削千兎, 詩裁兩牛, 自以爲靡所不有, 方成大家, 一時詩流皆望其品題.」
9) ≪四庫總目≫:「自古文集之富, 未有過於世貞者. 其摹秦仿漢, 與七子門徑相同.」
10) ≪秋圃擷餘≫:「五言詩刻意老杜, 深情老句, 自旗皷中原.」
11) 金學主, 吳金成 編 ≪明淸人文集目錄≫에 의하면 明淸刊刻의 왕세정저작은 ≪弇州山人四部稿≫, ≪弇州山人續稿≫, ≪弇山堂別集≫, ≪讀書後≫ 등 20 여부가 포함되어 있고, 대

간행함은 물론, 光海君이 冬至兼陳奏使 閔馨男과 副使 허균을 접견하는 자리
에서 왕세정의 문집을 거론하는 관심을 보인 것에서 확인한다. 예컨대 다음
≪李朝光海君日記≫(卷94 光海君七年閏八月己酉)의 일단을 보면,

> 왕이 말하기를 왕세정이 저술한 것은 무슨 책인가? 허균이 말하기를 엄산
> 집입니다. 왕이 말하기를 이 문집이 중국에서 유행하는가? 민형남이 말하기를
> 왕세정은 문장대가입니다. 집집마다 모두 그것을 가지고 있습니다. 왕이 말하
> 기를 왕세정 문집을 고쳐 간행할 수 있는가?
> 　王曰: 王世貞所述, 何冊耶? 許筠曰: 弇山集也. 王曰: 此集中朝盛行耶? 閔馨男
> 曰: 王世貞文章大家也, 家家皆有之矣. 王曰: 王世貞文集, 可以刊改耶?

라고 기술하고 있다. 그리하여 ≪皇明大家王弇州文抄≫ 등을 직접 간행하기
도 하니[12] 자연스레 허균도 尊唐文人 왕세정의 문집을 접하게 된 것도 허균
문학의 근저를 다지는 계기가 된 것이다. 허균은 왕세정의 문집에 심취되고
왕세정을 본받아 <續夢詩> 40수와 <續靜姬詩>를 짓고, 그리고 왕세정의 문
집 ≪四部稿≫의 명칭을 빌려서 허균 자신의 문집을 ≪四部覆瓿藁≫라고 한
것 등에서 심지어 자신을 왕세정의 忠臣이라고까지[13] 표현할 만큼 동일화된
문학의식을 엿보게 된다.　三唐詩人 李達에게서 師承하고 성당시의 擬古派인
왕세정에 동화된 허균의 작시의식에서 저술된 ≪鶴山樵談≫은 ≪惺叟詩話≫
외에는 1972년까지 발견되지 못하였고 趙潤齊의 소장본 ≪稗林≫에서 처음 등
장되었던 상황에서[14] 비록 학계에서 늦게 거론되었지만 그 당시의 시단의 풍
조와 詩評으로서의 가치를 확인하는 근거를 제시해주는 자료가 되는 것이다.

부분 奎章閣에 보관되어 있다.(孫衛國「王世貞及其著作對朝鮮的影響」, ≪中國古代. 近代文
　學硏究≫ 2006年 第4期)
12) 孫衛國「王世貞及其著作對朝鮮的影響」:「朝鮮不僅搜羅明淸刊刻的王世貞書籍, 還特別刊刻一
　　種皇明大家王弇州文抄一卷一冊,　還將茅坤與王世貞的文章合刊爲茅鹿門王弇州二大家文抄一
　　冊.」
13) ≪惺所覆瓿藁≫ 卷4 世說刪補注解序:「亦不失爲忠臣也, 使元美知之, 則必將鼓掌於冥冥中,
　　以爲愉快焉.」
14) 허경진 ≪許筠의 詩話≫, 民音社, 1982, p.28.

2. ≪詩話≫의 詩論的 性格

1593년에 저술한 이 시화는 조선중기의 시단의 사조를 대변하는 내용을 주제로 하고 있다. 이 말은 고려중엽부터 주된 사조인 蘇軾과 黃庭堅이 중심이 되는 송시풍조에서 李胄－金淨－鄭士龍－李達로[15] 계승된 學唐派의 조류로 전환되는 과정에 이 시화가 탄생되었기 때문이다. 그러니까 허균은 이달의 제자로서 이 시화는 일종의 학당파의 대변자적인 시론서라고 보아도 가할 것만큼 그 내용이 당시론에 편중되어 있어서 그 원류를 연구하기에 적절한 자료의 하나가 된다. 이미 거론한 바 판본은 趙潤齊 소장 稗林本이 신뢰도가 높으며 규격은 10行 20字 41章 필사본이다. 내용상으로는 본문 말미에 小字의 注가 부기되어 있는데 按이란 부기어가 있고 참고 될 시가 추가되어 있어서 후인의 첨가어로 본다. 분량은 총 108條로 구성되고, 그 중에 시평관계내용은 99조로, 시 6조, 일반론이 三唐시인이 17조, 許筠이 25조, 許蘭雪軒이 6조, 중국부분 8조, 기타 그 당시의 문인의 부분 등으로 분류되어 있다. 저술 시기는 그의 시화 後記를 보면,

> 나는 어려서 아버지의 교훈을 잃어서 여러 형들이 사랑하고 불쌍히 여겨서 독촉하고 꾸짖지 않았다. 그래서 힘줄이 게으르고 살이 늘어져서 글 읽기를 힘쓰지 않았다. 좀 자라서 과거 급제한 사람을 보면 즐겨 본받았으나 글 다듬고 꾸미는 것을 대장부의 할 일이 아니라 했다. 이제 난세를 만나니 세상 생각이 이미 재가 되었고 십년을 독서하려 하였으나 아아 또한 늦었다. 학산초담 한 부를 지으니 지금 천자가 즉위한 지 21년, 때는 흑사양월 연등 후 3일에 계사년 10월 3일 교산자가 쓰다.
>
> 僕少失先子之教, 諸兄愛恤, 不加督責, 以故筋懶肉緩, 不務讀書. 稍長見人占科學者, 喜而效之, 彫蟲篆刻非丈夫之所爲. 今遭亂世, 世念己灰, 欲十年讀書而嗟亦晚矣. 作鶴山樵談一部. 今天子卽位之二十一載. 歲在黑蛇陽月燃燈後三日, 蛟

---

15) 앞의 주의 자료 p.244에 學唐의 계보를 정리하기를, 鄭士龍과 함께 盧守愼, 黃廷彧을 놓고, 李達과 함께 朴淳, 다른 三唐시인 2인과 許筠을 그리고 李達의 계승자로 許筬, 許楚姬, 權韠을 놓고 있다.

山子書.

라고 하여 장시간 독서삼매에 들어 학식과 주견이 탁월했음을 알 수 있고 저
술 시기는 宣祖 21년 즉 1593년 음력 10월로 본다. 허균이 지은 다른 시화
《惺叟詩話》는 총 89조에서 당시와 연관시켜서 한국한시를 논하고 있는 것
이 21조인데 그 관련내용을 보면, 1조 崔致遠과 鄭谷, 韓偓, 3조 鄭知常, 崔慶
昌, 李達과 李君虞, 8조 洪侃과 盛唐, 16조 鄭夢周와 盛唐, 22조 李崇仁과 劉
禹錫, 23조 鄭以吾와 당시, 24조 李詹과 杜牧, 29조 李承召와 당시, 30조 成侃
과 唐樂府, 31조 金宗直과 盛唐, 34조 鄭希良과 中唐, 35조 李胄와 王維, 孟浩
然, 36조 朴誾과 당시, 38조 李荇과 陳子昻, 杜甫, 40조 三唐시인과 杜甫, 45
조 金淨과 劉長卿, 57조 朴枝華와 杜甫, 60조 李達과 당시, 69조 三唐시인과
당시, 76조 李安訥과 당시, 88조 白大鵬과 孟郊, 賈島 등으로 서술하고 있어
서 《鶴山樵談》과 함께 唐詩를 위주로 평술하고 있는 시론인 것을 알 수 있
다. 이같이 학산초담도 당시론에 의거한 한국 한시론을 전개하고 있는 것이
특징이다. 이 시화의 당시론과 연관된 시평내용을 열거하면, 3조 李胄와 杜
牧, 4조 三唐시인과 賈島, 孟郊, 5조 許筠과 李白, 15조 許楚姬와 李白, 李賀,
27조 洪慶臣과 李白, 28조 許筠과 杜牧, 43조 盧守愼과 당시, 59조 鄭鎔과 성
당, 84조 李誠胤과 溫庭筠, 93조 許楚姬와 劉禹錫, 100조 南孝溫과 당시 등을
들수 있다. 이 시화에서 尊唐的 시론을 주창하고 있음이 중요한 관점인데 그
간의 시풍이 송시에 경도되어 시의 진면을 상실하여 온 점을 시화 제3조에서
다음과 같이 기술하고 있다.

> 조선의 시학은 소식과 황정견을 위주로 해서 경렴 대유라도 그 구렁에 빠
> 졌고 그 밖에 세상에 이름을 냈던 자도 그 찌꺼기를 먹으며 썩고 못된 말을
> 만들곤 했다. 읽으며 없어지니 성당시풍은 사라져 못 듣게 되었다.
> 本朝詩學以蘇黃爲主. 雖景濂大儒, 亦墮其窠臼, 其餘鳴于世者, 率啜其糟粕,
> 以造腐牌坊語, 讀之可廢. 盛唐之音泯泯無聞.

송시의 위세가 조선중기까지 덮고 있어서 情景交融的 詩情을 표현하기보다는 형식과 이성에 경도된 고답적인 시풍에 매여 있다가 중기에 와서 성당의 시풍을 회복해야 함을 강조한다. 이것은 명대 前後七子의 출현과 맥락을 같이하는 풍조라고 할 것이다. 이런 사조의 출현은 李胄에게서 시작된 것임을16) 제3조에서 이주시를 논한 데서 보게 된다.

> 망헌 이주의 시는 침잠하면서 노련하여 둘째형님이 대력, 정원 시대에 가깝다고 하였다. 그러나 소식과 두목을 배운 후로 대체로 순박하지 못하였다.
> 忘軒李胄之之詩, 沈著老倡, 仲氏以爲近於大曆貞元, 然自是蘇杜中來, 大體不純

이주가 조선중기의 시단을 당풍으로 유도하고 그 시가 중당의 大曆才子의 시를 추종한 것을 알 수 있다.17) 이리하여 삼당시인의 출현과 동시에 조선중기 이후에는 시단이 당시의 사조를 따르게 된 것이니 그 역할을 허균의 두 시화가 담당하였다고 해도 가할 것이다. 이 시화에서 특기할 점은 그 당시의 시론에 머물지 않고 명대 시인도 평가하고 있으니 허균의 박학다식하고 예리한 관찰력이 출중함을 본다. 먼저 제68조의 일단을 보면,

> 명나라 사람으로 문장이 이름난 사람이 열명이니, 공동 이헌길, 양명 왕백안, 형주 당응덕, 제주 왕신중, 심양 동분, 녹문 모곤, 창명 이반룡, 봉주 왕세정, 남명 왕도곤이다. 이공동은 서한만을 배우고, 왕과 이는 문장이 까다로워 선진을 이으려 하고 남명은 화려하고 건실하며, 동분과 모곤은 평이하고 숙달하며 왕신중은 문장이 부허하여 명나라 사람이 모두 싫어하여 썩고 속되다고 하니 나의 견해도 대략 같다. 백안은 글에 전념하지 않고 학문에 분발하여 잡다함을 면치 못하였다. 형주는 전범하고 실질하니 모두 대가라 하였다. 왕원미 무리는 명인의 문장을 서한에 비교하고 이헌길은 태사공에 비교하고 우린은 자운에 비교하고 자신은 사마상여에 기탁하니 그 과장이 너무 심하였다.

---

16) ≪惺叟詩話≫에서 「李忘軒胄詩最沈着, 有盛唐風格.」이라 하고 ≪蓀谷集≫ 序에서 「弘正間 忘軒李胄之始學唐詩.」라고 기술.
17) 시화 제56조에 李胄의 <贈別李浪翁>시 등 2수를 재록함.

明人以文鳴者十大家, 李崆峒獻吉, 王陽明伯安, 唐荊州應德, 王祭酒允寧, 王
按察愼中, 董潯陽玢, 茅鹿門坤, 李滄溟攀龍, 王鳳州世貞, 王南溟道昆. 李崆峒專
學西漢, 王李則鉤章棘句, 欲軼先秦, 南溟華健, 董茅則平熟, 王愼中則富贍, 明人
皆厭之, 以爲腐俗, 余所見略同. 伯安不專攻文而以學發之, 故未免駁雜. 荊州則典
實, 然皆可大家. 王元美輩以明人文章比西漢, 李獻吉比太史公, 于鱗則比子雲, 自
托於相如, 其自誇太甚.

여기서 이들은 모두 전후칠자와 그 유파로서 먼저 擬古派인 李獻吉 즉 李
夢陽(1472~1529)은 弘正七才子 곧 前七子의 영수인데 이들은 복고주의자로
서 文은 秦漢을 본받고 詩는 盛唐을 숭상할 것을[18] 주장하여 永樂 이후의
臺閣體를 시정하려 하였다. 위에서 李獻吉은 前七子이며 李攀龍(1514~1570),
王世貞(1526~1590)은 後七子이고 王愼中(1509~1559)은 嘉靖八才子, 茅坤
(1512~1601)은 茅歸壓胄子[19] 그리고 王道昆은 後五子로서 모두 각 유파의
거두역할을 하며 동일한 사조를 주창한 것이다. 그리고 시화 제69조에도 명
대 문인을 열거하여 그 장점을 거론한 바,

명인으로 시로 이름난 사람은 대복 하경명, 공동 이몽양인데 사람들은 그들
을 이백과 두보에 비교하였다. 한 때에 능하다고 한 사람은 화천 변공, 박사
서정경, 태백 손일원, 검토 왕구사이다. 하와 이의 장편칠률이 모두 좋고 이우
린과 왕원미도 대가로 칭하고 오국륜, 서중행, 장가윤, 왕세무, 이세방, 사진,
여민표, 장구일 등은 모두 앞을 다투었다.
明人以詩鳴者, 何大復景明, 李崆峒夢陽, 人比之李杜. 一時稱能者, 邊華泉貢,
徐博士禎卿, 孫太白一元, 王檢討九思. 何李之長篇七律俱善, 近古李于鱗王元美
亦稱二大家, 而吳國倫, 徐中行, 張佳胤, 王世懋, 李世芳, 謝榛, 黎民表, 張九一等
皆幷驅爭先

여기서는 前七子의 영수인 何景明(1483~1521)과 李夢陽을 李白과 杜甫에
비견하고 전칠자인 邊貢(1476~1532), 徐禎卿(1479~1511), 王九思를 거명한

<hr>

18) 《明史》 文苑傳:「夢陽才思雄鷙, 卓然以復古自命. 弘治宰相李東陽主文柄, 天下翕然宗之, 夢
陽獨譏其委弱, 倡言文必秦漢, 詩必盛唐, 非是者不道」
19) 李日剛 《中國詩歌流變史》 下, 臺灣 文津出版社, p.385.

후에 이어서 후칠자인 이반룡, 왕세정, 謝榛(1495～1575), 徐中行(1517～1578), 吳國倫 등은 전칠자의 尊唐사조를 계승하고, 後五子인 張佳胤과 張九一, 續五子인[20] 黎民表와 왕세정의 동생인 王世懋도 같은 문풍을 주창하였다. 허균이 거명한 명대 문인은 모두 조선중기의 시단을 풍미하던 당풍을 내세운 점에서 문학영향과 연관된다고 본다. 이 시화에서 하나 더 유의할 점은 허균이 조선문인과 중국문인을 비교하면서 그 차이점을 구체적으로 거론하고 있어서 시화를 저술한 의도를 확인하게 된다. 이러한 지적은 다른 시화에서 찾기 어려운 냉정한 자기비판적이며 객관적인 논평의식이라 하겠다. 다음 제71조를 보면,

대개 명인은 학문을 쌓으며 고생하여 문단에 오른 자가 기름을 태우며 날 밝기까지 하고 반딧불과 창문을 지키며 힘쓰는 자는 눈을 비치며 해를 거듭하여 그리하여 시문을 지으면 모두 웅혼하여 기세가 있다. 우리나라는 문장을 모아서 과거급제를 차지하고는 책을 버리길 원수같이 하니 동방에서 예부터 문헌이라 일컬었는데 지금은 어찌하여 이처럼 사라져 버렸는가? 어찌하여 윗 사람이 권하고 성취하지 못하는가? 또 세대가 내려오면서 말세가 되고 인재가 옛날을 따르지 못하는 것인가? 그러나 사람은 다 요순이 될 수 있으니, 작은 기예를 어찌 스스로 그어서 힘을 다하지 않는가? 학문을 쌓고 공을 들이면 고인도 어렵지 않은데 칠자나 신, 허의 무리 정도에 이르지 못할 건가? 잠시 여기에 써서 스스로 경계한다.

蓋明人績學攻苦, 登文陛者, 燃膏達曉, 守螢牕者, 暎雪窮年, 故發爲詩文, 皆渾厚有氣. 我國則組織絺章以占科第及登科第, 則棄書冊若仇讎, 東方古稱文獻. 今何泯泯如此邪? 豈上之人不能奬率而成就之邪? 抑亦世降俗末而人才不逮古邪? 然人可皆爲堯舜者, 一小技豈可自畫而不盡力邪? 績學用功則古人不難, 到沈七子與申許輩乎? 姑書此以自警焉.

명인은 시종 부단한 각고를 거쳐서 文達의 경지에 도달하는데 조선의 문인은 그에 미치지 못함을 비판하고 있으니 위의 논조를 종합하면 첫째 과거급제의 목표달성으로 학문을 정지하는 단발적 의식, 둘째 학맥상 선후의 인

---

20) 상동 p.342

재양성의 제도 미비, 셋째 부단한 공력의 부족 등을 명인과의 차이점으로 지적하고 있다. 허균의 시와 시론이 당시를 추승하고 才情의[21] 성정을 기본으로 한다는 점에서 ≪鶴山樵談≫은 후세 시론에 중요한 골격이 되고 영정조대에 申緯와 같은 문인의[22] 출현이 가능하게 된 것이다.

Ⅱ. ≪鶴山樵談≫의 三唐詩人 位相과 詩風

이 시화는 李達을 위시한 三唐詩人에 대해서 17조에 달하는 비교적 많은 시평을 가하고 있어서 본문에서 그 점을 집중적으로 다루고자 한다. 그 三唐詩人 중에서 중심이 되는 허균의 스승 이달에 대해서는 별도의 장에서 당시와 연관하여 살피고 본문에서는 단지 시화상의 평가에 대해서만 개관하는 선에 머물려 한다. 허균이 거론한 삼당시인은 조선중기의 시단의 조류를 송시 중심에서 당시로 전환시킨 면에 초점을 두고 있다. 시단에서의 삼당시인의 초기역할의 중요성을 다음 시화 제3조에서 서술하고 있다.

> 융경·만력년 간에 최가운, 백창경, 이익지 등이 당대의 개원의 학문을 열어서 정화에 힘써 고인에 닮으려 했으나, 골격이 불완전하고, 기려한 점이 매우 심하여 허혼과 이상은 사이에 두어도 천한 사람으로 느끼거늘 문득 그들로 이백과 왕유의 지위를 뺏게 할 수 있겠는가? 그러나 이로 인해 학자는 당풍이 있음을 알게 되니 삼인의 처음 업적은 가히 덮어 둘 수가 없다.
>
> 隆慶萬曆間, 崔嘉運·白彰卿·李益之輩, 始攻開元之學, 黽勉精華, 欲逮古人, 然骨格不完, 綺麗太甚, 置諸許李間, 便覺傖夫, 項目乃欲使之奪李白摩詰之位邪, 雖然由是, 學者知有唐風, 則三人之初亦不可掩矣.

삼당시인의 출현은 기존의 시풍의 대변화를 예고하는 중대한 사건이며 그 의미를 과소평가할 수 없다는 논지이다. 이 시화에서 그 위상관계를 논하는

---

21) 金萬重 ≪西浦漫筆≫下:「筠四部稿, 士夫間頗有傳之者, 體格不甚高, 而才情有過人處, 如宮詞, 絶句, 竹西樓等諸篇, 洲岳諸公不能爲也.」
22) 柳晟俊 ≪韓國漢詩와 唐詩의 比較≫ pp.372〜473 참고(푸른사상 2002)

부분을 보면 먼저 崔慶昌의 경우 제6조에서 그의 시를 王世貞이 칭찬하였음
을 기술하기를,

> 이 시는 중원에 전파되어 왕봉주 선생이 매우 칭찬하였다.
> 此詩傳播中原, 王鳳洲先生甚加推賞.

라고 기록하고 이어서 <題楊忠壯公照之墓>를 평하기를,

> 이 시는 당나라 시인의 높은 경지에 뒤떨어지지 않으니 중원에서 칭찬받음
> 이 마땅하다.
> 此詩不減唐人高處, 宜乎見賞於中原也.

라고 하여 시의 평가기준을 당시에 두고 있음을 알 수 있으며, 제9조에서 최
경창이 許篈의 시를 평한 것을 기술하여,

> 고죽(최경창)이 보고 말하기를; 봄의 시는 추자로 하는 것이 가장 어려운데
> 이 구절은 전의 사람보다 훨씬 뛰어나다.
> 孤竹見之曰; 春詩秋字最難, 此句夐越前人也.

라고 하여 최경창이 시를 보는 안목이 예리함을 확인한다. 그리고 제17조에
서는 최경창이 盧守愼의 시를 평한 것을 기록하기를,

> 최경창이 일찍이 말하기를:「우리나라 지명은 중원에 못 미치므로 시를 지
> 으며 지명을 사용할 수 없는 것을 늘 한스러워 하였다. 소재 노수신의 시에서
> 「길은 평구역에서 다했고 강은 판사정에서 깊네.」라는 구를 보니 위아래 구
> 모두 속어를 사용하였으나 구법이 온당하여 대가의 솜씨가 절로 남과 다름을
> 알겠다.」라고 하였다.
> 崔孤竹輩嘗曰: 我國地名不及中原, 故作詩不得使地名, 每以爲恨. 及見蘇齋
> 詩有路盡平邱驛, 江深判事亭. 上下句皆使俚語, 而句法穩著, 乃知大家手自異
> 於人也.

라고 하여 작시상의 시어구사에 대한 안목을 볼 수 있다. 그리고 白光勳의 경우에 대해서 제7조를 보면,

> 백광훈의 자는 창경인데 서법이 왕희지와 왕헌에 가깝고 처음 관직에 나아가서 예빈시 참봉에 임명되었는데 일찍이 홍경사를 지나다가 시를 지어 이르기를: 「가을풀이 옛 나라의 절에 나고 남은 비석에는 학사의 글이 있네. 천년 두고 흐르는 물이 있고 지는 해에 돌아가는 구름을 본다.」 임오년 서울 집에서 죽었다. 난설 누님이 감우시에 이르기를: 「근래에 최경창과 백광훈 무리가 시를 닦는데 성당을 따른다. 적막한 대아의 소리가 이들에게서 다시 울리도다.」
> 白光勳字彰卿, 字法逼二王, 筮仕命參奉禮賓, 嘗過弘慶寺題詩曰: 秋草前朝寺, 殘碑學士文. 千年有流水, 落日見歸雲. 壬午病卒京邸. 蘭雪姉氏感遇詩有曰; 近者崔白輩, 攻詩軌盛唐. 寥寥大雅音, 得此復鏗鏘.

라고 하여 書法이 王羲之와 王獻에 출입하여 탁월한 것과 許蘭雪軒의 <感遇詩>를 인용하여 최경과 백광훈이 성당시를 근본으로 삼았음을 알 수 있다. 이들 이전에는 송시를 따름이 주류를 이루고 그 흐름으로부터 완전 탈피하지 못한 상태이었기 때문이다. 그 점에 대해서 허균은 시화 제70조에서 다음과 같이 서술하고 있다.

> 우리나라 사람은 문장이 소순, 소식, 소철 삼소를 본받고 때때로 황정견과 진사도를 배우므로 낮고 졸렬하기 그지없다. 시를 다듬어 익히는 자 최경창과 백광훈 모두 일찍 세상을 떠나고 지금은 단지 이익 하나만 남았는데 비방함이 산과 같으니 그 재주를 아끼지 아니함이 이와 같도다.
> 本朝人文則三蘇, 時學黃陳, 故卑野無恥. 工詩者崔白許皆早昇世, 今只有一李益之, 而積謗如山, 其不愛才如此

조선문단이 蘇洵 삼부자와 黃庭堅, 陳師道 등 江西詩派를 추종하는 상황에서 삼당시인의 출현으로 문단의 변화가 일기 시작하였는데 최경창과 백광훈, 許筬은 요절하니 李達의 위치가 중시되었으나 질투와 모함이 적지 않은

풍토였음을 알 수 있다. 이러한 삼당시인의 위상이 문단에서 높아지면서 그 풍격도 중시되었다. 그러면 이들의 풍격이 형성된 배경을 보건대 다음 朴淳의 狀文을 보면,

> 현옹이 그의 문장을 논해 말하기를 청초하고 담백하며 시 또한 경발하여 당을 따르니 후에 최경창·백광훈·이달들의 그 원류가 공에서 창시된 바이다.
> 玄翁論其文章曰, 淸邵淡潔, 詩尤警發, 力追李唐, 後來崔慶昌白光勳李達之流, 其源自公所倡始.(≪思菴先生文集≫ 卷五)

라고 하여 삼당시인의 원류를 서술하였고, 許筠은 ≪惺叟詩話≫에서 기술하기를,

> 우리 왕조의 시는 선조에 이르러 크게 수정되니 노소재가 두보의 법을 얻어 황지천이 이어 일으키니 최·백씨가 당을 본받고서 이익지가 그 조류를 열었다.
> 我朝詩, 至宣廟朝大修, 盧蘇齋得杜法, 而黃芝川代興, 崔白法唐, 而李盆之闢其流

라고 하여 삼당시인이 선조 이후에 문단의 변화를 주도하였음을 기술하였다. 이들의 풍격에 대해서 이 시화 제4조에서 상세하게 기술한 부분은 매우 중시되어야 할 것이다.

> 최경창, 백광훈, 이달 세 사람의 시는 모두 정음을 본받았다. 최의 시는 맑고 굳세며, 백의 시는 고담하여 모두 귀중하다. 그러나 기력이 미치지 못하고 사실이 좀 온후하지 못하다. 이달은 시가 화미하여서 앞의 두 사람에 비해서 자못 크지만 모두 맹교와 가도의 울타리를 벗어나지 못한다. 최와 백은 일찍 죽고 이달이 만년에 문장이 크게 진전되어 절로 일가를 이루니 시가 기려하면서 평실한 데로 돌아왔다. 가운데 형이 극히 칭찬하여 이르기를;「유장경과 견줄 만하니 뒤지지 않는다.」라고 하였다.
> 崔白李三人詩皆法正音. 崔之淸勁, 白之枯淡, 皆可貴重. 然氣力不逮, 稍失事厚. 李則富豔, 比二氏家數頗大, 皆不出郊島之藩籬. 崔白早世, 李晚年文章大進,

自成一家, 斂綺麗, 歸於平實. 仲氏亟稱曰; 可與隨州比肩, 亦不多讓.

　삼당시인 중에서 이달을 가장 높이 평가한 점은 南龍翼의 《壺谷詩話》에서 다음과 같이 기술한 데서 확인할 수 있다.

　　최경창과 백광훈의 우열은 간이 최립의 서에서 이미 최씨와 백씨를 일러 말하기를 밝게 남국의 외로운 빛이라 하고, 백씨를 말하기를 가을 벌레를 읊은 것은 백씨에 이르러 뜻을 가히 알만하다. 절구에 있어 최는 과연 우수하나 칠률은 전할만한 것이 없는데 "붉은 연꽃 핀 연못에 바람이 뜰에 가득하니, 어지러이 우는 매미 나무들에서 노래하는데 비가 마을에 오도다."의 한 연은 백씨에게 양보해야 할 것이다. 율절로 가장 뛰어난 자는 손곡인 것이다.
　　崔白優劣, 簡易序已定謂崔白, 炯然南國之照孤謂白曰; 吟作秋蟲, 到白頭, 意可知矣. 絶句崔果優而七律無可傳者, 至若 "紅藕一池風滿院, 亂蟬千樹雨歸村" 一聯, 則崔讓於白矣. 律絶最優者其蓀谷乎.

　허균은 삼당 중에서 특히 이달의 시 가치에 대해서 이 시화에 거론한 바, 제23조에서 이달의 <寒食詩>, <贈林龜城詩>, <魯山墓詩> 등을 인용하면서,

　　싯구의 대구가 자연스러워 침착하면서 기세가 잦아들어 있다. 세상에서는 풍월시라고 헐뜯으나 그렇게 생각되지 않는다.
　　句對偶天成, 沈著頓挫, 世或以風花病之, 抑未之思歟.

라고 하고, 제55조에서는 이달의 <洞山驛詩>, <拾穗謠>, <嶺南途中詩>를 인용하면서 기술하기를,

　　그 부역이 번거로워서 백성이 살기 어려워하여 떠돌며 고생하는 모습을 시 한편에 담았다. 백성을 다스리는 자가 이것을 보면 두려워하여 놀라 깨달을 것이다. 지치고 병든 그들을 살리도록 베풀어 행하면 그 교화하여 도움이 되는 것이 어찌 열으겠는가?
　　其賦役煩重, 民不聊生, 流離辛苦之狀, 備載於一篇中. 使牧民者觀此, 而惕然驚悟, 施行惠活疲癃, 則其爲補於風化者, 豈淺淺乎哉?

라고 하여 이달의 시를 최상으로 보았고 이런 시적 가치가 허균에 계승되어 이 시화에서 삼당시인을 비교적 비중 있게 거론하게 된 것이다.

Ⅲ. 李達詩의 盛唐風— 王維詩를 중심

朝鮮의 壬辰亂은 국운에 관계되는 중요한 사건이지만, 그 시기를 전후한 조선 문단의 변화는 한국한시에 획기적인 전환을 초치하였으니, 즉 조선 시학이 蘇東坡와 江西詩派의 핵심인 黃庭堅을 중심으로 이어 온 상황에서 임진왜란 전후의 三唐詩人(李達·崔慶昌·白光勳)이 출현하면서 唐風으로 詩學이 탈바꿈하기 시작한 것이다.

이 현상은 당 玄宗의 開元 天寶 연간에 安史亂이 있고, 내란이 접발하는 상황에서 오히려 당시의 황금기를 맞이한 것과 비교할 수도 있다. 이 三唐 중에서 가장 당풍에 접근하고 출중한 李達은 이 시대적 변화를 주도한 문단의 주요인물이 아닐 수 없다. 이달의 字는 益之, 號는 蓀谷·東里·西潭 등이며 本貫은 洪州(지금의 洪城)로서 李詹(1345~1405)의 庶子라는 정도로만 알려졌고 정확한 생졸년대와 일생을 입증하지 못한 상태에 있었다. 본서는 이달의 생졸관계를 가능한 한 구명하고 아울러 사적도 파악하면서 그의 교우관계도 개관하고, 그 후에 삼당 중에서 이달만을 성당에 접근했다는 근거와 연계성을 고찰하고서 이어서 이달 시를 특징짓고자 한다. 이달의 시를 특징짓는 것은 단순한 삼당시인이라는 어구상의 의미 이상의 내면을 찾기 위해서는 부득이 한중시론의 비교적인 성향을 띠게 될 것이며, 그 중에도 성당대의 孟浩然과 王維를 중심으로 한 산수전원시와의 비교도 중요한 초점이 되게 할 것이다. 삼당 중에 이달을 가장 높이 평가한 점은 南龍翼의 ≪壺谷詩話≫에서 이미 밝힌 바이며, 당시를 전개한 것에 대해 역시 허균은

≪惺叟詩話≫에서 이르기를,

> 최・백씨가 당을 본받고서 이익지가 그 조류를 열었다.
> 崔白法唐, 而李益之闖其流

라고 하여 이달의 시단상의 위치를 단적으로 기술하였다. 비록 서자출신이지만 그의 한시학상의 가치는 지대하다고 할 것이며, 이의 증명을 위해 본고는 논술되어 질 것이다. 본 연구에서 王維詩의 부분은 가능한 한 축소하고 이달에게 비중을 둘 것이며, 단지 왕유는 졸문들을 참조하길 바란다.

1. 李達의 生涯와 爲人

이달의 생졸년대는 아직 미상이라고 하는 것이 솔직한 표현이다. 단지 근사한 논고가 근자에 나왔기에 본문에서 재론하는 자료로 삼을 수 있겠다.[23] 먼저 출생년대를 고찰컨대, 梁慶遇의 ≪霽湖詩話≫를 보면,

> 나는 마침 기유년(1609)에 제술관으로서 유상 서경을 수종하여 용만으로 가던 중에 평양에 이르니 손곡 이달이 나이 칠십이 넘어 객으로 성안에 거하매 평양의 늙은 관기・관노들이 자못 그의 젊은 시절의 행락을 말할 수 있었다.
> 余於己酉, 以製述官, 隨柳相西坰, 向龍灣行, 至平壤, 李蓀谷達, 年逾七十, 客居城中, 平壤之老官妓官奴, 頗能說少年時行樂云.

여기서 己酉年이라면 光海君 2년(1609)으로서 이때 70세가 넘었다면 최소한 1539년 이전으로 소급할 수 있다. 이 시기는 같은 三唐인 白光勳이 1537년, 崔慶昌이 1539년인 것과 같은 연배에 속해 있어 양씨의 기술을 믿을 수 있다면 이달의 생년은 1539년 전후가 확실시 된다.

그리고 졸년을 추정컨대, 李晬光이 「西潭集跋」에서 밝힌 것을 보면,

---

23) 李鍾虎의 「蓀谷李達과 三唐詩」(成大碩士論文, 1980)에서 생존년대를 매우 根據있게 구명한 것은 깊이 참고할 만한 好資라 하겠다. 따라서 李達의 이 부분을 참고하였음을 附記한다.

전세에 최경창, 백광훈이 처음으로 당시를 창도하니 자못 과거의 습관을 변화시켰다. 이 때 서담 이달이라는 사람이 있어 그들과 상하를 다투어 일세에 떨쳤다. 내가 태어남이 뒤이니 최·백의 얼굴은 보지 못하고 단지 서담만 약관에 홍양에서 만나 알게 되었다. 비록 난리로 소원했지만 서로 의지하여 마음으로 교류한지 이십 년이 넘었다.

頃世有崔孤竹白玉峯, 始以唐倡之, 頗變向來之習, 時則有西潭李達者, 與之頡頑上下, 能以詩名噪於一世, 餘生也後, 不及見崔白之面, 獨于西潭, 弱冠遇於洪陽識也. 雖亂離契闊, 而彼此托之神交者, 餘二十歲矣(≪芝峯集≫)

라 하였는데 여기서 亂離란 壬辰亂(1592)이니 그 후 20년이라면 1612년 전후로서 일단 그의 졸년에 가까운 연대로 나타났으며, 또 동문에서,

지금 해서절사 유형은 최경창의 표질로써 어려서 이달에게서 배워 그 지은 시를 모아 ≪서담집≫이라 하여 한 권으로 모아 간행하려 하매 곧 나에게 보여서 시를 뽑고 발문을 써 주길 바랐다.

今海西節師柳公珩, 以崔之表姪, 少學李, 乃取其所爲詩, 目曰西潭集者, 總一卷將入梓, 便以示余, 欲使余選且尾之(≪芝峯集≫)

라 하여 柳珩(1566~1615)이 海西節使가 된 것이 1613년경이니 이달의 문집 발간 년대에 맞춘다면, 이 시기는 이미 이달의 사후가 되매, 이달의 졸년은 대개 1610년 전후로 추정하면 억설이 아닐 것이다. 이달 자신에 대하여는 허균의 「蓀谷山人傳」에 다음과 같이 묘사되어 있다.

이달의 용모는 우아하지 않았고, 성품도 호탕하여 얽매이지 않았으며 또한 예속을 익히지 않아 이로써 시대에 꺼림을 받았다. 그러나 고금의 일과 산수의 경물을 잘 애기하였으며 술을 좋아하고 진서를 잘 썼다.

達貌不雅, 性且蕩不檢, 又未習俗禮, 以此忤於時, 而善談今古及山水佳致, 喜酒能晉人書.

라 하여 이달의 출신과 그에 따른 自若的인 처세관을 알 수 있는데 한편 그

가 退溪의 문하에 출입하였다는 증거가 있는 것은 그의 儒學에 대한 상당한
심취 흔적을 엿볼 수 있다.24) 그리고 그의 출신성분은 庶子라는 것이 공통적
이니 다음 세 가지 자료에서 공지할 수 있다.

* 李達, 洪州人, 副正李秀咸, 畜州妓所生者.(≪芝峰類說≫, p.174) —홍주 기녀
  소생
* 蓀谷山人李達, 字益之, 雙梅堂李詹之後, 其母賤, 不能用於世.(「蓀谷山人傳」)
  —그 모친 천함
* 李達, 字益之, 號蓀谷, 副正秀咸庶子, 母洪州官妓, 其生也邑鎭月山草木皆枯.
  來居原州蓀谷, 因以自號. (沈鐸, ≪松泉筆譚≫卷六) —홍주 관기

　　여기서 이달이 州妓의 소생이며 洪州를 본관으로 둔 점은 같으나, 그 부
친에 대해서 許筠은 李詹이라 하였는데, ≪洪州李氏族譜≫에는 李秀咸(永宗
僉使)이라 등재된 것으로 보아, 착오로 보여진다.25) 그리고 자손의 계통표시
는 대개 右男左女인데 이달의 경우는 左男右女의 배열이어서 庶出임에는 의
심의 여지가 없다고 할 것이다.

　　판본에 있어서는 奎章閣本 6卷을 주본으로 하는데, 그에는 許筠의 舊序(光
海君 10年, 1618)가 있고 任相元의 序(肅宗 19年, 1693)가 부기되어 있어 그
출간년대를 추정할 수 있으나, 초간은 미견하니 柳珩에 의한 본이라 볼 때
지금은 그 자취를 알 수 없다. 任序의 본은 10行 20字로 총 369수의 시를 재
록하고 있어 卷一은 五絶, 卷二는 七絶, 卷三은 五律, 卷五는 古風, 卷六은
歌로 형식의 분류를 하고 있다.

　　이 판본 외에 一山文庫本이 있으나 위 양인의 序가 없으며 체재가 9行 15
字로 갖추어져 있고 분류도 卷一은 古風, 卷二는 歌, 卷三은 五律, 卷四는
七律, 卷五는 五絶, 卷六은 七絶로 구성되어 있다.

---

24) ≪陶山門賢錄≫ 卷四: "李達, 李益之, 號蓀谷, 洪州人, 居京以文章著世, 又能詩, 每天使來輒
　　以公爲遠接使從事官, 先生有答論學書."
25) 李鍾虎의 논문(旣紹介), p.13에 ≪洪州李氏族譜≫ 卷一의 부분을 인용하여 再言한 것임.

2. 朝鮮文壇의 唐風 興起와 李達 詩와의 관계

조선의 전반 시풍은 杜甫·蘇軾에 의한 것이라고 해도 과언이 아니다. 許筠은 이에 대해서, 그 풍토를 ≪鶴山樵談≫에서 다음과 같이 서술하고 있다.

조선의 시학은 소식과 황정견을 위주로 해서 경렴대유라도 그 구렁에 빠졌고 그 밖에 세상에 이름을 냈던 자도 그 찌꺼기를 먹으며 썩고 못된 말을 만들곤 했다. …… 융경·만력간에 최가운, 백창경, 이익지 등이 당의 개원을 열어서 정화에 힘써 고인에 닮으려 했으나, 골격이 불완전하고, 기려한 점이 매우 심하여 당법에 넣기는 창피하니 문득 그들로 이백과 왕유의 지위를 뺏게 할 수 있으리오? 그러나 이로 인해 학자는 당풍이 있음을 알게 되니 삼인의 처음 업적은 가히 덮어 버릴 수 없다.

李朝詩學, 以蘇黃爲主, 雖景濂大儒, 亦墮其窠臼, 其餘鳴于世者, 啜其糠粕, 以造腐牌坊語. ……隆慶萬曆間, 崔嘉運·白彰卿·李益之輩, 始攻開元之學, 黽勉精華, 欲逮古人, 然骨格不完, 綺麗太甚, 置諸許李間, 便覺傖夫, 頃目乃欲使之奪李白摩詰之位邪, 雖然由是, 學者知有唐風, 則三人之初亦不可掩矣.

여기서 三唐까지 宋詩風의 조류가 초기의 조선시단을 풍미하고 있었고, 삼당에 이르러 以情爲主의 당풍이 일기 시작했음을 알 수 있다. 이런 풍격의 흥기가 보다 구체적으로 일게 된 내력을 허균의 ≪蓀谷集≫의 「舊序」에서 또한 밝히고 있다.

삼가 우리나라의 문운을 생각하면 영명한 학사대부 중에서 시명이 있던 자 수백이나 된다. …… 그러나 우유돈후하고 율격이 정고하여 개원·천보·대력의 궤도를 잡은 자가 거의 없었다. 식자는 그 유감된 바 있었는데 지난 홍정년간에 망헌 이위지가 처음 당시를 배우기 시작하여 기려한 데 빠졌고 충암 김정이 이어 일어나 위응물·전기의 음을 지으니 두 공이 일반이라 할만하다. 그러나 애석하게도 연명이 한정되니 융만년간에 사암 박순이 이백을 존중할 줄 알았으니 그가 읊은 것이 자못 맑아서 본받음이 만족치 못해도 고무되는 바 있다. …… 같은 때에 손곡옹이 있어 처음엔 호음 정사용에게서 두보·동파를 배워 그 음풍이 이미 넓고 순수하였다가 崔·白과 교류하고서 깨달아 땀을 흘리며 그 배운 바를 다 버리고 당시를 배웠다.

> 恭惟我國家文運, 休明學士大夫, 以時鳴者, 數十百家, …… 然其優游敦厚, 響正格高, 定軌於開天大曆者世尠其人, 識者猶有所感云, 往在弘正間, 忘軒李胄之始學唐詩, 沈著綺麗而沖庵金文簡公繼起爲韋錢之音, 二公足稱一班. 而惜也年名限之, 逮在隆萬間, 思菴相知尊盛李, 所詠頗淸邵, 模楷雖不足而鼓舞收賴. …… 同時有蓀谷翁者, 初學杜蘇於湖陰, 其吟諷者, 旣鴻縝純熟矣. 及交崔白, 悟而汗下盡其所學而學焉.

여기서 당풍이 壬亂을 전후하여 일기 시작하고 이달이 그 주요인물로 등장했음을 명지하게 된다. 특히 김정[26] 정사룡[27]은 조선 중기의 시단 사걸 중에 속한 문인으로서 이달에 지대한 시적인 영향을 끼쳤다.[28] 그러나 이달에 영향을 준 사승관계에서 정사룡 자신이 풍부한 당풍을 지니고 있었던 것은 아닌 것 같으니 ≪惺叟詩話≫에서 淸의 吳明齊의 평을 보면 알 수 있다.

> 절강인 오명제는 보고 평하여 말하기를, 그대의 재능은 용을 잡으려다 오히려 개를 잡았다. 아깝도다. 대개 당을 배우지 않았으나, 또한 어찌 그것을 적게 볼 수 있겠는가?

> 浙人吳明齊見之批曰, 爾才屠龍, 乃反屠狗. 惜哉, 蓋以不學唐也, 然亦何可少之?

이같이 湖陰은 정통적인 당풍을 따랐다기보다는 海東江西派의 하나로서 黃庭堅의 江西詩派的 입장을 취한 것으로 볼 수 있다. 이 당시의 사승으로서 또 思菴 朴淳을 제외할 수 없는데, 朴淳은 비교적 당풍을 추구하는 노고를 기울인 점을 알 수 있으니, 이달이 직접적인 격려를 받은 자는 곧 朴淳을 우선으로 해야 할 것이다. 그 예증을 다음 인용구에서 확인할 수 있다.

---

26) 金淨(1486~1521), 字는 元沖, 號는 沖菴. ≪沖菴集≫, ≪濟州風土錄≫ 지음.

27) 鄭士龍(1486~1521), 字는 雲卿, 號는 湖陰. ≪湖陰雜稿≫.

28) 조선 중기의 시단 四傑이란 朴祥(1474~1530), 申光漢(1484~1555), 金淨, 鄭士龍 등으로 이들은 李朝初期의 蘇東坡·黃庭堅의 風에서 탈피하려는 과정에 있던 문인들이다.

즉, 朴淳의 狀文을 보면,

> 현옹이 그의 문장을 논해 말하기를 청초하고 담백하며 시 또한 경발하여 당을 따르니 후에 최경창·백광훈·이달들이 그 원류가 공에서 창시된 바이다.
> 玄翁論其文章曰, 淸邵淡潔, 詩尤警發, 力追李唐, 後來崔慶昌白光勳李達之流, 其源自公所倡始.(《思菴先生文集》 卷五)

라 하여 당을 따르고자 하였음을 알게 되며, 이달도 이에서 연유한 것을 인정하게 된다. 보다 구체적인 관계를 설명하는 許筠의 「蓀谷山人傳」에서의 다음 글은 명쾌한 확증이 될 수 있다.

> 이달은 마침 소동파를 본받아 따라 한번 붓을 쥐면 문득 수백 편을 썼으니 그 모두가 화려하고 풍염하여 가히 읊을만 하였다. 하루는 사암 박순이 이달에게 일러 말하기를 "시도는 마땅히 위당을 정도로 해야 할 것이니, 소동파가 비록 호방하다 해도 이미 제이의로 떨어졌다."라고 하고는 드디어 서가에서 이태백의 악부와 왕유와 맹호연의 근체시를 골라 보여 주니, 이달은 놀란 듯 정법이 이에 있음을 알고 지난날에 배운 학문을 모두 버리고 옛 은거하던 손곡의 집으로 돌아 와서 《文選》, 이태백 및 성당의 12 문인을 취하고 유장경과 위응물, 그리고 《唐音》을 접하여 엎드려 외우며 밤낮으로 열심하니 무릎 꿇고 좌석을 떠나지 않음이 무릇 오년이었다. 황홀히 깨달음이 있는 듯하여 시험삼아 시를 지으니 시어가 매우 청절하였다. 옛 모습을 씻고 제가의 시체를 본받아 지으니 장단편과 율절구에 성율이 세련되어 도리에 합당하지 않음이 없었다. 무릇 십여 편을 지어 나아가 여러 사람에게 읊으니 제공들이 감탄하여 이상히 여기며, 최·백이 모두 따를 수 없다고 하였다. 그리고 고경명과 허봉은 당대의 명가로서 모두 이달을 성당으로 추대하였다. 그 시의 청신하고 아려함이 뛰어난 것은 왕유·맹호연·고적·잠삼에 출입할 만 하고 낮은 것도 유장경·전기의 운을 잃지 않았으니, 신라·고려 이후 당시를 하는 사람으로 누구도 이달을 따르지 못할 것이다.
> 達方法蘇長公得其隨, 一操筆輒寫數百篇, 皆穠瞻可詠, 一日思菴相謂達曰; "詩道當以魏唐爲正, 子瞻雖豪放, 已落第二義也." 遂抽架上太白樂府歌吟·王孟近體以示之, 達釐然知正法之在是, 遂盡捐故學, 歸舊所隱蓀谷之庄, 取文選太白及盛唐十二家, 劉隨州韋左史, 曁伯謙唐音, 伏而誦之, 夜以繼晝, 膝不離坐席凡五年, 怳然若有悟, 試發之詩, 則語甚淸切. 一洗舊日態, 卽倣諸家體而作, 長短篇及

律絶句, 鍛字鍊聲揣律, 靡有不當於度, 則歲改之. 凡著九餘篇, 乃出而詠之諸公
間, 諸公嗟異之, 崔白皆以爲不可及, 而霽峰荷谷, 一代名爲詩者, 皆推以爲盛唐.
其淸新雅麗, 高者出入王孟高岑, 而下不失劉錢之韻, 自羅麗以下, 爲唐詩者, 皆莫
及焉.

여기서 손곡의 문학이 성당을 터득하게 된 내력을 기술하고 그 객관적인
근거로는 高敬明(1533~1592)과 許篈(1551~1588)의 말을 인용하여 이달시에
대한 그 품평을 분명히 하였다.

3. 李達 詩의 盛唐詩와의 比較 蓋然性

이달의 시풍은 이제 성당시에 놓고 입론해야 그 가치를 바르게 할 수 있
게 되었다. 물론 한문학의 독자적 성격을 정립하기 위하여 중문학에만 단순
히 부회시키는 논조는 가능한 한 피해야 하겠지만, 이달의 시는 역시 王維
의 시와 상관시켜 봄이 그의 시를 가장 높이 평가할 수 있는 근거가 되리라
본다. 허균은 다음의 이달 시에 관한 논술에서 더욱 그 이유를 밝혀 주고
있는 것이다. (≪蓀谷集≫ 「舊序」)

그의 시의 본원은 왕유와 유장경에 출입하여 기취가 온일하고 미려하며 고
담하다. 그 미려함은 진의 미인 남위와 같이 고운 옷에 밝은 화장을 한 듯하
며, 그 온화함은 봄볕이 백화를 덮은 듯하고, 그 청백하기는 서리가 흘러 큰
계곡을 씻는 듯하며, 그 밝게 울리는 음은 하늘의 생황을 타는 학이 오색 구름
에 드러난 듯하여 끌면 안개가 아름답고 바람이 씻어 가는 듯, 펴면 구슬에 앉
아 있는 듯하며, 울려 더하면 금슬이 슬피 나며 쇠소리 나는 듯하며, 눌러 놓
으면 준마가 둔하고 용이 칩거하는 듯하며 서서히 나아가면 평평한 파도가 도
도히 천리에 뻗으며 태산의 구름이 돌에 닿아 흰옷과 푸른 개 모양이 되나니
이런 변화무쌍한 기교는 개원·천보·대력 등 성당시대에 갖다 놓아도 왕유·
잠삼의 대열에서 빠지지 않는다.
其詩本源供奉, 而出入乎右丞隨州, 氣溫趣逸, 芒麗語澹. 其艶也若南威西子,
袪服而明粧, 其和也若春陽之被百卉, 其淸也若霜流之洗巨壑, 其響亮也若九霄笙
鶴, 彷像乎五雲之表, 引之霞綺風淪, 鋪之璧坐璣馳. 鏗而厲之, 則瑟悲而球夏, 抑

而按之, 則驥頓而龍蟄, 徐行其所無事, 則平波滔滔然千里朝宗, 而泰山之雲觸石,
爲白衣蒼狗, 置在開天大曆間, 瑕不厠王岑之列.

이러한 평이 다소간 과대한 면이 있다 해도 이달 시를 고구할만한 몇 가지 특성으로 요약할 수 있다. 즉 왕유시와 상관해 볼 때, '氣溫趣逸'과 '其和也……'구에서 이달시의 淳淡한 면을 찾을 수 있고 '其艷也……'구와 '引之霞綺風……'구에서 우아한 면을 보게 되며, '其淸也若……'구에서 淸新超脫한 일면을 또한 간과할 수 없다. 그리고 '其響亮也若……'구에서 시가 갖는 畵意的 색채를 유의하게 되니 이달 시 369수에서 왕유시파를 중심한 공유점을 추출할 수 있는 하나의 근거로서의 인증들을 제시하고자 한다.

성당시는 陶淵明과 謝靈運의 영향을 배제할 수 없으니[29] 嚴羽의 시론의 근거가 바로 성당에 있고 그것이 宋·明代로 이어 오면서, 楊萬里의 風趣 姜夔의 韻度, 李東陽까지 滄浪이 말한 바 "시를 논함은 선을 논함과 같으니 한위진과 성당시는 곧 제1의 으뜸이다. 대저 선의 도리는 오직 묘오에 있고 시의 도리도 역시 묘오에 있다. 사령운에서 성당의 제공에까지는 투철한 묘오의 경지를 얻은 것이다.(論詩如論禪, 漢魏晉與盛唐詩, 則第一義也. 大抵禪道惟在妙悟, 詩道亦在妙悟. 謝靈運至盛唐諸公, 透徹之悟也.)"(≪滄浪詩話≫ 「詩辨」)라는 논지를 이어 왔고, 이것이 이달 시대의 시풍에 변혁을 가져오는 밑거름이 되었다고 본다. 성당에서도 왕유와 孟浩然에 대한 추숭은 李·杜에 지지 않아서 근인 郭紹虞는 ≪滄浪詩話校釋≫(p.37)에서 그 점을 강조하고 있다.

> 창랑의 흥취설은 마침 왕사정의 신운의 뜻과 같은데 어째서 창랑이 이백과 두보를 표본으로 들고 왕유와 맹호연을 종주로 하지 않았는가? 이 점은 모순이 있는 것과 같다. 실은 이것이 창랑의 시를 논하는 요지이다.
>
> 滄浪興趣之說, 正同於王士禎所謂神韻之義. 何以滄浪又標擧李杜, 而不宗主王孟昵? 此點似有矛盾, 實則也是滄浪論詩宗旨.

---

29) 졸저 ≪王維詩比較硏究≫(北京京華出版社, 1999) 참조.

이와 같이 성당시에 대한 중국시학상의 비중은 정통적인 맥으로 정착이 되면서 조선 초기의 蘇·黃的인 송시풍이 중엽의 사회혼란과 함께 퇴조하고 당시의 재흥을 불러 온 시점이 이달 시대를 낳게 한 것이다. 이달과 특히 王·孟을 연결시키는데 있어 李東陽의 다음 평은 시풍상 더욱 상사점을 명백히 하고 있다.

> 당시는 이백과 두보 이외에 맹호연·왕유도 대가로 칭하니, 왕유시가 풍요하면서 화미하지 않는데 맹호연은 오히려 고담하여 유원하고 심후하여 빈한하고 검박하며 메마른 병폐가 없다.
> 唐詩李杜之外, 孟浩然王摩詰足稱大家, 王詩豐縟而不華靡, 孟卻專心古澹, 而悠遠深厚, 自無寒儉枯瘠之病.(≪懷麓堂詩話≫)

그리고 王漁洋의 다음 평어는 이달이 왜 5년씩이나 두문불출하여 성당시에 심취했었는지를 분별할 수 있으리라 본다.

> 엄창랑은 선으로 시를 비유하니 그 설을 깊이 고찰하면 오언시가 더욱 그에 접근한다. 예컨대 왕유의 망천 절구는 글자마다 선에 들고 있다. 또 "빗속에 산과일 떨어지고 등아래 풀벌레 울도다" "명월이 솔새로 비치고 밝은 샘이 돌 위에 흐르네" 맹호연의 "초자를 잃으니 풀벌레 차거이 들리지 않네" 등은 오묘하고 기이한 말로서 석가가 꽃을 보이니 가섭이 미소지었다는 것과 다를 것이 없다.
> 嚴滄浪以禪喩詩, 全深契其說, 而五言尤爲近之. 如王維輞川絶句, 字字入禪. 他如 "雨中山果落, 燈下草蟲鳴"; "明月松間照, 淸泉石上流" ……浩然 "樵字暗相失, 草蟲寒不聞" ……, 妙諦微言, 與世尊拈花, 迦葉微笑, 等無差別.(≪帶經堂詩話≫ 卷3)

시의 入禪的 성격은 이달 시가 궁극적으로 추구하는 목표였음을 다음에서 상세히 설명한다.

4. 李達 詩의 王維詩的 의식

이달 시를 왕유와 상관시켜 볼 때, 淳淡하고 華雅하며 仙과 禪的인 면에
서의 탈속의식 등으로 시 내용상의 특색을 지적할 수 있다.

(1) 淳淡

시의 순담한 맛은 온화한 전원미와 상통한다. 歐陽修는 왕유의 이런 면을
직설하고 있으니,

> 당의 시는 진자앙·이백·심전기·송지문·왕유 등 시인들이 혹은 순박담
> 백한 소리를 얻었고 혹은 온화고창한 절주를 얻었다.
> 　唐之詩, 子昻李杜沈宋王維之徒, 或得其淳淡泊之聲, 或得其舒和高暢之節.
> (「書梅聖兪藁後」《歐陽文忠公集》 卷149)

라 하였고 陳師道는 또 이르기를,

> 도연명의 시는 사정에 절실하나 수식이 없을 뿐이다.…… 왕유와 위응물은
> 모두 도연명에게서 배웠는데, 왕유는 자득함이 있다.
> 　陶淵明之詩, 切於事情, 但不文耳. ……右丞蘇州皆學于陶, 王得其自在. (《後
> 山詩話》)

라 하여 왕유 시의 순담한 맛이 전원산수시에 묘사되어 시어가 省淨하여 陶
潛에 출입하고 있음을 밝히고 있다. 왕유 시를 보면,

> 닭과 개가 마을에 흩어 있고
> 뽕과 느릅나무는 먼 밭에 무성하네.
> 　鷄犬散墟落, 桑楡蔭遠田. (＜千塔主人＞ 《王右丞集箋注》 卷3)

그리고 또,

아침 닭은 이웃 동네에 울고
여럿이 움직여 일에 힘쓰네.
농부는 밭에 나가고
부인은 일어나 비단 짜네.
晨鷄鳴鄰里, 群動從行務.
農夫行餉田, 閨婦起縫素.(<丁寓田家有贈詩> 卷3)

　이들 구들은 전원의 餘閑과 농촌의 소박함을 묘사하고 있는데 이달 시의
<題畵>(≪蓀谷集≫ 卷1)를 보면,

두 부부 서로 기뻐하며
봄이 오매 밭갈이 일삼네.
높은 수레 말 탄 이들이여
뉘 전원의 즐거움 알리오.
翁婦相欣欣, 春來事耕作.
高車駟馬人, 誰識田家樂.

　여기에서 강한 전원생활의 意趣를 표출하고 있으며, 농촌의 경물을 묘사
한 것으로 <祭塚謠>(상동 卷3)를 보면,

흰 개가 앞서 가고 누런 개가 따르는데
들과 밭 풀 새에 무덤이 닿아 있네.
늙은이 제사 끝내고 밭 새 길 따라
저물 녘에 술 취해 아이에 부추겨 돌아오네.
白犬前行黃犬隨, 野田草際塚纍纍.
老翁祭罷田間道, 日暮醉歸扶小兒

라고 하여 孤村의 遠境을 소탈하게, 그리고 사실적으로 그리고 있어 景中有
情의 전원미를 풍기고 있다. 그리고 <撲棗謠>(卷2)를 보면,

이웃집 아이 와서 대추를 터니
노옹이 문을 나와 아이를 쫓네.
아이도 노옹에게 하는 말이
내년 대추 익을 때까진 못 가리오.
隣家小兒來撲棗, 老翁出門驅小兒
小兒還向老翁道, 不及明年棗熟時.

라고 하여 전원의 秋村을 그리면서 유머러스한 대화형식을 구사하였고 평화
로운 농촌의 溫逸한 정취가 깃들어 있다. 이달 시의 강한 전원적 의취는 그
의 <秋山夕懷>(卷3)에서 더욱 표출되고 있으니,

빛 되비치어 골목에 들고
깊은 골엔 가을 모습 일도다.
안개 짙게 냇물에 가까이 하고
구름 일어 산봉우리와 멀리하네
이곳을 대하여 두루 관상하며
고뇌를 씻을만 하네.
관명 안이 마침 무사한 중에
잔 잡고 앉아 흔쾌 하도다.
返照入閭巷, 洞壑生秋客.
煙沈近溪水, 雲起遠山峰.
對此騁遊目, 可以盪心腦.
營中適無事, 觴爵坐高眷.

　여기에서 제1·2연은 秋景의 경계를 그렸고 제3·4연은 작가의 情襄를 묘
사하여 전반은 생명력이 넘치는 자연의 物態를 입체적으로 나타내었다. 이
시의 후반에서는 자신의 고뇌를 가을의 경계 속에서 융화시켜 情中有景의
平靜한 심태를 나타내었으니, 이는 정경이 交融하는 산수전원의 淳淡味의
극치라 할 것이다. 그것은 왕유의 <歸輞川作>(≪王右丞集箋注≫ 卷7)을 보
면,

계곡 입구에 성근 종 울리니
고기잡고 나무하는 일 또 뜸하네.
유유하게 먼 산에 저녁이 깃든 데
홀로 흰 구름 향하여 돌아오네.
마름 풀 약하여 고정되기 어렵고
버들 꽃 가벼이 쉬 날리도다.
동쪽 언덕 봄풀 빛인데
슬프게 사립문을 닫도다.
谷口疏鐘動, 漁樵稍欲稀.
悠然遠山暮, 獨向白雲歸.
菱蔓弱難定, 楊花輕易飛.
東皐春草色, 惆悵掩柴扉.

　여기에서 제1연은 농어촌의 정경을 묘사하고 제2연은 주위환경의 自然境을 그리고 제3연은 자연들의 세심한 觀察을, 제4연은 俗界를 떠난 孤寂을 각각 묘사하고 있어 이달의 기법이 近唐한 면을 긍정할 수 없다.

(2) 華雅

이달 시의 우아한 특성은 淸代 潘彦輔가 다음에 말한 바,

　무릇 '雅'라는 것은 말의 순치만이 아니다. 시를 짓는 연유가 반드시 세리를 벗어난 후에야 雅라고 할 수 있다. 지금 여러 가지의 화미와 미려함을 다투는 시는 모두 세리를 쫓는 마음이 유로되어 있다. 말이 우아하더라도 마음이 우아하지 않는 터이다. 마음이 우아하지 않으니 말 또한 그것을 덮을 수 없는 것이다.
　夫所謂雅者, 非第詞之雅馴而已. 其作此詩之由, 必脫棄勢利. 而後謂之雅也. 今種種鬪靡騁妍之詩, 皆趨勢弋利之心小流露也. 詞縱而心不雅矣. 心不雅則詞亦不能掩矣.(≪養一齋詩話≫)

라고 한 의미와 상통하고 이것은 왕유와 밀접한 상사점을 갖는다. 이달의 <江行>(卷2)을 보면,

길이 강을 감돌아 십리에 뻗었고
낙화 말발굽에 파고들어 향기롭네.
호수와 산에 공허히 왕래한다 말마오.
신시 얻어 비단주머니에 가득 채우겠오.
路繞江干十里長, 落花穿破馬蹄香.
湖山莫道空來往, 嬴得新詩滿錦囊.

여기에서 자연물인 路·落花·湖山 등을 擬人化하여 興의 용법으로 시의 품위를 상향시켰고, 이달의 <道中感懷>(卷4)를 보면,

용천은 궤에서 슬피 울부짖고
시월 서풍은 귀밑 털실에 건듯 부네.
노란 잎 산 가득한데 가을의 절 닫혔고
흰모래는 물가에 이어 있고 작은 다리 위태롭네.
외론 돛배 지난 후 천봉이 하도 하고
필마 갈 때에 온갖 풀이 시드네.
쓸쓸한 옛집은 공허히 꿈에 들고
어지러운 등나무와 성근 대죽은 초옥에 서 있네.
龍泉鳴吼匣中悲, 十月西風兩鬢絲.
黃葉滿山秋寺廢, 白沙連渚小橋危.
孤帆過後千峰多, 匹馬行時百草衰.
牢落故居空入夢, 亂藤疎竹有茅茨.

여기에서 제1·2구의 龍泉과 西風이 擬人化하여 인간과 동시적 감정을 표현하고 제3·4구는 黃白色의 조화가 秋山의 경치를 미화하고 盛衰의 양면적 의미를 예술감각으로 묘사하였으며 제5·6구는 孤帆과 千峰, 匹馬와 百草가 각각 연계되어 경물의 전이를 겹치게 하는 묘법을 강구하여 시 전체의 회화적인 면이 풍성하면서도 단아한 색채를 보여주고 있다. 이런 면은 왕유의 <山居秋暝>(卷七)의 다음 제1~4구가 자연경물의 탈속적인 고결미를 보여주는 예와 상관된다고 하겠다.

텅 빈 산에 갓 비온 후에
날씨가 저녁이 되니 가을이구나.
밝은 달 솔 사이로 비추고
맑은 샘은 돌 위로 흐른다.
　空山新雨後, 天氣晚來秋.
　明月松間照, 淸泉石上流

　이달 시의 고아는 시어의 활용과 밀접한 관계가 있으니 즉 疊語와 重言을 통하여 시의 미감과 飄逸性을 조장하고 시의 생동감과 입체감까지 구사하고 있다. 이것은 왕유 시의 특징이기도 하니 周紫芝의 다음 서술은 그 좋은 인증이 될 만하다.

　　시중에 쌍첩자를 쓰면 "논에 백로가 날고, 여름 나무엔 꾀꼬리 우네" 구를 쉬 얻을 수 있으니 이것이 이가의 시다. 왕마힐의 아래 네 구는 두보처럼 가장 온전하니 즉 "바람 부니 나그네는 날로 곧아가고 나무는 시끄러이 이별의 생각 아득하네. 끝없는 낙목은 쓸쓸히 지고 한없는 장강은 출렁이며 흘러오네." 라 하니 즉 또한 오묘하여 말로 표현할 수 없다.
　　詩中用雙疊字, 易得句水田飛白鷺, 夏木囀黃鸝, 此李嘉詩也. 王摩詰四字下得最爲穩若杜少陵, 風吹客日果果, 樹攪離思花冥冥, 無邊落木蕭蕭下, 不盡長江滾滾來, 則又妙不可言矣.(≪竹坡詩話≫)

　疊字를 잘 활용하면 오묘하고 형언키 어려운 의취를 표출할 수 있다는 점에서 첩어의 선택이 시의 고아함과 중요한 관련이 있음을 알 수 있다. 이달 시의 첩어를 예거하고자 한다.

　　積雪滿山逕蕭蕭(<詠畵>·卷一) 쌓인 눈 가득한 산길이 쓸쓸하다.
　　秋荷太多死蕭蕭(<蓮塘夜雨>·卷一) 가을 연꽃이 너무 많이 죽어 쓸쓸하다.
　　蕭蕭客行孤(<芳林驛>·卷一) 쓸쓸히 길 가는 나그네 외롭다.
　　芳草又萋萋(<送人>·卷一) 향기로운 풀 또 무성하다.
　　曠野沈沈謝(<上柳西坰>·卷一) 넓은 뜰에서 어둔 마음에서 떠난다.

翁婦相欣欣(<題畫>其二·卷一) 부부가 서로 기뻐하다.
古澗水泠泠(<題金酧眠山水障子面>·卷一) 옛 냇물이 차다.
遙遙望家山(<題畫>其二·卷一) 멀리 집과 산을 본다.
指下泠泠秋水, 雪間裊裊纖謌.(<寄妓生>·卷一) 조용한 옛 난간 아래에
寂寂古軒下, 泠泠秋竹根(<定山東軒>·卷三) 차거운 가을 대뿌리 보이네.

　이들 첩자는 한결같이 시의 묘사를 유화하고 섬세한 지경에까지 이르게
하고 시취가 화사하면서도 청준한 기풍을 조성함을 간과할 수 없다.

(3) 道佛的인 脫俗

　이달 시의 속탈의식은 시인의 한 공통점이기도 하지만, 이달 시의 道佛的
인 접근은 종교적인 특성보다는 景物의 묘사에서 그 특점을 찾을 수 있다.
이달의 遊仙的인 시는 19수, 禪的인 시는 27수에 달하는데, 이것은 王漁洋이
말한 왕유시의 神韻味와 상근한 부분이기도 하다. 먼저 시의 遊仙的 의식이
라면, 長嘯하면서 장생을 추구하고 의식의 高妙를 터득하는 자연과의 합일
하는 시적 경계로 볼 수 있다. 唐代 孫廣은 그의 ≪嘯旨≫에서,

　　휘파람이 맑음은 귀신을 감화할 수 있어 죽지 않는 경지에 이른다.
　　嘯之淸, 可以感鬼神, 致不死(≪叢書集成≫)

라고 하니, 이는 곧 초월적인 시의에 응용되는 것이다. 왕유 시에서 대표적인
예로는 <竹里館>(卷13)을 들 수 있으니 보건대,

　　홀로 그윽한 대숲에 앉아서
　　거문고를 타며 다시 길게 휘파람 분다.
　　깊은 숲을 아무도 모르는데
　　밝은 달이 와서 비추누나.
　　獨坐幽篁裏, 彈琴復長嘯.
　　深林人不知, 明月來相照.

그리고 이달의 <題金醉眠山水障子面>(卷1) 제3수를 보면,

> 학 위에 보라빛 안개 옷 입은
> 표표한 옛 선인이 있네.
> 구름에 들어 아득한데
> 바람이 그지없이 불어오누나.
> 鶴上紫烟衣, 飄飄古仙子.
> 去入雲冥冥, 天風吹不已.

이 시는 仙人의 의식에서 合自然의 帝鄕을 희원하고 있으며, 仙界로 몰입하고 있다. 아울러 보다 더 강렬한 仙境을 주제로 한 이달의 <步虛詞>8수는(卷2) 시어는 물론 詩感까지 완전히 승화된 초탈 경지에 이르고 있음을 보게 된다. 그 제 8수를 예거하면,

> 삼단에서 한밤에 진경을 말하니
> 다 모인 뭇 선인이 아래 뜰에 줄지어 있네.
> 오직 노자가 있어 별궁을 지어
> 구름에 써서 진경을 보내네.
> 三壇中夜講眞經, 大集郡仙列下庭.
> 唯有老君修別殿, 手書雲兼送玄眞.

위의 시는 老子와 道德經을 시제로 삼아서 道家的 흥취를 더 한다. 한편 이달의 禪 시풍은 仙的 요소보다 더 짙은 경향이다. 이것은 왕유를 두고 볼 때 양인의 불가분한 경지이다.[30] 이 의식세계는 神韻의 극치이며 양인이 지닌 가장 뛰어난 장점이다. 이 경계에 대해서 胡應麟은,

> 선은 필히 깊이 이룬 뒤에야 깨달아질 수 있고 시는 깨달아진 후라도 여전
> 히 깊이 이루어져야 한다.
> 禪必深造而後能悟, 詩雖悟後, 仍須深造.(≪詩藪≫ 卷三)

---

30) 졸저 ≪王維詩比較研究≫ 第5章 참고(1999)

라고 하여 시와 선의 불가분의 관계를 강조하였고 魏慶之는 더욱 밝혀서,

> 시도는 불법과 같으니 대승·소승을 나누고 사악한 마귀의 외도를 아는 자
> 만이 이것을 말할 수 있다.
> 詩道如佛法, 當分大乘小乘, 邪魔外道, 惟知者可以語此(≪詩人玉屑≫卷五)

라고 하여 佛法의 정신세계를 작시에 이입하고자 하였다. 왕유 시의 <胡居
士臥病遺米因贈>은 佛語, 禪理, 禪境의 묘법을 고루 활용하여 해탈과 忘我의
세계를 추구하고 있다. 그리고 <謁璿上人>(卷3)도 皮相의 見을 떠나 진상의
觀으로 神交하는 悟境을 묘사하고 있는데, 이 시의 말4구를 보면,

> 마침 불심의 힘을 보니
> 누추한 저곳에서 천지의 변화무쌍을 본다.
> 한 마음이 불법의 뜻에 있거늘,
> 바라건대 열반으로 가기를.
> 方將見身雲, 陋彼示天壤.
> 一心在法要, 願以無生獎.

라고 하여 一心을 法要에 둔 탈속을 희구하고 있다. 이달의 <題湖寺僧>(卷2)
을 보면,

> 옛 절 찬 종소리 울리는데 산색은 저물고
> 자규새 우니 한이 끊이지 않네.
> 남호의 마름 풀 벌써 가시 돋은 데
> 삼월에 가신 이는 돌아오나 안 오나.
> 古寺寒鐘鳴翠微, 子規啼歇恨依依.
> 南湖菱角已成刺, 三月行人歸未歸.

이 시는 묘오의 禪趣를 풍기어 人事로써 이치를 밝히고 事物로써 도리를

살펴 色에서 空을 보이고 喧에서 靜을 쫓는 佳趣가 농후하다. 이런 禪趣에 대해 청대 李重華는 이미 왕유 시를 놓고 다음과 같이 서술한 바 있다.

완정 왕사정의 당현삼매집에 5언은 선에 드는 절경이 있고, 7언은 구법이 건승하니 선으로 구할 수 없다고 했다. 나는 말하노니 왕마힐의 7언은 어째서 입선하는 곳이 없단 말인가? 이것은 성정의 근접하는 바일뿐이다. 하물며 오언의 지극한 경지는 또한 입선으로만 묘오를 얻는 것이 아니다.

阮亭三昧集, 謂五言有入禪絶境, 七言則句法要健, 不得以禪求之. 余謂王摩詰七言何嘗無入禪處? 此係性所近耳. 況五言至境, 亦不得專以入禪爲妙.(≪貞一齋詩說≫)

이 말은 입선은 정신의 자세이니 만큼 시의 묘오와는 개념적 차이로 봐야 한다고 본 것이다. 왕유의 <送別詩>(卷3)를 보면,

말에서 내려 그대와 술 마시며
그대에 묻노니 어디로 가는 건가
그대는 말하기를 뜻을 얻지 못해서
남산 기슭에 돌아와 눕노라고
다만 떠나서 다시 묻지 못하니
흰 구름만 한없이 떠가는 때로다.
下馬飮君酒, 問君何所之.
君言不得意, 歸臥南山陲.
但去莫復問, 白雲無盡時.

여기서 제5·6구는 도연명의 <飮酒詩>의 '국화를 동쪽 울타리에서 따며 아득히 남산을 본다.(採菊東籬下, 悠然見南山)'과 같은 奇趣를 지니고 있으며 제3·4구가 문답형식으로 어의가 曲折하여 妙悟의 旨意를 표출하고 있다. 이런 경계를 더욱 분명히 한 논지로 吳喬의 다음 말은 중요한 시적 의경을 설명하고 있다.

동파는 말하기를 시는 기취를 으뜸으로 삼으니, 상정에 반하되 품도에 합당
하면 시취를 이룬다. 이 말은 가장 훌륭한 것으로 기취가 없이 어찌 시를 쓸
수 있겠는가? 상정에 반하면서 품도에 합하지 않으면 어지러운 말이라 하겠다.
상정에 반하면서 품도에 합하면 문장이 된다.
　子瞻曰: 詩以奇趣爲宗, 反常合度爲趣. 此語最善, 無奇趣何以爲詩? 反常而不
合道, 是謂亂談, 不反常而合道, 則文章也.(≪圍爐詩話≫ 卷一)

여기서의 奇趣는 신운적인 경계라 해도 가할 것이다. 이달 시에서 선취를
표출한 것으로는 <題僧軸>(卷2), <次僧軸韻>(卷2), <贈鑑上人>(卷3), <經廢
寺>(卷3), <贈性行上人>(卷3) 등 적지 않으며, 이와 함께 佛理를 통해 시의
妙境을 묘사하는 작법도 왕유와 함께 탈속의 경지에 이른 작품이라 하겠으
니, 이런 禪理的인 詩境에 대해 沈德潛은 다음과 같이 서술하고 있다.

　　두보시의 "강산은 예와 같고 꽃 버들은 절로 사사로움이 없도다. 물 깊은데
고기 매우 즐겨하고 숲 무성한 데 새 돌아올 줄 알도다. 물 흘러 마음 조급치
않고 구름 있는데 뜻 모두 느긋하네." 이 모두가 이취에 들고 있다. 소옹이 말
하기를 "한 양이 움직여 만물 생성되기 전에 이취의 말로써 시를 지었다." 왕
유의 시는 선어를 쓰지 않고 때로 선리를 터득했다.
　　杜詩, "江山如有時, 花柳自無私, 水深魚極樂, 林茂鳥知歸, 水流心不競, 雲在
意俱遲." 俱入理趣. 邵子則云; "一陽初動處, 萬物未生時, 以理語成詩." 王右丞
詩, 不用禪語, 時得禪理.(≪說時晬語≫ 卷下)

선리시는 佛說의 實理를 정통해서 문학관념을 가하여 고아한 정감을 표출
하는 것이므로 偈語와 상사하다. 그러나 왕유나 이달에 있어서는 禪語를 쓰
지 않고 禪理를 표출한 점에서 상기의 沈氏說과 일치한다. 왕유의 <登辨覺
寺>(卷8)와 <夏日過靑龍寺謁操禪寺>(卷7)가 대표적인 선리시인데 전자의 시
를 보면,

　　대숲길 따라 처음 온 곳을 가니
　　연꽃 봉우리가 화성에 솟았네.

창 속에 삼초가 다 보이고
숲밖에 구강이 평평하네.
부드런 풀에 눌러 앉으니
큰소나무에서 범패소리 들린다.
공허히 구름 낀 절에 머물며
세상 보며 덧없음을 얻노라.
竹徑從初地, 蓮峯出化城.
窓中三楚盡, 林外九江平.
軟草承跌坐, 長松響梵聲.
空居法雲中, 觀世得無生.

　　첫구 ‘將登’, 제2구 ‘正登’, 제3・4구 ‘旣登’을, 그리고 제5・6구 ‘寺’를 중
심한 이웃의 사물을 묘사하고 말2구는 선리로써 ‘遊寺’의 의취를 밝혔다. 이
달 시에선 <贈僧>(卷3)을 보면,

　　　　투숙하자 보리심의 경지에 들고
　　　　여래가 풀방석에 같이 하도다.
　　　　춘산은 꽃 그림자 속에 묻혔고
　　　　옛 절은 나무 소리 속에 서 있네.
　　　　불심은 환상 같고
　　　　참선하는 마음은 空이로다.
　　　　싸움 아직 평정 못하고
　　　　동서로 표류하도다.
　　　　一宿招提境, 如來草席同.
　　　　春山花影裏, 古寺木聲中.
　　　　問法心如幻, 探禪性卽空.
　　　　干戈時未定, 漂泊各西東.

　　이 시의 의경은 春山의 古寺에서 참선에 의한 득도를 묘사하였는데 제1연
은 菩提心의 경지에서 諸佛과 합심한 심태를 보리경에 불러들이고 如來와
동석한다는 佛理를 인용하고 제3연은 심성이 如幻의 지경에 이르러 空界를
터득한 것을 法心이 如幻하고 禪性이 空하다고 하였다. 따라서 제1・3연은

선리를 가지고 탈속의 심층을 더하고 있다. 이 같은 入禪이 극치에 이르면 탈속과 忘我, 그리고 入禪에 드는 시취를 묘사하게 되니, 이달의 <宿道泉寺 明月寮>(卷3)을 가지고 볼 수 있다.

범종 듣는 중에 중이 선원에 돌아가고
차상엔 객이 마침 깃들었네.
공산엔 명월이 차고
심야에 자규새 우는데
은은히 들리는 목탁소린
차겁게 흐르는 석계수 보내네.
옷 걸치고 황폐한 섬돌 걸으니
풀 이슬 쓸쓸히 젖어 들도다.
鐘梵僧歸院, 茶床客正棲.
空山明月滿, 深夜子規啼.
隱隱來金鐸, 冷冷送石溪.
披衣步荒砌, 草靈瀑凄凄.

이 시는 은거에서 나아가 回歸自然의 淸淨無塵한 靜境으로 몰입하고 있다. 이것은 徐增이 말한 바 "禪須作家, 詩亦須作家"(≪而菴詩話≫)라는 평구와 상합한다 할 것이다. 三唐詩人의 조선 시단에서의 위치는 시의 唐風을 보여주고 있다는 데에서 그 특징을 인정할 수 있으며 그 중에 이달 시는 조선 중엽 이후의 시풍을 탈바꿈시킨 것으로 볼 수 있다. 許筠은 三唐시인의 주도자인 李達의 제자로서 그의 詩話에서 당시를 바탕으로 하는 시론을 전개하여 조선중기 시론의 새로운 지평을 열었고 그 시화에서 조선시단의 장단점을 직설적으로 지적하고 있다. 명대의 시단을 정확하게 평가하여 중국시에서 이 시화를 참고하여야 할 것으로 본다. 이 시화는 108조로 구성되어 있으나 그 중심논리는 조선 시단의 문인에 대한 평가와 그 중에도 삼당시인에 대한 거론이 중요한 부분이 된다. 이러 면에서 허균의 ≪惺叟詩話≫와 함께 조선후기의 시론전개에 적지 않은 영향을 주었고 특히 英正祖代에 청대 四大詩論의 유입에 근거자료적인 가치를 부여하게 된다.

　이달은 그의 시풍이 성당시와 접목되어 평가될 때에 진정한 시의 가치를 인정할 수 있다고 보아서 그 비교근거와 함께 왕유시와 관계성을 고찰하게 된 것이다. 이달 시는 신분을 초월하여 오직 시의 경지에서만 일생을 지낸 조선 시단의 유일하다고 할 순수한 시인이기 때문이다. 그의 시가 왕유와 상통한 점을 隱逸浪漫的 田園味, 그리고 道佛的인 脫俗性 면으로 비교하였다. 이달 시는 어떤 면에서 王維詩와 상이한 면도 있으니, 이달 시는 묘사의 관점이 직선적인데 반해 왕유는 間說的이며 수식적인 면이 많고, 이달의 友人詩가 不少한데, 왕유는 한정되어 있으며, 이달이 庶子출신이란 점에서 生의 고뇌가 왕유보다 강하다 할 것이다. 왕유는 繪畵的인 詩情이 출중하고 시의 美感이 이달의 추종을 불허하며 또한 시어의 淵博함도 가히 白眉라 하겠고 이달은 詩語의 驅使와 作詩의 묘사가 眞率하고 高雅하다고 할 수 있다. ≪鶴山樵談≫에서 중국시와 연관된 자료를 추출하여 삼당시인을 위시한 비교론적 고찰을 가하고 별도로 이달시를 성당의 왕유시와 접목한 것은 나름의 의미가 있다고 본다.

≪芝峰類說≫ 文章部의 構成과 卷10 李白詩 評文 譯解와 論旨

　　朝鮮 중엽 李晬光(1563～1628)이 壬辰亂을 전후하여 일기 시작한 尊唐風에 따라서 등장한 李達 白光勳, 崔慶昌 등 三唐派 시인들이 중심이 되어 활동한 시기에 지은 ≪芝峰類說≫(1614)은 박학다식하면서 근거가 풍부한 서술을 전개하고 있다. ≪芝峰類說≫은 10책 20권으로 구성되어 있으며 凡例에 의하면 記事數가 3435조, 引用 文集 348종, 記錄人名이 2265인에 달하는 방대한 저서이다.[1] 그 중에 文章部는 卷8에서 卷14까지로서 그 대부분의 내용이 詩批評으로 구성되어 있다. 이 문장부 7권은 권8의 散文을 제외하고 전부 시를 중심으로 한 비평문으로서 韓國漢文學은 물론 中國文學의 상호 비교연구 차원에서 중시할만한 자료가 된다. 그 중에 唐詩評 부분을 보면, 卷9의 일부와 卷10의 唐詩, 卷11 唐詩, 卷12의 唐詩 부분 등으로 구성되어 있어서 이수광이 역시 唐詩 비평에 비중을 두고 있음을 알 수 있다. ≪芝峰類說≫ 卷10에서 이백시에 관한 시평은 39개조로서 그 비평이 다양하다. 본문에서는 중국과 한국의 시를 위시한 역대문학론을 서술한 文章部 부분의 構成과 價値

---

1) 凡例: 「爲說共三千四百三十五條, 初出於臆記, 隨得輒書, 而篇帙旣夥, 始爲分類」라 하고,「所引書籍, 六經以下至近世小說諸集, 凡三百四十八家, 所錄人姓名, 自上古迄本朝, 得二千二百六十五人.」라고 함. 朴守川 ≪芝峰類說 硏究－文章部를 중심으로≫ p.177 서울대 박사논문 1993

를 고찰하고 李白詩에 관한 評文을 전부 韓譯하고 그 論旨를 淸代 王琦의 箋注와 비교하여 서술하고자 한다.

I. ≪芝峰類說≫의 文章部 構成과 그 內容

이 文章部 7卷은 卷8의 散文을 제외하고 전부 시를 중심으로 한 비평문으로서 그 방대하고 정확한 論證은 탁월하여 이수광의 문학적 안목과 심도는 조선문학이론을 정착시켰고 그 수준은 중국 시화의 格調를 능가하고 있다. 이러한 평가의식을 통하여 중국시에 대한 이수광의 비평을 객관적으로 점검하는 작업의 일환으로 서술하면서 다음에 먼저 文章部 各卷의 要旨를 정리하고자 한다.

1. 卷8 文章部 一

1)文; 魏文帝 典論論文의 「수명은 때가 있어서 영화와 즐거움이 한 몸에서 그치는데 이 두 가지는 반드시 일정한 기간에 이르니, 문장의 무궁함만 못하다.(年壽有時而盡榮樂止於一身, 二者必至常期, 未若文章之無窮.)」을 인용하는 것으로 시작하여 시종일관 중국 문호들의 글을 인용하면서 문의 가치를 중시하는 논리를 펴고 있다. 예컨대, 王世貞, 陸放翁, 殷璠, 韓愈, 歐陽修, 蘇軾 등 다양한데 한결같이 文의 정신을 강조하고 있다. 그 예를 다음에 들어본다.

> 고인이 말하기를, 문장은 氣를 주로 한다. 유자후는 말하기를, 文을 짓는 데에는 神과 志를 주로 한다. 나는 생각하기를, 神이란 변화를 헤아릴 수 없다고 말하겠고, 志란 氣를 거느리는 것이다. 이미 말하노니 志가 있으면 氣는 말할 것이 없고, 神이 있으면 志는 말할 것이 없다. 그러므로 단정하여 말하노니, 문장은 神을 주로 한다.
> 古人謂文章以氣爲主. 至柳子厚乃曰; 爲文以神志爲主, 余以爲神者變化不測之

謂, 志者氣之帥也. 旣曰; 志則氣不足言也. 旣曰; 神則志不足言也. 余斷之曰; 文章以神爲主.

2) 文體; 문체의 연원을 箴과 銘에 두고, 頌과 檄의 기원을 밝히고 있다. 그리고 산문의 문체 종류를 箴, 銘, 頌, 贊, 詔, 誥, 制, 勅, 冊文, 敎文, 表, 箋, 啓, 狀, 書, 疏, 箚, 封事, 議奏, 咨, 揭帖, 檄, 露布, 序, 記, 志, 傳, 跋, 引, 策, 論, 義, 祭文, 祝辭, 哀詞, 誄, 靑詞, 致語, 上樑文, 賦, 辭 등 41종으로 분류하고 있어서 중국의 文選과 文心雕龍 등에서의 분류보다 세분화되어 있어서 특기할만하다. 시의 문체는 三言, 四言, 五言, 六言, 七言, 聯句, 絶句, 律詩, 排律, 古詩, 長短句, 歌詞, 樂府 등으로 분류한 것은 중복되는 바가 있어서 간과해도 가하다. 문체의 몰이해로 인한 폐단으로 조선시대의 科文의 하나인 四書疑를 지적한 것은 객관적인 평가로 본다.

3) 文評; 29개 조를 서술하고 있는 산문비평에는 자구해석과 어원, 해석상의 의견 등을 담고 있는데 선진대서부터 漢代의 李陵 시, 晉代 王羲之 蘭亭集序, 陶潛의 歸去來辭, 唐宋代의 元結, 韓愈, 陳師道, 范仲, 蘇軾 등의 중국 산문과 조선의 成俔, 林悌, 崔岦의 글에 대한 평문을 담고 있어서 그 내용이 독자적인 점이 적지 않다. 예를 들면, 왕희지 난정집서를 문선에 열입하지 않은 蕭統의 의식을 한탄하기를,

> 왕희지 난정집서의 管絃絲竹이란 말을 고인이 어사가 부연되어 복잡하다하여 이에 文選에 넣지 않았으나 이 서문은 진대문장 중에서 매우 훌륭하니 진주를 잃은 탄식이 없지 않다.
> 王羲之蘭亭敍管絃絲竹, 古人以爲語衍而複坐, 此不入於文選, 然是敍在晉文中甚佳, 不無遺珠之歎.

라고 하여 어구 하나로 본질을 어긋나게 하지 말 것을 강조하고 있다. 그리고 陶潛 〈歸去來辭〉의 「善萬物之得時, 感吾生之行休」구의 '行休'의 어의에 대해서 서술하기를,

　　‘善’을 ‘羨’으로 쓰는 것은 잘못이다. ‘行休’라고 한 것은 그의 문집 시에 「새해가 되면 어느새 오십 세이니, 나의 삶 장차 돌아가 쉬리라.」가 있다. 이것으로 보면 ‘行休’의 ‘行’은 장래의 뜻이니 ‘行休’는 ‘쉬려한다’이지 ‘간다’라는 말이 아니다.

　　善者或作羨非. 行休云者以其集中詩開歲倏五十, 吾生行歸休. 觀之行猶將也, 非行之謂也.

　라고 한 바, 본래 善이 옳은 데2), 근래 문집에 모두 善을 羨으로 쓰고 ‘부러워하다’로 풀이하고 있는데 善에는 羨의 의미가 없다. 그러므로 善으로 하면 「좋아하다(好), 가까이하다(親), 많이 하다(多), 이해하다(解)」3) 등으로 풀어야 하므로 이수광의 주장이 합리적이다. 그리고 ‘行休’의 ‘行’에 대한 풀이는 李善도 하지 않았고, 다만 ‘休’를 莊子의 말을 인용하여 「其死若休」라고 주석하고 있으며, 이수광이 근거로 제시한 陶潛의 시구는 丁仲祜의 ≪陶淵明箋注≫ 卷2(臺灣藝文印書館 1971)에 의하면, <遊斜川>의 첫연으로서 여기서도 ‘行’의 풀이는 없고 단지 ≪莊子≫ 田子方篇의 「生有所乎萌, 死有所乎歸.」 구를 인용하여 「歸休謂死也」라고만 주석하고 있으며 ‘行’의 뜻에 ‘장차, 하려한다’라고 한 풀이가(康熙字典에도 없음) 없는 바, 이것은 이수광의 탁월한 해석으로 본다.

　4) 古文; 47개 조로 분류하여 서술하고 있는데 그 중요 문장으로 屈原 天問(2개 조), 滕王閣序(6개 조), 駱賓王 檄文(2개 조), 韓愈(5개 조), 柳宗元(3개 조), 蘇軾(3개 조) 등을 들 수 있다. 그러니까 당송대는 고문운동가의 문장을 집중적으로 평가하고 있음을 본다. 이수광의 견해를 담은 예문을 보면, 먼저 屈原 <天問>의 「厥利維何, 顧菟在腹.」구에서 ‘顧菟’에 대한 풀이인데, 중국의 주석자료에는 단지 楚나라 방언으로 ‘토끼’라고 풀이하고 넘어갔는데4),

---

2) ≪文選≫ 卷45 原本에 의거함.

3) 康熙字典 丑集上 口部 九劃; 「說文, 吉也. 玉篇, 大也. 廣韻, 良也. 佳也. 疏, 善猶解也.」

이수광은 해석하기를,

> 한퇴지의 영월시에, 「달이 밝고 맑아서 토끼를 분별할 만하다.」라고 한 것
> 은 대개 여기서 나온 것이다. 다만 顧菟라고 한 것은 무슨 뜻인지 모르겠다.
> 어찌 토끼가 달을 바라본다는 설로 말하겠는가.
> 　韓退之詠月詩曰; 「淨堤分顧菟」, 蓋出於此 但謂之顧菟未知何義 豈以兎望月
> 之說而云歟.

라고 하여 의문을 제시했는데 지금의 해석상 顧菟가 楚의 방언인 것을 파악
하지 못한 서술로 보는 것이 가할 것이다. 그리고 또 이수광은 蘇軾의 韓文
公碑를 불교의 輪廻說에 의거하여 이해하려 한 것은 그만의 독자적인 인식이
라고 할 것이니 다음에 글을 보건대,

> 동파가 한문공비를 지어 말하기를, 살기를 바라서 사는 것이 아니고, 죽기
> 로 해서 죽는 것이 아니다. 또 말하기를, 어두우면 귀신이 되고, 밝으면 다시
> 사람이 된다. 이것은 곧 불교의 윤회설이다. 동파는 만년에 불교를 좋아하여
> 그래서 그 글이 이러한 것이다.
> 　東坡撰韓文公碑曰; 不待生而存, 不隨死而亡. 又曰; 幽則爲鬼神, 明則復爲人,
> 此卽佛氏輪廻之說也. 東坡晚年喜佛, 故其文如此

라고 하였으니 동파를 이해하면 극히 상식적인 의견이지만, 이수광만이 이
글을 불가적으로 풀이했다는 점을 강조한다.

5) 辭賦: 모두 24개 조로 서술하고 있는데 중국 역대 名賦를 골고루 서술
하고 있으니, 司馬相如의 <大人賦>, 揚雄의 <甘泉賦>, 班固의 <西都賦>,
曹植의 <洛神賦>, 陶潛의 <歸去來辭>, 謝惠連의 <雪賦>, 庾信의 <哀江南
賦>, 李商隱의 <怪物賦>, 蘇軾의 <秋陽賦> 등을 주로 자구의 해석과 오류
에 중점을 두어 품평하고 있다. 그 예를 들면, <歸去來辭>의 「懷良辰而孤

---

4) 傅錫壬注(≪新譯楚辭讀本≫) 에 「顧菟, 卽菟, 楚語.」라함.

往, 或植杖而耘耔.」구에서 ‘耘耔’의 聲調를 따져서 평하기를,

> 운서에 의하면, 耔는 上聲으로 통용할 수 없는데 이와 같으니 의심할 만하
> 다.
> 按韻書耔上聲不當通用, 而如此可疑.

라고 하여 陶潛이 高低의 聲調를 고려하지 않은 점을 품평하고 있어서 이 또
한 중국 역대 자료에서 거론하지 않은 안목이다. 唐代 李善은 ‘耘耔’ 부분에
대해서 단지 論語를 인용하여 「植其杖而耘. 毛詩曰; 或耘, 或耔.」5)라고만 풀
이하고 있다. 그리고 庾信 <哀江南賦>의 ‘荆艶楚舞’ 어구를 평하기를,

> 당시에 말하기를, 「지는 해 맑은 강에 드는데, 형가에 초여인의 춤허리 곱
> 네.」 고찰컨대, 진나라 장양왕의 이름이 초여서 사기의 시황기에 초를 휘하여
> 형이라 하매 형은 곧 초이니 아마도 어구 중첩을 면치 못한다. 또 설부에 이르
> 기를, 「오가는 시라 하고, 초가는 염이라 한다.」라 하니 지금 염초요라 한 것은
> 타당치 않다.
> 唐詩曰; 「落日淸江裏, 荆歌艶楚腰.」 按秦莊襄王名楚, 故史記始皇紀諱楚謂荆,
> 荆卽楚也, 恐未免語疊. 又說郛云; 吳歌曰詩, 楚歌曰艶. 今謂艶楚腰, 則未穩.

라고 하여 어구의 사용상의 문제점을 세심하게 지적하고 있어서 이수광의 분
석력이 탁월한 부분이라고 본다.

6) 東文; 모두 13개 조로 분류하여 서술되어 있는 바, 朴仁亮, 王闓之, 李
奎報, 尙震, 李好閔, 崔岦, 黃愼 등의 글을 품평하고 있다. 그 내용이 대개
문장의 요지를 정리하고 혹시 어구의 오류를 지적하는 선에서 서술하였는데
중국 문장보다 소홀시 한 경향이 강하다. 그 한 예를 보면, 崔岦의 <賀冬至
表>의 「땅 속의 양기가 마침내 움직이니 계절에 소춘이 돌아온다.(地中之陽
書動, 節回小春)」구에서 ‘小春’의 용처가 오류라는 점을 지적하기를,

---

5) ≪昭明文選≫ 卷45 p.636 (臺灣 文化圖書公司 1979)

생각하건대, 소춘은 곧 십월이다. 구양수의 사에 이르기를, 심월 소춘에 매
화봉우리가 핀다. 대개 매화가 핀다고 해서 소춘이라 한 것이다. 최립이 동지
를 소춘이라 한 것은 틀린 것이다.
　　按小春乃十月. 歐陽公詞云; 十月小春梅藥綻　蓋以梅始綻, 故曰小春. 崔以冬
至爲小春, 則誤矣.

라고 하여 정확한 논리를 제시하고 있다.

　7) 文藝 21개 조로 분류하여 중국과 조선의 문단기사를 주로 서술한 바,
지금의 문예와는 그 내용서술이 다르고 깊지 못한 단점을 들 수 있다. 그러
나 이수광은 문학하는 사람의 세속을 초탈하는 의식을 이해하면서 마음 아
픈 심정을 지니고 있었으니, 이것은 문인이든 학인이든 글을 가까이 하는
자들의 고금의 공통된 상황인 것을 동감케 한다. 이수광은 문예에서 글로
인해 일어나는 여러 사실을 진솔하게 故事형식으로 기술하고 있다. 그 한
예로 경제적인 면과 연관하여 서술한 부분을 보면, 皇甫湜의 福先寺 비문의
물질적 가치를 서술하기를,

　　황보식이 복선사비문을 지으니 배도가 거마와 비단을 보내어 매우 후하게
하였다. 식이 크게 노하여 말하기를, 「비문 글자가 삼천인데 한 자에 비단 세
필이라, 어찌 나를 박대하는가.」 배도가 비단 구천 필을 보냈다한다. 설사 지
금사람이 글을 지어 한 자에 만금 나간다고 해도 누가 글에 재물을 보상하는
일을 하겠는가. 선비가 이 세상에 나서 척박한 모습이라 할 것이다.
　　皇甫湜作福先寺碑文, 裵度遺以車馬繪綵甚厚.　湜大怒曰; 碑字三千一字三縑,
何遇我薄也. 度酬以絹九千匹云. 設使今人作文, 雖一字敵萬金, 誰肯潤筆士. 生斯
世可謂薄相.

라고 하여 글과 재물과는 역행적 관계라는 점을 강조하면서 가난한 선비의
신세를 부각하였는데 그러면서도 글을 가까이 하는 자들이 고금에 많은 것
은 무엇인지를 그 대답을 역설적으로 제시하고 있다. 그 예로 이 문예편 말

미에,

> 아! 문장이 사람에게 이익 되지 않음이 이와 같거늘 다시 그것을 되밟는 것
> 은 어째서 인가.
> 噫. 文章之不利人若此, 而復有踵之者, 何歟.

라고 하였으니 오늘날 여러 해를 고생해서 저서 한 권 출판하여 인세 몇 푼
받는 학인의 신세와 다를 바가 없다.

2. 卷9 文章部 二

1) 詩; 이수광은 시의 기원을 大戴禮의 기록을 인용하여 「황제의 악을 운
문이라 하고 악장을 시라고 한다. 우서에 말하기를, 詩는 뜻을 말한 것이고
歌는 말에 가락을 붙여서 말을 길게 한 것이다. 시의 이름이 여기에서 시작
한 것이다.(黃帝樂曰雲門, 樂章曰詩. 虞書云; 詩言志, 歌永言. 詩之名始此)」라
는 글로 시작하여 시의 형식발달의 기원과 작시의 정신자세, 그리고 작시의
어구학습에 대해 강조하고 있다. 그리고 시기로는 역시 당시에 역점을 주어
서 추숭한 것은 정상적인 시학의식에서 나온 관점이라 할 것이다.

먼저 시의 각체의 기원에 대해서 다음에 서술하기를,

> 옛사람이 말하기를, 오언은 이릉과 소무에서 기원하고, 칠언은 한 무제 백
> 량체서 기원하고, 사언은 한 위맹에서 기원하며, 육언은 한 곡영에서 기원하
> 고, 삼언은 하후담에서 기원한다. 혹자는 말하기를, 오언이 오자의 노래에서
> 시작하고, 칠언이 모선의 가요에서 시작한다고 한다. 내가 말하노니 오언은 순
> 임금의 노래 「왕이 좀스럽다」라고 한 것과 같고 칠언은 격양가의 「임금의 힘
> 이 나에게 무엇이겠는가」와 같다. 그것이다. 시 삼백 편에는 5,7,4,6,3언의 각체
> 가 모두 갖추어져 있다.
> 古人云; 五言起於李陵蘇武, 七言起於漢武柏梁, 四言起於漢韋孟, 六言起於
> 漢谷永, 三言起於晉夏侯湛. 或云; 五言始於五子之歌, 七言始於茅仙之謠. 余
> 謂五言如舜歌元首叢脞哉. 七言如擊壤謠帝力何有於我哉. 是也. 至於詩三百篇

中有五七四六三言, 各體俱備.

라고 하여 상당히 정확한 근거에 의한 내용을 적고 있다. 여기서 가장 중시해야 할 사항은 5언시의 기원인데 이수광의 근거는 鍾嶸의 詩品序에서 「逮漢李陵, 始著五言之目.」라고 한 것과 任昉의 文章緣起에서 「五言詩創於漢都騎尉李陵與蘇武詩.」라고 한 것에 두고 있어서 매우 박학한 지식의 소산임을 알 수 있다. 陸侃汝가 오언시의 기원을 東漢 樂府詩에 근거하여 제시한 이론6)이나 李曰剛이 오언시를 古詩19수에 기원하고 있는 주장7)은 모두 근자에 나온 이설이라고 볼 때 이수광은 오언시뿐만 아니라 기타시의 기원도 상당한 근거에 의해 서술한 것으로 본다.

다음으로 작시의 정신을 강조한 점인데 이수광은 嚴羽의 ≪滄浪詩話≫ 詩辨의 興趣와 妙悟를 창작정신의 근거로 제시하였으니 이것은 청대 王士禎의 시론이 神韻說과 翁方綱의 肌理說, 그리고 袁枚의 性靈說 등의 근간이 되고 있다는 점에서 그 당시 淸과 빈번한 학술교류에 의한 이수광의 시학적 관념으로 보아서 타당할 것이다. 그래서 이수광은 엄우의 이론을 인용하여 興趣를 논하기를,

> 엄의는 말하기를, 「성당의 제공의 시는 오직 흥취에만 있을 뿐 찾을 수 있는 자취가 없어서, 마치 공중의 소리 같고, 얼굴의 색 같고, 물속의 달 같고, 거울 속의 사물 같다.」라 하였는데 잘 표현하였다고 말할 수 있다.
> 嚴儀曰;盛唐諸公惟在興趣, 無跡可求, 如空中之音, 相中之色, 水中之月, 鏡中之象, 可謂善形容矣.

라고 하여 엄우의 興趣說에 동감하고, 이러한 의식이 滄浪의 妙悟論에 심취케 하는 과정을 밝게 한 것이다. 그래서 이수광은 창랑의 묘오의식을 따라서 창랑의 주장을 그대로 다음과 같이 인용하고 있다.

---

6) ≪中國詩史≫, pp.264~270 章二 五言詩的起源(臺灣 明倫出版社 1969)
7) ≪中國詩歌流變史≫, pp.136~158(臺灣 文津出版社 1987)

엄우가 말하기를, 참선의 도리는 오직 묘오에 있으며 시의 도리도 묘오에 있다. 오직 오는 곧 본색이 된다, 그러나 悟에는 옅고 깊음이 있고, 한계가 있으며 투철한 悟가 있다.

嚴羽曰; 禪道惟在妙悟, 詩道亦在妙悟. 惟悟乃爲本色, 然悟有淺深, 有分限, 有透徹之悟.

여기서 엄우가 주장하는 詩와 禪과의 상관성, 그리고 妙悟의 여러 현상을 어떻게 이해해야 할 것인지에 대해 다음에 부연하여 서술할 필요가 있다. 엄우는 詩와 禪과의 관계를 서술하기를,

① 선가류에는 소대의 승이 있고 남북의 종이 있으며 정사의 도가 있으니,
② 학습자는 모름지기 최상의 승을 따라 바른 법안을 갖추어 제일의를 깨달아야 한다.8)
③ 소승선이라면 성문승과 벽지승 따위인데 모두 바르지 않다.
④ 시를 논함은 선을 논함과 같으니 한위진과 성당의 시가 즉 제일의이다.
⑤ 대력 이후의 시는 즉 소승선이어서 이미 제이의로 떨어져 있다.9) 만당의 시는 즉 성문과 벽지승류이다.
⑥ 한위진과 성당의 시를 배운 자는 임제종 무리와 같고 대력 이후의 시를 배운 자는 조동종 무리와 같다.
⑦ 대개 선도는 묘오에 있으니 시도 또한 묘오에 있는 것이다. 또한 맹양양(浩然)의 학력이 한퇴지(韓愈)보다 매우 떨어지지만, 그 시만은 퇴지 위에 빼어난 것은 오직 묘오를 맛보기 때문이다. 오직 오는 곧 마땅히 갈 길이요 본색이 되는 것이다.
⑧ 그러나 오는 얕고 깊음이 있고 한계가 있음에 따라 투철한 오와 단지 알아서 반쯤 깨우쳐지는 오가 있다.10)

---

8) 제일의는 불법의 第一義諦를 ≪傳燈錄≫ 卷九에 「心卽是法, 法卽是心, 不可將心更求於心, 歷千萬劫無得日, 不如當下無心, 便是本法. …… 故佛言, 我於阿耨菩提實無所得, 恐人不信, 故引五眼所見, 五語所言, 眞實不虛, 詩第一義諦.」

9) 제이의란 불법의 第一義諦에서 따온 제일의와 대칭하여 쓴 말인데, 여기서는 대력 이후의 묘오하지 못한 시, 즉 소위 一知半解之悟를 지칭하는 용어.

10) 창랑의 透徹之悟는 皎然의 ≪詩式≫에서 근원하니 ≪詩式≫의 「兩重意以上皆文外之旨, 若遇高手如康樂公, 覽而察之, 但見情性, 不覩文字, 皆詣道之極也」에서 문사를 떠난 성성의 극

⑨ 한위는 존귀하니 가오가 아니며, 사령운에서 성당 여러 문인에 이르기까지
　　는 투철한 오이다. 나머지는 오를 지녔다 해도 모두 제일의가 못된다. 내가
　　그를 비평해서 거짓되지 않고 변언해도 망령되지 않는다. 천하엔 버릴 사람
　　과 버릴 수 없는 말이 있으니 시도란 이와 같은 것이다.
① 禪家者流, 乘有小大, 宗有南北, 道有邪正.
② 學者須從最上乘, 具正法眼, 悟第一義也.
③ 若小乘禪, 聲聞辟支果, 皆非正也.
④ 論詩如論禪, 漢魏晋與盛唐之詩, 則第一義也.
⑤ 大曆以還之詩, 則小乘禪也, 已落第二義也. 晚唐之詩, 則聲聞辟支果也.
⑥ 學漢魏晋與盛唐詩者, 臨濟下也. 學大曆以還之詩者曹洞下也.
⑦ 大抵禪道惟在妙悟, 詩道亦在妙悟. 且孟襄陽學力下韓退之遠甚, 而其詩獨出
　　退之之上者, 一味妙悟而已. 惟悟乃爲當行, 乃爲本色.
⑧ 然悟有淺深, 有分限, 有透徹之悟, 有但得一知半解之悟.
⑨ 漢魏尚矣. 不假悟也. 謝靈運至盛唐諸公, 透徹之悟也, 他雖有悟者, 皆非第一
　　義也. 吾評之非僭也, 辯之非妄也. 天下有可廢之人, 無可廢之言, 詩道如是也.
　　(번호와 밑줄은 편의상 부과한 것임)

　　위의 글에서 엄우의 시론을 다음과 같이 정리할 수 있으니, 첫째는 「시
를 논함은 선을 논함과 같음(論詩如論禪)」과 「시의 도는 묘오에 있음(詩道
在妙悟)」이다. 창랑이 시의 정신세계를 선의 경지에 비유한 것은 이 시화의
서두에서 거론되어 있다. 만당의 司空圖를 추숭하고 강서파 시인에서 힌트
를 받아 구체화시킨 이론이긴 해도[11] 창랑에 이르러 이론으로 정립시켰다고

　　을 파악하는 것을 창랑은 透徹之悟라 표현한 것 같다. 許學夷는 透徹之悟의 의미를 다음과
　　같이 밝혔다. 「初唐沈宋律詩, 造詣雖鈍, 而化機尙淺, 亦非透徹之悟. 惟盛唐諸公領會神情, 不
　　倣形迹, 渾然而就, 如僚之於丸, 秋之於奕, 孔孫之於劍舞, 此方是透徹之悟也.」(≪詩源辯體≫).
11) 司空圖는 그의 기본사상을 남종의 영향에서 이룩했음을 다음 글에서 알 수 있다. 「言不可無
　　也, 然爲師之說者, 豈佐競而主勝乎. 儒之書曰率性之謂道, 老之書曰名歸其根, 而禪酉之東, 親
　　扶人視聽, 至而又至者, 道與本俱忘哉.」(≪司空表聖文集≫卷九) 그리고 趙執信은 ≪二十四詩
　　品≫의 후세 영향을 평하기를 「觀其所第二十四品, 設格甚寬, 後人得以各從其所近, 非第以不
　　著一字, 儘得風流爲極則也.」(≪談龍錄≫)라 함. 창랑의 「答出繼叔臨安吳景仙書」의 첫머리에
　　서 강서시파를 석평하려는 의도에서 본시화를 지었다고 하나, 실은 그 파의 영향을 입은 바
　　적지 않으니, 예컨대 韓駒(江西派)의 「詩道如佛道, 分大乘小乘邪魔外道」라든가 贈伯魚詩의
　　「學詩當如初學禪, 未悟且遍參諸方. 一朝悟罷正法眼, 信手帖出皆成章.」에서 알 수 있다. 창랑
　　의 答書一部를 보겠다. 「僕之詩辨, 乃斷千百年公案, 誠驚世絶俗之談, 至當歸一之論, 其間說

하겠다. 상기 인용문의 ①과 ②는 禪家의 상하류 구별과 禪理의 정점을 추구할 것을 밝히고 ④에서 시와 선의 동일논리를 강조하고 있다. 선이 철학적, 종교적 신비성을 지녔다면 시는 문학영역으로 성정의 표출에 근거하여 서로 속성이 다르지만 감각의 직관을 중시한다는 면에서는 상통한다. 이런 관계를 郭紹虞는 다음과 같이 논증하고 있다.

> 선으로 시를 조정하는데 곧 선의와 시교가 관련이 있으면서 분별이 있다. 단지 그 다른 것을 보면 선은 그 자체가 선이며 시는 그 자체가 시이어서 각기 경지에 들지 않음을 볼 수 있으나 당연히 같이 논하기는 어렵다. 예컨대 그 통함을 보면 시교와 선의가 같지 않음이 얼음과 석탄, 물과 젖과 같은데도 보는데 아무렇지 않아서 모순이 없다.
> 「以禪衡詩, 則禪義與詩敎, 有關聯也有分別. 僅見其異, 則禪自禪而詩自詩, 可以看作各不相入, 當然難以并論. 如見其通, 則詩敎禪義非同氷炭而類水乳, 也不妨看作, 更無矛盾.」(≪滄浪詩話校釋≫ 「詩辨」)

선과 시는 그 자체일 뿐 상입하거나 병론되기 어려워서 얼음과 연탄(氷炭)이나 물과 젖(水乳)같이 다르나, 모순 없이 입론상의 지평이 가능한 것은 직관 때문이다. 선은 범어로는 禪那의 간칭으로서 뜻은 思惟修 또는 淨慮이며 頓과 漸으로 대별되는데 漸修는 調身, 調息, 調心 등 순서에 의해 수도하며 頓敎는 宗門禪이라 하여 인심에 돈오하여 成佛을 추구한다. 선의 목적은 證悟 즉 오득을 증험함에 있는 것이지 理悟 즉 오득을 따짐에 있지 않으니 그 전체의 의경을 다음 불전에서 밝히고 있다.

> 진여법계는 자신도 없고 남도 없어서 서로 어울리려면 오직 둘이 아님을 말함이니 둘이 아니고 모두 같으니 포용하지 않음이 없다…극히 작은 것은 큰 것과 같아 경계를 잊어 끊고 극히 큰 것은 작은 것과 같아 가를 보지 못하니 있음은 곧 없음이요 없음은 곧 있음이다.

江西詩病, 眞取心肝劊子手. 以禪喩詩, 莫此親切, 是自家實證實悟者, 是自家閉門鑿破此片田地, 卽非傍人籬壁, 拾人涕唾得來者, 李杜復生, 不易吾言矣.」(≪滄浪詩話≫ 附).

眞如法界, 無自無他, 要言相應, 惟言不二, 不二皆同, 無不包容. …… 極小同大,
忘絶境界, 極大同小, 不見邊表, 有卽是無, 無卽是有.(≪三祖中峯和尙信心銘≫)

　이것은 三祖僧璨의 글로서 法界의 자성의 묘체(自性之妙體)에 대한 경계를
설명하고 있다. 시는 심지에 연유하여 성정을 사출할 때, 그 시도는 바로 심
득의 묘오에 있는 것이며, 이는 불도가 도득의 묘오에 있는 것과 같다. 창랑
이 ②에서 제일의를 오득하기 위해서는 최상승을 따라야만 가능하다 하고
④에서 한위진과 성당시풍을 그 예로 들었는데 여기에서 감성이 도달할 수
있는 정신의 승화가 시와 선의 상통점으로 해명될 수 있다. 창랑이 시의 고
차원적 의식세계를 추구하기 위해서는 선을 차입하여 비교해야 했으니, 袁
枚가 말한 바,

　　백운선사가 게를 지어 말하기를;「파리는 빛을 찾기 좋아해서 종이 위를 뚫
　는데 비치지 못하는 곳은 자못 어렵다. 홀연히 부딪쳐 올 때 비로소 평생에 눈
　에 차는 것을 느낀다.」설두선사가 게를 지어 말하기를;「토끼 하나가 몸을 가
　로 하여 길에 나가니 솔개가 보고 사로잡았다. 후에 사냥개가 영험이 없이 헛
　되이 마른 참죽나무 옛터를 찾는다.」두 게가 선어이지만 자못 시를 짓는 주
　지에 맞는다.
　　白雲禪師作偈曰;『蠅愛尋光紙上鑽, 不能透處幾多難. 忽然撞著來時路, 始覺
　平生被眼滿.』雪竇禪師作偈曰;『一兎橫身當全路, 蒼鷹見便生擒. 後來獵犬無靈
　性, 空向枯椿舊處尋.』二偈雖禪語, 頗合作詩之旨.(≪隨園詩話≫ 卷四)

라 한데서 시학과 선학이 융합한 실증을 들고 있다.[12] 이런 시에 선을 차입
한 논리를 근본적으로 부정한 일파도 있었으니, 엄창랑과 동시대의 劉克莊은
≪後村大全≫에서,

---

12) 청대의 張晋은 袁枚의 말을 뒷받침하여 다음과 같이 禪, 詩의 관계를 피력했다. 「少陵云:
　『妙取筌蹄棄, 高宜百萬層.』又云:『意愜關飛動, 篇終接混茫.』放翁云:『詩忌參死句, 滄浪借
　禪喩詩.』謂如羚羊掛角, 香象渡河, 有神韻可味, 無迹象可尋. 司空圖謂超以象外, 得其環中,
　皆言詩之超詣也. 隨園謂詩不必首首如是, 要不可不知此種意境.」(≪達觀堂詩話≫)

시가는 소릉을 비조로 하니 그 설에 이르기를; 말이 사람을 놀라게 않으면
죽어도 없어지지 않으니 선가는 달마로 비조를 삼는다. 그 설에 이르기를; 불
립문자라. 시가 선이 될 수 없는 것은 선이 시가 될 수 없는 것과 같다.

　　詩家以少陵爲祖, 其說曰; 語不驚人死不休, 禪家以達磨爲祖. 其說曰; 不立文
字. 詩之不可爲禪, 猶禪之不可爲詩也.(卷九十九)

라 하여 詩禪의 본질은 다르다고 하였고, 李重華는 「시교는 공자에게서 논증
한 것이거늘 어쩐 이유로 불사로 떨어뜨리는가(詩敎自尼父論定, 何緣墮入佛
事.)」(《貞一齋詩說》)라 하여 시교의 원대성을 불교에 두려함을 통박하였으
며 潘德輿는 「시는 곧 인생의 용사이거늘 선은 무엇인가(詩乃人生用事, 禪何
爲者.)」(《養一齋詩話》)라 하여 시의 用世觀을 내세워 선과 무관함을 강조하
였다. 그러나 기설한 바이지만, 시의 세계에의 고결과 작시를 위한 영육간의
각고를 참선하는 승니의 수도에 상견한 것은 시의 차원제고를 위해서도 인정
할 만 했으며 시풍의 외식보담 내실을 위해서 더욱 호소력이 있었다고 하겠다.
　이어서 창랑이 그의 시화에서 핵심의 하나로 내세운 것이 ⑦의 「선도는
오직 묘오에 있고 시도도 묘오에 있다.(禪道惟在妙悟, 詩道亦在妙悟.)」의 논
리인데, 이것은 앞의 내용을 구체화한 것이라 하겠다. 창랑은 맹호연을 한
유보다 시의 묘오란 면에서 시의 가치를 높게 본다는 예거까지 하면서 이
점을 부각시켰다.13) 그의 시변 속에 묘오와 관련된 부분은 ⑧과 「들 여우
의 외도인 것이니, 그 참된 지식을 가리워 버리면 약을 구할 수 없어서 끝
내 오를 얻지 못한다.(野狐外道, 蒙蔽其眞識, 不可救藥, 終不悟也.)」구, 「가
슴속에 뜸들여 오래되면 자연히 깨달아 든다.(醞釀胸中, 久之自然悟入.)」구,

---

13) 창랑의 「妙悟」이전에 문학에 사용된 대표적인 예로는 僧肇의 「肇論」에 「玄道在於妙悟, 妙
　　悟在於卽眞.」(卷六) 라 하여 묘오를 「妙契自然」으로 썼고, 《文心雕龍》「神思」편의 「寂然
　　凝慮, 思接千載. 悄焉動容, 視通萬里……故思理爲妙, 神與物遊.」구는 물상과 심상의 교회
　　에서 문사의 고묘를 밝힌 것이니 묘오설의 선성이 되며, 司空圖의 《詩品》에서는 「不著一
　　字, 盡得風流」가 창랑의 「超以象外, 得其環中.」과 상동하다. 송대에는 소식의 「送參寥師一
　　詩」에서 「欲令詩語妙, 無厭空且靜. 靜故了群動, 空故納萬境」라 하여 空·靜을 강조한 점,
　　江西派의 陳師道의 「答秦少章」에서 「學詩如學禪, 時至骨自換.」이라 하여 오경을 인지하였
　　다. (張健의 《滄浪詩話硏究》 p.20 이하 참조)

그리고 「그 묘한 곳은 꿰뚫어 영롱하여 모아 놓을 수 없다.(其妙處透徹玲瓏, 不可湊泊.)」구 등이 되겠는데 시도가 묘오에 있다는 논법은 다음 몇 구의 인문에서 그의 의미를 대신할 수 있겠다. 한 편으로 胡應麟은 ≪詩藪≫에서,

> 선은 필히 깊이 수련되고 난 후에 깨달을 수 있고 시는 깨달은 후에야 이어 모름지기 깊이 창작된다.
> 禪必深造而後能悟, 詩雖悟後, 仍須深造.(內編卷二)

라 하여 悟는 시가 거쳐야 할 한 가지 필수적인 노정으로 보아서, 선의 지경이 悟라면 시는 그 이상의 상태에 몰입한 차원까지 상승해야 한다는 시의 경계를 밝혔고, 근인 錢鍾書도 「도를 배우고 시를 배우는데 깨닫지 않고서는 진전하지 못한다.(學道學詩, 非悟不進)」(≪談藝錄≫ p.115)라고 하여 오를 통한 學詩를 역설하였다. 여기서 「묘오」란 바로 시경의 온양인 것을 알 수 있고 이 온양이 숙실하고 정미하여지면 곧 투철한 오득인 것이니, 성당 제공을 두고 표현한 창랑의 입론인 것이다.

둘째는 오득에는 옅고 깊음이 있음(悟有淺深)이다. 이 말은 ⑧의 「悟有淺深, 有分限」에서 나온 구로서, 묘오의 옅고 깊음의 등급을 표현하는 것이요, 시경의 차별을 뜻하는 것이다. 창랑이 시변에서 제시한 오득의 분류는 (a) 하나로 묘오를 맛봄(一味妙悟), (b) 투철한 오득(透徹之悟), (c) 완전치 않으나 반은 아는 오득(一知半解之悟), 그리고 (d) 오득을 가식하지 않음(不假悟) 등인데,14) (a)와 (b), (d)는 창랑의 소위 최상승인 제1의이며, (c)는 제2의가 되겠다. 창랑은 위의 ⑨에서 「한위대는 높으니 오득을 가식하지 않는다(漢魏尙矣, 不假悟也)」라 하고 「사령운에서 성당의 제공까지 투철한 오득이다.(謝靈運至盛唐諸公, 透徹之悟也)」라 한데서 한위와 사씨 및 성당문인(孟浩然을 一味妙悟라 함)이 제일의, 大曆 이후 및 만당을 제이의로 차등을 둔 것이다. 이상의

---

14) 不假悟에 대해서 許學夷는 「漢魏天成, 本不假悟, 六朝刻雕綺靡, 又不可以言悟.」(≪詩源辯體≫ 卷十七.

등급에서 원문의 용어와 결부하여 몇 가지 부연한다면, 우선 제일의와 투철지오를 동일하게 놓은 것을 郭紹虞는 그의 교석에서 「이후의 격조물결은 곧 창랑의 제1의설이며, 신운파가 창랑에게서 취한 것은 역시 투철지오에 있다.(此後格調波卽滄浪第一義之說, 而神韻派所取於滄浪者, 又在透徹之悟.)」라 하여 후세 입론에 영향을 주었다고 하였다. 그리고 「一知半解之悟」는 의미상 작시의 온양과 시의 및 시재의 결핍을 말한다고 할 것이며 특히 만당시를 소승선보다 낮은 「聲聞辟支果」에 속하는 것으로 품평하였은 즉,15) (c)에 속한 것은 소승선의 대력시과 성문벽지과의 만당시라는 해석이 되겠다. 그리고 臨濟下와 曹洞下의 용례는 창랑이 그 내용을 혼동하여 쓴 것으로 보이니, 이 두 불종의 내용을 陳繼儒가 기록한 바,

> 임제와 조동은 어느 것이 높고 낮은가? 곧 그 집안의 언사를 표절하면 진정 날조의 선이라 할 수 있다.
> 臨濟曹洞有何高下? 而乃勦其門庭影響之語, 抑勒詩法, 眞可謂杜撰禪.(≪偃曝談餘≫)

라는 문구에서 알 수 있기 때문이다. 이와 같이 볼 때 이수광의 시학관은 숭당적 정감에 초점이 있는 것을 확인한다. 그래서 그는 당인과 송인의 작시의식을 다음과 같이 구분하고 있으니,

> 당인이 시를 짓는 데는 오로지 의흥을 주로 하니 용사가 많지 않다. 송인이 시를 짓는 데는 오로지 용사를 숭상하니 의흥이 곧 적다.
> 唐人作詩專主意興, 故用事不多. 宋人作詩專尙用事, 而意興則少.

라고 하여 意興과 用事의 차이로 唐과 宋을 차별화하고 唐詩를 추숭한 것이다. 그리고 당인이 시를 짓는 데에 있어 詩語와 詩意를 얻는 전본으로 소통

---

15) 郭紹虞의 교석에 의하면 「辟支·聲聞僅求自度, 故稱小乘 辟支, 梵語獨覺之義, 謂幷無師承, 獨自悟道也. 聲聞, 謂由誦經聽法而悟道者.」

의 문선을 중시한 바, 두보와 이백이 시의 取材를 바로 문선에서 하고 있음
도 강조하고 있다.16)

　2) 詩法; 모두 40로 구성되어 있으며 시의 體裁, 韻律, 平仄, 묘사상의 重
疊, 對句 등 다양하게 서술하고 있다. 이수광은 운율면에서 한유의 험운을
거론하기를,

> 한유의 시는 험운을 많이 사용하여 거의 한 글자도 빼지 않으니 기이함을
> 보이려는 것이다. 단지 원화성덕시만은 語・御・麌・遇・哿・箇・馬・禡・
> 有・宥운을 섞어 썼다. …… 또한 병가의 기병을 쓰는 것과 같으니 기습과 정
> 공법이 섞어 나와서 기이함을 보인다.
> 　韓昌黎詩多押險韻, 殆不遺一字, 所以示奇也. 唯元和聖德詩雜用語御麌遇哿箇
> 馬禡有宥韻…… 亦猶兵家用奇, 奇正雜出, 乃所以奇也.

라고 하였는데 이 논리는 고금의 定評으로서 새로운 것은 아니지만, 그 예시
가 매우 적절하다고 본다. 그리고 平仄면에서는 變格을 인정하면서 한편 문
제시한 것을 보는데, 예컨대 拗體에 대해서,

> 왕세정은 모두 요체라고 하였다. 이것으로 말하면, 지금 사람은 글자의 평
> 측을 쓰는데 요체가 되는 것을 알지만 운율의 평측을 쓰는데 요체가 되는 것
> 을 모른다.
> 　王世貞以爲皆拗體. 以此言之, 今人知用字平仄之爲拗體, 而不知用律平仄之爲
> 拗體也.

라고 하여 요체의 근본적 활용법을 숙지하여야 함을 강조한다. 對句에 대해
서는 扇對格을 거론하였는데 이것은 본래 嚴羽의 滄浪詩話에서17) 처음 서술

---

16) 이수광은 「唐人作詩取材於文選, 故子美之詩多用選語. 其曰; 早從文選理者, 是也. 至於李白無
　　敵之才, 不群之思, 宜自出機杼, 似無藉於前作, 而今見古詩類苑及玉臺新詠, 其樂府題目率皆
　　效之, 意語亦多有相襲者.」라고 서술하고 있다.
17) 《滄浪詩話》詩體; 「有扇對, 又謂之隔句對, 如鄭都官「昔年共照松溪影, 松折碑荒僧已無. 今

한 바, 제1구대 제3구, 제2구대 제4구의 對偶를 말한다. 일명 隔句對, 開門對라고 하는데 이수광은 두보와 이백시를 인용하여 긍정적으로 이해하고 특히 唐詩에 많이 보인다고 하였다. 아울러 대구형식으로 假借格도 거론한 바, 杜甫, 孟浩然, 庾肩吾의 시를 인용하여 그 기법을 인정하고 있다. 이 격은 명대 兪弁의 ≪逸老堂詩話≫에서 「天廚禁臠, 洪覺範著, 有琢句法中假借格.」에서 처음 쓰인 용어로서 借對 혹은 假對라고 하여 대구에서 흔히 활용되는 것인데 외국인의 경우 그 기법을 숙지하기가 용이하지 않아서 다용하지 못한다.

  2) 詩評; 총 133개 조로 서술하고 있는데 이수광은 여기서 시대별 시평가, 시의 비교, 그리고 이백과 두보의 시에서 단점을 지적하는 나름의 주관적인 견해와 비평의식을 보여주고 있다. 극히 단편적이며 상식적인 서술로 보이지만 시대별 시풍의 성격을 논한 부분을 보면,

> 시경 삼백편은 예스럽고, 한위의 시는 옛 것에 가까우면서 질박하며, 서진과 동진은 질박한 것이 변하여 묘사가 아름답다. 육조시대의 양과 진 나라는 묘사가 아름다움이 변하여 수식이 지나치고, 당나라에 이르러서 수식과 내용이 모두 뛰어나며, 송나라는 또한 변하여서 쇠퇴하였다.
> 詩三百篇古矣, 漢魏近古而質矣, 二晉質變而文矣. 梁陳文變而靡矣, 至于唐則彬彬矣, 宋則又變而衰矣.

라고 하였는데 그 성격부여에 있어서 「古, 質, 文, 靡, 彬彬, 衰」 등의 용어를 사용한 표현은 매우 합당한 어휘선택으로서 論語의 「文質彬彬」의 의미를 차용한 경우이다. 즉 古는 전통과 근본, 質은 불필요한 수식 없이 소박하고 사실적인 묘사, 文은 묘사상의 문학적인 수사기법의 우수성, 그리고 靡는 소위 '華而不靡'의 세속성, 彬彬은 내용과 묘사의 완정성, 衰는 문리에 경도된 문학성의 결여 등으로 풀이해야 할 것이다. 이수광은 성당대의 서로 시풍이 다

日還思錦城事, 雪消花謝夢何如.」 是也. 蓋以第一句對第三句, 第二句對第四句.」

른 맹호연과 두보의 시를 비교하기를,

> 맹호연 시에 이르기를, 강이 맑고 달은 사람에 가깝다. 두보가 말하기를, 강
> 속의 달이 사람과 겨우 몇 자 떨어져 있네. 나대경은 맹호연 시는 함축적이며
> 두보의 시는 정교하다고 보았다. 나는 말하노니 두보의 이 시구는 맹호연에
> 크게 못 미친다.
> 孟浩然詩曰; 江淸月近人. 杜子美云; 江月去人只數尺. 羅大經以爲浩然渾涵,
> 子美精工. 余謂子美此句大不及浩然.

라고 하여 두보 優位의 통념에서 평가상 객관성을 부여하고 있다. 한편 이수
광의 이백과 두보의 시를 혹평한 부분은 그 당시로서는 근본을 부정하는 의
식으로 매도될 가능성이 있는 평가 자세이기 때문에 더욱 주시되는 점인데
그의 진솔한 다음 두 시인의 시에 대한 비평은 중국시화에서 찾을 수 없는
매우 객관적이고 독자적인 서술이다.

> *이백의 봉황대시의 첫구와 끝구 두 구는 전부 최호의 구법을 따르고 있고
> 제2연은 일반적인 회고시의 어구로서 5언시의 「옛 궁전에는 오나라의 꽃이오,
> 깊은 궁궐엔 진나라의 비단이라네.」와 같은 뜻이고 제3연에서 「밝은 냇물엔
> 한양의 나무가 뚜렷하다」를 보면, 너무 다르다. 또 이미 「강은 절로 흐른다」와
> 「두 갈래 물이 가운데로 나뉜다」라 한 것은 중첩인 것 같다. 나는 헛되이 말하
> 노니 이백의 이 시는 잘못 지었다고 해도 가할 것이다.
> 李白詩: 李白鳳凰臺詩起結兩句全襲崔顥法, 第二聯是尋常懷古語, 且與五言詩
> 「古殿吳花草, 深宮晉綺羅.」 同意, 第三聯視晴川歷歷漢陽樹, 太不牟矣. 且旣曰;
> 江自流, 而又曰; 二水中分似疊. 余妄謂李白此詩雖不作, 可也.

위의 글은 崔顥의 <黃鶴樓>와 李白의 <登金陵鳳凰臺> 두 시를 비교하
여 논한 것으로 이백의 次韻詩로 알려져 있는데 이백 시의 단점을 진솔하게
토로하고 있다. 청대 王琦는 ≪李白詩箋注≫(권21)에서 「이백이 최호를 모의
하여 앵무에서 그 격식을 취하고, 봉황에서 그 성조를 취하였다.」(李之擬崔,
鸚鵡取其格, 鳳凰取其調.)라고 하여 우열을 가리지 않았는데 이수광은 등차

를 두고 있으니 그 논평이 비교적 객관적이다.

> *두자미의 악양루시는 고금의 절창이다. 「친한 벗은 한 글자 소식이 없고 늘고 병들어 외로운 배만 있네.」는 윗구와 이어지지 않고 악양루와는 서로 맞지 않는다.
> 杜甫詩: 杜子美岳陽樓詩古今絶唱. 而「親朋無一字, 老病有孤舟.」與上句不屬, 且於岳陽樓不相稱.

위의 글에서 제3연구가 시제와 상합하지 않고 제2연의 「乾坤日夜浮」와 이어지지 않는다고 한 것은 이해가 된다. 그러나 제3연 즉 頸(轉)연의 성격상 시인 자신의 심경이 토로되는 부분인 점을 감안하면 역시 명구라고 해야 할 것이며 이 점에서 이수광은 피상적인 관점만을 서술했다고 본다. 청대 仇兆鰲의 《杜詩詳注》(권22)에서 「위 4구는 경물을 묘사하고, 아래 4구는 성정을 말하였다.」(上四寫景, 下四言情.)이라 서술한 것에서 '言情'의 의미와 상관시켜 보아야 할 것이며, 더구나 구조오가 蔡秉敬의 《敬君詩話》를 인용하여 제3연을 「마침 변화의 묘를 본다.」(方見變化之妙)라고 평한 것에서 확인할 수 있다.

3. 卷10 文章部 三

1) 御製詩: 모두 27개조로 서술되어 있는데 중국과 한국의 역대 왕들의 시에 대한 일화와 그 가치를 논술하고 있다. 그 거론된 왕들로는 漢高祖, 武帝, 曹操, 梁武帝, 梁簡文帝, 隋煬帝, 唐太宗, 唐玄宗, 宋徽宗, 明高皇帝, 仁宗, 그리고 朝鮮의 太宗, 成宗 등의 시를 품평하고 있다. 이들 시는 어제시이지만 문학성도 있으며 그 시가 통치적 개념도 담고 있어서 문인의 시와 다른 각도에서 평가된다. 예컨대, 송휘종의 연구를 인용하여 평하기를,

> 송나라 휘종이 한 연구를 지어 말하기를, 「해가 저녁노을을 비추니 황금세

계이며 달이 하늘에 임하니 옥천지로다.」라고 하였다. 이듬해 금나라 군사가
궁궐을 침범하니 곧 시참이라 하였다.
　　宋徽宗賦一聯曰;「日射晚霞金世界, 月臨天宇玉乾坤.」 翌年金兵犯闕, 乃詩讖云.

라고 하여 향후에 일어날 일을 예견하는 시의를 토로한 것으로 보았다. 그리
고 신라 진덕여왕의 시를 논하기를,

　　　《唐詩品彙》 중에 실린 신라 진덕여왕의 織錦詩는 高古하면서 웅혼하여
　　초당의 여러 작품에 비해서 높고 낮음이 없다. 이때에는 동방의 문학풍격이
　　성대하지 않아서 을지문덕의 절구시 한 수 외에는 들리는 것이 없었는데 여왕
　　이 곧 이러하니 또한 기특하다.
　　　唐彙中所載新羅眞德王織錦詩高古雄渾, 比始唐諸作, 不相上下. 是時東方文風
　　未盛, 乙支文德一絶外無聞焉, 而女王乃爾, 亦奇矣.

라고 하여 명대 高棅이 편찬한 자료에 실린 진덕여왕의 시에 대한 평가를 높
이 하고 있는데, 眞德王의 시는 《全唐詩》에[18] <太平詩>라는 제목으로 수
록되어 있어서 한국 한시사적 가치를 인정하니 그 <太平詩>를 보면 다음과
같다.

　　　대당이 건국의 대업을 여시어,
　　　우뚝 황도 창성하시라.
　　　창 멈춰 오랑캐 평정하시고,
　　　문물 닦아 백왕을 이으시라.
　　　하늘이 숭고한 비 베푸사,
　　　모든 사물을 다스려 밝은 이치 지녔어라.
　　　깊으신 어지심 해와 달과 조화 이루고,
　　　길운을 다루시어 좋은 때를 더하시라.
　　　나부끼는 깃발 이미 빛나시니,
　　　징과 북은 참으로 요란하도다.
　　　오랑캐 중에 명을 어기는 자,

---

18) 金眞德의 <太平詩>는 《全唐詩》 卷797에 수록.

잘리고 뒤집혀 큰 재앙 입으리라.
온화한 바람이 우주와 어울리어,
멀리 앞서거니 상서로운 기운을 드리워서,
사계절이 옥촉과 조화하고,
일월과 오성은 만방을 살피시어,
산악은 재상을 내리사 보필케 하시고,
황제께서 충신을 등용하시도다.
삼황오제께서 모두 한 덕으로,
우리 황실 당나라 길이 밝히소서.
大唐開鴻業, 巍巍皇猷昌.
止戈戎衣定, 修文繼百王.
統天崇雨施, 理物體含章.
深仁諧日月, 撫運邁時康.
幡旗旣赫赫, 鉦鼓何鍠鍠.
外夷違命者, 翦覆被天殃.
和風凝宇宙, 遐邇競呈祥.
四時調玉燭, 七曜巡萬方.
維嶽降宰輔, 維帝用忠良.
三五咸一德, 昭我皇家唐.

이 시의 작시 연대는 ≪全唐詩≫나 ≪三國史記≫(本世紀)에 모두 高宗 永徽 원년이라 하였으니 이는 진덕여왕 太和 4년(650) 작인 것을 알겠으며, 작시 동기는 ≪三國史記≫에 기록하기를,

6월에 사신을 당나라에 보내려는데, 백제의 무리를 격파한 일을 아뢰니 왕이 천에다 오언시 태평송을 지어 김춘추의 아들 법민을 보내 당황제에게 바쳤다.
六月遣使大唐, 告破百濟之衆, 王織錦作五言太平頌, 遣春秋子法敏以獻唐皇帝.

라 하였으니 신라와 당 초기의 상호 우의를 보이고 있다. <태평시>는 판본의 내용상, 시어가 다소 다른 점은 불가피하겠으나, 비교할 필요는 있겠다. 中宗 壬申 간본인 正德本 ≪三國史記≫에 기록된 시와 ≪全唐詩≫와 다른 부분을 보면, ≪三國史記≫엔 제1구의 전3자 '大唐開'가 탈자 되어 있고, 제4구

'修文繼百王' 중에서 후3자와 제5구의 전1자 '統'이 역시 탈자 되어 있다. 그리고 제7구 제4·5자는 ≪전당시≫의 '日月'과 달리 ≪삼국사기≫엔 잘못된 것을 교감하여 보전한 자가 '日月'이라 하는데, 이는 '日月'이 어의 상통에 적합하다고 본다. 本詩는 古詩 형식이지만, 全詩가 下平 陽韻으로 一韻到底하고 있다. 이 시의 가치는 다음 李奎報의 말에서 그 단면을 알 수 있다.

> 신라 진덕여왕의 태평시는 ≪당시유기≫에 실려 있는데 그 시는 풍격이 높고 고담하며 웅혼하여 초당의 제작품에 비하여 뒤질 바 없다. 이때는 동방의 문단이 아직 성행하지 않아서 을지문덕 외에는 이름이 없었다. 여왕이 이러하니 또한 대단하도다.
>
> 新羅眞德女王太平詩, 載於唐詩類記, 其詩高古雄渾, 比始唐諸作, 可相上下. 是時東方文風未盛, 乙支文德外, 無聞焉. 而女主乃爾, 亦奇矣. (≪白雲小說≫)

이처럼 진덕의 <太平詩>는 初唐詩風에서 본다면, 古風이요 近體詩의 완성 이전에 속하는데, 押韻法과 語法이 근체에 근사함은 혹시나 후대의 위작인가 하는 회의가 들기도 한다. 어법상 古詩는 連介詞로 '而'·'以'·'且'·'之'·'於' 등이 쓰이고, 대명사로는 '其'·'已'·'彼'·'所'·'者'·'然'·'爾'를, 부사로는 '一何'·'何其'·'忽復' 등 어조사에는 '也'·'矣'·'乎'·'耳' 등이 활용되는데[19] 이 <太平詩>는 고시의 체법을 거의 쓰지 않고, 더구나 近體詩에서 통용하는 一韻到底로 用韻한 것은 排律的 풍격을 지님을 전혀 배제할 수 없다. 韓國漢詩壇의 최초 唐風의 시라 해도 가할 것이다. 한국한문학의 비조라고 하는 최치원보다 전대인 초당대에 신라인으로서 당시 자료에 수록된 것은 한국한시의 시대적 입지를 앞당기는 의미가 있다.

2) 古樂府와 古詩: 古樂府는 모두 24개조를 담고 있는데 箜篌引, 白紵歌, 踏歌行 등 여러 악부를 논증하면서 곡조에 맞추어 짓기 어려운 면을 서술하고 있는데 공후인이 한국한문학의 최초의 작으로 알려져 있지만 우리 문헌

---

19) 졸저 ≪中國唐詩研究≫ 제1편 (국학자료원, 1994).

에 남아 있지 못한 것을 다음과 같이 적고 있다.

> 공후인에 또 말하기를, 「공은 강을 건너지 말라.」 악부서에 이르기를, 「조선
> 진졸 곽자고 처 여옥이 지은 것이다.」 이 가사는 고악부에 실려 있는데 우리
> 나라에 전해진 것이 없으니 애석하다.
> 箜篌引亦曰; 公無渡河. 樂府序云; 朝鮮津卒霍子高妻麗玉所作. 此詞載於古樂
> 府, 而我國無傳者可惜.

위의 이수광의 기록에서 한국의 典籍이 부족하고 보존상태가 미약한 상황
을 지적하고 있다. 그리고 의고악부의 가치를 폄하하여 기술하기를,

> 그 스스로 의고악부라는 여러 편이 비록 혹은 경구도 있지만 배우가 억지
> 로 짓는 태도를 면치 못하니 결코 본바탕이 아니다.
> 其所自爲擬古樂府諸篇, 雖或有警句, 未免俳優强作之態, 決非本色.

라고 하여 고악부를 모의한 후대의 악부의 가치를 인정하지 않았는데 이런
점은 악부시는 아니지만 蘇軾이 陶淵明 시를 擬古한 擬陶詩가 시가사상 중요
한 위치를 점하고 있고 조선조 鄭斗卿이 李白의 악부시를[20] 의고한 것은 이
수광이 여하히 평가했는지를 상상케 한다.

古詩는 36개조로 구성되어 柏梁聯句 1, 辛延年 1, 王昭君 1, 張華 1, 左太
沖 1, 陶潛 5, 謝眺 2, 木蘭詞 1, 顔延年 1, 庾信 2, 江總 2 등 중국시 외에
朝鮮의 盧守愼 등의 시를 품평하고 있다. 그 내용은 대개 시에 담긴 일화를
중심으로 근거제시가 많고 시 자체에 대한 이론적 서술이 적다. 예컨대, 陶
潛의 <讀山海經> 시를 논하기를,

> 도연명의 讀山海經 시에 이르기를, 「형천이 방패와 도끼 물고 춤추니 세차
> 고 노함이 곧 늘 있네.」 산해경에 의하면 「刑天은 짐승 이름으로 방패와 도끼
> 를 물고 춤춘다.」라 하였다. 여러 책에 혹은 「刑天無千歲」라고 한데 다섯 자가

---

20) 졸저 ≪韓國漢詩와 唐詩의 比較≫(푸른사상, 2002) 참조.

모두 틀렸으니 곧 고서가 이렇게 오류된 것이 많을 것을 알겠다.

　　陶淵明讀山海經詩云; 刑天舞干戚, 猛怒故常在. 按山海經, 刑天獸名, 好啣干
戚而舞. 諸本或作刑天無千歲. 五字皆錯乃知古書如此訛誤處多矣.

라고 하여 예부터 자구해석에 이설이 많은 부분에 이수광 자신의 의견을 첨
부하고 있다. 이 해석은 정확하다. 이 시는 13수중 제10수로서 청대 陶澍의
≪陶靖節集注≫(卷4)에 보면 曾紘의 말을 인용하기를,

　　「형요가 천년을 없으니 용맹한 뜻 여전히 있네.」위아래 글 뜻이 매우 통하
지 않아서 마침내 산해경을 가져다가 교정한다. 경에 이르기를, 「형요는 짐승
이름으로 입에 방패와 도끼를 물고 춤추기를 좋아한다.」라고 하니 곧 이 문구
는 刑天舞干戚이며 따라서 아랫 구 猛志故常在와 뜻이 서로 어울리는 것을 알
겠다. 다섯 자가 모두 틀린 것이다.

　　「刑天無千歲. 猛志故常在.」疑上下文義不甚相貫, 遂取山海經參校. 經中有云;
「刑天, 獸名也, 口中好銜干戚而舞.」乃知此句是刑天舞干戚. 故與下句猛志固長
在, 意旨相應. 五字皆訛.

라고 한 바, 이수광은 시기상 陶澍 보다 100여 년 이전 사람으로서 이미 그
주석의 정확성을 알게 된다.

　3) 唐詩; 총 105개조로 구성되어 있는 바, 初唐詩와 盛唐詩의 일부를 서술
하고 있다. 그 중요 시인의 量을 보면, 初唐四傑 10, 沈佺期와 宋之問 9, 李
嶠 2, 劉希夷 1, 陳子昂 2, 孟浩然 3, 王維 13, 王昌齡 5, 李白 39, 李頎 1, 杜
甫 2, 劉長卿 1 등 주요 시인을 대개 거론하고 있다. 이 중에 이백이 가장
중시되어 이미 상편에서 거론하였고 이수광이 평가한 부분 중 독자적인 평
가의 예를 들어보기로 한다. 먼저 이수광은 송지문과 두심언의 시구를 비교
하기를,

　　송지문의 傷曹娘詩에 이르기를, 「홀로 연지와 분 기운이 아직 춤옷 속에 있

음이 슬프다.」라고 하고 두심언의 傷美人詩에 「응당 연지와 분 기운이 아직
춤옷 속에 있음을 슬퍼한다.」라 하니 그 중에 서로 범하여 단지 한 글자만을
바꾼 것인데 송지문만 못하다.

　　宋之問傷曹娘詩曰; 「獨憐脂粉氣. 猶着舞衣中.」 杜審言傷美人詩; 「應憐脂粉
氣. 猶着舞衣中.」 其中相犯而只換着一字不及宋矣.

라고 하였는데 "서로 범했다" 함은 杜甫의 조부이며 文章四友인 杜審言이 宋
之問 시를 표절한 것이라는 의미이며 "송지문만 못하다" 함은 시 품격이 떨
어진다는 뜻이 되는데, 이 점은 이수광이 충분한 고증이 부족한 상태에서 기
술한 것으로 보아야 할 것이다.

　다음으로 王維의 <老將行> 시에서 '垂楊' 시어를 풀이하기를,

　　왕유의 노장행에 말하기를, 「오늘 수양버들이 왼쪽 팔에 생기네.」라 하였다.
생각컨대 장자에 지리숙이 명백의 언덕을 보니 문득 버드나무가 왼 팔에 생겼
다고 하였다. 아마도 이것을 인용한 것이다. 그러나 구의에 「버드나무는 혹이
다.」라 하였으니 이제 수양버들이라 한 것은 타당하지 않다. 근세에 홍지성이
곧 왼 팔을 가누지 못함이 마치 수양버들이 늘어져 힘이 없음과 같다라고 하
였다. 아마도 이것은 억측일 것이니 가소롭다.

　　王維老將行曰; 「今日垂楊生左肘.」 按莊子支離叔觀於冥伯之丘, 俄而柳生其左
肘. 蓋用此也. 但口義云; 「柳, 瘤也.」 今日垂楊, 恐未安. 頃世洪志誠乃謂左譬不
收, 如垂楊之無力也. 蓋是臆見, 可笑.

라고 하였는데 왕유 시구는 ≪莊子≫ 至樂篇에[21] 나오는 故事이며 버드나무
(柳)를 혹(瘤)이라고 풀이한 것은 王先謙이 ≪莊子集解≫에서 「瘤作柳聲, 轉
借磁.」[22]라고 해석한 바, 올바른 풀이가 된다. 그리고 이수광이 거론한 수양
버들(垂楊)과 버드나무(柳)가 같은 이름이니 여기서 타당치 않다는 것은 맞
지 않고 홍지성이 풀이한 것은 지나친 해석이라고 보아 이수광이 억설이라
한 것이 옳다고 본다.

---

21) ≪莊子≫ 至樂: 「支離叔與滑介叔觀乎冥伯之丘, 昆侖之墟, 黃帝之所休, 俄而柳生其左肘.」
22) 陳鐵民校注 ≪王維集注≫ 卷2, p.150 참고(中華書局)

4. 卷11 文章部 四

唐詩: 244개조로 구성되어 있는데 여기에는 杜甫 59, 岑參 7, 韋應物 2, 韓愈 14, 元稹 4, 劉禹錫 6, 李賀 5, 張籍 4, 王建 18, 白居易 19, 杜牧 22, 張祜 2 개조 등 성당에서 만당까지의 시를 논술하고 있다. 그 서술의 예를 들면, 王建의 宮詞 제19수를 평하기를,

> 王建宮詞曰; 樹頭樹低覓殘紅, 一片西飛一片東. 自是桃花貪結子, 錯敎人恨五更風. 余謂此詩蓋言宮人色衰失寵之意似有所指而作也.

위에서 이수광이 평한 내용은 宮人의 안색이 쇠하여 왕의 총애를 잃은 것을 읊었다고 하였는데 중국의 자료에 의하면 《唐詩摘鈔》에서 「어사가 비흥을 겸하고 있으니 궁인이 반드시 전에는 총애를 받았으나 후에는 버림받으매 고로 이런 체를 써서 그 일을 그린 것이다.(語兼比興, 宮人必有先幸而後棄者, 故用此體影其事.)」라고 하여 이수광의 견해와 상통하고 《陳補之詩話》에서는 「그 의미가 깊고 고우며 길다.(其意味深婉而悠長.)」라고 하고 깊은 의미를 담고 있다고 하였다. 그리고 張祜의 <何滿子> 시를 평하기를,

> 장호시에 말하기를, 「고국을 삼천리 떠나서 깊은 궁궐에 이십년이라. 하만자 한 곡조를 부르니 두 줄기 눈물이 임금 앞에 떨어지네.」 생각건대 당대 무종이 질병이 위독하매 맹재자가 노래와 생황으로 좌우로 가까이 모시니 왕이 눈짓하여 말하기를, 「나는 피하지 못할지니 그대는 어찌 하겠느냐.」 하니 재인이 흐느끼며 말하기를, 「죽기를 바랍니다.」 하고 이에 하만자 한 곡을 부르니 기가 다하여 곧 죽었다. 시어는 대개 이 일을 기록한 것이다. 하만자는 악부곡 명이니 본래 사람 이름이다.
> 張祜詩曰; 「故國三千里, 深宮二十年. 一聲何滿子, 雙淚落君前.」 按唐武宗疾篤, 孟才子以歌笙密侍左右, 上目之曰; 「吾當不諱, 爾何爲哉」 才人泣曰; 「請就死」 乃歌一聲何滿子, 氣亟立殞. 詩語蓋紀此事也. 何滿子樂府曲名, 本人名也.

위에서 하만자의 고사를 설명하였는데 하만자는 宮詞로서 궁녀가 고향을 그리며 총애를 얻지 못한 원한을 읊은 것이다. 郭茂倩의 ≪樂府詩集≫ 권18 에[23] 보면, 開元년간에 죄를 면하려고 이 곡을 불렀으나 면치 못했다고 기록하고 舞曲이라고도 하였다. 송대 尤袤의 ≪全唐詩話≫에는[24] 이수광과 같은 내용의 서술을 하고 있어서 새로운 견해는 아니지만 고사 기록이 정확하다.

5. 卷12 文章部 五의 唐詩 부분

78개 조의 晚唐詩로 구성하여 李商隱 26, 許渾 4, 劉言史 1, 溫庭筠 3, 李頻 1, 皮日休 2, 來鵬 1, 李涉 1, 陳羽 1, 趙嘏 1, 李群玉 1, 李遠 2, 施肩吾 1, 裵思謙 1, 韓翊 1, 任翻 1, 陸龜蒙 4, 李山甫 3, 韓偓 2, 黃巢 1, 吳融 1, 張泌 1, 杜荀鶴 2, 羅隱 1, 葉少蘊 1, 聶夷中 1, 杜常 1 개조(卷11 唐詩 부분에서 杜牧 22, 張祜 2, 章孝標 1, 鄭谷 1 개조 등 수록) 등 다수의 시인 시평을 가하고 있는데 盛中唐詩에 비해 그 비중이 약한 것은 이수광의 시론의식상 嚴羽의 논조를 추종한 데에서 비롯된다. 晚唐詩의 예로 吳融의 시구에 대해서 평한 것을 보면,

> 吳融詩云:「子山詞賦莫興哀.」 子山, 庚信字, 有哀江南賦. 故云. 又王荊公詩; 風塵愁殺庾蘭成. 按蘭成, 庚信小字. 哀江南賦, 所謂王子洛濱之歲, 蘭成射策之 年. 是也.
>
> 오융의 시에 말하기를, 자산의 사부는 더없이 슬픔을 자아낸다. 자산은 유신의 자이며 애강남부가 있어서 그러므로 말한 것이다. 또 왕형공의 시에 험한 세상의 전쟁이 유난성을 근심케 한다고 하였다. 생각하건대 난성은 유신의 어릴 적 자이다. 애강남부에 소위 왕자가 낙빈에 있던 해가 난성이 사책으로

---

23) ≪樂府詩集≫ 卷18: 「唐白居易曰; 何滿子, 開元中滄州歌者, 臨刑進此曲而贖死, 竟不得死」

24) ≪全唐詩話≫:「祜所作宮詞, 傳入宮禁. 武宗疾篤, 目孟才人曰; 吾卽不諱, 爾何爲哉 才人指笙囊曰; 請以此就縊. 上惻然. 復曰; 妾嘗藝歌, 請對歌一曲以泄其憤. 上許, 乃歌一聲何滿子, 氣亟立殞. 上令醫候之, 曰; 脈尙溫而腸已斷.」

과거하던 해이다라고 한 것이 이것이다.

위의 吳融(?~903)의 시구는 <彭門用兵後經汴路>(≪全唐詩≫ 卷684)시 중 제1수의 末句로서 ≪東岩草堂評訂唐詩鼓吹≫에는 이 시를 「借子山翻案作結, 正形其哀之甚耳.」(자산을 빌려서 개작하여 매듭을 지으니 정말 그 매우 슬픈 심정을 묘사한 것일 따름이다.)라고 평하고 있다. 오융의 시는 ≪唐才子傳≫에 의하면 「富辭調, 工捷……爲詩靡麗有餘, 而雅重不足.」(사조가 풍부하고 기교에 능하다. ……시를 지음이 너무 화려하여 고아하고 진중함이 부족하다.)라고 하고 賀裳은 ≪載酒園詩話又編≫에서 「雖品格不高, 思路頗細, 兼有情致.」(품격이 높지 않으나 생각이 자못 섬세하며 정취가 있다.)라고 그 풍격을 평가하여 韓偓의 香奩體的인 晩唐氣風[25]을 지닌 것으로 본다. 따라서 이수광이 오융의 시구를 당말기와 시대풍조가 유사한 六朝 혼란기의 庾信의 感情과 相比하여 이해하려 한 것은 객관성이 있다.

Ⅱ. 李白詩의 詩語 活用의 多樣性

1. 詩語의 意象美

시의 표현에 있어서 시만이 지닌 의식의 함축미를 극대화시킬 수 있는 능력은 그 시인의 품격을 제고시키는 요소가 된다. 이것을 시어 상의 묘법으로 의상이라는 말로 대신하고자 한다. 중국시에서의 이런 묘사법은 다각적인 관념의 테두리 안에서 이론적으로 체계화되지 않고 흔히 풍격과 혼융되어 다루어져 왔다. 일찍이 『文心雕龍』, 「神思」 편에 이르기를,

---

25) ≪唐音癸籤≫:「唐七言律……至吳融, 韓偓, 香奩脂粉.」

옛 사람이 말하길, 몸은 강과 바다 위에 있고, 마음은 위나라의 궁궐에 있으니, 이를 신사라 한다. 글에 담긴 생각과 그 정신은 원대하다. 따라서 조용히 깊이 생각하여 그 생각이 천년의 세계를 이어 깊이 들어가면, 문득 터득되면서 만 리의 경지에 통달하게 된다. 읊어 노래하는 중에 주옥같은 소리를 토해내고 눈 깜짝할 사이에 풍운의 색을 말았다하며 지극한 사념의 이치를 깨닫게 된다.

　　古人云; 形在江海之上, 心存魏闕之下, 神思之謂也. 文之思也, 其神遠矣. 故寂然凝慮, 思接千載, 悄焉動容, 神通萬里. 吟詠之間, 吐納珠玉之聲, 眉睫之前, 卷舒風雲之色, 其思理之致乎.

라고 하여 상상의 작용에 있어 암시와 상징의 연상 효과를 밝혔는데, 이는 絃外之音과 상통하면서 의상과 일맥하고 있음을 알 수 있다. 그리고 청대 方東樹도 기술하기를,

　　시에 있어 뜻이 높고 오묘하며 겉모습도 그러하며 표현되는 시어도 그러해야 하는데 옛 사람의 세계를 깊이 이해 못하면 터득할 수 없다.

　　用意高妙, 用象高妙, 文法高妙, 而非深解古人則不得. (『古詩選』 卷首, 「通論五古」)

라 하니 情思의 의상화는 상상의 선용에 있음을 알 수 있다. 이것은 의상 자체의 의미가 의식 중의 기억, 즉 시인의 의식과 외계의 물상이 서로 통하여 관찰·심미의 과정을 거쳐서 意境의 景象을 형성해 주는 상태인 것과 통한다. 따라서 중국전통시론을 대개 '생각을 표현하매 도를 담음(言志載道)'과 '시 창작 이론을 탐토함(探討詩創作理論)'이란 측면에서 본다면 王國維의 다음 말은 더욱 인간의 진정으로써 情景交融의 효과를 표달할 수 있는 경계가 곧 寫景의 참된 의상이라는 상관성을 설정할 수도 있다. 즉 보건대,

　　자연 속의 사물은 서로 관계를 가지며 또 서로 구속되어 있다. 그러나, 그것이 문학과 미술에서 묘사되면 그런 것들은 모두 탈피해야 한다. 현실주의자라도 이상주의자도 된다. 어떤 허구의 경계를 추구하더라도 그 재료는 반드시

자연에서 구해야 한다. 그리고 그 구조도 반드시 자연의 법칙을 따라야 한다. 자연의 경물뿐 아니라 희로애락까지도 사람 마음속의 한 세계인 것이다. 따라서 참된 자연 경물과 참된 정감을 묘사할 수 있는 사람은 경계를 지녔다 하겠고 아닌 사람은 경계가 없다고 할 것이다.

　　自然中之物, 互相關係, 互相限制. 然其寫之於文學及美術中也, 必遺其關係限制之處. 故雖寫實家, 亦理想家也. 又雖如何處構之境, 其材料必求之於自然, 而其構造亦必從自然之法則. 故雖理想家亦寫實家也. 境非獨謂景物也, 喜怒哀樂安人心中之一界. 故能描寫眞景物眞情感者, 謂之有境界, 否則謂之無境界.(≪人間詞話≫)

　시가 속의 의상의 처리는 정미하거나 농축된 언어를 통해 상징과 암시라는 연상작용으로 정의를 표현하는데 두어야 함을 알 수 있다. 이백의 시에서 의상의 면을 본다면, 거침없는 풍격과 경악케 하는 표현법에서 먼저 상관시켜 볼 수 있다. 즉 이백이 비유한 사물, 경물 자체를 놓고 볼 때,

① 활을 당겨 고기를 쏘니,
　긴 고래가 마침 우뚝 솟도다.
　이마와 코는 오악을 닮았는데,
　파도 일으켜서 구름 번개를 뿜도다.
　수염이 하늘을 덮었으니,
　어찌 봉래산을 보리오!
　連弩射海魚, 長鯨正崔嵬
　額鼻象五岳, 揚波噴雲雷.
　鬐鬐蔽靑天, 何由睹蓬萊 (<古風> 其三)

② 큰 고래의 흰 이는 설산 같구나.
　有長鯨白齒若雪山. (<公無渡河>)

③ 푸른 산 하늘에 찌르듯 솟아 푸르러
　우뚝 고래의 이마 같도다.
　藍岑聳天碧, 突兀如鯨額. (<經溪南藍山下有落星潭可以卜築余泊舟石上何判官昌浩>)

　　이백은 鯨魚라는 신화에 나오는 동물을 차입하여 경이적인 묘사를 하고 있는데 ①의 경우에 長鯨의 자태와 그 웅대한 기풍을 그리면서 자신의 의식상의 흐름을 환상과 결부시키고 있는 것은 초탈적인 의식과 도가풍적인 仙味라고만 의미를 부여할 것인가? 시의 맥이란 감지할 수 없는 작자만이 갖는 미감을 지녔으려니와 독자와 연구자의 분석력으로 어이 다 간파할 수 있으랴마는 이백의 시적 의상만이 갖는 묘법이라고 본다. ②, ③의 경우도 ①과 같은 용례라 할 것이다. 범인의 意界에서 느낄 수 없는 현실 세계에 대한 관조는 엘리어트가 말한 바, 시인의 심중에서는 범인의 혼란한 의식도 완정한 형체의 신경지로 창출시킬 수 있다는 표현과 상통된다 하겠다. 이처럼 시의 의상은 다양하게 경우에 따라서 역설적으로 형상화되어 독자에게 보여 지는 것이니 이백의 시에서 실로 대표적인 맛을 느낄 수 있다.

① 파도 일어 영정에 드니,
　　심양강 위에 바람이 이누나.
　　돛 올려 거울 같은 호수에 들어,
　　곧장 팽호 동쪽으로 나가누나.
　　浪動灌嬰井, 尋陽江上風.
　　開帆入天鏡. 直向彭湖東(<下尋陽城汎彭蠡寄黃判官>)

② 향로에 보랏빛 연기 가물거리고,
　　폭포엔 더없이 맑은 물 떨어지네.
　　香爐紫烟滅. 瀑布落太淸.(<留別金陵諸公>)

③ 태산 아차산에 여름 짙은 구름 드리워져,
　　흰 물결이 동해를 넘쳤나 의심드네.
　　太山嵯峨夏雲在, 疑是白浪漲東海(<早秋單父南樓酬竇公衡>)

④ 푸른 하늘은 어찌도 뚜렷한가
　　밝은 별이 희디 흰 돌 같구나.
　　靑天何歷歷, 明星如白石.(<疑古十二> 其一)

⑤ 노나라에 찬 기운 일어나니,
   첫서리에 물가의 부들풀 베누나.
   낫 드니 둥근 달 같고,
   물 치니 이어 놓은 구슬 같구나.
   魯國寒事早, 初霜刈渚蒲.
   揮鎌若轉月, 拂水生連珠(<魯東門觀刈蒲>)

⑥ 보배로운 거울 가을 물에 걸려 있고
   비단 옷 춘풍에 가벼이 나누나.
   寶鏡掛秋水, 羅衣輕春風(<寄遠十二> 其二)

①에서 '開帆入天鏡'구는 배를 타고 호수에 떠가는 광경을 그린 것이지만 天鏡 속에서 호수의 明澄한 맛을 밝혀 놓았으며, ②에서 폭포와 太淸이 하나로 연결되어 맑고 웅장한 화면을 보여 주고 있으며, ③에는 태산의 운경을 흰 파도가 동해에 출렁이는 것으로 비유하면서 호연한 기풍을 자아내었다. 그리고 ④에서는 명성을 백석과 비의하여 뜻밖의 희열을 자아내어서 고금을 초월한 시심의 상통으로 볼 수 있다. 둘 다 탈속의 의상을 닮고 있는 묘사이기 때문에 독자의 경이로운 느낌과 시인의 초인적인 감각이 동시에 맞닿는 점에서 시의 진의와 가치를 맛볼 수 있으며 이 또한 이백류의 시인에게만 찾을 수 있는 경계가 아닐 수 없다. ⑤에서도 '揮鎌若轉月'구는 낫의 모양을 낭만 어린 둥근 달에 비교하였고, '拂水生連珠'구가 물을 구슬에 비견한 것은 또한 의상의 자연화이며, 자연의 의상화란 양면적인 감각이 작용된 구성인 것이다. 끝으로, ⑥에서는 보경의 밝고 수정 같은 그리고 차고 고요한 인상을 가지고 추수의 인상을 더욱 짙게 상징하였다. 驚人케 하는 시의 의상은 흔히 시인의 독특한 신경과 예민한 관찰과 밀접한 관계를 지니고 있는 법이어서 이백의 비유적인 방법에 의한 외적 경험과 경물의 內感에의 흡입작용은 참신한 연상을 불러일으키곤 한다.

시의 의상은 독특한 神韻으로 범인의 의식을 초월하기도 하고 「시의가 붓보다 앞서 있음. 즉 표현된 시구에 담겨진 것 이상의 깊은 시심(意在筆先)」

의 피안에 어느덧 가 있는 세계를 추구하기도 하는지 이백에겐 그것이 더욱
심하게 표출되어 있다.

      해는 동쪽 모퉁이에 뜨는데,
      땅 밑에서 돋는 듯하네.
      日出東方隈, 似從地底來 (<日出入行>)

      해는 바닷가에서 내뿜고,
      물은 하늘 끝으로 흐르누나.
      日從海旁汲, 水向天邊流 (<贈崔郎中宗之>)

      구름 낀 산은 바다 위에 솟았고,
      인물은 거울 속에 오누나.
      雲山海上出, 人物鏡中來 (<贈王判官時余歸隱居廬山屏風疊>)

      문 여니 구강이 맴돌고,
      베개 밑엔 오호가 이어 있네.
      門開九江轉, 枕下五湖連 (<經亂離後天恩流夜郎憶舊遊書懷贈江夏韋太守良
宰>)

      원숭이 하늘 가까이서 울고,
      사람은 달무리 따라 노젓누나.
      猿近天上啼, 人移月邊棹 (<經亂後將避地剡中留贈崔宣城>)

　　윗 시구에서 묘사된 경물과 그의 느낌들 즉 해 돋음(日出)·물 흐름(水
流)·구름 솟음(雲出)·원숭이 울음(猿啼) 등의 신운적 흥취는 별다른 맛을
느끼게 한다. 시인은 하늘 위에서 원숭이 소리를 들으며 해가 땅 밑에서 올
랐다가 바다 옆으로 가라앉는 듯이 보고, 강물이 하늘가에서 흘러내리듯이
사람이 달 가에서 노젓고 놀듯이 관조하고 있다. 그런 가운데 사람(人)은 거
울 속에서 드러난다. 이것은 앞의 예구를 꿰어서 모두어 놓은 말이지만, 범
인의 시계를 벗어난 세계를 티 없는 동심과 정결한 심사를 통해, 외물의 한

작은 일점까지도 홀시하지 않는 천재성은 이미 단순한 의상의 범주 이상의
무엇(a thing)이 작용한 것으로 본다. 이백에 있어선 특히 그 안목이 발군하
게 보이니 다른 예를 본다면,

> 누에 같이 촘촘한 길 보노니,
> 험난하여 가기가 어려워라.
> 산은 얼굴 따라 일어나고,
> 구름은 말머리 곁에 두둥실 떠돈다.
> 見說蠶叢路, 岐嶇不易行.
> 山從人面起, 雲傍馬頭生. (<送友人入蜀>)

　여기에서 산과 人面, 구름과 馬頭가 모듬이 되어(結合) 촉지에 드는(入蜀)
경험을 입체적으로 신선하게 묘사하고 있으니, 이것은 단순한 시각적인 의
상의 유가 아닌 기발한 충격적 현상표현이 아닐는지 하고 경탄을 금할 수
없다. 더욱이 다음의 시를 보면,

> 나 동정에 노는데 그대 보이지 않고,
> 모래 위엔 백로가 떼를 지어 나누나.
> 백로 한가로이 흩어져 날아가고,
> 또 눈처럼 청산에 점점이 구름이 인다.
> 我東亭不見君, 沙上行將白鷺群.
> 白鷺閑時散飛去, 又如雪點青山雲. (<歸向陵陽釣魚晚>)

　이 시의 雲은 白雲이 아니라 홍색의 저녁노을이 진 晚雲이다. 紅雲과 白
雪, 青山이 병렬되어 색감의 대비를 강구한 의상은 독자로 하여금 신비감을
자아내게 하는 것이다. 이백시의 의상은 투명하고 직설적인 맛이 강렬하게
느껴지는데 그 특징이 있다고 해도 가할 것이다.

2. 詩語의 誇張法

이백 시에 있어서 또 하나 가벼이 넘길 수 없는 특징으로서는 시에의 과
장법을 들지 않을 수 없다. 이백은 천성이 낭만적이어서 그에서 토로되는
거침없는 의상은 신화와 仙風에 영향 받아서 더욱 시공을 초월하는 경지에
이르고 있다. 이러한 작품세계를 조장해 주는 어구적 방법으로 그는 과장
수법을 이용한 것이다. 그는 때로는 수량으로 묘사하였으니,

> 구강의 강물이 흘러서
> 만 줄기 눈물이나 되었으면.
> 願結九江流, 添成萬行淚. (<流夜郞永華寺寄潯陽群官>)

> 흰 머리칼이 삼천 길인데
> 수심이 어리어 더욱 긴 듯하다.
> 白髮三千丈, 緣愁似箇長. (<秋浦歌> 其十五)

> 살기가 천리에 가로 뻗쳤고,
> 군사의 소리 아홉 구역을 휘젓는다.
> 殺氣橫千里, 軍聲動九區. (<中丞宋公以吳兵三千赴河南軍次潯陽脫余之囚參
> 謀幕府因贈之>)

위의 시구들에서 숫자의 활용이 시취를 강렬하게 느끼게 하니, 수량과장
은 사실과는 다른 개념을 부여하면서 보다 호탕한 기풍을 웅대하게 묘출하
고 있다는데서 이백의 장처를 강하게 드러내고 있다. 청대의 馬位는 일찍이
말하기를,

> 태백의 『백발이 삼천 길』이 다음에 이어져 『수심이 어리어 더욱 긴 듯하
> 다.』라 한 것은 결코 참된 표현이 아니다. 엄유익은 이르기를;『그 싯귀가 호
> 방스러우나 그 도리에 맞지 않다. 시는 진정 이처럼 지어서는 안 된다.』
> 太白『白髮三千丈』, 下卽接云『緣愁似箇長』, 幷非實詠, 嚴有翼云;『其句可
> 謂豪矣, 奈無此理. 詩正不得如此講也』. (『秋窓隨筆』)

라고 하여 현상의 과장이 오히려 명확한 인식을 하게 하는 비법을 썼음을 평
가하였으나, 시의 진실이(事實性) 요구되는 점을 아쉬워하였고 沈德潛은 또
이르기를,

> 태백은 천상 기외적인 착상을 하고 변화무쌍한 형국을 다룬다. 큰 강에 바
> 람이 없는데 파도가 절로 용솟음치고, 흰 구름이 뭉게져서 바람 따라 명멸한
> 다. 이것은 아마 하늘이 내린 것이지 사람의 힘으론 안 된다.
> 　太白想落天外, 局自變生 ; 大江無風, 濤浪自湧 ; 白雲卷舒, 從風變滅。此殆天
> 授, 非人力也. (≪說詩晬語≫ 卷上)

라고 하여 이백시가 인력에 의한 창출이 아니라 천부의 것으로서 想外적인
기법이 과장으로 표현되고 초월적 의식으로의 유인을 가능케 하였다. 구체적
인 예를 보면,

> 북쪽 바다에 큰 물고기 있는데,
> 몸길이 수천 리로다.
> 고개 들어 삼산의 눈을 뿜고,
> 계곡의 온갖 냇물 가로지른다.
> 北溟有巨魚, 身長數千里.
> 仰噴三山雪, 橫谷百川水 (<古風> 其三十三)

에서 사물의 형상을 확대하여 묘사하면서 비현실의 세계를 그리었고,

> 한 바람 사흘 불어 산을 기울고,
> 흰 파도 솟아 기와 집 관청보다 더 높구나.
> 一風三日吹倒山, 白浪高於瓦官閣. (<橫江詞> 其一)

위에서도 사실 보다 지나친 묘사에서 웅혼한 시의를 표현하고 있다. 때로
는 과장과 낭만적인 신화가 결합하여 더욱 탈속을 조장하기도 한다.

손들어 맑고 옅음을 희롱타가,
잘못하여 베 짜는 여인의 베틀에 올랐네.
擧手弄淸淺, 誤攀織女機. (<遊太山> 其六)

푸른 하늘에 긴 밧줄을 걸지 못하니,
여기 서쪽에 나는 밝은 해 매도다.
不得掛長繩于靑天, 繫此西飛之白日. (<惜餘春賦>)

　여기서 이백의 과장수법이 독자로 하여금 광활무변의 세계로 들게 함을
알 수 있다. 이것은 이백이 과장법을 상용할 뿐 아니라 특히 다용하였으며
이미 말한 바 수자의 변법은 그 극치를 이루고 있는 것이다.

바람이 구천 길이나 날아간다.
風飛九千仞. (<古風> 其四)

금술잔의 맑은 술은 한없이 많고,
옥쟁반의 좋은 안주는 만금 마냥 귀하다.
金樽淸酒斗十千, 玉盤珍羞直萬錢. (<行路難> 其一)

성군 백년 누리소서,
해마다 언제나 어찌도 즐거운지.
聖君三萬六千日, 歲歲年年奈樂何. (<陽春歌>)

천자여 만수무강하소서,
오래도록 만세의 술잔을 기울이세!
天子九九八十一萬歲, 長傾萬歲杯.. (<上雲樂」>)

　위의 시구들은 모두 놀랄만한 數誇張의 묘법을 맘껏 발휘하였다. 이백의
과장은 단순한 과장이 아니라 과장을 통한 삶 자체의 고원한 이상을 추구하
려 한 것이라고 보아야 한다.

3. 詩語의 功力

　이백 시에 있어서 苦功의 흔적이 적은 듯이 보는 면은 두보와 대조하여 흔히 다루어지곤 한다. 그러나 다음 싯귀 몇 줄을 눈여겨보기로 하자.

　　　파도 빛 바다의 달 흔들고,
　　　별 그림자 성루에 스며드네.
　　　波光搖海月, 星影入城樓. (<宿白鷺洲寄楊江寧>)

　　　탑 모습 바다에 뜬 해에 드러내고,
　　　누각은 강 안개 속에 우뚝하구나.
　　　봄 향기 천지에 가득한데,
　　　종소리 온 골짜기에 이어지누나.
　　　塔形標海日, 樓勢出江烟.
　　　香氣三天下, 鍾聲萬壑連. (<春日歸山寄孟浩然>)

　　　해지니 빈 정자에 날이 저물고,
　　　성이 황폐하나 옛 자취는 남았어라.
　　　지평선 바다에 닿아있고,
　　　하늘은 강 속에 그림자가 드리웠네.
　　　日下空亭暮, 城荒古跡餘.
　　　地形連海盡, 天影落江虛. (<秋日與張少府楚城韋公藏書高齋作>)

　이들 시구에 있어 작자를 밝히지 않는다면 아마도 이백의 작으로 보지 않을지 모른다. 鍊句와 鍊字의 공력이 깊이 담겨 있기 때문이다. 그의 연자의 기법은 문자의 조탁, 詩眼의 琢磨, 이 모든 것이 두보와 달리 耐性에 있어서 천연적인 미각을 준다는데 다른 점이 있다. 그러나 이백의 연자는 단순한 천연이 아니라 직각에 의한 형식적인 굴레를 승화시킨 단계의 기법을 구사하고 있다고 할 수 있다. 이것은 타고난 천품 위에 오래 동안 창작력을 배양해 온 결과이기도 하다. 시어의 세밀한 연찬이 두보를 못 따른다 해도 출중한 창작상의 성정이 자구마다 응축되어 하나의 시편이 웅혼하면서 장활한

양상을 보여 주는 면에 있어서는 그 누구도 따를 수 없으리라. 그의 <宣州
謝朓樓餞別校書叔雲> 시를 보건대,

> 날 버리는 자 어제의 날에 머물 수 없고,
> 내 마음 어지럽히는 자 오늘의 날에 근심 많도다.
> 긴 바람 만리에 가을 기러기 전송하니
> 이를 대하여 고루에서 술에 취하네.
> 봉래의 문장은 건안의 풍골인데,
> 그 사이의 소사는 또한 청일하구나.
> 모두들 준일하고 장중한 기상을 품고서 날아,
> 청천에 올라 명월을 구경하고 싶다.
> 칼 뽑아 물 끊어 치니 물 더욱 흘러가고,
> 잔 들어 수심 씻으니 수심 더욱 짙구나.
> 인생 속세간에 뜻대로 안되니,
> 맑은 물살에 머리 흩으며 쪽배나 희롱하세.
> 棄我去者昨日之日不可留, 亂我心者今日之日多煩憂.
> 長風萬里送秋雁, 對此可以酣高樓
> 蓬萊文章建安骨, 中間小謝又淸發.
> 俱懷逸興壯思飛, 欲上靑天覽明月.
> 抽刀斷水水更流, 擧杯銷愁愁更愁.
> 人生在世不稱意. 明潮散髮弄扁舟.

　　이 시는 錢鍾書가 말한 바, "글과 그 맛이 감성을 충분히 표현하고 있다.
(文調風格足以徵見性情.)"(≪談藝錄≫ p.191)라고 한 것은 동감할만 하다. 글
자마다 의표가 초연히 묘사되어 있어서, 이것이야말로 평자의 성정을 뛰어
넘는 이백의 연자묘법의 경지라고 할 것이다. 이 시의 의상과 절주가 작자
의 고원한 면을 직설하는 대목으로서, '長風萬里', '懷逸興', '壯思飛', '上靑
天', '覽明月', '抽刀斷水', '散髮弄扁舟' 등은 탈속의 흉금을 토로한 빼어난
煉語의 공력이 넘친다. 특히 제1연에서 '昨日之日', '今日之日'의 표현은 백
화적 표기를 통해 시간적 절박을 對仗적으로 표현하고 있으며, 제5연에서
"抽刀斷水水更流, 擧杯銷愁愁更愁"는 동자의 반복사용을 가지고 감성의 상태

를 절실하게 그려 놓았다. 어떻든 이백에 있어서 자구의 구사력이 격식에
구속되지 않으면서도 격식에서 벗어날 수 없는 문학세계의 규범을 늘상 의
식했던 것만은 분명하다. 그 자신이 沈約을 원망했을지도 모르나, 그 원칙을
지키는 한계를 인정했던 것이다. 그러나 이백의 시는 엄연히 시의 내적 형
상의 구사에 장점이 있기 때문에 그의 練字능력은 오히려 불가시적인 內涵
에서 찾아야 함이 타당할 것이다.

4. 詩語의 樂府 句法

이백 시에서 악부가 차지하는 비중이 또한 적지 않다. 古題를 썼다 해도
시어의 구사와 사상과 감정의 독특한 이입에서 남다른 세계를 구축하였다.
漢魏六朝 악부의 현실주의 기풍이 이백에 이르러서 반전사상을 주제로 하는
성향을 보이면서 「전쟁을 아는 자는 흉기이니 성인은 부득이 하여 이를 썼
다.(乃知兵者凶器, 聖人不得已而用之)」(<妾薄命>)라고 한 예는 얼마든지 찾
아 볼 수 있다. 이백의 악부는 형식상 민가체의 三三七구법을 활용하고 있
는데,

> 멋진 노래 부르며,
> 흰 이를 드러내는,
> 북방의 미인은 동녘마을 사람이네.26)
>
> 긴 칼 만지며,
> 눈썹 치켜뜨니,
> 맑은 물 흰 돌 참으로 요란하구나.
> 撫長劍, 一揚眉, 淸水白石何離離. (<扶風豪士歌>)

위의 시구들은 그 예가 되니 이러한 일정하지 않는 구법은 이백에게 오히

---

26) 揚淸歌, 發皓齒, 北方佳人東隣子.(「白紵辭」)

려 자유분방한 시정을 표출하려는 의욕을 일깨워 주고 나아가서는 그의 시적 가치를 제고하는 창작력을 발휘케 하는 것이었는지도 모른다. 王力은 이백의 시를 두고 非用韻이며 산문과 같다고 한 것이다. (≪漢語詩律學≫, p.314~15) 그리고 이백의 「日出入行」에서,

> 노양공은 무슨 덕으로,
> 해를 멈추고 창을 휘두른다.
> 도를 거스르고 하늘을 어기어,
> 잘못됨이 참으로 많으이.
> 내 대지를 주머니에 담아,
> 느긋이 큰 바다와 함께 어울리리.
> 魯陽何德, 駐景揮戈.
> 逆道違天, 矯誣實多.
> 吾將囊括大塊, 浩然與溟澤同科

라고 한 것을 보면 구법이 齊一하지 않음을 밝히 알 수 있으며 아울러 구어를 상용하였음도 알 수 있고, <橫江詞>(其五)를 보면,

> 강가에 놓인 누관 앞에 나루지기 맞이하니,
> 나에게 동녘을 가리키니 바다 구름 일도다.
> 그대 지금 건너는데 무슨 일이런가,
> 이처럼 풍파이니 건너기 어렵다네.
> 橫江館前津吏迎, 向余東指海雲生.
> 郎今欲渡緣何事, 如此風波不可行.

이 시는 한 편의 희극처럼 생동감이 있는 대화체의 형식을 지닌다. 그리고 그의 <宣城杜鵑花>를 보면,

> 촉나라에서 전에 자규새 소리 듣더니,
> 선성에서 다시 두견화를 보노라.
> 한 번 울 때마다 애를 끊으니

봄 석 달 내내 삼파를 그리도다.
蜀國曾聞子規鳥, 宣城還見杜鵑花.
一叫一回腸一斷, 三春三月憶三巴.

　이 시도 구어를 꺼리지 않고 반복하여 자연스레 사용하여 山歌에 접근하고 있으며 감정이 순박하여 민가에서 영향된 것으로 보인다. 일체의 조탁이 없고 깊이도 넓지 않아, 감동력이 더욱 크다 할 것이다. 그리고 그의 악부에서 상징성을 운영하는데도 민가풍을 지녀 순진한 맛을 지니고 있으나 그의 연박한 지식을 유감없이 발휘하고 있다는 데에서 그 탁월성을 인정하게 된다. <古朗月行>을 보면,

　　잠시 달을 생각하지 못하다가,
　　어느덧 백옥 같은 쟁반이 되었구나.
　　또 요대의 거울이 저 푸른 구름의
　　끝에 날고 있는지 아닌지.
　　小時不識月, 呼作白玉盤.
　　又疑瑤臺鏡, 飛在靑雲端.

　여기서 달을 옥 접시와 거울에 비유하여 달의 자태와 의식을 人界의 一物로 동화시키려한 기법이 보이며, <獨鹿篇>에서,

　　낙엽이 나무를 떠나,
　　가벼이 바람 따라 떨어지니,
　　나그네 기댈 곳 없으니,
　　그 슬픔 이와 같으리니.
　　落葉別樹, 飄零隨風.
　　客無所託, 悲與此同.

그리고 <雙燕離>에서,

제비 쌍쌍이 또 쌍쌍이,
쌍쌍이 날으니, 부럽구나.
雙燕復雙燕, 雙飛令人羨.

위의 시구들은 낙엽과 바람, 제비를 기탁하여 삶의 애환을 의상화 하고 있다는데서 다른 시인이 지닌 平常性을 또한 즐겨 사용했음을 엿볼 수 있다.

5. 詩語의 寄託法

이백은 영물시를 쓰면서 나름대로의 시어 구사를 하는 양상이 독특한 면이 있는 것을 알 수 있다. 영물시라면 사물의 기탁을 통해 자신의 의지를 표현해야 하는데, 중국은 전통적으로 영물에 대한 의식이 강렬하여 단순한 영물 이상의 서정성을 내포한다. 청대 李重華는 이르기를,

> 영물시는 두 가지의 시법이 있으니, 하나는 자신을 사물 속에 파묻혀 버리는 것과 또 하나는 자신을 사물 곁에 세워두는 것이다.
> 詠物詩有兩法, 一是將自身放頓在裏面, 一是將自身站立在旁邊 (≪貞一齋詩說≫)

라고 하여 영물시의 주체를 작자에 두고서 내심과 외물과의 조화를 강조한 것을 볼 수 있다. 이와 같이 탁물과 영물시와의 불가분성을 인정한다면, 이백의 영물시는 남다른 데가 있다. 즉 이백은 주관적인 의지와 객관적인 사물을 조화시키는 데에 외물은 단지 상징일 뿐, 직접적으로 독자의 감관을 격동시키는 중심체가 아니다. 이백의 寓意는 마음이지, 託物된 물체가 아니다. 이제 <詠槿> 제1수를 보기로 한다.

> 뜰의 꽃처럼 좋은 때에 웃고,
> 연못의 풀은 봄빛에 아름다워라.
> 그래도 무궁화만 못하나니,
> 옥 계단 옆에 서서 더욱 곱도다.

향기롭고 고운 자태 어찌도 짧고 빠른지,
어느덧 시들어지는구나.
어찌하면 옥 나무 가지처럼,
오래두고 붉은 빛 보듬어 지닐 수 있을까.
　園花笑芳年, 池草艶春色.
　猶不如槿花, 嬋娟玉階側.
　芬榮何天促, 零落在瞬息.
　豈若瓊樹枝, 終歲長翕赩.

　　우아하고 세밀한 착상을 가지고 槿花의 실상을 그리면서 삶의 노정과 상관시켜 조영하고 있다. 시의 비유법이 자연스레 활용되어 무리한 맛이 전혀 없다. 그리고 <南軒松>을 보면,

　　　남헌에 우뚝 선 소나무,
　　　가지의 잎 솜 장막처럼 무성하구나.
　　　맑은 바람 쉴 틈 없으니,
　　　살랑대며 해가 저무누나.
　　　그늘엔 묵은 이끼 푸르나니,
　　　가을 안개마저 푸르게 물들었구나.
　　　아무럼 구름 낀 하늘 뚫고,
　　　곧게 몇 천 척이든 위로 솟으렴.
　　　南軒有孤松, 柯葉自綿幕.
　　　清風無閑時, 蕭灑終日夕.
　　　陰生古苔綠, 色染秋烟碧.
　　　何當凌雲霄, 直上數千尺.

　　여기에서 솔(松)의 형태와 빛깔이 읽는 이로 하여금 절박하게 다가오는 감회를 불러일으킨다. 고고한 자태와 굳은 기상을 명료하게 묘사하면서 말구에 이르러서 사실적인 층면을 우언과 상징의 경계에까지 승화시켜 모르는 새에 入妙케 하는 기법은 작시의 묘를 다한 것이라 하겠다. 이러한 시의 맛은 이백에게 있어서 시어의 妙理에 특성이 주어진 상태에서만이 가능하다.

Ⅲ. ≪芝峰類說≫ 卷10 李白詩 評文의 飜譯과 論旨— 王琦의 輯註本과의 비교

李晬光은 ≪芝峰類說≫ 卷10 文章部에서 모두 39개조의 李白詩 評文을 기술하고 있는데 그 독자적인 創見을 보여주고 있어서 청대 王琦의 ≪李太白集輯註≫(北京 中國書店의 출간명칭은 李太白全集, 1996) 등 여러 주석본과 비교하여 각 평문의 韓譯과 더불어 필자 나름의 論旨를 전개하고자 한다.

   1. 唐詩曰:幽徑還生拔心草. 按卷施草拔心不死, 故名施一作葹. 李白詩曰: 贈君卷施草, 心斷竟何言. 註; 離騷云; 薋菉葹以盈室. 詩所謂卷耳是也.

   당시에 말하기를, 「그윽한 오솔길에 뿌리(心)가 뽑힌 풀이 다시 나네.」 생각하건대, 권시초는 뿌리(心)를 뽑아도 죽지 않아서 그래서 施를 葹로 쓰기도 한다. 이백시에 이르기를, 「그대에게 권시초를 보내니 마음이 끊어지면 결국 무엇을 말하리오.」 주에 이소에 말하기를, 「녹두와 창이풀을 쌓아서 집에 가득하네.」라고 하니 詩經의 소위 도꼬마리가 이것이다.

*논지: 이백은 屈原 <離騷>의 어구 '薋菉葹'를 인용하여 시어로 활용한 것으로 惡草를 구사하여 소인배를 비유하였다. 卷施草의 어원이 이소에서 나온 것과 그 비유가 소인배를 두고 있음을 밝히고 있다.

   2. 李白尋雍尊師隱居詩曰: 花暖青牛臥, 松高白鶴眠. 註; 青牛, 花葉上青虫也. 有兩角如蝸牛, 故云. 余謂; 青牛蓋用老子事, 以尊師隱居不出, 故青牛閑臥也. 註說誤矣. 于鵠贈王尊師詩; 青牛眠樹影, 白犬吠猿聲. 亦此意.

   이백의 〈尋雍尊師隱居詩〉에 말하기를, 「꽃이 따뜻하니 푸른 소가 누워 있고 소나무가 높으니 흰 학이 잠자네.」 주에 「푸른 소는 꽃잎 위의 푸른 벌레이다. 두 뿔이 있어 달팽이 같아서 말하는 것이다.」 내가 말하노니, 「푸른 소는 대개 노자의 고사를 인용한 것으로 존사가 은거하여 나가지 않으므로 푸른 소가 한가로이 누워있다고 한 것이다.」 주에 말한 것은 옳지 않다. 우곡이 왕존사에 바친 시에, 「푸른 소가 나무 그늘에서 잠자고, 흰 개는 원숭이 소리를 짓는다.」라고 한 것도 이런 뜻이다.

　*논지: 시의 제3연구를 인용하여 시어 풀이한 것으로 '靑牛臥'는 隱者의 자태를 의미한다. 王琦는 말하기를, 「靑牛白鶴, 不過用道家事耳, 不必別作創解.」(청우니 백학은 도가의 고사를 사용한 것에 지나지 않으니 별도로 해석할 필요가 없다.)라고 하여 단순히 은자의 자세를 비유한 것으로 풀이하고 있으나 이수광은 어원해명하고 그 비유를 밝히고자 하였다.

　　3. 李白詩: 「北落明星動光彩.」按馬史北落師門一星在羽林西, 明則軍安, 微弱則兵起. 金火守有兵爲, 虜犯塞云. 事文玉屑曰: 「北落壁壘星也.」
　　이백시에 「북락 밝은 별이 광채를 움직인다.」 생각하건대 마사에 북락은 군사의 별로서 우림성 서쪽에 있어 밝으면 군사가 안전하고 미약하면 전쟁이 일어난다. 금성과 화성이 지키는데 병이 나타나면 오랑캐가 국경을 침범한다. 사문옥설에 이르기를, 북락은 벽루성이다.

　*논지: 北落을 星宿인 壁星 즉 壁宿로 본다면 二十八宿의 하나인 성수인데 玄武七宿의 끝에 해당한다. 이수광이 근거를 제시하며 시어해석을 정확히 하고 있다.

　　4. 李白詩: 「縱使俠骨香, 不慙世上英.」使疑作死字. 按張華詩云: 「死聞俠骨香.」蓋用此 而王維詩亦曰: 「縱死猶聞俠骨香.」
　　이백시에 「비록 의협한 해골이 향기롭다 해도, 세상 영준에게 부끄럽지 않다.」 使자는 死자인가 한다. 장화시에 이르기를, 「죽어서 의협한 해골이 향기롭다.」 아마 이것을 인용한 것이다. 그리고 왕유시에 이르기를, 「죽더라도 오히려 협객의 뼈 향기를 맡으리라.」

　*논지: 晉代 張華의 시구는 <博陵王宮俠曲>제2수 「生從命子遊, 死聞俠骨香.」(≪全漢三國晉南北朝≫ 全晉詩 卷2, 世界書局)구이며 王維 시구는 <少年行>(≪全唐詩≫ 卷128, 中華書局) 제2수구로서 그 시를 보면,

　　出身仕漢羽林郎, 初隨驃騎戰漁陽.

孰知不向邊庭苦, 縱死猶聞俠骨香.
벼슬길에 나가 한나라 우림랑이 되어
처음 표기장군 따라 어양에서 싸웠네.
누가 알리오 변방으로 못 가는 고통을
죽더라도 오히려 협객의 뼈 향기 맡으리라.

여기서 이수광이 두 시인의 시구를 예로 들면서 李白시의 '使'를 '死'로 보아야 可當하다는 논리인데 필자의 견해로는 '縱使'는 현재 白話文에도 '비록…'라는 의미로 사용하므로 반드시 타시인의 시구를 본받아서 오류라고 단정할 필요는 없다.

    5. 李白詩:「木蘭之枻沙棠舟.」按古書曰: 魯班用木蘭造舟. 又漢成帝與飛燕戱太液池, 以沙棠作舟. 小說云;「沙棠木名在崑崙, 黃花赤實, 爲舟不沈, 食其實不溺.」是也.

    이백시에 「목란의 돛대를 단 사당의 배로다.」 생각하건대 옛 책에 이르기를, 노반이 목란으로 배를 만들었다라고 하였다. 한나라 성제가 비연과 같이 태액지에서 놀면서 사당으로 배를 만들었다. 소설에 이르기를, 「사당 나무 이름이 곤륜에 있는데 누런 꽃에 붉은 열매로서 배를 만들면 가라앉지 않고 그 열매를 먹으면 빠지지 않는다.」라 하니 이것이다.

    *논지: 사당의 풀이가 정확하여 이백시구의 묘사가 합당하다는 것이다. 棠은 팥배나무로 능금나무과에 속하는 落葉喬木이다.

    6. 李白別東林寺僧詩: 笑別廬山遠, 何煩過虎溪. 遠廬山僧惠遠也. 乃用虎溪三笑事以譬之. 今人或有以遠近觀之者可笑.

    이백의 《別東林寺僧詩》에 「웃으며 여산의 혜원과 이별하니, 어찌 번거로이 호계를 지나리오.」 원은 여산 스님 혜원이다. 곧 호계삼소의 고사를 인용하여 비유한 것이다. 지금사람이 혹시 遠近의 의미로 보는 자가 있는 것은 우습다.

    *논지: 시의 제2연구로서 시인이 東林寺의 스님과 이별하며 지은 철저한 은둔적 의식을 담고 있다. 虎溪三笑事는 慧遠이 客을 전송할 때 호계를 건

너는 일이 없었다는 고사를 인용하여 은자의 자세를 부각하고 있다. ≪一統志≫에 「東林寺在廬山, 晉僧慧遠與同門慧永居西林 學徒日衆, 別居林之東」(동림사는 여산에 있는데 진나라 스님 혜원이 동문 혜영과 서림에 거하였다. 학도가 날로 많아지니 별도로 숲의 동쪽에 거하였다.)라고 하였고, 王琦는 ≪蓮社高賢傳≫을 인용하여 「遠法師居東林, 其處流泉匝寺下, 入於溪 每送客過此, 輒有虎號鳴, 因名虎溪 後送客未嘗過, 獨陶淵明陸靜修至, 語道契合, 不覺過溪 因相與大笑, 世傳爲三笑圖.」(혜원법사가 동림에 거하니 그 거처의 흐르는 샘이 절 아래를 돌아 냇물로 들어갔다. 매번 객을 전송하면 이곳을 지나는데 문득 호랑이가 우는 소리 있어서 이름을 호계라 하였다. 후에 객을 전송하면 건너는 일이 없었거늘 다만 도연명과 육정수가 왔는데 도를 논함이 서로 합당하여 모르는 새에 냇물을 건너버리니 서로 크게 웃으니 세상에 삼소도라고 전한다.)라고 기록하여 이수광이 해석과 근거를 정확하게 제시하고 있음을 본다.

7. 李白哭晁卿詩曰:「日本晁卿辭帝都, 雲帆一片遶蓬壺. 明月不歸沈碧海, 白雲愁色滿蒼梧.」 細味此詩, 明月不歸沈碧海云, 則疑晁卿溺海不返耳. 按晁卿卽朝臣. 唐書;「長安元年日本遣朝臣, 貢方物, 朝臣好學能屬文, 請從諸儒授經, 拜司膳員外郎云.」 王維亦有送晁監還日本律詩及序, 蓋職爲卿監, 故曰; 晁卿, 晁監.

이백의 <곡조경시>에 말하기를, 「일본의 조경은 서울을 하직하고 구름 돛대 한 조각으로 봉래산으로 돌아갔네. 밝은 달이 돌아가지 못하고 푸른 바다에 잠기고 흰 구름의 수심어린 빛이 창오에 가득하네.」 이 시를 자세히 음미하면 밝은 달이 돌아가지 못하고 푸른 바다에 잠긴다는 것으로 조경이 바다에 빠져 돌아가지 못한 것인가 한다. 생각하건대 조경은 곧 조정신하이다. 당서에 「장안 원년에 일본이 조정신하를 보내어 토산물을 바쳤는데 신하가 학문을 좋아하고 글짓기에 능하여 여러 선비에게 경서를 전수받기 청하여 사선원외랑직을 주었다.」 왕유도 조감이 일본으로 돌아가는 걸 전송하는 율시와 서문이 있으니 아마도 직위가 경과 감이 되었을 것이다. 그러므로 조경이니 조감이라 한 것이다.

*논지: 天寶 13년(754) 이백이 廣陵(지금 江蘇省 揚州)에 유람하면서 魏顥

를 만나 晁衡이 일본으로 귀국하다가 죽었다는 소식을 듣고 지은 시이다. 蒼梧는 江蘇省 連雲港市에 있는 雲臺山으로 이 시에서는 晁衡이 조난당한 바다를 가리킨다. 이수광은 시 전체내용으로 보아 晁卿이 귀국하다가 죽어서 지은 시가 아닌가 하고 풀이하고 있는데 중국의 자료에는 볼 수 없는 다만 추측해본 논리로서 근거는 없지만 비약하고 있다. 朝貢文士인 일본인 조경은 唐에서 관직을 얻어 오랜 기간 당에 머물렀으니 ≪新唐書≫에 「晁衡歷左補闕儀王友, 多所該識. 久乃還. 天寶十二載晁衡入朝.」(조형은 좌보궐을 역임하여 의왕이 벗하고 아는 것이 많았는데 오랜 후에 귀국하였다가 천보 12년에 조형이 입조하였다.)라고 하였고 王琦는 唐文人과의 交遊가 빈번한 근거로 王維의 <送秘書晁監還日本國詩序>와 趙驊의 <送晁補闕歸日本詩>, 儲光羲의 <洛中詒晁校書衡詩> 등 시를 예거하고 있다. 왕유의 시 말4구를 보면, 「鄕樹扶桑外, 主人孤島中. 別離方異域, 音信若爲通.」(고향의 나무 해뜨는 부상 밖에 있는데 주인은 고도에 있네. 이별하면 바야흐로 이역만리이니 소식을 어떻게 전할 건가.)라고 하여 우정이 각별하였음을 알 수 있다.

8. 李白烏夜啼詩有曰: 「機中織錦秦川女, 碧紗如烟隔窓語. 停梭愴然憶遠人, 獨宿孤房淚如雨.」 又曰; 「城烏獨宿夜空啼.」 按古書曰: 「烏失雌雄則夜啼.」 詩意蓋以此也.

이백 <烏夜啼> 시가 있는데 말하기를, 「베틀에서 비단 짜는 진천 여인이 짜는 푸른 비단 안개 같은데 창을 사이에 두고 말하네. 북을 멈추고 슬피 먼 데 사람 생각하니 홀로 외로운 방에 머무니 눈물이 비오듯 하네.」 또 말하기를, 「성의 까마귀 홀로 자다가 밤에 공연히 우네.」 고서에 의하면 이르기를, 「까마귀가 암수를 잃으면 밤에 운다.」 시의 뜻이 아마도 이럴 것이다.

*논지: 이 시 제2연과 3연을 인용하여 詩題를 가지고 시의 의미를 논하고 있다. 王琦는 ≪樂府古題要解≫를 인용하기를, 「烏夜啼, 宋臨川王義慶所造也. 宋元嘉中徒彭城王義康於豫章郡, 義慶時爲江州, 相見而哭. 文帝聞而怪, 徵還宅, 義慶大懼, 妓妾聞烏夜啼, 叩齋閣云; 明日應有赦. 及旦, 改南兗州刺史, 因作此歌. 故其詞云; 籠窓窓不開, 夜夜望郞來. 亦有烏棲曲, 不知與此同否.」

오야제는 송대 임천 왕의경이 지은 것이다. 송대 원간년간에 예장군으로 팽성 왕의강에 가니 의경은 그 때 강주자사로서 서로 만나 울었다. 문제가 듣고 이상히 여겨 불러 귀가케 하니 의경이 크게 두려워하매 기첩이 까마귀가 밤에 우는 것을 듣고 의경의 방을 두드려서 말하기를, 내일 응당 사면이 있을 것이라고 하였다. 아침이 되자 남연주자사로 바꾸어 가니 이로 인해 이 노래를 지었다, 고로 그 가사에 이르기를, 닫힌 창의 창문이 열리 않은데 밤마다 그대 오기를 기다리네.라 하였다. 또 오서곡이 있는데 이것과 같은지를 모르겠다.)라고 하였다. 이 시는 樂府로서 인구에 회자하는 시인데 이수광은 詩題에서 시의를 풀어본 것이 다소 근거가 부족하고 조급한 면이 있지만 시제의 어원을 구명하고자 하였다. 沈德曆은 이 시를 평하기를 「蘊含深遠, 不須語言之煩.」(심원함을 품고 있어 언어의 번거로움이 필요하지 않는다.)라고 하였다.

9. 李白詩曰: 天子九九八十一萬歲, 歲歲長傾萬壽杯. 按混元聖紀云; 太上生後八十一萬歲, 乃生一氣. 詩語本此

이백에 이르기를, 「천자가 구구 팔십일 만세를 수하여, 해마다 길이 만수배를 기울이네.」 혼원성기에 의하면 「태상이 생후 팔십일세에 곧 一氣를 낳는다.」 시어가 여기에 바탕을 두고 있다.

*논지: 太上은 天子로서 萬壽無疆을 기원하는 시구이다. 一氣는 天地의 元氣로 陰陽으로 나누이지 않은 상태이니 萬象의 根源이다. 그러므로 天子의 長壽를 祝壽하는 표현으로는 이백의 시구가 最上이라 본다.

10. 李白峨眉山月歌曰: 「峨眉山月半輪秋, 影入平羌江水流. 夜發淸溪向三峽思君不見下渝州.」　唐汝詢云; 「君者指月而言. 三峽之間天狹如線, 半輪亦不復覩, 故下渝州以求見之.」　未知是否. 余謂此詩古今人所膾炙, 而峨眉山平羌江淸溪三峽渝州未免重疊. 若後人爲之, 豈不指以爲疵乎.

이백의 아미산월가에 말하기를, 「아미산 가을 달이 반달이고 그림자 평강강에 들어가 흘러내리네. 밤에 청계를 떠나 삼협으로 향하니 그대를 그리며 보지 못하고 유주로 내려가네.」 당여순이 말하기를, 「그대(君)란 달을 가리켜 말하는 것이다. 삼협 사이는 하늘이 좁아서 실과 같고 반달도 보이지 않는다. 그러므로 유주로 내려가서 찾아보려 한 것이다.」 그런지 아닌지를 모르겠다. 내가 말하노니 이 시는 고금의 사람에 회자하는 것으로 아미산, 평강강, 청계, 삼협, 유주 등은 중첩한 것을 면치 못하고 있다. 만일 후인이 그것을 썼다면 어찌 흠으로 여겨 지적하지 않겠는가.

 *논지: 이 시는 달을 구경하고픈 시인의 심정이 넘친다. 이수광은 시의 가치를 높이 평가하면서 지명을 중첩한 점을 지적하고 있다. 峨眉山은 嘉州 峨眉縣羅目鎭에 있고 平羌江은 雅州城 북쪽에 있으며 淸溪는 諸葛亮이 승전한 곳으로 지금 成都일대이다. 그리고 三峽과 渝州는 巴郡에 속해 있어서 이백은 배를 타고 달을 보러 유주로 내려간 것이라고 명대 唐汝詢 은 ≪唐詩解≫(卷25)에서 주석한 것이다. 王敬美는 여러 地名을 詩語로 驅使하면서도 시가 絶唱인 것을 평하기를 「四句入地名者五, 然古今目爲絶唱, 殊不厭重.」(네 구에 지명을 넣은 것이 다섯이지만 고금을 두고 절창으로 지목되니 전혀 중첩됨이 지겹지 않다.)라고 하였다.

 11. 李白詩: 「日就東山賒月色, 酣歌一夜送泉明.」 按泉明卽淵明. 唐人避高祖諱, 改淵明爲泉. 韓翊詩; 「聞道泉明居止近, 籃輿相訪會淹留.」 亦此也.
 이백시에 「날마다 동산에 나가서 달빛을 빌려서 온 밤을 취하여 노래하며 도연명을 보내리.」 생각하건대 천명을 곧 연명이다. 당인이 고조의 휘를 피하여 연명을 고쳐 천명이라 하였다. 한굉 시에 「천명의 거처 가깝다는 말 듣고, 대가마 타고 찾아가 오래 머무네.」 또한 이것이다.

 *논지: 이수광의 풀이가 합당하다. 唐을 건국한 高祖의 이름이 李淵이니 당연히 避諱한 것이다. 동양의 전통적인 조상과 상관에 대한 尊重의식에서 나온 儒家的 禮法이니 作詩도 例外이지 않다.

 12. 李白詩: 「耐可乘明月, 看花上酒船.」 又 「耐可乘流直上天.」 耐可, 韻府曰; 「猶言如何可也.」 或云; 「耐古能字通用, 猶言可能也.」
 이백시에 「어찌하면 명월을 타고 꽃 보며 술 실은 배에 오를 건가.」 또 「어찌하면 강물을 타고 곧장 하늘에 오를 건가.」 耐可는 운부에 이르기를, 「어떻

게 하면 좋을 가와 같다.」어떤 이는 말하기를, 「내는 옛날에 능자와 통용하니
가능하다는 말이다.」라 하였다.

*논지: 耐可에 대해 이수광은 '何可'나 '可能' 두 가지 풀이를 긍정적으로
보고 있다. 필자는 '能可'로 풀면 더 합당하다고 본다. '耐'는 '能'과 통하니
≪禮記≫에 「故聖人耐以天下爲一家」(고로 성인은 천하를 한 집으로 삼을 수
있다.)라고 하였다.

    13. 李白詩云:「獨酌陶永夕.」註爾雅曰; 陶, 喜也. 陶潛詩云;「濁酒且自陶.」
謝惠連詩;「漾舟陶嘉月.」選文云;「尹班陶陶於永夕.」蓋用此也.
    이백시에 말하기를, 「홀로 술 마시며 긴 밤을 즐기네.」주석하기를 이아에
陶는 喜이다. 도잠시에 이르기를, 「탁주로 스스로 즐기네.」사혜련 시에 「출렁
이는 배에서 아름다운 달을 즐기네.」선문에 이르기를, 「윤반이 긴 밤을 즐긴
다.」라 하니 아마도 이것을 인용한 것이다.

*논지: 이수광의 풀이 극히 상식적이다. 이백의 <下終南山過斛斯山人宿置
酒> 末2句「我醉君復樂, 陶然共忘機」(내가 취하면 그대도 즐거워하니 기쁘
게 함께 세상의 간교한 심기를 잊도다.)라 하니 '陶然', '陶陶', '陶醉' 등이
모두 ≪禮記≫의 「陶則斯詠」(기쁘니 이에 읊는다.)구에서 淵源한다.

    14. 李白詩:「抱琴出深竹, 爲我彈鵾鷄.」註鵾鷄曲名. 按琵琶絃用鵾鷄筋. 庾信
詩曰;「一曲鵾鷄絃.」是也. 蜀都賦云;「巴姬彈絃.」李白詩亦云;「彈絃醉金罍.」
以此觀之, 彈鵾鷄卽絃也, 非曲名也.
    이백시에 「거문고를 안고 깊은 대숲을 나와서 나를 위해 곤계현을 타네.」
주석에 곤계는 곡명이다. 생각하건대, 비파의 줄은 곤계의 힘줄을 쓴다. 유신
시에 「한 곡의 곤계현이라.」한 것이 이것이다. 촉도부에 이르기를, 「파희가
줄을 탄다.」이백시에 또 이르기를, 「현을 타며 화금 술잔에 취하네.」이것으
로 보면 곤계를 탄다는 것은 곧 현이지 곡명이 아니다.

*논지: 鵾鷄가 曲調냐 아니면 단순히 琴絃이냐에 대해서 이수광은 絃이라
고 단정하고 있다. 일명 鵾絃이라 하여 거문고 줄을 통칭하는 용어로 쓰이
므로 曲名보다 더 타당성이 있다.

15. 李白詩云:「雨落不上天, 水覆難再收」 註陳琳檄曰;「雨絶于天.」 王燦詩曰;「一別如雨.」 言如雨之降而不還也. 獨孤及詩曰;「荏苒成雨別.」 亦此也.

이백시에 이르기를, 「비 내리면 하늘에 오르지 못하고 물을 엎지르면 다시 거두기 어렵네.」 주석에 진림격에 「비가 하늘에서 끊어지다」라고 하였다. 왕찬 시에 말하기를, 「한 번 이별이 비와 같다.」 비가 내리면 돌아가지 못한다는 말이다. 독고급 시에 말하기를, 「세월이 가서 비가 되어 이별하다」라 하니 또한 이와 같다.

*논지: 이 시구는 <妾薄命> 제5연으로 詩題上 漢武帝의 阿嬌 고사를 소재로 하여 여인의 薄命을 노래한 악부시이다. 王琦는 「此說似乎新穎, 而揆之取義」(이설은 신선하니 헤아려서 뜻을 취하였다.)라고 평하였는데 이수광이 비내리는 것과 이별을 연계시키어 풀이한 것은 참신하다.

16. 李白樂府曰:「鸕鷀換美酒, 舞衣罷雕龍.」 註雕龍舞衣上之雕畫龍文也. 余謂此詩押東韻, 不應通押. 而註說亦太曲. 龍作櫳似是.

이백 악부에 말하기를, 「신조 숙상으로 좋은 술 바꾸고 무의로 조룡이 지쳐 있네.」 주석에 조룡은 무의 위에 용무늬를 수놓은 것이다. 내가 말하노니 이 시는 동운으로 압운하였는데 통압하지 않는다. 주석이 너무 곡해하다. 龍자는 櫳으로 쓰는 것이 옳은 듯하다.

*논지: <怨歌行> 제7연구로서 이 시는 이백의 自註에 「長安見內人出嫁, 友人令予代爲怨歌行.」(장안에서 보매 궁녀가 출가하니 우인이 나에게 대신 원가행을 달라 하였다.)라고 하였다. 악부시이지만 宮, 紅, 中, 風, 窮, 蓬, 空, 龍, 桐, 忡 등에 東운으로 一韻到底하므로 通押을 안한다고 하였다. 王琦는 蕭士贇의 말을 인용하여 「雕龍謂舞衣上之雕畫龍文也.」(雕龍은 무의 위의 용무늬를 그려서 새긴 것을 말한다.)라고 하였다. 이수광이 '龍'을 '櫳'(창문)으로 본 것은 無理하다.

17. 李白詩云:「東風日本至, 白雉越裳來.」 按十洲記;「漢武時月氏使者曰; 臣國去此三十萬里. 國有常占東風入律, 百旬不休云云.」 三才圖會;「日本國東北至

毛人國界, 東南至東女國界, 南至琉球國界, 西南至福建界, 西北至朝鮮國界, 北至
月氏國界.」月氏蓋東北方國也. 但漢書;「匈奴破月氏王.」又「張騫使月氏.」通典
云;「大月氏國在大宛西. 又有小月氏國, 皆西城國名.」與此恐不同. 月氏或作月
支.

　　이백시에 이르기를,「동풍이 일본에 불어오고 흰 꿩은 월상씨에 오네.」십
주기에 의하면「한무제 때에 월씨국 사신이 말하기를, 신의 나라는 여기서 삼
십만 리 떨어져서 있습니다. 나라에 항상 동풍이 규칙으로 불어와 백일을 쉬
지 않습니다.…」삼재도회에「일본국은 동북으로 모인국 경계에 이르고 동남
으로 유구국 경계에 이르고 서남으로 복건 경계에 이르며 서북으로 조선국 경
계에 이르고 북으로 월씨국 경계에 이른다.」월씨국은 아마도 동북방 나라일
것이다. 그러나 한서에「흉노가 월씨왕을 쳐부수었다.」또「장건이 월씨에 사
신으로 갔다.」통전에 이르기를,「대월씨국은 대완의 서쪽에 있다. 또 소월씨
국이 있는데 모두 서역국명이다.」이것과 아마도 같지 않다. 월씨를 혹은 월지
로 쓴다.

*논지: 이수광의 越裳에 대한 풀이가 매우 緻密하고 考證的이며 王琦와
대개 상통한다.

　　18. 李白詩曰:「誰家玉笛暗飛聲, 散入春風滿洛城.」唐汝詢言「不見其人而聞
其聲, 故曰暗. 滿洛城言其聲之遠也.」按汝詢明人. 五歲盲而能强記, 作唐詩解.
其曰不見其人而聞其聲者, 眞自得之言也.

　　이백시에 말하기를,「뉘 집 옥피리 남몰래 소리 날리어 흩어져 봄바람에 낙
성에 가득하다.」당여순은 말하기를「그 사람은 보이지 않고 그 소리가 들리므
로 남몰래(暗)라 했다. 낙성에 가득한 것은 그 소리가 멀리 들린다는 말이다.」
여순은 명나라 사람으로 5세에 눈이 멀었으나 기억력이 뛰어나서 당시해를 지
었다. 그 사람은 보이지 않고 그 소리가 들린다라고 말한 것은 진실로 스스로
체득한 말이다.

*논지: 이수광은 明代 唐汝詢 《唐詩解》(卷13)를 인용하여 자신의 의견과
일치한 것을 강조하고 있다. 《唐詩解》는 50권으로 194인의 시 1500여 수를
선록하여 評解를 가한 대표적인 唐詩評 관계자료이다. 唐詩解의 評解의 장
점은 첫째 시인의 生平上의 遭遇와 시의 本事背景, 그리고 詩篇의 融會貫通
하는 점을 重視하고 있다. 둘째는 移情說로서 詩歌運用上의 形象思惟에 집

중하여 시인의 抒情表達과 詩境의 表出을 중시한다. 여기서 移情現象은 以人度物과 賦物以情이다. 그런 점에서 이수광은 이백시를 해석하는데 상당부분을 ≪唐詩解≫에 의존한 점을 확인한다.

19. 李白淸平調詞曰;「雲想衣裳花想容, 春風拂檻露華濃. 若非群玉山頭見, 會向瑤臺月下逢」 按唐詩解云;「明皇於武妃薨後, 見雲而想其衣裳, 見花而想其貌當春風滴露之際, 哀不勝情矣. 若此之女非群玉之王母, 卽瑤臺之佚妃, 人間豈易覩乎. 謂未得太眞時也.」 余謂此乃贊美貴妃之辭, 想者疑其似也. 言貴妃之衣裳似雲, 容似花而如春露方濃也. 下句比諸仙女, 非人間之所有云爾.

이백 청평조사에 말하기를, 「구름은 의상을 생각케 하고 꽃은 얼굴을 생각케 하며 봄바람이 난간을 건들고 이슬이 너무 고와라. 군옥산 머리에서 만나지 못하면 마침 요대의 달 아래에서 만나리.」 당시해에 의하면 「명황은 무비가 죽은 후에 구름을 보면 그 의상을 생각하고 꽃을 보면 그 모습을 생각하였다. 봄바람이 이슬을 적실 때에 슬픈 마음 이기지 못하였다. 이 여인이 군옥산의 왕모가 아니라면 곧 요대의 고운 여인일 것이니 어찌 인간세상에서 쉬이 볼 것인가. 아직 태진을 얻을 때가 아님을 말한다.」 나는 말하노니 이것은 곧 귀비를 찬미하는 말로서 생각한다(想) 함은 닮다는 말이 아닌 가 한다. 귀비의 의상이 구름 같고 얼굴이 꽃 같아 봄 이슬이 바야흐로 짙은 것 같다는 말이다. 아래 구는 여러 선녀를 비유하여 인간세상에 있을 자가 아닌 것을 말한다.

*논지: 〈淸平調〉 제1수로서 王琦는 ≪唐書禮樂志≫를 인용하여 「俗樂二十八調, 中有正平調, 高平調, 則知所謂淸平調者, 亦其類也」(속악 28조 중에 정평조, 고평조가 있으니 소위 청평조라는 것도 그 종류인 것을 안다.)라 하여 淸平調의 유래를 밝히고 있다. 淸平調는 곡조인 平調, 淸調, 瑟調를 일컬으며 모두 周代의 房中에서 사용하던 소리로서 이백이 天寶 2년(743) 翰林奉供 재직시에 지은 작품이다. 이수광이 明代 唐汝詢의 ≪唐詩解≫ 卷25의 評解를 인용하여 同意하고 있다. 群玉山은 ≪穆天子傳≫ 卷2에 「癸巳, 至於群玉之山.」(계사년에 군옥산에 이르르다.)라고 하여 西王母가 거주하던 仙山의 하나이며 瑤臺는 崑崙山에 있는데 晉代 王嘉의 ≪拾遺記≫(卷10)에 의하면 「第九層山形漸小狹, 下有芝田蕙圃, 皆數百頃, 群仙種耨焉. 傍有瑤臺十二, 各廣千步, 皆五色玉爲臺基」(제9층의 산의 모습은 점점 좁아진다. 산 아래는 지초와 혜초

를 심은 수백 이랑의 밭이 있고 신선들이 모여 씨 뿌리고 있다. 곁에는 요대가 열 두 곳 있고 넓이가 천보 되며 모두 오색 옥으로 누대의 기단을 만들었다.)라 하고 ≪太平御覽≫(卷660)에는 「崑崙瑤臺, 是西王母之宮, 所謂西瑤上臺.」(곤륜산 요대는 서왕모의 궁으로 소위 서요상대이다.)라고 하였다. 이백이 제 1, 2구에서 양귀비의 복장과 미모를 구름과 모란에 비유하고 제3, 4구에서 群玉山에 거주하는 西王母와 月宮의 姮娥를 양귀비의 자태에 비유하여 仙女로 승화시킨 표현을 이수광은 인간세상이 아니라고 평한 것이다.

20. 李白淸平調詞曰; 「一枝濃艶露凝香, 雲雨巫山枉斷腸. 借問漢宮誰得似, 可憐飛燕倚新粧.」 唐汝詢云; 「貴妃容色如花, 楚襄王雲雨之夢爲徒勞也.」 或者以枉斷腸屬壽王, 恐非李白本意. 又稗說云; 「倚者賴也. 謂趙后專寵漢宮, 只賴脂粉耳.」 余謂倚猶恃也. 如古詩依倚將軍勢之倚, 蓋言其倚恃粧粉而矜夸自得之意. 李詩又曰; 「自倚顔如花」, 其義亦同.

이백의 청평조사에 말하기를, 「한 가지 무르익고 이슬 맺혀 향기로운데, 비구름 낀 무산에서 애를 끊도다. 묻노니 한궁에서 누가 닮았는가, 가련한 조비연이 새로 단장하도다.」 당여순이 말하기를, 「귀비의 얼굴빛이 꽃과 같고 초양왕의 운우의 꿈은 헛된 수고로다.」 혹자는 애를 끊는다는 것을 수왕에게 연관시킴은 아마도 이백의 본뜻이 아닐 것이다. 또 패설에 이르기를, 「倚는 의지한다이다. 조비연이 한궁의 총애를 차지한 것은 오직 연지분에 의한 것이다.」 나는 말하노니 倚는 恃과 같다. 고시에 장군의 세력을 믿다와 같아서 대개 그 화장을 믿고 뽐내어 자만하는 뜻이라 말하겠다. 이백시에 또 이르기를, 「스스로 얼굴이 꽃 같음을 믿네」와 그 뜻이 같다.

*논지: <淸平調> 제2수로서 '雲雨巫山'은 楚 襄王이 巫山에서 仙女와 놀던 전설로 宋玉의 <高唐賦> 序에 「昔者先王嘗遊高唐, 怠而晝寢. 夢見一婦人, 曰妾巫山之女也, 爲高唐之客, 聞君遊高唐, 願薦枕席. 王因幸之, 去而辭曰, 妾在巫山之陽, 高丘之阻, 旦爲朝雲, 暮爲行雨, 朝朝暮暮, 陽臺之下.」(옛적에 선왕이 일찍이 고당에서 놀다가 게을리 낮에 잠들거늘 꿈에 한부인을 만나니 말하기를 첩은 무산의 여인으로 고당의 객이 되었는데 듣건대 그대가 고당에서 논다하니 바라건대 자리를 깔고 모시고 싶다하매 왕이 이로 인해 밀

회하였다. 떠나며 하는 말이 첩은 무산의 남쪽에 있는데 높은 언덕으로 막혀있다. 아침에는 구름이 되고 저녁에는 비가 되어 조석으로 양대 아래에 있다.)라고 하여 그 시어의 연원을 알 수 있다. 이백은 楊貴妃를 巫山女와 漢나라 成帝의 황후로서 절세의 미인인 趙飛燕에 비유하여 傾國之色의 표본으로 묘사하였다. 이수광이 倚자에 대해 주석한 것은 옳은데 상식적이다.

21. 李白詩: 「月化五白龍, 翻飛上靑天」 未知所謂. 蓋其時謠讖之言. 高麗李百順漁陽詩云; 「只因欲奪鷄頭肉, 豈是爭爲月化龍」 乃出於此 鷄頭肉按太眞中酒, 衣褪微露乳, 帝捫之曰; 「軟溫新剝鷄頭肉」, 祿山在傍曰; 「滑膩凝如塞上酥」 亦用此也.

이백시에 「달이 다섯 흰 용이 되어 뒤집어 날아 푸른 하늘에 오른다.」 말하는 바를 모르겠다. 아마도 그 때의 예언하는 노래(謠讖)의 말일 것이다. 고려이백순의 어양시에 이르기를, 「오직 닭 머리살을 뺏으려하니 어찌 달이 용 되려 다투겠는가.」 곧 여기에서 나온 것이다. 鷄頭肉에 대해 생각하건대 태진이 술에 취해서 저고리가 벗겨져 유방이 조금 드러나니, 왕이 문지르며 말하기를, 「부드럽고 따뜻한 것이 새로 벗긴 닭 머리살이다.」 안록산이 옆에서 말하기를, 「매끄럽고 기름진 것이 변방의 우유 같다.」 또한 이것을 인용한 것이다.

*논지: 道家風의 神話를 詩語로 사용한 경우인데 이수광은 語源을 찾으려 하였지만 미흡하다. 王琦도 거론하지 않으니 단지 楚辭 天問을 통해 예측한다.

22. 李白詩: 「鏡湖三百里, 菡萏發荷花」 蓋謂荷花發於菡萏也. 按芙蕖其葉爲荷, 其莖爲茄, 其花未發爲菡萏已發芙蓉, 其實爲蓮. 其根爲藕中爲菂, 菂中有靑爲薏, 芙蕖乃總名.

이백시에 「경호 삼백 리, 菡萏(연꽃 봉오리)에서 연꽃이 핀다.」 아마도 연꽃이 菡萏에서 나온다는 말이다. 생각하건대 芙蕖는 그 잎을 荷라 하고 그 줄기를 茄라 하며 그 꽃이 피지 않은 것을 함담이라 하고 이미 핀 것을 芙蓉이라 하고 그 열매를 蓮이라 한다. 그 뿌리를 藕라 하고 속을 菂(연밥)이라 하며 菂속에 있는 푸른 것을 薏라 하고 芙蕖는 곧 전체 명칭이다.

*논지: 연꽃의 전체 명칭과 부분 명칭을 자세하게 설명하고 있다. <子夜

歌>는 六朝시대 吳地의 民歌이며 子夜는 晉代 여인의 이름이다. 唐代 吳兢의 ≪樂府古題要解≫에 「舊史云; 晉有女子曰子夜所作, 聲至哀. 晉武帝太元中, 琅琊王軻家, 有鬼歌之 後人依四時行樂之詞, 謂之子夜時歌, 吳聲也」(옛 사서에 이르기를, 진대에 자야란 여자가 지은 것으로 소리가 매우 슬프다. 진대 무제 태원 년간에 낭야 왕가의 집에 귀신이 그것을 노래하였다. 후인이 사시 행락의 가사에 의해 부르니 그것을 자야시가라 하였고 오성이다.)라고 하여 그 시제의 연원을 설명하고 있다. 王琦는 ≪毛萇詩傳≫을 인용하여 「菡萏, 荷花也」(함담은 연꽃이다.)라 하고 ≪說文≫을 인용하여 「芙蓉未發爲菡萏, 已發爲芙蓉」(부용이 피지 않은 것이 함담이고 이미 피면 부용이다.)라고 하였다. 그리고 「菡, 戶感切, 音憾 萏, 徒感切, 談上聲」(菡은 戶와 感의 反切이고 음은 憾이다. 萏은 徒와 感의 반절이고 上聲이다.)라고 풀이하고 있어 이수광의 주석이 더욱 상세함을 알 수 있다.

23. 李白 〈贈嵩山焦鍊師詩〉 曰; 「三花明素烟」 按漢時道士自外國, 將貝多子種嵩山下, 一年三花 刑居實詩; 「頭巾好掛三花樹」 蓋亦指嵩山而言. 又仙經曰; 「崑崙山西北有龍池, 上有三花樹. 亦曰; 三珠樹」

　　이백 〈贈嵩山焦鍊師詩〉에 말하기를, 「삼화에 흰 연기 밝다.」 생각하건대 한나라 때에 도사가 외국에서 패다 나무 종자를 많이 가져와서 숭산 아래에 심었는데 일 년에 세 번 꽃이 피었다. 형거실의 시에 「두건이 삼화수에 걸렸네.」 아마도 숭산을 가리켜 말한 것이다. 또 선경에 이르기를, 「곤륜산 서북방에 용지가 있고 그 위에 삼화수가 있으니 삼주수라고도 한다.」

*논지: 이백의 이 시 幷序를 보면, 「嵩山有神人焦鍊師者, 不知何許婦人也. 又云; 生於齊梁時, 其年貌可稱五六十, 常胎息絶穀, 居少室廬, 遊行若飛, 倏忽萬里. 世或傳其入東海, 登蓬萊, 竟莫能測其往也. 余訪道少室, 盡登三十六峰, 聞風有寄, 灑翰遙贈」(숭산에 신인 초련사라는 사람이 있는데 어떤 부인인지 모른다. 또 이르기를, 제량 시기에 태어나서 그 나이는 5,60세라 할 만한 데, 항상 입과 코로 숨 쉬지 않으며 곡식을 끊고 소실집에 거하였고 노닐어 다니는 것이 날아가는 것 같아 문득 만리를 간다. 세상에 혹 전하기를 그가

동해에 들어가 봉래산에 오르는데 그 가는 것을 헤아릴 수 없다. 내가 소실을 방문하는데 삼십 육 산봉우리를 다 올랐거늘 바람에 기탁하여 붓을 씻어 글을 써서 멀리서 주었다.)라고 하여 초련사의 행적과 자신이 방문한 과정을 기록하고 있다. 貝多는 인도의 多羅樹로서 그 잎에 佛經을 쓰곤 하였다는 佛家의 神聖樹이다. 王琦는 ≪述異記≫를 인용하여「少室山有貝多樹, 與衆木異. 一年三放花, 其花白色香美. 俗云; 漢世野人將子種此」(숭산 서쪽 소실산에 패다수가 있는데 많은 나무와 다르다. 일 년에 세 번 꽃이 피는데 그 꽃이 흰색이며 향기롭고 곱다. 세속에 이르기를 한나라 때에 야인이 씨를 가져다가 여기에 심었다.)라고 貝多 나무의 특징을 서술하고 있는데 이수광의 기술은 더욱 상세하다.

24. 李白詩:「郎今欲渡緣何事, 如此風波不可行.」余常喜誦之. 然梁簡文帝詩云;「郎今欲渡畏風波.」乃知出於此也.

이백시에「그대가 지금 건너고자 함은 무슨 일 때문인가. 이 같은 풍파에는 갈 수 없다네.」나는 항상 즐거이 그걸 외운다. 그러나 양대 간문제시에 이르기를,「그대가 건너려 하니 풍파가 두려워라.」곧 여기에서 나온 것을 알겠다.

*논지: ＜橫江詞＞ 2수중 제1수 제2연으로 이수광은 '郎今欲渡'구의 語源을 梁簡文帝시에서 찾고 있다. 簡文帝는 이름이 綱이며 字가 世纘으로 武帝의 第三子인데 이 시는 ＜烏棲曲＞(≪全漢三國晉南北朝詩≫ 全梁詩 卷一) 4수중 제1수의 말구로서, 다음에 간문제의 시를 본다.

> 芙蓉作船絲作絆, 北斗橫天月將落.
> 采桑渡頭礙黃河, 郎今欲渡畏風波.
> 부용으로 배를 만들고 실로 새끼줄 만드니
> 북두성이 하늘에 가로 놓이고 달이 지려하네.
> 채상나루에 황하 강물이 가로막아
> 그대 이제 건너려는데 풍파가 두려워라.

25. 李白蜀道難, 唐詩解以爲玄宗幸蜀, 太白作此詩. 首言蜀道之難, 非天子所

宜幸. 末言蜀中險惡, 非王者所宜居, 蓋欲乘輿速返耳. 余謂此言似得. 按李白劍閣
賦曰;「送佳人兮此去復, 何時兮歸來. 望夫君兮安極. 我沈吟兮歎息..」亦此意也.
本註所云爲子美在蜀而作者, 恐非是.

　　이백 촉도난을 당시해에서「현종이 촉으로 가니 태백이 이 시를 지었다. 처
음에 촉도가 험난하여 천자가 순행할 만하지 않다. 말미에는 촉에서의 험악을
말하여 왕 된 자가 거할 만하지 않다. 아마도 수레 타고 속히 돌아오게 하려는
것이다.」나는 말하노니 이 말이 옳은 것 같다. 이백의 검각부에 이르기를,「미
인을 보내어 거기에 가네. 언제 돌아 올 건가. 그대 기다림 어찌 다하겠는가.
나는 깊이 읊조리며 탄식하네.」또 이런 뜻이다. 본주에 말하는 바는 두보가
촉에 있어서 지은 것이라는 것은 아마도 옳지 않을 것이다.

　　*논지: 이수광이 <蜀道難>의 작시의도를 唐汝詢의 ≪唐詩解≫(권12)에
의거하여 기술한 것이다. 청대 李鍈의 ≪詩法易簡錄≫에 이르기를,「蜀道 ,
二句凡三見, 直以古文章法行之, 縱橫馳驟, 神變無方, 而一歸於自然, 此太白
絶調也.」(촉도라는 구가 무릇 세 번 보이는데 곧 고문장법으로 써나간 것으
로 종횡으로 치달아 써 내려가서 신출하듯 변화무쌍하여 자연으로 귀결되어
있으니 이것은 태백의 절창이다.)라고 하여 시풍의 격조를 단적으로 설명하
고 있다. 시의 主題에 대해서 이수광이 평한 논리가 전적으로 唐汝詢에 의
거하고 있어서 객관성 여부를 파악하기 어렵다. 그러나 唐汝詢의 評解 末尾
에,「是篇三稱蜀道之難, 慨嘆彌切, 雖三閭系心懷王, 亦不過此, 靑蓮可不爲忠
乎. 然世稱老杜一飯不忘君, 而不及李者, 正以其詩托興高遠, 非俗輩所能窺. 今
余闡其奧旨, 不惟辭義燦然, 卽孤忠憤激之意, 庶可暴揚天地間矣.」(이　시편은
촉도지난이란 말을 세 번 칭하고 있어 탄식이 매우 절실하니 삼려대부가 마
음에 왕을 생각한다 해도 또한 이보다 더하진 못할 것이니 이백이 충성한다
고 할 수 있지 않겠는가. 그러나 세칭 두보는 밥 먹는 순간에도 임금을 잊
지 않았다고 하지만 이백에는 미치지 못하는 것이니 진정 그 시로써 고원한
듯을 기탁하여 속된 무리는 엿볼 수 없는 것이다. 이제 나는 그 깊은 뜻을
밝히노니 사의가 찬란할 뿐만 아니라 곧 외로운 충성심에서 나오는 격분의
뜻을 세상천지에 다 들어낼 수 있기를 바란다.)라고 한 바, 이수광은 李白의

忠心에 비중을 두어서 자신의 立論을 표현한 것으로 본다.

    26. 李白詩曰;「五月西施採, 人看隘若耶.」蓋五月, 是採蓮之時也. 白光勳詞
云;「江南採蓮女, 江水拍山流. 連短不出水, 櫂歌春正愁.」蓋蓮未出水, 則非採蓮
之時, 可謂謬矣.
    이백시에 말하기를,「오월에 서시가 연을 캐는데 사람들이 보느라 약야계
가 막혔네.」대개 오월은 연 캐는 시기이다. 백광훈 사에 이르기를,「강남의 연
캐는 여인 강물은 산을 치고 흐른다. 연이 짧아 물 위로 나오지 못하니 뱃노래
에 봄이 마침 수심이라.」대개 연이 아직 물 위로 못나오면 연 캐는 시기가 아
니니 틀린 것이라 하겠다.

    *논지: <子夜吳歌> 4수중 제2수 夏歌의 제2연으로서 朝鮮 三唐詩人의 하
나인 白光勳의 시를 인용하면서 이백의 시에서 採蓮의 시기가 온당함을 지
적하고 있다. 西施가 빨래(浣紗)하던 若耶溪는 지금의 浙江省 會稽에 있는
溪水로서 若耶山에서 시작하여 鑑湖(鏡湖)로 유입하는데 이백이 越人 西施가
吳나라에 잡혀가서 자신을 희생하여 고국을 구하려 한 悲事를 회고하며 지
은 것이다.

    27. 虞世南詩:「垂肩軃袖大憨生.」李白詩:「爲問如何太瘦生, 只爲從前作詩苦.」
劉滄詩;「月高風定苦吟生.」按崔浩愛吟詠, 一日病起, 友人戱曰;「子非病, 乃苦吟
詩瘦.」蓋用此也. 生字, 語錄如好生怎生甚生之類. 佛家言太俗生, 可憐生, 亦同義.
    우세남시에「어깨에 드리운 늘어진 소매가 너무 어리석구나.」이백시에「묻
노니 어찌하여 너무 여위었나, 단지 종전에 시 짓느라 힘들어서라네.」유창시
에「달 높고 바람 잔데 힘들게 읊조리네.」생각하건대 최호가 시 읊기를 좋아
하는데 하루는 병이 나니 벗이 놀려 말하기를, 그대는 병이 아니고 곧 힘써 시
읊느라 말랐네. 대개 이것을 인용한 것이다. 生자는 어록에 好生, 怎生, 甚生과
같은 類이다. 佛家에 太俗生(너무 속되다), 可憐生(가엾다)도 같은 뜻이다.

    *논지: 이백 시에서 生의 활용인데 어미사로서 그 자체는 의미가 약하고
단지 唐語의 俗語로 본다. 王梵志의 시에 唐方言을 多用한 경우에 간혹 그
예를 본다.

28. 李白詩曰; 「空歌望雲月, 曲盡長松聲.」 註步虛詞有碧落空歌. 按唐人詩中
多用之, 如空歌迥易分, 紫府空家碧落寒. 蓋猶言空中之樂也.

　이백시에 말하기를, 「공가로 구름과 달을 보니 곡조가 다 긴 소나무 소리러
라.」 주석에 보허사에 푸른 하늘의 공가라는 말이 있다. 생각하건대 당인시에
많이 쓰이니, 공가가 멀리 나누인다라든가 자부에 공가 울리니 푸른 하늘이
차다같은 것이다. 아마도 공중의 노래일 것이다.

　*논지: 이수광은 空歌를 공중의 노래(空中之樂)이라고 풀이하였는데 王琦
도 주석이 없는 바, 분명하지 않다. 그러나 필자의 견해로 空曲과 상관된다
면 高峻하고 險要한 山峰으로 풀이할 수 있을 지 한다. 杜甫의 <重經昭陵>
시에 「陵寢盤空曲, 熊羆守翠微.」(능침이 험한 산봉우리에 자리 잡으니 큰 곰
이 파란 산기운을 지키네.)가 있다.

29. 李白詩云; 「狂風吹古月, 竊弄章華臺.」 又 「海動山傾古月摧.」 古月未詳出
處. 或謂胡之破字云. 按晉書劉聰記曰; 「月爲胡王.」 又符堅記曰; 「讖云古月之末
亂中州.」

　이백시에 이르기를, 「광풍이 고월에 불어서 몰래 화장대를 희롱한다.」 또
「바다가 움직이고 산이 기울어 고월이 꺾이었네.」 古月의 출처를 알지 못한다.
혹자가 胡의 파자라고 말한다. 진서 유총기에 의하면 이르기를, 月은 오랑캐
왕이다. 또 부견기에 이르기를, 「참서에 古月의 종말에 중주를 어지럽힌다.」라
고 하였다.

　*논지: 古月을 풀이한 것이 분명하지 않다. 古月을 胡의 破字로 본 것은
타당하지 않다. 王琦도 거론하지 않으니 필자의 의견으로는 단지 달(月)로
풀어서 懷古的인 意趣를 담은 의미로 본다.

30. 李白詩曰; 「出門妻子强牽衣, 問我西行幾日歸. 來時倘佩黃金印, 莫學蘇秦
不下機.」 按不下機乃蘇秦妻事, 直謂蘇秦不下機. 則未穩.

　이백시에 말하기를, 「문을 나서니 처자가 옷을 억지로 당기며 나에게 묻기
를 서방에 가면 어느 날에 돌아오냐고. 돌아올 때 황금도장 찬다 해도, 소진의
처가 베틀을 내려오지 않은 일은 하지 말지라.」 생각하건대 베틀을 내려오지
않은 일은 곧 소진 아내의 일로서 소진이 베틀을 내려오지 않았다고 말하는

것은 온당치 않다.

　*논지: <別內赴徵> 3수중 제2수로서 蘇秦은 東周 洛陽人으로 張儀와 鬼谷子를 師事하여 縱橫說을 배워서, 그 連橫策으로 秦惠王을 遊說하였으나 듣지 않자 六國에 合縱으로 유세하여 宰相이 되어 秦兵의 침입을 대비하였다. ≪戰國策≫의 <蘇秦以連橫說秦>에 보면「說秦王十上而說不行, 黑貂之裘敝, 黃金百斤盡. 資用乏絶, 去秦而歸. 贏縢履蹻, 負書擔橐, 形容枯槁, 面目黧黑, 狀有愧色. 歸至家, 妻不下紝, 嫂不爲炊, 父母不與言. 蘇秦喟然歎曰; 妻不以我爲夫, 嫂不以我爲叔, 父母不以我爲子, 是皆秦之罪也.」(진왕을 열 번 이상 유세하나 설이 행해지지 않으매 검은 담비 털옷이 헐고 황금 백근은 다 썼다. 비용이 부족하니 진을 떠나 귀국하였다. 끈을 매고 풀신을 신고 책을 메고 주머니를 짊어지니 모습이 메마르고 얼굴이 검고 형상이 부끄러운 기색이 있었다. 집에 돌아오니 처는 베틀에서 내려오지 않고 형수는 밥을 하지 않고 부모는 더불어 말을 하지 않았다. 소진은 탄식하여 말하기를, 처가 나를 지아비로 여기지 않고 형수가 나를 숙부로 여기지 않고 부모가 나를 자식으로 여기지 않으니 이 모두가 나의 죄이다.)라고 한 글에 그 故事를 확인하니 이백 시에서 표현상의 오류로 본다. 이백이 어찌 그 고사를 모를 리가 있었겠는가. 이수광이 이 시구를 잘못 이해한 것이 아닌가 한다.

　31. 李白廬山瀑布詩曰;「初驚銀河落.」又曰;「疑是銀河落九天」蓋善形容矣. 陳搏詩曰;「銀河瀉落翠光冷.」石曼卿詩;「玉虹垂地色, 銀漢落天聲.」皆襲李詩也. 我朝鄭順朋有朴淵瀑布詩云;「長恨當年李謫仙, 一生廬嶽眼終偏. 瓊詞錯譬銀河落, 更把何言賦朴淵.」車天輅詩云;「晴虹倒掛潭心黑, 白練斜分石骨靑.」雖不用銀河二字, 而晴虹白練, 亦古語也.
　　이백의 여산폭포시에 말하기를,「처음 은하수가 떨어지는 가 놀라네.」또 말하기를,「은하수가 하늘에서 떨어지는 가 의심하네.」대개 잘 묘사하였다. 진박시에 말하기를,「은하수가 쏟아 내리니 푸른빛이 차다.」석만경시에「옥무지개가 땅에 드리우는 빛이며 은하수가 하늘에서 떨어지는 소리로다.」모두 이백시를 본받은 것이다. 우리나라 정순붕의 박연폭포시에 이르기를,「길게 당년의 이적선을 원망하나니 일생을 여산에만 눈을 기울였도다. 옥같은 말로 은

하수 떨어짐을 비유하니 더욱 무슨 말로 박연을 노래할 건가.」 차천로시에 이
르기를, 「날 갠 무지개가 거꾸로 걸렸는데 연못의 속은 검고 흰 비단 비스듬
히 갈라졌는데 석골이 푸르구나.」 비록 銀河 두 자를 쓰지 않았지만 晴虹니
白練은 또한 옛 시어이다.

*논지: 이백의 <望廬山瀑布> 2수중 제1수 제4연구를 인용하고 石曼卿과
鄭順朋, 車天輅 등 한중시인의 시를 인용하여 그 모방관계를 보여준다. 이
시의 전반부를 보면,

　　　西登香爐峰, 南見瀑布水.
　　　挂流三百丈, 噴壑數十里.
　　　欻如飛電來, 隱若白虹起.
　　　初驚銀漢落, 半灑雲天裏.
　　　서쪽으로 향로봉에 오르니
　　　남쪽으로 폭포수가 보이네.
　　　물이 걸려있는 것이 삼백 장이요,
　　　골짜기에 뿜어 오름이 수십 리라.
　　　번쩍임이 날아가는 번개가 치는 것 같고
　　　숨는 것이 흰 무지개 일어남 같네.
　　　처음 놀라기를 은하수가 떨어질 가 하니
　　　반쯤 구름 낀 하늘 속을 씻는도다.

32. 李白詩曰;「鷄鳴海色動, 謁帝羅公侯.」 註; 海色, 曉色也. 一曰; 海色, 日出
之光也. 李攀龍詩;「海色秋高日觀峰」, 是也.
　　이백시에 말하기를, 「닭이 우고 바다 빛이 움직이니, 황제를 뵈려고 공후가
줄지어 있네.」 주석에 바다 빛은 새벽빛이다. 일설에 바다 빛은 해가 돋는 빛
이다. 이반룡시에 「바다 빛이 가을에 높아 날마다 산봉우리 본다.」 이것이다.

*논지: 海色에 대한 풀이가 적절하다. 海色은 바다의 경치이기도 하니 이
수광은 단지 辭典的인 해석을 가한 것으로 본다.

33. 李白妾薄命詩曰; 昔日芙蓉花, 今成斷腸草. 按斷腸草, 其花美好名. 芙蓉其
根不可食, 食之斷腸.

이백 <妾薄明>시에 이르기를, 「옛날 부용꽃이 지금은 단장초가 되었네.」 생각하건대 단장초는 그 꽃의 이름이 아름답고 좋다. 부용의 뿌리는 먹을 수 없으며 먹으면 창자가 끊어진다.

　*논지: <妾薄命> 제7연구를 인용하여 斷腸草를 풀이한 것이다. 王琦가 《陶弘景仙方註》를 인용하기를, 「斷腸草不可食. 其花美好名芙蓉.」(단장초는 먹을 수 없다. 그 꽃은 아름다워서 부용이라 한다.)라고 하였으며 다시 「斷腸不若斷根之當也.」(애를 끊는다는 뿌리를 끊는다만 응당 못하다.)라고 하여 이수광과 같은 맥락에서 해석하고 있다. 女色으로 섬기면 色이 쇠하매 시들 어버리는 법이다.

　34. 李白詩:「鳳笙龍管行相催.」按列仙傳,「周王子喬好吹笙作鳳鳴.」古文云; 「聞鳳吹於洛浦.」唐詩云;「鳳吹聲如隔彩霞.」皆謂笙也. 李詩又曰;「雙吹紫鸞笙. 」蓋而鳳鸞耳. 又列仙傳,「蕭史善吹簫作鳳鳴, 後與弄玉隨鳳飛去. 故曰; 鳳簫.」 然則許渾緱山廟詩曰;「玉簫淸轉鶴徘徊.」又曰;「緱山住近吹簫廟.」此簫字恐謬 用矣.

　이백시에 「봉생과 용관이 불기를 서로 재촉하네.」 열선전에 의하면 「주나 라 왕자교가 생황을 잘 불어 봉황의 소리를 낸다.」 고문에 이르기를, 「낙포에 서 봉취 부는 소리 듣는다.」 당시에 이르기를, 「봉취 부는 소리가 채색 노을 저 편에서 나는 것 같네.」 모두가 생황을 말한다. 이백시에 또 말하기를, 「둘로 紫 鸞 생황을 분다.」 대개 봉황일 따름이다. 또 열선전에 「소사가 통소를 잘 불어 서 봉황 소리를 내니 후에 농옥과 함께 봉황을 따라 날아갔다. 그러므로 鳳簫 라고 한다.」 그런즉 허혼의 구산묘시에 이르기를, 「옥통소 맑게 구르니 학이 배회하네.」 또 말하기를, 「구산 가까이 취소묘가 있다.」 이 簫자는 아마도 잘 못 쓴 것으로 본다.

　*논지: <襄陽歌>의 시구에서 鳳凰의 소리를 내는 笙簧을 풀이하고 있다. 《唐宋詩擧要》에는 이 시를 평하기를 豪邁俊逸하다고 하였다. 도가풍이 흐 르는 시의 시어구사를 본다. 王琦는 《風俗通》을 인용하여 「謹案世本隨作 笙, 長四寸, 十三簧, 象鳳之身, 正月之音也.」(삼가 생각하건대 세상에 생황을 만드니 길이가 네치이며 열 셋 황이고 봉화의 몸 같으니 정월의 음악이다.)

라고 해석하고 있다.

35. 李白詩:「東窓綠玉樹, 定長三五枝.」 又曰;「手持綠玉杖.」 按西都賦:「珊瑚碧樹周阿而生.」 淮南子曰;「崑崙山有碧玉樹」, 是也. 王貞白詩曰;「露香紅玉樹.」 亦有所據也.

이백시에 「동창의 푸른 옥나무이 분명히 대여섯 가지 자랐으리.」 또 이르기를, 손에 푸른 옥지팡이 쥐고 있네. 생각하건대, 서도부에 산호 푸른 나무가 언덕을 둘러서 나네. 회남자에 이르기를, 곤륜산에 푸른 옥나무가 있다 하니 이것이다. 왕정백시에 말하기를, 이슬이 붉은 옥나무에 향기롭다. 또한 근거가 있다.

*논지: 玉樹는 神話上의 식물로서 道家風의 이백 시에서 흔히 사용되는 詩語이다. 超脫的인 歸自然的인 의식이 充溢하는 시어이다.

36. 李白淥水曲詩曰;「淥水明秋月.」 按淥水古琴操名. 淮南子云;「客會淥水之趣」, 嵇康琴賦云;「初涉淥水」, 沈佺期詩云;「歌聲隨淥水」 是也.

이백의 녹수곡시에 이르기를, 「맑은 물에 가을 달이 밝다.」 생각하건대 녹수는 예날 거문고 곡명이다. 회남자에 이르기를, 「객은 녹수의 운치를 이해한다.」 혜강의 금부에 이르기를, 「처음 녹수를 건넜다.」 심전기시에 이르기를, 「노래 소리가 녹수를 따르네.」 이것이다.

*논지: <淥水曲>의 제1구로서 淥水는 맑은 물이란 뜻이다. 王琦는 풀이하기를 淥水, 本琴曲名. 太白襲用其題以寫所見, 其實則採菱採蓮之遺意也(녹수는 본래 금곡명이다. 태백이 그 제목을 받아써서 자신의 소견을 적은 것이니 기실은 마름풀을 캐고 연꽃을 따는 뜻이다.)라고 하였다. 이 시를 보면,

淥水明秋日, 湖南採白蘋.
荷花嬌欲語, 愁殺盪舟人.
맑은 물은 가을 달이 밝은데
호남에서 흰 개구리밥을 따네.
연꽃이 고와서 말하려는 듯
배 젓는 사람을 수심에 들게 하네.

37. 李白詩曰:「宅近靑山同謝朓.」按堯山堂外紀;「謝朓愛靑山之勝, 築室山南.
靑山乃山名也.」又曰;「李白至牛渚磯, 愛謝家靑山, 欲終焉, 及卒, 遂葬山麓.」此
也.

　　이백시에 이르기를, 「집이 청산에 가까우니 사조와 같네.」 요산당외기에 의
하면 「사조가 청산의 경치를 좋아하여 산 남쪽에 집을 지었다. 청산은 곧 산
이름이다.」 또 이르기를, 「이백이 우저기에 이르러 사조의 청산을 좋아하여 거
기에서 죽고자 하여 죽으매 산기슭에 장사하였다.」 이것이다.

　　*논지: 謝朓(464-499)는 자가 玄暉이며 시풍이 淸新雋美하며 寄興遙深하여
沈德潛은 ≪古詩源≫에서 「玄暉靈心秀句, 每誦名句, 淵然冷然, 覺筆墨之中,
筆墨之外, 別有一段深淸妙理.」(현휘의 심령에서 나온 빼어난 시구를 매양 명
구를 읊으면 깊으면서 맑아서 필묵 속에서 느끼지만 필묵 밖에 울리니 별로
일단의 깊은 정감과 오묘한 이치를 지니고 있다.)라고 평하였다. 이백은 六
朝의 鮑照와 謝朓의 영향을 받아서 청대 馮班의 ≪鈍吟雜錄≫에 「李太白之
歌行, 祖述離騷, 下迄梁陳七言.」(이태백의 가행은 이소를 본받고 아래로 양진
의 칠언에 이르렀다.)이라든가, 陳繹曾의 ≪詩譜≫에서 「李白詩祖風騷, 宗漢
魏, 下至鮑照徐庾, 亦時用之.」(이백시는 국풍과 이소를 본받고 한위대를 으뜸
으로 하여 아래로 폿, 서릉, 유신에 이르기까지 또한 활용하였다.)라고 한 데
에서 확인할 수 있다. 그리고 더구나 이백은 사조를 흠모하여 시를 남기고
있으나 그 시의 성격은 사조를 초월하여 독자성을 성취하였다. 그래서 李重
華는 ≪貞一齋詩說≫에서 「太白妙處全在逸氣橫出,……幷不規模小謝.」(태백의
묘처는 전적으로 빼어난 기운이 세게 나오는데 아울러 소사 즉 사조를 닮지
는 않았다.)라고 평가한 것이다.

38. 李白詩曰;「白鴈上林飛, 空傳一書札.」按說郛云;「北方有白鴈, 秋深則來,
謂之霜信.」杜詩;「故國霜前白鴈來」, 是矣. 蓋謂鴈來而書信不傳也.

　　이백 시에 이르기를, 「흰 기러기 상림에 날아 헛되이 한 장 서신을 전하네.」
설부에 의하면 「북방에 흰 기러기 있는데 가을이 깊으면 온다하여 서리소식이
라 말한다.」 두보시에 「고향 서리 앞에 흰기러기 오네」라 한 것이 이것이다.
아마도 기러기가 오는데 편지는 오지 않는다는 말이겠다.

　*논지: <蘇武>시 제2연으로 이 시는 이백이 유랑하면서 고난을 당할 때 漢代 蘇武를 비유하여 지은 시로서 唐汝詢은 ≪唐詩解≫(卷4)에서 「此太白流竄之時, 備嘗艱苦, 故取蘇武事以咏之」(이것은 태백이 유랑할 때, 고난을 겪었는데 그래서 소무의 일을 가져다가 읊은 것이다.)라고 평하였다. 기러기와 서신은 古今의 중국과 한국에 공통적으로 전해지는 說話이다. 이수광이 거론한 이백시는 이런 관점에서 이해할 수 있다.

　　39. 「天子呼來不上船」, 乃李白實事所謂龍舟移棹晩。此也. 古文大全註以衣紐爲船. 冷齋夜話亦云; 襟紐是也, 可笑.
　　「천자가 불러도 배에 오르지 않는다」라고 한 글은 곧 이백의 실지의 일로서 소위 「임금의 용주가 노를 옮김이 늦네」라고 한 것이 이것이다. 고문대전에 주석하여 옷끈으로 배를 매다라 하였다. 냉재야화에도 이르기를, 옷깃 끈이 이것인데 웃을만하다.

　*논지: 이백이 吳筠의 薦擧로 天寶 원년(742) 玄宗의 詔書를 받고 入朝하여 현종의 특별대우를 받는다. 李陽氷의 ≪草堂集≫ 序에 보면 「降輦步迎, 如見綺皓. 以七寶牀賜食, 御手調羹以飯之, ……置於金鑾殿, 出入翰林院」(현종이 수레에서 내려 영접하는데 마치 한고조가 상산사호를 대하듯 칠보상에 음식을 차려 손수 국을 들도록 하였다. 금란전에 머물며 한림원에 출입하였다.) 라고 하여 국가문서를 관장하는 翰林奉供으로 관직생활이 여의하였으나 천보 3년(744) 東魯로 돌아와서 濟南의 紫極宮에서 北海의 高天師에게 道籙을 받아 道士가 되었다. 이백의 삶은 이후부터 방황과 유람으로 일관하며 出仕의 의지를 초탈하였으니 그래서 위와 같은 시구를 남기고 있다. 北宋 僧惠洪이 지은 ≪冷齋夜話≫를 인용하여 풀이한 이수광의 탐구심이 탁월하다.

≪芝峰類說≫ 卷12 文章部의 李商隱詩 評文 比較

　　李晬光[1]과 ≪芝峰類說≫에 대해서는 기존관련 자료가[2] 적지 않은 바, 朝鮮朝 詩話로서는 唐詩를 거론한 분량과 내용에 있어서 가장 방대하고 主見이 담겨 있다는 점에서 그 자료적 가치를 높이 평가한다. 李晬光이 尨大한 분량의 文獻이라 할 이 책을 저술한 根底에는 實學思想에 의한 實證的인 思考方式과 明淸朝에 대한 事大主義的 의식에서 벗어난 客觀的이며 獨自的인 詩文 評論姿勢, 그리고 朝鮮에 대한 愛國愛族的인 주체의식이 있었다고 본다.[3] 이 책의 文章部를 중심으로 한 詩話的 성격을 지닌 부분의 記述이 다양하여 시기적으로는 唐詩구분 4시기를 포괄하고 있으며 그 대상 詩人과 詩도 唐詩 전반을 포함하고 있다고 할 수 있다. 이런 점에서 이수광의 唐詩에 대한 이해와 분석이 넓고 깊은 것을 확인할 수 있다. 이수광은 박학한 저술을 펴면서도 매우 겸양하는 심회를 표현하고 있으니, 그의 ≪芝峰類說≫ 自

---

1) 李晬光(1563~1629), 字는 潤卿, 號는 芝峰, 諡號는 文簡, 本貫은 全州, 太宗의 子 敬寧君의 6世孫. 大司成, 弘文館 副提學, 洪州牧使, 都承旨, 工曹判書, 吏曹判書 등을 역임.

2) ≪芝峰類說≫에 관한 연구논문의 예로 문희순「芝峰 李晬光의 審美批評 硏究」(詩話學 제1집 pp.303~327, 1998. 8), 鄭健行「芝峰類說中解杜諸條擧隅析評」(順天鄕人文科學論叢 6, pp.289~302, 1998. 8), 陳甲坤「芝峰類說의 杜詩批評 硏究」(어문논총 32, pp.159~178, 1998), 全英蘭「李晬光의 杜詩 註釋에 대한 評析」(人文科學研究 제15집, pp.187~203. 1996. 12), 金周漢「李晬光의 唐詩 小攷」(嶺南語文學 26, pp.1~7, 1994. 12) 등을 들 수 있다.

3) 南晩星역 ≪芝峰類說≫(上) 解題, pp.4~5(乙酉文化社, 1976)

序를 보면,

> 余以款啓劣識, 何敢妄擬於述作之林, 略記一二, 以備遺忘, 寔余志也. 若事涉
> 身怪者, 一切不錄而於古人詩文, 間或參以臆見, 則固知僭越之甚, 然非敢以己意
> 爲是, 惟具眼者擇焉. 萬曆四十二年七月中澣李晬光書
> 나는 보잘 것 없는 지식으로 어찌 감히 망령되이 책을 저술하는 대열에 끼
> 어 흉내 낼 수 있겠는가. 대략 한두 가지를 기록하여 잊지 않게 대비하려는 것
> 이 진실로 나의 뜻이다. 일이 괴이한 것에 있어서는 일체 기록하지 않았고 옛
> 사람의 시문에 대해서는 간혹 나의 혼자 의견을 적어 놓았으니 본래 외람되고
> 지나친 일인 줄 안다. 그러나 감히 나 자신의 의견이 옳다고 여기지는 않는다.
> 오직 안목을 갖춘 자가 가려줄 것이다. 만력 42년 7월 중순 이수광 쓰다.

라고 하여 서술을 위해 신중하면서도 사전 준비 작업을 오래 해온 심정을
알 수 있다. 본문에서는 먼저 《芝峰類說》 卷9에서 卷12까지의 文章部 부분
중 주로 唐詩와 관련된 評文을 集約하여 그 構成과 詩論的 價値를 槪觀하고
아울러 卷12의 李商隱詩에 대한 詩評文 26개 조를 성격 구분하여 條別로 飜
譯하고 明淸代의 註釋本과 상호비교하여 李晬光의 論理가 如何하였는지를
살펴보려는 것이다.

Ⅰ. 李商隱과 그의 詩的 背景

이상은 시는 晩唐의 唯美派로 분류되면서도 만당시를 대표하는 작가이므로
唐詩論에서 가장 중시된다. 李晬光이 李商隱 시를 거론한 부분은 권12에서 모
두 26 개조로 기술하고 있는데 그 내용이 기존 중국시론에서 논술되는 것과
차이점이 무엇인지 파악할 수 있을 것이며 이수광 자신의 안목이 여하한 지를
비교할 수 있다. 본론에 앞서 먼저 이수광의 《芝峰類說》 권12에서 韓中詩
거론을 개괄하고 이어서 李商隱 자신과 그 시의 배경을 살피고자 한다.
만당의 유미주의적 文風과 古文運動에 의한 復古主義的 思潮가 兩立하는

文學潮流 가운데에서 이상은의 출현이 당연한 결과이겠으나 소위 詞體의 흥
성을 환기시킨 중추적 역할을 한 西崑體의 宗으로서의 이상은은 흥미 있으
면서도 난해한 문학적 개성을 지녔다고 본다.

　이상은의 인간성을 논하자면 다정하고 감성이 銳敏하며 憂愁, 그리고 예
의 없는 因循과 自誇를 지닌 奇異한 인간상을 보여 주고 있다. 그의 개성이
주는 인상이 그의 詩作에서 描出되지 않을 수 없는 것이다. ≪唐才子傳≫
하권 傳에서 「궤변하고 경박하여 품행이 없다(詭薄無行)」[1]라고 성격을 표현
하고 ≪舊唐書≫ 「文苑傳」에 「이상은은 어려서 능히 글을 지었다(商隱幼能
爲文)」라고 서술하여 이상은이 자기능력에 대한 自誇心이 있었음을 알 수
있다.

　이상은은 당 憲宗 元和 7년(812)[2]에 懷州 河內(河南 沁陽 부근)에서 출생
하여 宣宗 大中 2년(858)에 鄭州에서 47세를 일기로 졸하였다. 宏農, 盩厔 등
의 尉를 지냈고 만년은 秘書省秘書郎·工部郎中 등을 역임하였다. 자는 義
山이요, 호는 玉溪生이다. 이상은의 사적에 관한 문헌으로는 ≪구당서≫ 「문
원전」·≪신당서≫ 「문예전」·신문방의 ≪당재자전≫과 計有功의 ≪唐詩紀
事≫에 소략하게 기재되어 있는데 여기서 상기한 도서를 중심으로 그의 생
평을 약술하려 한다.

　이상은의 가세로는 고조 涉이 美原令을 지냈고 증조 叔恒이 安陽尉縣을
조부 俌는 荊州錄事參軍을, 부친 嗣는 殿中侍御史를 각각 지냈다.[3] 의산의
유년은 6세(元和 12년)에 부친을 따라서 潤(江蘇 丹徒)으로 이가하였는데 그
곳은 산수가 수려한 관계로 문학적 소양을 배양할 수 있는 환경이 주어졌고
10세에 부친상을 당해서 洛陽으로 돌아와 令狐楚[4]를 만나 등제의 기회를 얻

---

1) 辛文房 ≪唐才子傳≫ 李商隱傳 p.6
2) 陸侃如, 馮沅君의 ≪中國詩史≫엔 생년을 813 A.D.(p.519)으로 기록하였고 馮浩는 元和六年
　 (811 A.D.)으로 기록하였다. (≪玉谿生箋註≫)
3) ≪舊唐書≫ 「本傳」云 : 「李商隱, 字義山, 懷州河內人. 曾祖叔恒, 年十九, 登進士第, 位終安陽
　 令. 祖俌位邢州錄事參軍, 父嗣.」
4) 「令狐楚, 字殼士, 憲宗時爲中書舍人, 敬宗時內爲尙書僕射, 外爲諸鎭節度, 爲人外嚴重而中寬

었다. 27세(文宗 開成 3년)에 王茂元[5]이 涇原節度使로 있을 때 이상은의 재주를 아껴서 그 딸을 취처케 하니 牛李黨爭[6]에 끼어 들어 불우한 생애를 보내는 계기가 되었다. 즉 은사인 영호초가 우파에 속해 있고 처가인 왕무원이 이파에 속해 있어 양당간의 와중에 결부되어 이상은의 생활은 표박의 길로 향하게 되었다. 따라서 28세(開成 4년)에 秘書省校書郎에서 파거하여 潭洲로, 37세(大中 2년)엔 莉巴, 40세(대중 5년)에 東蜀西川 등으로 유력하고 46세에 武夷山에 들었다가 이듬해 정주에서 병졸하였다. 즉 중년 이후의 생애는 표랑의 노정이 아닐 수 없었다.[7]

이상은의 저술은[8] 시집으로는 ≪신당서≫ 「예문지」에 ≪玉溪生詩≫3권으로 기록되었는데 송대 이후에는 ≪李義山詩≫(≪崇文總目≫), ≪李義山集≫(≪遂初堂書目≫, ≪直齋書錄解題≫, ≪文獻通考≫ 등), ≪李商隱詩集≫(≪宋史≫ 藝文志) 등으로 호칭되었다. 그러나 명칭이 다르다 하나 권수는 일치한다. 그리고 청대 목록으로는 ≪絳雲述古著錄≫의 ≪李商隱詩集≫[9] 3권과 ≪愛日精盧錄≫에 2본이 있어, 하나는 護淨居士의 跋이 있는 ≪李義山輯舊鈔校≫와 다른 하나는 陳鴻의 발이 실린 ≪李商隱詩集≫3권(毛板校北宋本)이 있다. 본고에서 저본으로 한 판본은 ≪欽定四庫全書≫ 속에 馮浩[10]가 주본한 ≪玉谿生詩

厚.」(≪中國人名大辭典≫, ≪新舊唐書≫ 參閱)

5) 「王茂元, 栖翟子, 少好學, 德宗時上書自薦, 擢試校書, 累遷嶺南節度使, 蠻落安之, 家積財, 交煽權貴, 遷涇原節度使, 封濮陽郡侯.」(≪中國人名大辭典≫ p.110)

6) 李德裕를 중심한 李回, 鄭亞, 王茂元의 일파와 李宗閔, 牛僧孺를 위시한 令狐楚, 崔戎, 楊嗣復, 白敏中, 杜悰의 일파간의 정권투쟁.(≪資治通鑑≫ 卷224 唐紀 참열)

7) 중년 이후 중요 遠遊는 다음과 같다.
   29세 (文宗 開成 五年) 楊嗣復의 초청으로 潭州 (今湖南長沙).
   37세 (宣宗 大中 元年) 桂州刺史 鄭亞를 따라 桂林幕(今廣西桂林)에 부임, 이해 冬節에 南郡 (今湖北江陵)에 奉使.
   37세(宣宗 大中 二年) 南郡에서 돌아와 昭平郡(今廣西平榮地) 奉使. 二月에 莉巴(今湖北四川間)에 滯留함.
   38세 (宣宗 大中 三年) 盧宏正을 따라 徐州를 진압함.(今江蘇銅山)
   46세 (宣宗 大中 十一年) 武夷山 (今福建)에 遠遊.

8) ≪唐才子傳≫云 : 「商隱自號玉谿子, 其文自成一格, 學者謂爲西崑體也. 有樊南甲集二十卷, 乙集二十卷, ≪玉谿生詩≫三卷, 又賦一卷, 文一卷幷傳於世.」

9) 述古에 影鈔 北宋本이라고만 기재되어 있어 何本인지 불명.

箋註≫ 2책(臺灣中華書局 四部備要)으로서 현존본으로는 믿을만한 판본으로 인정되고 있다.

이상은의 시풍을 논하기에 앞서 그의 개성을 규찰함이 시의 특성을 구명하는데 중요하리라 본다. 이상은의 개성을 생애와 문집을 통해 정리할 때 대략 다음 세 가지로 특징지을 수 있겠다.

첫째, 다정다감하다는 것이다. 그의 일생은 애원의 음과 열렬의 정을 함유하고 있었다. 남녀의 정에만 한한 것이 아니라 혈육의 정과 붕우[11] 의 정도 충일하였다. 그의 45세(宣宗 10년, 856)의 작인 <暮秋獨游曲江>(≪玉溪生詩箋註≫ 권6)[12]을 보면,

> 연꽃잎이 생겨날 때 봄의 한도 생겨나고
> 연꽃잎이 시들 때 가을의 한도 이루어지네.
> 몸이 있으므로 정이 오래 있음을 깊이 알아
> 쓸쓸히 강가에 서있으니 물소리 들려오네.
> 荷葉生時春恨生, 荷葉枯時秋恨成.
> 深知身在情長在, 悵望江頭江水聲.

여기에서 제1구와 제2구의 春恨과 秋恨 그리고 제3구의 구의가 토로하는 정적 묘사는 극히 박진감을 주고 있다.

둘째, 多愁하다는 것이다. 즉 비관과 우울이 유로되고 있다. 이것은 이상은의 표박 생활이 그 바탕을 이루는 것이라 하겠는데 본의 아닌 당파에 의한 유리, 권귀에의 실의 등도 그 중요한 성격형성의 요인이 된다. 예시컨대, <有感>(동 권1)을 보면,

> 중도에서 막혀온 이내 신세

---

10) 「馮浩, 相鄕人, 字養吾, 號孟亭, 乾隆進士, 官至御史, 有孟亭居士詩文稿」
11) 「祭仲姊文」, 「哭劉蕡詩」(≪玉谿生詩箋註≫ 卷二) 등 작품 속에 표현.
12) 이후의 인용시는 전부 ≪玉谿生詩箋註≫)본에서 뽑은 고로 「同卷」 형식의 권수만을 기재한다.

예부터 재능과 운명 두 가지는 서로 상치됨을 보여주네.
그대에게 권하노니 억지로 사족을 그리려 하다가는
한 잔의 향기로운 술도 맛보지 못하리라.
中路因循我所長, 古來才命兩相妨.
勸君莫强安蛇足, 一盞芳醪不得嘗.

위에서 제4구는 그러한 실의적인 의태를 보여 주고 있다.

셋째, 자부심이 강하였다고 할 것이다. 이상은이 廣州都督으로 출사하는데 출자하는 사람이 있으매 그는 「나는 스스로 성품을 바꿀 수 없거늘, 남이 알가 두렵다.(吾自性分不可易, 非畏人知也.)」(≪당재자전≫ 권7)라고 사절한 것이라든지, 崔珏이 애도해서 지은 <哭李商隱> 제2수(동 증시편)를 보면,

하늘을 짊어지고 구름을 능가하는 빼어난 재주를 지니고서도
일생의 포부 아직껏 펼쳐보지 못했다네.
虛負凌雲萬丈才, 一生襟抱未曾開.

위의 두 구에서 보이는 의취로써 가위 자부의 개성을 알 수 있다. 일반적 으로 근래 발표된 이상은에 관한 논고 중에 상당한 경향이 그를 유미주의 시인(劉大杰, ≪中國文學發達史≫, p.488), 또는 상징주의 시인(蘇雪林, ≪唐 詩槪論≫, p.156)으로 평가하는데, 이것은 서구 문예사조적 부회에 의한 것 일 뿐, 이상은 자체의 시학에 대한 정당한 비평으로 인식해서는 안 될 줄 안다. 이상은 시가 정려한 수사를 강구하고 있고, 동시에 난해한 고서의 전고를13) 활용하여 독자의 이해가 용이하지 않지만, 이것은 어디까지나 葉 少蘊이 ≪역대시화≫ 제1책 ≪石林詩話≫ 상에서 「당인 중에 두보를 배운 자는 오직 이상은 한 사람 뿐이다. 그 오묘함을 다 그려내지 못했지만 정밀

---

13) 전고의 예를 들면, 女道士方面의 인물에 있어서는 東方朔, 王子晉, 洪崖, 蕭史, 靑女, 素娥, 地境에 있어서는 碧城, 玉樓, 瑤臺, 紫府, 玉山, 그리고 宮嬪方面의 인물에 있어서는 赤鳳, 秦宮, 襄王, 宋玉, 魏東阿, 燕太子, 盧莫愁, 宓妃, 漢后楚妃, 왕궁에 있어서는 楚宮, 漢苑, 景 陽宮, 蓬萊, 芙蓉塘, 天泉龍宮 등 사용.

하고 화려한 격조는 역시 절로 그 유사함을 터득하였다.(唐人學老杜, 惟商隱一人而已. 雖未盡造其妙然, 精密華麗亦自得其彷彿.)」라고 한 바 같이 두보의 시학에 근접하는 각고와 번민으로 부터 창조된 시였던 것이다. 따라서 다양한 수사법에 의해서만, 그리고 작품의 난해성만을 초점으로 해서 이상은 시를 분석하는데 호도되어서는 안 될 것이다. 이상은 시는 그 자체의 해석의 내적 충실을 갖춘 다음에 비교평가의 단계가 있어야 한다. 현금 비교문학의 와중에서 그 문학 자체의 본질을 왜곡하는 오류를 범하는 경향을 자성할 필요를 느끼며, 무엇보다도 우선 그 자체의 정확한 이해가 가장 요긴한 점을 강조해야 할 것 같다. 이제 본고에서는 외부적인 여하한 여건과 이론을 완전 배제하고 나름대로의 생각으로 이상은의 시 풍격을 고찰하려는 것이다.

Ⅱ. 李商隱 詩의 審美的 의식

1. 戀情美

이상은 시는 남녀 연애를 주제로 한 정시가 많다. 육감적인 정시는 이상은 만한 시인이 또 없다. 예교의 속박이 남녀의 애정에 대한 존엄성을 표현할 용기를 갖지 못했다. 孟郊의 <古別離>의[14],

> 이별 무렵 낭군의 옷깃 끌어당기나니
> 낭군은 이제 어디로 향하나.
> 늦게 돌아오심을 한스러워 않으리니
> 제발 오랑캐 보이는 임공 지방으로 가지 마소서.
> 欲別牽郎衣, 郎今向何處.
> 不恨歸來遲, 莫向臨邛去.

---

14) 「孟郊, 字東野, 湖州武康人. ≪孟東野集≫有.(751~814 A.D.)」「古別離」는 ≪全唐詩≫第六函 第五冊 p.2212 (臺灣復興書局) 인용.

이라든가, 李益의 <江南詞>의[15],

> 구당의 상인에게 시집갔더니
> 아침마다 첩과의 기약 어기는구나.
> 일찍이 조수가 신의 있음을 알았다면
> 조수에게 시집 갔으리라.
> 嫁得瞿塘賈, 朝朝誤妾期.
> 早知潮有信, 嫁與弄潮兒.

등은 모두 상상적인 사구에 의한 애정묘사이다. 그러나 이상은은 이 표현이 사실적이고 열렬하다. 그의 정시는 대상에 있어 궁녀와 처자, 그리고 女冠을 중심으로 하고 있는데 궁녀를 대상으로 한 것은 이상은 31세(武宗 會昌 2년)에 秘書省에서 正字官을 지내던 때부터이다. 당시의 시대적 배경을 보면, 궁궐에 윤리가 무너져서 음란의 풍기가 물들어 있었고 환관의 탐리가 극심하여 만당의 폐색을 보여 주고 있는데 이상은이 이러한 소재를 내용으로 한 묘사로는 우선 시제부터가 16수의 <無題>시로 대칭하는 방법 외에 기탁[16] 하는 방법, 그리고 선녀고사를 사용하여 은하, 칠석, 宓妃, 織女 등을 내세우는 방법 등을 채택하였는데 이는 정이 깊어짐에 따라 사구의 晦暗한 의취를 짙게 하려는 것이었다. 그의 궁녀와의 정시에는 몇 가지 특징을 부여하여 시작 상에서 규지할 수 있다. 내용상 세분한다면, 먼저 상봉의 정을 들겠다. 그의 <無題> 시 2수(동 권1)을 보면,

> 별빛 쏟아지고 바람도 일었던 어제 밤
> 화려하게 장식한 누대 서편 계당의 동쪽에서.
> 몸에는 채색 봉황의 쌍 날개 없어도
> 마음은 영서 뿔의 흰 줄 마냥 하나도 통했었지.

---

15) 李益, 字君虞, 隴西姑臧人,. 禮部尙書까지 지냄. 邊塞詩 다작. 有集.(≪唐才子傳≫上卷四 p.8.)
「江南詞」는 ≪全唐詩≫ 第五函 第三冊 p.1712 인용.
16) 기탁시로는 「流鶯」, 「曲池」, 「聞歌」, 「銀河」, 「吹笙」 등 시편이 있음.

떨어져 앉아 송구 놀이할 때 봄 술은 알맞게 익었고
편을 갈라 사복 놀이할 때 촛불은 붉게 타올랐네.
아아, 나는 북소리 들리면 응당 관직으로 돌아가야 하니
난대로 말달리는 이 내 신세는 뒹구는 쑥 같구나.
昨夜星辰昨夜風, 畵樓聲畔桂堂東.
身無彩風雙飛翼, 心有靈犀一點通.
隔座送鉤春酒暖, 分曹射覆蠟燈紅.
嗟余聽鼓應官去, 走馬蘭臺類轉蓬(제1수)

듣건대 천상에 악록화라는 미녀 있다하여
예전엔 하늘 닿을 저 먼 곳에서 서로 바라보았지.
어찌 알았으리. 어느 날 밤 진루객되어
오왕 정원 안에 핀 꽃을 훔쳐 볼 줄을.
聞道閶門萼綠華, 昔年相望抵天涯.
豈知一夜秦樓客, 偸看吳王苑內花(제2수)

　여기에서 제1·3구는 그 시기와 지역을 묘사하고 다음의 「身無」 2구는 분격한 상태에서의 정을 나눔을 그리고 「隔座」 2구는 內省의 제공에 대한 환락을 묘사하고 있다. 결구는 질투의 의취를 나타내면서 현실에의 반감을 노정했다. 그것이 제2수의 묘사에서 더욱 구체적으로 표현되어 악록화는 衛公을, 진루객은 이상은 자신을 비유하여 궁내에서 기우하게 됨을 서술했다. 총괄해서, 제1수는 궁녀를 해후하는 정경을 묘사하여 특히 제3·4구는 그 표현의 구체화인 것이며, 제2수는 그 환희의 정을 그리어 제3·4구에서 묘사되고 있다. 그리고 <聞歌>(권6)을 보면,

살며시 미소짓고 눈짓하며 노래하려 할 제
드높은 구름 미동도 않고 푸른 산은 우뚝 솟아있네.
동대에서 바라다보기를 마친 후 어디로 돌아가려나
천자가 환궁하는 것 잊으신 지 얼마나 되었을까.
歛笑凝眸意欲歌, 高雲不動碧嵯峨.
銅臺罷望歸何處, 玉輦忘還事幾多.

위에서 특히 후2구의 「銅臺罷望」과 「玉輦忘還」은 궁중의 정사를 지적하고 있다. 둘째는, 이별의 정을 들 수 있다. 이것은 이상은의 표박생활의 시작에 해당하는 40세 전후의 시에서 다출된다. 이별의 정을 시에 담은 것은 당연히 거론할만한 것이다. 그의 <無題> 시(권3)를 보면,

> 서로 만난 후 이별하기란 어렵고 어렵건만
> 봄바람이 누그러지고 온갖 꽃이 떨어지는 시절이어라.
> 봄누에는 죽을 무렵 모든 실을 풀어놓고
> 촛불은 재가 된 다음에야 비로소 눈물이 마르네.
> 相見時難別亦難, 東風無力百花殘.
> 春蠶到死絲方盡, 蠟炬成灰淚始乾.

여기서 이상은이 장안에서 東蜀으로 떠나면서 이별의 수심을 서술한 것으로 처음부터 자득한 경지를 알 수 있다. 제1구는 특히 그 묘사가 직핍하다. 그리고 <辛未七夕>(권4)을 보면,

> 아마 선남선녀는 이별을 좋아했으리라.
> 그러기에 아득히 멀리 가약을 해놓았으리라.
> 본디부터 저 드높은 은하수 가에서
> 반드시 가을바람 불고 옥 이슬 맺힐 때가 되어야만 했네.
> 물시계 방울이 차츰 바뀌면 서로 오랜 동안 바라보나니
> 조각구름 아직 닿지 않아 건너옴이 늦어지네.
> 어찌 오작에게 은혜 갚는 마음 없을 수 있으리.
> 오직 거미에게 정교한 실줄 간구하네.
> 恐是仙家好別離, 故教迢遞作佳期.
> 由來碧落銀河畔, 可要金風玉露時.
> 清漏漸移相望久, 微雲未接過來遲.
> 豈能無意酬烏鵲, 唯與蜘蛛乞巧絲.

제1·2구에서 蓬山의 길이 막혀 회합의 기약이 없지만 가회의 희망을 갖는다는 자해의[17) 의도를 표시하고는 말2구에서는 「烏鵲」의 힘(力)과 「蜘蛛」

의 기교(巧)를 믿어 보면서 선의의 아득한 의식을 실현화한다는 것은 꿈 이외의 사실일 수 없다는 절망의 염을 표현했다. 이것은 첫2구와 상응되는 표현법으로 용의가 고결하고 격조이가 밀절하다. 셋째로는, 추억의 정이다. <深宮>(권3三)을 보면,

> 화려한 궁전 잠겨 아리따운 궁녀 갇혀 있고
> 궁중의 물시계 시간을 알리느라 동룡을 울리네.
> 사나운 바람 가차 없이 쑥 그림자 엷게 하고
> 맑은 이슬은 계수나무 잎 향기 짙은 것만을 아네.
> 반죽령 가에서 한없이 눈물짓나니
> 경양궁 안에서는 때 되자 종 울리네.
> 어찌 비되고 구름 되는 곳을 알겠는가
> 단지 고당 열 두 봉만 있도다.
> 金殿銷香閉綺籠, 玉壺傳點咽銅龍.
> 狂飄不惜蘿陰薄, 淸露偏知桂葉濃.
> 斑竹嶺邊無限淚, 景陽宮裏及時鍾.
> 豈知爲雨爲雲處, 只有高唐十二峯.

이 시는 37세(宣宗 大中 2년)의 작으로서, 제3구는 미천한 관리를 아끼지 않음을 원망함이며, 제4구는 은혜의 베푸심을 바라는 내용이며, 제5구의 반죽은 호상의 실의를 가리킴이요, 제6구의 경양은 牛黨의 의기를 비유한 것이다. 제7구에 이르러 「爲雨爲雲」한 곳을 헤매며 정처 없는 현실과 제1·2구에서 「金殿銷香」, 「玉壺傳點」과 같은 심궁의 경황을 회상하는 표박의 상념(제5구)에 몰입해 있다. 결국 제7·8구는 매우 감개적이다. 궁녀와의 관련시 다음으로 처자와의 기내시를 살펴보겠다. 이상은이 왕무원의 愛才[18]로 그 여식과 혼인하고 비록 그로 인해 개인 신상은 불우를 당했으나, 부부간의

---

17) 黃侃 ≪李義山詩偶評≫ 卷上 p.16. : 「此詩純以氣勢取勝. 首二句作疑詞. 三四申言致疑之理. 五六句與首句好字次句故字相應, 七八句言佳會果難, 則當酬醋鵲橋之力, 今但與蜘蛛以巧, 是知佳期之稀本緣仙意, 仍與首二句相應, 用意之高, 制格之密, 卽玉谿集中亦罕見其此也.」

18) ≪舊唐書≫ 「文苑傳」 참고.

정은 심후하였다. <夜雨寄北>(권3)을 보면,

> 그대에게 돌아오실 때를 묻지만 기약조차 없구려
> 파산의 밤비에 가을 연못 넘실거리네.
> 언제나 그대와 함께 서창 아래서 촛불심지 돋우며
> 파산의 밤비 올 때를 이야기하려나.
> 君問歸期未有期, 巴山夜雨漲秋池
> 何當共剪西窓燭, 却話巴山夜雨時.

이 시는 이상은이 사천에 있을 때 (37세·宣宗 大中 2년), 밤비를 만나 간절한 망향을 작시해서, 河內(河南北部)의 처자에게 부친 것이다. 「巴山夜雨」 4자가 제2구·4구에 두 번 출현하는데 앞 구의 것은 點題이며 뒷 구의 것은 이 시 주지를 강조하기 위한 것이다. 그래서 李鍈의 ≪詩易簡錄≫에서 「돌아갈 기약과 밤비 등을 보면, 전인들이 이것으로 아내에 부치는 시로 삼은 것이 응당 거짓이 아니다.(就歸期夜雨等字觀之, 前人有以此爲寄內之詩者, 當不誣也)」라고 한 것은 타당한 말이다. 그리고 <王十二兄與畏之員外相訪見招小飲時予以悼亡日近不去因寄>(권4)[19]를 보면,

> 더구나 사람 없는 곳에 주렴만 드리워져 있는데
> 먼지 털려고 보니 대나무 침상까지 닿아 있네.
> 更無人處簾垂地, 欲拂塵時簟竟牀

이것은 아내에 부치는 寄內의 심정을 뚜렷이 보여주고 있다. 처자와 자녀에 대한 현실적 결속이 탈속할 수 없는 원인인 것을 표현했다. 기타 기내시로 기록할 수 있는 것은 「悼傷後赴東蜀辟至散關遇雪」(동권4). <房中曲>(권4)[20] 등이다. 상기의 앞 시는 종군하여 기내한 시이며, <房中曲>은 悼亡詩

---

19) 王十二兄은 王茂元子를 지칭 (≪玉谿生詩箋註≫ 卷四 p.14 참조)

20) 「悼傷後赴東蜀辟至散關遇雪」 詩 :「劍外從軍遠, 無家與寄衣 散關三尺雪, 回夢舊鴛機」「房中曲」 詩:「薔薇泣幽素, 翠帶花錢小. 嬌郎癡若雲, 抱日西簾曉 枕是龍宮石, 割得秋波色. 玉簟夫

이다.

「戀」적 풍격을 지닌 특성으로 女冠과의 관계를 논함에 있어 여기서는 특별히 柳枝와의 정시를 구체적으로 분석하고자 한다. <柳枝五首>의 서문에[21] 유지를 다음과 같이 서술하고 있다.

유지는 낙양 마을의 처녀였다. 아버지는 부유하고 뛰어난 상인이었는데 풍랑으로 강호에서 죽었다. 그녀의 어머니는 다른 자식들은 아랑곳하지 않고 오직 유지만을 사랑하였다. 유지는 17세가 되었으나 화장하거나 머리를 매만지는 일에는 관심이 없고 또 화장도 제대로 않고 나가곤 하였다. 그녀는 나무 잎 파리를 불어보고 꽃술을 깨물기도 했으며, 거문고를 잘 타고 퉁소를 잘 불었는데 마치 바다의 풍랑과 파도를 연상케 하는 장엄한 곡조와 사모하고 원망이 가득한 듯한 음악을 연주했다. 사람들은 그녀의 집 부근에 살며 근 10년 동안 서로 알고 지내오면서 그녀가 몽환병을 앓고 있다고 의심하여 그녀와 결혼하려 하지 않았다. 내 종형인 양산은 유지의 집과는 비교적 가까운 거리에 살았다. 봄 그늘이 짙은 어느날 양산은 류지의 남쪽 편에 있는 버드나무 아래에서 말을 내려 나의 「연대」시를 읊고 있었다. 유지가 듣고 놀라서 묻기를 : 『누가 이런 시흥을 지녔는지요? 누가 이런 시를 지었답니까?』 양산이 대답하길 : 『이는 우리 마을의 소년 당제가 쓴 것이오.』 류지는 손으로 자신의 긴 의대를 끊어 양산에게 매어주며 당제가 자신을 위해 시를 적어 주기를 청했다. 다음 날 나와 당제는 말을 나란히 타고 그녀의 집이 있는 거리로 갔다. 유지는 두 갈래로 머리를 따 빗고 단정히 단장한 채 문 앞에 서 있었는데, 봄바람에 옷깃이 날리고 있었다. 그녀가 나를 가리키며 : 『당신이 당제신지요? 사흘 후 저는 치마를 빨래하러 가는데 박산 향로를 가지고 기다리겠으니 당신도 함께 가시지요.』 하자 나는 허락했다. 마침 경성에 함께 가야하는 친구가 장난으로 내 봇짐을 훔쳐가 더 이상 머물 수가 없게 되어 버렸다. 그 해 눈이 오던 겨울날 양산이 와 『동방의 제후댁으로 시집을 가버렸네.』라는 말을 해주었다. 이듬해 양산은 다시 동쪽으로 가야 했기에 서로 희상에서 작별했다. 이에 시를 지어 그 옛 일을 기록해 둔다.

柳枝, 洛中里娘也. 父饒好賈, 風波死湖上. 其母不念他兒子, 獨念柳枝, 生十七年, 塗粧綰髻未嘗竟, 已復起去, 吹葉嚼蕊, 調絲吹管, 作天海風濤之曲幽憶怨斷之

柔膚, 但見蒙羅碧, 憶得前年春, 未語含悲辛. 歸來已不見, 錦瑟長於人, 今日澗底松, 明日山頭藥. 愁到天地翻, 相看不相識.」

21) ≪玉谿生詩箋註≫ 卷五, p.36 인문.

音. 居其傍與共家揖故往來者, 聞十年尙相與疑其酣眼夢物斷不娉. 余從昆讓山比
柳枝居爲近, 他日春曾陰, 讓山下馬柳枝南柳下, 詠余燕臺詩. 柳枝驚問『誰人有
此, 誰人爲是.』讓山謂曰『此吾里中少年叔耳.』柳枝手斷長帶, 結讓山爲贈叔乞
詩. 明日, 余比馬出其巷. 柳枝丫鬟畢粧, 抱立扇下, 風障一袖, 指曰『若叔是. 自
後四日, 隣當去濺裙水上. 以博山香待與郞俱過.』余諾之. 會所友有偕當詣京師者,
戲盜余臥裝以先, 不果留. 雪中讓山至, 且曰『東諸侯取去矣』明年讓山復東, 相
背於戱上, 因寓詩以墨其故處云云.

이 <柳枝> 시는 35세인 武宗 會昌 6년의 작이다. 제1수를 보면,

> 꽃술과 벌집은
> 숫 벌과 암나비가 산다네.
> 같은 시대에 살면서도 처지는 다르다네.
> 어찌 또 다시 그리워 할 수 있으리.
> 花房與蜜脾,　蜂雄蛺蝶雌.
> 同時不同類,　那復更相思.

여기서 배필이 없음을 스스로 밝힌 것이며, 제2수를 보면,

> 본래 정향 나무는
> 봄 가지와 결합해야만 비로소 성장한다네.
> 바둑알이 바둑판 위에서 튀기는 것은
> 마음이 역시 안정되지 않은 때문이네.
> 本是丁香樹,　春條結始生.
> 玉作彈棋局,　中心亦不平.

여기서는 어울릴 만한 사람이 없음을 한탄하는 스스로 밝힌 것이고, 제3
수를 보면,

> 맛있는 오이 긴 덩굴에 매달려 있으니
> 푸른 옥이 차디찬 물속에 있는 듯하네.
> 동릉의 오이 비록 오색찬란하지만

차마 그 향내를 맛볼 수는 없네.
嘉瓜引蔓長,   碧玉氷寒漿.
東陵雖五色,   不忍値牙香.

　　여기는 '嘉瓜'를 귀인에 비유한 것인데 차마 따먹지 못하는 마음, 즉 유지에 대한 연정의 억제를 묘사했다. 제4수를 보면,

버들가지는 우물가에 휘어져 있고
연꽃잎은 물 위에 말라있네.
비단같이 찬란한 모양을 지닌 물고기와 새가
물과 땅에서 상심에 젖어 있네.
柳枝井上蟠,   蓮葉浦中乾
錦鱗與繡羽,   水陸有傷殘

　　여기는 규방에서 은총 입지 못하는 신세에다, 멀리 원행하는 운명임을 그리고 있고, 제5수를 보면,

그림병풍에도 자수 놓인 휘장에도
모두 다 쌍쌍이네.
어찌하여 호수 위를 바라보면
오직 짝 이룬 원앙만 보이는지.
畫屛繡步障,   物物自成雙
如何湖上望,   只是見鴛鴦.

　　여기는 호상에서 떨어져 그리워하며 단지 원앙만 바라보는 신세를 自歎하고 있다. 그리고 <柳>(권5)는 유지의 아름다운 자태를 묘사하고 시기하는 감정을 유로하고 있다. 즉 제3·4연 보면,

버들 솜 휘날리어 흰나비를 숨기어 주고
버들가지 가늘어 꾀꼬리를 드러내네.
경국지색은 의당 온몸이 빼어나니

뉘 와서 홀로 그 아리따움을 맛보려나.
絮飛藏皓蝶,　帶弱露黃鸝.
傾國宜通體,　誰來獨賞眉.

　여기서 위2구는 자태의 요염을, 아래 2구는 이미 타인에 속한 몸, 기로 인한 투기심을 묘사하였다. 이 시는 묘사가 노골적이라고 보아 이상은 특유의 시어 구사라고 본다.

　이상은 시에서 부각되는 풍격상의 특성으로 시의 傷心 의식을 들 수 있다. 감상적 시풍은 이상은 시의 소극적 특성이 된다. 傷感과 悽情을 함유한 자기 탄식의 일종의 자기 毁滅 의식이다. 우선 상감의 시풍을 보면, <無題> 4수 (동 권3三) 중 제2수를 보면,

　　봄을 그리는 마음 꽃이 핀다고 다투어 갖지 말지니
　　님 그리워 번민하는 마음 한 줌의 재가 될 뿐이라.
　　春心莫共花爭發,　一寸相思一寸灰.

　여기서는 인간의 이상적 애정에서 오는 행복으로부터 비참한 인간세로 하락할 때 오는 정조이며, <屬疾>(권4)를 보면,

　　가을 나비는 단아한 아름다움이 없고
　　겨울의 꽃은 향기 나지 않는다네.
　　秋蝶無端麗,　寒花更不香.

　윗 구는 이러한 현상에 대한 悟得의 표현이다. 이상은의 상감은 전장의 실의자로 뿐 아니라 정치무대상의 낙백자로도 나타난다. <東下三旬苦于風土馬上戱作>(권4)의,

　　함곡관 동쪽을 빙 두르고 있는 길을
　　말 타고 달려 놀란 갈대들 쫓아낸다.

천지는 광활하니 뉘 기다릴 것인가
날마다 구만리 바람을 타고 가노라.
路繞函關東復東,　身騎征馬逐驚蓬.
天池遼闊誰相待,　日日虛乘九萬風.

여기에서 제3·4구와 <夕陽樓>(권1)의,

꽃은 화사하고 버들가지 그늘 짓는데 온갖 시름을 띠고서
겹겹의 성을 올라 다시 누각으로 오르네.
외로운 기러기에게 어디로 가느냐고 묻고자 하니
왠지 모르게 이 내 신세 적적해지네.
花明柳暗繞千愁,　上盡重城更上樓
欲問孤鴻向何處,　不知身世自悠悠.

여기에서 제3·4구, 그리고 <早起>(권6)의,

바람과 이슬 맑은 새벽 한층 적막하게 하는데
주렴 사이에서 홀로 잠자리에서 일어나는 사람 있네.
앵무새 울고 꽃도 미소를 지으니
아리따운 이 봄 과연 누구의 것인가.
風霧澹淸晨,　簾間獨起人.
鶯花啼又笑,　畢竟是誰春.

여기에서 제3·4구는 각각 강호에 묻힌 비애의 실의감을 서사하고 있다.
그러나 실의 속에 위로로써 고통을 달래고 체념하는 의식이 또한 상감의 시
정에서 지감된다. <餞席重送從叔余之梓州>(권4)을 보면,

만겹의 산이 가로놓여 있음을 한탄하지 마소
그대는 귀환했고 나는 아직 귀환치 못 했나니.
무관도 오히려 서글피 바라보니
하물며 백우관이랴.

> 莫歎萬重山,　君還我未還.
> 武關猶悵望,　何況百牢關.

　여기에서 전2구는 행인의 慰藉語라면, 후2구는 곧 傷感語라 하겠다. 따라서 何義門은 「의산은 시가 돈좌하고 곡절하여 소리가 있고 색이 있고 정미가 있다.(義山頓挫曲折, 有聲有色有情味)」[22] 라고 특징지었다.

2. 凄情美

　표면상으로는 傷感이 悽情보다 고심이 더할 듯 하나 사실은 그 심각하기는 처정이 더 할 것이다. 처정은 상감의 결정체라 볼 수 있어서 「斬不斷, 理還亂」(끊을래야 끊어지지 않고, 생각할수록 어지러워진다.) 한 특징을 지닌 것이기 때문이다. 따라서 이상은에 있어서 상감적 시보다는 처정적 시가 비교적 많다고 본다. <卽日> (권4)을 보면,

> 한 해 동안 무성했던 꽃 오늘 모두 지려 하자
> 강 사이 정자 밑에서 서글피 머물러 있네.
> 거듭 읊기도 하고 조심스레 잡아도 보고 정말 어쩔 줄 모르네
> 이미 떨어졌고 몇몇만이 피어있나니 수심에 젖지 않을 수 없네.
> 산색은 바야흐로 소원을 머금었고
> 봄 그늘이 높은 누각에 비끼려 하네.
> 황금안장의 귀인들 급히 돌아가 은 술잔 기울이며
> 또 뉘 집 백옥 주렴 아래서 취하려나.
> 一歲林花卽日休,　江間亭下悵淹留.
> 重吟細把眞無奈,　已落猶開未放愁.
> 山色正來銜小苑,　春陰只欲傍高樓.
> 金鞍忽散銀壺漏,　更醉誰家白玉鉤.

　윗 시의 제3·4구에서 표현되는 의취가 떨칠 수 없는 쓴 맛 보듯 하는 괴

---

22) 何義門 ≪李義山詩集≫ 卷上 「義門讀書記」

로움을 느끼게 하는데 이것이 이상은 시가 갖는 별다른 풍격으로 처정적 정
조인 것이다. 다음 <夜半>(권6)을 가지고 상세히 구명하기로 한다.

> 삼경의 야밤 모든 집 잠들고
> 안개 서리될 즈음 달은 기울어 가네.
> 쥐는 마루에서 시끄럽게 박쥐 날아다닐 때
> 거문고 바야흐로 들어 창에 기대고 켠다네.
> 三更三點萬家眠, 霧欲爲霜月墮煙.
> 鬪鼠上堂蝙蝠出, 玉瑟時動倚窓絃.

　　여기서 제1·2구는 萬籟가 잠든 속에 한기가 엄습하는 적막한 심야를 묘
사하고 있는데 제3·4구에서 이 같은 심야에 玉瑟에 의지하여 우울한 심회
를 호소하는 답답한 심정, 숨었던 박쥐 날고 쥐는 상당에서 떠드는 정경을
제시하여 무한한 처량함을 표현하였다. 이상은은 위의 4구에 상반된 動과
靜의 개념을 부각시켰다. 동 속에서 정을 추출하고 정 속에서 동을 묘사하
였다. 제2·3구는 동에서 정을, 제4구는 정에서 동을 묘사한 경우이다. 특히
「鼠」자의 사용은 《시경》이래[23] 시어에 인용을 적게 한 경향인데 비록 인
용한다고 해도 《시경》의 경우는 풍자와 혐오의 대상으로 이용했고, 그 외
엔 웅장한 부류에 「鼠」를 인용하면 보잘 것 없는 사물로 비유하고 우미한
부류에서는 매우 더러운 (汚穢)사물로 대용되었다. 그러나 이상은은 이런 우
미한 경지에 인용하면서 화해감을 조성한 것은 시어구사의 높은 수준을 의
미한다. 다음 2수의 시에서 먼저 <宿駱氏亭寄懷崔雍崔袞>(권1)을 보면,

> 대나무 산 먼지 하나 없고 누각은 맑은 물가에 임해 있고
> 멀리 계신 님 그리워하나 겹겹한 산이 가로막혀 있네.
> 가을의 먹구름 흩어지지 않으니 서리 날리는 겨울 늦는구나.
> 남아있는 시든 연꽃잎이 빗소리를 들려주네.
> 竹塢無塵水檻清, 相思迢遞隔重城.

---

23) 《詩經》의 「碩鼠」 편을 지칭.

秋陰不散霜飛晩, 留得枯荷聽雨聲.

라 하고 그리고 <過招國李家南園> 제2수(권5)를 보면,

> 세밑 기다란 정자에 파도같이 휘날리는 눈발
> 이곳은 진관에서 얼마나 될까.
> 오직 꿈속에서만 서로 가까워질 뿐인데
> 누우면 잠이 오지 않으니 어찌할거나.
> 長亭歲盡雪如波,　此去秦關路幾多.
> 惟有夢中相近分,　臥來無睡欲如何.

위의 두 시에서 각 제4구는 사람이 상사로 인해 무료히 지내는 밤의 경황을 형용해서 「人」을 처정의 경계로 유인하는 수법을 강구했다. 이상은은 처정을 묘사함에 자의상으로나 음절상으로 그 의취를 십분 표현한 시적 개성을 보여주었다.

3. 精麗美

이상은 시에서 볼 수 있는 시 묘사상의 특성으로 표현의 精麗美를 거론할 수 있다. 賀裳이 이상은을 「綺才艶骨」[24] 이라고 평한 말은 그의 시가 정려한 풍격이 있다는 뜻이다. 그의 정려풍은 두보에서 배웠다는 것은 첫머리에서 이미 밝힌 바이다. 두보에게서 배웠지만 정려의 경계가 같을 수는 없다. 두시는 노인의 장탄과 같다면, 이상은 시는 소년의 가벼운 탄식(輕歎)같고, 두시가 인간적이라면, 이상은 시는 자아적이며 또 두시가 실제적이라면 이상은 시는 환상적이니, 인생관과 문학관 형성의 배경이 다른 것을 반영해주는 것이다.

정려는 도끼 자국(斧鑿痕跡)이 있기 마련이니, 정미한 문학세계는 탁마를

---

24) 賀裳의 《載酒園詩話》 卷四

요하기 때문이다. 葛立方은 「작시는 조탁을 귀히 여기나 한편 도끼자국이 있어 흠이 날까 두려워한다. 그래서 그것이 뼈에 붙을까 두려우니, 이 때문에 어려운 것이다.(作詩貴雕琢, 又畏有斧鑿痕, 委破的, 又畏粘皮骨, 此所以爲難.)」25)라고 하여 조탁이 귀중하지만 그 후유증이 두렵다고 했는데, 이상은 시의 정려도 이러한 결점을 배제할 수는 없다. 단지 補救하는 방법이 있다면 음절의 화해를 강구하는 것이다. 음절의 화해는 율절구의 平仄法을 지칭하는 것이 아니라 음영의 묘리를 조성해야 하는 것을 의미한다. 李重華는 ≪貞一齋詩說≫에서 「율시에 있어 평측만 논하면, 평생 입문할 수 없다.(律詩止論平仄, 終身不得入門.)」라고 하였는데, 한 자의 성조가 단독이 아닌 합용될 경우, 4성이 일정한 원칙을 따를 수 없기 때문인 것이다. 王力은 그 예를 다음과 같이 설명하였다.

> 성조는 홑소리의 경우와 겹소리의 경우가 다르다. 예컨대, 북경어에서 『河北』의 北은 전부 발음하고 『北平』의 北은 반절만 발음하는데 모두 상성이다. 『北海』의 北은 또한 평양성으로 읽는다.26)
> 聲調單唸與合唸不一樣, 例如在北平話裏 『河北』的 『北』 是全唸的, 『北平』的 『北』 只唸一半, 都是上聲. 至於 『北海』的 『北』 又唸作平陽了.

　王世貞도 ≪五代詩話≫에서 ≪稗史彙編≫을27) 인용하여 貫休의 예를 제시하여 설명하였는데 吳越王이 관휴의 시 중에서 「十四州」를 「四十州」로 고치자고 한 이유는 영토의 대소를 비유한 것이 아니라 음절의 和諧美를 고조하자는데 있었던 것이다. 관휴의 불굴의 정신도 좋으나, 시 자체의 가치로는 「四十州」가 더욱 의미 있는 표현이라는 것이다. 이상은이 두보로부터 자

---

25) 何文煥 ≪歷代詩話≫의 宋代 葛立方 ≪韻語陽秋≫ 卷三 p.307
26) 王力의 ≪中原音韻學≫ 上冊 p.93
27) 인문하면 「唐詩僧貫休初投詩於吳越王曰: 『貴逼身來不自由, 龍驤鳳翥勢難收, 滿堂花醉三千客, 一劍霜寒十四州. 萊子綵裳宮錦窄, 謝公篇詠綺霞羞. 他時名上凌煙閣, 豈羨當年萬戶侯, 王語之曰, 「詩則美矣, 若能改作四十州, 當得相見」貫喟然曰: 『州不可增, 詩亦不可改, 孤雲野鶴, 何天不可飛耶. 遂杖錫去.』」

신의 정려풍의 결점을 이 음절화해를 배워서 보완한 것이다. 두보의 「解悶」(劉濬, ≪杜甫集評≫권15)의 「신시를 고쳐서 길게 읊는다(新詩改罷自長吟)」구와 「長吟」(상동 권9)의 「새로 지은 시구가 좋아서 저절로 길게 읊노라.(賦詩新句穩, 不覺自長吟.)」구는 음절이 평측보다는 음영에 그 중심을 삼고 있는 경우다. 시중의 음절은 자기창조여야 하지 전인의 것을 모방해선 안 된다. 따라서 袁枚는 ≪隨園詩話≫에서 「시는 음절이 있어, 맑고 가늘기가 마치 눈 덮인 대나무의 얼음 실 같으니, 세상의 범상한 소리가 아닌 것이다. 이 모두가 천성으로 그렇게 되는 것이거늘 배우고 물어서 되는 것이 아니다.(詩有音節, 清脆如雪竹冰絲, 非人間凡響, 皆由天性使然 非關學問.)」28)라고 설명하였다. 이상은의 <楚宮> 제2수(권5)의,

이미 패옥 소리 듣고 가는 허리임을 알았고
또한 가야금 소리에 가냘픈 손가락임을 느낄 수 있었네.
已聞佩響知腰細, 更辨絃聲覺指纖

또 <日射>(권5)의,

햇살은 비단 창을 내리쬐고 바람은 사립문을 흔드네.
비단 손수건 만지작거릴 새 어느덧 봄날은 가고
회랑의 사방에서 적막이 엄습해오고
푸른 앵무새 붉은 장미와 짝하네.
日射紗窓風撼扉, 香羅掩手春事違
廻廊四合掩寂寞, 碧鸚鵡對紅薔薇

위의 2수 시구는 음절의 和諧를 강구하여 정려미를 고취하고 있다. 이상은 시의 精麗라는 특색은 자연적 감각을 준다는 것이다. 즉 인위적인 조작의 느낌이 없다는 것이다. 이것은 李賀와 溫庭筠의 시와 다른 점이다. 이하

---

28) 袁枚의 ≪隨園詩話≫ 卷九 p.36

시[29]는 冷覺과 色覺을 다용해서 「寒·冷·濕·白·素·碧·老紅·冷紅·幽紅·空綠·靜綠」 등이 음절의 急促感을 주는 한편 온정균 시는 精麗華色이 짙어 부허하다. 이상은 시는 「미려한 중에 진미가 있음(麗中有眞)」(필자의 의견)을 지니고 있어 묘사가 ①청결하고, ②고원한 격조가 있다. 전자의 경우 <霜月>(권5)을 보면,

애당초 기러기 소리 들리면 매미소리 사라지는 법
백 척되는 높은 누대에 서니 강물과 하늘이 맞닿아 있네.
청녀와 항아 다들 추위를 견디면서
달 속 서리 안에서 아리따움을 다투네.
　初聞征雁已無蟬, 百尺樓高水接天.
　靑女素娥俱耐冷, 月中霜裏鬪嬋娟.

여기에서 제2·4구의 「雅」, 그리고 <聖女祠>(권6)를 보면,

빼어난 미모는 쉽사리 황홀경에 빠지게 하나니
춥지도 않은지 오수의 길게 걸쳤구나.
無質易迷三里霧, 不寒長着五銖衣.

위의 두 구와 <重過聖女祠>(권3)에서,

한바탕 봄날의 꿈같은 비는 항시 기와에 날리고
종일 부는 신성한 바람은 깃발조차 휘날리지 못하네.
　一春夢雨常飄瓦, 盡日靈風不滿旗.

위의 두 구 등 상기의 모든 인용시구가 「眞」을 표현하고 있다. 이것은 이상은 시의 탈속미이기도 하다. 후자의 경우는 이상은 시에 있어 정려를 위해 번잡한 수식과 진부한 표현이 없다는 것이다. 물론 전고를 다용했지만

---

29) 《檀大學報》 (1974) 李東鄕 「李賀詩의 特色」

성령스럽다. 따라서 袁枚는 또 다음에 평하기를[30],

무릇 시 가운데 후대에 전해지는 것은 모두 성령이지 [典故 따위를] 쌓아
놓는 것과는 관계가 없다. 이상은의 시는 다소 전고가 많으며 화려하나 모두
가 재주와 정감을 가지고 구사한 것이지 전적으로 깎아서 채워 넣은 것은 아
니다.
凡詩之傳者, 都是性靈, 不關堆垛. 惟李義山詩稍多典故, 然皆用才情驅使, 不
專砌塡也.

라고 추숭하였다. 그 전고를 다용한 예로서 <題鄭大有隱居>(권3)을 보면,

어느 산봉우리에서 끝맺어지는가.
시끄러운 문 여기에서 나눠진다.
結構何峰是, 喧門此地分.

그리고 <春遊>(권3)을 보면,

교각은 치솟아 있고 화려한 천리마 질풍같이 달리고
내는 길고 백조는 높이 나네.
안개 연기 경쾌하게 피어오르고 윤기 흐르는 버들
바람 드세어 도리 꽃에 불려 하네.
橋峻斑騅疾, 川長白鳥高.
烟輕惟潤柳, 風濫欲吹桃.

그리고 <無題>(권5)를 보면,

흰 꽃 가득한 길 구비 돌아 저녁노을에 드니
얼룩무늬 오추마 칠향거를 울리네.
白道縈廻入暮霞, 斑騅嘶斷七香車.

---

30) 袁枚 《隨園詩話》 卷5 p.13

위의 여러 시구는 전고 시어의 예가 되며, 특히 <聞歌>(권6)를 보면,

살며시 미소 짓고 눈짓하며 노래하려 할 제
드높은 구름 미동도 않고 푸른 산은 우뚝 솟아있네.
동대에서 바라본 후 어디로 돌아가려나
천자가 환궁하는 것 잊으신 지 얼마나 되었을까.
푸르게 덮인 길가엔 남쪽으로 가는 기러기 사라지고
가는 허리 궁전 안에선 北人들이 지나가네.
이 소리 애끊게 함은 오늘만이 아니니
향사 불빛 그대를 어이하려나.
斂笑凝眸意欲歌,　高雲不動碧嵯峨.
銅臺罷望歸何處,　玉輦忘還事幾多.
靑蒙路邊南雁盡,　細腰宮裏北人過.
此聲腸斷非今日,　香炧燈光奈爾何.

　여기에서 제1구는 歌者의 상황을 묘사하여 가자의 처절한 감동적 심사를
토로할 기식을 열고, 제2구에서는 청중이 가자의 엄숙함에 감화되어 경청하
는 정경을 묘사했다. 그리고 중간 4구는 청중이 가사와 곡조의 처절에 동화
되어 환상세계로 몰입하는 감흥을 서술하고 있어서 이러한 정려하면서도 고
상한 시적 경지는 이상은 외엔 찾기 힘든 풍격을 이루고 있는 것이다.
　이상은의 시는 「화려하나 속되지 않음(華而不靡)」(≪王右丞集≫ 卷之末
「司空圖與李生論詩書」)인 것이다. 이상은은 「離騷」를 바탕으로 比興이 많고
두보를 배워 침울하면서 격정적(沈雄激壯)이며 농염한 맛을 준다. 그리고 이
상은은 用典을 즐겨서, 시의에 오묘한 주지를 담으려한 시어 구사의 심오함
은 곧 西崑體로 이어진 것이다.

Ⅲ. ≪芝峰類說≫ 李商隱詩 評文과 明淸箋注本과의 비교

　≪芝峰類說≫ 卷12 文章部는 唐詩(晩唐詩)와 宋元明詩의 評文을 담고 있는

부분으로서 李商隱 시는 모두 26개조로 구성되어 있고 그 詩評 내용상 典故
解析, 詩語의 考證, 그리고 詩 자체에 대한 분석 등으로 분류하여 서술하고
있다. 朝鮮 中期의 문단이 李達 등 三唐詩人을 중심으로 盛唐詩와 嚴羽의
시론이 유행하기 시작한 상황에서 이수광이 唐詩 평가에서 杜甫와 李白 다
음으로 晚唐의 李商隱시를 비중 있게 서술하였는데 먼저 그 26개조의 評文
요지를 보기로 한다.

條別	詩題	要旨
1	漢宮詞	羅大經의 漢武帝에 대한 평을 지적하고 재해석
2	漢宮詞	'靑雀'의 고사를 구명
3	茂陵	蒲梢'는 명마명인데 지명으로 잘못 쓴 것을 지적
4	渾河中	'養馬'의 고사를 서술
5	嫦娥	궁녀의 원망이나 규방의 심정으로 풀이
6	隋宮	시구의 재해석과 수대의 멸망으로 풀이
7	茂陵	한무제의 아교풀 고사와 그 시의 해석
8	樂游原	양만리의 국망을 비유함에 대해 단순한 경치로 해석
9	籌筆驛	'儲胥'의 풀이
10	籌筆驛	'傳車'의 用處
11	促漏	시의는 궁녀의 원망, 시어 '文'자를 '雲'으로 쓰면 가함.
12	漢南書事	시어 '白雲杯'와 '好生'의 해석
13	咸陽	秦穆公의 꿈 고사
14	茂陵	楊愼의 '瑤池宴' 설명을 부정하고 시어 '玉桃'의 분석
15	碧城	'辟寒玉'이 아니라 '辟寒金'이 옳다는 시어 해석
16	槿花	시어 '月裏姉'와 '雲中君'을 槿花에 비유로 풀이
17	公子	시어 '新羅酒'의 해석
18	無題	시어 '小姑'의 풀이
19	撰彭陽公誌文畢有感	시어 '生金'의 어원 밝힘
20	柳枝	시어 '彈碁'의 유래 설명
21	賈生	시어 '可憐'을 '如何'로 쓰면 가하다는 의견
22	王十二兄與畏之員外相訪見招小飮時余以悼亡日近不去因寄	시어 '檀郎'의 의미와 유래의 해석
23	錦瑟	詩意 설명과 錦瑟은 인명

상기 시의 각종 평문을 종합하면 이수광이 이상은 시 22수를 26개조로 품
평하여 대개 시어의 고증과 전고, 그리고 시와 시구의 해석, 시제의 연원 등
다양하게 논술하고 있는데, 그 관점이 精密하고 根據爲主인 점에서 높이 평
가할 수 있지만 불충분한 자료에 의거한 오류도 간과할 수 없다. 다만 평어
내용상 그 서술방법이 근거제시를 통하여 객관성을 유지하려고 한 점에서
주목되고 주관적인 견해를 기술한 점도 유의할만하다. 그리고 “明淸箋注本”
이란 주로 明代와 淸代의 注釋本과 詩話 등 詩評書를 포괄해서 붙인 명칭이
다.

1. 詩語의 考證

이수광이 이상은 시의 시어를 분석한 부분은 상기 26 개조에서 제3, 9,
10, 11, 12~19, 22, 24, 25, 26 조 등 15개 조로서 이들 원문을 인용하면서
차례로 고찰하기로 한다.

　*제3조— 李義山詩;「漢家天馬出蒲梢.」按漢書西域志;「孝武之世, 蒲梢龍文
魚目汗血之馬, 充於黃門.」注; 大宛馬, 魚目龍文鳳頭尾如蒲梢. 此詩乃以蒲梢爲
地名, 則謬矣.
　이의산 시에 「한나라의 천마는 출포에서 나왔네.」라고 하였다. ≪한서≫ 서
역지에 의하면, 「효무 때에 포초와 용무늬, 물고기 눈, 피땀의 말이 궁궐문에
가득하다.」라고 하였다. 주에 「대완마는 물고기의 눈, 용의 무늬, 봉황새의 머
리와 꼬리는 부들 줄기 같다.」고 하였다. 이 시에서 곧 포초를 지명으로 한 것
은 틀린 것이다.
　*제14조— 楊愼曰;「李義山詩『瑤池宴罷留王母, 金屋粧成貯阿嬌』俗本作玉

桃偸得憐方朔, 眞似小兒語耳.」余謂瑤池宴乃周穆王事, 而語句亦不佳. 楊說恐未
是. 但其曰; 玉桃乃强對未穩, 又金屋粧成一本作修成.

　　양신이 말하기를, 「이의산 시에 「요지의 연회가 끝나고 서왕모가 머무니 금
옥을 장식하여 미인 아교를 기르네.」 세속 책에는 옥복숭아를 훔치니 동방삭
이 가엽도다한데 정말 어린애의 말과 같다.」 내가 말하건대 요지의 연회는 곧
주목왕의 일로서 어구가 역시 아름답지 않다. 양신의 설이 맞지 않은 것 같다.
그러나 옥복숭아는 바로 억지로 대구한 것으로서 타당치 않다. 또 금옥으로
단장하여 꾸민다(粧成)를 고쳐 만들다(修成)로 하고 있다.

　　상기 2개조는 <茂陵> 시(≪李商隱詩歌集解≫31)p.607)의 첫구와 제3연를
인용하여 시어분석을 한 부분이다. 이 시는 漢武帝의 陵을 빌려서 唐武宗을
哀哭하며 遊獵과 寵愛의 일을 풍자한 것으로32) 먼저 제3조를 보면 이상은
이 ‘蒲梢’를 지명으로 작시한 것은 옳지 않음을 입증하고 있다. 그 근거를
≪漢書≫ 西域志에 두고 있는데 ‘茂陵’은 漢武帝의 陵으로 長安서북에 있
다. 淸代 朱鶴齡은 「무제가 대원을 쳐서 천리마를 얻어 이름을 포초라 하고
천마지가를 지었다.(武帝伐大宛, 得千里馬, 名曰蒲梢, 作天馬之歌.)」(≪李義山
詩集箋注≫)라 하여 ‘蒲梢’가 馬名인 것을 밝혀서 이수광과 同意解釋하였고
청대 何焯은 「포초는 곧 천마의 새끼를 말하니 出자는 잘못이 없다.(言蒲梢
乃天馬之子, 出字無病.)」33)라고 하여 역시 馬名은 同意이나 ‘出’의 의미를
출산지가 아니고 명마 포초에서 나온 것으로 해석할 수 있다고 본 것이다.
시대적으로 보아 이수광과 같은 해석이 없었고 청대에 와서 같은 주석이 있
는 점에서 이수광의 설이 初釋이라고 평가할 수 있다.
　　그리고 제14조를 보면, 이수광은 명대 楊愼의 ≪升庵詩話≫ 문구를 부정
하고 이 시의 제5구를 ≪全唐詩≫(권540)와 상기 集解本의 「玉桃偸得憐方朔」

---

31) 劉學鍇, 余恕誠 ≪李商隱詩歌集解≫(中華書局 1998) 增訂重排本 全五冊의 수록순서에 의함.
　　<武陵>:「漢家天馬出蒲梢, 苜蓿榴花偏近郊. 內苑只知含鳳觜, 屬車無復揷雞翹. 玉桃偸得憐
　　方朔, 金屋修成貯阿嬌. 誰料蘇卿老歸國, 武陵松栢雨蕭蕭.」
32) 朱鶴齡 ≪李義山詩集箋注≫「武宗遊獵及武戱, 親受道士趙歸眞法錄, 又深寵王才人, 欲立爲
　　后. 此詩全是託諷.」
33) 何焯注本은 淸代 沈厚塽이 何焯, 朱彝尊, 紀昀 三家의 評箋을 合輯한 ≪李義山詩集輯評≫.

구를 맞다고 주장한 것은 정확한 평가로 본다. '瑤池宴'은 周穆王의 고사로서
漢武帝와는 무관하며 西王母와의 '玉桃' 고사는 武帝故事[34]에 기록된 것이므
로 이의가 없다. 그리고 제6구의 '粧成'을 '修成'으로 작시한 부분은 《全唐
詩》와 集解本에 역시 '修成'으로 기록하고 있고 朱鶴齡注本과 季滄葦抄本[35]
에는 '粧成'으로 기록되어 있어서 판본에 따라 다르다고 본다.

    *제9조 李義山詩; 「風雲長爲護儲胥.」 按風雲八陣法也. 長楊賦; 「木擁槍櫐,
以爲儲胥.」 註軍中藩籬也. 又莊子「削格羅落」註削格猶漢書曰儲胥, 若今之木柵
也.
    이의산 시에 「풍운이 오래 울타리를 지키네.」 내 생각으로는 풍운팔진법이
다. 장양부에 「나무로 창과 칼자루장식을 감싸는 것을 儲胥(저서; 울타리)라 한
다.」 주석에 군대의 울타리라 하였다. 또 장자의 「削格羅落(울타리)」의 주석에
削格은 漢書의 儲胥와 같다라 하니 지금의 목책이다.
    *제10조 李義山籌筆驛詩; 「終見降王走傳車.」 按三國志後主出降, 擧家傳送洛
陽. 其曰; 傳車此也. 李東陽五丈原詞云; 「侯歸上天, 多舊伍, 羽爲前驅, 飛後拒.
忠魂不逐降王車, 長衛英孫, 朝烈祖.」 意尤好矣.
    이의산의 주필역시에 「마침내 항복한 왕이 역참의 수레(傳車)로 도망가는
걸 보네.」 내 생각으로는 삼국지에 후주가 나와 항복하니, 온 가족을 낙양으로
전송하였다. 말하노니, 傳車가 이것이다. 이동양의 오장원사에 이르기를, 「제
갈무후가 하늘에 오르니, 옛 군대가 많아서 관우가 앞에서 인도하고, 장비가
뒤에서 막아주네. 충성어린 영혼이 항복한 왕의 수레를 따르지 않고 길이 영
웅을」 호위하여 열조에 조회하네.」 뜻이 매우 좋다.

    상기 2개조의 시구는 諸葛亮의 일을 회고하여 비상한 심정을 적은[36] <籌
筆驛> 시(《李商隱詩歌集解》, p.1472)[37]의 제2구와 제4구로서 각각 시어

---

34) 《漢武故事》; 「東君獻短人曰巨靈, 指東方朔謂上曰; 王母種桃三千年一著子, 此兒不食, 三過
    偸之矣.」

35) 朱鶴齡 《李義山詩集箋注》, 季滄葦 《李商隱詩集抄本》

36) 《唐詩鼓吹評注》; 「此追憶武侯之事而傷之也.」周珽 《唐詩選脈箋釋會通評林》; 「此追憶武侯
    而深致感傷之意.」

37) <籌筆驛>; 「猿鳥猶疑畏簡書, 風雲長爲護儲胥. 徒令上將揮神筆, 終見降王走傳車. 管樂有才
    眞不忝, 關張無命欲何如. 他年錦里經祠廟, 梁甫吟成恨有餘.」

'儲胥'와 '傳車'의 用例를 분석하고 있다. 먼저 '儲胥'를 보면 籌筆驛은 諸葛亮이 주둔했던 산세가 험해서 猿鳥조차 근접하기 어려운 지역이어서[38] 적절한 표현으로 본다. 이 시어의 연원을 이수광과 朱鶴齡이 모두 揚雄의 <長楊賦>에서 찾았고 청대 馮浩가 주석하기를 「위소가 말하기를 儲胥는 울타리의 종류이다.(韋昭曰: 儲胥, 蕃落之類)」(≪玉谿生詩集箋注≫)라고 한 것은 이수광의 주석과 상통한다. 이수광이 '風雲'을 古軍陣法의 하나로 풀이한 것은 明淸은 물론 前代에도 없는 신해석이다.

'傳車'는 驛站의 수레인데 그 시어 연원을 ≪史記≫ 遊俠傳과 ≪漢書≫에서 찾을 수 있는데 이수광은 명대 李東陽의 詞를 인용하여 시어활용의 예로 제시하고 있다. 이수광이 자신의 견해라 하여 ≪三國志≫를 거론한 것은 ≪蜀志≫의 기록을 요약한 부분으로 馮浩도 동일한 주석을 하여 객관성이 있다.[39]

> *제11조 李義山促漏詩蓋宮怨之作也. 其一聯曰; 歸去定知還向月, 夢來何處更爲文. 文字作雲字似是.
> 이의산의 촉루시는 대개 궁녀의 원한을 담은 시이다. 그 한 연에 이르기를, 「돌아가면 반드시 달을 향해 돌아올 줄 아나니, 꿈에선 어디에서 다시 구름이 될까.」 文字는 雲자로 씀이 옳을 것 같다.

상기 <促漏詩>[40] 제6구의 文字를 雲자로 쓰는 것이 옳을듯하다는 견해를 적고 있다. 이수광은 시의 주제를 宮女의 怨恨을 토로한 시로 보았는데 明淸代의 注本에는 두 가지 설이 있다. 궁녀의 恨으로 보는 설로는 명대 郝天挺의 「此篇擬深宮怨女, 恨不如禽鳥猶有匹也.」(≪唐詩鼓吹注≫), 高棟의 「此詩擬深宮怨女而作.」(≪唐詩品彙≫), 胡以梅의 「代宮人吟怨曠也.」(≪唐詩貫珠串釋≫), ≪唐詩鼓吹評注≫의 「此言宮女之怨」 등은 이수광과 同意이나, 청대

---

38) 朱鶴齡注:「方輿勝覽; 籌筆驛在綿州綿谷縣北九十里, 蜀諸葛武侯出師, 嘗駐軍籌畫於此」

39) 馮浩 ≪玉谿生詩集箋注≫:「蜀志:鄧艾至城北, 後主輿櫬詣軍壘門, 艾解縛焚櫬. 後主舉家東遷至洛陽.」

40) <促漏>:「促漏遙鐘動靜聞, 報章重疊杳難分. 舞鸞鏡匣收殘黛, 睡鴨香鑪換夕熏. 歸去定知還向月, 夢來何處更爲雲. 南塘漸暖蒲堪結, 兩兩鴛鴦護水紋」

錢良擇의「高棅謂此詩擬宮怨而作, 其說甚迂」, 陸崑曾의「此亦義山悼亡詩也」(≪李義山詩解≫), 姚培謙의「此亦是悼亡之作」(≪李義山詩集箋注≫), 王鳴盛의「羨他人之得意, 傷己之孤獨」등은 이 시를 悼亡詩 또는 단순히 傷心의 작으로 보고 있어서 兩說이 紛紛하다. 필자는 단순히 深閨의 離情을 묘사한 시로 보는데 그 이유는 報章은 書信을 지칭하지 章奏가 아니며 시 전체의 情景이 宮禁을 대상으로 하지 않고 있다. 제2연은 孤居無聊한 정경을 묘사하고, 말연은 鴛鴦의 雙宿을 부러워하니 悼亡氣가 없다. 文자와 雲자의 의견은 全唐詩와 기타주본 등 명청본에 모두 雲자로 표기되어 있어서 문자의 이견은 없으니 이수광이 文淵閣本 이전 문집에 의한 견해로 보아 이수광의 고증이 탁월함을 인지한다.

> *제12조 義山詩云; 陛下好生千萬壽, 玉樓長御白雲杯. 白雲杯疑用王母瑤池宴事也. 王荊公宿寶林寺詩曰; 共盡白雲杯. 註曰; 白雲謂茶也. 似與此不同好生. 蓋書所謂好生之德也. 又語錄好生猶言十分極盡也. 或疑用語錄耳.
>
> 의산 시에 이르기를, 「폐하는 자애로워 천년만년 장수할지니, 옥루에서 길이 백운 술잔을 드네.」백운 술잔은 서왕모의 요지연회의 일을 인용한가 한다. 왕형공의 宿寶林寺시에 말하기를, 「함께 백운의 술잔을 다하네.」주석에 이르기를, 백운은 차를 말한다하니, 여기와는 같지 않은 것 같다. 대개 書經의 이른바 자애심이 많아서 살생을 하지 않는 덕 즉 好生之德일 것이다. 또 어록에 「好生은 대단히 극진하다고 말하는 것과 같다.」고 하였다. 혹시 어록을 인용한 것인가 한다.

이 시구는 <漢南書事>[41]의 말연으로서 이상은이 大中 2년 西羌인 党項을 토벌하는 일을 회상하며 漢南 즉 襄陽에서 지은 시이다. 이수광이 '好生'을 ≪書經≫에 근거한 것은 馮浩가 주석한 「書;好生之德, 洽於民心. 稱觴上壽, 本詩翩風.」(≪玉谿生詩集箋注≫)와 같고 '白雲杯'를 瑤池宴과 연관시킨 부분도 정확한 해석이다. '玉樓'는 崑崙山에 있는 神仙의 居處이며 '白雲杯'는

---

41) <漢南書事>:「西師萬衆幾時迴, 哀痛天書近已裁. 文吏何曾重刀筆, 將軍猶自舞輪臺. 幾時拓土成王道, 從古窮兵是禍胎. 陛下好生千萬壽, 玉樓長御白雲杯」

仙家에서 사용하는 酒杯이기 때문이다.[42]

    *제15조 義山詩; 「犀辟塵埃玉辟寒.」 按詩話; 魏明帝宮人取辟寒金, 爲釵鈿. 故時語曰; 不服辟寒金, 那得帝王心云. 而無所謂辟寒玉者, 蓋義山以金爲玉耳.
    의산시에 「무소뿔은 먼지를 피하고 옥은 추위를 피한다.」 내 생각으로는 시화에 위명제의 궁녀가 피한금을 취하여 비녀를 만들었다. 따라서 그 때 사람이 말하기를, 「피한금을 쓰지 않고 어찌 제왕의 마음을 얻겠는가?」라 하였다. 소위 피한옥은 없으니 대개 의산이 금을 옥으로 하였을 뿐이다.

    <碧城> 3수중 제1수[43] 제2구의 '玉辟寒'에 대한 해석을 하고 있다. 이 시의 주제에 대해서 여러 설이[44] 있지만, 대개 楊貴妃의 入道를 묘사한 것으로 해설하니 제1구「벽성은 열둘 구비 난간인데(碧城十二曲欄干)」에서 '碧城'은 道觀을 지칭하고 있고 이 시는 首句 碧城 2자로 詩題를 삼은 바 無題詩와 같은 성격을 지닌다.[45] 이상은 시구의 '犀辟塵'은 道觀의 淨潔과 華美함을 유지하기 위한 의미이고[46] '玉辟寒'에서 '辟寒'이란 있는 곳을 옮기어 추위를 피하는 뜻이므로 '玉辟寒'이 歡愛溫暖한 곳을 암시한다고 본다면 '玉'이든 '金'이든 상관하지 않는다. '金'으로 표현해야한다는 이수광의 견해는 매우 치밀하니 명청대에 이를 거론한 자가 없다.

    * 제16조 李商隱槿花詩曰; 「月裡那無姊, 雲中亦有君.」 意甚難解. 余謂月裡姊 疑指姮娥, 且楚辭九歌有雲中君, 註雲神也. 蓋槿花色白, 故取以譬之, 恐無別意.
    이상은의 근화시에 말하기를, 「달 속에 어찌 누이가 없으리오, 구름 속에

---

42) 馮浩 《玉谿生詩集箋注》: 「玉樓在崑崙, 白雲亦仙事, 卽瑤池宴飲之義.」 《李商隱詩歌集解》 p.880; 「玉樓, 指神仙居處. 白雲杯, 仙家所用酒杯.」
43) <碧城>: 「碧城十二曲難艱, 犀辟塵埃玉辟寒. 閬苑有書多附鶴, 女牀無樹不棲鸞. 星沈海底當窓見, 雨過河源隔座看. 若是曉珠明又定, 一生長對水精盤.」
44) 胡震亨: 「此似咏其時貴主事.」(《唐音戊籤》), 朱鶴齡: 「義山詩往往借仙境作艷語.」(《曝書亭集》 卷55), 陸崑曾: 「疑此三詩爲太眞沒後, 明皇命方士求致其神而作也.」(《李義山詩解》), 施補華: 「碧城諸詩, 似說楊妃事, 而語特含渾.」(《峴傭說詩》), 翁方綱: 「義山碧城三首, 或謂咏其時貴主事.」(《石洲詩話》)
45) 屈復 《玉谿生詩意》: 「此詩因首句碧城二字遂以爲題……與無題同.」
46) 馮浩 《玉谿生詩集箋注》: 「述異記: 却塵犀, 海獸也. 然其角辟塵, 致之於座, 塵埃不入.」

또 그대가 있네.」 뜻이 매우 난해하다. 나는 말하노니 달 속의 누이는 항아를
가리키는 것 같고 또한 楚辭 九歌에 雲中君이라는 작품이 있는데, 구름신(운
신)으로 주석한다. 대개 근화의 색은 희어서 가져다가 비유한 것이지 아마도
별 뜻은 없을 것이다.

이수광은 <槿花>시를[47] 姮娥와 雲中君에 비유한 것이 꽃이 희기 때문이
라고 풀이하면서 단순한 詠物詩로 보는데 명청대 賀裳과 朱彝尊은 寓意詩,
托興詩로[48] 평가하고 있다. 道觀의 女冠을 비유하여 仙女라든가 仙品의 이
미지로 부각하고 있는 것이다. 朱彝尊은 「아래 네 구는 선녀로 비유한다.(下
句四句以仙女比之.)」(≪李義山詩集輯評≫)라 하고 賀裳은 「고로 月姉, 雲君을
인용하고 仙島, 離群으로 맺으니 하늘이 내려 보낸 것으로 본다.(故引月姉雲
君, 以仙島離群結之, 見是天所譴降者.)」(≪載酒園詩話≫)라 하며 청대 屈復은
5, 6구는 「그 仙品이 上界에 합한 것을 비유하니 지금 곧 속세를 떠난 것이
며 那자와 亦자는 사람이 이미 무리를 떠난 감흥을 지닌다.(五六比其仙品合
在上界, 而今乃離群人世, 那字亦字有人已離群之感.)」(≪玉谿生詩意≫)라고 평
하고 있는데 수용할 만하다.

> *제17조 李商隱公子詩曰;「一盞新羅酒, 凌晨恐易銷.」蓋唐詩以新羅酒爲貴耳.
> 按酉陽雜俎酒食篇有樂浪酒法, 所謂新羅酒疑亦用其法造酒也.
> 이상은의 公子詩에 말하기를, 「한 잔의 신라주가 새벽에 쉬이 사라질 가 두
> 렵구나.」 대개 당시에서 신라주를 귀히 여겼다. 내 생각으로는 ≪유양잡조≫
> 주식편에 낙랑주법이 있는데 소위 신라주도 그 법을 사용하여 술을 만든 것인
> 가 한다.

<公子>[49] 제1연의 '新羅酒'에 대해서 풀이한 것이 적절하다. 朱鶴齡은

---

47) 李商隱<槿花詩>:「燕體傷風力, 雞香積露文. 殷鮮一相雜, 啼笑兩難分. 月裏那無姉, 雲中亦有
   君. 三淸與仙島, 何事亦離群.」
48) 馮浩:「月中雲中, 皆不忌人之得入, 何三淸仙島必以屛棄他人爲快耶? 此其寓意矣.」(≪玉谿生
   詩集箋注≫) 朱彝尊:「次首絶無題意, 疑其亦託是托興, 非詠物也.」(≪輯評≫)
49) <公子>:「一盞新羅酒, 凌晨恐易銷. 歸應衝鼓半, 去不待笙調. 歌好唯愁和, 香穠豈惜飄. 春場

通考의 「고려에는 차조가 없어서 메벼로 술을 만든다.(高麗無秫, 以秔爲酒.)」구를 인용하면서 「신라주는 응당 이것이다.(新羅酒當卽此也.)」(≪李義山詩集箋注≫)라고 주석하여 타당성을 지니고 있지만 馮浩는 「신라는 새로이 술을 거르는 것을 말한다. 원산송의 酒賦에 고운 비단의 가벼운 무명에 술거품이 다투어 떠오른다. 옛날 동이 신라국을 인용한 것은 틀린 것이다.(新羅, 謂新漉. 袁山松酒賦: 纖羅輕布, 浮蟻競升. 舊引東夷新羅國, 謬矣.)」(≪玉谿生詩集箋注≫)라고 기술하고 있어 그 황당한 해석을 본다.

    *제18조 李義山詩; 「神女生涯元是夢, 小姑居處本無郎.」 按小姑蔣子文妹也. 古樂府小姑曲云; 小姑所居獨處無郎, 此也.
    이의산 시에, 「신녀의 생애는 원래 꿈이니 시누이의 사는 곳에 본래 신랑이 없네.」 내 생각으로는 소고는 장자문의 누이이다. 고악부 소고곡에 이르기를, 「소고의 홀로 사는 곳에 신랑이 없다.」라고 한 것이 이것이다.

<無題> 2수 중 제2수50) 제2연에서 '小姑'(시누이)를 풀이하고 있다. 이상은의 무제시는 14수로서 이들 시가 대개 이별의 그리움과 애정상의 失意와 感傷, 그리고 幻滅 등을 묘사한 비극성을 지니고 있다.51) 이 시는 寓托이 비교적 뚜렷하여 고요한 밤에 여인의 자신의 신세와 절망적인 의식을 묘사한 것으로 筆意가 虛渾하다.52) 여인은 시인 자신이니 제2연에서 불우한 身世가 꿈같고 낭군도 없다고 한 것은 그가 令狐楚, 崔戎에 의거하다가 그들이 죽은 후에 王茂元에 의지하고 다시 鄭亞, 盧弘止에 의지하였으나 이들도 모두 먼저 폄적을 가거나 죽으니 그 신세를 토로한 것이다.53) 제2연의 '神女'는 巫山의 神女이며, '小姑'구는 古樂府의 <淸溪小姑曲>에서 연원하는데54) 이

鋪艾帳, 下馬雉媒嬌」
50) ≪無題≫ 제2수:「重幃深下莫愁堂, 臥後淸宵細細長. 神女生涯元是夢, 小姑居處本無郎. 風波不信菱枝弱, 月露誰敎桂葉香. 直道相思了無益, 未妨惆悵是淸狂.」
51) 劉學鍇 ≪李商隱詩歌硏究≫ p.34(安徽大學出版社 1998)
52) 상동 pp.38~39
53) 상동 p.39 劉學鍇, 余恕誠 ≪李商隱詩歌集解≫p.1617:「按; 二句謂回憶往昔, 遇合如夢, 至今幽居獨處, 終身無托」

수광이 '小姑'를 '蔣子文妹'로 지칭한 근거는 다음 두 가지 자료에 의거했다
고 보니 즉 劉敬叔 ≪異苑≫의 「청계의 소고는 장자문의 셋째 누이이다.(清
溪小姑, 蔣子文第三妹也)」구와 楊炯 <小姨墓碑>의 「순임금의 두 비 있어
상수의 거친 파도가 그치지 않았다. 장후의 셋째 누이는 청계의 자취에서
찾을 수 있다.(虞帝二妃, 湘水之波瀾未歇; 蔣侯三妹, 清溪之軌跡可尋)」구이
다.55)

    *제19조 李義山撰彭陽公誌文詩曰; 「待得生金後, 川原亦幾移.」按晉書賈逵石
碑中生金. 庾信文曰; 「碑(缺)生金」, 陰鏗古墓詩; 「碑書欲有金.」此也. 徙唐本作
後似是.
    이의산은 팽양공의 지문을 짓는 시에 말하기를, 「기다려서 금을 얻은 후에,
냇물과 언덕을 또한 얼마나 옮겼는가.」진서에 의하면 가규의 비석 속에 금이
있다고 하였다. 유신의 글에 이르기를, 「비석에(결자) 금이 있다.」음갱의 고묘
시에 「비석의 글에 금이 나오려한다.」라고 한 것이 이것이다. 徙를 당본에는
後로 썼는데, 옳은 것 같다.

    <撰彭陽公誌文畢有感> 시의56) 제4연에서 '生金'을 풀이하고 있다. 이 시
는 令狐楚를 위한 誌文으로서 功德을 추앙하고 感恩에 대해 보답하는 시이
다.57) 제4연에 대해서 청대 何焯은 은혜를 평소에 보답할 수 없고 오직 이
글로 기탁한 것이라고 주석하고58) 청대 姜炳璋은 「7, 8구는 공의 뜻이 제세
에 있은 즉 이 비석도 생금하는 이물이다.(七八言公志在濟世, 卽此碑石亦當生
金利物)」(≪選玉谿生詩補說≫)라고 하여 令狐楚의 뜻이 濟世에 있었으므로 그
비석도 生金하는 것이라고 하였다. '生金'의 어원을 王隱의 ≪晉書≫ 石瑞記
의 賈逵의 石碑 고사와 庾信의 碑文,59) 그리고 陰鏗의 <行經古墓>제4구60)

---

54) 朱鶴齡 上揭書: 「古樂府清溪小姑曲: 開門白水, 側近橋梁. 小姑所居, 獨處無郎.」
55) 朱鶴齡 上揭書
56) <撰彭陽公誌文畢有感>: 「延陵留表墓, 峴首送沈碑. 敢伐不加點, 猶當無媿辭. 百生終莫報, 九
    死諒難追. 待得生金後, 川原亦幾移.」
57) 姚培謙 ≪李義山詩集箋注≫: 「爲感恩知已人作碑, 以延陵, 峴首發端, 已極推崇.」
58) ≪讀書記≫: 「待得生金後二句評:恩門非尋常可報, 惟此文使托以不朽而已.」

에서 인술한 것은 이수광의 淵博한 識見을 대변해 주는 것으로서 명청대 주
석에서 陰鏗의 시는 거론되지 않았기 때문이다.

> *제22조 李商隱詩云;「今朝歌管屬檀郎」又崔女詩,「不見檀郎年少時.」檀郎
> 蓋指良人而未知意義. 按晉藩岳小字檀奴, 抑或以此耶.
> 　이상은 시에 이르기를,「오늘 아침 노래와 피리로 님에게 화답하네.」또 최
> 여인의 시에「님의 젊은 시절을 보지 못했네.」檀郎은 대개 남편(良人)을 가리
> 키는데 그 뜻을 모르겠다. 내 생각으로는 진대 반악의 아명이 檀奴이니, 혹시
> 이것에서 나온 것인가 한다.(시어 '檀郎'의 의미와 유래의 해석)

　　<王十二兄與畏之員外相訪見招小飮時余以悼亡日近不去因寄>61)시　제2구의
시어 檀郎의 의미와 어원을 풀이하고 있는데 정확하다. 이 시는 王茂元의
딸인 亡妻에 대한 애도와 자신의 悽情을 묘사한 것으로62) 詩題의 王十二는
王茂元의 아들이며 畏之는 이상은과 같이 王茂元의 사위(壻)이다.63) 朱鶴齡
은「어떤 이는 말하기를, 단노는 반악의 어릴적 자로서 후인이 이로써 단랑
이라 불렀다.(或曰; 檀奴, 潘安仁小字, 後人因號曰檀郎)」이라 주석하고 馮浩
는「억승에 옛날 랑으로 칭한 것에 따라 반악을 반랑, 단랑이라 불렀다. (臆
乘,古之以郎稱者, 潘岳曰潘郎, 檀郎)」라고 주석하니, '檀郎'은 潘岳을 지칭한
데서 유래되고 唐人의 풍습상 '檀郎'으로 '壻'를 칭하였다 하니 이로써 이수
광의 풀이가 타당함을 본다.

> *제24조 李義山詩;「鏤香金屈戍, 帶酒玉崑崙.」按稗史曰; 戍卽膝耳. 李長吉
> 詩;「屈膝銅鋪鏁阿甄」, 甄指甄后, 猶言阿嬌也. 義山所謂屈膝蓋香器, 崑崙蓋酒

<hr>

59) 晉書:「永嘉初, 陳國項縣賈逵石碑中生金, 人鑿取賣, 賣已復生, 此江東之瑞也」庾信碑文:「刺
　　史賈逵之碑, 旣生金粟」
60) ≪全漢三國晉南北朝詩≫ 全陳詩 卷一, p.1368, 臺灣世界書局, 1978
61) 詩: 謝傅門庭舊末行, 今朝歌管屬檀郎. 更無人處簾垂地, 欲拂塵時簟竟牀. 嵇氏幼男猶可憫, 左
　　家嬌女豈能忘. 秋霖腹疾俱難遣, 萬里西風夜正長.
62) ≪李商隱詩歌集解≫, p.1209
63) 金聖嘆 ≪貫華堂選批唐才子詩≫:「先生與畏之同爲王茂元壻, 此王十二兄, 想卽茂元之子, 故
　　得以閨房之至悲盡情相告也」

器, 二者非必器名, 疑亦以形象而言.

　　이의산 시에 「향기가 금굴술에 잠기니, 술을 가져다 옥곤륜에 담네.」 패사
에 의하면, 戌은 곧 膝일 따름이다. 이장길 시에 「무릎을 굽힌 모양의 구리 문
고리는 미인을 가두네.」 견은 견후를 가리키며 아교 오히려 아교 미인을 말한
다. 의산의 소위 굴슬은 향그릇일 것이며, 곤륜은 술그릇일 것이나 두 개는 반
드시 그릇 이름이 아니고 형상으로 말한 것인가 한다.

　　<魏侯第東北樓堂郢叔言別聊用書所見成篇>시의 제5연구의 '屈戌'과 '崑崙'
의 어의를 풀이한 부분인데 李郢의 이별연을 묘사한 시이다. '崑崙'에 대해
서는 馮浩가 「此玉崑崙, 似指酒器耳. 又曰; 玉崑崙必酒盞, 無煩多猜.」라고 하
여 '崑崙'을 '술잔'으로 풀이하였으나, '屈戌'에 대해서는 道源의 注에 李賀의
上記 시구를 인용하고 ≪輟耕録≫의 '環鈕'(둥근 꼭지)라 하여 북방에서는
'屈戌'이라 말한다는 기록을64) 인용하고 있어 이수광의 '향그릇'이란 풀이에
는 미달하고 있다. 따라서 이수광의 주석으로 보면 이상은 시구는 「향내가
금향로에 잠기니 술을 옥술잔에 담네.」라고 이해하기 쉬워지니 그 분석력이
출중하다.

　　　*제25조 李義山聽鼓詩,「欲問漁陽摻, 時無禰正平.」按摻上聲, 三撾鼓也, 又
　　擊鼓之法也. 沈存中筆談以爲應據書云;「聽廣陵之淸散」, 爲曲名明矣. 漁陽摻正
　　如廣陵之散也.

　　이의산의 청고시에 「어양의 북소리 즉 참곡을 물으려 하나, 때마침 예정평
이 없네.」 내 생각으로는 摻은 上聲이고 세 번 북을 치며 또 북 치는 법이다.
심존중의 필담에 응거의 글이라고 여겨 이르기를,「광릉의 청산을 듣는다」고
하였는데 散이 곡명인 것이 분명하다. 어양참은 마침 광릉산과 같은 것이다.

　　<聽鼓>오언절구 제2연의 漁陽摻의 '摻'에 대해서 풀이하고 있는데 그 해
석의 근거가 분명하다. 이 시를 보면,

---

64) ≪輟耕録≫:「今人家窓戶設鉸, 名曰環鈕, 卽古金鋪之遺意, 北方謂之屈戌.」

城頭疊鼓聲, 城下暮江淸. 성 머리에는 북소리 들리고, 성 아래에는 저녁 강
물이 맑다.
欲問漁陽摻, 時無禰正平. 어양참을 물으려하나 때마침 예정평이 없구나.

　위에서 漁陽摻은 擊鼓의 曲調로서 樂曲에 맞추어 북을 치는 경우에 해당
한다.65) 擊鼓에 능한 禰衡이66) 없으니 물을 수 없다고 한 것은 시인 자신의
世俗에 激發하고 權貴를 멸시하는 정감을 묘사한다. 그래서 姚培謙은 「북소
리를 빌려서 분만을 표현하다(借鼓聲抒憤懣也.)」(≪李義山詩集箋注≫)라 하
고 何焯은 「마침 몸가짐이 예형과 같을 따름이다.(正爲身似正平耳.)」(≪輯
評≫)라고 한 것이다. 그리고 '散'은 거문고의 歌曲 즉 琴曲을 일컬으니 곡조
라는 의미에서 상통한다.

　　*제26조 義山詩,「簟氷將飄枕」, 簡齋詩曰;「雪月氷寒衾.」 山谷詩,「風力欲氷
酒.」 皆作去聲用.
　　의산의 시에,「대자리의 얼음이 베개에 떨어지려 하네.」 간재의 시에 이르
기를,「눈 맺힌 달빛이 얼음처럼 찬 이불에 든다.」 산곡의 시에 「바람 기운이
술을 얼음처럼 차게 하네.」이 모두가 거성으로 쓰인다.

　<石城> 시67) 제3구의 '氷'자의 해석인데 이 시는 이상은이 湘(湖南)지방
으로 가던 중 郢지방을 지나면서68) 지은 艶詞이다.69) 이수광은 '簟氷'으로
기재하고 송대 陳與義와 黃庭堅의 시구를 인용하여 의미 상통시키고 있다.
판본에 따라서 '氷'을 '水'로 기재함이 의미 상통한다는 설이 있으나, 毗陵蔣
氏 ≪李義山詩集≫과 姜道生 ≪李商隱詩集≫, 悟言堂抄本 ≪李商隱詩集≫,

---

65) 胡仔 ≪苕溪漁隱叢話後集≫ 卷十四引湘素雜記
66) 馮浩 ≪玉谿生詩集箋注≫에 後漢書의 禰衡傳을 인용하여 漁陽摻과의 연관성을 설명.
67) <石城>:「石城誇窈窕, 花縣更風流. 簟氷將飄枕, 簾烘不隱鉤. 玉童收夜鑰, 金狄守更籌. 共笑
　　鴛鴦綺, 鴛鴦兩白頭.」
68) 張采田 ≪玉谿生年譜會箋≫:「此義山赴湘過郢時作.」
69) 程夢星 ≪重訂李義山詩集箋注≫:「題以地名, 詩實艶體.」 紀昀 ≪玉谿生詩說≫:「此是艶詞,
　　格調亦靡靡之甚.」

胡震亨輯唐音統籤戊籤 ≪李商隱詩集≫ 등 明代 板本과 淸影宋抄本 ≪李商隱詩集≫이 모두 '氷'으로 기재한 바, 이수광이 '氷'으로 표기한 것은 순리에 맞다고 본다. 그러나 詩意面에서 姚培謙은70) 제3구는 여름 낮이며 제4구「簾烘不隱鉤」(발속에 등불이 밝게 비추어 고리가 드러나네)는 겨울밤이라 하고, 屈復은「簟紋如水」(대자리 무늬가 물 같다)라 하고 근인 余恕誠은「簟水指簟上之水紋」(대자리의 물은 대자리 위의 물무늬를 가리킨다)71) 라고 하여「簟水將飄枕」(대자리의 물무늬가 베개에 어른대네)라고 풀이하면서 '水'로 기재함이 옳다는 주장도 설득력이 있다.

2. 詩語句의 典故

이수광은 시어해석상 제1, 2조에서 漢宮詞의 金莖의 이슬 하사와 靑雀 부분, 그리고 제4조에서는 渾瑊의 고사, 제13조에서는 秦穆公의 고사, 제20조에서는 바둑의 기원 등 5개조에서 시구의 由來를 규명하고 있다.

　　* 제1조 李商隱詩曰;「靑雀西飛更未回, 君王長在集靈臺. 侍臣最有相如渴, 不賜金莖露一杯」 羅大經 ≪鶴林玉露≫以爲「靑雀不回, 神仙無可致之理, 而武帝不悟, 猶徘徊臺上, 庶幾見之」 此言然矣. 又以爲「相如正苦消渴, 何不以一杯賜之, 驗其眞妄乎.」 余謂此言非是. 蓋言武帝惑於長生之說, 侍臣有相如之渴, 而惜一杯金露, 不借賜之也. 詩意恐只如此

　　이상은 시에 말하기를,「푸른 새가 서쪽으로 날아가서 다시 돌아오지 않으니, 임금은 오래 집영대에 있네. 신하 중에 사마상여가 가장 목말라 한데, 금경의 이슬 한 잔을 내리지 않네.」 나대경의 학림옥로에서는「푸른 새가 돌아오지 않으니 신선이 될 도리가 없는데 무제가 깨닫지 못하고 오히려 누대 위에서 배회하며 보기를 바라고 있다.」라고 하였다. 이 말은 그러하다. 또「사마상여가 마침 소갈증으로 고생하는데 어찌 이슬 한 잔을 내려서 그 참되고 거짓

---

70) 姚培謙 ≪李義山詩集箋注≫:「簟氷句, 夏之句也, 簾烘句, 冬之夜也.」
71) 屈復 ≪玉谿生詩意≫:「簟紋如水, 正與飄字相應.」余恕誠 ≪李商隱詩歌集解≫:「氷如爲凝涕, 則與飄枕不合; 如指流淚, 則不得謂之氷. 作氷者顯誤. 簟水指簟上之水紋. 燈光明亮, 簟紋似水, 如將飄枕」

됨을 시험하지 않았나?」라고 하였다. 내가 말하노니 이 말은 옳지 않다. 대개 무제가 장생설에 미혹되어 신하 중에 상여가 갈증에 걸렸는데 한 잔의 금경이슬을 아껴서 내려주지 않았음을 말한다. 시의 뜻이 아마도 단지 이러할 따름이다.

　*제2조 李商隱詩;「靑雀西飛更未回.」三體詩註引西王母靑鳥使爲證. 余恐不然,《洞冥記》曰;「有女名巨靈, 悅於帝, 戱笑帝前, 東方朔望見巨靈, 乃目之, 巨靈化成靑雀飛去, 乃起靑雀臺云.」蓋出於此

　이상은 시에「푸른 새가 서쪽으로 날아가서 다시 돌아오지 않네.」라고 하였는데 삼체시의 주에서는 서왕모의 청조사를 인용하여 증거로 삼았다. 나는 아마도 그렇지 않다고 본다. 동명기에 말하기를,「거령이라는 여인이 있어 무제를 좋아하여 무제 앞에서 놀이하여 웃으니 동방삭이 거령을 보고 곧 눈짓하매 거령이 푸른 새가 되어 날아가서 곧 청작대를 지었다.」라고 하였다. 대개 여기에서 나온 것이다.

　위의 2개조는 <漢宮詞> 7언절구시로서 이상은이 漢武帝의 求仙 고사를[72] 빌려서 唐武宗이 神仙을 추구하여 政事를 소홀히 함을 풍자한[73] 작품이다. 제1조에서 이수광은 羅大經의 《鶴林玉露》 評에서 武帝의 求仙無益은 긍정하고 眞僞를 시험한다는 부분에 대해서는 무제의 虛妄한 長生을 위한 求仙의식만으로 이해해야 함을 강조하면서 부정하고 있다. 이 시에 대해서 청대 沈德潛이「신선을 바라는 것은 무익함을 말한다. 혹은 신선을 좋아하고 현재를 멀리함을 말한다고 하고 혹은 천자가 신선을 바람을 말한다고 한다.(言求仙無益也, 或謂好神仙而疏賢才, 或謂天子求仙.)」(《唐詩別裁集》)라 하고 청대 徐增은「이것은 신선을 바래도 징험이 없으니, 천자가 이런 허탄한 일을 받드는 것은 부당함을 잘 말해준다.(此甚言求仙無驗, 天子不當尙此虛誕之事.)」(《而菴說唐詩》)라 하여 실현성 없는 신선추구를 풍자한 점을 지적하였고, 청대 吳逸一은 이상은이 唐末의 王道가 혼란함을 간접적으로 풍유한 것으로

---

72) 《漢武故事》:「七月七日, 上於承華殿齋, 忽靑鳥從西來 上問東方朔, 朔曰; 西王母欲來 有頃, 王母至.」

73) 余恕誠 《李商隱詩歌集解》二冊, p.592:「程箋謂專刺武宗, 甚是. 史載, 武宗好神仙, 道士趙歸眞得幸. 諫官屢以爲言, 李德裕亦諫之 會昌五年正月, 勅造望仙臺於南郊壇.……此詩之作, 約在築望仙臺之後, 義山重官秘閣前. 是時義山閒居已久, 亟盼起用, 故有相如渴之語.」

평하여 「당 헌종이 금단을 복용하여 죽고, 목종도 또 전철을 따르니 의산의
이 시는 풍유의 뜻이 깊다. 천자가 신선을 좋아하니 궁문이 반드시 빈다.(唐
憲宗服金丹暴崩, 穆宗復循舊轍, 義山此作, 深有託諷意. 天子好仙, 宮闈必曠.)」
(≪唐詩選脈箋釋會通評林≫)라고 하였다. 이수광은 명청대 評語를 先導하고
그 내용이 세밀하고 객관적이다.

   그리고 제2조는 漢武帝가 신선을 추구하는 과정에 靑雀臺를 짓게 된 동기
를 ≪洞冥記≫를 인용하면서 밝히고 있다. 필자의 견해로는 이 고사가 ≪山
海經≫에[74] 이미 기록되어 있는 바, 이수광이 단지 그 근거를 제시하고자
한 것이라면 三體詩注를 「余恐不然」이라 평한 부분은 불필요하다고 본다.

   *제4조 李商隱詩曰; 「咸陽原上英雄骨, 半向君家養馬來.」此爲渾侍中作也. 有
   人言渾瑊常燒人骨喂馬, 馬甚肥健. 此事出於雜書云.
      이상은 시에 말하기를, 「함양 언덕에 영웅의 뼈가 반은 그대 집을 향해 말
   먹이러 오네.」라고 하였다. 이것은 혼시중을 위해 지은 것이다. 어떤 이가 말
   하기를, 「혼감이 항상 인골을 태워서 말에 먹이니, 말이 매우 살찌고 건장하였
   다.」라고 하였다. 이 일은 잡서에서 나온 것이다.

   <渾河中> 시[75] 제2연은 漢武帝時 金日磾가 養馬하여 莽何羅를 토벌한
功으로 秺侯에 封해진 고사를 비유하여 渾瑊의 忠誠과 謙愼을 칭송한 부분
이다.[76] 이 시는 德宗이 奉天으로 순행하매 가솔을 인솔하여 왕을 호위하고
河中節度使가 된 혼감의 英勇氣槪와 功績을 묘사한 詠事詩로서[77] 朱鶴齡이
≪漢書≫에서 김일제의 「輸黃門養馬(대궐문에 보내어 말을 기르다)」구를 인
용하고 ≪舊唐書≫에서는 「혼감이 충성하고 근면하며 근신하고 공이 높아도
자랑하지 않으니 그 때에 논하여 그를 김일제에 비유하였다.(瑊忠勤謹愼, 功

---

74) 馮浩 ≪玉谿生詩集箋注≫: 「山海經大荒西經曰; 西有王母之山, 有三青鳥, 赤首黑目, 一名大
    鵹, 一名少鵹. 注曰; 皆西王母所使也.」
75) <渾河中>: 「九廟無塵八馬迴, 奉天城壘長春苔. 咸陽原上英雄骨, 半向君家養馬來.」
76) 한서 출처
77) ≪舊唐書≫ 卷134 列傳 第84

高不伐, 時論方之金日磾)」(卷134 列傳 第84)구를 인용하여 혼감을 김일제와 비교할만하다고 하였고 姚培謙도「충성하고 근면하며 근신하여 공이 높아도 자랑하지 않으니 그 때 사람들이 그를 김일제에 비유하였고 말구에서 그 뜻이 바뀌어 그 말 기르는 사람을 말하니 또한 김일제에 비유할만하다.(忠勤謹愼, 功高不伐, 時人方之金日磾, 末句翻其意, 言其養馬兒, 且可方日磾也,)」(≪李義山詩集箋注≫)라고 하여 같은 맥락으로 풀이하였으며 청대 程夢星은 제2연을 풀이하기를「소위 영웅은 곧 혼감을 가리키며 그대 집은 곧 임금을 가리킨다.(所謂英雄卽指渾瑊, 君家乃指君上.)」(≪重訂李義山詩集箋注≫)라고 기술하고 또「혼공의 공적과 명성이 성대하여 하중의 사업을 당시에 비교하지 못했음을 말한다.(言渾公功名之盛, 河中事業, 當時無比)」(상동)라고 평하고 있을 뿐 혼감이 말에게 인골을 먹였다는 기록은 어디에도 없다. 이수광이 거론한 잡서의 출처를 모르니 이상은의 시구 내용의 근거를 밝힐 수 없다.

*제13조 義山詩云;「自是當時天帝醉, 不關秦地有山河.」按秦穆公夢至帝所, 天帝饗之醉, 賜金策云云. 庾信哀江南賦云;「以鶉首而賜秦, 天何爲而此醉.」詩意乃用此也.
　　의산 시에 이르기를,「이에 그 당시에 천제가 술에 취해, 진땅에 산천이 있음을 상관 않네.」내 생각으로는 진목공이 꿈에 천제 있는 곳에 이르니 천제가 향응하여 취하여, 황금 표찰을 하사하였다. 유신의 애강남부에 이르기를,「남방의 별자리 순수 분야를 진나라에 주니 하늘이 어찌 이리도 취한 건가.」시의 뜻이 곧 이것을 인용한 것이다.

<咸陽>시 제2연에서 천제가 술에 취했다는 의미를 어떻게 이해해야 하는지를 밝히고 있다. 이 시를 보면,

　　咸陽宮闕鬱嵯峨, 함양 궁궐은 울창하여 우뚝 솟아 있고
　　六國樓臺艶綺羅. 육국의 누대는 곱고 화려하네.
　　自是當時天帝醉, 이에 그 당시에 천제가 취하여

不關秦地有山河. 진땅에 산하가 있음을 상관 않네.

　　이 시는 秦나라가 六國을 합병한 것은 天祐이지 산천이 견고하여 강대한 때문만이 아니라는 주제를 설정하여 唐末의 暴政을 諷諫한다. 그래서 朱鶴齡은 「사나운 진이 육국을 합병하니 진실로 천제가 준 것이지 그 땅에 산천이 견고한 때문이 아니다.(言暴秦之兼幷六國, 實天帝畀之, 非以其地有山河之固也.)」(≪李義山詩集箋注≫)라고 하고 屈復은 「그 당시의 왕을 풍간한 것으로 험하여 믿기에 부족함을 말한다. 당은 또한 진의 고도이니 생각하면 알 수 있다.(諷諫時王, 言險不足恃也. 唐猶秦之故都, 可想而知.)」(≪玉谿生詩意≫)라고 평하고 있다. 咸陽은 秦과 唐의 도읍지로서 시인이 양국의 運命을 연관시킨 것이며 ‘天帝醉’에 대해서 唐觀의 해설과[78] 같이 이수광은 ≪史記≫ 扁鵲傳에서 그 어원을 찾고 庾信의 賦에서 南方의 星宿인 鶉首의 天文運行으로 秦이 六國을 병합한 것을 밝혔는데 매우 정확하다. 그리고 이상은이 ‘天帝醉’라고 묘사한 의도는 淸代 姜炳章이 「진이 천하를 얻으니 천제가 취한 때문이나 취한 즉 쉽게 깨니 고로 육국이 이미 망하고 진도 드디어 망하였다. 밝은 경계의 뜻이 해학적인 말에서 나왔고 오히려 날조가 아니니 절묘하다.(秦得天下, 由于天帝之醉, 然醉則易醒, 故六國旣沒, 秦亦逐亡. 炯戒之意出于諧辭, 却非杜撰, 妙絶.)」(≪選玉谿生生詩補說≫)라고 해설한 것과 상통하고 이수광이 庾信의 문구를 인용한 것도 같은 맥락이라 하겠다.

　　*제20조 李義山詩; 「玉作彈碁局, 中心亦不平.」按彈碁之戲始於漢成帝. 陸放翁云; 古彈碁局狀如香爐, 蓋謂其中隆起也.
　　이의산 시에, 「옥으로 바둑판을 만드니 가운데가 평평치 않네.」내 생각으로는 바둑 놀이는 한나라 성제 때에 시작되었다. 육방옹이 이르기를, 「옛 바둑판의 모양은 향로와 같았다.」라고 하니, 대개 그 가운데가 툭 튀어나왔다는 말

---

78) 唐觀 ≪延州筆記≫: 「按文選張平子西京賦曰; 昔者天帝悅秦穆公而觀之, 享以鈞天廣樂, 帝有醉焉. 乃爲金策, 錫用此土. 又廣文選庾信哀江南賦曰; 以鶉首而賜秦, 天何爲而此醉. 秦穆公夢至帝所, 事見史記扁鵲傳. 故二賦皆引之. 義山詩所謂天帝醉者, 蓋本二賦及史記也.」

이다.

<柳枝> 5수는 여인을 회상하며 지은 情詩로서 序文의 일단을 보면,

> 유지는 낙양 마을의 처녀였다. 아버지는 부유하고 뛰어난 상인이었는데 풍랑
> 으로 강호에서 죽었다. 그녀의 어머니는 다른 자식들은 아랑곳하지 않고 오직
> 유지만을 사랑하였다. 유지는 17세가 되었으나 화장하거나 머리를 매만지는 일
> 에는 관심이 없고 또 화장도 제대로 않고 나가곤 하였다. 그녀는 나무 잎 파리
> 를 불어보고 꽃술을 깨물기도 했으며, 거문고를 잘 타고 퉁소를 잘 불었다.
> 　柳枝, 洛中里娘也. 父饒好賈, 風波死湖上. 其母不念他兒子, 獨念柳枝, 生十七
> 年, 塗粧綰髻未嘗竟, 已復起去, 吹葉嚼蕊, 調絲擪管.

라고 하여 시인 자신이 그 대상 여인의 신분을 밝히고 있다. 그 중에서 이수
광이 거론한 제2수를 들어 보면,

> 本是丁香樹, 春條結始生. 본래 정향나무 꽃이 봄 가지에 맺혀서 나오네.
> 玉作彈碁局, 中心亦不平. 옥으로 바둑판을 만드니 가운데가 평평치 않네.

이 시는 姚培謙과 馮浩가 평한 것처럼 짝이 없음을 한탄하여 스스로 밝힌
것이며,[79] 제2연의 '心不平'은 자기 內心의 不平을 比喩한 것인데[80] 이수광
은 여기서 단지 바둑의 기원과 바둑판의 모양을 풀이하고 있어 이미 그 뜻
을 이해하고 바둑에 관해서만 설명한 것인지를 가늠하기 어렵다.

3. 詩의 主題

이수광이 이상은 시에서 시의 주제를 거론한 부분이 제5, 6, 7, 8, 21, 23

---

79) 姚培謙 ≪李義山詩集箋注≫: 「次章此以恨無作合之人自解.」 馮浩 ≪玉谿生詩集箋注≫: 「次
　　章無從結合, 徒抱不平, 當皆就柳枝說.」
80) 余恕誠 ≪李商隱詩歌集解≫, p.120: 「三四以彈碁局之中心不平喩己內心之不平, 隱寓一憤字.
　　三四喩己而非喩柳枝, 可於亦字味出.」

조 등 6개조이다.

*제5조 李商隱詩曰;「嫦娥應悔偸靈藥, 碧海靑天夜夜心.」此詩以首句「雲母屛風燭影深」觀之, 似是宮怨或閨情之作, 必有所指而言. 其集中詩如此者非一二, 深味之, 其意可見.

　이상은 시에 말하기를, 「항아가 응당 영약을 훔친 것을 후회하니 푸른 바다와 푸른 하늘에 밤마다 마음 편치 않네.」이 시는 첫구에서 「운모병풍에 촛불 그림자가 깊구나.」를 보면, 이것은 궁녀의 원망이나 규방의 정을 담은 작품 같으니 반드시 가리키는 바가 있어서 말한 것이다. 그 문집에서 이러한 시는 한 둘이 아니니 깊이 음미하면 그 뜻을 알 수 있다.

　이수광은 항아[81] 제1구와 제2연을 인용하여 이 시가 규방의 孤寂한 情恨을 노래한 작품으로 보았다. 羿의 처인 嫦娥가 不死之藥을 훔쳐 먹고 달로 도망갔다는 신화에[82] 기탁하여 풍자한 바, 沈德潛이 「고적한 상황을 夜夜心 석자로 다하고 있다.(孤寂之況, 以夜夜心三字盡之)」(≪唐詩別裁集≫)라고 하고 屈復은 「항아는 그리운 사람을 가리킨다. 진정 항아를 가리킨다고 하면 어리석은 사람이 꿈 얘기하는 것이다.(嫦我指所思之人也. 作眞指嫦娥, 癡人說夢.)」(≪玉谿生詩意≫)라고 평하고 있어서 이수광의 견해와 상통한다.

*제6조 李商隱詩;「于今腐草無螢火, 終古垂楊有暮鴉.」 註者以爲上句喩氣焰消歇, 下句喩惡名猶在. 余謂不然. 按煬帝於宮中, 徵求螢火數斛, 夜遊放之, 又種隋堤楊柳. 蓋謂其時取螢盡矣, 故今無復有螢也. 垂楊暮鴉謂楊柳低垂已盛而有鴉來棲, 喩隋業爲唐所有也. 或疑垂與隋音同, 楊隋姓故借用也.

　이상은 시에 「지금 썩은 풀에 반딧불이 없고 자고로 버드나무에 저녁 까마귀가 있네.」라고 하였다. 주석하는 이가 윗구는 기염이 사라진 것을 비유하고 아래 구는 악명이 아직 있음을 비유한다고 하였다. 나는 그렇지 않다고 말한다. 내 생각에는 수양제가 궁중에서 반딧불을 몇 섬 구하여 밤에 놀게 풀어놓고 또 수나라의 제방에 버드나무를 심었다. 대개 그 때에 반딧불을 잡기를 다한 바 다시는 반딧불이 없다는 말이다. 버드나무의 저녁 까마귀는 버드나무가

---

81) <嫦娥>:「雲母屛風燭影深, 長河漸落曉星沈. 嫦娥應悔偸靈藥, 碧海靑天夜夜心.」
82) ≪淮南子≫ 覽冥制:「羿請不死之藥於西王母, 嫦娥竊以奔月.」

낮게 드리워져서 이미 무성하여 까마귀가 와서 깃들었다는 말로서 수나라의
왕업이 당나라에게 소유되었음을 비유한다. 혹시 垂와 隋의 음이 같고 楊이
수나라의 왕실 성이어서 빌려 쓴 것인가 한다.

　이수광은 ≪隋宮≫ 제3연을 거론하여 제5구는 氣焰이 다하고 제6구는 惡
名이 남아 있다는 旣說의 단순한 註釋에서 탈피하여 隋나라의 멸망과 연
관시켜서 읊은 詠史詩로[83] 보고서 반딧불이 없고 까마귀가 깃든 버드나무
가 서 있는 황폐한 수나라 궁궐을 묘사하고 있다. 이 점에 대해서 명대 陸
時雍은 「수양제는 주색에 빠져서 때문에 끝에 두 말이 있는 것이다.(隋煬帝
荒於酒色, 故末有二語.)」(≪唐詩鏡≫)라 하여 동일한 평을 가하였고 청대 周
挺은 「이것은 양제가 안일하게 놀며 돌아옴을 잊어 끝내 나라를 패망케 함
을 나무란 것이다.(此譏煬帝逸遊忘返, 窮慾敗國也.)」(≪唐詩選脈會通評林≫)라
고 하여 수국의 패망을 풍자한 것으로 보았다. 이수광이 同音異語로서 제6
구의 ‘垂’를 ‘隋’, 그리고 버드나무로서의 ‘楊’을 隋의 첫 황제 文帝 楊堅의
‘楊’으로 추리하여 隋宮의 이미지를 부각시킨 것은 충분히 상상할 수 있지만
객관적인 근거가 없는 풀이로 본다.

　　*제7조 義山詩; 「內苑只知銜鳳觜, 屬車無復揷雞翹.」 按漢武時西海獻膠, 帝弦
斷以膠續之, 終日射不斷, 帝大悅. 十洲記; 「仙家煮鳳觜麟角作膠, 名續弦膠.」漢
輿服志; 「鸞旗曰雞翹, 編羽爲之.」上句蓋譏帝好遊獵. 下句譏帝好微行也.
　　의산 시에 「안뜰에 오직 봉황새 부리를 물줄만 알고, 임금을 시중하는 수레
에 다시 닭꼬리를 꽂지 않네.」 생각컨대 한무제 때에 서해에서 아교풀을 바쳤
는데 왕의 활줄이 끊어지매 그것을 이어서 종일 쏘아도 끊어지지 않으니 왕이
크게 기뻐하였다. 십주기에 「신선의 집은 봉황새 부리와 기린 뿔을 삶아서 아
교를 만들고 이름을 속현교라 한다.」라고 하였고 후한서 여복지에는 「봉황깃
발을 雞翹라 하니 깃털을 엮어서 만든다.」라고 하였다. 위의 구는 대개 임금이
유렵을 좋아함을 나무라고 아래 구는 임금이 미행을 좋아함을 나무란 것이다.

____

83) 兪陛雲 ≪詩境淺說≫; 「凡作詠古詩, 專詠一事. 通篇固宜用本事, 而須活潑出之, 結句更須有
　　意, 乃爲佳構.」

<茂陵> 시 제2연에서 '鳳觜'와 '鷄翹'의 典故를 풀이하고 두 구의 내용을 설명하고 있다. 이 시의 주제는 제3조와 14조에서 이미 거론한 바 漢武帝를 빌려서 遊獵과 武戲를 좋아하던 唐武宗을 풍자하였는데 이수광이 '鳳觜'와 '鷄翹'의 어원을 각각 ≪十洲記≫와 ≪後漢書≫ 輿服志에서 추출한 것과 제3연에서 제5구는 사냥, 제6구는 微行을 암시했다는 분석은 매우 정확하다. 이 시에서 續絃膠는 아교풀로서 사냥의 활줄에 사용하고 鷄翹는 왕의 出行時에 꽂던 깃발이므로 제3연에서 이 두 일을 못한다는 의미로 보면 이 시는 武宗을 애도하는 輓歌辭라 하겠으니 제7구의 '蘇卿'은 이상은 자신을 비유하므로[84] 더욱 객관적이다. 그래서 屈復은 「이 시는 무종을 애도하여 무릉으로 그것을 비유하였다. 다시 계교를 꽂지 않았다 함은 이미 죽었다는 것이다. (此詩哭武宗而以茂陵比之也. 無復揷鷄翹, 已死也.)」(≪玉谿生詩意≫)라 하고 姚培謙은 「이것은 무종의 옛일을 감흥한 것으로 필시 승하 후에 지은 것이다. (此感武宗舊事, 必是昇遐後作.)」(≪李義山詩集箋注≫)라고 평한 것이다.

*제8조 李商隱詩曰; 「夕陽無限好, 只是近黃昏.」楊誠齋謂此句喩唐祚之將衰亡也. 余則以爲不過吟暮景耳. 僧無可詩曰; 「聽雨寒更盡, 開門落葉深.」古人謂「此詩以落葉爲雨聲.」余則以爲落葉深, 乃雨後景耳. 唐人作詩多在有意無意間, 情景宛然, 而觀者輒以有意求之, 恐不免穿鑿. 他如「微陽下喬木, 遠燒入秋山.」, 亦以卽景看得何害.

이상은 시에 이르기를, 「석양이 한없이 좋은데 단지 황혼에 가깝구나.」양성재는 이 구는 당나라 운세가 쇠망함을 비유한 것이라고 하였다. 내 생각으론 단지 저녁 경치를 읊은 것일 뿐이라고 본다. 승려 무가 시에 말하기를, 「빗소리 들으며 추운 한밤이 다하고 문을 여니 낙엽이 깊구나.」옛사람이 이르기를 「이 시는 낙엽을 빗소리로 표현하였다.」고 하였다. 내 생각으로는 낙엽이 깊다는 곧 비 온 후의 경치일 따름이다. 당나라 사람이 시를 짓는데 다분히 뜻이 있든 없든 간에 정감과 경치가 뚜렷하여 보는 자가 문득 뜻이 있다고 찾으면 아마도 너무 깊이 파고드는 점(천착)을 면치 못할 것이다. 예컨대 「가느다란 빛이 높은 나무에 내리고 멀리 들불은 가을 산에 든다.」같은 것은 또한 눈앞

---

84) 屈復 ≪玉谿生詩意≫: 「以方朔比歸眞, 以阿嬌比才人, 蘇卿自喩也.」 張采田 ≪玉谿生年譜會箋≫: 「慨武宗也, 蘇卿自謂.」

의 경치로 보아서 어찌 나쁘겠는가?

  이수광은 <樂遊原>시의 제2연을 인용하여 宋代 楊萬里이 唐의 衰亡을 비유했다는 주제설명을 부인하고 단지 저녁경치(暮景)를 묘사한 것으로 평하고 있다. 이 시를 보면,

> 向晚意不適, 驅車登古原. 저녁 무렵 마음이 편치 않아, 수레 몰아 옛 언덕에 오르니
> 夕陽無限好, 只是近黃昏. 석양이 한 없이 좋은데, 단지 황혼이 가깝구나.

  樂遊原은 長安 남쪽에 위치하여 漢唐代에 三月三日 삼짓날과 九月九日 重陽節에 祓禊하던 명승지의 하나인데 이 시의 제1연은 단순히 답답한 심정으로 언덕에 올라가는 시인의 모습을 본다면 제2연에 대한 해설은 대개 당 쇠퇴의 풍자와 노년에 대한 개탄 등으로 풀이하고 있다. 전자의 경우로 楊萬里의 「이의산은 당의 쇠운을 걱정하여 석양이 한없이 좋은데 그 어찌 황혼이 가까운거라 하였다.(李義山憂唐之衰運; 夕陽無限好, 其奈近黃昏.)」(≪誠齋詩話≫), 朱彝尊의 「당가의 쇠퇴를 말한다(言值唐家衰晚也)」(≪李義山詩集輯評≫) 등을 들 수 있고, 후자의 경우로는 姜炳章의 「이것은 나이가 늙어감을 걱정한 것이다(此憂年華之遲暮也)」(≪選玉谿生詩補說≫), 施補華의 「늙음을 탄식하는 뜻이 대단하다(歎老之意極矣)」(≪峴庸說詩≫), 그리고 章燮의 「이것은 이공이 늙음을 슬퍼하는 글이다(此李公傷老之詞也)」(≪唐詩三百首注疏≫) 등을 들 수 있다. 그런데 이수광만은 상기의 두 說보다는 邱燮友가 「이것은 한 수의 경치를 묘사하고 감상에 젖은 시이다(這是一首賦景感傷的詩)」[85]라고 평한 바와 같이 저녁풍경을 읊은 感傷詩로 평하고 있다. 이 시는 張采田이 「양만리가 말하기를, 저물어가는 감흥과 깊이 빠진 아픔 등 느끼는 것이 어지러이 다 가오니 이것은 좋은 글이라 말할 수 있으며 시의 묘처에 있어 당의 쇠퇴를

---

85) 邱燮 友 ≪新譯唐詩三百首≫, p.340(臺灣 三民書局, 1973)

걱정을 말하는 것이라 한 것은 단지 한 가지 뜻일 뿐이다.(楊氏云; 遲暮之感, 沈淪之痛, 觸者紛來, 可謂此善狀, 詩妙處, 謂憂唐之衰者, 只一義耳.)」(≪玉谿生年譜會箋≫)라고 평한 것처럼 하나의 의미만으로 주제설명하기 어렵다고 보아 이수광의 견해도 참고할 만 하다고 본다.

> *제21조 李商隱詩; 「可憐夜半虛前席, 不問蒼生問鬼神.」 此詩連上接下見之, 則可憐二字改作如何, 似當.
> 이상은 시에, 「가엾어라 한밤에 앞자리 비워두고, 백성을 묻지 않고 귀신을 묻네.」 이 시는 상하 구를 이어서 보면, 可憐 두 글자를 如何로 고쳐 쓰면 온당할 것 같다.

<賈生> 제2연에서 '可憐'을 '如何'로 시어를 바꾸면 뜻이 더 잘 통할 것이라는 이수광의 견해이다. 이 시의 주제는 漢代 文帝가 賈誼를 불러 政事를 논하지 않고 鬼神의 근본을 물었던 故事를[86] 빌려서 李德裕가 唐武宗의 好仙을 諫한 일을 풍자한 것이다.[87] 이 시의 제1연을 덧붙여 보면,

宣室求賢訪逐臣, 선실에서 현인을 구하여 추방당한 신하를 찾으니
賈生才調更無倫. 가생의 재주는 더욱 비길 데 없도다.

여기서 '宣室'은 未央宮의 正室, '逐臣'은 長沙太傅로 나가 있던 賈誼를 가리키는데 이수광의 의견대로 '如何'로 한다면, 「어찌하여 한밤에 앞자리 비워두고, 백성을 묻지 않고 귀신을 묻는가.」라고 해석하게 된다. 反語 형식으로 표현하여 제4구의 不當한 왕의 자세를 부각시킨다는 의미에서 수용가능하다고 보지만 '可憐' 시어는 왕의 자세에 傷心과 憂慮의 意象을 담고 있다

---

86) ≪史記≫ 賈生傳: 「賈生徵見, 孝文帝方受釐, 坐宣室, 上因感鬼神事而問鬼神之本, 賈生因具道所以然之狀. 至夜半, 文帝前席. 旣罷, 曰; 吾久不見賈生, 自以爲過之, 今不及也.」
87) 程夢星 ≪重訂李義山詩集箋注≫: 「此謂李德裕諫武宗好仙也. 德裕自爲牛僧孺, 李逢吉黨人所阻, 出入十年, 三在浙西, 武宗卽位, 始得爲相, 此首句之意也. ……及德裕諫帝信趙歸眞, 學養生術, 帝乃不聽, 此下二句之意也.」

고 본다. 그래서 이 시를 평하기를 명대 范晞文은 「그 사실을 빗대어서 쓴
것이다(反其事而用之)」(≪對林夜語≫)라 하고 명대 楊逢春은 「첫 두 구는 사
실을 서술하고 3,4구는 의견을 제시한 것으로 앞에서는 사실을 제기하고 뒤
에서는 결정을 내려서 허실이 상생한다.(首二敍事, 三四議論, 前案後斷, 虛實
相生.)」(≪唐詩繹≫)라고 한 것이다.

> *제23조. 李商隱錦瑟詩審其詩意, 只是閨情托於錦瑟, 而作思華年之思, 猶怨
> 也. 按小說曰; 「錦瑟佳人名」, 亦似然矣.
>   이상은의 금슬시는 그 시의 뜻을 살펴보면, 단지 규방의 정을 금슬에 의탁
> 한 것으로 젊은 시절을 그리워한다는 思는 원망한다는 것과 같다. 소설에 의
> 하면 「금슬은 미인의 이름이다.」라고 하였는데 또한 그런 것 같다.

　이수광은 <錦瑟>시를 閨情을 ‘錦瑟’이란 여인 의탁하여 젊은 시절을 悔
恨하는 시로 보고 제2구의 思에 대한 이미지를 강조하고 있다. 이 시를 보
면,

        錦瑟無端五十絃,　一絃一柱思華年.
        莊生曉夢迷蝴蝶,　望帝春心託杜鵑.
        滄海月明珠有淚,　藍田日暖玉生煙.
        此情可待成追憶,　只是當時已惘然.
        금슬은 부질없이 쉰 줄이나 되어
        한 줄 한 괘마다 꽃답던 시절 생각난다.
        장주는 새벽꿈에 나비 되어 넋을 잃었고
        망제는 봄 그리는 마음을 두견새에 맡겼네.
        넓은 바다 위에 뜬 밝은 달은 진주에 눈물 맺힌 듯
        남전에 뜬 따스한 해는 옥에 안개 자욱한 듯하네.
        이 마음을 추억으로 삼을 수 있지만
        오직 그 때에는 너무도 실의에 찼었네.

　이 시의 주제에 대해서 諸說이 분분하니[88], 이수광의 주제 풀이는 그 중
의 하나이어서 정확한 해석이라고 단정할 수 없다. 여러 설중에서 胡應麟

(≪詩藪≫), 吳喬(≪西崑發微≫)[89] 등은 '錦瑟' 자체를 靑衣라고 하였고 許顗(≪許彦周詩話≫), 張邦基(≪墨莊漫錄≫), 熊朋來(≪瑟譜≫ 卷6), 邵博(≪邵氏聞見後錄≫)[90] 등은 樂器 또는 樂曲이라 하였으며, 주제상 朱鶴齡(≪李義山詩集箋注≫), 朱彝尊(≪李義山詩集輯評≫), 錢澄之(≪田間文集≫), 何焯(≪李義山詩集輯評≫), 査愼行(≪瀛奎律髓彙評≫), 陸崑曾(≪李義山詩解≫) [91] 등은 悼亡詩로 보았고, 汪師韓(≪詩學纂聞≫), 姜炳璋(≪選玉谿生詩補說≫), 宋翔鳳(≪過庭錄≫ 卷16)[92] 등은 시인 자신을 比喩(自況)하였다고 주장하였다. 한편 이수광의 '閨情'과 같은 해석을 한 경우는 周挺이 「이 시는 곧 규정으로서 금슬에 매이지 않을 뿐이다.(此詩自是閨情, 不泥在錦瑟耳.)」(≪唐詩選脈箋釋會通評林≫)라고 하였고, 젊은 날의 悔恨을 노래한 것으로 본 경우는 葉矯然이 「다음 구는 젊은 시절을 생각함을 말하니 후회의 뜻이 다 드러나 있다.(次句說思華年, 懊悔之意畢露矣.)」(≪龍性堂詩話≫)라 하고 杜詔가 「장생이 꿈을 깨니 나비가 되어 자취가 없다. 망제가 돌아오지 않으니 우는 두견에 길게 기탁하여 젊은 시절이 디시 오기 어려움을 비유하였다.(莊生夢醒, 化蝶無縱, 望帝不歸, 啼鵑長託, 以比華年之難再也.)」(≪唐詩叩彈集≫)라고 하여 이수광의 풀이를 객관화 시키고 있다. 이같이 시 주제에 대한 여러 설이 있지만 이 시는 그 자체로 멜로디가 울려나오고 있으니 제1연은 음악 연주이며 제2·3연은 연주 속의 담긴 뜻의 윤곽을 묘사하고 있다. 그리고 말연에서 심층에서 진동되는 哀傷의 인생 風情을 「惘然」하다는 표현으로 결론짓는다. 이것

---

88) 劉盼遂 ≪李義山錦瑟詩定詁≫은 8개 說을 수록하고 있음. (臺灣 學生書局 1971)

89) 胡應麟:「錦瑟是靑衣名, 見唐人小說, 謂義山有感作者.」吳喬:「唐詩紀事以錦瑟爲令狐楚丞相靑衣.」

90) 許顗:「感怨淸和, 昔令狐楚侍人能彈此四曲. 詩中四句, 狀此四曲也.」張邦基:「瑟譜有適怨淸和四曲名, 四句蓋形容四曲耳.」熊朋來:「或謂唐時猶言瑟五十弦.」邵博:「莊生, 望帝, 皆瑟中古曲名.」

91) 朱鶴齡: 此悼亡之作也. 朱彝尊:此悼亡詩也. 錢澄之:如錦瑟, 悼亡詩也. 何焯:此悼亡之詩也. 査愼行: 是章解者紛紛, 愚獨謂此義山喪偶詩也. 陸崑曾: 悼亡之作無疑.

92) 汪師韓:「錦瑟乃是以古瑟自況.」姜炳璋:「此義山行年五十, 而以錦瑟自況也.」宋翔鳳:「錦瑟一篇, 蓋義山五十後自序之作也.」

은 청대 李重華가 말한 바,

> 시는 본시 공중에서 발하는 음과 같기에 장자는 『자연의 소리』라고 했다. 소리에는 크고 세밀함이 있고 모두 각기 자연의 절주를 지닌다. 때문에 시를 짓는 것을 일러 「吟」이라 하기도 하고 「哦」라고도 했던 것이다. 시는 적막을 두드리고 찾는 것을 귀히 여긴다. 찾아도 찾지 못하는 가운데 슬픔과 기쁨 그리고 격정과 평정이 하나하나 그 소리를 따라서 나오는 것이다.
> 詩本空中出音, 卽莊子所云: 『天籟』是已. 籟有大有細, 總各有其自然之節, 故作詩曰吟, 曰哦. 貴在叩寂寞而求之也. 求之不得, 則此中或悲或喜或激或平, ──隨其音以出焉.(≪貞一齋詩說≫)

라고 詩와 音節의 관계성을 강조하고 있고 梁啓超는 이 시를 음절이 생동하는 음악시로 보고 다음과 같이 서술한 것은 시의 바른 감상을 위한 좋은 예증이 된다.

> 의산의 금슬, 벽성, 성녀사 등 시는 무슨 일을 말하는 지, 나는 이해하지 못한다. …… 그러나 나는 그의 시가 아름답다고 느낀다. 그의 시를 읽게 되면 나의 정신은 일종의 신선한 유쾌감을 얻게 된다. 모름지기 미란 다양성을 띠고 신비성을 함축하고 있음을 알아야 한다. 우리가 만약 미의 가치를 인정한다면 이러한 문장을 쉽사리 말살해서는 아니 된다.
> 義山的錦瑟, 碧城, 聖女祠等詩, 講的甚麽事, 我理會不着. …… 但我覺得他美. 讀起來令我精神上得一種新鮮的愉快. 須知美是多方面的, 美是含有神秘性的, 我們若還承認美的價値, 對於這種文字, 便不容輕輕抹煞啊.(≪中國韻文內所表現的情感≫)

이상은의 시정의 이러한 특성은 작시에 대한 음절과 예술적 수양의 관계에서 비롯된다고 할 것이다.

≪芝峰類說≫ 文章部는 唐詩를 비롯하여 그 전후시대의 詩와 韓國漢詩와 관련된 제반 내용을 상세하게 비평분석하고 있는 朝鮮詩論의 壓卷이라 할 수 있다. 李晬光은 이 시화를 통하여 博學多識한 論調를 전개하여 상당한 부분에는 근거와 고증을 바탕으로 獨自的인 詩評을 서술하고 있다는 점에서

朝鮮詩理論을 정리하는데 必須不可缺한 자료가 된다. 더구나 중국 唐詩에 대한 詩語 考證과 典故, 그리고 시의 주제파악에 있어서는 중국 제반 註釋에도 거론하지 못한 創見을 적지 않게 기술한 부분은 韓中詩 비교연구라는 차원에서 높이 평가될 만하다. ≪芝峰類說≫ 문장부의 구성과 그 내용적 가치를 보면,

첫째 권9에서 시의 기원과 작법, 그리고 평가기준을 구체적으로 예시하면서 서술하였는데 그 논조가 근거가 있으며 객관적이라는 것이다.

둘째 권10에서 권12까지 중국 역대시와 한국시를 一般論과 作家論으로 二分하여 주로 작가의 작품을 詩語解釋, 考證, 典故, 그리고 시의 主旨 등을 상세하게 분석하여 獨創的인 見解를 서술한 것이다.

셋째 詩史的 입장에서 중시되지 않은 중국과 한국의 작가와 시를 집중적으로 분석한 점인데, 예컨대 초당의 李適, 韋元旦, 盧僎 등과 성중대의 朱慶餘, 楊汝士, 于鵠 등, 그리고 만당대의 呂洞濱, 裵思謙, 李山甫, 張泌 등이 있고, 송원명대로는 韓定辭, 石曼卿, 包拯, 柳如京, 莊功易, 張圖, 劉黃裳 등을 들 수 있다. 그리고 권13의 문장부에서는 조선시인으로 무명인 崔修, 禹弘績, 李壽根 등의 시를 극찬하였다.

한편 李睟光이 李商隱 시 22수를 26개조로 분류하여 분석한 부분은 明淸代 箋注本 자료와 비교해 볼 때 그 특징을 다음과 같이 集約할 수 있다.

첫째 詩語의 根據와 辨證에 있어서 15개 항목을 설정하여 중국의 관련 자료를 熟知한 객관적인 根據 하에 비평을 가하고 있다. <茂陵>시의 '蒲梢'와 籌筆驛시의 '風雲'을 해석한 것은 중국 註釋에 없는 初有의 풀이이며 <促漏> 시의 '文'을 '雲'자로, <碧城> 시의 玉辟寒에서 '玉'을 '金'자로 표기함이 可當하다는 해석은 탁월하다.

둘째 詩語의 典故 考證에 있어서는 5개 항목을 기술하여 緻密한 근거자료를 제시하면서 중국에도 없는 해설을 하고 있다. <漢宮詞> 시에서 羅大經이 漢武帝 故事의 眞僞를 시험한다고 한 부분을 부정한 것과 <咸陽> 시에

서 天帝醉에 대한 語源을 최초로 구명한 것은 그 후의 明淸代注本이 대개 추종하고 있다.

셋째 시의 主題에 있어서는 6개 항목을 서술하여 상당 부분은 기존의 주장들과는 차별된 설을 내놓고 있다. <嫦娥> 시를 閨房의 恨을 담은 시라고 한 점이나 <隋宮> 시를 詠史詩로 평가한 점, 그리고 <樂遊原> 시를 객관성은 적으나 기존 楊萬里가 唐의 衰亡을 풍자한 것이라는 주장과는 달리 단지 저녁풍경을 노래한 感傷詩라고 주장한 것은 참고할 만하다.

≪芝峰類說≫ 文章部는 그 質量面으로 보아 韓中詩論을 비교하고 기여한다는 학술적 立場에서 중요한 자료이며 향후 이 자료 전체를 비교적인 각도에서 철저히 고찰할 필요가 있다고 본다.

제3편
淸詩話와 朝鮮詩話 解題

제3편 淸詩話와 朝鮮詩話 解題

청대 章學誠은 ≪文史通義≫ 詩話篇에서 시화에 대한 엄정한 비판을 강조하여 서술하기를,

> 문예를 논구하면서 연원과 유별을 파악하기란 쉽지 않다. 명분을 좋아하는 습관을 가지고 시화를 쓰는 데에 동질적인 것을 합리화하고 이질적인 논리를 비판하는 일은 누구나 다 할 수 있다.
>
> 論文考藝, 淵源流別不易知也; 好名之習, 作詩話以黨同伐異, 則盡人可能也.

라고 偏見이 개재될 위험성을 이미 지적하고 있다. 이러한 관점에서 보면 역대시화의 수집과 정리가 아직까지 체계적이고 치밀하지 못한 상태에서, 何文煥의 ≪歷代詩話≫와 丁福保의 ≪續歷代詩話≫ 등은 淸代 이전의 시화를 편집하였고, 이와 함께 대륙에서 역대시화의 解題를 집성한 蔣祖怡, 陳志椿 주편의≪中國詩話辭典≫(北京出版社 1996)이 출간되었으니 목차를 보면 詩話理論淵源, 詩話作家簡介, 詩話內容評釋, 詩話術語命題解釋, 淸代近代詩話未入選書目 등으로 비교적 상세하게 서술되어 있어서 시화를 전반적으로 이해하는데 길잡이 역할을 하고 있다. 淸詩話로는 丁福保의 ≪淸詩話≫에 43종, 郭紹虞의 ≪淸詩話續編≫에 35종이 비교적 정리된 판본에 의거하여 圈點이 표기되어 나왔으며, 근년에는 杜松柏에 의해 ≪淸詩話訪佚初編≫(1987)이 선집형

식으로 臺灣에서 발행되어 있다. 그리고 臺灣 廣文書局의 ≪古今詩話叢編≫
과 그 속편에 상당한 분량의 宋・元・明・淸詩話가 수록되어 있으며 대륙에
서는 ≪嶺南詩話滙編≫(1995) 속에 30여 종의 남방지방의 청시화가 소개되어
있고, 吳宏一 주편의 ≪淸代詩話知見錄≫(臺灣 中央硏究院 中國文哲硏究所
2002)은 중국, 대만, 한국, 일본 등에 전래되는 청시화 관련 자료까지 수집하여
정리한 방대한 編書이다. 역대시화의 연구 자료는 적어서 청대 이전의 시화연
구는 매우 한소하며 청시화 관계는 蔡鎭楚의 ≪中國詩話史≫(1988)에서의 일부
분과 吳宏一의 ≪淸代詩學初探≫(1977), 그리고 王英志의 ≪淸人論詩硏究≫
(1988), 張健의 ≪淸代詩學硏究≫(北京大學出版部), 蔣寅의 ≪淸詩話考≫(中華
書局 2005) 등을 들 수 있다.

朝鮮詩話는 洪萬宗의 ≪詩話叢林≫과 趙鍾業 편집의 ≪韓國詩話叢編≫이
대표적인 한국시화총집으로서 그 종류가 상당수이지만 순수하게 중국시 특
히 唐詩를 논평한 자료가 풍부한 시화를 추려서 본문에 소개함이 형평성이
있다고 보아, 선정에 제한을 두어서 총 143종으로 하여, 淸詩話는 111종, 朝
鮮詩話는 32종으로 한정하여 解題하려고 한다. 이 해제를 씀에 있어서 選定
基準을 두었는데, 첫째는 論旨가 분명하고 평가된 시화, 둘째는 각종 叢集本
에서 거론되면서 향후에 引證할 필요성과 객관성이 있다고 보는 시화, 그리
고 셋째는 唐詩를 평가하는 분량과 내용이 상당한 가치를 지닌 시화 등을
고려하여 분량의 안배를 하게 된 것이다. 그 體裁는 作者의 略歷과 詩話의
주된 內容, 그리고 板本 등의 순서로 要點式으로 간략하게 기술하고자 한다.

淸詩話 解題 111種

청대 시단은 청대시론 특히 神韻說, 格調說, 性靈說, 肌理說 등 4대 시론을 통하여 그 이전의 詩思想을 종합하여 정립되는 潮流를 보여주고 있는데 이런 시론의 근거는 모두 淸詩話에서 근거하고 있다. 그러므로 청시화는 量과 質에 있어서 다른 시대의 시화를 훨씬 능가하고 그 비중과 평가도 매우 크고 높은 것이다. 그래서 郭紹虞는 ≪淸詩話續編≫ 序에서 서술하기를,

> 시화의 저작은 청대에 이르러 아주 최고의 높은 봉우리에 올랐다. 청인의 시화는 3, 4백 종이 있으니 수량이 송대에 비교하여 훨씬 풍부할 뿐만 아니라 논평한 정확하고 세밀함이 또한 전인을 능가한다.
> 詩話之作, 至淸代而登峰造極. 淸人詩話有三四百種, 不特數量遠較宋代繁富, 而述評之精當亦超越前人.

라고 극히 객관적인 평가를 하고 있다. 청대 초기 시단에는 시조류상으로 보아 學唐, 學宋, 그리고 學明 등 3대파가 주류를 이루고 있었으니 淸初의 納蘭性德이 ≪原詩≫에서 「십 년 전의 시인은 모두 당대의 시인이어서 반드시 송대를 비웃었는데 근년의 시인은 모두 송대의 시인이어서 반드시 당대를 비웃는다.(十年前之詩人皆唐之詩人, 必嗤點夫宋 近年來之詩人皆宋之詩人也, 必嗤點夫唐.)」라고 평할 만큼 사조의 흐름이 변화무쌍한 청대였기 때문에 더욱

다양한 시론이 출현하고 그에 따른 여러 시론을 표방하는 시화들이 저술되었
다고 본다. 그 수다한 청시화 중에서 내용의 가치로 보아 비교적 비중이 있
는 시화를 선정하기가 용이치 않지만 앞의 서두에서 밝힌 세 가지 선정조건
을 근거로 하여 ≪中國詩話辭典≫의 청대 부분의 해제를 중심으로 하고 직접
각종 청시화 원문을 검토하여서 아래와 같이 111종을 골라서 해설한다.

1. ≪列朝詩集小傳≫

錢謙益(1582~1664), 字는 受之, 號는 牧齋이며 江蘇 蘇州人이다. 虞山詩派
를 주도하여 淸詩話를 개척, ≪初學集≫·≪有學集≫·≪投筆集≫·≪列朝詩
集≫ 등이 있다.

明代 詩人 2000여 명의 대표작을 選錄하면서 小傳을 附記한 것인데, 生平
뿐 아니라 시에 대한 評論과 見解를 서술하였다. 明初의 高啓·劉基를 推崇
하면서, 前後七子의 擬古를 비판하고 公安派의 性靈說을 칭찬하였다. 그러면
서 같은 竟陵派에 대해서는 부정적이어서 鍾惺·譚元春을 매우 배척하였다.
淸朝 乾隆時에 ≪列朝詩集≫이 편견과 비방이 심하다고 版禁당하여 陸燦이
輯成한 이 小傳은 더욱 보기 어려웠다. 康熙絳雲樓刻本에 의해 古典文學出
版社에서 펴냈으며(1957), 上海古籍出版社에서(1982) 斷句와 標點을 수정하여
總目과 索引을 붙여 重印하였다.

2. ≪詩筏≫ 一卷

賀貽孫(1605~?), 字는 子翼, 號는 水田居士이며 江西 永新人이다. 詩文 창
작과 經史의 연구가 多大하다. ≪水田居遺書≫가 있다.

自序가 있으며 論詩와 評詩의 專著로서 記事와 閑談이 전혀 없다. 시의
내용에서 「厚」를 推重하여 「神厚」·「氣厚」·「味厚」 등으로 그 深度를 강조
하였고 표현에 있어서는 「蘊藉」를 주장하여 「夫詩中之厚, 皆以蘊藉出。」(무릇

시 중의 깊은 의취는 모두 온자한 표현법으로 드러내는 것이다.)라 하였다.
그리고 시의 예술성으로 「化境」을 천명하여 明代 擬古主義를 비판하여 서술
하기를,

> 시가의 화경은 풍우가 갑자기 치고 귀신이 출몰하는 것 같다.…… 자구로써
> 기술하거나 또한 그 뜻을 파악할 수 없는 것이다.
> 詩家化境, 如風雨馳驟, 鬼神出沒…… 不得以字句詮, 不可以亦相求。

라고 하니 「化境」은 본래 莊子의 神化思想에 나온 것인데, 이를 詩趣에 도입
한 것이다. ≪淸詩話續編≫에 수록되어 있다.

3. ≪梅村詩話≫ 一卷

吳偉業(1609~1671), 字는 駿公, 號는 梅村, 江南 太倉(지금 江蘇)人이다. 詩
외에 書畵와 詞曲에 모두 능하였다. 白居易를 계승하여 用事를 존중하고 「
詩與史通」(시와 역사가 통한다)을 시의 요지로 삼았으며 ≪吳梅村全集≫ 卷
16이 있다.

시화는 모두 20條로 明亡時에 순국영령의 시문·行事와 그들과의 交往을
많이 기록하였다. 故事를 기록하였기에 이론상 탁월한 점이 적으니 그의 詩
文에 비해 시론은 아쉬운 면을 금할 수 없다. 단지 明末 抗淸烈士들의 言行
을 통하여, 陳子龍 시가 高華雄渾하여 王右丞을 추숭했다거나, 瞿稼軒이 虞
山詩派에 속한다거나, 楊廷麟의 시가 「詩史」라 칭할 만한 것은 그 시대의
시단을 이해하는데 중요한 자료인 것이다. 본래 ≪婁東雜著≫와 ≪觀自得齋
叢書≫, 그리고 ≪吳梅村先生編年詩集≫에 있는데, 婁東本이 ≪淸詩話≫에
列入되어 있다.

4. ≪圍爐詩話≫ 六卷

吳喬(1611~?), 字는 修齡, 江蘇 昆山人이다. 시에 능하고, ≪舒拂集≫이 있다.
評詩論詩의 專著로서, 自序가 있다. 論詩의 핵심은 「意爲主將」(以意爲主)으
로서 明七子의 의고풍을 배격하였다. 이것은 「詩中亦有人」(시 속에 역시 사
람이 있다.)이라는 뜻과 상통하여서 묘사상 「比興」을 중시하게 되는 것이다.
그러니까 시에서의 「意」의 개념은 情景의 중요성을 강조하고 寄託을 통하여
「有用」을 목표로 한다는 것이다. 이것은 「詩敎」를 계승했다고 보겠으니, 王
漁洋의 神韻說이 유행할 시점에 이 시화는 漁洋에 대해 偏見的이라고 일침
을 가하는 역할을 하였다. 馮班과 賀裳과[1] 부합하여 자칭 論詩三絶이라 하
였다. 嘉慶年間(1808)에 張誨鵬이 ≪借月山房滙鈔≫에 편입했는데 지금 ≪淸
詩話續編≫에 列入되어 있다.

5. ≪而菴詩話≫ 一卷

徐增(1612~?), 字가 子能, 號는 而菴, 長洲(지금 江蘇 蘇州)人이다. 錢謙
益·金聖嘆과 交往하고 工詩에 능하였다. ≪而菴集≫·≪說唐詩≫·≪靈隱寺
誌≫가 있다.

이 시화는 63條이며 小序가 있다. 순수한 論詩書이며 記事나 考據는 들어
있지 않다. 시에 있어 「才」를 추숭하여 「詩本乎才」를 강조하였으며 세부적
으로는 「才」에는 ① 「有情」·「有氣」— 창작시의 심리상태 ② 「有力」— 思維
力 ③ 「有略」·「有權」— 構思의 변화 ④ 「有調」·「有律」·「有致」·「有格」—
시의 성조·격률·풍격 등을 제시하고 있다. 滄浪의 「以禪論詩」를[2] 추숭한
면이 있고 다소간 무리한 논조가 눈에 보인다. 후세 袁枚의 性靈說에 영향
을 주어서 중시된다. ≪說唐詩≫卷首에 ≪與同學論詩之語≫이던 것이 張潮에

---

1) 吳宏一, ≪淸代詩學初探≫ pp.129~139
2) 嚴羽, ≪滄浪詩話≫ 詩辨

의해 改名되고 ≪淸詩話≫에 수록되어 있다.

6. ≪鈍吟雜錄≫ 十卷

馮班(1614~1681), 字는 定遠, 號는 鈍吟, 江蘇 常熟人이다. 錢謙益의 門下로 시의 본질이 情인 것을 인식하면서 溫柔敦厚로 돌아갈 것을 강조하고 嚴羽와 神韻說을 반대하였고 ≪才調集≫·≪鈍吟集≫·≪鈍吟雜錄≫ 등이 있다.

이 시화는 수필의 성격을 지니고 있는데 그 중에 ≪正俗≫·≪讀古淺說≫·≪嚴氏糾繆≫三卷은 시평·시론과 관련이 있다. 시에서 「理」는 내용이며, 「比興」은 시의 작용이라고 하여 「隱秀」를 중시하였다. 「隱」은 「興在象外」(시흥은 겉으로 나타나지 않는 데에 있음.)이며 「秀」는 意象의 生動美인 것이다. 따라서 滄浪의 「以禪喩詩」는 불교 상식을 벗어난 착오이며 「興趣」의 비논리성을 비판하였다. ≪淸詩話≫에 編入된 것은 ≪鈍吟文稿≫와 ≪鈍吟雜錄≫ 卷三 「正俗」에서 樂府에 관한 6則의 평론을 선집하였으니 原文과는 구분해야 한다.

7. ≪歷代詩話≫ 八十卷

吳景旭(生卒年不詳), 字는 旦生, 號는 仁山, 歸安(지금 浙江 湖州)人이다. ≪南山堂自訂詩≫ 十卷이 있다.

이 시화는 詩經·楚辭·賦·古樂府詩·漢魏六朝詩·杜甫詩(杜甫譜原·杜陵年譜·杜陵正傳 등을 함께 수록)·唐詩·宋詩·金元詩·明詩 등으로 분류하고 있다. 체례는 每條에 각각 標題를 두고 먼저 舊說을 引用한 후에 考證과 辨別·보충 등을 가하였다. 그러니까 考證과 注釋·集評에 주안점을 두고 있다. 특히 杜甫에 관한 「己集」은 두보연구에 가치가 있어서, 杜甫詩歌의 本事·詞語·典章制度·名物 등의 詮釋과 律詩法(시가와 그 評點)·錄品(杜

詩에 대한 諸家의 評論)·錄箋(杜詩에 대한 諸家의 箋釋)·杜陵世系(杜預부터 孫杜嗣業까지를 도표) 등 완정한 두보 연구 자료로 구성하고 있다. 현재 中華書局本(1958)과 臺灣世界書局本이 있다.

8. ≪拘眞堂詩話≫ 一卷

宋徵璧(生卒年不詳), 字는 尙木, 江南 華亭(지금 上海 松江)人이다. 官은 潮州知府. 弟 徵輿와 文名이 있어 「大小宋」이라 칭하며 ≪拘眞堂詩稿≫ 八卷이 있다.

이 시화는 120條로 되어 있으며, 詩作을 평론함이 위주인데, 擧例와 比較 등의 方法을 통해 原流를 분석하고 道家의 眞朴에 의거한 論旨를 펴는데 주력하였다. 따라서 시에서 시인의 美心과 眞心을 추구함을 으뜸으로 여겼다. 시화에서 특히 李杜의 詩를 통해 자신의 詩心을 論理化하는데 예로 삼았으며 曹植의 시를 「秀麗而不靡弱」(수려하면서도 부허하거나 나약하지 않다)이라 하여 ≪詩品≫의 「骨氣奇離, 詞采華茂」(문사가 奇絶하고 高超하며 사조가 화려하며 정밀하다)란[3] 평가를 긍정적으로 보았다. ≪淸詩話續編≫에 富壽蓀校點으로 수록되어 있다.

9. ≪秋星閣詩話≫ 一卷

李沂(生卒年不詳), 字는 子化, 號는 壺菴艾山, 江南 興化(지금 江蘇)人이다. 만년에 神仙을 추구하여 王漁洋의 추숭을 받았다. ≪壺山詩集≫·≪鶯嘯堂集≫ 二卷이 있다. 詩風은 澹遠하고 淸眞絶俗하여 盛唐을 본받았다.

이 시화는[4] 모두 六則으로 된 短文이지만, 主題를 설정하여 作詩上의 본보기가 되고 있다. 그 六則을 보면, ① 八字訣; 學詩의 4요소로 多讀·多

---

3) 鍾嶸 ≪詩品≫ 上 陳思王條
4) 拙文 「秋星閣詩話의 作詩六則譯析」(≪中國硏究≫ 21집·1998) 참조

講·多作·多改를 제시하였음. ② 勸虛心; 心虛가 學詩의 시작이요, 발전의 축이며, 이를 통해 티없는 순수성을 지킬 수 있음. 曹植의 창작태도에서 「有不善, 應時改定。」(나쁜 점이 있으면 즉시 고쳐서 바로 잡는다)를 강조③「審趨向」; 正道를 걷는 문학의 조류와 流派 성당시를 으뜸으로 하되 漢魏·도연명·鮑照를 추숭. ④ 「指陋習」; 作詩上의 5종의 문제를 지적하였으니, 첫째는 詩題를 선택하지 않음, 둘째는 限韻을 씀, 셋째는 步韻을 씀, 넷째는 濫用, 다섯째는 古人의 詩句를 표절. ⑤ 「戒輕梓」; 고증과 교정 작업을 소홀히 하며 글을 발표함을 경계. 「詩穩」(시가 사리에 맞게 다듬어 지는 것)을 강조 ⑥ 「勉讀書」; 「以識爲主」의 學習能力을 배양. ≪昭代叢書≫本이 있는데 ≪淸詩話≫나 ≪螢雪軒叢書≫도 모두 이에 의거한다.

10. ≪蠖齋詩話≫ 一卷

施閏章(1618~1683), 字는 尙白, 號는 愚山, 또는 蠖齋, 宣城(지금 安徽)人이다. 官이 侍讀에 이르고 宋琬과 함께 「南施北宋」이라 일컬었다. ≪學余堂文集≫이 있다.

이 시화는5) 모두 92조이며 論詩·評詩의 句로 되어 있으나 唱酬形式의 기록도 들어있다. 卷末에 沈懋憲의 跋에 「詩話兩卷」이라 한데, 후에 一卷으로 합한 것으로 본다. 儒家的 입장에서 杜甫詩를 논평하며 李夢陽의 태도를 비판하여 이르기를,

> 두시는 넓고 크고 정세하면서도 은미한 것이 마치 천지가 만물을 용광로에서 녹여내듯이 대하는 사물마다 읊어낸다.
> 杜廣大精微, 如天地爐冶, 隨物賦物。

라 하고 王維에 대해서는 「右丞體具禪悅。」(왕유시는 선이 주는 희열을 갖추

---

5) 拙書 ≪中國唐詩硏究≫ 上(국학자료원, 1994) 참조

고 있다.)고 하였다. 청대시학의 주류가 되고 신운설을 낳게 하는 간접요인이
되었다. ≪昭代叢書≫ 本이 있고 ≪淸詩話≫에 수록되어 있다.

11. ≪薑齋詩話≫ 三卷

王夫之(1612～1692), 字는 而農, 號는 薑齋, 別號는 夕堂, 衡陽(지금 湖
南)人이다. 만년에 石船山에 거하며 저술과 강학을 하였다하여 船山先生이
라 칭한다. 그의 詩文은 凄愴悱惻하여 민족감정이 넘친다. 주요저작으로는
≪詩譯≫·≪夕堂永日緒論·內編≫·≪西窗漫錄≫·≪楚辭通釋≫·≪詩廣
傳≫·≪古詩評選≫·≪唐詩評選≫·≪宋詩評選≫ 등이 있다.

이 시화는 3卷本인데6) 卷一은 ≪詩譯≫, 卷二는 ≪夕堂永日緒論內編≫,
卷三은 ≪南窗漫記≫로 그 당시의 詩章을 기록하고 있다. 「以意爲主」를 창
도하였는데 「意」란 시인이 지닌 審美感情이다. 시인의 創作構思로는 「卽景會
心」을 제시하여 景이란 객관적인 景物과 會心이란 審美觀照가 상호 조화하는
「情景相合」의 경지를 강조하였다. 지금 戴鴻森의 ≪薑齋詩話箋記≫三卷本이 비
교적 精審하다. ≪淸詩話≫에 수록되어 있다.

12. ≪春酒堂詩話≫ 一卷

周容(1619～1679), 字는 茂三, 號는 躄翁, 鄞縣(지금 浙江)人이다. 書畫에 능
하여 사람들이 일컬어서 「畫勝于文, 詩勝于畫, 書勝于詩。」(그림은 산문보다
낫고, 시는 그림보다 나으며, 글씨는 시보다 낫다.)라고 하였다. ≪春酒堂
詩集≫ 十卷·≪春酒堂文集≫ 四卷이 있으며 ≪淸史列傳≫ 卷七에 傳이
있다.

이 시화는 60여 조로서 대화문답형식으로 先秦 以後의 시인과 詩作을 평
론하였는데 편폭은 적으나 내용이 풍부하다. 전통시설인 「言志」·「通人」을

---

6) 주5)와 同

이었으며 시의 예술성을 중시하고 韻味를 통한 自然과 含蓄을 기본요건으로 삼았다. 예컨대, 杜牧의 「赤壁」시를 輕薄하다고 하였고 李商隱의 「嫦娥」시를 風雅를 극히 상하였다고 비평하여 전통적인 詩學觀을 보여 주었다. ≪淸詩話續編≫에 수록되어 있다.

13. ≪詩辨坻≫ 四卷

毛先舒(1620~1688), 字는 稚黃, 錢塘(지금 浙江 杭州)人이다. 「西泠十才」의 하나로 毛奇齡·毛際可와 齊名하여 「浙中三毛」니 「文中三豪」의 칭호가 있었다. ≪東苑詩鈔≫·≪東苑文鈔≫·≪聲韻叢說≫·≪韻學通指≫ 등이 있다.

이 시화는 陸圻의 序와 自叙가 있고 순서를 보면, 「總論」·「經」·「逸」·「漢唐」·「雜論」, 그리고 「學詩徑錄」과 「竟陵詩解駁議」·「詞曲」으로 구성되어 있다. 寫作동기는 「溫柔敦厚」의 詩敎說을 창도하여 盛唐 이전의 古詩를 學詩의 근본으로 삼았다. 미학적 가치는 그리 높지 않지만 明代詩壇의 復古와 反復古의 논쟁이 淸初에 상존한 사실을 반영하고 있으며 格調說과 性靈說의 연원을 이해하는데 참고할 가치가 있다. 淸初毛氏思古堂刻本이 있는데 지금은 ≪淸詩話續編≫에 수록되어 있다.

14. ≪西河詩話≫ 八卷

毛奇齡(1623~1713), 字는 大可, 號는 秋晴, 蕭山(지금 浙江에 속함)人이다. 康熙 18년(1679)에 博學鴻詞科에 응시하여 翰林院檢討와 明史纂修官을 지내며 經史·音韻·訓詁 등 모두 능하였고 ≪西河合集≫ 492卷·≪西河詩話≫ 8卷 등이 있다.

이 시화는 8卷 189則으로 구성되어 있으며 詩論·記載·考證 등을 주된 내용으로 기술하고 있다. 考證의 예로서, 卷三에서 「西湖白堤」를 白居易가 쌓은 것으로 전해지는데 대해 白居易의 「錢塘湖春行」의 「最愛湖東行不足, 綠

楊蔭裏白沙堤。」(호수 매우 사랑하면서 가보지 못하니, 푸른 버들 그늘에 흰
모래 둑이 있네.) 句를7) 거론하여 원래 있던 명칭이 「白」字가 같을 뿐
와전된 것으로 고증하였는데 매우 설득력이 있다. 그리고 論詩上으로
崇唐抑宋의 論旨를 가지고서 唐詩라면 臺閣體詩도 긍정적으로 평가하여
「高文典冊」이라 하였고 淸代宋詩派·元明詩派 등의 시인을 배척하였다.
이 시화는 ≪西河合集≫ 康熙本·≪明代叢書≫ 本에 있다.

15. ≪原詩≫ 四卷

葉燮(1627~1703), 字는 星期, 號는 己畦, 만년에 橫山에 거한 고로 橫山先
生이라 한다. 吳江(지금 江蘇 蘇州)人이다. 康熙 14년(1675)에 寶應知縣을 지
냈고 名山大川을 유람하며 橫山에서 교학하여 沈德潛·薛雪 등을 배출하였
다. ≪己畦文集≫ 22卷·詩集 10권이 있다.

이 시화는 四卷으로 구성되어 앞에 沈珩의 序가 있으며 內·外篇(各 上
下)으로 구분하여 內篇은 시론의 宗旨를, 外篇은 博辯을 펴놓았고 ≪文心
雕龍≫과 비교할 만큼 높이 평가된다. 이 시화의 論旨는 첫째, 明代 시단
의 병폐에 대해 시가의 발전원류와 本質에 의거하여 비평하였다. 특히 변
증에 있어 「正·變·因·革」의 관계를 제기하였으며 둘째로는 시가창작의
因素로 「理·事·情」의 조건을 제시하였다. 그리고 시가구성의 기본재료로
는 「才·膽·識·力」의 4要素를 내세웠다. ≪明代叢書≫本·≪淸詩話≫本 등
版本이 있으며, 霍松林校注本(人民文學出版社·1979)이 있다.

16. ≪靜志居詩話≫ 二十四卷

朱彝尊(1629~1709), 字는 錫鬯, 號는 竹垞, 秀水(지금 浙江 嘉興)人이다. 康
熙 18년(1679)에 博學鴻詞科에 들어 翰林院檢討를 지냈으며 王士禎과 齊名하

---

7) ≪全唐詩≫ 卷424 (中華書局)

여 「南朱北王」으로 칭한다. ≪明詩綜≫을 편집하여 ≪靜志居詩話≫를 부기하였고, ≪曝書亭集≫에는 論詩文이 많다. 그리고 ≪經義考≫·≪詞綜≫ 등도 있다.

이 시화는 24卷으로 구성되어 있으며 趙愼畛·曾燠의 序가 붙어 있다. 일반 시화처럼 시인의 佳句·佳篇을 골라 評點式 감상을 가한 외에, 적지 않은 軼事逸聞과 時政事를 보충설명하고 있다. 宋代 理學家가 議論과 語錄으로 시와 시풍을 논하려는 태도와 明代의 詩壇에서 제기된 詩派에 대한 문제점을 통박하는데 주저하지 않았다. 嘉慶 24년(1819) 扶荔山房刊本·民國間印本, 그리고 人民文學出版社의 校點本(1990)이 있다.

17. ≪龍性堂詩話≫ 初集一卷·續集一卷

葉矯然(生卒年不詳), 字는 子肅, 號는 恩庵·龍性堂, 閩縣(지금 福建 福州) 人이다. 順治 9년(1652)에 樂亭知縣을 지냈고, ≪易史參錄≫·≪龍性堂集≫·≪東溟集≫·≪雁唳編≫ 등 시집과 ≪龍性堂詩話初續集≫이 있다.

이 시화는 初集과 續集이 각 一卷이 있으며 모두 評詩와 論詩이다. 鄭念榮의 序에 보면,

> 고금 및 동시대의 名家의 말을 널리 모아서 그 고하에 따라 자신의 견해를 기록하였다.
> 博采古今及同時名流之言, 隨其高下, 斷以己見。

라고 하였다. 초집 前半은 學詩와 作詩·評詩의 제문제를 논하였고, 후반은 漢魏樂府에서 淸初까지의 시를 평하였으며 속집에서는 唐代에서 淸初人의 시와 論詩의 語句를 雜評하고 있다. 乾隆 40년(1775) 慕陶軒刊本이 있고, ≪淸詩話續編≫에 수록되어 있다.

18. ≪帶經堂詩話≫ 三十卷

王士禎(1634∼1711), 字는 子眞, 號는 阮亭·漁洋山人이며 新城(지금 山東
桓台)人이다. 順治 15년(1658)에 進士, 揚州推官·禮部主事·戶部郎中·刑部
尙書 등을 역임하였다. 神韻說을 주창하여 嚴羽의 以禪論詩를 계승실천하려
하였다. 시문저술로 ≪漁洋山人詩集≫·≪漁洋山人續集≫·≪蠶尾集≫·≪南
海集≫·≪雍益集≫·≪漁洋山人文略≫·≪漁洋山人精華錄≫, 필기와 시화로
는 ≪池北偶談≫·≪居易錄≫·≪香祖筆記≫·≪古夫于亭雜錄≫·≪漁洋詩
話≫ 등이 있다.

이 시화는 漁洋이 지었으나, 張宗柟이 편집했는데, 卷首의 御筆類와 應制
類 조목 34則 외에 30卷 8門 64類로 區分하고 있다. 그 8門은 綜合門·懸解
門·總集門·衆妙門·考證門·記載門·叢談門·外紀門 등이다. 이 중에서 앞
의 4門은 論詩의 가치가 높으며, 신운설 관련이론과 역대시구의 품평을 다
루고 있다. 乾隆 27년(1762) 初刊된 후, 同治 12년(1873)에 廣州藏修堂重刊本
이 나왔고, 戴鴻森校點本이 人民文學出版社(1963)에서 出版되었다.

19. ≪漁洋詩話≫ 三卷

王士禎 選. 3권 282則으로 구성되어 있으며 擁正乙巳(1725)本에는 兪兆晟
序·自序가 있고, 乾隆間竹西書屋重刊本과 上海會文堂石印本 ≪史夢溪評點漁
洋詩話≫에는 黃叔琳의 序가 있다. 自序에 「戊子秋冬間, 又增一百六十餘條。」
라고 하여 康熙 戊子年(1708) 이후에 이 시화가 完成된 것으로 본다. 작자는
古人의 論詩에 대해 언급하기를 주저하지 않았으니, 예컨대,

> 나는 고인의 논시에 있어서 鍾嶸의 ≪詩品≫과 嚴羽의 시화, 徐禎卿의 ≪談
> 藝錄≫을 가장 좋아하고 황보방의 ≪해이신어≫와 사진의 ≪四溟詩話≫를 좋
> 아하지 않는다.
> 余于古人論詩, 最喜鍾嶸詩品·嚴羽詩話·徐禎卿談藝錄, 而不喜皇甫汸解頤

新語·謝榛詩說。

라고 하였는데, ≪詩品≫이라고 해서 모두 높인 것이 아니고 曹操는 下品, 王粲은 上品에 놓아야 한다고 주장하였다.[8] 神韻說에 의한 평가기준이 표출되어 있는 시화이다. ≪王漁洋遺書≫本·≪四庫全書≫抄本·竹西書屋重刊本·≪詩觸≫本·養素堂刊本·≪清詩話≫本 등이 있다.

20. ≪師友詩傳錄≫ 一卷

郎廷槐編. 郎廷槐 질문, 王士禎·張篤慶·張實居 三人答. 1卷 31則이며 그중에 처음 19則은 3人이 나누어 答하고 뒷부분은 거의 다 漁洋 1人의 答으로 되어 있다. 嘉慶年間에 ≪花薰閣詩述≫에 이 시화를 수록하고 ≪梅溪詩問≫이라 칭하기도 하였다. 答한 3人은 친척관계가 있어서 論詩가 近似하여 共히 신운설에 경도되어 있다. 곧 3人의 3종 대답에서 相同하는 3人의 기본시론을 확인할 수 있으니, 「辨乎味, 始可以言詩。」(맛을 분별함으로써 시를 말할 수 있다.)라는 뜻에 대한 질문에 대하여 왕사정은 「詩有正味」(시는 참된 맛이 있다.)라 하며 「欲知詩味, 當觀世運。」(시의 맛을 알려면 마땅히 세운을 살펴야 한다.)라 하였고, 장실거는 「當于平淡中求眞味。」(마땅히 평담 중에서 참된 맛을 찾아야 한다.)라고 답하여 각도는 달라도 신운의 內質을 제시한 점은 같다. ≪詩論正宗≫本·≪漁洋定論≫本·≪談藝珠叢≫本·≪清詩話≫本이 있다.

21. ≪師友詩傳續錄≫ 一卷

劉大勤編(劉大勤問, 王士禎答). 62則으로, 왕사정이 거하던 魚子山에 古夫

---

8) 鍾嶸 ≪詩品≫에서 실지로 曹操는 卷下의 魏武帝條에 「苦寒行」이 있으며 王粲은 卷上에 있다.

于亭이 있어서 ≪古夫于亭詩問≫이라고도 한다. 이 시화 역시 왕사정이 神韻을 강구하고 있으니, 유대근이 「唐賢三昧集序」의 「羚羊掛角」이란[9] 음율이 弦外의 뜻이 있다는 말인가라고 물었을 때, 왕사정이 이 말은 엄우의 시화에서 따온 것으로 「言有盡而意無窮」의 논지라 답하면서 以禪論詩의 개념을 재천명하였는데 이 모든 것이 神韻에 근거를 두려한 데에 있다. 왕사정은 장실거의 「修辭爲要」說에 대해 「以意爲主, 以辭輔之。」(의취로써 주를 삼고 사어로써 돕는 것이다.)라고 반론하였다. ≪詩問≫四卷本·≪談藝珠叢≫本·≪古今說部叢書≫本·≪經香閣≫本·≪淸詩話≫本이 있다.

22. ≪然鐙記聞≫ 一卷

王士禎口授, 何世璂述 22則이며 詩話 뒷면에 王兆森의 識語에 기술하기를,

> 위의 하단간공이 기술한 작고하신 문간공의 논시어를 「연등기문」이라고 이름 짓는다.
> 右何端簡公所述先文簡公論詩語, 名曰然燈記聞。

라고 하였다. 이 시화는 왕사정의 논시와 談藝의 작은 부분으로 타인의 손에 기록되었는데 그의 다른 시화에 비해 가치는 덜하다. 그의 신운설에 대해 밝히지는 않았지만 묘사상으로 다분히 그 뜻을 표현하고 있으니 「爲詩先從風致入手, 久之要造于平淡。」(시에 있어 먼저 풍치에서부터 착수하여 오래되어 평담을 이루는 것이다.)라 하였다. 작자의 시의 학습경험과 시가의 章法·句法·字法·律詩와 古樂府의 문제 등을 논급하여 참고로 삼을 만하다. ≪花薰閣詩述≫本·≪天壤閣叢書≫本·≪談藝珠≫本·≪觀自得齋叢書≫本·≪學詩法程≫本·≪淸詩話≫本 등이 있다.

---

9) 嚴羽 ≪滄浪詩話≫ 詩辨; 「羚羊掛角, 無跡可求。」

23. ≪五代詩話≫ 十卷

王士禛原編, 鄭方坤刪補. 왕사정이 晚年에 成書하지 못한 것을 宋弼이 補輯 12卷을 만들었다. ≪四庫全書總目≫ 詩文評類存目에서 이르기를,

> 왕사정의 원고본이 처음에 완전본이 아니어서 송필이 이어서 열입시켜 그 연박함을 힘써 구했지만 체례가 옹잡하여 특히 왕사정의 初志를 상실했음이 안타깝다.
> 士禛原稿本草創未竟之本, 弼所續入, 務求其博, 體例遂傷冗雜, 殊失士禛之初意。

라고 하였고 후에 鄭方坤(字는 則厚, 號는 荔鄕. ≪經稗≫·≪蔗尾詩集≫ 등 있음)이 刪補하여 1216條의 10卷本을 편집하였다. 「以人爲綱」을 바탕으로 생평·작품의 우열 등을 宋代부터 淸代까지의 史書·文集·筆記·詩話 등 260여 종의 자료를 활용하여 기술한 바, 五代문학연구의 주요 자료서로서 重視된다. 乾隆甲戌杞菊軒刊本·≪粤雅堂叢書≫初編本·≪叢書集成初編≫本 등이 있고, 李珍華點校의 ≪五代詩話≫(文獻出版社·1989)가 비교적 完善한 版本이다.

24. ≪律詩詩話≫ 一卷

王士禛著, 律詩의 聲律을 探討한 專書로서 새로운 견해를 제시하고 있다. 왕사정은 이르기를,

> 율구는 단지 일삼오를 따져야 할 것이다. 속설에 일삼오를 논하지 않는다는 것은 너무 괴이하고 허탄한 것이니 결코 평생 이치를 깨우치지 못하게 된다.
> 律句只要辨一三五。俗云一三五不論, 怪誕之極, 決其終身必無通理。(≪然鐙記聞≫)

라고 주장하여 이 시화에서 「一三五不論」의 俗說을 통박하였다. 그래서 「五言仄起不入韻」·「五言仄起入韻」·「七言平起不入韻」·「七言平起入韻」·「七言仄起入韻」·「七言仄起不入韻」의 8 종 律格을 열거하였다. 最早本은 嘉慶 時 雪北山樵가 편집한 ≪花薰閣詩述≫本이 있고 ≪淸詩話≫에 수록되어 있다.

25. ≪漫堂說詩≫ 一卷

宋犖(1634~1713), 字는 牧仲, 號는 漫堂·西陂, 商邱(지금 河南)人이다. 黃州通判을 거쳐 江蘇巡撫을 지내고서 吏部尙書에 이르고 太子少師를 加贈받았다. 滄浪의 妙悟說을 받들고 施閏章이나 王漁洋과 교류했고 그의 시관은 「溫柔敦厚」에 근원을 두었다. ≪綿津山人詩集≫이 있다.

이 시화는 13條로 구성되어 있으며 시의 性情상태를 「悟」라 하면 景物과 상합되면서 창작의 흥취를 발현하게 되는 현상을 「悟後境」이라고 하였다. 따라서 模擬나 推崇 따위는 의식할 문제가 아니며 풍격상 어느 시대의 것을 한정할 필요가 없다는 것이다. 牧仲의 다음 글은 그 뜻을 분명히 밝히고 있다.

> 오래 지나서 근원이 탁 트여서 저절로 성정의 근접한 바를 터득하게 되면 당대를 모의할 필요 없고 옛 것을 모의할 필요도 없으며 또한 송원명대를 모의할 필요가 없는 것이니, 나의 참시가 경계에 어울려 흘러나와서 불교의 이른바 손 가는 대로 짚어 나오고 장자의 이른바 땅강아지·돌피·기와 등이 있지 않는 곳이 없음 같으니 이것을 깨우친 후의 경계라고 일컫는 것이다.
>
> 久之, 源洞然。 自有得於性之所近, 不必模唐, 不必模古, 亦不必模宋元明, 而吾之眞詩觸境流出, 釋氏所謂信手拈來, 莊子所謂螻蟻·稊稗·瓦甓無所不在, 此之謂悟後境。(제1조)

참된 시란 觸境을 통해 나오는 것이니 때와 장소에 구애됨이 없이 가능하다는 것이다. 創新한 주관적인 立論을 구비함이 참된 작시의 자세라는 것이다. 전통을 계승하되 그것은 기계적인 모방이 아니라 自家의 面目을 형성함이니 나름의 風格이 없이는 진정한 시인이 될 수 없는 것이다. 各條別로 主旨를 보면, ① 시의 性情爲主 ② 尙宋派를 비판 ③ 明代 비판과 王漁洋 추숭 ④ 古樂府論 ⑤ 五言古詩論 ⑥ 七言古詩論 ⑦ 五言律詩論 ⑧ 排律論 ⑨ 七律論 ⑩ 五絶論 ⑪ 七絶論 ⑫ 唐以後의 詩派 ⑬ 작자 자신의 作詩歷程 ≪綿津山人集≫本·≪昭代叢書≫本·≪國朝名人著述叢編≫本이 있고 ≪淸詩話≫에 수록되어 있다.

26. ≪古歡堂雜著≫ 四卷

田雯(1635~1704), 字는 子綸, 號는 山薑·蒙齋, 德州(지금 山東에 속함)人이다. 康熙 3년(1664)에 進士, 戶部侍郞을 지냈다. ≪古歡堂集≫ 三十六卷에 詩集十四卷·雜著八卷이 포함되어 있다. 漁洋과 立論을 같이하였다.[10]

이 시화의 上二卷은 綜論과 各體詩歌의 發展源流를 평론하였고, 下二卷은 詩人·詩作·前人詩話 등을 구체적으로 평론하고 있다. 간결한 語言으로 시가발전사를 꿰고 각체시의 分論·원류분석을 체계적으로 기술하였다. 예컨대, 孟浩然을 두고 「佳處亦整亦暇, 結構別有生趣。」(좋은 곳은 또한 정제되고 한가로움이 있고 그 결구는 특별히 생동하는 의취가 있다.)라고 하였으며, 王之渙(695~?)의 「黃河遠上」七絶을[11] 七絶의 美學極致라고 지적하면서 「二十八字俱有聯合, 乃成一首。」(28자 모두가 이어져서 곧 한 수를 이루고 있다.)라고 하였다. ≪淸詩話續編≫에 富壽蓀의 校點本이 수록되어 있다.

27. ≪唐音審體≫ 一卷

錢良擇(1645~?), 字는 玉友, 號는 木庵, 常熟(지금 江蘇에 속함)人이다. 馮班·査愼行 등과 交往하고 康熙年間에 詩名이 떨쳤다. 강희 27년(1688) 蒙古

---

10) 吳宏一 ≪淸代詩學初探≫, pp.191~193 참조
11) ≪全唐詩≫, 卷254

에 隨使로 다니며 見聞과 시를 적어 ≪出塞記略≫을 남겼고 ≪擾雲集≫과 시화가 있다.

이 시화는 唐詩總集의 성격을 띠고 있어 詩體를 辨析하는데 중점을 두고 있다. 이 책의 選法을 「尊其創格·存其面目·汰其熟調。」(독창적인 격조를 존중하며 면목을 지키며, 숙달된 율조를 골라낸다.) 등 세 면에 두었다고 하였으며, 古題樂府부터 律賦까지 14종의 詩體로 분류하고 있다. 시체는 시가의 표현형식이 된다고 하였고 格調를 「高雅」에 두어야함을 강조하였다. 그의 詩가 豪邁한데도 論詩는 嚴謹하여 多少의 모순점이 보이기도 하지만 詩體分析의 母本으로서 매우 가치가 있다. 康熙 43년 刊本·≪花薰閣詩述≫本·≪淸詩話≫本이 있다.

28. ≪詩義固說≫ 二卷

龐塏(1638~1707), 字는 霽公, 號는 雪崖·牧翁, 任丘(지금 河北에 속함)人이다. 康熙 18년(1679)에 博學鴻儒에 추천되어 福建建寧知府를 지냈다. ≪叢碧山房集≫ 등이 있다. 시에 있어 杜甫를 배우고 「性情禮儀」로 귀의함을 주창하여 왕어양을 추종하지 않았다.

이 시화는 매권마다 시의 원류발전과 미학특징·作法을 먼저 논하고서, 시인의 시작평술을 논하고 있다. 시의 논점은 性情을 시가의 근본으로 삼아서 모든 형식은 성정에 따른다는 것인데, 이 성정을 예의와 상관시켜 보수적인 면을 보여준다. 그러니까 이것은 「言志抒情」說이 되겠으며[12] 「詩之道」인 것이다. 그는 시화에서 「其體雖變, 而道未常變也。」(그 체재는 변한다해도 그 도는 절대 변하지 않는다.)라고 하였으며, 또 「吾性之固有, 由性而有情, 由性而有詞。」(나의 性은 본래 있는데 성에서 情이 있게 되고 성에서 언사가 있게 된다.)고 하였다. 富壽蓀의 校點本이 ≪淸詩話續編≫에 수록되어 있다.

---

12) 毛詩序의 「詩言志」와 상통

29. ≪初白庵詩評≫ 三卷

查愼行(1650~1727), 字는 夏重, 號는 初白, 海寧(지금 浙江에 속함)人이다. 康熙 43년(1704)에 進士, 翰林院庶吉士·授編修를 지냈다. 黃宗義·錢澄之를 모시고 易學연구가 깊었고 시는 宗宋하고 白描手法을 사용하였다. ≪敬業堂詩集≫·≪陪獵筆記≫·≪黔中風土記≫·≪廬山游記≫·≪補注東坡編年詩≫ 등이 있다.

三卷 中에서 上·中卷은 시인에 평을 가하였는데 陶淵明·李白·杜甫·韓愈·白居易·蘇軾·王安石·朱熹·謝翶·元好問·虞集 등 11人이며, 가끔 箋注·集評·考證·辨正 등을 곁들였다. 예컨대, 風格面에서 杜甫의 「九成宮」에 대해 「詞意冷峻, 可作鑒戒錄.」(시의 뜻이 냉정하고 엄준하여 훈계록으로 삼을 만하다.)라 하고, 形式面에서 한유의 「李員外寄紙筆」에[13] 대해 「五言半律, 唐人集中僅見.」(오언절구는 당시인 문집에만 보인다.)라 하였다. 下卷은 「瀛奎律髓」와 「詩綜偶評」으로 兩分하였는데 전자는 「登覽」·「朝省」·「升平」·「宦情」 및 4계절·음식주거 등으로 세목을 두어 唐以後의 여러 율시를 내용과 형식면에서 평가해 나갔다. 그리고 후자는 唐宋과 金元의 작품을 광범위하게 선정하여 情懷표현·경물묘사, 그리고 음운 등에 대해 상세히 기술하였다. 가치가 높고 객관성이 있는 評點이 多出하고 있다. 蕭嘉植·查鶴徵·鷺振校의 校本과 張載華의 輯本이 있다.

30. ≪談龍錄≫ 一卷

趙執信(1662~1744), 字는 仲符, 號는 秋谷, 益都(지금 山東에 속함)人이다. 康熙 18年(1679)에 進士, 古贊善을 지냈다. ≪飴山詩集≫에 1000여 수 있다. 吳喬에 감복하여 「詩之中須有人在」(시 속에는 모름지기 사람이 들어 있어야 한다.)라는 「以意爲主」로 어양에 反論을 제기하였다.

---

13) ≪全唐詩≫ 卷336

이 시화는[14] 神韻說에 反論을 제기하면서 시가 곧 사람이어야 한다는 「詩有人說」과 시에는 확고한 시인의 主見이 담겨져야 한다는 「以意爲主」의 「主意說」을 전개하고 있다. 시화에서 서술하기를,

> 문득 어양의 여러 글을 보니 율시를 격시라고 호칭하고 있다. 이것은 구양
> 수가 전서와 예서를 섞어서 혼용하는 팔분서체를 예서라 하는 것과 같다.
> 頃見阮翁雜著, 呼律詩爲格詩。是猶歐陽公以八分爲隷也。(4조)

라고 이의를 제기하였고, 「詩以言志, 志不可僞託, 吾緣其詞以覘其志。」(10조) (시로써 마음을 표현하니까 마음을 가식적으로 기탁해서는 안 된다. 나는 그 내용을 가지고 그 시인의 마음을 엿보기 때문이다.)라고 「詩有人」의 의미를 설명하고 있다. ≪飴山全集≫本·≪學詩法程≫本이 있고 ≪淸詩話≫에 수록 되어 있다.

31. ≪聲調譜≫ 一卷

趙執信 著. 前譜·後譜·續譜로 분류되어 있어서 ≪聲調三譜≫라고도 칭 한다. 前後의 두 譜는 五·七言古詩의 내용을 탐토하고 있는 그 結構가 중 복된 듯하여 翁方綱은 ≪趙秋谷所傳聲調譜≫에서 서술하기를,

> 이 책에 대해 혹자는 前譜는 王漁洋이 지었고 後譜는 趙秋谷이 지은 것이
> 라고 하지만 내가 고찰하건대 前後譜 모두 秋谷이 지은 것이다.
> 此卷或云前譜是漁洋著, 後譜是秋谷著。以愚考之, 前後譜皆秋谷所爲也。

라고 단정하고 있다. 古詩聲調를 연구한 전문자료로서 중요한 가치를 지닌다. 詩句를 古句·律句·拗律句의 三種으로 나누고 律詩의 平仄法으로 唐代古詩 의 平仄法을 밝히고 있다. 예컨대,

---

14) 拙書 ≪中國詩話의 이해≫(현학사 2005) 참조

율시의 평평측측평은 제2구의 정격이다. 측평평측평은 변한 것이나 여전히
율구인 것이다. (즉 '요구') 측평평측평은 고시구인 것이다. 이 격을 사람들이
잘 모르는 것은 '일삼오불론'이란 말에서 오해하기 때문이다.

　　律詩平平仄仄平, 第二句之正格。 若仄平平仄平, 變而仍律者也(卽是拗句)。 仄
平平仄平則古詩句矣。 此格人多不知者, 由一三五不論一語誤之也。

라고 하여 古句・律句를 辨析함이 세밀한 점에서 참고할 만하다. ≪四庫全書≫
抄本・≪藝海珠塵≫本・≪花薰閣詩述≫本・≪國朝名人著述叢論≫本・≪古今
說部叢書≫本・≪天壤閣叢書≫本・≪求實齋叢書≫本・≪淸詩話≫本 등이 있다.

32. ≪西江詩話≫ 十二卷

裘君弘(生卒年不詳, 字는 任遠, 新建(지금 江西에 속함)人이다.

이 시화 12卷이 있으며 ≪南昌府志≫ 卷45에 傳이 있다. 이 시화는 江西
지구 시인의 관련 자료를 수록한 지역시화이다. 自序에서 그 내용을 詩志・
詩釋・補正・訂謬・類及・源流・異同・辨正 등으로 구분하여 서술하였다고
하였다. 陶潛부터 淸代 시인까지 거론하여 晉唐人 1권, 兩宋 4권, 元 1권, 明
淸 4권에다, 仙道와 閨秀를 2권으로 구성하였고 시인마다 小傳을 덧붙여서
例詩를 들었으며 작자 견해를 넣어 시인과 그 작품에 대한 品評을 加하고
있다. 康熙 43年(1704) 序刻本이 있다.

33. ≪江西詩社宗派圖錄≫ 一卷

張泰來(生卒年不詳), 字는 扶長, 豊城(지금 江西에 속함)人이다. 康熙 9
年(1670)에 進士, 康熙 17年(1678)에 山東金鄕知縣 등을 지내고 이 시화를
남겼다.

이 시화는 前記와 跋語 외에 모두 19절로 되어 있고, 매절마다 小標題가
있으며 宋代 江西詩派의 陳師道・潘大臨・潘大觀 등 25인의 傳이 상세하게

기록되어 있어 史料性의 자료인 것이다. 呂本中의 ≪江西詩社宗派圖≫에서
黃庭堅을 主宗으로 삼은 說과 陳師道·陳與義를 三宗으로 삼은 說 등을 취
하지 않고 독자적으로 江西詩派의 祖로 陶淵明을 추숭하였는데, 이 시화는
王應麟의 ≪小學紺珠≫(卷4)의 序目에 의거한 것이지만, 내용상으로는 王氏
를 따르지 않은 것을 주시할 필요가 있다. 작자는 「江西之派, 實祖淵明。」(강
서파는 실로 도연명을 근원으로 한다)라고 하였으며, 또 「三百五篇而後, 作
詩者原有江西一派, 自淵明已然。」(시경 이후에 시인에게 강서파라는 것이 있
었으니 도연명부터가 그러하다.) 라고 하였다. 宋犖의 序와 厲鶚의 跋, 그리
고 漁洋의 ≪居易錄≫ 등에서 「遍覽群籍, 摭拾遺事。」(뭇 전적을 두루 열람하
여 버려진 사실을 골라 모았다.)라고 평가하였다. ≪昭代叢書≫本·≪知不足
齋叢書≫本·≪淸詩話≫本이 있다.

34. ≪蘭叢詩話≫ 一卷

　　方世擧(生卒年不詳), 字는 扶南, 號는 息翁, 桐城(지금 安徽에 속함)人이다.
桐城派 方苞의 親族으로 朱彝尊에게서 배웠고 평생 벼슬을 구하지 않고 초
야에서 지냈고 ≪春及堂集≫이 있다.

　　이 시화는 60여 條이며 論詩를 주로 하였지만, 자신의 창작이나 評論上의
교류 활동도 기술하였고, 시가에서 前人의 계승과 創新을 강조하고 形式과
格調를 중시하고 있다. 특히 「學唐宗杜」(당시를 배우되 두보를 본받는다)를
강조하여

　　　　오늘날 시를 배우는데 오직 당시를 배울지라. 당시도 변화가 있는데, 오늘
　　　날 당시를 배움에 있어 오직 두보를 배워야 할지라.
　　　　今日學詩, 唯有學唐。唐詩亦有變, 今日學唐唯當學杜。

라 하였고, 다시 「唐之創律詩也, ……唯有老杜, 法度整嚴又寬舒, 音容鬱麗又
大雅。」(당대에 율시를 창제하였는데, ……오직 두보만이 그 법도가 엄정하고

관서하며 음절이 유려하고 대아하다)라고 하였다. ≪淸詩話續編≫에 富壽蓀 校點本이 있다.

35. ≪漢詩總說≫ 一卷

費錫璜(1664~ ?), 字는 滋衡, 吳江(지금 江蘇 蘇州에 속함)人이다. ≪掣鯨堂詩集≫과 沈用濟와 合著인 ≪漢詩說≫ 十卷이 있다. 沈德潛은 ≪國朝詩別裁集≫에서 作者에 대해「熟古樂府」(고악부를 숙지하다.) 라고 推崇하였다.

이 시화는 한 권에 45則으로 구성되었는데 楊復吉이 ≪昭代叢書≫를 편집할 때, ≪漢詩說≫에서 漢詩總論 부분만을 추려서 시화로 꾸민 것으로, 漢代詩의 사상성과 예술성을 높은 수준으로 기술하고 있다. 작자는 「好色而不淫, 怨而不怒, 唯漢詩有焉。」(호색하면서 지나치지 않으며, 원망하면서 노하지 않은 것은 오직 한시만이 그러하다.)라 하였고 악부시에 대해서는,

> 악부에서 요가와 음마장성굴 등 시들은 모두 매우 돈좌하니 두보는 이에 가장 뛰어난 전수자이다.
> 樂府如鐃歌・飮馬長城窟諸詩, 皆極頓挫, 工部于此最得手。

라고 높였다. ≪漢詩說≫ 十卷은 乾隆間精刊本이 있고, ≪昭代叢書≫本과 ≪淸詩話≫本이 있다.

36. ≪載酒園詩話≫ 三卷

賀裳(生卒年不詳), 字는 黃公, 號는 檗齋, 丹陽(지금 江蘇에 속함)人이다. 康熙年間에 활동하였으며, 이 시화와 ≪紅牙詞≫・≪史折≫ 등이 있다.

이 시화는 卷一이 綜論으로 시가원류와 作法 및 評述이 있으며, 卷二는 唐 131人의 評述, 卷三은 宋代 92人의 品評을 담고 있다. 내용을 보면, ① 시의 用事立意 ② 시가의 함축미 ③ 自然眞實의 숭상 등을 강조하고 있다. 唐

宋詩人에 대해서 특히 前人의 송시 관점에 불만을 표하면서,

> 송인의 시도 자주 변하므로 똑같은 개념으로 보아서는 안 된다.
> 宋人之詩, 實亦數變, 非可一槪視之.

라고 하였으나, 송 시단에 대해서는 비판적인 시각을 가지고 있어서, 「宋人先
學樂天, 學無可, 繼乃學義山, 故初失之輕淺, 繼失之綺靡。」(송인은 먼저 백거이
와 무가를 배웠고, 이어서 이상은을 배운 바 처음엔 경박한데 빠지고 이어서
기미한 데로 빠졌다.)고 하였다. 最早本은 대략 康熙年間에 나왔고, ≪清詩話
續編≫에 수록되어 있다.

37. ≪寒廳詩話≫ 一卷

顧嗣立(1665~1722), 字는 俠君, 號는 閭邱, 長洲(지금 江蘇 蘇州)人이다. 康
熙年間에 進士에 급제하여 中書를 지내다가 질병으로 귀향하여 博學才名을
떨쳤다. ≪秀野集≫·≪閭邱集≫·≪元詩選≫이 있다.

이 시화는 54條이며 시화의 본의를 살려서 내용이 엄정하고 잡다함이
없었다. 특히 元詩에 대해 公平한 평가를 가하려 하였으니, 明代의 「元詩
淺」(李東陽)이란 관점에서 객관화시키려 하였다. 작자는 楊維楨詩에 대해
「廉夫古樂府上法漢魏, 而出入于少陵。」(양유정의 고악부는 위로는 漢魏를
본받고 두보에 출입하였다.)라고 평가하였다. 그리고 清代 자체의 詩友唱
酬之事에 대한 기록도 남기고 있어 참고가 된다. ≪昭代叢書≫本·≪清詩
話≫本이 있다.

38. ≪說詩晬語≫ 三卷

沈德潛(1673~1769), 字는 確士, 號는 歸愚, 江南 長洲(지금 蘇州)人이다. 乾
隆 4年(1739)에야 진사가 되었고, 장수하며 관직이 禮部侍郎에 올랐다. 王昶

이 「蘇州沈德潛獨持格調說, ……以漢魏盛唐倡于吳下。」(《湖海詩傳》 卷二)(소주 심덕잠은 오직 격조설을 견지하며……, 漢魏盛唐으로써 吳下지역에 떨쳤다.)라 하였다. 《古詩源》·《唐詩別裁集》, 그리고 《竹嘯軒詩鈔》·《歸愚詩文鈔》·《西湖志纂》 등이 있다.

이 시화의 저술은 自序에 「雍正辛亥九年」(1731)이라 하여 그 年代를 밝혔다. 시화의 주요 내용을 보면 ① 시인의 창작 기초를 논하여 「有第一等襟抱·第一等學識, 斯有第一等眞詩。」(으뜸가는 회포와 학식이 있어야 으뜸가는 참된 시가 있는 것이다.)라 하였다. ② 시가 작품의 내용을 논하여 「詩貴寄意」(시는 시의를 기탁함을 귀히 여긴다.)라고 강조하였고, ③ 시가의 감정을 논하여 「至情」을 강조하였다. 그는 杜甫의 「北征」을 평하기를 「情至不覺音之繁, 詞之復也。」(성정이 지극하면 음조의 번다와 사어의 반복을 느끼지 않는다.) 라고 하였다. 《沈歸詩文全集》本·《淸詩話》本이 있다.

39. 《全閩詩話》 十二卷

鄭方坤(生卒年不詳), 字는 則厚, 號는 荔鄕, 建安(지금 福建 建甌)人이다. 雍正元年(1723) 進士, 山東登州知府 등을 역임하였고, 《蔗尾詩集》 15卷·《文集》2卷, 또 《經稗》6卷·《淸代名家詩鈔小傳》 등 다수가 있다.

이 시화는 閩人詩話와 그와 관련있는 것을 모은 시화인데, 六朝唐五代를 一卷, 宋元을 五卷, 明을 三卷, 淸을 一卷, 무명씨와 宮閨를 一卷, 方外를 一卷, 神仙鬼怪雜錄을 一卷으로 나누었다. 이 시화는 福建古代詩歌史의 자료집이라 할 수 있다. 주요 내용을 보면, ① 閩中詩歌 발전의 궤적의 고찰 ② 閩中詩學精華의 채록 ③ 閩地 특유의 風土와 人情의 수록 등을 들 수 있다. ①의 경우에 閩地 시가사의 남상으로 郭璞·謝朓·江淹 등을 거론하고 唐代의 林鴻, 그 후에 十才子라 하여 王褒·高棅 등을 열거하고 있다. 일종의 閩地詩歌史料集이라고 하겠다. 《四庫全書》 集部 詩文評類에 수록되어 있다.

40. ≪方南堂先生輟鍛錄≫ 一卷

方貞觀(1679~1747), 字는 履安, 號는 南堂, 桐城(지금 安徽에 속함)人이다.
詩學 관점은 「宗唐爲尙」 하였고 그의 시는 변새적인 感傷을 담고 있으며,
≪南堂詩鈔≫가 있다.

이 시화는 唐人을 主宗하여 시가 창작의 예술과 풍격, 기교 등 자신의 주
관을 담고 있다. 錢兼益을 계승하여 「詩人之詩」·「儒者之詩」를 내세웠으며,
「詩必言律」의 命題를 제시하여 律의 조화가 안 되면, 체재의 輕重, 章法의
短長, 句法의 曲直, 音節의 高下를 조절할 수 없다는 것이다. 이 조절을 「相
稱」이라고 한다. 그리고 用事에 대해서 「食古而化(옛 것을 먹어서 소화를
잘 시켜야 한다)라고 하여 「點綴」하는 자세를 경계하였으며 활용에 따라서
正用·側用·虛用·實用 등의 기교를 제시하였다. 道光金楷校訂本과 李塁校
訂本이 있으며, ≪淸詩話續編≫에 수록되어 있다.

41. ≪一瓢詩話≫ 一卷

薛雪(1681~1770), 字는 生白, 號는 一瓢, 吳縣(지금 蘇州)人이다. 乾隆元年
(1736)에 博學鴻詞에 천거되고 名醫로서 詩畵에 능하였다. ≪周易粹文≫·
≪醫經原旨≫·≪一瓢齋詩存≫ 등이 있다.

이 시화는 230條로 구성되어 있으며 自序와 沈楙德의 跋이 있다. 심무덕
의 발문에서 이 시화는 자신의 心得을 펴서 속된 병폐를 침놓듯 지적하였으
니 그 집어서 헤쳐 놓은 것이 빈 구멍을 맞추듯 잡소리와는 비교가 안 된다
고 하였다. 설설은 여기서 胸襟說을 주창하고 있으니,

> 시문과 서법은 같은 이치로서 흉금을 갖추면 인품이 반드시 높아진다. 인품
> 이 높아지면 한 번 기침을 하여 읊던지, 한 번 붓을 휘둘러 서화를 그리게 되
> 면 반드시 남보다 뛰어난 점이 있다.

詩文與書法一理, 具得胸襟, 人品必高。 人品旣高, 其一謦一欬, 一揮一灑, 必
有過人處。(6조)

라 하여 「心正」을 강조하였다. 「心正」의 여부가 시의 질을 결정하므로 葉燮
이 강조한 시교의 근본인 「溫柔敦厚」를 바탕에 두고 있다고 할 것이다. 설설
은 「心正」에 대해 이르기를,

  유공권이 말하기를 「마음이 바르면 붓도 바르다.」라고 하니 마음이 바름을
알면 바르게 되지 않을 수 없어, 시를 공부하는 자들은 더욱 긴요하게 여긴다.
대개 시로써 성정을 표현하는데 감정이 드러나게 됨에 있어, 마음이 바르지
않으면 어찌 세심하게 좋은 시를 지으려고 애써 글귀 찾을 필요 있겠는가? 어
떤 이가 묻기를 「속담에 이르기를 잘못된 시라 했는데 뭘 말하는가?」 내가 말
하노니 「시는 마음의 글이요, 뜻의 소리이다.」
  柳公權云; 「心正則筆正」要知心正則無不正, 學詩者尤爲喫緊。蓋詩以道性情,
感發所至, 心若不正, 豈可含毫覓句? 或問曰; 「諺云歪詩, 何謂也?」余曰; 「詩者,
心之言, 志之聲也。(7條)

  판본으로는 掃葉 山莊本・《昭代叢書》本・《清詩話》本이 있다.

42. 《貞一齋詩說》 一卷

  李重華(1682∼1754)撰。 字는 實君, 號는 玉洲, 震澤(지금 蘇州 吳江에 속함)
人이다. 雍正 2年(1732)에 四川鄕試副考官을 지냈고 《貞一齋集》 등이 있다.
  이 시화는15) 「論詩答問」3則과 「詩談雜錄」100條로 구성되어 있어서 吳江派
의 시학을 대변한다. 「論詩」편은 시의 三要와 五長을 거론하여 論詩의 正格
을 제시하였고, 「雜錄」편은 시경・초사에서 清代까지의 변천을 중심한 강령
을 펴서 唐과 宋元의 절충적인 노선을 지향하고 있다. 시의 三要에서 律調
의 운용이 시의 精巧與否를 좌우한다고 하였으며 風格에 대해서는 性情과

---

15) 拙書 《中國唐詩硏究》 上(國學資料院・1994) 참조

지식을 동시에 중시하여,

> 시에는 성정이 있고 학문이 있다. 성정은 조용히 공력을 함양하고 학문은 육경에 근본을 두어야 한다. 이렇지 않으면, 재능이 경박해지고 시경의 육의에 통하지 못할까 두렵다.
>
> 詩有性情, 有學問。 性情須靜功涵養, 學問須原本六經。 不如此, 恐浮薄才華, 無關六義。」(30조)

라고 주장하였다. ≪蘇州府志≫ <藝文志>에 ≪玉洲詩話≫라 하였으며 ≪清詩話≫ 本이 있다.

43. ≪定泉詩話≫ 五卷

陳梓(1683~1759), 字는 俯恭, 號는 一齋, 余姚(지금 浙江에 속함)人이다. 乾隆年間에 博學鴻詞에 추천되었으나 사절하고 淸苦하게 학문에 몰두하였다. ≪四書質疑≫·≪刪後詩存≫·≪陳一齋先生文集≫ 등이 있다.

이 시화에서는 「三要說」을 제시하여 「詩有三要, 一性情, 二義理, 三文詞。廢其一, 非詩也。」(시는 삼요소가 있는데, 첫째는 성정, 둘째는 이치, 셋째는 문사인 것이다. 그 중에 하나라도 버리면 시가 아니다.)라 하여 균형 있는 시론을 전개하였으며 評詩 기준에 時代的 偏見을 배제하여 이르기를,

> 당은 나름의 시를 이루고 송도 나름의 시를 이루었으며 당시 자체에 우열이 있고 송시도 자체에 우열이 있으니 본래 시대를 비교하여 고하를 따져서는 안 된다.
>
> 唐自成一代之詩, 宋亦自成一代之詩, 唐詩自有優劣, 宋詩亦自有優劣, 本不必較量高下。

라고 하였다. 嘉慶間刊本이 있으며 林集虛가 편집한 ≪蔾照盧叢書≫에 수록되어 있다.

44. ≪說詩菅蒯≫ 一卷

吳雷發(生卒年不詳), 字는 起蛟, 號는 夜鍾·寒塘, 吳江人이다. 李重華와 同時人으로 詩文이 淸拔하다. ≪寒塘詩華≫·≪香天談藪≫·≪晨鍾錄≫ 등이 있다. 39條로 된 짧은 詩論書이지만,[16] 格調說의 反論과 性靈說의 先聲의 가치를 지니고 있다. 楊復吉은 시화의 跋文에서,

> 이 설시간괴는 마무리가 안된 글 같은데 그나마 그 논지가 매우 공평하고 정당하며 독선적이 아니며 조금도 편파적이 아니어서 진실로 시인들의 나루터나 떼처럼 긴요한 교량이라 할 수 있으니 평범한 이야기가 아닌 것이다.
> 茲說詩菅蒯疑屬未竟之業, 而持論中正和平, 無少偏畸, 洵可稱詩家津筏。 非復老生常談。

라고 하였다. 그리고 文學退化論에 비판을 가하고 才識을 重視하였으며 「貴自然」의 창작관을 제시하였다. ≪昭代叢書≫本이 있으며 ≪淸詩話≫에 수록되어 있다.

45. ≪柳亭詩話≫ 三十卷

宋長白(生卒年不詳), 號는 岸舫, 山陰(지금 浙江 紹興)人이다. 康熙 43年(1704)에 廣德을 유람하다가 「柳亭」에서 노닐며 詩學을 정리하여 문득 써 내려간 것이 이 시화라 한다. (自序)

羅坤·陶及申·兪樾의 序가 있는데 兪序에 서술하기를,

> 국초의 선배가 시를 논한 정수를 볼 뿐 아니라 또한 독서의 심묘함도 볼 수 있다.
> 不獨見國初先輩論詩之精, 抑可見其讀書之審。

---

16) 拙文「淸代吳雷發과 그 詩觀 考」(外國文學硏究 1집·1996) 참조

라고 하였다. 각종 체재의 발전과정을 중시하여 「拗體」에 대해서는 「詩有拗體, 所謂律中帶古也。」(시에 요체가 있는데, 소위 율시에서 古體를 띄고 있는 것이다.) 라고 하였으며, 歷代詩에 대해서는 唐詩를 중시했지만 宋詩에 대해서도 높이 평가하여 「宋人警句」·「七言警句」條에서 五七言詩의 名句를 각각 수백 개씩 열거하였고, 明詩에서는 前后七子의 장단점을 지적하였다. 康熙 46年(1707)에 初刊本이 나왔고, 光緒 8年(1882)에 楊雨耕이 보완하여 重刊하였다. ≪中國文學珍本叢書第一輯≫에 수록되어 있다.

46. ≪全唐詩話續編≫ 二卷

孫濤(生卒年不詳), 字는 樂山, 石門(지금 湖南에 속함)人이다. 乾隆以前에 생존했던 것 같다. ≪全唐詩話≫(尤袤가 지음)의 누락된 부분을 보충하여 이 시화를 썼다. 그의 「弁言」에 보면,

> 무릇 원집에 작가는 기재되나 그 사적에 누락된 것을 이어서 卷上으로 하
> 고 그 작가와 사적이 모두 기재되지 않은 것을 이어서 卷下로 하였다.
> 凡原集載其人而遺其事者, 續爲卷上; 其人與事俱未及載者, 續爲卷下。

라고 하였는데, 체재는 ≪全唐詩話≫를 기본적으로 모방하고 있다. 특히 卷下가 가치가 있으니, 누락된 王績·盧照鄰·宋之問·杜審言·崔顥·高適·岑參·元結·裴迪·祖詠·李頎·劉愼虛·孟郊 등을 보충하고 있는데, 李白과 杜甫가 選定되지 않음이 큰 결점이다. 내용상 자료회편의 성격을 지니고 있어서 각종 史料와 文集에서 수록하였다. 宣統辛亥三樂堂石印本이 있으며, ≪淸詩話≫에 수록되어 있다.

47. ≪繭齋詩談≫ 八卷

張謙宜(生卒年不詳), 號는 稚松, 膠州(지금 山東 膠縣)人이다. 康熙 45年(1706)
에 進士가 되었다. 白居易와 陸游를 배웠으며, ≪繭齋詩選≫ 二卷이 있다.

이 시화 제 1·2권은 「統論」, 제 3권은 學詩初步, 제 4~7권은 漢·魏·
唐·宋·元·明·淸詩의 평론. 제 8권은 「雜錄」으로 되어 있다. 시화의 論旨
는 시의 「意」를 중시하여 「造意是詩骨, 故居第一。」(시의 의취를 담는 것이
시의 골간이다. 따라서 가장 으뜸이 된다.)라 하여 「意」는 全詩를 지탱하는 중
요한 역할임을 강조하였다. 意에 있어 여섯 가지 요점을 지적하기를 「意眞」·
「有自家意思」(個性)·「立意高」·「意深」·「意濃或意足」(思想의 풍부와 感情의
濃厚)·「意雅」(詩情의 절제규범) 등으로 나누었다. 論詩가 思想을 중시하고
독창성을 주장하여 淸初의 擬古風을 비판한 것이다. 乾隆 23年(1758)本이 있
으며, ≪淸詩話續編≫에 수록되어 있다.

48. ≪西圃詩說≫ 一卷

田同之(生卒年不詳), 字는 硯思, 號는 小山薑·西圃, 德州(지금 山東에 속
함)人이다. 淸初 田雯의 孫으로 康熙 59年(1720)에 擧人이 되고 國子監學正을
지냈다. 王漁洋의 학설을 받들어서 ≪晚香詞≫·≪西圃詩說≫·≪西圃詞說≫
등이 있다.

이 시화는 105條이며 漫談品評의 형식을 취하고 있다. 앞의 自序는 자신
의 寫作目的을 기술하였고, 張元의 序가 있어 작자의 家學 연원을 높이 사
고 있다. 儒家傳統詩說을 바탕으로 한 「根柢說」과 司空圖·嚴羽·王漁洋의 「
興會說」이 시론의 核心이 된다. 그의 시화에서 이르기를,

> 시의 도는 근저와 흥회가 있다.……시경을 바탕으로 그 근원을 길잡고, 초
> 사·한위악부를 소급하여 그 흐름을 통달하며 경서와 사기·한서·제자서를
> 널리 익혀서 그 변화를 따짐이 바로 근저인 것이다. 근저는 학문에 바탕을 두

고 흥회는 성정에서 나온다.

> 詩之道, 有根柢焉, 有興會焉。……本之風雅以導其源, 溯之楚騷漢魏樂府以達
> 其流, 博之九經·二史·諸子以窮其變, 此根柢也。根柢原于學問, 興會發于性情。

라고 하였으며 ≪淸詩話續編≫에 수록되어 있다.

49. ≪秋窓隨筆≫ 一卷

馬位(生卒年不詳), 字는 思山, 號는 石亭, 武功(지금 陝西에 속함)人이다. 刑部員外郎을 지냈으며 杭世駿(1695~1772)의 詩友로서 王漁洋의 神韻說을 따르고 있다.

이 시화는 論詩 뿐만 아니라 文에 대해서도 언급하고 있다. 「詩以言情」의 관점으로 論詩하고 있는데, 王維에 대해서는 「一往情深。」(줄곧 정이 깊다.)라 하고 杜甫와 李白에 대해서는 「風神搖漾, 一語百情。」(정경과 마음이 어울려 나니 한마디에 온갖 정이 다 나온다.)라 하였다. 특히 詩情의 含蓄美를 강조하여 「得言外之旨」(표현된 시구 이상의 뜻을 담고 있음)를 맛보아야 하는데 그럴려면 「虛裏摹神」(심성이 텅비어 虛心한 가운데에서 창작 정신의 實質을 모색함)하여야 한다는 것이다. 그 대표적인 시로서 李白의 「邯鄲才人嫁爲廝養卒婦」를 들었다. ≪昭代叢書≫本이 있으며, ≪淸詩話≫에 수록되어 있다.

50. ≪野鴻詩的≫ 一卷

黃子雲(1691~1754), 字는 士龍, 號는 野鴻, 昆山(지금 江蘇省에 속함)人이다. 中年 이후 靈岩山에 은거하였으며, ≪野鴻詩稿≫·≪長吟閣詩集≫이 있다.

이 시화는 111條이며 전반은 시의 創作原理를, 후반은 漢魏 이후의 시를 비평하고 있는 순수한 시화서이다. 주요한 論旨를 보면, ①論詩의 기준을 杜甫로 삼았으며, ②學詩에 있어 「記誦實胸中」(읽고 외워서 가슴 속에 채움)이라 하여 古人의 시를 충실히 이해해야 한다는 것이며, ③選詩의 기준을 「兼

長集善」에 두어 取捨選擇해야 한다는 것이다. 특히 杜甫에 대해서 이르기를,

> 漢魏代의 기를 두드려 알고, 육조의 정화를 따서 알고, 시경의 정신을 음미
> 할 수 있는 사람은 오직 두보 한사람뿐이다.
> 能鼓漢魏之氣, 撷六朝之精, 含咀乎三百篇之神者, 唯少陵一人。

라고 높였다. ≪昭代叢書≫本이 있으며, ≪淸詩話≫에 수록되어 있다.

51. ≪蓮坡詩話≫ 一卷

査爲仁(1693~1749), 字는 心谷, 號는 蓮坡, 宛平(지금 北京에 속함)人이다.
査愼行에게서 시를 배우고, ≪蔗塘未定稿≫가 있다.
이 시화는 181條로 되어 있으며 모두 論詩評詩의 語句로 구성되어 있다.
시화에서 이르기를,

> 시의 온후는 의취에 있지 언사에 있지 않으며, 시의 웅혼은 기품에 있지 直
> 白에 있지 않으며, 시의 성령은 공령에 있지 기교에 있지 않으며, 시의 청담은
> 탈속에 있지 안이에 있지 않다.
> 詩之厚, 在意不在辭; 詩之雄, 在氣不在直; 詩之靈, 在空不在巧; 詩之淡, 在脫
> 不在易。

라고 하였는데, 意가 시의 主가 되고 辭는 보조적인 것이며, 시의 기교는 중시
되지 않는다는 것이다. 空은 意境의 淸澹이요 조탁을 반대함이다. 이것은 神韻
說보다 더 淸遠을 추구한 면에서 「超詣」에 접근되어 있다. ≪蔗塘未定稿≫本·
≪龍威秘書≫本·≪屛廬叢刻≫本이 있으며, ≪淸詩話≫에 수록되어 있다.

52. ≪榕城詩話≫ 三卷

杭世駿(1695~1772), 字는 大宗, 號는 董浦, 仁和(지금 浙江 杭州)人이

다. 乾隆元年(1736)에 博學鴻試科를 거쳐 翰林院編修를 지냈으며, ≪十三經≫과 ≪二十四史≫(武英殿本)을 校刊하였고, ≪三禮義疏≫를 편찬하였고 ≪道古堂集≫이 있다.

이 시화는 福建地方의 詩事를 모아 기록한 것이지만 필자의 詩學觀이 淸詩話 연구에 참고할 가치를 지니고 있다. 그의 論詩는 ①情趣의 崇尙, ②自然의 推尊을 중시하여 因襲을 반대하고 新變을 강조하였다. 정취를 「致」라 하여 物理를 「理致」, 風神을 「風致」라 규정하여 嚴羽나 遠中郞의 노선을 따르고 있다. 新變에 대해서는,

> 풍격이 뒤바뀌는데 시인들이 그에 따르거늘, 삼천년의 시인을 모아 한 시대
> 의 시로 삼는다면 이것이 가능하겠는가?
> 風會流轉, 人聲因之。合三千年之人, 爲一朝之詩, 有是乎?

라고 하여 맹목적인 인습을 계승으로 평가해서는 안됨을 강조하였다. 知不足叢書本과 叢書集成本이 있다.

53. ≪葚原詩說≫ 四卷

冒春榮(1701~1760), 字는 寒山, 號는 花源漁長·柴灣樵客, 如皐(지금 江蘇에 속함)人이다. 布衣之士로 생애를 보냈으며 ≪象山縣志≫·≪通州志≫·≪風陽府志≫·≪西淮監法志≫ 등이 있다.

이 시화는 순수한 論詩文의 詩學書로서 作詩上의 方法과 技巧에 편중되어 있다. 卷一은 五律作法, 卷二는 七律, 卷三은 排律과 絶句, 卷四는 樂府와 古體作詩法을 논하였다. 그러니까 각 체시의 章法·句法·起法·對法·收法 등을 논술하였는데, 五律의 경우를 보면 그 句法은 「最忌直率, 直率則淺薄而少深婉之致。」(직술을 가장 꺼리니 직술하면 천박하여 깊고 고운 홍치가 적다.)라고 경계하였고, 字法은 實字의 鍊法을 중시하여 시의 함축미를 중시하였

다. 如皐冒氏叢書本이 있으며, ≪淸詩話續編≫에 수록되어 있다.

54. ≪劍溪說詩≫ 三卷

喬億(1702~1788), 字는 慕韓, 號는 劍溪, 江蘇 寶應人이다. 方苞의[17] 指敎를 받아 詩文에 능하여 ≪劍溪文略≫·≪窺園吟稿≫ 등 문집이 있고 杜詩에 대해서 ≪杜詩義法≫(二卷)을 써서 200수의 評詩가 卓見을 보여준다.

이 시화 卷上은 詩經·楚辭와 漢魏六朝·唐宋詩에 대해서, 卷下는 古體·律詩·絶句의 체재 및 詠史·詠物·題畫 등에 대한 논평을 가하였으며, 又編一卷에서는 唐人 위주의 역대시를 평하였다. 시의 창작에 대해서 「詩必有爲而作」(시는 반드시 의도가 있어서 쓰여져야 한다.)는 作爲性을 주장하며 그 근본은 「性情」이어야함을 강조하였다. 그리고 詩人에 대해서는 李白과 杜甫를 추숭하여 비교하기를,

> 두보는 원래 경서·사서에 근본을 두고 시체는 사실을 직서하는데 함써서 절실한 말이 많고, 이백은 노장·초사에 의거하여 비흥에 뛰어나서 환상적인 어사가 많다.
>
> 杜子美原本經史, 詩體專是賦, 故多切實之語; 李太白枕藉莊騷, 長于比興, 故惝恍之詞。

라고 하였다. 乾隆間精刊本이 있으며, ≪淸詩話續編≫에 수록되어 있다.

55. ≪詩學纂聞≫ 一卷

汪師韓(1707-?), 字는 杼山, 號는 韓門·上湖, 錢塘(지금 浙江 杭州)人이다. 雍正 11年(1733)에 進士가 되고 編修와 湖南學政을 지냈다.

이 시화[18] 「自題序」에서 서술하기를,

---

17) 方苞(1668~1749), 字 鳳九, 號 靈皐, 安徽 桐城人. 桐城派의 祖. ≪望溪文集≫ 十八卷이 있다.

송대 이후의 문인들은 시화를 즐겨 썼는데, 그 산만하고 부스러기 같은 잡
담으로 되어 있는 것이 십중육칠이나 되니 내 또 더 그걸 본받아야 한단 말인
가? 나는 그걸 극복할 것이다.

宋後文人好著詩話, 其爲支離瑣屑之談, 十且六七, 而余復尤而效之乎? 余過矣。

라 하여 시화 서술의 의지를 보여 주었는데, 여기서 시화의 특성을 알 수 있
다. 詩體에 있어 雜擬와 雜詩, 樂府·散體 등 특수한 형식에 있어 문제점을
풀어나갔다. 그리고 風格面에서는 「綺麗」 항목을 설정하여 서술하기를,

위문제는 전론에서 시부는 미려함이라 하고……오언은 청려를 으뜸으로 한
다 라고 한 것을 기려로 시를 논한다고 후대 군자들은 배척하였으니 이것은
理義의 근본을 모르는 때문이다.

魏文帝典論曰: 詩賦欲麗……五言流調, 則淸麗居宗。以綺麗說詩, 後之君子所
斥爲不知理義之歸也。

라고 하여 載道意識이 깊은 論詩觀을 보여준다. ≪上湖遺集≫本·≪叢睦汪氏
遺書≫本·≪昭代叢書≫本·≪詩法萃編≫本이 있고, ≪淸詩話≫에 수록되어
있다.

56. ≪白鶴堂詩話≫ 三卷

彭端淑(生卒年不詳), 字는 儀一, 丹棱(지금 四川에 속함)人이다. 雍正 11년
(1733)에 進士, 廣東肇羅道등 역임. 81세에 卒. 詩文에 능하고, 左傳·史記에
박통하였고, ≪白鶴堂文集≫과 ≪雪夜詩談≫(즉 이 시화와 같음)이 있다. 시
를 논하기를,

시에는 감개가 있는데 반드시 동기가 있어 나오는 것이니 병이 없는데 신

---

18) 拙文 「詩學纂聞의 論唐詩 考」(中國硏究 15집·1994) 참조

음하면 좋은 것이 아니다.

 詩有感慨, 然必須有爲而發, 無疾而呻, 非吉也。

라고 하여 도잠이나 두보의 시는 시를 짓기 위해서 시를 짓는 것이 아니라 情發의 상태에서 짓는다는 것이다. 盛唐을 특히 推崇하여 그 雄偉遒壯한 풍격을 높이 샀으니 이어서 논하기를,

 시를 짓는 것을 성당에서 시작하면, 기골이 절로 높으나, 만당에서 시작하면 기골이 절로 낮아진다.

 作詩從盛唐入手, 氣骨自高, 從晚唐入手, 氣骨自卑。

라 하였다. 乾隆間刊本이 있다.

57. ≪隨園詩話≫ 二十六卷

袁枚(1716~1798), 字는 子才, 號는 簡齋, 世稱 隨園先生, 晚年에 自號를 倉山居士라 하였으며, 錢塘人이다. 乾隆 4年(1739)에 進士, 溧水·江浦 등의 知縣을 지냈으며, ≪小倉山房文集≫ 35卷·≪小倉山房詩集≫37卷·≪小倉山房尺牘≫ 10卷·≪新齊諧≫ 14卷 등 30여 종이 있다.

이 시화는 正文 16卷, 補遺 10卷이며 수필식으로 구성되었고, 서술 동기는 편견과 폐단을 보완하여 沈德潛이나 翁方綱을 반대하고 漁洋의 神韻說을 반박하려 했다. 그러나 중요한 내용은 性靈說을 천명하는데 있었다. 이 이론은 眞情과 個性·詩才를 三要素로 제시하였는데, 「眞情」에 대해 창작의 기본 요건이며 功能이라 하여 「詩人者, 不失其赤子之心也。」(卷三)(시인이란 그 어린아이의 마음을 잃지 않음이라.)라 해서 童心이 眞情이라 하였다. 그리고 「個性」에 대해 獨創性을 강조하여, 「作詩, 不可以無我。有人無我, 是傀儡也。」(卷七)(시를 짓는데 나 자신 즉 독자적인 개성이 없어서는 안 되니, 나 자신이 없는 사람은 꼭두각시인 것이다.)라 하였고, 따라서 擬古와 格

調에 대해 反論을 제기하였다. 그리고 「詩才」에 대해서는 창작 능력의 탁월
성을 「靈智天性」(靈性)이라 하여 성령설의 어원을 거기에 두었으며 시의 표
현이 人爲的이 아닌 自然天性이어야 하기에 「生氣·生趣」(補遺卷三)라는 용
어를 만들어낸 것이다. 最早版本은 乾隆庚戌(1790)과 壬子(1792) 小倉山房刻
本이며 지금 通行本은 人民文學出版社의 乾隆本에 의거한 校點本이다. (1960
年刊)

58. ≪續詩品≫ 三十二首

袁枚著. 乾隆 32年(1767)에 썼으며, 이 시화는 鍾嶸의 ≪詩品≫, 司空圖의
≪二十四詩品≫과 연계선상에서 참고할 가치가 있다. 시화의 「小序」에서 작
자의 기술 동기를 통해 시인의 창작 과정에서의 思維를 제시하면서 精密한
시의 見解를 보여준다. ① 시인의 창작상의 객관적인 조건을 서술한 것으로
齋心·理氣·博習·戒偏·尙識·神悟·卽景, ② 시가 창작의 構思와 표현 기
교를 서술한 것으로 精思·相題·布格·選材·用筆·取徑·擇韻·藏拙·空
行·務嚴·割忍·滅迹·著我·澄滓, ③ 창작 태도를 논술한 것으로 知難·求
友·勇改, ④ 작품의 내용과 형식 특성을 논술한 것으로 崇意·葆眞·固存·振
采·安雅·結響·拔萃, ⑤ 시가 감상을 논술한 것으로 辨微를 들었다. ≪小倉山
房詩集≫ 卷二十에 보이며 最早本은 乾隆刻本이다. ≪淸詩話≫에 수록되어 있
으며, 通行本으로 郭紹虞의 ≪續詩品注≫(1963), 王英志의 ≪續詩品注評≫
(1989), 劉衍文의 ≪續詩品詳注≫(1993) 등이 있다.

59. ≪消寒詩話≫ 一卷

秦朝釪(生卒年不詳), 字는 大樽, 號는 岵齋, 蓉湖居士, 金匱(지금 江蘇 無錫)
人이다. 乾隆 13年(1748)에 進士가 되어 禮部郎中·楚雄知府 등을 지내고 74
세에 卒. ≪岵齋詩文稿≫에 ≪田間草≫·≪燕台稿≫·≪宦游雜志≫ 등이 포

함되어 있다.

이 시화는 69則이며 필기체에 속한다. 沈楙悳의 跋에 서술하기를,

> 消寒詩話 한 권은 필력이 간결하며 객관적이고 성정이 순수하고 진지하여
> 고금을 두루 헤아려 인심을 견지하고 의론이 정도에 귀일하고 있다.
> 消寒詩話一卷, 筆力簡括, 性情純摯, 至于酌古準今, 不失維持人心, 而議論一
> 歸于正。

라고 하여 시화의 성격을 개관하고 있다. 神韻說보다는 格調를 중시하여 溫柔敦厚를 중시하였고, 그 외에 貴州·雲南·廣西·京師의 풍물에 대해서도 기술하여 참고가 된다. 道光間 《昭代叢書》本이 있고 《清詩話》에 수록되어 있다.

60. 《紀河間詩話》 三卷

紀昀(1724~1805), 字는 曉嵐, 號는 石雲, 獻縣(지금 河北에 속함)人이다. 協辦大學士를 지내고 시호는 文達 四庫全書總纂官으로 《四庫全書總目題要》를 편정하였고, 《紀文達公遺集》·《玉溪生詩說》·《唐人詩律說》·《刪正二馮評閱才調集》 등이 있다.

이 시화는 內外篇으로 구분하여 內篇을 다시 上下卷으로 분류하였다. 卷上은 總論·六朝·唐·五代·宋, 卷下는 金·元·明·清, 그리고 外篇은 寓言·紀事·紀物·題壁·題畵·題扇·紀夢·紀仙·紀鬼·紀狐·紀怪·紀亂 등 12類로 구성되어 있고, 《閱微草堂筆記》를 초록해 놓고 있다. 논조는 「詩本性情」과 「詩言志」의 合一을 주장하여 앞에서는 시인의 진실감정을 뒤에서는 윤리도덕을 조화시켜 승화된 시의 경계를 추구하였다. 變과 弊의 조화라는 格律의 轉化가 相救의 계기를 만들어 낸다는 變蔽論은 논리성여부를 떠나서 관심의 대상이 된다. 많은 시인의 평론이 있어서 詩歌史的인가치가 있다. 光緖 27年 刻本이 있다.

61. ≪蒲褐山房詩話≫ 三百六則

王昶(1725~1806), 字는 德甫, 號는 述奄·蘭泉, 靑浦(지금 上海에 속함)人
이다. 乾隆 19년(1754)에 進士, 江西 등 按察使와 布政使를 지내고 刑部右侍
郎에 이름. 王鳴盛·錢大昕 등과[19] 「吳中七子」로 칭하며 ≪大淸一統志≫·
≪續三通≫ 등을 편수하였고 ≪春融堂集≫·≪金石萃編≫·≪明詞綜≫·≪國
朝詞綜≫·≪湖海詩傳≫ 등이 있다.

이 시화는 ≪湖海詩傳≫에 보이는데 306則으로 되어 있다. 沈德潛에게서
시를 배워 格調를 主旨로 삼아서 시화의 「惠棟」條에 보면,

> 시의 도는 근거가 있고 흥회가 있다. 근거는 학문에 바탕을 두고 흥회는 성
> 정에서 나오니 둘을 겸해야 大家라 칭할 만하다.
> 詩之道有根柢, 有興會。根柢原于學問, 興會發于性情, 二者兼之, 始足稱一大
> 家。

라 하여 사상·풍격·학식의 요인이 시가 창작의 주도적 작용을 함을 강조하
였다. ≪湖海詩傳≫은 嘉慶發刻刊本과 萬有文庫本이 있다.

62. ≪茶餘客話≫ 二十二卷

阮葵生(1727~1789), 字는 寶城, 號는 吾山, 山陽(지금 江蘇 淮安)人이다. 乾
隆年間에 進士가 되고 관직이 刑部右侍郎에 이르렀으며 ≪七錄齋詩文集≫·
≪茶余客話≫ 二十二卷이 있다.

이 시화는 작자의 論學과 見聞을 기술한 筆記文이다. 政治·史地·학술사
상과 과학공예·문학예술·草木·음식에까지 광범한 내용을 담고 있다. 詩論

---

19) 王鳴盛(1722~1797), 字 鳳喈, 號 禮堂, 江蘇 嘉定人. 沈德潛에게서 詩를 전수받고 ≪蛾術編≫
　　百卷 등이 있다.

에 있어서 시인의 軼聞趣事와 시작의 평론, 그리고 作詩方法에 대해 중점을 두었는데, 「詩人之詩」를 강조하여,

> 시에 理論이 뛰어나되 어록의 조짐이 있으면 안 되고, 시에 성정이 뛰어나되 편지글의 조짐이 있으면 안 되고, 시에 학식이 뛰어나되 논책의 조짐이 있으면 안 되고, 시에 운율이 뛰어나되 세설의 조짐이 있으면 안 되고, 시에 참신함이 뛰어나되 사곡의 조짐이 있으면 안 된다. 이 다섯 가지의 장점을 갖추면서 유폐가 없으면 시인의 시라 하겠다.
> 詩以理勝, 不可有語錄氣; 詩以情勝, 不可有尺牘氣; 詩以識勝, 不可有策論氣; 詩以韻勝, 不可有世說氣; 詩以新勝, 不可有詞曲氣。兼五者之長, 而無其流弊, 則詩人之詩矣。(卷十一)

라고 하였다. 이 시화의 寫作 시기는 乾隆 36年(1771)으로 보는데, 出刊은 그의 死後 20년만에 戴璐가 十二卷으로 발행하였고, 지금 中華書局에서 22卷으로 1959년에 출판하였다.

63. ≪甌北詩話≫ 十二卷

趙翼(1727~1814), 字는 雲松, 號는 甌北先生, 陽湖(지금 江蘇省 常州)人이다. 乾隆年間에 進士가 되고 貴西兵備道에 발탁되었으며, 袁枚·蔣士銓과 齊名하여 三大家라 칭하였다. ≪甌北全集≫이 있다.

이 시화는 嘉慶 7년(1822)에 지은 論詩專書로 前10卷은 李白·杜甫·韓愈·白居易·蘇軾·陸游·元好問·高啓·吳偉業·査愼行 등의 시를 논하고 後2卷은 각각 明妃詩와 七言律을 논하고 있다. 詩人을 평론함에 있어 「才氣」를 「詩之工拙」의 제일 요건으로 여겼다. 10大詩人의 創格·別調·創句 등을 形式面의 「創新」에 넣어 「徒以生僻爭奇」(卷11)(헛되이 괴벽을 낳고 기이함을 다투다)의 유폐를 배격했다. 이 시화는 乾隆·嘉慶年間에 창조적인 미학 사조를 중시하고 袁枚의 성령시의 纖佻한 면을 보완하고자 하였다. ≪甌北全集≫에 있는데 壽考堂本·湛貽堂本이 있고, ≪淸詩話續編≫에 수록되어 있다.

64. ≪詩學源流考≫ 一卷

魯九皐(1732~?) 原名은 仕驥, 字는 絜非, 新城(지금 江西에 속함)人이다. 乾隆 36年(1771)에 進士가 되었고, 山西夏縣知縣을 지냈으며, 桐城 姚鼐와 친교하였다. ≪山木居士集≫이 있다.

이 시화는 漢代에서 明代까지의 역대 시학 원류를 기술하고 있다. 시가에 대한 평론에서 사회 현실을 반영하고 작가의 眞實性情을 표현하는 것으로 평가의 高下를 따졌다. 그리고 역대 시인 중에 曹植·陶潛·李白·杜甫·韓愈를 추숭하였는데, 도잠의 경우에 「風雅之盛, 復媲于建安。」(풍아가 성대하여 다시 건안에 비길만하다.) 라 하였고, 李杜의 경우에는 「開元天寶之際, 篤生李杜二公, 集數百年之大成。」(개원·천보 년간에 진실로 李杜二公이 나와서 수백년간의 문학을 집대성하였다.) 라 하였다. 道光 5年(1825) 靜存書屋刊本 ≪是程集≫에 수록되어 있고, ≪淸詩話續編≫에 들어 있다.

65. ≪拜經樓詩話≫ 四卷

吳騫(1733~1813), 字는 槎客·葵里, 號는 兎床山人, 海寧(지금 浙江에 속함)人이다. 諸生으로 拜經樓를 지어 陳鱣·周春 등과[20] 校讎學에 힘써서 ≪拜經樓叢書≫를 저술하였다.

이 시화는 155條이며 論詩 요지는 「以溫厚蘊藉爲體, 以風雅鼓蕩爲用。」(온후온자를 근본으로 삼고 풍아고탕을 효용으로 삼는다.)인데, 그 구체적인 특성은 소위 「四觀」과 「三巧」가 된다. 四觀이란 ① 意思, ② 體裁, ③ 句調, ④ 神韻으로 詩의 질을 저울질하는 尺度로 삼았다. 그리고 三巧란 巧句·巧意·巧對를 기피해야함을 말하는데, 이것은 汪師韓의 「巧而無情, 則言中之意

---

20) 周春(1729~1815), 字 芚兮, 號 松靄, 浙江 海寧人이다. ≪遼詩話≫ 등 다수.
　　陳鱣(1753~1817), 字 仲魚, 號 簡莊, 浙江 海寧人이다. ≪續唐書≫70卷 등 다수.

盡。」(기교를 부리면 성정이 없어지는데, 즉 글 속에 뜻이 사라진다.)라고 한
점과 상통한다. ≪拜經樓叢書≫本과 ≪藝海珠塵≫本이 있으며, ≪淸詩話≫에
수록되어 있다.

66. ≪石洲詩話≫ 八卷

翁方綱(1733~1818), 字는 正三, 號는 覃溪, 順天大興(지금 北京)人이다. 乾
隆17年(1752)에 進士가 되었고, 관직은 內閣學士에 이르렀다. 經學 연구에 조
예가 깊었고, 考證과 金石에 뛰어났으며, 書畵와 詞章에도 정통하였다. ≪復
初齋詩集≫ 70卷·≪復初齋文集≫ 35卷·≪小石帆亭著錄≫ 6卷·≪兩漢金石
記≫ 22卷·≪經義考補正≫ 12卷 등이 있다.

이 시화는 乾隆 33年(1768)에 지었으며, 8卷中 前5卷은 唐宋金元詩를 평하
였고, 卷6은 「漁洋評杜摘記」를, 卷7은 元遺山論詩三十首의 해설, 卷8은 「王文
簡戲仿元遺山論詩絶句三十五首」의 해설로 되어 있다. 그의 肌理說은 義理와
文理를 포괄하고 있는데 義理는 六經과 內容의 質實을, 文理는 章法·句
法·字法·律法을 강구하여 細膩함을 요구하고 있다. 嘉慶 20年(1815)本이
있으며 陳邇冬 校點本(人民文學出版社, 1981)이 通行되고 있다.

67. ≪七言詩三昧擧隅≫ 一卷

翁方綱 著. 王漁洋의 ≪古詩選≫中 七言에 근거하여 南朝의 鮑照, 北朝의
咸陽王禧歌·敕勒歌, 唐朝의 王維·王昌齡·李白·杜甫, 宋朝의 歐陽修·蘇
軾·黃庭堅·晁沖之, 金代의 元好問, 元代의 虞集·吳萊 등 14家의 詩 26首
를 집중 평가하고 있다. 이 내용의 특성은 첫째로 神韻과 格調의 관계를 조
화시켜서 이르기를, 「神韻者, 格調之別名耳。」(신운이란 격조의 별명일 뿐이
다.)라 하였고, 두 설을 구분하기를,

격조는 실하고 신운은 허하며, 격조는 둔하고 신운은 민활하고, 격조는 형
상이 있고 신운은 자취가 없다.
格調實而神韻虛, 格調呆而神韻活, 格調有形而神韻無迹。

라고 하였다. 둘째로 肌理說을 더욱 펴고 있는데, 그 역시 「肌理亦卽神韻」으
로 가닥을 잡고 있다. 원래 ≪小石帆亭著錄≫ 卷五에 수록되어 있었는데, 蘇
齋叢書本・≪天壤閣叢書≫本・≪學詩法程≫本이 있으며, ≪淸詩話≫에 들어
있다.

68. ≪雨村詩話≫ 二卷

李調元(1734~1802), 字는 羹堂, 號는 雨村, 綿州(지금 四川 綿陽)人이다. 乾
隆 28年(1763)에 進士가 되었고, 翰林院庶吉士를 거쳐 直隷通永道를 지냈다.
≪涵海≫・≪雨村詩話≫ 등이 있다.

이 시화는 두 종류가 있는데, 하나는 2卷으로 詩經에서부터 역대 시인을
평하였고, 다른 하나는 16卷과 補遺 4卷으로 淸初에서 同時代人까지의 시를
평하고 있는데 여기에는 앞의 2卷分의 시화를 대상으로 한다. 卷上은 詩와 樂
의 관계를 논하고 毛詩에서 漢魏六朝의 詩를 평하고 있으며, 卷下는 唐・五
代・宋・元・明代의 시를 평하고 있다. 그리고 論詩에 있어 詩題에 대해서,

무릇 시에는 제목이 있는 것과 제목이 없는 것이 있다. 제목이 있는 것은
시의 정면이며, 제목이 없는 것은 시의 反面이다.
凡詩有題者, 有無題者。有題是詩之正面, 無題是詩之反面。

라고 하였으며 이 시화는 ≪涵海≫에 들어 있고, ≪淸詩話續編≫에 수록되어
있다.

69. ≪山靜居詩話≫ 二十四則

方薫(1736~1799), 字는 蘭士, 號는 蘭坻·蘭如, 石門(지금 浙江에 속함)人
이다. 山水畵에 능하고 詩風이 淸腴하여 大歷十才子의 풍격을 보인다. ≪山
靜居稿≫·≪山靜居論畵≫ 등이 있다.

시화에서 淸初와 同時代人의 詩와 軼事를 주로 기록하였는데, 朱彝尊의
경우에 詠史詩를 놓고 「其諷刺勸懲意在言外, 讀者自得之耳。」(그 풍자하여 뜻을
권면함이 표현된 언어 이상으로 우러나오니 독자라면 절로 알게 될 뿐이다.)
라고 하였고, 시의 性情을 논하여서 「詩發乎情, 故能感人之情。」(시는 성정에
서 나오는 것이므로 사람의 성정을 감동시킬 수 있다.)라 하였으며, 시가 예
술의 다양성에 대해서는 「論者槪以溫柔敦厚, 語意含畜爲法則。」(논자는 대개
溫柔敦厚와 語意含蓄을 법칙으로 삼는다.)라 하였다. 道光間 ≪別下齋叢書≫
本·≪花近樓叢書≫本·≪叢書集成初編≫本이 있으며, ≪淸詩話≫에 수록되
어 있다.

70. ≪讀雪山房唐詩序例≫ 一卷

管世銘(1738~1798)著. 字는 緘若, 號는 韞山, 陽湖(지금 江蘇 常州)人이다.
乾隆43年(1778)에 進士가 되었고 郎中과 御史를 지냈으며 ≪韞山堂詩文集≫·
≪讀雪山房唐詩選≫ 등이 있다.

작자가 7년간의 노력으로 唐詩 3900여 수를 선정하여 ≪讀雪山房唐詩選≫
34卷을 완성하였는데, 각 詩體마다 凡例序를 쓴 것을 모아서 序例로 한 것
이다. 五古·七古·五律·七律·五排·五絶·七絶의 각 체재의 序例에는 체
재의 특성·원류, 그리고 각 시기의 발전 변화, 시인의 특색 등을 논술하였
다. 古詩를 評하여서 「初唐五言, 尙沿排偶之迹, 陳拾遺翛然脫去。」(초당의 오
언시는 또한 排偶의 흔적이 남아 있었는데, 陳子昻이 홀연히 탈피하였다.)라
하였고, 律詩를 논하여 「七言律詩, 至杜工部而曲盡其變。」(7언 율시는 두보에
이르러 그 변화를 다하였다.)라 하였다. 시인의 독창성과 李白·杜甫를 가장
추숭하였다. 金式祥의 ≪粟香室叢書≫에 들어있으며, ≪淸詩話續編≫에 수록

되어 있다.

71. ≪讀風偶識≫ 四卷

崔述(1740~1816), 字는 武承, 號는 東壁, 大名(지금 河北에 속함)人이다. 福建 羅原・上杭 등에서 知縣을 지냈다. 30여 종의 著述이 있어서 顧頡剛이 ≪崔東壁全集≫을 編하였다.

이 책은 ≪毛詩≫의 國風을 考證하고 評論한 專著이다. 이 고증과 평론은 正統觀念을 기초로 하여 五倫에 바탕을 두고 있지만, 男女夫婦의 情이 국풍의 本旨라는 점을 긍정적으로 받아들이고 있다. 예컨데, 「關雎」를 「本篇爲君子求良配。」(본편은 군자가 좋은 배필을 구하는 것이다.)라는 本義에 두고, 「毛・鄭以爲后妃之德。」(모형과 정현은 후비의 덕이라고 하였다.)의 해석을 반박하고 있다. 특히 「毛詩序」의 작자에 대해 「爲後漢衛宏作。」(후한 위굉의 작이다.)의 說을 주장하고 「子夏作」・「孔子與國史作」의 諸說을 부인한 것은 참고할 만하다. ≪崔東壁遺書≫에 있으며 제자인 陳履和가 道光 4年에 간행하였다. 지금은 顧頡剛이 編한 ≪崔東壁遺書≫(上海古籍出版社, 1983)에 보인다.

72. ≪考田詩話≫ 八卷

喩文鏊(1744~?), 字는 冶存, 黃梅(지금 湖北에 속함)人이다. ≪紅蕉山館詩抄≫ 등이 있다.

이 시화의 卷一은 論詩이며 나머지는 考據・名物記載・交游 등을 기록하고 있다. 작자는 論詩에 있어 「自抒胸臆」(스스로 마음을 표현함)을 중시하여 「詩以陶寫性情」(시로써 성정을 묘사해 냄) 하는 것이 시인의 사상감정을 진실하게 토로한 것으로 평가하여 詩格과 人格을 一致시키려 하였다. 따라서 「詩中有人在」이며 「詩中有人」이어야 함을 강조하여서 作詩上에 있어 「興會」와 「自然天成」을 으뜸으로 여겼다. 道光 4年(1824) 王容生의 校刊本이 있다.

73. ≪北江詩話≫ 六卷

洪亮吉(1746~1806), 字는 稚存·君直, 號는 北江, 陽湖(지금의 江蘇 常州)人이다. 乾隆 55年(1790)에 進士가 되었고 編修를 지냈다. 黃景仁과[21] 江左에 이름을 떨쳐서 「洪黃」이라 불렀고, 毗陵七子의[22] 한 사람이다. ≪洪北江全集≫ 등 20여 종이 있다.

이 시화는 論詩·評詩를 주로 하고, 金石文字·史學地志 등을 곁들였다. 詩文의 지킬 것 다섯 가지로 性·情·氣·趣·格 등 5항을 제시하여 이것이 후에 論詩上의 綱要가 되었다. 「性」은 시인이 갖추어야 할 高尙한 品性을 말함이니 袁枚의 性靈說의 병폐를 보완하고자 하였다. 氣에 있어선 특히 淸初詩人의 民族正氣를 추숭하였고, 趣는 天趣·生趣·別趣로 구분하여 天趣는 시의 「自然天成」을 生趣는 考據를 반대하여 氣와 상관시켰고 別趣는 시의 예술형상과 사상 감정을 가리키는 것으로 하여 理와 대조시켰다. 그리고 格에 대해서는 부정적 입장을 가지고 格調와 擬古의 태도를 반대한 점은 袁枚와 상통한다. 6卷中에 前4卷은 작자의 手定本이며 後2卷은 遺著를 정리한 것이다. 張詩舲의 袖珍刻本이 最早本(前4卷)이며, 李雲生의 刻本은 後二卷이다. 후에 周濟堂刻本이 六卷本이며, ≪叢雅堂叢書≫·≪叢書集成初編≫에 수록되어 있다. 지금 유행되는 자료는 陳邇冬의 校點本(人民文學出版社, 1983)이 있다.

74. ≪茗香詩話≫ 一卷

---

21) 黃景仁(1749~1783), 字 漢鏞, 號 鹿非子, ≪兩當軒詩文集≫ 등 다수.

22) 毗陵七子; ≪晚晴簃詩話≫: 「北江續學高才, 與同里孫淵如·黃仲則·趙味辛·楊西禾·呂星垣, 徐尙之唱和, 稱爲七子。」

宋大樽(生卒年不詳), 字는 左彝·茗香, 仁和(지금 浙江 杭州)人이다. 乾隆 42年(1777)에 擧人이 되고 國子助教를 지냈다. ≪學古集≫이 있다.

이 시화는 23條이며 論詩와 評詩이다. 錢謙益의 「詩有本」說을 계승하여,

> 육예의 향기로운 윤기를 마시는 것이 근본이 아니다. 육경의 뜻을 묶는 것
> 이 곧 근본이다.
> 漱六藝之芳潤, 非本也。約六經之旨, 乃本也。

라고 하였으니, 육경의 창작 주체에 대한 情感원리를 매우 강조하였다. 이어서 말하기를,

> 호색하여 지나치면 정감의 발호가 예의에 머물지 않고, 예의에 머물지 않으
> 면 염치가 없다. 염치가 없으면 어찌 기개가 있겠는가?
> 好色而淫, 則發乎情者不止乎禮義。不止乎禮義。則無廉恥。無廉恥, 安得有氣
> 節?

라고 하여 시의 창작주제의 기틀을 전통유가에 두려하였고, 淸末에 林昌彝와 陳衍 등이 推崇하였다. ≪知不足齋≫本이 있고, ≪淸詩話≫에 수록되어 있다.

75. ≪梧門詩話≫ 十六卷

法式善(1753～1813), 字는 開文, 號는 時帆·梧門, 蒙古內務府正黃旗人이다. 乾隆 45年(1780)에 進士가 되었고, 侍講學士와 國子監祭酒를 지냈다. ≪存素堂詩集≫ 38卷·≪存素堂詩初集錄存≫ 24卷·≪存素堂詩二集≫ 8卷·≪存素堂詩續集錄存≫ 9卷 등이 있다.

이 시화는 淸詩人의 작품을 수집하여 ≪湖海詩≫ 60卷을 편찬함과 동시에 평론을 가하여 써 낸 것이다. 따라서 이로써 乾嘉詩壇의 情況을 대변해주는 특징을 지니고 있다. 창작에 있어서 王維·孟浩然·韋應物·柳宗元에서 王漁

洋의 神韻詩까지를 맥락으로 삼는 論詩의식을 지니고 있었다. 그래서 「詩貴神似, 不貴形似。」(시는 정감 위주의 神似를 귀히 여기고, 형식 위주의 形似를 귀히 여기지 않는다.)라 하여 性情의 眞과 자연을 제창하고 性情 무시의 新과 麗를 반대하였다. 臺灣 廣文書局刊 影印本(1973年)이 있다.

76. ≪履園譚詩≫ 一卷

錢泳(1759~1844), 字는 立群, 號는 台山·梅溪, 金匱(지금 江蘇 無錫)人이며, ≪履園叢書≫ 24卷이 있다.

이 시화는 「總論」·「以詩存人」·「以人存詩」·「紀存」그리고 「摘句」 등 5부분으로 구성되어 있다. 그 주요 내용을 보면, 格律과 性靈의 調和를 들겠는데 「雅音」을 談詩의 핵심이 되도록 하였다. ≪履園叢話序≫에서 友人 孫原湘에게 譚詩에 대해 「曰譚詩, 正雅音也。」(담시란 雅音을 바르게 하는 것이다.) 라고 하였다. 性靈은 性情이란 관념으로 中正和平과 溫柔敦厚의 방향으로 조화시키는 것이 雅音이다. 그리고 選詩原則에 대해서는 「可傳」할 수 있는 것을 원칙으로 하되 「就詩論詩」의 選詩原則과 방법을 취하였다. 원래 ≪履園叢話≫卷八에 있는 것을 ≪淸詩話≫에 수록하였다.

77. ≪修竹廬談詩問答≫

徐熊飛(1762~1835), 자는 渭揚, 호는 雪廬, 白鶴山人, 武康人(浙江 德淸)이다. 嘉慶년간에 擧人인 되고 만년에 翰林典籍銜을 제수받았다. 제가의 시가를 모아 ≪雲山集≫을 편찬하고 ≪白鶴山房詩文集≫, ≪六花詞≫, ≪白鶴山房詩選≫, ≪春雪亭詩話≫ 등을 지었다. 그의 논시는 性情 묘사를 중시하여 시가는 자연스레 우러나야 함을 주장하였다. ≪淸史列傳≫ 권73에 전기가 있다.

이 시화는 모두 21조로 구성되고 陸坊提가 묻고 徐熊飛가 답하는 형식으로 서술되어 있다. 性情의 서사를 강조하여 「性情與境遇相輔而成, 達之使工(성정과 환경이 서로 도와서 기교를 다하게 한다.)」라고 하고 「自然而出, 無關造作(시는 자연스럽게 나와야 하니 일부러 만들어내는 것과는 무관하다.)」라고 하여 嚴羽의 興趣를 따르고 있다. 그리고 唐詩人 중에서 中盛唐代를 높이 평가하였지만 객관적인 안목을 가지고 있었으니 李白의 7律, 韓愈의 絶句는 수준이 낮다고 하였으며 宋元明의 시가의 장점을 칭찬하기도 하였다. 그래서 蘇軾, 楊維禎, 元好問, 李夢陽 등 제가의 시를 긍정적으로 보고 인품과 시의 상관성을 인정하려 하였다. 원래 嘉慶刊本이 있으나 지금은 《詩問四種》 校點本(齊魯書社 1985)이 있다.

78. 《瓶水齋詩話》 一卷

舒位(1765~1815), 字는 立人, 號는 鐵雲, 大興(지금 北京에 속함)人이다. 乾隆 53年(1788)에 擧人이 되지만 京師에 閒居하면서 吳楚 지방에 유랑도 하며 빈곤하게 살았고 모친이 죽자 슬피 울다가 죽었다고 한다. 그 시풍이 鬱怒하며 才氣俊逸하여 詩豪로 칭하였다. 《瓶水齋文集》 16卷·《詩集》 1卷·《雜俎》 1卷·《瓶水詞》 2卷 및 《制藝》·《琴曲》·《兩漢識小錄》·《乾嘉詩壇點將錄》 등이 있다.

논시 관점은 「根柢學問」(학문에 바탕을 둘 것)·「眞摯性情」(성정을 진지하게 할 것)·「翻陳出新」(진부한 것을 뒤집어 참신한 것을 내놓을 것)·「硬瘦變奇」(굳고 마른 것을 기묘한 것으로 바꿀 것) 등 다분히 객관성을 유지하려 하였다. 嘉慶 21年(1816) 初刊되고, 《淸詩話訪佚初編》(1987)에 수록되어 있다.

79. 《石溪舫詩話》 三卷

吳嵩梁(1766~1834), 字는 子山, 號는 蘭雪, 東鄕人(지금 江西에 속함)人이

다. 嘉慶 5年(1800)에 擧人이 되었고 蔣士銓에게 詩法을 전수받아 杜陵宗派[23]
가 되었다. ≪香蘇山館全集≫이 있다.

　이 시화의 주요 관점을 보면 첫째는 學詩의 관문으로 시가전통을 어떻게
傳受받느냐의 문제를 중시하였다. 그래서 「詩史肇自杜陵, 至我定甫先生始極
其盛。」(詩史는 두보에서부터 나의 蔣士銓 선생에 이르러 마침내 그 최고에
이르렀다.)하여 學詩의 길을 杜甫·李白에서 그 바탕을 두었다. 둘째는 詩風
에 있어서 淸麗한 風格을 중시하였다. 淸의 妙味에 대해서,

> 　맑음은 곧고 빼어나고 웅혼하고 곱고 온화하고 원대하고 참신하고 오묘하
> 다.
> 　淸則直矣, 淸則逸矣, 淸則雄矣, 淸則麗矣, 淸則和矣, 淸則遠矣, 淸則新矣, 淸
> 則妙矣。

라고 하여 淸을 詩家의 제일 妙諦로 보았다. ≪淸詩話訪佚初編≫(1987)에 수
록되어 있다.

80. ≪靈芬館詩話≫ 十二卷

　郭麔(1767~1831), 字는 祥伯, 號는 頻伽·神廬·白眉生, 吳江(지금의 江蘇
蘇州)人이다. 嘉慶년간에 貢生이 되나 不遇하였고, 姚鼐에게[24] 古文辭를 배
웠으며 ≪靈芬館全集≫이 있다.

　시화는 嘉慶 21年(1816)에 刻印되었는데, 淸才든 奇才가 중요한 것이 아니
라, 시인의 胸襟과 氣骨이 구비되어 있느냐 하느냐가 문제라는 것이며 여기
에 才華가 결합되면 大家의 風度가 갖추어진다는 것이다. 吳越人이지만 편
견을 피하려는 의지가 강하다. 浙派詩 중에서 朱彝尊이[25] 중심이 된 秀水派

---

23) ≪淸史列傳≫:「江西詩人自蔣士銓後二十餘年, 嵩梁始繼之, 體沿六朝而規格則似唐之溫李, 其
　　淸婉處又與長慶爲近。」
24) 姚鼐(1731~1815), 字 姬傳, 安徽 桐城人. ≪惜抱軒詩文集≫ 등 다수.
25) 朱彝尊(1629~1709)의 詩:「淸新渾樸, 與王士禎稱南北兩大宗, 比於唐之李杜, 宋之蘇黃。」(李

의 詩學觀을 전수받는 입장에서 더욱 주목이 된다. 그러나 性靈의 영향을 받아서 「詩主性情固矣, 然言不典雅, 則入于俗調。」(시가 성정을 주도함은 진실이다. 그러나 언사가 전아하지 않으면 속된 율조에 빠지게 된다.)라 하였다. 嘉慶本이 그의 문집에 있으며 ≪淸詩話訪佚初編≫에 影印本으로 수록되어 있다.

81. ≪昭昧詹言≫ 十卷

方東樹(1772~1851), 字는 植之, 號는 儀衛老人, 安徽 桐城人이다. 乾隆時에 秀才가 되었고 家學으로 古文詞를 익히고 姚鼐門下에서 修學하여 「姚門四弟子」의 하나이다. ≪儀衛軒文集·詩集≫·≪昭昧詹言≫·≪老子章義≫·≪陰符經解≫·≪漢學商兌≫ 등이 있다.

이 시화는 道光 19年(1839)에 五言古詩를 주로 논하였다. 首卷을 通論으로 하고 漢魏·阮籍·陶潛·謝靈運·鮑照·謝朓·杜甫·韓愈·黃庭堅 등에 대한 評論으로 각 한 권씩 할애하고 있다. 評詩의 主選本은 王漁洋의 ≪古詩選≫·姚鼐의 ≪今體詩鈔≫ 그리고 劉大櫆의 ≪歷朝詩選≫·≪盛唐詩選≫·≪唐詩正宗≫등으로, 評詩 관점은 桐城派의 古文筆法을 바탕으로 하되 滄浪의 「詩有別才」를 가미하여 「義理蘊厚」와 「文法高妙」를 강조하였다. 汪紹楹 校點本이 人民文學出版社(1961)에서 출간되었다.

82. ≪退庵隨筆≫ 二十二卷

梁章鉅(1775~1849), 字는 閎中, 號는 退庵, 長樂(지금 福建에 속함)人이다. 嘉慶 7年(1802)에 進士가 되었고 兩江總督을 지냈다. ≪論詩集注旁證≫·≪樞垣紀略≫·≪滄跡叢談≫·≪歸田瑣記≫·≪藤花吟館詩鈔≫ 10卷이 전해진다.

日剛 ≪中國詩歌流變史≫, p.714)

시화 卷20과 卷21은 「學詩一」과 「學詩二」라 하여 前者는 詩歌源流와 창작의 기본 문제를, 後者는 詩歌의 체재와 음률에 대해 각각 기술하였다. 儒家의 정통 시학 관념을 지켜서 「思無邪」를 宗旨로 삼고 「興觀群怨」을 門徑으로, 「溫柔敦厚」를 性情으로 각각 삼았다. 翁方綱의 제자로서 宋詩를 推崇하였지만, 학문을 근저로 하되 수양과 詩思의 격발을 시속에 융화시키는 포용성을 보여주고 있다. 따라서 現實生活에 대한 감각이 결여된 점을 지적할 수 있다. 二思堂叢書·淸代筆記叢刊 등 刊本이 있는데, 현재 ≪淸詩話續編≫(1983, 上海古籍出版社)애 수록되어 있다.

83. ≪國朝詩話≫ 二卷

楊際昌(1778~?), 字는 魯藩, 號는 蓬萊居士, 山陰(지금 浙江 紹興)人이다. 20세에 禮部의 官職을 얻었으나 親喪으로 그만두고 평생 野人으로 생활하였다. 시화 외에 ≪碑傳集補≫ 卷47에 傳이 있다.

淸初에서 乾嘉까지의 시인 작품의 기술과 평론으로 되어 있는데, 「詩不拘何派, 情韻總不可離。」(시는 어느 유파에 얽매이지 않으나, 情韻은 항상 떠나 있으면 안된다.)라고 하여 情韻의 요체를 강조하였다. 그러므로 「以情寄爲主, 風格佐人。」(정감기탁을 위주로 하고 풍격은 보좌적인 것이다.)라 하였다. 淸初詩에 대해서 「大江以南多尙文, 大江以北多尙質。」(장강 이남은 文을 받들고, 장강 이북은 質을 받든다.)라고 하여 文과 質이 조화의 필요성을 지적하였다. 嘉慶22年(1818) 序刻本이 있으며, ≪淸詩話續編≫에 수록되어 있다.

84. ≪詩比興箋≫ 四卷

陳沆(1785~1826), 字는 太初, 號는 秋舫, 蘄水(지금 湖北 浠水)人이다. 嘉慶24年 壯元及第, 四川道監察御史를 지냈다. ≪近思錄補注≫·≪簡學齋詩存≫ 등이 있다.26)

《詩經》을 箋釋하는 方法으로 兩漢·魏·晋에서 唐人의 詩歌까지 400여
수를 분석하였다. 그래서 卷一·二는 漢魏六朝의 작품을, 卷三·四는 唐代
작품을 「比興」 手法을 활용하였다. 예컨대, 「古詩十篇箋」을 보면,

> 19수 중에서 매승의 9편은 이미 앞에서 전주하였고 그 나머지 10편에는 태
> 초 이전 것도 있고 동경 이후 것도 있으며 부의가 지은 것도 있다.
> 十九首中, 枚叔九篇, 已箋于前, 其餘十篇, 有太初以前, 有東京以後, 有傅毅所
> 造。

라고 하여 작자에 대한 見解를 밝혔다. 咸豊 5年에 初刊되었고 光緒 9年에
重刊되었으며 1959年(中華書局)과 1981年(上海古籍出版社)에 光緒本에 의거하
여 出刊되었다.

85. 《養一齋詩話》 十卷

潘德輿(1785~1839), 字는 彦輔, 號는 四農, 山陰(지금 江蘇 淮安)人이다.
道光 8年(1828)에 擧人이 되었고 安徽候補知縣을 지냈다. 《養一齋集》이
있다.

이 시화는 325則이며 《李杜詩話》 3卷 50則이 부연되어 있다. 儒家의
「詩教」를 要旨로 하여 「詩言志, 思無邪, 詩之能事畢矣。」(시는 뜻을 표현하
여 그 담긴 사념이 사악하지 않으면 시의 기능을 다한 것이다.) 라 하여
評詩의 표준으로 삼았다. 詩經의 神理意境을 배워야 하는데 그것은 무엇
인가에 대해 ① 寄托 ② 直抒 ③ 天機 ④ 言有盡則意無窮이라고 주장하였
다. 아울러 「詩境全貴質實。」(시의 경계는 온전히 실질을 귀히 여긴다.)라고
하여 綺靡와 工麗를 반대하고 意格과 胸襟을 강조하였다. 道光丙申(1836)刊
本이 있으며 《淸詩話續編》에 수록되어 있다.

---

26) 李日剛 《中國詩歌流變史》(p.772):「秋舫詩才橫逸, 上承王孟韋柳, 下逮賈島姚合,……開同光
詩淸蒼幽峭一派, 影響於同光諸子最爲深著。」

86. ≪匏廬詩話≫ 三卷

沈濤(生卒年不詳), 字는 西雅, 號는 匏廬, 嘉興(지금 浙江에 속함)人이다. 嘉慶 15年(1810)에 擧人이 되었으며, 段玉裁에게[27] 經學을 배웠다. 神童으로 ≪十經齋文集≫ 四卷·≪交翠軒筆談≫ 四卷, ≪柴辟亭詩集≫ 四卷·≪銅熨斗齋隨筆≫ 八卷·≪說文古本考≫ 十四卷·≪常山貞石志≫ 二十四卷·≪論語孔注辨僞≫ 二卷 등이 있다.

論詩의 중점은 談藝에 두고서 詩句工拙에 관한 평론이 많으니 卷中에서

> 시인의 묘사하기 어려운 경물을 표현하는 데는 전적으로 用字의 기교에 달려 있다. 석반경의 ‘꽃을 꺾으니 새소리 옮겨 가네.’의 묘처는 移자에 있고 엄탄숙의 ‘바람 부는 연못에 낙엽이 날리네.’의 묘처는 行자에 있다. 한 자라도 바꾸면 글이 안 되니 소위 좋은 구는 모름지기 좋은 자구에 있다.
> 詩人狀難寫之景, 全在用字之工。石曼卿『折花移鳥聲』, 妙在移字。嚴坦叔『風池行落葉』 妙在行字, 若換個字便不成文, 所謂好句正須好字耳。

라고 하였다. 孫福淸의 望雲仙館刊本(光緒4年)이 있으며, ≪淸詩話訪佚初編≫에 수록되어 있다.

87. ≪東泉詩話≫ 八卷

馬星翼(約1788~1841), 字는 仲章, 號는 東泉居士, 魚台(지금 山東에 속함)人이다. 그의 論詩는 條理가 淸晰하고 詩經에서부터 淸代까지 名家를 선택 분석하였고 王漁洋의 神韻詩派에 가깝다.

8卷 中에 評詩 2卷, 記詩 4卷, 類詩 2卷 등으로 구성되어 있다. 漁洋의 신운설에서 나온 이 시화의 詩觀은 性情묘사를 시가창작의 주요 因素로 여겨서 袁枚의 性靈說과 근접하여 있다고 하면서,

---

27) 段玉裁(1735~1815), 字 若膺, 號 茂堂. ≪說文解字注≫ 30卷·≪毛詩小學≫ 30卷 등 다수.

시를 짓는 데의 길은 사람마다 자신의 성정을 묘사하는 것이며, 원래 모름
지기 많은 말이 필요 없는데, 배우는 자들은 그것을 많이 비유하고자 한다.
作詩一道, 人各自寫其性情, 原無須多談, 學者多喩之耳。

라고 性情만의 우위성을 강조하였다. 淸末의 坊間刻本이 있으나, 현재 ≪淸
詩話訪佚初編≫에 수록되어 있다.

88. ≪春草堂詩話≫ 八卷

謝堃(生卒年不詳), 字는 佩禾, 江都(지금 江蘇에 속함)人이다. 富家出身으
로 戱曲을 애호하였으며 游歷을 많이 하여 北으로는 京師에서 南으로는 廣
州·桂林·湖南·山東 등을 두루 다녔다. ≪春草堂全集≫과 ≪花木小志≫·
≪錢式圖≫ 등이 있다.

이 시화는 255條로 詩와 詩語를 논평하고 있다. 論詩는 「自然」을 숭상하
여 시가의 神奇靈秀는 모두 山川田野의 自然之氣에서 나온다고 생각하였다.
陶潛을 가장 推崇한 것도 여기에 연관이 있는 것이다. 그의 시학관점은 漁
洋의 神韻을 계승하여 顧炎武와 王夫之의 風骨功力과 융합하고 있다. 淸代
후기의 宋詩派 시인들은 그의 관점을 확대 전개한 것이라 하겠다. 道光 20
年(1840)에 初刻되어 ≪春草堂全集≫에 실렸고, ≪淸詩話訪佚初編≫(1987, 臺
灣新豊出版公司)에 수록되어 있다.

89. ≪藥蘭詩話≫

嚴廷中(生卒不明), 자는 秋槎, 호는 岩泉山人, 宜良(雲南)인으로 ≪紅蕉吟館
詩存≫이 있다. 揚州에 있을 때에 春草詩社를 조직하여 友人과 唱和를 하여
영향을 받았다.

이 시화는 2권으로 구성되고 袁枚의 性靈說을 존중하여 시인의 진실한 성

정을 강조하여 「此種眞摯語, 在唐維香山, 在宋維放翁耳.(이런 진지한 말은 당에서는 오직 白居易, 송에서는 오직 陸游가 있을 따름이다.)」라고 하였다. 시가표현 수법에 있어서는 어느 시대든 전인의 기초 위에서 발전하고 創新해 온 것이지만 나름의 독자성을 지닌다고 주장하고 蕭統의 文選序에서의 「踵其事而增華, 變其體而加厲(그 일을 밟아서 더 화려해지고 그 형식을 변화시켜서 더욱 힘쓴다.)」라는 말을 강조하여 古人의 작은 모두 工巧하고 後人의 작은 모두 拙劣하다는 의식을 반박하고 있다. 道光間刊本이 있고 ≪雲南叢書初編≫에 열입되어 있다.

90. ≪十二石山齋詩話≫ 十卷

梁九圖(生卒年不詳), 字는 福草, 號는 十二石山齋居士, 順德(지금 廣東에 속함)人이다. 性情이 恬淡拙疏하여 名山川을 유람하며 詩名을 떨쳤다. ≪紫藤館詩文鈔≫·≪讀石≫ 등이 있다.

양구도의 시학관점을 보면, 첫째는 「本性情」의 강조이다. 이것은 전통 중국시론으로 「言, 心也, 故詩足徵品。」(언어는 그 사람의 마음이다. 고로 시는 그 인품을 표징한다.) 라고 하여 詩品과 人品의 상관성을 강조하였다. 예컨대, 「鄭板橋性極眞率, 其詩跌宕自喜。」(정섭의 성품이 매우 진솔하니까, 그의 시도 질탕하여 자족함이 있다.) 라고 하였다. 둘째는 寫景의 切實함을 강조하고 있다. 「詩寫實境, 最忌庸俗。」(시는 실지의 경계를 묘사할 것이니 용열하고 세속됨을 꺼려한다.) 라고 하였다. 道光 26年(1846)에 成書하였고 ≪淸詩話訪佚初編≫에 수록되어 있다.

91. ≪退庵詩話≫

何日愈(1793~1872), 자는 德持, 호는 雲畈, 또는 退庵, 廣東 香山人이다. 道光 5년(1825)에 四川會理州吏目, 咸豊 원년(1851)에 岳池知縣을 지냈다.

≪存誠齋文集≫ 14권과 ≪餘甘軒詩集≫ 12권이 있으며 ≪淸史稿≫ 권479와
≪淸史列傳≫ 권67에 전기가 실려 있다.

이 시화는 12권으로 구성되어 있으며 시가이론과 詩人品評을 주로 서술하
고 있는데 儒家사상을 바탕으로 시가의 기본경향을 논술하고 '詩言志'의 시
학관념을 계승하여 시가본질을 情과 理로 겸용시킨다. 그러므로 深厚雄健을
추숭하고 淸新靈妙와 風流姸麗를 배척하며 풍격의 다양화를 지향한다. 唐詩에
서 李白과 杜甫, 張九齡, 劉長卿 등을 모범으로 삼으며 송대는 歐陽修, 蘇軾,
邵雍 등이 미려한 문사를 구사한 것을 높이 평가한다. 光緖間刻本이 있다.

92. ≪小淸華園詩談≫ 二卷

王壽昜(生卒年不詳), 字는 養齋, 永北(지금 雲南에 속함)人이다. 嘉慶과 道
光年間에 在世하였으며 孔孟學에 정통하였고 이 시화 2卷이 있다.

卷上은 總論과 條辨 두 부분으로 구성되어 있는데, 총론은 시가의 강령
에 대한 요점을 서술하여 「四正」과 「六要」 등이 있으며, 조변은 총론에서
제기된 범주의 辨析과 例證을 담고 있다. 卷下는 漢魏에서 唐詩까지의 시
가에 대한 구체적인 문제를 토론하였는데, 그 主旨가 詩三百을 宗으로 하
고 「無邪」를 主로 하며, 「溫柔敦厚」를 귀결점으로 삼았다. 특히 시의 함축
성을 주장하여,

> 경물은 다하였으나, 정감은 다하지 않았고, 어사는 다하였으나 의취는 다하
> 지 않았으며, 흥취는 다하였으나 그 맛은 다하지 않았다.
> 景盡情不盡, 語盡意不盡, 興盡味不盡.

라고 하였다. 道光 26년(1846) 鴻雪樓刊本이 있으며 ≪淸詩話訪佚初編≫에 수
록되어 있다.

93. ≪海虞詩話≫

單學傳(生卒年 不明), 자는 師白, 호는 釣翁, 江蘇 常熟 釣渚人이다. 어려서
神童으로 칭해졌고 詩文으로는 內集으로 ≪員桂堂古文, 古賦, 題跋, 詩鈔≫ 4
종이 있고, 外集으로는 ≪員桂堂駢文≫ 등 8종이 있으며 詩話로는 ≪海虞詩
話≫, ≪海虞風雅≫, ≪祜茉詩話≫, ≪無爲詩話≫, ≪單氏古芬集≫ 등 5종이
있다.

이 시화는 16권으로 구성되어 ≪釣渚詩卷≫ 1권이 부수되어 있다. 海虞는
지명으로 해우지역의 詩學文獻을 수집한 것으로 常熟시인과 吳越문화를 연
구하는데 반드시 참고해야 할 가치가 있다. 그 예를 들면,

> 서상 손원상은 자가 자소이며 호는 심청으로 건융 60년에 2등으로 거인이
> 되고, 가경 10년에 2등으로 진사가 되어 서길사에 뽑혔으나 결국 귀향하여 출
> 사하지 않았다. 재조와 품성이 청일하고 시는 이백을 본받으니 소창산방과 소
> 수당이 그 시의 바탕이다. 이미 ≪천집각집≫을 간행하여 뽑아서 한 면을 보건
> 대, 심한 더위(고열)에 이르기를; 「태양새가 서쪽으로 가서 화룡용과 싸우고(태
> 양이 뜨거운 하늘에 떠있음을 비유)……」라고 한 데 심한 더위를 서술하여 농가
> 에 미치고 겨울날의 고통을 말하고 있으며 뜻을 표현하는 묘기를 보여주니 진
> 정 육기의 이른 바 「노니는 물고기가 고리에 걸려 깊은 연못에서 나온다.」와 같
> 은 것이다.
>
> 孫庶常原湘, 字子瀟, 號心靑, 乾隆六十年第二名擧人, 嘉慶十年第二名進士,
> 選庶吉士, 竟歸而不出. 才品淸逸, 詩宗太白, 而小倉山房, 素修堂則其所發源也.
> 已刻行天眞閣集, 摘錄以見一班, 苦熱云: 「陽鳥西行戰火龍……」, 賦苦熱而及農
> 家, 說到冬日所苦, 用意之妙, 眞士衡所謂遊魚衡鉤出重淵之深.

이같이 상세하게 지방문인의 문학을 평가하고 있다. 함풍 초년에 방려정
이 시화 초고본을 얻어서 간행하였다.

94. ≪石園詩話≫ 二卷

余成敎(生卒年不詳), 字는 道夫, 奉新(지금 江西에 속함)人이다. 嘉慶 13년
(1808)에 擧人이 되고 당시에 유행하던 八股文을 좋아하지 않았으며 ≪石園
文稿≫가 있다.

唐詩에 대한 연구평론서로서 예컨대, 陳子昻에 대해서「乃能樹風骨而
振五百年之弊, 感遇諸詩, 所以夐然獨立也。」(풍골을 세워 오백년의 폐단을
떨쳤으니 감우시는 멀리 홀로 선 바이다.) 라고 하였으며 高仲武의 ≪中
興間氣集≫에 대해서는「長于論錢而短于論劉。」(전기의 시를 논하는 데는
뛰어났으나 유장경의 시를 논하는 데에 부족하였다.) 라고 평가하였다. 嘉
慶年刻本이 ≪石園文稿≫에 수록되었으며 현재 ≪淸詩話續編≫에 編選되어
있다.

95. ≪竹林答問≫ 一卷

陳僅(生卒年不詳), 字는 余山, 號는 漁珊, 鄞縣(지금 浙江에 속함)人이다. 嘉
慶 18년(1813)에 擧人이 되고 ≪繼雅堂詩集≫ 34卷이 있다. 潘衍桐의 ≪兩浙
輶軒續錄≫에 余山의 詩를 평하기를,

> 여산의 시 능력은 송·원 대가들과 겨룰만하고 율시의 섬세하고 근신함과
> 기탁의 심원함, 시상의 청려함은 당대 시인에 어느 것 하나 맞지 않는 것이 없
> 다.
> 余山詩才力足以抗衡宋元諸大家, 而八律之細謹, 寄托之遙深, 運思之淸婉, 無
> 一不合于唐賢。

라고 하였다. 시가의 본질에 대해서「詩本性情」(시는 성정에 바탕을 둔다)라
는 立論을 내세웠으며, 시에서 제거해야 할 三弊로는「泥」(전고에 집착하여
의상을 잃고 격식에 구속되어 성정을 버리는 것)와「鑿」(옛 것을 싫어하고 새

것을 추구하며 古人을 억지로 가져다가 나에게 맞추는 것), 그리고 「碎」(불필
요하고 번다한 해설을 가하여 의심할 필요가 없는 것을 의심하는 것) 등을
열거하였다. 그리고 창작에 있어서 「生」과 「熟」, 「露」와 「隱」, 「陳」과 「新」을
대립 통일의 관계로 설정하여 조화시킬 것을 강조하였다. ≪全峨山館叢書≫
(光緒11年 1885) 刊本이 있으며, ≪淸詩話續編≫에 수록되어 있다.

96. ≪香石詩話≫ 二卷

黃培芳(1778~1859), 字는 子實·香石, 自號는 粵岳山人, 香山(지금 廣東 中
山)人이다. 道光의 ≪香山縣志≫ 卷6을 보면,

> 박학하고 문장에 능한데 특히 시에 뛰어났다. 흠주의 편수인 풍민창이 젊은
> 시절 회성에 와서 그 시를 보고 크게 매료되어 마침내 오랜 교분을 맺게 되었
> 다. 그 때의 사람들이 그들을 염파의 우정에 비유하였다. 그의 시는 기괴하지
> 않고 기교를 강구하지 않았으며 모방을 따르지 않았는데, 어떤 사실에 임해서
> 감회를 펴냄이 절로 온유돈후의 뜻에 맞았다.
>
> 統博學能文, 尤長于詩。欽州馮編修敏昌, 少時至會城見其詩, 大爲傾倒, 遂訂
> 古交。時人比之廉慶。其詩不炫異, 不求工, 不規摹仿, 卽事抒懷, 自合溫柔敦厚
> 之旨。

라고 하여 그가 부친에게서 받은 교육이 지대함을 알 수 있다. 黃培芳의 出
生年代는 乾隆43年(1778)에 廣東 石城(지금 廉江市)에서 출생하니 父親이 石
城訓導로 재임하던 시기이다. 어려서 田西疇에게 시를 배우기 시작하였는데
≪香山縣志≫에[28] 「培芳幼聰穎, 應縣試時, 題詩山寺, 方繩武見之, 訪與訂交。」
(황배방은 어려서 총명하여 현의 과시에 응하여 "山寺"를 시제로 하였는데
방승무가 보고서 찾아가 교분을 맺었다.)라고 기술한데서 그가 총명하고 감
성이 풍부했음을 알 수 있다. 嘉慶2年(1797)에 弟子員에 補하고 이듬해 羊石

---

28) 同治 ≪香山縣志≫ 卷15 「黃培芳傳」

書院에 入舍하여 劉朴石에게 受業하고 嘉慶9年에야 비로소 式副榜에 들게 되었다. 官場에 뜻이 없던 성격이 早年에 科試에 응하지 않은 이유인데, 이는 虛譽를 추구하지 않았던 그의 淡泊한 성격에서 연유한다.29) 嘉慶10年 (1805)부터 강단에서 講學의 생애를 시작하니 그 자신이 배웠던 羊石講院을 주재하여 인재를 양성하였다.30) 道光 10年(1830)에 乳源에서 敎諭를 하면서 善行을 베풀어 칭찬을 받았고31), 이때까지 2次에 걸친 廣東으로의 귀향을 하였으니, 1次가 여의치 않은 상심에서의 思鄕의 귀로라면, 2次는 武英殿校錄官으로 있던 道光4年(1824)에32) 俗事의 허무함으로 귀향한 것이다. 이러한 2次에 걸친 回鄕에서 黃培芳의 現實不適應力과 避世的 敎育觀을 엿볼 수 있다. 道光20年 (1840), 鴉片戰爭이 나자, 朝廷의 失政과 八旗兵의 無氣에 비판을 가하고 현실을 혐오하며 晩年의 貧疾이 교차하는 凄景을 맞는다. 그때의 사회참상을 묘사한 「粤東省垣失守感賦」의 일단에서 「諸縣鄕兵各萬千, 待時而動咆踢鞭. 樓蘭授首塗肝腦, 血染羊城草木鮮。」(여러 현의 향병이 각각 수많은데, 그 때에 따라 출동하니 채찍을 들도다. 누란에서 머리를 내주고 간과 뇌가 길에 떨어지니, 피가 양성에 물들어 초목이 붉도다.)라고 하며 당시 사회상과 民心으 암담함을 실토하고 있다.

黃培芳은 咸豊 9年(1859)에 享年 82세로 서거하였고, 많은 저술을 남겼는데 그 주요 저서를 열거하면 다음과 같다.(≪黃培芳詩話三種≫ 前言과 同治 ≪香山縣志≫ 卷21에 의거함)

---

29) 黃培芳의 「詠懷」詩 일단을 보면 「丈夫志八區, 焉能守方隅。古人破萬卷, 戮力窮三余。……君子寡所營, 羞得不虛譽。南陽淡泊人, 千古誰能如。」라는 구절이 있다.

30) 同治≪香山縣志≫ 卷15 「黃培芳傳」: 「當道聞名, 延課子弟, 未嘗干以私。游其門者, 名碩輩出.」

31) 同治 ≪香禺縣志≫ 卷33: 「秉鐸乳源, 時新進諸生, 沿舊例書券爲贄, 及送出門, 卽返稊其袖。老生應考, 貧不得歸者, 留共飯, 助資歸之。」 또 同治 ≪香山縣志≫卷15: 「乳源大旱, 徒步入山禱雨, 立應, 人呼老師雨。」

32) 第1次 回鄕時期는 嘉慶25年(1820)이며, 第2次의 회향에서는 汝南·武昌 등을 유람하는 浩然之氣를 보여준다. ≪黃培芳詩話三種≫前言4면: 「結果事與願違, 過着寄食聊爲客, 傳經愧作師的生活, 經常思念家鄕, 眷念親人, 終于在嘉慶二十五年, 因子疾親懷思, 一紙來鴻書, 驅車出皇州, 南歸廣東。」上同5면: 「道光四年二月, 黃培芳第二次出都南歸。這次南歸, 經汝南·信陽, 至武昌, 登黃鶴樓; 沿楚水, 弔屈原, 望南岳。」

《易宗》 9卷, 《尙書漢學》 10卷, 《詩義參》 20卷, 《春秋左傳翼》 30卷, 《十三經或問》 13卷, 《四書考釋》 19卷, 《史傳事略》 1卷, 《香山志》 1卷, 《浮山小志》 3卷, 《端州金石略》 2卷, 《永思錄》 1卷, 《儒林錄約刻》 4卷, 《相地要訣》 1卷, 《目下偶筆》 4卷, 《縹緗雜錄》 1卷, 《香石山房叢鈔》 4卷, 《兵略》 1卷, 《良方偶存》 1卷, 《嶺海樓詩鈔》 12卷, 《才調百首》 1卷, 《廣三百首詩選》, 《唐賢三昧傳評鈔》 3卷, 《香石詩話》 4卷, 《粤岳草堂詩話》 2卷, 《國風詩法隅擧》 1卷, 《七律評鈔》 4卷, 《秋興詩評》 1卷, 《香田小草》, 《香石詩說》 등.

두 卷으로 기술한 이 시화는 香石의 詩觀을 가장 진솔하게 담고 있는 글로서, 그의 다음 「自序」를 보면 이 시화의 主旨의 뿌리를 詩敎에 두고 있음을 알 수 있다.

노론에 기록되기를 공자는 시를 논함이 매우 상세하다고 하였는데 이것은 우리들이 시를 배우는 근본이 되며, 고금시화의 비조가 된다. 시화의 글로 실로 시를 논하기도 하며 시의 미감을 표현하기도 한다. 최신명의 단풍이 떨어지니 오강이 차다의 구절은 단어가 마침내 천고에 뛰어나니 그런 것이 많이 있겠는가? 대개 시를 선정하는 자들이 역대의 시를 남겨 놓았고, 또 시화에 시인의 정서를 다 표현함에 있어 시학은 버려지지 않게 되고 예림의 장점이 없어지지 않게 되었다. 나는 우연히 알고 있는 바를 모아서 이 한 편의 책을 만드니 서술에 만족하지 않지만 제자들이 교정하여 기록하고자 함에 기꺼이 말머리에 몇 마디를 적는다. 가경 기사년 가을 향석거사가 쓴다.

魯論記夫子論詩最詳, 此吾黨學詩之本, 卽古今詩話之祖也。詩話之作, 固以論詩, 兼以志美。崔信明楓落吳江冷, 單詞遂足千古, 其在多乎? 蓋有選家存歷代之詩, 復有詩話盡詩人之緒, 詩學可以不墜, 而藝林之善, 可以不沒矣。余偶掇拾所聞, 成此一編, 本無足述, 門人輩愛而校錄之, 愛識數語于首。嘉慶己巳秋, 香石居士漫題。

여기에서 이 시화가 孔子의 論詩를 本으로하여 전개되고 嘉慶 14年(1809)에 香石 32세에 序를 썼으므로 이 시화는 그 이전에 지어졌음을 알 수 있다. 香石의 門下生 孔繼勳의 序의 일단을 보면 다음과 같다.

우리 월땅에 시화가 있는데 내 스승의 향석시화로부터 비롯한다. 그 책은 논지가 매우 엄정하여 벌써 옹방강 선생의 칭찬을 받은 것이니, 이것은 칠언 고시의 법칙을 밝혀놓고 있다. 전에 조집신 선생이 왕사정에게서 시법을 배우고자 하였으나 왕사정이 비밀로 하매 곧 분발하여 고대의 명작들에서 터득하여 성조보를 지은 것이다. 그러나 성조에 대한 논조와 고시법이 여전히 완전치 않았는데, 향석시화를 읽으면서 正道를 터득했는가 하는 것이다. 선생께서는 근래 또 월악초당시화를 지었는데, 논지의 표달이 많고 정밀하며 깊이가 있다. 이것이 비록 선생의 여가의 일이지만 족히 밝은 아침에 장구소리와 같아서 문단을 발양시키는 한 근거가 되리라 본다.

至吾粵之有詩話, 自吾師 《香石詩話》始. 其書持論甚正, 卽深爲翁覃溪先生 所許, 而發明七古詩法. 昔趙秋谷求詩法於阮亭尙書, 阮亭秘之, 乃發憤求諸古名 作, 著爲聲調譜. 然專論聲調, 古詩法仍未備, 讀香石詩話, 庶可得正路乎. 先生 近復撰 《粵岳草堂詩話》, 多所表彰, 更宜精蘊. 此雖先生之餘事, 亦足爲熙朝鼓 吹·藝林揚扢之一端也.(《黃培芳詩話三種》 p.59)

여기에서 《香石詩話》가 翁方綱의 賞讚을 받고 趙執信과 王漁洋의 관계에서 《聲調譜》가 나온 일이며, 그리고 이 시화의 정세하고 온자한 특성 등을 거론하고 있다. 版本은 嘉慶 15年(1809)에 간행되었고 그 이듬해 重刊된 《嶺海樓黃氏家集》 刊本이 있다.

97. 《老生常談》 一卷

延君壽(生卒年不詳), 字는 荔浦, 陽城(지금 山西에 속함)人이다. 嘉慶과 道光 시대에 생존한 것으로 본다. 《六硯草堂詩集》이 있다. 그는 模擬를 반대하고 新意를 주장하였으며 독서의 중요성을 강조하였다.

이 시화의 내용을 양분해보면, 하나는 唐 이후의 작품에 대한 평론이고 다른 하나는 시인의 論詩觀을 담고 있다. 學詩者의 자세로 「陳言務去」(진부한 언사는 힘써 없앤다)를 견지하였으며 학습 단계로는 五言古詩에 있어서 「才質平鈍者當先從曹植·鮑照入手, 超拔者當先從陶·謝入手。」(재질이 평범한 자는 먼저 조식과 포조로부터 시작하고 뛰어난 자는 먼저 도연명과 사령운에서 시작해야 한다.)라 하고 七言古詩에 대해서는 岑參·李白·杜甫, 그리고 韓愈와 蘇軾을 배워야 한다고 하였다. 七律은 杜甫를 宗으로 하고 劉禹錫과 李商隱을 더하였다. ≪淸詩話續編≫에 수록되어 있다.

98. ≪問花樓詩話≫ 三卷

陸鎣(生卒年不詳), 字는 藝香, 吳江(지금 江蘇省 蘇州)人이다. 嘉慶·道光年間에 생존했으며 이 시화를 남기고 있다.

이 시화는 90條이며, 一卷에서 唐詩를, 二卷에서 宋詩와 元明詩를, 三卷에서는 淸詩를 논하고 있다. 唐詩의 體式에 있어서 元稹을 따르고 宋詩에서는 歐陽修를 宋初의 폐단을 극복했다고 하였으며, 明代 前後七子의 復古의식을 唐宗旨를 회복했다고 극찬하였다. 이러한 태도는 評詩의 긍정적인 안목이라고 볼 수 있다. 淸詩에 대해서는 淸初를 新麗하다고 보았고 淸中葉은 袁枚의 경우에 「舌如蓮, 筆如劍。」이라 하고 蔣士銓을 雄直하다고 하였다. 漁洋의 神韻을 「標格自新」(격조가 절로 새롭다.)고 지적하고 있다. ≪淸詩話續編≫에 수록되어 있다.

99. ≪射鷹樓詩話≫ 二十四卷

林昌彝(1803~1876), 字는 蕙常, 號는 五虎山人, 侯官(지금 福州)人이다. 林則徐의 從弟로서 道光19年(1839)에 擧人이 되었고 何紹基에게 배웠다. ≪衣讔山房詩集≫·≪小石渠閣文集≫·≪海天琴思錄≫·≪敦舊集≫·≪詩人知存錄≫ 등이 있다.

이 시화는 학문과 성정의 並重說을 주장하였다. 따라서 袁枚의 性靈을 空疏滑易하다고 불만하였으며, 翁方綱의 학문 위주 의식도 찬성하지는 않았다. 宋詩가 唐詩처럼 성정이 풍부하지는 않지만 학문 이치가 시가에 융화되어

있는 것을 별개의 풍격으로 인정하였다. 同光體의 唐調를 무시하지 않으면
서 宋詩 숭상을 높이 평가하려고 하였다. 論詩에 있어서 「不悖于聖人之詩敎」
(卷五)(성인의 詩敎를 어기지 않는다.)를 강조하였고 「怨而不怒, 得詩人之溫柔
敦厚之旨。」(원망하되 노하지 않고 시인의 온유돈후의 주지를 얻고 있다.)를
극찬하였다. 咸豊元年(1851) 家刊本이 있으며, 王鎭遠標點本(上海古籍出版社)
이 있다.

100. ≪詩槪≫ 一卷

劉熙載(1813-1881), 字는 伯簡, 自號는 寤崖子, 江蘇 興化人이다. 道光 24年
(1844)에 進士가 되었고, 國子司業·廣東提學史 등을 역임하였다. 經學·音韻
學·算學 등에 조예가 깊었으며, ≪古桐書屋六種≫을 저술하였는데 ≪四音定
切≫·≪說文雙聲≫·≪說文疊韻≫·≪持指塾言≫·≪昨非集≫·≪藝槪≫
등을 포함하고 있다.

論詩의 主觀 조건에는 志·旨·才·氣 등 네 가지를 제시하였으며 「詩中
有我」를 주장하여 창작의 으뜸이 되는 要義로 여겼다. 그래서 質과 文, 즉
내용과 형식의 통일, 그리고 意와 法, 情과 景의 통일을 강구하고자 하였다.
비평에 있어서는 작자의 人品을 특히 중시하였다. 同治 13年(1874)의 ≪古桐
書屋六種≫本이 있으며 上海古籍出版社의 王國安 校點本(1978), 그리고 巴蜀
書社의 徐中玉 校點本(1990)이 있는데, ≪淸詩話續編≫에는 富壽蓀의 校點本
이 수록되어 있다.

101. ≪通齋詩話≫

蔣超伯(1821~1875), 자는 叔起 호는 通齋, 江都(江蘇 揚州)인이다. 道光 19
년(1839)에 擧人이 되고, 동 25년(1845)에는 會試에 일등으로 합격하여 刑部
主事를 지냈다. 咸豊 6년(1856)에 軍機章京을 거쳐 江西司郎中을 지내고 동

10년에는 江西道監察御史, 그 이듬해엔 廣西南寧知府를 지내고 동치 5년 (1866)에 按察使를 끝으로 귀향하여 저술에 전념하였다. 저서로는 ≪麗廔叢錄≫, ≪爽鳩要錄≫, ≪窺豹集≫, ≪榕堂續錄≫, ≪南漘楛語≫, ≪南行紀程≫, ≪通齋詩文集≫ 등이 있다.

이 시화는 上下 두 권이며 시의 文字를 考訂하는 내용이다. 李之鼎의 시화 서문에서 「先生詩話, 非猶夫近人詩話也, 徵引翔實, 考證詳明.(선생의 시화는 근래의 시화와는 같지 않다. 인증이 자세하고 확실하며 고증이 상세하고 밝다.)」라고 한 것에서 알 수 있다. 漢魏대부터 청대말까지의 시에서 史實, 名物, 典章制度, 風俗, 方言, 語辭, 典故, 人名地名 등을 고증함에 있어 비교적 객관적인 근거를 통해서 서술하고 있다. 이 중에 盧仝의 <月蝕詩>의 史事와 白居易 시의 唐代方言, 箜篌와 鉦 등의 器物, 그리고 陶潛의 <刑天舞干戚>의 '刑天'에 대한 풀이 등은 독창적인 견해로 평가된다. 李之鼎의 秋宜館鉛字排印本(1915) 2책이 있다.

102. ≪小滄浪詩話≫

張燮承(生卒不明), 자는 師筍, 含山(安徽)인이다. 道光년간에 활동하고 咸豊년간에는 吳下의 小滄浪館에서 강의하였고 杜詩百篇2권, 翻切簡可篇2권이 있다. 시화의 4권으로 구성된 바, 권1은 詩敎, 性情, 辨體, 古詩, 律語, 絶句; 권2는 樂府, 詠物, 論古; 권3은 取法, 用功, 商改, 章法, 用韻, 用事, 下字, 辭意; 권4는 指疵, 發微 등으로 분류되어 있다. 體例는 嚴羽의 滄浪詩話와 魏慶之의 詩人玉屑의 분류와 비슷하며 ≪六一詩話≫, ≪滄浪詩話≫, ≪麓堂詩話≫, ≪談藝錄≫, ≪帶經堂詩話≫, ≪說詩晬語≫ 등 49종의 論詩著書의 관련항목 389조를 수집해 놓고 있다. 嚴羽의 시화 詩辨을 바탕으로 하여 溫柔敦厚의 詩敎정신을 부각시켰고 詩歌와 政敎, 禮義의 관계를 중시하고 있다. 咸豊 9년(1859)의 古笈郡賀氏刊本이 있고 ≪張師筍著述≫에 열입되었다.

103. ≪白華山人詩說≫ 二卷

勵志(生卒年不詳, 字는 心余, 號는 駮谷·白華山人, 定海(지금 浙江에 속함)
人이다. 書法과 繪畵에 능하였으며, 道光·咸豊年間에 활동하였다. ≪白華山人
詩集≫ 16卷이 있으며, 李白을 배워서 그의 시가 淸微細精하였다.

작자는 「學古」를 問詩의 중요방도라고 보았고 李白과 杜甫를 「善學」의 典
範으로 거론하였다. 「善學」을 위해서 「轉益多師」(많은 스승을 더하다)와 「學
古人所學」(고인의 배운 것을 배운다)를 강조하였다. 그리고 그 方法으로는
첫째로 「涵咏融匯」(융화와 모음)을 거론하여 杜甫의 예를 들어,

> 두보의 한위와의 관계는 두보가 흙이라면 한위는 거름 진 땅과 같다.
> 少陵之于漢魏, 少陵猶土也, 漢魏猶糞壅地。

라고 하여 거름이 흙에서 섞여 흙의 질이 극대화된다는 것이다. 둘째는 작품
에서 그 사람(人)을 얻어낸다는 것이다. 光緒9年(1883)刊本이 있으며, ≪淸詩
話續編≫에 수록되어 있다.

104. ≪越縵堂詩話≫

李慈銘(1830~1894), 자는 悉伯(애백), 호는 蒓客, 會稽(浙江 紹興)인이다.
光緒 6년(1880) 進士되고 관직은 山西道監察御史에 이르렀다. ≪越縵堂日
記≫ 10권, ≪越縵堂文≫10권, ≪白華絳跗閣詩≫10권, ≪湖塘林館駢文鈔≫
등이 있다.

이 시화의 論詩는 唐音을 존중하여 당음을 본받은 明代詩를 높이 평가하
고 宋代詩에 대해서는 배척하는 경향을 보여준다. 예컨대 高啓, 楊基 陳子
龍 程嘉燧와 公安三袁 등의 명초, 중만대 시인을 거론하고 朱彝尊이 明七子
와 竟陵派에 대해서 폄하한 것을 불만하고 있다. 그리고 청대시에서 神韻派

王士禎만을 「七絕直掩唐人」라고 극찬하면서도 格調派의 沈德潛과 性靈派의 袁枚를 배척하여 '下劣詩魔'라고 혹평하고 있어서 공평성을 결여한다. 이자 명은 시인의 조건으로 첫째는 「本之以經籍」 즉 경적을 많이 열람하여 학식을 높일 것, 둘째는 「密之以法律」 즉 시가의 格律을 엄격히 지킬 것, 셋째는 「不名一家, 不專一代」 즉 시대별로 여러 작가의 시를 다양하게 섭렵할 것 등 세 가지를 제시한다. 商務印書館本이 있다.

105. ≪湘綺樓說詩≫ 八卷

王闓運(1832~1916), 字는 壬秋, 號는 湘綺, 湖南 湘潭人이다. 咸豊 7年(1857) 擧人이 되었고, 光緒 34年(1908) 翰林院檢討를 지냈다. ≪湘綺樓詩集≫·≪湘綺樓文集≫·≪湘軍志≫ 등이 있다.

이 시화는 「詩必法古」(시는 반드시 옛 것을 본받아야 한다.)를 주장하였으며 창작에 있어서 五言을 중시하여 漢魏六朝를 모의하는데 심취하여 그 대표라고 불려졌다. 이것은 復古主義的인 시론이라 할 수 있다. 陳衍은 평하기를 「湘綺五言古沈酣于漢魏六朝至深, 雜之古人集中直莫能辨.」(≪近代詩鈔≫)(상기의 오언고시는 漢魏六朝에 취하여 깊은 경지에 이르렀으니 古人의 시집 속에 섞어 놓아도 당장 분별할 수 없다.)라고 하였다. 王簡이 편집한 成都日報社代印本(1934)이 있다.

106. ≪峴傭說詩≫ 一卷

施補華(1835~1890), 字는 均父, 烏程(지금 浙江 湖州)人이다. 同治 9年(1870)에 擧人이 되었으며 山東補用道를 역임하고 ≪澤雅堂古文≫8卷·≪古今體詩初集≫ 8卷 등이 있다. 그의 시는 杜甫를 배웠고 五言古詩가 가장 뛰어나서 宏偉沈摰하며 論詩는 五律에 치중하였다.

이 시화는 215則이며 五律을 숭상하여 「學詩須從五律起」(시를 배움은 五

律에서 시작해야 한다.)라고 하였으며 「五律有淸空一氣不可以煉句煉字求者,
最爲高格。」(五律은 청공의 기세가 있으면서 자구의 세련만으로는 강구할 수
없는 것이 최고의 품격인 것이다.)라고 하였다. 창작에 대해서는 「忌直貴曲」
(직설적인 것은 꺼리고 완곡한 것을 귀히 여긴다.)고 하여 美學 의식의 발로
를 보게 된다. 上海石印本이 있으며, ≪淸詩話≫에 수록되어 있다.

107. ≪可園詩話≫

陳作霖(1837～1920), 자는 雨生, 호는 伯雨, 학자들은 可園先生이라 칭하고
江寧(江蘇 南京)인. 光緖 원년(1875) 擧人이 되고 저작이 풍부하여 金陵地方
文獻 편찬의 책임을 맡고 近代中國史學, 方志學과 文學에 공이 커서 石城七
子라 칭함.

이 시화는 8권으로 구성되어 청대 道光에서 작자시기까지의 詩人記事를
기술한 雜記類詩話이다. 수록된 시는 歷史事件 배경하의 문인활동상황을 묘
사한 것이 적지 않아서 그들의 忠貞孝義의 정신을 적절히 표현한다. 그리고
예술풍격에서 渾雅, 淸超, 工巧, 奇麗 등을 집중서술하고 樂府, 選體, 唐宋名
家의 시를 배울 것을 주장한다. 그의 시학관념은 說理詩의 陳腐性을 우려하
면서,

시는 사람이 말하고 싶은 것을 말하는 것이 좋고, 더욱 사람이 말하고 싶은
데 말 못하는 것이 좋다.
詩以言人所欲言者爲佳, 尤以言人所欲言而不能言者爲佳.

라고 하여 시에서 感時, 山水, 題畵, 詠物 등 소재를 중시한다. 鉛印本(1919)이
있다.

108. ≪筱園詩話≫ 四卷

朱庭珍(1841~1923), 字는 小園, 石屛(지금 雲南에 속함)人이다. 光緒 14年 (1888)에 擧人이 되었고, 총명하여 群書를 博覽하였다. 그의 시는 典雅하고 정밀하여 昆明에서 蓮湖吟社를 결성하기도 하였다. ≪穆淸堂詩鈔≫ 등이 있다.

특히 推崇한 시론가들로는 當代에는 紀昀·沈德潛(≪說詩晬語≫)·洪亮吉(≪北江詩話≫)·趙翼(≪甌北詩話≫) 등을, 그리고 古人에 있어서는 姜白石·嚴羽·李東陽·王世貞·徐禎卿(≪談藝錄≫) 등을 선택하였다. 이 시화의 論旨는 創作의 각도에서 보면, 「煉識」(지식연마)을 으뜸으로 하고 「積理」(이지력 축적)와 「養氣」(기상 배양)를 합하여 詩人의 三大詩外工夫로 삼았다. 특히 「自然神化」의 경계를 주장하여 「天機羊溢」·「妙合自然」·「歸于平淡」을 피력하였다. 性靈派의 유폐를 보완한 점이 있다. ≪淸詩話續編≫에 수록되어 있다.

109. ≪石遺室詩話≫ 二十二卷

陳衍(1856~1937), 字는 叔伊, 號는 石遺, 侯官(지금 福建 福州)人이다. 光緒 8年(1882)에 擧人이 되었고, 光緒 24年(1898)에는 ≪戊戌變法權議≫를 지어서 유신을 제창하였다. 淸亡 後에 北京·厦門 등 대학에서 교수를 하였다. ≪福建通志≫를 편수한 것을 위시하여, ≪石遺室文集≫·≪石遺室詩集≫·≪石遺室論文≫ 등을 지었으며, ≪遼詩紀事≫·≪金詩紀事≫·≪元詩紀事≫·≪近代詩鈔≫·≪宋詩精華錄≫ 등을 선집하였다.

이 시화의 요지는 「同光體」를 표방하고 있다는 것이다. 그래서 「三元之說」을 거론하여, 「上元開元, 中元元和, 下元元祐。」(上元은 開元년간이며, 中元은 元和년간이요, 下元은 元祐년간인 것이다.)라 하고 宋詩는 唐人의 詩法을 근본으로 한다는 것이다. 그리고 學人之詩와 詩人之詩가 合할 것과 학문과 性情이 결합되어야 한다는 것이다. 上海商務印書館에서 출판되었다.(1929)

110. ≪莊諧詩話≫

李寶嘉(1867~1907), 자는 伯元, 武進(江蘇에 속함)인이다. 詩賦와 篆刻에
능하고 ≪指南報≫, ≪遊戲報≫, ≪海上繁華報≫, ≪繡像小說≫ 등의 잡지를
창간하였다. 청말 정치의 黑暗과 社會不良을 폭로하고 社會改良과 道德救國
을 주장하여 譴責小說로 ≪官場現形記≫, ≪文明小史≫, ≪庚子國變彈詞≫,
≪南亭四話≫, ≪南亭筆記≫ 등을 썼다. 論詩는 ≪南亭四話≫의 하나인 ≪莊
諧詩話≫에서 그의 주된 시론을 전개한다. 이 시화는 4권 502칙으로 구성되
는데 古稀老人의 ≪南亭四話≫ 序에 보면,

> 이보가는 문장이 깊어 널리 보아 논리가 독자적인 점이 있고 교유가 이미
> 넓어서 수집이 더욱 풍부하다. 생화 같은 붓과 빛나는 꽃과 같은 혀로 자료와
> 활용을 겸하였으니 그 莊이란 진실로 문장가의 표준이 되며 즉 諧란 역시 술
> 마신 후에 차를 마시는 소일거리가 될 만하니 전인의 진부함과 금인의 공허하
> 고 잡다하게 지은 책을 살펴보면 그 차이가 어찌 단지 천양지차만이겠는가?
>
> 　徵君深于詞章, 縱觀泛覽, 論理有獨到之處, 而交游旣廣, 搜采尤富. 以生花之
> 筆, 粲花之舌, 兼資兼用, 其莊者固足爲詞章家之圭臬, 卽諧者亦可爲酒後茶餘之
> 消遣, 以視前人之陳腐, 今人之空疎雜湊成書者, 相去奚啻霄壤耶?

라고 하여 시화의 내용을 대변해 준다. 시화에서 評詩論詩에 관한 서술이 비
교적 적으나 취할 만한 것 다음 5가지를 들 수 있다. 즉 (1)근대시인의 창작
활동, 詩本事, 集外軼詩, 軼事遺聞을 기술한다. 예컨대 <定庵軼詩>, <黃公度
遺詩>가 있고 시인으로는 袁昶, 姚燮, 高心夔, 任渭長, 梁鼎芬, 曾廣鈞, 梁啓
超, 容閎, 張謇, 鄭孝胥, 寶廷, 文廷式, 龔自珍, 黃遵憲 등의 시와 遺聞軼事가
있다. (2)詩界革命에서 新派詩, 번역한 西方詩歌, 反淸革命을 고취하는 시가를
보며 시계혁명의 주창자인 황준헌과 양계초의 시에 대한 평가가 높다. (3)鴉
片戰爭전의 역대시가와 社會警策詩를 다수 수록한 바, 禁煙과 戒酒詩로는
<戒烟歌>, <禁煙歌>, <吸鴉片烟詩>, <准大員吸煙> 등이 있다. (4)민간무
명씨의 佳作을 수록하여 그들의 性情과 諧趣를 이해케 한다. 예컨대 <木匠

詩>, <錫匠詩>, <貧士假宿詩>, <老樂工詩>, <寄夫衣詩>, <刺客詩>, <女妓題壁詩>, <日本女子詩>, <和尙誕>, <僧詩> 등이 있어 淸末 社會風情과 士大夫 특유의 전통견해를 설명한다. (5)酷吏暴政을 풍자하고 朝廷時局이나 科擧제도를 비판하는 諷諭詩를 수록하여 <嘲杭守詩>, <咏關稅詩>, <誚魚稅>, <反對孔門詩>, <嘲敎官詩> 등을 들 수 있다. 上海大東書局에서 (1925) 출간했다.

111. ≪飮冰室詩話≫ 一百七十四則

梁啓超(1873~1929), 字는 卓如, 號는 任公·飮冰室主人, 廣東新會人이다. 光緖 15年(1889)에 擧人이 되었고, 甲午 中日戰爭 후에 維新運動에 투신하였으며 日本에 亡命하여 淸議報·新民叢報 등을 창간하였다. 民國초기에 司法總長·財務總長을 지냈고, 淸華·南開 등 대학에서 교수를 하였다. ≪飮冰室文集≫·≪淸代學術槪論≫ 등 많은 저술을 남겼다.

이 시화의 主旨는 詩界革命의 鼓吹에 있다. 구풍격으로 新意境을 포함시킬 수 있는 新詩派를 주창하였다. 그래서 黃遵憲과 譚嗣同을 推崇하여 民主政治理想·社會改革思想, 그리고 서양의 進化論과 자연과학지식 등의 論詩에의 도입을 통해 실질적인 評詩 기준과 관점을 재구성하자는 것이다. 이 시화는 光緖 28年(1902)에 新民叢報에 연재되기 시작하여 光緖 33年(1907)까지 계속되었고, 光緖 31年(1905)에 廣智書局에서 출간되었으며, 그 후에 中華書局(1925), 人民文學出版社(1959), 上海古籍出版社(1982) 등에서 出刊하였다.

朝鮮詩話 解題 32種

조선시화는 몇 종의 高麗詩話를 제외하고 한국시화의 주류를 이루고 있으며 그 종류도 수백 종에 이른다. 이들 시화는 洪宗萬 편찬의 ≪詩話叢林≫ (亞細亞文化社 1973)과 任廉 편찬의 ≪暘葩談苑≫(이 책은 趙鍾業 편찬서의 제10권에 수록) 그리고 趙鍾業 편집본인 ≪韓國詩話叢編≫ 총 12책(東西文化院 1989) 등 총집류 중에 수록되어 있는 자료 외에는 아직까지 散漫하게 傳來되고 있어서 그 총괄적인 내용을 파악하는 것이 어렵지만, 그 중에도 조종업의 편찬본이 출간되어서 상당한 부분을 이해하게 된 것은 다행스러운 일이다. 李家源은 ≪玉溜山莊詩話≫(乙酉文化社 1976) 緖言에서 기술하기를,

우리나라도 신라와 고려부터 조선과 한국까지 어느 시대든 시화가 있었다. 그러나 이 세상에 서둘러서 하지 못할 일이 없다. 예컨대 풍아의 변화는 조금 본바탕을 어기면 그 인물을 분별하고 세상을 논하는데 있어 한결같다. 비록 그 등장하는 인물이 곧 개백정과 말거간꾼 같은 무리라 해도 또한 취할 만한 문구가 있거늘 하물며 당세의 문인과 학자들은 말할 나위 있겠는가? 그러나 시화는 쉽게 지을 수 없다. 어떤 이는 스스로 표방을 좋아하여 떼 지어 이론을 제기하고 뻐기면서 서로 무너뜨리고 숨을 곳에 머무는 것이다. 어떤 이는 애증과 시수와 실리에 있어서 선악을 같이 보기도 한다. 간단한 어사로 칭찬하고 단편적인 문구로 나무란다. 보잘 것 없는 학자로서 후배를 속이고 잘못되게 하는 것이 손가락으로 다 셀 수 없다. 심지어 어떤 이는 선인을 멸시하여

망녕되이 더욱 나무라고 배척하며 따지기를 더욱 많이 하여 옛 것에서 더욱 멀어진다. 또 듣는 것을 귀히 여기고 보는 것을 천하게 여겨서 현인이 읊은 것이나 시골에서 나온 것을 일시에 버리니 대개 그 편견에 빠지는 것을 면치 못한다.

我國亦自羅麗, 汔于李韓, 無代可乏矣. 雖然, 此亦宇宙間, 不可遽無之事. 譬之風雅之變, 稍乖本始, 其於知人論世, 則一也. 雖其登場之人物, 直如狗屠馬駔之輩, 猶有一句可取者, 況所謂當世之文人學士群耶? 然詩話, 不可易作. 或憙自標榜, 朋興異論, 詡詡互頹, 處一區蓋. 或憎愛失實, 薰猶同科. 單辭而稱之, 片句而詆之. 以枝學者, 詒謬後輩, 指不勝僂. 至或凌視古先, 妄加詆斥, 設論愈多, 去古彌遠. 又自貴耳賤目, 時賢所吟, 鄕曲所産, 一庸屛棄, 類不免其失之偏矣.

라고 하여 시화가 지닌 성격을 솔직하게 서술하고 있다. 이 말은 한국시화 특히 朝鮮詩話에서 볼 수 있는 공통된 점이므로 동감되는 바가 있다. 일반적으로 조선시화는 身邊雜記와 한국과 중국의 역대시인과 그 시에 대한 寸評을 가하는 수준에 머물러 있어서 일부분을 제외하고는 詩論的 가치를 인정할 만한 자료가 한정되어 있다. 그리고 그 시의 창작배경은 獨自性을 멀리 한 중국시 특히 唐宋詩에 국한하여 상관시키고 있는 점을 지적할 수 있다. 그러므로 이가원의 말은 조선시화가 보여주는 공통된 詩學的 가치와 그 수준을 대변한다고 본다.

여기서 아래에 선정한 시화들은 그 내용상 단순한 한국 역대 시론을 서술한 선에 머물러 있지 않고 중국 시론도 거론한 시화를 우선 32종만 선택하였음을 밝혀둔다. 본서의 의도가 韓中詩話의 비교적 고찰이란 의미를 부여하는데 그 주안점을 두고 있기 때문에 필자의 주관적인 기준에 의거하여 서술되었음을 양지하기 바란다.

1. ≪東人詩話≫

徐居正(1420~1488), 자는 剛中, 初字는 子元, 호는 四佳亭, 亭亭亭, 본관은 達城으로 權近의 외손이다. 1444년 式年文科에 급제하여 司宰監直長, 集賢殿

博士, 應敎를 역임하고 1456년 文科重試에 급제하여 工曹參議, 1460년 謝恩
使로 명나라에 가서 詩文을 교류하여 海東의 奇才란 칭을 받음. 귀국 후 大司
憲이 되고 1464년 兩館大提學이 되었으며 1466년 拔英試에 壯元, 이후 6曹의
判書를 두루 지내고 1470년 左贊成에 올라 佐理功臣으로 達城君이 봉해졌다.
세조 때 ≪經國大典≫, ≪東國通鑑≫의 편찬에 참여하고, 성종 때 ≪東國輿地
勝覽≫의 편찬하고 왕명으로 ≪鄕藥集成方≫을 국역하였다. 龜巖書院에 祭享
되고 시호는 文忠이다. ≪四佳亭集≫, ≪歷代年表≫, ≪太平閑話≫, ≪筆苑雜
記≫, ≪滑稽傳≫ 등이 있다.

이 시화는 成宗 5년(1474)에 지은 것으로 대표적인 시론서이다. 한국시론
을 중국의 것과 상관시켜서 논술하여 그 가치를 높이 인정하며 崔國華의 後
序에「시화가 있은 이래로, 이처럼 자세하고 적절한 것은 아직 없었다.(自有
詩話以來, 未有如此精切者也)」라고 극찬하였다. 다음은 압운에 관한 견해를
서술한 것으로 독자적인 논리를 담고 있다.

어떤 이가 묻기를 이문순의 삼백운시는 2개의 시자와 2개의 지자로 중첩하
여 압운하였는데 어디에서 근원을 둔 것인가? 내가 말하기를, 두보의 팔선가
의「하지장은 말 타는 것이 배 타는 것 같은데 천자가 오라고 불러도 배에 오
르지 않았네.」구는 2개의 船자를 중첩압운 하였고 「술 취해 눈앞이 어른거려
우물에 떨어져 물밑에 잠들듯 하고, 장안의 저자에 술집에서 잠잔다.」구는 2개
의 眠자를 중첩압운하고 있다. 「여양은 세말 술에 취해 조정에 들어, 술잔을
들어 멀거니 푸른 하늘 바라본다.」구는 2개의 天자를 중첩압운한다. 「밝기가
옥나무가 바람 앞에 선 듯하고 모자 벗고 왕공 앞에서 이마를 들어내고, 소진
은 오랫동안 재계하면서 부처 앞에서 수를 놓았네.」구는 前자를 세 번 압운하
고 있다. 또 소식의 <송왕공저시>에서 「문득 조대로 돌아가 귀 씻던 일 생각
나네.」구와 또 말하기를, 「인생의 즐거운 일만 생각하네.」라 하였는데 스스로
주석하기를; 「두 耳자는 뜻이 다르므로 중첩압운하였다.」라고 하였다. 나는 말
하노니 한 운으로 중첩압운하는 것은 소식과 두보도 그러하였다. 소식과 두보
뿐만 아니라 위진대 여러 문집에 많이 있으니 오직 어찌 이문순만을 이상하게
여기겠는가?
　　或問李文順三百韻詩重押二施字二祗字, 有何所祖乎? 余曰: 杜甫八仙歌「知章

騎馬似乘船, 天子呼來不上船」, 重押二船字;「眼花落井水底眠, 長安市上酒家眠」,
重押二眠字;「汝陽三斗始朝天, 擧觴白眼望靑天」, 重押二天字;「皎如玉樹臨風前,
脫帽露頂王公前, 蘇晉長齋繡佛前」, 三押前字. 又蘇子瞻送王公著詩「忽憶釣臺
歸洗耳」, 又曰「亦念人生行樂耳」, 自註曰;「二耳字義不同, 故得重押.」予謂一韻
重押, 蘇杜尙然. 非但蘇杜, 魏晉諸集中多有之, 獨何怪於李乎?

위의 인용문은 압운상의 용법을 서술한 것으로 서거정의 안목이 돋보이는
대목이라 하겠다. ≪韓國詩話叢編≫ 제1권에 수록되어 있다.

2. ≪筆苑雜記≫

徐居正의 저서로 成宗 17년(1486)에 저술하였다. 經史와 詩文, 稗說을 잡론
하고 있고 모두 17조로 구성되어 있다. 다음은 시화에서 崔致遠에 관한 서
거정의 나름의 견해를 전개하고 있어서 사료적 가치가 있다고 본다.

당학사 고운의 <송최치원환향시>에「열 두 살에 배를 타고 바다를 건너와
서 문장이 중국을 감동시켰네.」라는 어구가 있다. 또 말해 준 자가 있어 말하
기를,「무협의 겹겹 봉우리의 나이에 중국에 들어와서 은하수가 줄지은 나이
에 동쪽 땅으로 금의환향한다.」대개 열 두 살에 당나라에 들어가서 스물여덟
살에 동으로 돌아왔다. 동으로 돌아온 후에 그의 당한 일들을 아직 고찰 한 바
가 없다. 어떤 이는 말하기를, 때마침 세상 난리를 맞아 가야산 해인사에 은거
하여 승려와 재미있게 놀았다고 한다. 공이 세운 영주 등 삼산 홍류동 봉하석
서암 유적은 지금도 완연하다. 죽은 것은 알지 못하나 세상에서는 신선되어
갔다고 한다. 생각건대 당 희종 12년 을사, 신라 헌강왕 11년에 최치원은 임금
의 조서를 받들어 옮아왔다. 10년 지난 갑인년, 진성왕 8년 최치원은 시무 10
여 조를 받쳐서 왕이 기뻐 받아들이니 그 때가 후백제 견훤이 완산을 근거로
반란한지 이미 3년이다. 25년 지난 무인년에 고려 태조 왕건이 나라를 세웠다.
10년 지난 정해년에 견훤이 신라에 들어와 왕을 시해하였다. 최치원 나이 마
침 70세인데 쇠약하지 않았다. 그 출처를 고찰한 바가 없으니 의심스럽다.
　唐學士顧雲送崔致遠還鄕詩, 有「十二乘舟渡海來, 文章感動中華國.」之語, 又
有贈言者曰:「巫峽重峰之歲, 絲入中華; 銀河列宿之年, 錦還東土.」蓋十二而入
唐, 二十八而東還也. 東還之後, 其遭遇設施未有所考. 或云; 時適世亂, 隱於伽倻

山海印寺, 與緇流遊燕. 公所築瀛洲等三山紅流洞鳳下石書巖遺跡, 至今宛然. 不
知所終, 世稱仙去. 按唐僖宗十二年乙巳, 新羅憲康王十一年, 致遠自唐捧帝詔還.
越十年甲寅, 眞聖王八年, 致遠進時務十餘條, 王嘉納之, 時後百濟甄萱據完山叛
已三年矣. 越二十五年戊寅, 高麗太祖王建立. 越十年丁亥, 甄萱入新羅弑王. 則致
遠年方七十, 不至衰耗. 而其出處無所考, 可疑也.

≪韓國詩話叢編≫ 제1권에 수록되어 있다.

3. ≪慵齋叢話≫

成俔(1439~1504), 자는 磬叔, 호는 慵齋·浮休子·虛白堂·菊塢, 시호는
文戴이며 昌寧人이다. 1462년 式年文科에, 1466년 拔英試에 급제하여 博士로
등용된 후, 1468년 藝文館修撰, 1476년 副提學, 1485년 刑曹參判, 1488년 平
安道觀察使, 1493년 禮曹判書 등을 각각 지내었다. 문장이 탁월하여 1468년,
1475년, 1485년, 1488년 등 네 번 明나라에 다녀와서 중국의 문물 특히 문단
을 깊이 이해하고 교류도 왕성하여 저술에 영향을 주었으니 이 시화에서 중
국시를 평가하는 안목이 높은 이유와 관계가 있다. 저서로는 ≪虛白堂集≫,
≪風雅錄≫, ≪浮休子談論≫, ≪風騷軌範≫ 등이 있다.

이 시화는 시론뿐만이 아니라 조선 초기의 정치와 사회, 문화 등 다방면
의 상황을 살피는데 중요한 자료가 된다. 10권으로 구성되고 成宗 16년(1485)
에 지었는데 4차례 명나라를 다녀온 관계로 시화에 교류내용이 많으며 明사
신이 朝鮮에서의 시가창작과 활동에 관한 자료가 풍부하여 한중문학교류의
좋은 자료가 된다. 그 한 예문을 보기로 한다.

천자의 사신으로 우리나라에 온 자는 모두 중국의 명사이다. 경태 초년에
시강 예겸, 급사중 사마훈이 우리나라에 와서 시 짓기를 좋아하지 않았다. 예
겸이 시에 능하였지만, 처음 도중에 시를 읊는데 마음을 두지 않았다. 왕을 알
현하는 날, 예겸은 시에 이르기를, 「재주 있는 젊은이들 좌우에 나누어 있고
무성한 푸른 측백나무는 줄지어 서 있네.」 이때에 집현전 선비들이 전부 시를

보고 비웃어 말하기를, 참으로 썩은 교관이 지은 것은 웃통 벗고 지을 수 있다. 한강에서 놀면서 시를 지어 말하기를, 「이제 높은 서까래에 올라가 기이한 구경을 하고 또 누각선을 노저어 푸른 여울에 띄운다. 비단 닻줄로 천천히 당겨서 푸른 벽에 매고 옥항아리를 고운 난간 사이에서 자주 보내네. 강산은 예부터 색을 바꾸지 않고 손님과 주인은 일시에 기쁨을 다 하네. 멀리 달 밝은 데 남들 떠나간 뒤를 생각하니 흰 갈매기가 날아가매 거울을 보듯 빛나고 차구나.」 또 눈이 개이니 누대에 올라서 시를 지으매 붓을 잡고 먹을 씻어서 써낼수록 기이하거늘 선비들이 보고 저절로 무릎을 꿇었다. 객을 접대하는 사람 정문성이 짝할 수 없으매 세종이 신숙주와 성삼문에게 명하여 가서 그와 노닐며 한시를 응대케 하였다. 시강이 두 선비를 사랑하여 형제 되기로 언약하여 서로 창화를 그치지 않았다. 일을 끝내고 돌아가는데 눈물을 닦으며 이별하였다.

天使到我國者, 皆中華名士也. 景泰初年, 侍講倪謙, 給事中司馬詢到國, 不喜作詩. 謙雖能詩, 初於路上, 不留意於題詠. 至謁聖之日, 謙有詩云:「濟濟靑襟分左右, 森森翠柏列成行.」 是時集賢儒士全盛見詩, 哂之曰:「眞迂腐敎官所作, 可袒一肩而制之.」 及遊漢江, 作詩云:「纔登傑構縱奇觀, 又棹樓船泛碧湍. 錦纜徐牽緣翠壁, 玉壺頻送隔雕欄. 江山千古不改色, 賓主一時能盡歡. 遙想月明人去後, 白鷗飛占鏡光寒.」 又作雪霽登樓賦, 揮毫灑墨, 愈出愈奇, 儒士見之不覺屈膝; 館伴鄭文成不能敵. 世宗命申泛翁, 成謹甫往與之遊, 仍質漢韻. 侍講愛二士, 約爲兄弟, 相與酬唱不輟. 竣事還, 扰淚而別.

≪詩話叢林≫ 卷之一과 ≪韓國詩話叢編≫ 卷1에 수록되어 있다.

4. ≪松溪漫錄≫

權應仁(생졸불명), 자는 士元, 호는 松溪, 安東人으로 漢吏學官을 지냈다. 1562년 詩才가 뛰어나서 일본사신을 宣慰使로서 상대하였고 宋詩風이 유행하던 문단에 唐詩風을 도입하는데 역할을 하였으며 ≪松溪集≫이 있다.

이 시화는 宣祖 17년(1584)에 지었으며 2권으로 구성되어 있다. 시화에서 蘇軾의 시를 논한 부분이 많고 韓中使臣의 唱和詩와 무명 중국시인의 시도 다수 거론하고 있어서 중국자료에서도 드문 매우 가치 있는 내용을 담고 있다.

백거이의 장한가에 「밤비에 방울소리 들으니 애를 끊도다」의 어구가 있는데 좌전의 주에 이르기를, 「수레 앞의 和라는 방울은 수레횡목에 있고 鈴이란 방울은 깃발 위에 있어서 움직이면 모두 울리는 소리가 있다.」라 하였다. 대개 和와 鈴 방울은 봉황새 같은 소리이다. 명황제가 촉으로 순행 가는데 장마비가 열흘 넘게 내리매 사다리에서 방울 소리를 들으며 귀비를 애도하여 우림령곡을 지었다. 백거이의 소위방울이란 이것을 가리킨다. 우리나라 사람들은 방울로 비방울로 여겨서 대개 비가 올 때 물기가 둥근 모양을 이루어 마치 금방울 같아진다. 그러므로 雨鈴 비방울이란 곧 우리나라의 방언이다. 중국 사람에 또 어찌 이런 말이 있겠는가? 하물며 방울 위에 聞자를 붙인 것은 내가 말하는 바 雨鈴 즉 비방울이 아님이 분명하다. 우령이 어찌 소리가 있겠는가? 비록 유식한 자라도 습관이 일상이 되면 오히려 내 말을 이상히 여길 것이다.

白樂天長恨歌有「夜雨聞鈴斷腸聲」之語, 左傳註云; 「和在車衡, 鈴在旗上, 動則皆有鳴聲.」 蓋和鈴, 象鸞鳥之聲者也. 明皇幸蜀, 霖雨彌旬, 棧道中聞鈴聲, 悼念貴妃, 作雨淋鈴曲. 樂天之所謂鈴者指此 我國人以鈴爲雨鈴, 蓋雨下時水氣成團狀, 若金鈴. 故曰雨鈴者, 乃我國之方語也, 中原之人亦豈有此語也? 況鈴上著聞字者, 非吾所謂雨鈴明矣. 雨鈴豈有聲者也? 雖有識者, 習以爲常, 反怪我言.

위의 글은 長恨歌의 鈴 즉 방울소리의 고증인데 중국에서 없는 해석으로 깊이 새길 만하고 다음은 송시와 만당시의 관점을 피력하고 있다.

지금의 시학은 오로지 만당만을 받들어서 소식시를 묶어놓고 있다. 호음이 그걸 듣고 웃으며 말하기를, 「그것을 낮추지 않으면 할 수 없다.」라고 하였고 퇴계도 말하기를, 「소식시는 과연 만당에 못 미치는가?」나도 생각하기를, 동파시의 이른 바 「어찌 좋은 술에 마음을 두겠는가, 아무 것도 없는 가상적인 오유선생이 되리라. 얼음이 옥루에 맺혀 냉기에 떨고 빛은 은빛 바다를 흔들어 눈이 아찔하네. 바람에 날리는 꽃은 장춘원에 잘못 들고 구름 기운은 오래 불야성에 떠있네.」 만당시 중에 이런 빼어난 것과 짝할 것이 있는지 모르겠다. 고려 때 매번 방문에 이르기를, 「삼십 삼 동파가 나온다.」라고 하였다. 고려 문장은 우리 왕조보다 뛰어난데 세상 문인들이 동파시를 비하해서 말할 수 없었다. 그 사람됨을 가벼이 여긴다면 곧 만당시인으로 소식보다 현명한 자 몇 명이나 되겠는가?

今世詩學, 專尙晚唐, 閣束蘇詩. 湖陰聞之笑曰: 非卑之也, 不能也. 退溪亦曰: 蘇詩果不逮晚唐邪? 愚亦以爲坡詩所謂「豈意靑州六從事, 化爲烏有一先生. 凍合玉樓寒起栗, 光搖銀海眩生花. 風花誤入長春苑, 雲氣長臨不夜城.」 不知晚唐詩中

有敵此奇絶者乎? 高麗時每榜云: 三十三東坡出矣. 麗代文章優於我朝, 而擧世詞
宗, 則坡詩不可謂之卑也. 若薄其爲人, 則晚唐詩人賢於蘇者幾何人邪?

≪詩話叢林≫ 卷之二와 ≪韓國詩話叢編≫ 제1권에 수록되어 있다.

5. ≪鶴山樵談≫

許筠(1569~1618), 字가 端甫, 號는 蛟山, 惺叟, 惺惺居士, 鶴山, 白月居士
등이며 그가 쓴 詩話集으로는 ≪惺叟詩話≫와 ≪鶴山樵談≫(1593년 작)가 있
다. ≪惺叟詩話≫는 縱的인 詩史的 입장에서 서술하였고, ≪鶴山樵談≫은 橫
的으로 宣祖시대의 시를 중심으로 그 脈絡과 淵源관계를 學唐的 위치에서
상세하게 기술하고 있다. 그러니까 ≪鶴山樵談≫이 詩評의 가치로서는 ≪惺
叟詩話≫를 능가한다고 볼 수 있다. 許筠은 어려서 문장은 柳成龍, 시는 李
達에게서 受學한 바, 師承的 脈絡으로 唐詩大家인 朴淳과 鄭士龍에게서 李
達이 수학하고 許筠이 그 계승자가 되는 流派的 관계로 보아서 許筠의 시의
식은 唐詩에 근거를 둔 것임을 확인한다.

1593년에 저술한 이 시화는 조선중기의 시단의 사조를 대변하는 내용을
주제로 하고 있다. 이 말은 고려중엽부터 주된 사조인 蘇軾과 黃庭堅이 중
심이 되는 송시풍조에서 李胄—金淨—鄭士龍—李達로 계승된 學唐派의 조류
로 전환되는 과정에 이 시화가 탄생되었기 때문이다. 그러니까 허균은 이달
의 제자로서 이 시화는 일종의 학당파의 대변자적인 시론서라고 보아도 가
할 것만큼 그 내용이 당시론에 편중되어 있어서 그 원류를 연구하기에 적절
한 자료의 하나가 된다. 이미 거론한 바 판본은 趙潤齊 소장 稗林本이 신뢰
도가 높으며 규격은 10行 20字 41章 필사본이다. 내용상으로는 본문 말미에
小字의 注가 부기되어 있는데 按이란 부기어가 있고 참고될 시가 추가되어
있어서 후인의 첨가어로 본다. 분량은 총 108條로 구성되고, 그 중에 시평관
계내용은 99조로, 시 6조, 일반론이 三唐시인이 17조, 許筠이 25조, 許蘭雪軒

이 6조, 중국부분 8조, 기타 그 당시의 문인의 부분 등으로 분류되어 있다. 저술 시기는 그의 시화 後記를 보면,

나는 어려서 아버지의 교훈을 잃어서 여러 형들이 사랑하고 불쌍히 여겨서 독촉하고 꾸짖지 않았다. 그래서 힘줄이 게으르고 살이 늘어져서 글 읽기를 힘쓰지 않았다. 좀 자라서 과거 급제한 사람을 보면 즐겨 본받았으나 글 다듬고 꾸미는 것을 대장부의 할 일이 아니라 했다. 이제 난세를 만나니 세상 생각이 이미 재가 되었고 십년을 독서하려 하였으나 아아 또한 늦었다. 학산초담한 부를 지으니 지금 천자가 즉위한 지 21년, 계사년 10월 3일 교산자가 쓰다.
僕少失先子之教, 諸兄愛恤, 不加督責, 以故筋懶肉緩, 不務讀書. 稍長見人占科學者, 喜而效之, 彫蟲篆刻非丈夫之所爲. 今遭亂世, 世念已灰, 欲十年讀書而嗟亦晚矣. 作鶴山樵談一部. 今天子卽位之二十一載. 歲在黑蛇陽月燃燈後三日, 蛟山子書.

라고 하여 장시간 독서삼매에 들어 학식과 주견이 탁월했음을 알 수 있고 저술시기는 宣祖 21년 즉 1593년 음력 10월로 본다. 학산초담은 당시론에 의거한 한국한시론을 전개하고 있는 것이 특징이다. 이 시화의 당시론과 연관된 시평내용을 열거하면, 3조 李胄와 杜牧, 4조 三唐시인과 賈島, 孟郊, 5조 許筠과 李白, 15조 許楚姬와 李白, 李賀, 27조 洪慶臣과 李白, 28조 許筠과 杜牧, 43조 盧守愼과 당시, 59조 鄭鎔과 성당, 84조 李誠胤과 溫庭筠, 93조 許楚姬와 劉禹錫, 100조 南孝溫과 당시 등을 들 수 있다. 이 시화에서 尊唐的 시론을 주창하고 있음이 중요한 관점인데 그간의 시풍이 송시에 경도되어 시의 진면을 상실하여 온 점을 시화 제3조에서 다음과 같이 기술하고 있다.

조선의 시학은 소식과 황정견을 위주로 해서 경렴 대유라도 그 구렁에 빠졌고 그 밖에 세상에 이름을 냈던 자도 그 찌꺼기를 먹으며 썩고 못된 말을 만들곤 했다. 읽으며 없어지니 성당시풍은 사라져 못 듣게 되었다.
本朝詩學以蘇黃爲主. 雖景濂大儒, 亦墮其窠臼, 其餘鳴于世者, 率啜其糟粕, 以造腐牌坊語, 讀之可廢. 盛唐之音泯泯無聞.

송시의 위세가 조선중기까지 덮고 있어서 情景交融的 詩情을 표현하기보다는 형식과 이성에 경도된 고답적인 시풍에 매여 있다가 중기에 와서 성당의 시풍을 회복해야 함을 강조한다. 이것은 명대 前後七子의 출현과 맥락을 같이하는 풍조라고 할 것이다. 이런 사조의 출현은 李胄에게서 시작된 것임을 제3조에서 이주시를 논한 데서 보게 된다.

> 망헌 이주의 시는 침잠하면서 노련하여 둘째형님이 대력, 정원 시대에 가깝다고 하였다. 그러나 소식과 두목을 배운 후로 대체로 순박하지 못하였다.
> 忘軒李胄之之詩, 沈著老倡, 仲氏以爲近於大曆貞元, 然自是蘇杜中來, 大體不純.

이주가 조선중기의 시단을 당풍으로 유도하고 그 시가 중당의 大歷才子의 시를 추종한 것을 알 수 있다. 이리하여 삼당시인의 출현과 동시에 조선중기 이후에는 시단이 당시의 사조를 유하게 된 것이니 그 역할을 허균의 두 시화가 담당하였다고 해도 가할 것이다. 이 시화에서 특기할 점은 그 당시의 시론에 머물지 않고 명대 시인도 평가하고 있으니 허균의 박학다식하고 예리한 관찰력이 출중함을 본다. 먼저 제68조의 일단을 보면,

> 명나라 사람으로 문장이 이름난 사람이 열명이니, 공동 이헌길, 양명 왕백안, 형주 당응덕, 제주 왕신중, 심양 동분, 녹문 모곤, 창명 이반룡, 봉주 왕세정, 남명 왕도곤이다. 이공동은 서한만을 배우고, 왕과 이는 문장이 까다로워 선진을 이으려 하고 남명은 화려하고 건실하며, 동분과 모곤은 평이하고 숙달하며 왕신중은 문장이 부허하여 명나라 사람이 모두 싫어하여 썩고 속되다고 하니 나의 견해도 대략 같다. 백안은 글에 전념하지 않고 학문에 분발하여 잡다함을 면치 못하였다. 형주는 전범하고 실질하니 모두 대가라 하였다. 왕원미 무리는 명인의 문장을 서한에 비교하고 이헌길은 태사공에 비교하고 우린은 자운에 비교하고 자신은 사마상여에 기탁하니 그 과장이 너무 심하였다.
> 明人以文鳴者十大家, 李崆峒獻吉, 王陽明伯安, 唐荊州應德, 王祭酒允寧, 王按察愼中, 董潯陽玢, 茅鹿門坤, 李滄溟攀龍, 王鳳州世貞, 王南溟道昆. 李崆峒專學西漢, 王李則鉤章棘句, 欲軼先秦, 南溟華健, 董茅則平熟, 王愼中則富贍, 明人

皆厭之, 以爲腐俗, 余所見略同. 伯安不專攻文而以學發之, 故未免駁雜. 荊州則典
實, 然皆可大家. 王元美輩以明人文章比西漢, 李獻吉比太史公, 于鱗則比子雲, 自
托於相如, 其自誇太甚.

　　여기서 이들은 모두 전후칠자와 그 유파로서 먼저 擬古派인 李獻吉 즉 李
夢陽(1472~1529)은 弘正七才子 곧 前七子의 영수인데 이들은 복고주의자로
서 文은 秦漢을 본받고 詩는 盛唐을 숭상할 것을 주장하여 永樂 이후의 臺
閣體를 시정하려 하였다. 위에서 李獻吉은 前七子이며 李攀龍(1514~1570),
王世貞(1526~1590)은 後七子이고 王愼中(1509~1559)은 嘉靖八才子, 茅坤
(1512~1601)은 茅歸壓胄子33) 그리고 王道昆은 後五子로서 모두 각 유파의
거두역할을 하며 동일한 사조를 주창한 것이다. 그리고 시화 제69조에도 명
대 문인을 열거하여 그 장점을 거론한 바,

　　　명인으로 시로 이름난 사람은 대복 하경명, 공동 이몽양인데 사람들은 그들
　　을 이백과 두보에 비교하였다. 한 때에 능하다고 한 사람은 화천 변공, 박사
　　서정경, 태백 손일원, 검토 왕구사이다. 하와 이의 장편칠률이 모두 좋고 이우
　　린과 왕원미도 대가로 칭하고 오국륜, 서중행, 장가윤, 왕세무, 이세방, 사진,
　　여민표, 장구일 등은 모두 앞을 다투었다.
　　　明人以詩鳴者, 何大復景明, 李崆峒夢陽, 人比之李杜. 一時稱能者, 邊華泉貢,
　　徐博士禎卿, 孫太白一元, 王檢討九思. 何李之長篇七律俱善, 近古李于鱗王元美
　　亦稱二大家, 而吳國倫, 徐中行, 張佳胤, 王世懋, 李世芳, 謝榛, 黎民表, 張九一等
　　皆幷驅爭先.

　　여기서는 前七子의 영수인 何景明(1483~1521)과 李夢陽을 李白과 杜甫에
비견하고 전칠자인 邊貢(1476~1532), 徐禎卿(1479~1511), 王九思를 거명한
후에 이어서 후칠자인 이반룡, 왕세정, 謝榛(1495~1575), 徐中行(1517~1578),
吳國倫 등은 전칠자의 尊唐사조를 계승하고, 後五子인 張佳胤과 張九一, 續
五子인 黎民表와 왕세정의 동생인 王世懋도 같은 문풍을 주창하였다. 허균

---

33) 李日剛 《中國詩歌流變史》 下, p.385(臺灣 文津出版社)

이 거명한 명대 문인은 모두 조선중기의 시단을 풍미하던 당풍을 내세운 점
에서 문학영향과 연관된다고 본다. 이 시화에서 하나 더 유의할 점은 허균
이 조선문인과 중국문인을 비교하면서 그 차이점을 구체적으로 거론하고 있
어서 시화를 저술한 의도를 확인하게 된다. 이러한 지적은 다른 시화에서
찾기 어려운 냉정한 자기비판적이며 객관적인 논평의식이라 하겠다. 다음
제71조를 보면,

> 대개 명인은 학문을 쌓으며 고생하여 문단에 오른 자가 기름을 태우며 날
> 밝기까지 하고 반딧불과 창문을 지키며 힘쓰는 자는 눈을 비치며 해를 거듭하
> 여 그리하여 시문을 지으면 모두 웅혼하여 기세가 있다. 우리나라는 문장을
> 모아서 과거급제를 차지하고는 책을 버리길 원수같이 하니 동방에서 예부터
> 문헌이라 일컬었는데 지금은 어찌하여 이처럼 사라져 버렸는가? 어찌하여 윗
> 사람이 권하고 성취하지 못하는가? 또 세대가 내려오면서 말세가 되고 인재가
> 옛날을 따르지 못하는 것인가? 그러나 사람은 다 요순이 될 수 있으니, 작은
> 기예를 어찌 스스로 그어서 힘을 다하지 않는가? 학문을 쌓고 공을 들이면 고
> 인도 어렵지 않은데 칠자나 신, 허의 무리 정도에 이르지 못할 건가? 잠시 여
> 기에 써서 스스로 경계한다.
>
> 蓋明人績學攻苦, 登文陛者, 燃膏達曉, 守螢牕者, 暎雪窮年, 故發爲詩文, 皆渾
> 厚有氣. 我國則組織綺章以占科第及登科第, 則棄書冊若仇讎, 東方古稱文獻, 今
> 何泯泯如此邪? 豈上之人不能獎率而成就之邪? 抑亦世降俗末而人才不逮古邪? 然
> 人可皆爲堯舜者, 一小技豈可自畵而不盡力邪? 績學用功則古人不難, 到沈七子與
> 申許輩乎? 姑書此以自警焉.

명인은 시종 부단한 각고를 거쳐서 文達의 경지에 도달하는데 조선의 문
인은 그에 미치지 못함을 비판하고 있으니 위의 논조를 종합하면 첫째 과거
급제의 목표달성으로 학문을 정지하는 단발적 의식, 둘째 학맥상 선후의 인
재양성의 제도 미비, 셋째 부단한 공력의 부족 등의 명인과의 차이점을 지
적하고 있다. 허균의 시와 시론이 당시를 추숭하고 才情의 성정을 기본으로
한다는 점에서 ≪鶴山樵談≫은 후세 시론에 중요한 골격이 되고 영정조대에
申緯와 같은 문인의 출현이 가능하게 된 것이다. ≪韓國詩話叢編≫에 수록

되어 있다.

6. ≪五山說林≫

車天輅(1556~1615), 자는 復元, 호는 五山·蘭嵎·橘室·淸妙居士, 延安人으로 徐敬德의 門人이다. 1577년 謁聖文科에 급제하고 奉常侍判官을 지냈다. 文才가 있어서 명나라에 東方文士라는 칭호를 받았으며 韓濩, 崔岦과 함께 松都三絶로 칭하였다. 저서로 ≪五山集≫, ≪五山說林≫이 있다.

이 시화는 3卷 72則으로 구성되며 光海君 3년(1611)에 지었다. 唐宋詩를 집중거론하고 특히 李白과 杜甫시에 대한 註釋과 辨正을 가한 부분은 가치가 있어 중국의 자료와 차별된다.

이백의 <증한양보록사>:「응당 모래에 투신한 나그네를 생각하려니 공연히 굴원을 위로하는 슬픔에 잠기네.」 주석;「모래에 투신한 나그네는 굴원이다.」라고 한데 주석이 틀렸다. 굴원이 회사부를 지었고 모래에 투신한 것이 아니다. 사기에 의하면 가의가 장사왕태부가 되어서 상수를 건너다가 사부를 지어 굴원을 조문하였다. 이제 모래에 투신하는 나그네라고 말하는 것은 이백이 폄적 가니 그러므로 스스로 가의가 장사에 투신한 것 같다고 말한 것이다.

李白; 贈漢陽輔錄事:「應念投沙客, 空餘弔屈悲.」注;「投沙客, 屈原也.」注誤. 屈原作懷沙賦. 非投沙也. 按史記, 賈誼爲長沙王太傅, 及渡湘水, 爲賦以弔屈原. 今曰投沙客者, 白被讁, 故自言如誼之投長沙也.

두보의 <망악>:어찌 하면 선인의 구절 지팡이를 얻어서, 옥녀의 머리 감는 대야에 거꾸로 걸칠 가. <讀杜詩愚得>에는 주도를 괘도로 하였는데 그 관점은 옥녀를 양귀비에 비유하는데 두어서 이르기를, 어찌 하면 선인의 구절 지팡이를 얻어서 양귀비의 세수대야에 걸 수 있을까라고 하면 문리가 안 통한다.

杜甫; 杜詩望嶽:「安得仙人九節杖, 拄倒玉女洗頭盆.」≪讀杜詩愚得≫ 拄倒作挂倒, 其注意以玉女比楊妃, 乃曰:「安得仙人九節之杖, 挂倒楊妃之洗頭盆也.」云, 不成文理.

≪詩話叢林≫ 卷之二와 ≪韓國詩話叢編≫ 제1권에 수록되어 있다.

7. ≪芝峰類說≫

李晬光(1563~1628), 자는 潤卿, 호는 芝峰, 全州人이다. 1585년 別試文科에
급제한 후, 吏曹佐郎, 大司成, 大司憲 등을 역임하고 임진왜란을 전후하여 명
나라를 수차례 왕래하며 實學을 도입하는 선구적 역할을 하였다. 시호는 文簡
이며 ≪采薪雜錄≫, ≪剩說餘篇≫, ≪昇平志≫, ≪秉燭雜記≫ 등을 지었다.

이 시화는 10책 20권으로 구성되어 있으며 凡例에 의하면 記事數가 3425
조, 인용 文集 348종, 記錄人名이 2265인에 달하는 방대한 저서이다. 그 중에
문장부는 권8에서 권14까지로서 그 대부분의 내용이 시비평으로 구성되어
있다. 이 문장부 7권은 권8의 산문을 제외하고 전부 시를 중심으로 한 비평
문으로서 한국한문학은 물론 중국문학의 상호 비교연구 차원에서 중시할만
한 자료가 된다. 唐詩를 중심으로 한 詩評 중에서 중요한 부분을 보면 다음
과 같다.

1) 권8 - 文章部 一

(1)文; 魏文帝 典論論文의 「年壽有時而盡榮樂止於一身, 二者必至常期, 未若
文章之無窮.」을 인용하는 것으로 시작하여 시종일관 중국 문호들의 글을 인
용하면서 문의 가치를 중시하는 논리를 펴고 있다. 예컨대, 王世貞, 陸放翁,
殷璠, 韓愈, 歐陽修, 蘇軾 등 다양한데 한결같이 文의 정신을 강조하고 있다.
그 예를 다음에 들어본다.

> 고인이 말하기를, 문장은 氣를 주로 한다. 유자후는 말하기를, 文을 짓는 데
> 에는 神과 志를 주로 한다. 나는 생각하기를, 神이란 변화를 헤아릴 수 없다고
> 말하겠고, 志란 氣를 거느리는 것이다. 이미 말하노니 志가 있으면 氣는 말할
> 것이 없고, 神이 있으면 志는 말할 것이 없다. 그러므로 단정하여 말하노니, 문
> 장은 神을 주로 한다.
> 　古人謂文章以氣爲主. 至柳子厚乃曰; 爲文以神志爲主, 余以爲神者變化不測之

謂, 志者氣之帥也. 旣曰; 志則氣不足言也. 旣曰; 神則志不足言也. 余斷之曰; 文
章以神爲主.

　(2) 文體, 문체의 연원을 箴과 銘에 두고, 頌과 檄의 기원을 밝히고 있다.
그리고 산문의 문체 종류를 箴, 銘, 頌, 贊, 詔, 誥, 制, 勅, 冊文, 敎文, 表,
箋, 啓, 狀, 書, 疏, 箚, 封事, 議奏, 咨, 揭帖, 檄, 露布, 序, 記, 志, 傳, 跋, 引,
策, 論, 義, 祭文, 祝辭, 哀詞, 誄, 靑詞, 致語, 上樑文, 賦, 辭 등 41종으로 분
류하고 있어서 중국의 文選과 文心雕龍 등에서의 분류보다 세분화되어 있어
서 특기할만하다. 시의 문체는 三言, 四言, 五言, 六言, 七言, 聯句, 絶句, 律
詩, 排律, 古詩, 長短句, 歌詞, 樂府 등으로 분류한 것은 중복되는 바가 있어
서 간과해도 가하다. 문체의 몰이해로 인한 폐단으로 조선시대의 科文의 하
나인 四書疑를 지적한 것은 객관적인 평가로 본다.

　(3) 文評; 29개 조를 서술하고 있는 산문비평에는 자구해석과 어원, 해석상
의 의견 등을 담고 있는데 선진대서부터 漢代의 李陵 시, 晉代 王羲之 蘭亭
集序, 陶潛의 歸去來辭, 唐宋代의 元結, 韓愈, 陳師道, 范仲, 蘇軾 등의 중국
산문과 조선의 成俔, 林悌, 崔岦文의 글에 대한 평문을 담고 있어서 그 내용
이 독자적인 점이 적지 않다. 예를 들면, 왕희지 난정집서를 문선에 열입하
지 않을 蕭統의 의식을 한탄하기를,

　　　왕희지 난정집서의 管絃絲竹이란 말을 고인이 어사가 부연되어 복잡하다하
　여 이에 文選에 넣지 않았으나 이 서문은 진대문장 중에서 매우 훌륭하니 진
　주를 잃은 탄식이 없지 않다.
　　　王羲之蘭亭敍管絃絲竹, 古人以爲語衍而複坐, 此不入於文選, 然是敍在晉文中
　甚佳, 不無遺珠之歎.

라고 하여 어구 하나로 본질을 어긋나게 하지 말 것을 강조하고 있다. 그리
고 陶潛 <歸去來辭>의 「善萬物之得時, 感吾生之行休」구의 '行休'의 어의에
대해서 서술하기를,

　　‘善’을 ‘羨’으로 쓰는 것은 잘못이다. ‘行休’라고 한 것은 그의 문집 시에 「새해가 되면 어느새 오십 세이니, 나의 삶 장차 돌아가 쉬리라.」가 있다. 이것으로 보면 ‘行休’의 ‘行’은 장래의 뜻이니 ‘行休’는 ‘쉬려한다’이지 ‘간다’라는 말이 아니다.
　　善者或作羨非. 行休云者以其集中詩開歲倏五十, 吾生行歸休. 觀之行猶將也, 非行之謂也.

라고 한 바, 본래 善이 옳은 데, 근래 문집에 모두 善을 羨으로 쓰고 ‘부러워하다’로 풀이하고 있는데 善에는 羨의 의미가 없다. 그러므로 善으로 하면 「좋아하다(好), 가까이하다(親), 많이 하다(多), 이해하다(解)」 등으로 풀어야 하므로 이수광의 주장이 합리적이다. 그리고 ‘行休’의 ‘行’에 대한 풀이는 李善도 하지 않았고, 다만 ‘休’를 莊子의 말을 인용하여 「其死若休」라고 주석하고 있으며, 이수광이 근거로 제시한 陶潛의 시구는 丁仲祜의 ≪陶淵明箋注≫ 卷 2(臺灣藝文印書館 1971)의 의하면, <遊斜川>의 첫연으로서 여기서도 ‘行’의 풀이는 없고 단지 ≪莊子≫田子方篇의 「生有所乎萌, 死有所乎歸.」구를 인용하여 「歸休謂死也」라고만 주석하고 있으며 ‘行’의 뜻에 ‘장차, 하려 한다’라고 한 풀이가(康熙字典에도 없음) 없는 바, 이것은 이수광의 탁월한 해석으로 본다.

　(4) 古文; 47개 조로 분류하여 서술하고 있는데 그 중요 문장으로 굴원 천문(2개 조), 등왕각서(6개 조), 낙빈왕 격문(2개 조), 한유 문장(5개 조), 유종원(3개 조), 소식 문장(3개 조) 등을 들 수 있다. 그러니까 당송대는 고문운동가의 문장을 집중적으로 평가하고 있음을 본다. 이수광의 견해를 담은 예문을 보면, 먼저 屈原 <天問>의 「厥利維何, 顧菟在腹.」구에서 ‘顧菟’에 대한 풀이인데, 중국의 주석 자료에는 단지 楚나라 방언으로 ‘토끼’라고 풀이하고 넘어갔는데, 이수광은 해석하기를,

　　한퇴지의 영월시에, 「달이 밝고 맑아서 토끼를 분별할 만하다.」라고 한 것

은 대개 여기서 나온 것이다. 다만 顧菟라고 한 것은 무슨 뜻인지 모르겠다. 어찌 토끼가 달을 바라본다는 설로 말하겠는가.

韓退之詠月詩曰;「淨堦分顧菟」, 蓋出於此 但謂之顧菟未知何義. 豈以兎望月之說而云歟.

라고 하여 의문을 제시했는데 지금의 해석상 顧菟가 楚의 방언인 것을 파악하지 못한 서술로 보는 것이 가할 것이다. 그리고 또 이수광은 蘇軾의 韓文公碑를 불교의 輪廻說에 의거하여 이해하려 한 것은 그만의 독자적인 인식이라고 할 것이니 다음에 글을 보건대,

동파가 한문공비를 지어 말하기를, 살기를 바라서 사는 것이 아니고, 죽기로 해서 죽는 것이 아니다. 또 말하기를, 어두우면 귀신이 되고, 밝으면 다시 사람이 된다. 이것은 곧 불교의 윤회설이다. 동파는 만년에 불교를 좋아하여 그래서 그 글이 이러한 것이다.

東坡撰韓文公碑曰; 不待生而存, 不隨死而亡. 又曰; 幽則爲鬼神, 明則復爲人, 此卽佛氏輪廻之說也. 東坡晩年喜佛, 故其文如此

라고 하였으니 동파를 이해하면 극히 상식적인 의견이지만, 이수광만이 이 글을 불가적으로 풀이했다는 점을 강조한다.

(5) 辭賦: 모두 24개 조로 서술하고 있는데 중국 역대 名賦를 골고루 서술하고 있으니, 司馬相如의 <大人賦>, 揚雄의 <甘泉賦>, 班固의 <西都賦>, 曹植의 <洛神賦>, 陶潛의 <歸去來辭>, 謝惠連의 <雪賦>, 庾信의 <哀江南賦>, 李商隱의 <怪物賦>, 蘇軾의 <秋陽賦> 등을 주로 자구의 해석과 오류에 중점을 두어 품평하고 있다. 그 예를 들면, <歸去來辭>의 「懷良辰而孤往, 或植杖而耘耔.」구에서 '耘耔'의 聲調를 따져서 평하기를,

운서에 의하면, 耔는 上聲으로 통용할 수 없는데 이와 같으니 의심할 만하다.

按韻書耔上聲不當通用, 而如此可疑.

라고 하여 陶潛이 高低의 聲調를 고려하지 않은 점을 품평하고 있어서 이 또한 중국 역대 자료에서 거론하지 않은 안목이다. 唐代 李善은 '耘耔' 부분에 대해서 단지 論語를 인용하여 「植其杖而耘. 毛詩曰; 或耘, 或耔.」라고만 풀이하고 있다. 그리고 庾信의 <哀江南賦>의 '荊艶楚舞' 어구를 평하기를,

> 당시에 말하기를, 「지는 해 맑은 강에 드는데, 형가에 초여인의 춤허리 곱네.」 고찰컨대, 진나라 장양왕의 이름이 초여서 사기의 시황기에 초를 휘하여 형이라 하매 형은 곧 초이니 아마도 어구 중첩을 면치 못한다. 또 설부에 이르기를, 「오가는 시라 하고, 초가는 염이라 한다.」라 하니 지금 염초요라 한 것은 타당치 않다.
> 　唐詩曰; 「落日淸江裏, 荊歌艶楚腰.」按秦莊襄王名楚, 故史記始皇紀諱楚謂荊, 荊卽楚也, 恐未免語疊. 又說郛云; 吳歌曰詩, 楚歌曰艶. 今謂艶楚腰, 則未穩.

라고 하여 어구의 사용상의 문제점을 세심하게 지적하고 있어서 이수광의 분석력이 탁월한 부분이라고 본다.

(6) 東文; 모두 13개 조로 분류하여 서술되어 있는 바, 朴仁亮, 王闢之, 李奎報, 尙震, 李好閔, 崔岦, 黃愼 등의 글을 품평하고 있다. 그 내용이 대개 문장의 요지를 정리하고 혹시 어구의 오류를 지적하는 선에서 서술하였는데 중국 문장보다 소홀시 한 경향이 강하다. 그 한 예를 보면, 崔岦의 <賀冬至表>의 「땅 속의 양기가 마침내 움직이니 계절에 소춘이 돌아온다.(地中之陽聿動, 節回小春)」구에서 '小春'의 용처가 오류라는 점을 지적하기를,

> 생각하건대, 소춘은 곧 십월이다. 구양수의 사에 이르기를, 십월 소춘에 매화봉우리가 핀다. 대개 매화가 핀다고 해서 소춘이라 한 것이다. 최립이 동지를 소춘이라 한 것은 틀린 것이다.
> 　按小春乃十月. 歐陽公詞云; 十月小春梅蘂綻. 蓋以梅始綻, 故曰小春. 崔以冬至爲小春, 則誤矣.

라고 하여 정확한 논리를 제시하고 있다.

(7) 文藝; 21개 조로 분류하여 중국과 조선의 문단기사를 주로 서술한 바, 지금의 문예와는 그 내용서술이 다르고 깊지 못한 단점을 들 수 있다. 그러나 이수광은 문학하는 사람의 세속을 초탈하는 의식을 이해하면서 마음 아픈 심정을 지니고 있었으니, 이것은 문인이든 학인이든 글을 가까이 하는 자들의 고금의 공통된 상황인 것을 동감케 한다. 이수광은 문예에서 글로 인해 일어나는 여러 사실을 진솔하게 故事형식으로 기술하고 있다. 그 한 예로 경제적인 면과 연관하여 서술한 부분을 보면, 황보식의 복선사비문의 물질적 가치를 서술하기를,

> 황보식이 복선사비문을 지으니 배도가 거마와 비단을 보내어 매우 후하게 하였다. 식이 크게 노하여 말하기를, 「비문 글자가 삼천인데 한 자에 비단 세 필이라, 어찌 나를 박대하는가.」 배도가 비단 구천 필을 보냈다한다. 설사 지금사람이 글을 지어 한 자에 만금 나간다고 해도 누가 글에 재물을 보상하는 일을 하겠는가. 선비가 이 세상에 나서 척박한 모습이라 할 것이다.
>
> 皇甫湜作福先寺碑文, 裵度遺以車馬繒綵甚厚. 湜大怒曰; 碑字三千一字三縑, 何遇我薄也. 度酬以絹九千匹云. 設使今人作文, 雖一字敵萬金, 誰肯潤筆士. 生斯世可謂薄相.

라고 하여 글과 재물과는 역행적 관계라는 점을 강조하면서 가난한 선비의 신세를 부각하였는데 그러면서도 글을 가까이 하는 자들이 고금에 많은 것은 무엇인지를 그 대답을 역설적으로 제시하고 있다. 그 예로 이 문예편 말미에,

> 아! 문장이 사람에게 이익 되지 않음이 이와 같거늘 다시 그것을 되밟는 것은 어째서 인가.
>
> 噫. 文章之不利人若此, 而復有踵之者, 何歟.

라고 하였으니 오늘날 여러 해를 고생해서 저서 한 권 출판하여 인세 몇 푼 받는 학인의 신세와 다를 바가 없다.

2) 권9- 文章部 二

(1) 詩; 이수광은 시의 기원을 大戴禮의 기록을 인용하여 「황제의 악을 운문이라 하고 악장을 시라고 한다. 우서에 말하기를, 詩는 뜻을 말한 것이고 歌는 말에 가락을 붙여서 말을 길게 한 것이다. 시의 이름이 여기에서 시작한 것이다.(黃帝樂曰雲門, 樂章曰詩. 虞書云; 詩言志, 歌永言. 詩之名始此)」라는 글로 시작하여 시의 형식발달의 기원과 작시의 정신자세, 그리고 작시의 어구학습에 대해 강조하고 있다. 그리고 시기로는 역시 당시에 역점을 주어서 추숭한 것은 정상적인 시학의식에서 나온 관점이라 할 것이다.

먼저 시의 각체의 기원에 대해서 다음에 서술하기를,

> 옛사람이 말하기를, 오언은 이릉과 소무에서 기원하고, 칠언은 한 무제 백량체서 기원하고, 사언은 한 위맹에서 기원하며, 육언은 한 곡영에서 기원하고, 삼언은 하후담에서 기원한다. 혹자는 말하기를, 오언이 오자의 노래에서 시작하고, 칠언이 모선의 가요에서 시작한다고 한다. 내가 말하노니 오언은 순임금의 노래 「왕이 좀스럽다」라고 한 것과 같고 칠언은 격양가의 「임금의 힘이 나에게 무엇이겠는가」와 같다. 그것이다. 시 삼백 편에는 5,7,4,6,3언의 각체가 모두 갖추어져 있다.
>
> 古人云; 五言起於李陵蘇武, 七言起於漢武柏梁, 四言起於漢韋孟, 六言起於漢谷永, 三言起於晉夏侯湛. 或云; 五言始於五子之歌, 七言始於茅仙之謠. 余謂五言如舜歌元首叢脞哉. 七言如擊壤謠帝力何有於我哉. 是也. 至於詩三百篇中有五七四六三言, 各體俱備.

라고 하여 상당히 정확한 근거에 의한 내용을 적고 있다. 여기서 가장 중시해야 할 사항은 5언시의 기원인데 이수광의 근거는 鍾嶸의 詩品序에서 「逮漢李陵, 始著五言之目.」라고 한 것과 任昉의 文章緣起에서 「五言詩創於漢都騎尉李陵與蘇武詩.」라고 한 것에 두고 있어서 매우 박학한 지식의 소산임을 알 수 있다.

(2) 詩法; 모두 40로 구성되어 있으며 시의 體裁, 韻律, 平仄, 묘사상의 重

疊, 對句 등 다양하게 서술하고 있다. 이수광은 운율면에서 한유의 험운을
거론하기를,

> 한유의 시는 험운을 많이 사용하여 거의 한 글자도 빼지 않으니 기이함을
> 보이려는 것이다. 단지 원화성덕시만은 語·御·麌·遇·哿·箇·馬·禡·
> 有·宥운을 섞어 썼다. …… 또한 병가의 기병을 쓰는 것과 같으니 기습과 정
> 공법이 섞어 나와서 기이함을 보인다.
> 韓昌黎詩多押險韻, 殆不遺一字, 所以示奇也. 唯元和聖德詩雜用語御麌遇哿箇
> 馬禡有宥韻…… 亦猶兵家用奇, 奇正雜出, 乃所以奇也.

라고 하였는데 이 논리는 고금의 定評으로서 새로운 것은 아니지만, 그 예시
가 매우 적절하다고 본다. 그리고 平仄면에서는 變格을 인정하면서 한편 문
제시한 것을 보는데, 예컨대 拗體에 대해서,

> 왕세정은 모두 요체라고 하였다. 이것으로 말하면, 지금 사람은 글자의 평
> 측을 쓰는데 요체가 되는 것을 알지만 운율의 평측을 쓰는데 요체가 되는 것
> 을 모른다.
> 王世貞以爲皆拗體. 以此言之, 今人知用字平仄之爲拗體, 而不知用律平仄之爲
> 拗體也.

라고 하여 요체의 근본적 활용법을 숙지하여야 함을 강조한다. 對句에 대해
서는 扇對格을 거론하였는데 이것은 본래 嚴羽의 滄浪詩話에서 처음 서술한
바, 제1구대 제3구, 제2구대 제4구의 對偶를 말한다. 일명 隔句對, 開門對라고
하는데 이수광은 두보와 이백시를 인용하여 긍정적으로 이해하고 특히 唐詩
에 많이 보인다고 하였다. 아울러 대구형식으로 假借格도 거론한 바, 杜甫,
孟浩然, 庾肩吾의 시를 인용하여 그 기법을 인정하고 있다. 이 격은 명대 兪
弁의 ≪逸老堂詩話≫에서「天廚禁臠, 洪覺範著, 有琢句法中假借格.」에서 처음
쓰인 용어로서 借對 혹은 假對라고 하여 대구에서 흔히 활용되는 것인데 외
국인의 경우 그 기법을 숙지하기가 용이하지 않아서 다용하지 못한다.

(2) 詩評; 총 133개 조로 서술하고 있는데 이수광은 여기서 시대별 시평가, 시의 비교, 그리고 이백과 두보의 시에서 단점을 지적하는 나름의 주관적인 견해와 비평의식을 보여주고 있다. 극히 단편적이며 상식적인 서술로 보이지만 시대별 시풍의 성격을 논한 부분을 보면,

> 시경 삼백편은 예스럽고, 한위의 시는 옛 것에 가까우면서 질박하며, 서진과 동진은 질박한 것이 변하여 묘사가 아름답다. 육조시대의 양과 진 나라는 묘사가 아름다움이 변하여 수식이 지나치고, 당나라에 이르러서 수식과 내용이 모두 뛰어나며, 송나라는 또한 변하여서 쇠퇴하였다.
> 詩三百篇古矣, 漢魏近古而質矣, 二晉質變而文矣. 梁陳文變而靡矣, 至于唐則彬彬矣, 宋則又變而衰矣.

라고 하였는데 그 성격부여에 있어서 「古, 質, 文, 靡, 彬彬, 衰」 등의 용어를 사용한 표현은 매우 합당한 어휘선택으로서 論語의 「文質彬彬」의 의미를 차용한 경우이다. 즉 古는 전통과 근본, 質은 불필요한 수식 없이 소박하고 사실적인 묘사, 文은 묘사상의 문학적인 수사기법의 우수성, 그리고 靡는 소위 '華而不靡'의 세속성, 彬彬은 내용과 묘사의 완전성, 衰는 문리에 경도된 문학성의 결여 등으로 풀이해야 할 것이다. 이수광은 성당대의 서로 시풍이 다른 맹호연과 두보의 시를 비교하기를,

> 맹호연 시에 이르기를, 강이 맑고 달은 사람에 가깝다. 두보가 말하기를, 강속의 달이 사람과 겨우 몇 자 떨어져 있네. 나대경은 맹호연 시는 함축적이며 두보의 시는 정교하다고 보았다. 나는 말하노니 두보의 이 시구는 맹호연에 크게 못 미친다.
> 孟浩然詩曰; 江淸月近人. 杜子美云; 江月去人只數尺. 羅大經以爲浩然渾涵, 子美精工. 余謂子美此句大不及浩然.

라고 하여 두보 優位의 통념에서 평가상 객관성을 부여하고 있다. 한편 이수광의 이백과 두보의 시를 혹평한 부분은 그 당시로서는 근본을 부정하는 의

식으로 매도될 가능성이 있는 평가 자세이기 때문에 더욱 주시되는 점인데
그의 진솔한 다음 두 시인의 시에 대한 비평은 중국시화에서 찾을 수 없는
매우 객관적이고 독자적인 서술이다.

　　*이백의 봉황대시의 첫구와 끝구 두 구는 전부 최호의 구법을 따르고 있고
제2연은 일반적인 회고시의 어구로서 5언시의 「옛 궁전에는 오나라의 꽃이오,
깊은 궁궐엔 진나라의 비단이라네.」와 같은 뜻이고 제3연에서 「밝은 냇물엔
한양의 나무가 뚜렷하다」를 보면, 너무 다르다. 또 이미 「강은 절로 흐른다」와
「두 갈래 물이 가운데로 나뉘다」라 한 것은 중첩인 것 같다. 나는 헛되이 말하
노니 이백의 이 시는 잘못 지었다고 해도 가할 것이다.
　　李白詩: 李白鳳凰臺詩起結兩句全襲崔顥法, 第二聯是尋常懷古語, 且與五言詩
「古殿吳花草, 深宮晉綺羅.」 同意, 第三聯視晴川歷歷漢陽樹, 太不牟矣. 且旣曰;
江自流. 而又曰; 二水中分似疊. 余妄謂李白此詩雖不作, 可也.

위의 글은 崔顥의 <黃鶴樓>와 李白의 <登金陵鳳凰臺>두 시를 비교하여
논한 것으로 이백의 次韻詩로 알려져 있는데 이백 시의 단점을 진솔하게 토
로하고 있다. 청대 王琦는 《李白詩箋注》(권21)에서 「李之擬崔, 鸚鵡取其格,
鳳凰取其調.」 라고 하여 우열을 가리지 않았는데 이수광은 등차를 두고 있
으니 그 논평이 비교적 객관적이다.

　　*두자미의 악양루시는 고금의 절창이다. 「친한 벗은 한 글자 소식이 없고
늘고 병들어 외로운 배만 있네.」는 윗구와 이어지지 않고 악양루와는 서로 맞
지 않는다.
　　杜甫詩: 杜子美岳陽樓詩古今絶唱. 而「親朋無一字, 老病有孤舟.」 與上句不
屬, 且於岳陽樓不相稱.

위의 글에서 제3연구가 시제와 상합하지 않고 제2연의 「乾坤日夜浮」와 이
어지지 않는다고 한 것은 이해가 된다. 그러나 제3연 즉 頸(轉)연의 성격상
시인 자신의 심경이 토로되는 부분인 점을 감안하면 역시 명구라고 해야 할
것이며 이 점에서 이수광은 피상적인 관점만을 서술했다고 본다. 청대 仇兆

鰲의 ≪杜詩詳注≫(권22)에서 「上四寫景, 下四言情.」이라 서술한 것에서 '言情'의 의미와 상관시켜 보아야 할 것이며, 더구나 구조오가 蔡秉敬의 ≪敬君詩話≫를 인용하여 제3연을 「方見變化之妙」라고 평한 것에서 확인할 수 있다.

3) 권10- 文章部 三

唐詩; 총 105개조로 구성되어 있는 바, 初唐詩와 盛唐詩의 일부를 서술하고 있다. 그 중요 시인의 量을 보면, 初唐四傑 10, 沈佺期와 宋之問 9, 李嶠 2, 劉希夷 1, 陳子昻 2, 孟浩然 3, 王維 13, 王昌齡 5, 李白 39, 李頎 1, 杜甫 2, 劉長卿 1 등 주요 시인을 대개 거론하고 있다. 이 중에 이백이 가장 중시되어 이미 상편에서 거론하였고 이수광이 평가한 부분 중 독자적인 평가의 예를 들어보기로 한다. 먼저 이수광은 송지문과 두심언의 시구를 비교하기를,

> 송지문의 傷曹娘詩에 이르기를, 「홀로 연지와 분 기운이 아직 춤옷 속에 있음이 슬프다.」라고 하고 두심언의 傷美人詩에 「응당 연지와 분 기운이 아직 춤옷 속에 있음을 슬퍼한다.」라 하니 그 중에 서로 범하여 단지 한 글자만을 바꾼 것인데 송지문만 못하다.
>
> 宋之問傷曹娘詩曰; 「獨憐脂粉氣。猶着舞衣中.」 杜審言傷美人詩; 「應憐脂粉氣。猶着舞衣中.」 其中相犯而只換着一字不及宋矣.

라고 하였는데 "서로 범했다"함은 杜甫의 조부이며 文章四友인 杜審言이 宋之問 시를 표절한 것이라는 의미이며 "송지문만 못하다" 함은 시 품격이 떨어진다는 뜻이 되는데, 이 점은 이수광이 충분한 고증이 부족한 상태에서 기술한 것으로 보아야 할 것이다.

다음으로 王維의 <老將行>시에서 '垂楊' 시어를 풀이하기를,

> 왕유의 노장행에 말하기를, 「오늘 수양버들이 왼쪽 팔에 생기네.」라 하였다. 생각컨대 장자에 지리숙이 명백의 언덕을 보니 문득 버드나무가 왼 팔에 생겼

다고 하였다. 아마도 이것을 인용한 것이다. 그러나 구의에 「버드나무는 혹이
다.」라 하였으니 이제 수양버들이라 한 것은 타당하지 않다. 근세에 홍지성이
곧 왼 팔을 가누지 못함이 마치 수양버들이 늘어져 힘이 없음과 같다라고 하
였다. 아마도 이것은 억측일 것이니 가소롭다.

> 王維老將行曰；「今日垂楊生左肘.」按莊子支離叔觀於冥伯之丘, 俄而柳生其左
> 肘. 蓋用此也. 但口義云；「柳, 瘤也.」今日垂楊, 恐未妥. 頃世洪志誠乃謂左譬不
> 收, 如垂楊之無力也. 蓋是臆見, 可笑.

라고 하였는데 왕유 시구는 ≪莊子≫ 至樂篇에 나오는 故事이며 버드나무(柳)
를 혹(瘤)이라고 풀이한 것은 王先謙이 ≪莊子集解≫에서 「瘤作柳聲, 轉借磁」
라고 해석한 바, 올바른 풀이가 된다. 그리고 이수광이 거론한 수양버들(垂楊)
과 버드나무(柳)가 같은 이름이니 여기서 타당치 않다는 것은 맞지 않고 홍지
성이 풀이한 것은 지나친 해석이라고 보아 이수광이 억설이라 한 것이 옳다
고 본다.

4) 권11 - 文章部 四

唐詩: 244개조로 구성되어 있는데 여기에는 杜甫 59, 岑參 7, 韋應物 2, 韓
愈 14, 元稹 4, 劉禹錫 6, 李賀 5, 張籍 4, 王建 18, 白居易 19, 杜牧 22, 張祜
2 개조 등 성당에서 만당까지의 시를 논술하고 있다. 그 서술의 예를 들면,
王建의 宮詞 제19수를 평하기를,

> 王建宮詞曰；樹頭樹低覓殘紅, 一片西飛一片東. 自是桃花貪結子, 錯敎人恨五
> 更風. 余謂此詩蓋言宮人色衰失寵之意似有所指而作也.

위에서 이수광이 평한 내용은 宮人의 안색이 쇠하여 왕의 총애를 잃은
것을 읊었다고 하였는데 중국의 자료에 의하면 ≪唐詩摘鈔≫에서 「어사가
비흥을 겸하고 있으니 궁인이 반드시 전에는 총애를 받았으나 후에는 버
림받으매 고로 이런 체를 써서 그 일을 그린 것이다.(語兼比興, 宮人必有先
幸而後棄者, 故用此體影其事.)」라고 하여 이수광의 견해와 상통하고 陳補之

의 詩話에서는「그 의미가 깊고 고우며 길다.(其意味深婉而悠長.)」라고 하고 깊은 의미를 담고 있다고 하였다. 그리고 張祜의 <何滿子>시를 평하기를,

> 장호시에 말하기를,「고국을 삼천리 떠나서 깊은 궁궐에 이십년이라. 하만자 한 곡조를 부르니 두 줄기 눈물이 임금 앞에 떨어지네.」생각건대 당대 무종이 질병이 위독하매 맹재자가 노래와 생황으로 좌우로 가까이 모시니 왕이 눈짓하여 말하기를,「나는 피하지 못할지니 그대는 어찌 하겠느냐.」하니 재인이 흐느끼며 말하기를,「죽기를 바랍니다.」하고 이에 하만자 한 곡을 부르니 기가 다하여 곧 죽었다. 시어는 대개 이 일을 기록한 것이다. 하만자는 악부곡 명이니 본래 사람 이름이다.
>
> 張祜詩曰;「故國三千里, 深宮二十年. 一聲何滿子, 雙淚落君前.」按唐武宗疾篤, 孟才子以歌笙密侍左右, 上目之曰;「吾當不諱, 爾何爲哉」才人泣曰;「請就死」乃歌一聲何滿子, 氣亦立殞. 詩語蓋紀此事也. 何滿子樂府曲名, 本人名也.

위에서 하만자의 고사를 설명하였는데 하만자는 宮詞로서 궁녀가 고향을 그리며 총애를 얻지 못한 원한을 읊은 것이다. 郭茂倩의 ≪樂府詩集≫ 권18에 보면, 開元년간에 죄를 면하려고 이 곡을 불렀으나 면치 못했다고 기록하고 舞曲이라고도 하였다. 송대 尤袤의 ≪全唐詩話≫에는 이수광과 같은 내용의 서술을 하고 있어서 새로운 견해는 아니지만 고사 기록이 정확하다.

8. ≪霽湖詩話≫

梁慶遇(1568∼1638), 자가 子漸, 호는 霽湖, 또는 點易齋, 蓼汀, 泰巖이며 南原人이다. 그 부친 大樸은 詩文이 능하고 壬辰亂 시에 義兵을 일으켰다. 양경우는 宣祖朝 丁酉年(1597)에 別試 文科 丙科에 급제하고 丙辰年(1616)에는 文科 重試 丙科에 급제하여 奉常侍僉正에 이르렀으며 ≪霽湖集≫을 남겼다.

이 시화의 구성에 있어서 분량은 모두 62條의 1卷本이나 每條가 長文이어

서 전체의 분량은 비교적 장편이다. 趙鍾業 編 詩話叢編本은 62조인데 洪萬宗 編 詩話叢林本은 25조인 이유를 가늠하기 어려우나 필자의 견해로는 후자에선 중국시평 부분이 누락되어 있고 시화 후반이 삭제되어 있어서 학술적 가치가 반감된다. 62개 조의 시론 중에서 중국시평은 22개 조이며 三唐詩人에 대한 평은 5개 조, 唐詩를 중시하여 그 영향관계에 대한 평은 8개 조, 그리고 조선조 시인에 대한 평이 27개 조로 서술되어 있다. 시화 전체를 조별로 그 내용을 요약하면 다음과 같다.

조별	주제
1	조선조 중기의 시풍은 晚唐풍이며 用事 다용. 용사상 唐宋의 차이는 格律音響에 있음.
2	시의 격율론으로 吳體와 虛實體가 있고 回鸞舞鳳格, 扇對格, 隔句對格이 있음.
3	詩句의 兩解문제는 詩家의 기피할 부분.
4	入聲 押韻을 旁韻으로 通押한 예.
5	五律에 半律體가 있음. 頷聯에 對偶 不用.
6	排律은 偶數句만 押韻. 초당시의 오언배율은 古詩類. 배율은 杜甫에 완성.
7	常建 시에서 '酒醒'과 '醒酒'의 平仄 차이.
8	'從'자를 '侍從'의 '從'으로 사용하면 仄聲.
9	押韻상 한 자에 두 개의 뜻이 있으면 疊押 가능. 七言에 散韻이 多.
10	杜甫시의 '不分'의 의미는 '嫌'의 뜻.
11	두보시의 '聯拳'의 의미해석.
12	字音의 高低 즉 平仄의 通用을 중시.
13	두보 <杜鵑行>시「業工竄伏深樹裏」구의 '業工'을 '새끼 두견새'라 함은 오역. 본래 '業業'(두렵다)의 誤傳이라 함.「두려워서 깊은 나무속에 숨다」로 풀이.
14	詩語 중첩의 妙味 두보 <北征> 시의 '或'자 다용의 精妙함과 東坡시의 '更'자와 韓愈 <南山>시의 '或'자 다용의 支離함과 비교.
15	두보 시어의 矜嚴함은 香奩體가 전무. 晚唐이나 宋人의 纖巧함과 차이.
16	東坡 시어사용의 오류 지적. <金山寺>시의「是時江月初生魄」구의 '生魄'은 '生明'으로 해야 상통한다는 것. 두보 시에는 이런 오류가 全無하다는 것.
17	唐詩의 '餘'와 '殘'의 활용. '餘'의 활용에 반드시 '殘'을 代用. 예: 杜甫의 <洗兵馬行.>
18	詩語 '稱'의 平仄法.
19	高敬命시와 李達의 비교. 이달 시는 晚唐풍이므로 고경명시를 높이 평가.

55 중국사신이 蘇齋 盧守愼의 시를 '大家手'라고 극찬.
56 許篈과 許筠의 시에 대한 찬미
57 李安訥의 시가 渾厚濃麗.
58 成汝學의 시가 窮語의식에 대한 평.
59 柳塗의 시에 대한 평.
60 두보시의 '行椒'의 '行'자에 대한 해석.
61 洪千璟의 시에 대한 평.
62 두보시의 造句法은 萬古의 으뜸. 그 시구를 인용하며 거론.

위의 構成成分으로 보아 조선조 문인 중에서 三唐詩人과 車天輅, 權鞸, 林悌, 鄭士龍, 高敬命, 盧守愼, 許筠 등 대문인을 거론하면서 金玄成, 柳塗, 洪千璟 등 무명시인의 시도 객관적으로 品評한 점이 이 시화가 지닌 詩論的 價値라 할 수 있다. 趙鍾業 編 ≪韓國詩話叢編≫ 제2책(東西文化社 1989)와 洪萬宗 編 ≪詩話叢林≫ 卷之三(亞細亞文化社 1973)에 수록되어 있다.

9. ≪晴窓軟談≫

申欽(1566～1628), 자가 敬叔, 호는 象村, 平山人이다. 20세에 生員과 進士에 합격하고 21세에 別試 丙科에 급제하여 27세에 良才察訪에 제수되고 30세에는 咸鏡道 巡按御使로 나갔다. 36세에는 홍문관 부제학이 되며 41세에는 병조판서와 예조판서를 동시에 제수 받으면서 국사에 전념하고 58세에 이조판서를 거쳐서 년 62세에 좌의정과 영의정을 역임하는 최고위관직에 오르고 그 이듬해인 1628년 63세로 생을 마친다. 저서로 ≪象村集≫, ≪野言求正錄≫, ≪春城錄≫, ≪勝國遺史≫ 등이 있다.

이 시화는 上中下 3권으로 구성되어 있으며 상권은 唐詩, 중권은 唐代에서 明代까지의 시를 서술하고 있다. 尊唐的 시관을 지닌 신흠으로서는 이 시화의 초점을 唐詩에 두고 있되, 宋詩와 明詩에 대해서도 긍정적인 가치부여를 하고 있다. 따라서 시화를 편찬하면서 중국시를 인용 평가하는데 高棅의 ≪唐詩品彙≫와 ≪唐音≫을 가장 精細하다고 평가하여 크게 참고

한 것이다. 그리하여 ≪唐詩品彙≫의 작가와 작품은 물론, 編制上의 述語까지 借用하고 있으니, 初唐을 正始라 하고 晚唐을 餘響이라고 한 것이 그 예가 된다.

이렇게 구성된 이 시화는 상권은 전부 唐詩에 대한 評語가 39개조로 구성되어 있으며 그 중에는 武元衡, 李德裕(文饒), 潘南, 崔魯 등 시가적 가치비중이 덜한 시인의 시도 거론한 것은 신흠의 심도 있는 당시에 대한 식견을 대변하는 것이라 하겠다. 중권은 41개조로 구성하여 唐, 宋, 元, 明代의 시를 淸氣와 豪放味에 근거하여 평가하고 있다. 여기서는 杜甫, 東坡, 朱熹와 元代의 楊廉夫와 명대의 王世貞, 李夢陽, 李攀龍 등 擬古派이며 尊唐을 지향한 前後七子의 시를 주로 평가한 점에서 신흠의 시화서술의 기준을 확인하게 된다. 하권은 68개조로 구성하여 주로 高麗, 朝鮮의 시를 논술하고 단지 제20조(曹植), 제30조(東坡), 제37조(陳與義), 제66조(白居易), 제67조(梁元帝), 제68조(宋徽宗) 등 6개조만 중국시를 논하고 있다. 한국한시에 대한 평가 또한 唐風에 근거한 바, 제3조의 鄭知常시와 三唐詩人의 唐風, 제26조의 林悌의 杜牧詩風, 제49조의 權韠의 杜甫風, 제51조의 金玄成의 唐詩風 등이 그 예가 된다. 이같이 시화(上)에서 唐詩를 거론한 부분을 구체적으로 조별로 분류하여 그 내용을 다음에 개관하고자 한다.

조별	요점
3	唐詩選集에서 ≪唐詩品彙≫와 ≪唐音≫을 높이 평가
4	唐詩와 宋詩를 禪宗의 종파와 상관시켜서 차별
5	두보와 이백을 비교
6	두보를 北海 李邕과 비교
7	蘇頲과 張說의 시를 평하고 만당 이하의 시를 폄하
8	초당 魏徵의 시를 평가
9	虞世南의 從軍行을 극찬
10	勃의 <山亭夜宴>를 평가, 5언율시에서 正始之音으로 虞世南, 楊師道, 初唐四傑, 文章四友, 陳子昂, 宋之問, 張九齡 등을 거론
11	沈佺期의 <古意>, 李白의 <淸平調>, <黃鶴樓> 등 평가

12 王維, 賈至, 岑參, 杜甫의 早朝詩를 평가

13 韋應物의 <相逢行>, <雜體> 등 시를 평가

14 初唐四傑을 논함

15 李賀의 浩歌를 평가

16 溫庭筠의 渭上詩 거론

17 唐彦謙의 <題仲山>을 「可謂絶唱」이라고 평가

18 王建의 <過楊州>를 평가

19 武元衡의 <荊卅詩>를 「豪放可詠」이라 평가

20 李德裕의 <謫崖山詩>를 「語致英爽」이라 평가

21 元稹과 白居易 시를 鄭衛之音이라 평가

22 杜牧의 시를 豪俊하다고 평가

23 潘南의 시를 緻麗藻艶하다고 평가

24 張祜의 楊州시를 극찬

25 杜甫와 黃庭堅 시 평가

26 李白의 樂府詩 평가

27 杜甫의 排律을 거론

28 言外의 함축된 뜻을 시에서 귀히 여김

29 白居易의 寒食詩를 극찬

30 王建의 <春詞>와 張籍의 <寄遠曲>을 거론

31 杜甫의 <和嚴武早秋>를 거론

32 柳宗元의 <南磵>을 거론

33 許渾과 劉滄의 懷古詩, 韓偓과 司空圖 시를 거론

34 崔魯의 <岳陽言懷>를 평가

35 劉禹錫과 李涉의 竹枝歌 거론

36 劉禹錫과 蘇軾의 영향 받음을 거론

37 趙嘏의 시 거론

이 시화는 《詩話叢林》(권2)과 《韓國詩話叢編》(제2책)에 수록되어 있다.

10. 《谿谷漫筆》

張維(1587~1638), 자는 持國, 호는 谿谷, 默所이며 德水人이다. 金長生의
문하생으로 1605년 司馬試를 거쳐 1609년 增廣文科 乙科에 급제하여 吏曹佐

郎, 大司憲, 大提學, 禮曹判書, 右議政 등 다양한 관직을 지냈으며 저서로는
≪谿谷集≫, ≪陰符經註解≫ 등이 있다. 이 시화는 仁祖 13년(1635)에 지은
것으로 詩韻과 用韻論을 집중적으로 서술하고 있다.

　우리 동쪽 지방의 음은 上聲과 去聲 두 성을 전혀 분별할 수 없어서 문학에
조예가 깊은 자라도 반드시 운을 검토해야 하고 그렇지 않으면 구별할 수 없
으니 나는 항상 이것을 단점으로 여긴다. 고인의 글을 보면 압운이 혹은 섞여
있어서 동파의 酒經 같은 것은 본래 庚韻을 사용하였으나 그 중에 餅, 猛 등의
운은 상성이고, 正, 定, 勁, 病 등의 운은 거성이다. 단지 마흡을 취하면 平仄이
같지 않아도 모두 구애되지 않으니 이것은 文도 같다. 유종원의 閔生賦의 靜,
騁과 隕, 隱 등은 通押하고, 진사도의 示三子시의 忍, 省, 哂, 穩이 통압하며 이
공동의 石將軍戰場歌의 戰, 店이 통압하니, 이것은 그 음운이 아주 다르나 상
성과 거성의 구별만이 아니라 모두 방언음으로 서로 협운하기 때문에 기피하
지 않는다. 이것으로 미루어 보면 무릇 잡문의 용운은 때론 상성과 거성을 혼
용해도 크게 틀리지 않으며 단지 시에서만은 正法을 삼가 지킬 것이다.
　我東鄉音, 上去二聲絶不可辨, 雖深於文學者必須檢韻, 不爾則不能別也, 余常
病此. 及觀古人文字, 押韻或有糅雜, 如東坡酒經, 本用庚韻, 而其中「餅, 猛」等
韻, 上聲也, 正, 定, 勁, 病等韻, 去聲也. 唯取音叶, 雖平仄不同, 皆不拘也, 此猶
文也. 柳子厚閔生賦「靜, 騁與隕, 隱」等通押, 陳后山示三子詩「忍, 省, 哂, 穩」
通押, 李空同石將軍戰場歌「戰, 店」通押, 此其音韻逈異, 不啻上去之別, 皆以方
音相叶, 故不避也. 以此推之, 凡著雜文用韻, 雖時混上去聲, 不至大錯, 唯詩什則
當謹守正法耳.

≪詩話叢林≫ 권3과 ≪韓國詩話叢編≫ 제2권에 수록되어 있다.

11. ≪學詩準的≫

李植(1584~1647), 자는 汝固, 호는 澤堂, 德水人이다. 1610년 別試文科 丙
科에 급제하고 1613년 說書를 거쳐 1616년 北評事가 되고, 이듬해 宣傳官이
되었으나 1618년 廢母論이 일어나자 은퇴한 후, 1621년 누차 出仕의 命을 받
았으나 거부하여 王命을 어겼다 하여 구금되기도 하였다. 1623년 仁祖反正으

로 吏曹佐郞에 등용되고 이듬해 副修撰, 應敎, 司諫, 執義 등을 역임하고
1625년 禮曹參議, 同副承旨, 右參贊 등을 역임, 다음해에 大司諫에 승진하여
右副承旨, 大司成, 左副承旨 등을 1633년에는 副提學, 1638년에는 大提學,
1642년에는 金尙憲과 斥和를 주장하다가 瀋陽에서 구치되고 1643년 大司憲,
刑曹, 吏曹, 禮曹 등의 判書를 역임하고 1646년 관직이 삭탈되었다. 漢文四大
家로 칭해지며 1686년 領議政에 追贈되었다. 저서로 ≪澤堂集≫, ≪初學字訓
增輯≫, ≪杜詩批解≫ 등이 있다.

이 시화는 한 권으로 구성되고 仁祖 25년(1647)년 작자 만년에 지은 것이
며 소위 '準的'이란 詩經을 으뜸으로 삼는다는 뜻으로 시화의 논점이 杜甫詩
에 집중되어 있다.

서경에 이르기를, 시는 뜻을 말해주고 노래는 말을 길게 하는 것이다. 기록
하기를 「온유돈후는 시교이다.」라고 하니 이것은 주시 삼백편의 주지이다. 한
자는 말하기를, 「시는 바르며 꽃답다.」 주자는 그것을 취하니 이것은 시의 체
격이다. 이것을 어기면 뜻은 자못 편벽되고 거칠고 탁하며 험하고 괴이해지니
모두 시의 외도이다. 지금 마땅히 삼백 편을 주지로 하여 숙독하고 외워 읊어
야 하니 이것이 시학의 근본이다.
書曰: 「詩言志, 歌永言.」 記曰: 「溫柔敦厚, 詩之敎也.」 此周詩三百篇宗旨也.
韓子曰: 「詩正而葩.」 朱子取之, 此詩之體格也. 反是而志尙頗僻, 流蕩詞意, 粗濁
險怪, 皆詩之外道也. 今當以三百篇爲宗主, 熟讀而諷詠之, 此詩學之本也.

송시에는 대가가 많으나 풍부히 배우지 않으면 쉽게 배우지 못한다. 시의
바른 정통이 아니면 결코 배워서는 안 된다. 오직 양진 즉 진사도와 진여의의
율시만이 두보율시에 가까운 것이니 때때로 참고한다. 명대 시에서 이공동만
이 두보를 잘 배웠으니 때때로 두보시와 함께 참고한다.
宋詩雖多大家, 非學富不易學. 非詩正宗, 不必學, 惟兩陳律詩近於杜律者, 時
或參看. 大明詩惟李崆峒善學杜, 時與杜詩參看.

≪韓國詩話叢編≫ 제2권에 수록되어 있다.

12. ≪東溟詩說≫

鄭斗卿(1597~1673), 자는 君平, 호는 東溟, 본관은 溫陽으로 李恒福의 門人이다. 1629년 別試文科에 壯元, 弘文館提學, 禮曹參判, 工曹參判, 承文院提調을 지냈다. ≪東溟集≫이 있다.

이 시화의 기본 논지에 대해서 정두경은 독서를 창작의 바탕이 된다고 주창하여 그 규범을 이 시화에서 구체적으로 다음과 같이 밝히고 있다.

> 시는 정도로써 으뜸을 삼으니 마땅히 시경이 종주가 되어야 하고 고시와 악부는 한위대에서 나온 것이 아니다. 조식·유정·포조·사령운 등 명가들과 도연명·위응물 등의시는 담백하고 순수하여 자연에서 나왔으니 늘상 읽으며 애송할만 하다. 율시는 정해진 체재에 얽매어서 실로 고체시의 고원함만 못하지만 애우와 음율이 또한 문사의 정수인 만큼 마땅히 성당의 제가들을 법도로 삼아야 한다. 송대의 시에서는 대가가 많기는 하지만 시의 정통이 아니니 꼭 배울 것까지는 없다. 처음 배우는 선비가 익혀서 깊이 빠지면 시의 격조가 점점 떨어지게 된다.
>
> 詩又以正爲宗, 當以三百篇爲宗主, 而古詩樂府無出漢魏. 曹劉鮑謝諸名家, 暨陶靖節韋右司, 沖澹深粹, 出於自然, 可以尋常讀誦. 律詩拘於定體, 固不若古體之高遠, 然對偶音律亦文辭之精者, 當以盛唐諸子爲法. 趙宋諸詩, 雖多大家, 非詩正宗, 不必學也, 初學之士, 熟習浸吟, 則體格漸墜.

위의 글을 요약하여 보면 첫째로 시는 "以正爲宗"이라는데 시경을 시의 바탕이 되게 한다는 것이다. 여기서 正이란 正道로써 詩序에서의 "正得失, 動天地, 感鬼神, 莫近乎詩."라 하여 시의 功用性을 중시하고 있다. 둘째는 古詩와 樂府는 漢魏代를 바탕으로 삼지 않고 詩經을 宗旨로 해야 하며 曹植·劉楨·鮑照·謝靈運·陶潛·韋應物 등 沖澹味를 본받아야 한다는 것이다. 셋째는 古體詩를 특별히 선호하여 율시의 구속을 싫어하였다. 그리고 끝으로는 宋을 받들지 않고 漢魏晉과 盛唐까지를 本師로 하였으니 이것은 滄浪의 持論과 相通한다. 나아가서 동명은 學唐 사조를 강조하기를,

우리나라의 시체가 같지 않으나 대개 당송이 섞여 있는데 송대가 많은 편이다. 가정·만력 년간에 최경창·이달 등 3인이 당시로 자처하였는데 내가 그 시를 보건대 기력과 격조가 미치지 못하는 바가 있지만 당을 배웠다고 말하지 않을 수 없다. 3가 이후에는 이수광 같은 이가 그 시를 계승하여 역시 최이체라 하겠다. 지봉 이후에는 시가 청완하여 운치가 있으니 군택은 진정 지봉의 일파라 하겠다.

國朝詩體雖不同, 大抵雜唐宋, 宋多焉. 嘉靖萬曆間崔孤竹白玉峯李蓀谷三子以唐自任, 余觀其詩, 氣力調格, 雖有所不逮, 不可謂不學唐者矣. 三子者後, 有李芝峰者繼出其詩, 亦崔李體也. 芝峰後, 申君澤繼出, 其詩淸婉有味, 君澤眞芝峰之雁行哉(≪東溟集≫ 卷十一, 「申泥翁詩序」)

이와 같이 詩才가 성하고 문물이 크게 겸비되니 이 모든 것이 學唐의 풍조가 자리매김한 상황이었고 구체적으로는 李杜에 접근한 풍격이 주류를 이룬 때였기 때문이다. 동명은 삼당시인의 맥락을 시론적으로 승화시켜서 자신의 시관으로 정리하는 단계에 올려놓았으니 작가정신의 정도를 기술한 다음 논지는 매우 중요한 대목이 된다.

작가라 칭할 자는 작시에 있어서 먼저 모름지기 입의해야 하니 의취가 한적한데 있으면 담아로써 표현되고 의취가 애상한데 있으면 처완으로써 표현되며 의취가 회고에 있으면 감개로써 표현되는 것이다.

方稱作者至於作詩, 先須立意, 意在閑適, 則以淡雅之言發之, 意在哀傷, 則以悽惋之言發之, 意在懷古, 則以感慨之言發之(≪東溟詩說≫)

라고 하여 立意의 삼종법에 따라서 興趣의 묘미가 달라진다는 것이다. 동명은 또한 작시상의 詩語 용법을 논하기를,

시 한 편에서 반드시 먼저 의취를 터득해야 한다. 의취가 있는 곳에 반드시 먼저 그에 맞는 시구를 찾아야 한다. 시구에서는 반드시 먼저 그에 맞는 자를 찾아야 한다. 자는 살아있어야 하고 구는 원활해야 하고 의취는 참신하며 이치는 깊어야 하며 재사는 거침없되 조급해선 안 되며 언사는 간결하되 애매해서는 인된다. 마음과 경지가 만나고 경지와 자연이 만나며 음율이 절로 어울

려서 꽃과 열매가 두루 갖추어야 한다.

　一篇之中, 必先得意. 一意之句, 必先得句. 一句之中, 必先得字. 字欲活而句欲圓, 意欲新而理欲深, 才欲縱而欲不急, 言欲簡而事欲不晦. 心與境會, 境與天會, 宮商自諧, 華實兼備.(≪東溟詩說≫)

동명은 이처럼 섬세한 논리를 전개하였으며 詩興과 人心의 일치한 조화를 강조하여 詩有說의 시관을 제시하고 있다. 동명은 시의 구조에 대해서도 밝히기를,

　의취를 다룸이 바람 타고 구름을 거느리듯 하고 절주를 몰아댐이 번개를 때리고 비를 내리듯 하며 펴냄이 모래주머니를 처음 터트리고 큰 물결이 하늘을 치 듯하며 거둠이 일격을 가하는 소리에 만기가 발굽을 하나로 모둠 듯하다.

　弄意則如乘風御雲, 促節則如鞭霆行雨, 之則如囊沙初決, 巨浪排空, 收之則如析聲一擊, 萬騎斂蹄.(上同)

라고 하여 氣가 충일하는 생동적인 作詩 구도를 제시하였다. 더구나 시의 妙悟에 해서는,

　이것은 시인의 큰 열쇠로서 오직 시의 묘오를 터득한 자만이 할 수 있다. 만약 초연히 신의 경지에 들어서 삼매경을 터득하여 문사 밖의 경지에 있으면 신하라도 그 경지를 왕에 바칠 수 없고 아버지도 자식에게 그것을 전해 줄 수 없다.

　此是詩家大關鍵, 唯妙悟者能之. 若夫超然入神, 得其三昧, 又在言語之外, 而臣不得獻之於君, 父不得傳之於子.(上同)

이것은 嚴羽의 ≪滄浪詩話≫ <詩辨>에서의 "禪道惟在妙悟, 詩道亦在妙悟."(참선의 도리는 오직 묘오에 있으며 시의 도리 또한 묘오에 있는 것이다.)라는 논리와 매우 상통한다고 할 것이다. ≪韓國詩話叢編≫ 제1권에 수록되어 있다.

13. ≪小華詩評≫

洪萬宗(1643~1725), 자는 于海, 호는 玄默子, 夢軒, 長洲이고 豊山人이다.
병약하여 평생 독서와 저술에만 전념하여, ≪海東異蹟≫, ≪小華詩評≫, ≪旬
五志≫, ≪詩評補遺≫, ≪東國歷代總目≫, ≪增補歷代總目≫, ≪詩話叢林≫,
≪東國樂譜≫, ≪溟葉志諧≫, ≪東國地志略≫ 등 많은 저서를 남겼다. 필자는
嶺南대학교 金庠基文庫에서 이 시화의 抄本을 열람한 적이 있는데 이 시화
는 작자가 顯宗 14년(1674)에 지은 것으로 使臣왕래와 관련된 교류시를 거론
한 것이 많으며 간행본은 없고 초본만 30 여종이 있다.

　　사신 화찰의 압록강시에 말하기를, 「봄강은 삼월에 뗏목을 띄워 보내고 해
가 지는데 조수는 양언덕 모래에 잔잔하다. 천지는 본래 이역 땅을 나눈데 험
한 세상 여기를 떠나니 천자의 사신에 부끄럽다. 파도 출렁이는 압록강에 마
침 비 내리는데 버들은 노란 빛을 지니고 꽃은 맺히지 않았네. 사해의 문화가
이제 하나이니 동해의 문물이 절로 황제의 집이네. 원접사 양곡 소세양이 차
운하여 말하기를, 출렁이는 맑은 물결이 고운 뗏목에 닿고 기마의 시종은 그
름처럼 저녁 모래에 모인다. 하늘이 물색을 나눈 것 비로소 알겠나니 선객으
로 봄꽃을 돌보게 하네. 강가의 버들은 안개 머금어 빛나고 언덕의 꽃은 비에
젖어 늘어지네. 이 글 한가락 정의가 배어 있어 문화가 같이 제왕의 집에 속하
네. 사신이 감탄하여 칭찬하였다.
　　詔使華察鴨綠江詩曰:「春江三月送浮槎, 日落潮平兩岸沙. 天地本來分異域,
風塵此去愧皇華. 波翻鴨綠初經雨, 柳帶鴉黃未著花. 四海車書今一統, 東溟文物
自帝家」遠接使陽谷蘇世讓次曰:「溶溶淸浪泊靈槎, 騎從如雲簇晚沙. 始識天公
分物色, 故敎仙客管春華. 煙含濯濯江邊柳, 雨泡離離岸上花. 一脈斯文情誼在, 車
書同屬帝王家」詔使歎賞.

≪韓國詩話叢編≫ 제3권에 수록되어 있다.

14. ≪壺谷詩評≫

南龍翼(1628~1692), 자는 雲卿, 호는 壺谷, 宜寧人이다.

이 시화는 1권이며 肅宗 6년(1680)에 지었고 唐詩, 宋詩, 明詩를 나누어서
논평하고 있다.

　　이백과 두보의 우열은 자고로 가리지 못하고 있다. 원진은 처음 두보를 존
중하고 한유가 아울러 존중하였다. 송대 이후로 두보를 존중하지 아니함이 없
다. 오도손의 시평은 두보를 주공의 예법제정으로 여기면서 감히 의론을 정하
지 못했으니 이 말은 옳다.
　　李杜優劣, 自古未定. 元微之始尊杜, 而韓昌黎兩尊之. 自宋以後, 無不尊杜. 敖
陶孫詩評以杜爲周公制禮, 不敢定議, 此言是矣.

　　이상은과 두목이 명성을 같이 하여 우열을 가리기 쉽지 않다. 풍조가 호탕
함은 두목이 진실로 우세하나 용의의 기교면 같은 것과 시어 사용의 청신함은
이상은을 넘지 못한다.
　　李商隱, 杜樊川齊名, 未易優劣. 風調豪暢, 杜固勝之, 而至若用意之奇巧, 下語
之淸新, 無出李右.

≪韓國詩話叢編≫ 제3권에 수록되어 있다.

15. ≪西浦漫筆≫

金萬重(1637~1692), 자는 重叔, 호는 西浦, 光山人이다. 1665년 庭試文科에
壯元하고, 正言, 持平, 修撰, 校理를 거쳐 1671년 暗行御史로서 京畿, 三南지
방을 조사. 1674년 同副承旨로서 仁宣王后가 죽어 慈懿大妃의 복상문제로 西
人이 패하자 관직을 삭탈당하고 1679년 禮曹參議, 1685년 弘文館 大提學을
지냈다. 저서로 ≪謝氏南征記≫, ≪西浦漫筆≫, ≪西浦集≫, ≪古詩選≫ 등이
있다.
　이 시화는 金春澤의 跋文에서 기술하였듯이 禮樂名物로부터 歷代興亡盛衰
의 자취와 人事의 得失, 星曆과 算數, 그리고 山川과 土地, 諸子의 학문 등
을 포괄하여 서술하고 있다. 그리고 小說과 雜記를 다루고 있으면서 詩話를

기술하고 있어서 시론서로서 중요한 가치가 있으며 李白과 杜甫를 비교하여
두보를 우위에 놓았으며 불교신자로서 朱子說을 비판하는 논조를 전개한 것
이 주목된다. 시화에서 이백과 두보를 논한 부분을 보면,

> 이백과 두보는 같이 이름이 났는데 당 이래로 문인으로 선호한 자는 두보
> 쪽이 열이면 칠팔이라. 백거이, 원진, 왕안석 및 강서일파가 모두 두보를 존숭
> 하였다. 구양수, 주희, 양신은 이백을 모셨다. 한유, 소식은 이두를 함께 존숭
> 하였다. 명대 가흥년간의 여러 문인도 진실로 이두를 함께 존숭하였는데 그
> 속뜻을 보면 대개 모두 두보에 치우치고 있다. 詩道는 두보에 이르러서 크게
> 이루어졌으니 고금을 미루어서 대가로 이론이 없지만 이백을 진실로 더불어
> 함께 하지 못한다. 그러나 사물이 성하면 곧 쇠퇴의 기미가 있으니 소강절은
> 이르기를, 「꽃을 보면 모름지기 피지 않았을 때를 보아야 한다.」라고 한 바 이
> 백이 꽃이 갓 피는 것이라면 두보는 꽃이 다 핀 것과 같다.
>
> 李杜齊名, 而唐以來文人之左右袒者, 杜居七八. 白樂天, 元微之, 王介甫及江
> 西一派並尊杜. 歐陽永叔, 朱晦庵, 楊用修右李. 韓退之, 蘇子瞻並尊者也. 若明弘
> 嘉諸公, 固亦並尊, 而觀其旨意, 率皆偏向少陵耳. 詩道至少陵而大成, 古今推而爲
> 大家無異論, 李固不得與也. 然物到盛便有衰意, 邵子曰; 看花須看未開時. 李如花
> 之始開, 杜如盡開.

라고 하여 이두 양인의 비중을 중국시의 가장 높은 위치에 놓고 그 이후의
시단의 추세를 거론하고 있다. 《韓國詩話叢編》 제4책에 수록되어 있다.

16. 《玄湖瑣談》

任璟(생졸연대 미상), 자는 景玉, 호는 玄湖이며 豊川人이다. 조부 濬은 正
郎을 지내고 부친 任堕은 호가 水村이며 외숙은 관찰사, 內從 金構는 相公
을 지냈으며 임경은 파직당하여 西湖에 우거했다고 전한다.

이 시화는 肅宗 20년(1694)에 지었고, 瑣談이라 하여 筆記나 雜錄으로 보
이나 실지로는 시화인 것이다. 그래서 洪萬宗은 《詩話叢林》에서, 그리고
任廉은 《暘葩談怨》에서 시화서로 편입하였다. 조선문인의 시를 위주로 서

술하였지만 그 논조는 중국의 전통시관에 근거하고 있으니 意趣에 막혀서 格律을 잃는 것은 금해야 한다고 하면서 唐詩는 意趣가 주가 되고 格式은 氣勢에 속하며 宋詩는 理致가 강하며 明代詩는 기세에 구속되어 淸濁과 虛實의 구분을 잃었다고 각 시대의 성격을 구명하고 있다. 그래서 임경은 評者의 말을 인용하여,

개원(성당)의 시는 온화한 군자가 묘당에서 단정한 격이며 송인의 시는 마을의 썩은 선비가 무릎 꿇고 손을 굽혀 받드는 격이라면 명인의 시는 소년의 협객이 말을 장대로 달리는 격이다.
開元之詩, 雍容君子端委廟堂也, 宋人之詩, 委巷腐儒擎跪曲拳也, 明人之詩, 少年俠客馳馬章臺也.

라고 하면서 잘된 비유(善喩)라고 논하였다. 시화에 이르기를,

맥수가는 흐느끼려는 데에서 나온 것이니 아녀자에 가까우며, 고시의 소위 비가는 흐느낄 수 있는 것이 이런 것이다. 이백시에 「평생 눈물을 흘리지 않으니 이에 흐느낌이 그지없네. 이의산시에 삼년을 벌써 고향생각의 눈물을 억누르니 더욱 동풍이 스며드는 것을 막기 어려워라.」 황산곡시에 「서풍에 장부의 눈물은 정호의 물방울이라.」 원대사람 우계지는 곧 목은이 원을 본받은 것이다. 목은이 동방으로 돌아옴에 우계지가 시를 보내어 이르기를, 「나는 장부의 눈물이 있건만 흐느끼며 흘리지 않음이 삼십년이네. 오늘 정자 곁을 떠나니 그대 위해 봄바람 앞에서 한번 뿌리노라.」 가벼이 답습하고 구법이 점차 처져 있다. 우리나라 정사룡시에 「본래 눈물 참는 것 나는 거의 익숙한데 오늘 연회에서 절로 억제치 못하겠네.」 또한 이의산을 본받은 것이다.
麥秀歌出於欲泣, 爲近婦人, 而古詩所謂悲歌可以當泣者, 此也. 李白詩; 平生不下淚, 於此泣無窮. 李義山詩; 三年已制思鄕淚, 更入東風恐不禁. 黃山谷詩; 西風壯夫淚, 多爲程顥滴. 元人牛繼志, 卽牧隱榜元也. 牧隱東還也, 牛繼志贈詩曰; 我有丈夫淚, 泣之不落三十年. 今日離亭畔; 爲君一灑春風前. 率相蹈襲, 而句法漸下. 我朝鄭士龍詩; 向來制淚吾差熟, 今日當筵自不禁. 亦祖義山也.

라고 하였는데 여기서 중국과 한국 시의 영향과 연원적 비교를 볼 수 있다.

≪詩話叢林≫ 卷之四(亞細亞文化社 1973)와 ≪韓國詩話叢編≫ 제4책에 수록되어 있다.

17. ≪農巖雜識≫

金昌協(1651~1708), 자는 仲和, 호는 農巖, 三洲, 安東人으로 左議政 尙憲의 증손, 領義政 壽恒의 아들이다. 1669년 進士가 되고 1682년 增廣文科에 장원, 吏曹佐郎, 修撰, 校理, 持平, 執義, 獻納, 大司諫, 同副承旨, 大司成 등을 역임하고 淸風府使로 있다가 1689년 己巳換局 때 부친이 珍島로 유배 가서 賜死된 후 永平에 은거하였다. 1694년 甲戌獄事로 부친이 伸兔되어 判書와 大提學 등의 임명을 누차 거부하고 문학과 유학을 일삼으며 理氣說을 추종하였다. 저서로 ≪農巖集≫, ≪農巖雜識≫, ≪朱子大全箚疑問目≫, ≪四端七情辨≫ 등이 있다.

이 시화는 肅宗 33년(1707)년에 짓고 4권(3권 內篇은 經學을 논하고 1권 外篇은 文談과 詩話)으로 구성되어 있다. 그 중 외편의 시화부분은 연대순으로 편집되어 있어서 그 순서를 보면 다음과 같다. 戊午所錄: 1조(文論), 己未所錄: 3조(山水2, 哲學1), 辛未壬申間所錄: 95조(詩話30, 碑誌20, 文論19, 行狀2, 經說7, 其他17), 癸未所錄: 13조(詩話5, 碑誌4, 文論2, 其他2), 甲申所錄: 5조(詩話4, 文論1), 乙酉所錄: 5조(詩話3, 文論2), 丁亥所錄: 19조(文論9, 碑誌4, 其他6), 年代未詳: 4조(文論3, 詩論1)(이상의 분류자료는 趙鍾業≪韓國詩話叢編≫ 제4권 p.582 부분을 재인용) 저자는 시론의 근거를 性情으로 귀결하여 宋詩가 唐詩에 미치지 못하는 주된 이유로 삼았다.

시란 성정이 일어나고 천기가 움직이는 것이다. 당대 사람의 시는 여기에서 얻는 것이니 고로 초성중만은 물론이고 대개 모두 자연에 가깝다. 오늘은 이 것을 모르고 오로지 성색을 본뜨려하고 기격을 힘써서 고인을 따르려 한다. 그 성음의 면모가 혹 비슷하지만 신정과 흥회가 모두 같지 않으니 이것이 명대 사람의 단점이다.

詩者, 性情之發而天機之動也. 唐人詩有得於此, 故毋論初盛中晚, 大抵皆近自然. 今不知此, 而專欲模象聲色, 黽勉氣格, 以追蹤古人; 則其聲音面貌雖或彷彿, 而神情興懷都不相似; 此明人之失也.

송인의 시는 고실과 의논을 주로 하니 이것이 시인의 큰 병폐이다. 명대 사람이 그 점을 탓하는 것이다. 그러나 그 스스로 하는 것은 결코 그걸 이기지 못하고 혹은 오히려 따르지 못하니 어째서 인가? 송인은 고실과 의논을 주로 하지만 그 학문의 쌓아놓음과 그 의지의 응결이 감격하여 일어나고 엷은 것을 꾸짖고 숨김없이 털어놓아서 격조에 얽매이지 않고 수레바퀴가 막히지 않으니 따라서 기상이 호탕하고 넘치어 때때로 천기의 발동에 가까이 있게 되어 읽으면 마치 그 성정의 참됨을 보는 것 같다. 명나라 사람은 너무 법규에 얽매이고 모의를 일삼으며 배움의 길을 흉내내어 천진함을 회복하지 못하니 이것이 송나라 사람에 되지는 이유이다.

宋人之詩, 以故實議論爲主, 此詩家大病也; 明人攻之是矣. 然其自爲也, 未必勝之, 而或反不及焉, 何也? 宋人雖主故實議論, 然其問學之所蓄積, 志意之所蘊結, 感激觸發, 噴薄輸寫, 不爲格調所拘, 不爲塗轍所窘, 故氣象豪蕩淋漓, 時有近於天機之發, 而讀之猶可見其性情之眞也. 明人太拘繩墨, 動涉模擬, 效顰學步, 無復天眞, 此其所以反出宋人下也歟.

《韓國詩話叢編》 제4권에 수록되어 있다.

18. 《旅庵詩則》

申景濬(1712～1781), 자는 舜民, 호는 旅庵, 본관은 高靈이다. 학문이 뛰어나서 官職, 聲律, 醫卜, 法律, 奇書 등에 통달하고, 實學사상을 바탕으로 考證學的 방법으로 地理學을 개척하였다. 1754년 增廣文科 乙科에 급제하고 死諫과 宗簿司正을 역임하였고 濟州牧使로 있으면서 죽었다. 《旅庵集》, 《素砂問答》, 《儀表圖》, 《頎仰圖》, 《疆界志》, 《山水經》, 《道路考》, 《山經表》, 《證正日本韻》, 《水車圖說》 등을 지었다. 이 시화는 《旅庵遺稿》 8권에 수록되어 있는데 雜著 小引에 그 저술동기를 기술하기를,

무릇 시화는 단지 한 문장의 재능일 따름이고 그것을 아는 자는 또한 드무니 하물며 그 나머지에 있어서랴. 갑인년에 나는 온양으로 여행가서 머물었는데 시를 묻는 동자가 있어 드디어 고서에서 얻고 사우에게 들은 것을 한권으로 편집하여 주었다. 그러나 그 오묘한 깊은 뜻을 나는 탐구할 수 없고 또 도서로도 다 할 수 없는 것이다.

夫詩者, 祇一文章之藝也, 知之者亦鮮, 況其餘乎. 歲在甲寅, 余旅居溫水之陽, 有童子問詩者, 遂以得於古書及聞於師友者, 輯爲一卷以與之. 然其微妙之奧, 非余之所能究, 亦非圖書之所可盡也.

라고 하여 저술시시는 甲寅年(1734)이며 동자와의 문답형식으로 작시상의 格律을 상세하게 독창적으로 기술하고 있다. 그는 작시상에 구비할 요건으로 體, 意, 聲을 3대강으로 설정하고 있는데 그 세분을 보면 體에는 五言, 七言, 辭, 歌, 行, 歌行, 操, 引, 怨, 歎, 吟, 曲, 謠, 詠, 篇, 律詩, 絶句 등이 있고, 意에는 主意와 運意가 있으며 聲에는 宮, 商, 角, 徵, 羽가 있고, 그 외에 情物事, 鋪陳影描, 體用, 主賓, 靜動, 上下前後左右 長短廣狹重輕, 賦比興을 설명하고 있다. 그리고 48格과 14 詩中筆例, 詩作法總, 氣色味響, 思無邪 등의 각항 해설을 가하고 있다. 그 시법의 명칭과 내용이 중국과 다른 차원을 제시하고 있어서 주목의 대상이 된다. 《韓國詩話叢編》 제5권에 수록되어 있다.

19. 《恕庵詩評》

申靖夏(1680~1715), 자는 正甫, 호는 恕庵, 본관은 平山이다. 영의정 琬의 아들이며 金昌協의 門人이다. 1705년 增廣文科에 丙科로 급제하고 檢閱, 說書, 副校理 등을 역임하고 1715년 獻納에 재직 중에 兪相基가 간행한 《家禮源流》의 跋文에 少論의 영수 尹拯을 비난한 사실로 당쟁이 격화될 때 발문의 필자인 老論의 鄭澔를 탄핵하다가 파직 당했다. 《恕庵集》이 있다.

이 시화는 詩評을 하고서 말미에 分註로 주제를 밝히고 있어서 독자의 이해를 돕고 있다. 당시평 부분에서 백거이를 논평한 예를 들면,

한가로이 백거이의 추지시를 보고 나도 모르게 웃음이 나니 그 시에 말하기를, 몸이 한가로워 할 일이 없고, 마음이 한가로워 근심할 일이 없네. 하물며 고향의 밤에 다시 이 새로운 가을 연못이라. 언덕이 어두워 까마귀 깃든 뒤에, 다리에 밝은 달이 나올 때로다. 마름꽃의 향기 흩어지고 계수나무 이슬 빛이 엇갈리네. 많은 생각 다 버리고 많은 경치 쓰노라. 이러니 어찌 생각이 없을 수 있겠는가? 백거이에 물어도 알 수 없으리라.

間來觀樂天秋池詩, 不覺一笑, 其詩曰: 身閒無所爲, 心閒無所思. 況當故園夜, 復此新秋池. 岸暗烏棲後, 橋明月出時. 菱花香散漫, 桂露光參差. 費却許多思慮, 寫得許多光景, 如此何得爲無思? 欲起樂天一問而不可得也.(書白樂天秋池詩)

매성유는 송시의 비조로서 구양수로부터 극히 받들었다. 그러나 그 시는 너무 고담하고 한냉하여 배워서 될 수 없다. 육유도 시어 배치가 우임금의 솥과 같고 시구의 조탁이 후기가 음악 짓기와 같고, 시의 구성이 주공의 태평성세와 같다고 생각하였다.(육유의 매성유시평을 기록)

梅聖兪爲宋詩祖, 自歐公盛推服. 然其詩過苦寒不可學. 放翁亦以爲置字如大禹之鑄鼎, 鍊句如后夔之作樂, 成篇如周公之致太平. 此語唯老杜近之, 聖兪恐不得當也.(記放翁梅聖兪詩評)

나는 명대시인에서 당순지를 가장 좋아하니, 예컨대 외론 나무에 봄이 깊으니 곧 꽃떨기 맺히고 텅 빈 산을 두루 다녀도 스님을 못 만나네. 시골중과 지내며 마침 여름이 무르익고 몸이 마른 잎을 벗하며 또 가을을 보낸다. 그 고매하고 오묘함은 거의 명대 사람의 말이 아니다.(당순지의 시를 기록)

僕於明人最愛唐順之, 如「獨樹春深初著蕊, 空山行遍不逢僧. 居並野僧方結夏, 身隨枯葉又經秋.」 其高妙殆非明人語也.(記唐順之詩)

≪韓國詩話叢編≫ 제5권에 수록되어 있다.

20. ≪東國詩話彙成≫

洪重寅(?~1752), 자는 亮卿, 호는 花隱, 豊山人으로 晩退堂 萬朝의 아들이다. 관직은 僉知中樞府事, 敦寧府都正을 역임하였고 저서는 ≪鶴州錄≫, ≪理氣說≫, ≪東方詩話≫, ≪四七辨證≫ 등이 있다. 이 시화는 抄本이 3종인데

藏壽閣本과 奎章閣本에서 編次內容이 다음과 같이 되어 있다.(趙鍾業 ≪韓國
詩話叢編≫ 제5권 pp.297~300 부분을 정리하여 인용함.)

藏壽閣本
第1冊: 第1卷 檀君朝鮮, 箕子朝鮮. 第2卷 新羅. 第3卷 高句麗. 第4卷 高麗上. 第
    5卷 高麗中
第2冊: 第6-7卷 高麗下. 第8卷 高麗僧類. 第9卷 高麗倡流. 第10卷 高麗補遺門
第3冊: 第9卷 本朝. 第10卷 本朝
第4冊: 第11-18卷 以上同
第5冊: 第19卷 本朝僧類. 第20卷 本朝閨秀. 第21卷 本朝倡流. 第22卷 本朝補遺

奎章閣本
第1冊(金): 檀君朝鮮, 箕子朝鮮, 新羅高句麗, 百濟, 高麗
第2冊(木)卷之第七: 高麗, 本朝
第3冊(水): 缺
第4冊(火)卷之第十四: 本朝
第5冊(土)卷之第十( ): 本朝, 本朝宗英, 本朝僧類, 本朝閨秀, 補遺諸人
第6冊( ): 本朝補遺, 莫葉志諧

≪韓國詩話叢編≫ 제5권에 수록되어 있다.

21. ≪楊梅詩話≫

朴趾源(1737~1805), 자는 仲美, 호는 燕巖, 潘南人이다. 洪大容, 朴齊家 등
과 함께 北學派로서 청대의 신문물을 받아들일 것을 주장하고 수다한 저작
을 남겼다. ≪燕巖集≫, ≪課農小抄≫, ≪談叢外記≫ 등을 지었다.

이 시화는 1권으로 純祖 5년(1805) 저자 만년에 미완성본으로 전해졌다.
분량이 시화부분은 단지 5조뿐이지만, 중국시에 대한 자신의 견해를 서술한
것으로 시의 고증이 중국인을 능가하고 객관성이 있어서 오히려 중국학자가
참고해야 할 만큼 정확성을 지니고 있다. 다음 王士禎의 ≪漁洋詩話≫를 거

론한 부분을 예로 들어본다.

천계 년간에 김숙도가 등주로 조공 들었는데 추평 장충정 공이 집에 묵으면서 그 시 한 두루마리를 새겼는데 자목 아름다운 시구가 많았다. ≪感舊集≫ 註에 말하기를, 「강희 기미년에 시위 낭담을 보내지 못하고 태학생 손치미가 조선에 와서 시를 채집하였다. 대개 율시절구가 열의 아홉을 차지하고 고시와 가행은 거의 개요만 보일뿐이다.」 또 말하기를, 「장화동 공이 김숙도의 조천록 한 권을 간행하다.」라 하였다.

天啓中金叔度由登州入貢, 鄒平張忠定公館之于家, 刻其詩一卷, 頗多佳句. ≪感舊集≫ 註云; 「康熙己未遣侍衛狼曋, 太學生孫致彌往朝鮮採詩. 大抵律絶居十之九, 古詩歌行, 略見梗槪而已.」 又曰; 「張華東公刊金叔度朝天錄一卷.」

이 논평은 어양시화 31조와 연관되는데 어양이 金尙憲의 시 <過東方曼倩故里>·<蚤春> 등을 인용하여 평하면서 자신의 論詩絶句 중에 「澹雲微雨」라고 하였는데 이것이 김상헌의 시에서 영감을 얻었다는 것이다. 그래서 어양시화에서 「記得朝鮮使臣語, 果然東國解聲詩.」라고 기술한 것이다. ≪韓國詩話叢編≫ 제10권에 수록되어 있다.

22. ≪星湖僿說≫

李瀷(1681~1763), 자는 子新, 호는 星湖, 驪州人이다. 이 시화는 英祖 38년 (1762)에 지은 것으로 李白, 杜甫, 韓愈 등 시론은 심도가 있어서 가치가 있다. 다음에 李白의 <烏夜啼>시와 杜甫의 <秋興詩>에 대한 字句과 詩意 해석을 보기로 한다.

이백의 오야제는 자세히 보면 더욱 맛이 있으니 곧 그것을 풀어 말하건대, 「하늘의 기운이 푸르니 '靑雲'이라 말하고 땅의 기운이 황혼이니 '黃雲'이라 하겠다.」 이백시에는 이런 것을 많이 사용하여 구마다 이런 뜻이다. '烏棲'는 봄 저녁이고 '歸飛'는 날이 저문다이다. 마침 길 떠난 아녀자의 그리워하는 때이다. '織綿'은 소혜의 천문을 관측하는 선기도의 일을 쓴 것이나, '隔窓語'라 말겠고 알 수 있는 말이니 반드시 까마귀 소리를 들으면 독백한다. 사물 또한 돌아갈 줄 아는데 사람만이 홀로 그러하지 않으니 어째서인가? 원망하고 나무라는 마음과 아름다운 자태가 완연히 눈으로 보는 것 같다. 그 '憶遠人' 석 자는 곧 破題語이다. 이것은 오랜 세월 규방의 그리움을 읊은 노래로는 으뜸가는 시로서 그 담긴 뜻이 또한 깊다.

李白烏夜啼, 細看更有味, 乃爲之解曰:「天氣蒼蒼, 謂之靑雲; 地氣昏黃, 爲之黃雲.」白詩中多用此, 句皆此意.「烏棲」, 春暮也,「歸飛」, 日晩也, 正是征婦懷人之時.「織綿」者, 用蘇蕙璿璣圖事, 但云隔窗語, 語可知矣, 必是聞烏聲而獨語. 物亦知歸, 人獨不爾, 何哉? 怨詈之情, 婉約之態, 宛如目見. 其「憶遠人」三字, 卽破題語也. 此千古閨思之冠絶, 而寓意亦深.

두보의 추흥시는 풀이하는 자가 많이 견강부회한다. 내가 他日이라 한 것은 「전에 날 일찍이 배우지 못했다」와 같은 것으로 그에게 다른 날 묻는다와 같은 것으로 前日이라는 말이다.「국화가 두 번 피다」는 곧 다시 가을 보낸다는 것이다. 꽃을 대하고 눈물을 흘리는 것이 전날과 같으니 곧 알 수 없다. 매의 남두라고 말한 것은 남두가 가을이 된 후에 초저녁에는 중천에 있고 자정이 지난 후에야 서쪽으로 진다. 두보가 해가 기울면 동쪽을 바라보는데 매번 자정 이후에 지니 고로「매양 남두성에 의지해 서울을 바라본다」라고 한 것이다. 그「瑤氣, 紫氣」같은 상서로운 氣에 있어서는, 곧 전겸익이 두보시의「지는 해는 서왕모에 머문다」를 가지고 천보년 간에 현원황제 노자가 육신으로 내려와 현종 명황이 되어 신선을 좋아했다는 증거로 삼았는데 또한 고증이 있어야 할 것 같다.

杜甫秋興詩, 解者多牽强. 余謂「他日」者, 如「他日未嘗學」, 謂前日也.「叢菊兩開」, 則再經秋矣. 對花隕淚, 一如前日, 則未還可知矣.「每依南斗」云者, 南斗至秋後, 則初昏在中天, 夜半而後始西墜. 甫日斜而東望, 每至於夜半而後已, 故曰「每依南斗望京華」也. 其「瑤池, 紫氣」, 則錢謙益以甫詩「落日留王母」, 及天寶間玄元降形爲明皇好仙之證, 亦似有考.

≪韓國詩話叢編≫ 제5권에 수록되어 있다.

23. ≪淸脾錄≫

李德懋(1741~1793), 자는 懋官, 호는 炯庵, 雅亭, 靑莊館, 嬰處, 東方一士, 全州人이다.

이 시화는 ≪靑莊館全書≫ 卷之32에서 35까지에 載錄되어 4권으로 구성되고 별도로 淸人 李調元의 續函海刻本이 있어 李書九의 序를 담고 있다. 모두 177조로 그 중에 80여 조는 한국시인의 시, 70여조는 중국시인의 시를 각각 평론하고 나머지는 韓中시인의 시를 合評하고 있다. 淸詩評에서 王士禎에 대한 부분이 절대다량이어서 작자의 성향을 알 수 있고 그 당시 어양에 대한 조선 문단에서의 위치를 파악하게 된다. 다음에 漁洋 王士禎과 袁枚에 대한 논평을 예로 보기로 한다.

어양 왕사정이 시를 논하기를, 왕어양의 논시절구에 「철애 楊維禎의 악부는 기세가 넘치고 연영 吳萊의 가행은 격조가 매우 기이하다. 사람들이 너나나나 개원천보를 이야기 하니 몇 사람이나 송원대의 시를 보겠는가?」 나는 일찍이 이 시의 공평하고 박식하며 아담한 것을 좋아한다.
漁洋論詩; 王漁洋論詩絶句,「鐵崖樂府氣淋漓, 淵穎歌行格儘奇. 耳食紛紛說開寶, 幾人眼見宋元詩.」余嘗愛此詩之公平博雅.

원매의 자는 자재인데 우촌 李調元이 칭찬하여 말하기를, 자재는 당대의 첫째가는 재사이다. 자재의 저술이 매우 풍부하여 나이 지금 칠십여 세인데 서길사로써 상원지현을 지내어 관직이 여기에 머물렀으나 천하의 아는 자와 모르는 자가 모두 칭찬하여 말한다. 나는 미서헌에서 한담하며 그의 기이한 일을 모두 말하고 회고시에 빼어났다.
袁枚字子才, 李雨村稱之曰;「子才當今第一才人. 子才著述甚富, 年今七十餘, 以庶吉士, 改上元知縣, 官止於此. 然天下知與不知皆稱道. 余尾蔗軒閒談, 備言奇事, 取工懷古.

≪韓國詩話叢編≫ 권10에 수록되어 있다.

24. ≪聲韻說≫

李學逵(1775~1835), 자는 亨叟, 호는 洛下, 文猗堂이고, 應薰의 아들이다. 18세에 이미 奎章全韻과 御製弘齋全書의 讎校를 맡아서 박식한 학자로 이

름났다. 1801년 辛酉獄事에 連累되어 장인 李家煥이 화를 입게 되자 邪學
徒로 몰려 20여 년 간 金海에 귀양 갔다가 1825년 풀려났다. 申緯, 丁若鏞
과 친교하여 實學의 풍이 있었고 軟文學을 좋아하고 樂府를 잘 지었다. 저
서로 ≪洛下生稿≫ 10책, ≪名物考≫, ≪嶺南樂府≫, ≪廣詩則≫, ≪樹尾漫
筆≫, ≪文猗堂稿≫ 등이 있다.

　이 시화는 헌종 원년(1835) 작자 만년에 지은 것으로 1, 2로 분류하여 먼
저 우리나라 字音의 변화를 논하고 古人이 韻을 사용한 用例를 經傳·諸子·
古詩를 인용하면서 증명하고 있다. 우리나라에서 聲韻의 폐단을 네 가지 지
적하기를 첫째로 學士와 大夫가 音律을 익히지 않고 창작한 것, 둘째로 伶
人과 歌工이 方言으로 곡조를 지은 것, 셋째로 통역관이 中國音만 모방한
것, 넷째로는 속된 소리로 詩文에 적용한 것 등이다. 그리고 反切法을 소홀
히 하여 平仄의 구별을 가벼이 해서 예컨대 呂와 汝, 任과 林, 李와 爾, 劉
와 猶를 同音으로 읽어서는 안 되는 것을 혼동하고 있다는 것이다. 다음에
用韻法에 대한 서술을 보기로 한다.

　　용운법은 육경에서부터 시작된다. 요컨대 진한이전의 책은 시가가 아니라
　도 늘상 글을 쓰는데 운을 넣어서 후세에 법식을 취하게 된 것이다. 고인이 성
　율에 숙달하고 마음 토로에 정밀하니 그렇지 않으리라 하면서도 그러한 것이
　있다. 일찍이 옛 여러 용음법을 고찰하면 한 가지로 머물지 않는다. 생각으로
　는 고인에게 단지 두 자가 두 운이 되는 것이 있으니 자상금가의 「아버지, 어
　머니, 하늘이여 사람이여.」에서 父의 음이 甫이며 母의 음이 門과 補의 反切로
　서 서로 도와서 운을 이룬다. 天의 음은 梯와 因의 반절로서 또한 人자와 서로
　도와서 운을 이룬다. 乎邪 네 자는 군더더기 소리일 따름이다. 이것이 곧 일언
　시이다.

　　用韻之法, 肇自六經. 而要之秦漢以上之書, 雖非歌詩, 往往涉筆成韻, 爲後世
　取式者. 古之人嫻於聲律, 精於吐咳, 有不期然而然者矣. 間嘗歷考古之用韻諸法,
　不止一端. 按古人有只二字成兩韻者, 子桑琴歌:「父邪母邪? 天乎人乎?」父音甫,
　母音門補反; 相叶成韻. 天音梯因反, 亦與人字相叶成韻. 乎邪四字則餘聲耳, 此卽
　一言詩也.

그리고 轉韻에 대해서 그 用例를 들기를,

> 또한 逐句轉韻 즉 구에 따라 운을 바꾸는 것이 있으니 李賀의 九月樂辭 같
> 은 것이 그러하다.
> 또 전운하면서 반드시 平仄相間해야 하는 것이 있으니 두보의 丹靑引 같은
> 것이 그러하다.
> 또 전운하면서 한번 평측상간하는 것이 있으니 이백의 公無渡河 같은 것이
> 그러하다.
> 또 전편이 傍韻을 넣는 것이 있어 평범하지 않으니 두보의 戲呈元二十一曹
> 長 한 편은 다섯 곳에 방운하고 한유의 此日足可惜 한 편은 여섯 곳에 방운하
> 는 것 같은 것이 그러하다.

> 亦有逐句轉韻, 如李賀九月樂辭之類是也. 亦有轉韻而必平仄相間, 如杜子美丹
> 靑引之類是也. 亦有轉韻而一平仄相間, 如李白公無渡河之類是也. 亦有全篇汎入
> 傍韻, 不便循常, 如杜子美戲呈元二十一曹長一篇傍及五韻, 韓愈此日足可惜一篇
> 傍及六韻之類是也.

이 시화는 ≪韓國詩話叢編≫ 제10권에 수록되어 있다.

25. ≪蘭室詩話≫

成海應(1760~1839), 자는 龍汝, 호는 硏經齋, 昌寧人이다. 1783년 進士가
되고 1788년 奎章閣檢書官으로 기용된 후 府使직으로 관직을 마쳤으며 實學
者로 經學에 정통하였다. 저서로 ≪硏經齋全書≫, ≪東國名臣錄≫, ≪周漢雜
事考≫, ≪東國名山記≫ 등이 있다.

이 시화는 憲宗 5년(1839)에 지었으며 본래 ≪硏經齋全書≫ 子餘 부분에
수록되어 있고 주로 淸詩人의 시와 연관된 故事와 시의 含意를 분석하는데
주력하였다.

> 여만촌 시집중의 이 같은 강산도와 전묘송가는 모두 명왕실을 생각하여 지
> 은 것으로 감개하고 슬프다. 일찍이 표해 조선인에게 보낸 시에 이르기를, 「낮

은 띠풀 처마에 은거할 만하고 천지의 성곽은 나의 집이 아니다. 주머니에는
술을 마실만한 돈은 없고 산 속에는 나그네가 오직 채소를 삶고 있네. 천기의
온화한 기운과 따뜻한 날씨에 봄 부추를 호미질 하고 밤이 고요하고 바람이
평안한데 고서를 읽노라. 세상일 아득히 나의 늙음도 잊고 꽃을 보며 대나무
따라서 자주 물고기와 노니네.」 그 시가 그리 아름답지는 않아도 그 뜻은 또
한 정사초의 난초 그림의 뜻이 많다.

　　呂晚村詩集中如此江山圖及錢墓松歌, 皆思明室而作, 感慨悲惻. 嘗贈漂海朝鮮
人詩曰:「矮矮茅簷可隱居, 乾坤城郭非吾廬. 囊裏無錢可當酒, 山中有客只烹蔬.
天和日煖鋤春韭, 夜靜風恬讀古書. 世事悠悠忘我老, 看花隨竹數游魚.」其詩雖不
甚佳, 其義亦多鄭思肖畫蘭之意.

《韓國詩話叢編》 제10권에 수록되어 있다.

26. 《靑邱詩話拾遺稿》

徐湄(1785~1850), 자는 竹海, 호는 石史, 達城人으로 錫亂의 아들이다. 諸
子百家를 통독하고 詩文에 뛰어났다. 《湖海周旋錄》이 있다.

이 시화는 일명 《石史拾遺稿》라고도 하는데 序文에 밝히기를 어려서 질
병으로 고생한 것과 詩詞를 즐기면서 세상일을 소홀히 하였고 古今의 詩를
모으고 평한 것을 다듬어서 자신의 의향을 담아서 엮었다고 하였다. 기록
중에 實學者 李書九, 趙秀三, 金正喜 등이 논급 부분이 많은 것으로 보아 이
시화의 경향을 이해할 수 있다. 다음에 수집한 石川 林億齡(1496~1568)의
시구 일단을 인용하여 주석한 예를 본다.

　　이르기를, 「최치원은 진사가 되어 처음에는 신선을 배우지 않았네. 삼한은
작은 일로 다투고, 사방은 풍운이 일었네. 영웅을 어찌 헤아릴 수 있으랴, 참된
비결 본래 전함이 없네. 한 번 명산으로 들어가서, 맑은 바람이 오백 년이라네.」
또 「늙어서 가니 마침 이 맛 단 줄 아나니, 술 한 잔으로 도를 통하니 석 잔을
바라지 않네. 그대 혜강, 완적, 도잠, 이백을 보면서 여러 귀족 부러워 않네.」 또
이르기를, 「가인이 자주 햇볕에 매화가 변함을 보고, 동자는 거듭 학 실은 배를
고치네.」

云:孤雲曾進士, 初不學神仙. 蠻觸三韓日, 風雲四海天. 英雄那可測, 眞訣本無傳. 一入名山去, 淸風五百年. 又老去方知此味甘, 一杯通道不須三. 君看秬阮陶劉李, 不羨公侯伯子男. 又曰; 家人屢曬觀梅易, 童子重修載鶴船.

위의 시구는 石川 洪柱世(1612~1661)의 최치원이 신선된 俗說을 가지고 표현한 오언시와 세속의 욕망을 잊고 은둔하는 처사의 심정과 林和靖이 처자 없이 서호에 은거하며 울안에 매화 심고 학을 길렀다는 고사를 가지고 자신의 심회를 적은 칠언시구로 구성되어 있다. 작자의 심경을 서미는 주석하기를 「세속에 전하기를 고운이 신선되었다 하니 고로 석천시가 이러하다. (俗傳孤雲得仙, 故石川詩如此)」라고 하고 다시 「임화정은 매화로 처를 삼고 학으로 자식을 삼았으니 고로 이 시의 뜻은 화정에게서 빌려 비유했을 따름 이다.(林和靖以梅爲妻, 以鶴爲子, 故此詩旨旨竊比於和靖云爾.)」라고 하였다. 그리고 이퇴계 시를 인용하여 주석한 부분을 보기로 한다.

퇴계선생이 말하기를, 「밝은 달이 하늘에 가득하여 소탈한 마음에 넘치고, 맑게 갠 저녁 산 기운은 자취 없는데 헛된 영화 버렸네. 동한의 은둔한 자 그 누가 다듬어 전하리오, 작은 흠 가리켜 옥갓끈을 버리지 마오.」 또 「그 이후로 샘터에서 만남 같으니 모두 나의 마음 보듬어 하늘을 보네.」
退溪先生曰: 白月滿空餘素抱, 晴嵐無迹遣浮榮. 東韓隱逸誰修傳, 莫指微疵屛玉珩. 又邇來似與源頭會, 都把吾心看太虛.

서미는 주석하기를 이황의 <過淸平山詩>에서 선정하고 이 시는 고려 李資玄이 淸平에서 은거했던 고사를 시제로 삼았다고 하면서 「대개 고려 때 이자현이 청평에 은거하여 37년 살았으니 또한 한 때의 높은 선비이다. 그 러나 역사 쓰는 자는 탐색했다고 비판한다.… 퇴계의 이 시는 정론이 되기 에 충분하다.(蓋高麗時李資玄隱居淸平三十七年, 亦一時高士. 而史氏詆以貪嗇 … 退溪此詩足爲定論矣.)」라고 서술하였다. 《韓國詩話叢編》 제11권에 수록 되어 있다.

27. ≪詩家點燈≫

李圭景(1788~ ?), 자는 伯揆, 호는 五洲, 嘯云, 洌陽居士, 完山人으로 李
德懋의 손자이다. 평생 관직에 나가지 않고 實學에 전념하여 조선 후기 실
학을 집대성하였다. 天文, 曆數, 文學, 地理, 書畵 등 다방면에 조예가 깊었
고 ≪五洲衍文長箋散稿≫, ≪五洲書種≫을 지었다. 이 시화는 哲宗 원년
(1850)에 지었으며 11卷 1390여 則으로 구성되어 있다.

    김인서의 관화당시화는 예리하여 의외의 어구가 많이 나와서 시를 짓는 사
람도 깨달아 들게 된다. 이런 말이 있으니, 「시는 이상한 물건이 아니니, 단지
사람마다 마음과 혀끝만으로는 전혀 얻지 못하고 반드시 말해내야 하려 하
면 한 구 말해 낼 따름이다. 선비는 곧 오직 평생토록 만권 책을 숙독하여
그로 해서 문장을 다듬어 만들어 내는 것이다.」…… 또 이르기를, 「산승을
묘사하는 데는 반드시 그 술 차림을 묘사해야 하고 미인을 묘사하는 데는
반드시 그 배움의 길을 묘사해야 하며 수재를 묘사하는 데는 반드시 그 따
라가 사냥함을 묘사해야 하고, 무신을 묘사하는 데는 반드시 그 독서를 묘
사해야 한다. 그것을 두고 본색을 다 뒤집고 오묘한 이치를 따로이 들어낸다
고 말하는 것이다.」…… 이 시화를 보면 곧 시를 배우는 자는 스스로 마음을
밝게 하고 천성을 깨닫는 오묘한 깨우침을 지니게 될 것이다.

    金人瑞 ≪貫華堂詩話≫, 尖纖多出意外之語, 作詩者亦可悟入. 有曰;「詩非異
物, 只是人人心頭舌尖所萬不獲已, 必欲說出之, 一句說話耳. 儒者則又特以生平
爛讀之萬卷, 因以與之裁之成章, 潤之成文者也.」…… 又曰;「寫山僧必寫其置酒,
寫美人必寫其學道, 寫秀才必寫其從獵, 寫武臣必寫其讀書; 謂之翻盡本色, 別出
妙理.」…… 看此詩話, 則學詩者自有明心見性之妙悟矣.

28. ≪阮堂詩話≫

金正喜(1786~1856), 자는 元春, 호는 阮堂, 秋史, 禮堂, 詩庵, 果坡, 老果,
본관은 慶州이다. 1809년 生員이 되고, 1819년 式年文科 丙科에 급제, 說書와
檢閱을 거쳐서 1823년 奎章閣待敎가 되었고 1836년 大司成과 吏曹參判을 역
임하였다. 24세에 부친을 따라서 燕京에 가서 阮元, 翁方綱 등과 교유하였고

實事求是의 要道를 주장하여 訓詁로써 실천하고 書藝로 秋史體를 확립하고 그림에 竹蘭과 山水에 능하여 南宗畵를 추구하였으며 金石學의 대가로서 無學의 비석과 北漢山 眞興王巡狩碑 등을 고증하였다. ≪阮堂集≫, ≪金石過眼錄≫, ≪阮堂尺牘≫, ≪覃揅齋詩稿≫ 등을 저술하였다.

이 시화는 그의 文集 권3 雜記에 실려 있는데 모두 120則 중에 論詩는 13조가 된다. 비록 분량은 적으나 그 내용은 독창적인 견해를 보이는데 作詩態度를 평범한 말에서 시작하여 工巧함을 다하고 그 뜻도 평범한 것에서 찾아야 한다는 論旨를 제시하고 있다. 청나라 燕京에서 翁方綱 등 당대의 名家와 교류하면서 청대시학을 터득한 저자의 주견이 다음 글에 잘 나타나 있다.

시의 길은 어양과 죽탁의 문으로 통하는 길에서 틀리지 않는다. 어양은 순수하여 타고난 품행이 天衣無縫 같아서, 화엄누각에서 한 손가락으로 타니 같은 것은 본받아 얻기 어렵다. 죽탁은 힘 있고 정밀하여 사다리로 올라가니 태산 꼭대기라도 한 발 나아갈 수 있거늘 모름지기 죽탁을 주로 하고 어양으로 참고하면 색향과 성미가 둥글게 전혀 흠이 없게 될 것이다. 전겸익은 정신력이 특별히 크지만 끝내 天魔外道를 면치 못한다.

詩道之於漁洋竹垞門徑不誤. 漁洋純以天行如天衣無縫, 如華嚴樓閣一指彈開, 難以模捉. 竹垞人力精到攀緣梯接, 雖泰山頂上, 可進一步, 須以竹垞爲主, 參之以漁洋, 色香聲味圓全無虧缺. 至如牧齋魄力特大, 然終不免天魔外道.

≪韓國詩話叢編≫ 제11권에 수록되어 있다.

29. ≪西京詩話≫

金漸(生卒年 未詳)이 지었다. 이 시화는 3卷과 補錄 1卷으로 구성하여 저작 시기는 정확치 않으나 自序에 戊申年 초여름에 盆城 金漸이 序한고 하고 다시 癸丑年 仲秋에 다시 쓴다고 한 것으로 보아 보완하여 정리한 시화임을 알 수 있다. 시화의 제목이 西京(平壤)인 점과 내용상 지역에 한정한 地方詩

話라고 보는데 중국과는 달리 국내에는 지역적인 시화가 드문 상황에서 이 시화는 특색이 있다. 唐代부터 明代까지의 중국시인과 그 시를 논급하고 특히 「近代有皇華集」, 「朱天使之蕃之來」, 「熊天使化」 등 條는 명대 詔使詩를 연구하는데 중요한 사료가 된다. 다음에 「近代有皇華集」의 일단을 보기로 한다.

근대에 황화집이 있는데 모두 명대 사신의 시이다. 예컨대 상서 예겸, 좨주 진감, 급사 장녕, 태복 김식, 낭중 조가, 상서 동월, 급사 왕창, 좨주 공용경, 학사 화찰, 급사 장승헌, 태사 당고, 급사 사도, 각로 허국, 급사 위시량, 태사 주지번, 급사 양유년, 각로 강일광, 급사 왕몽윤, 행인 웅화, 학사 유홍훈 등은 모두 한 세대의 뽑힌 자들이다. 그러나 흥취가 당을 닮았고 이취는 송만 못하니 이것이 명인일 따름이다.

近代有皇華集, 皆明使臣詩也. 如倪尙書謙, 陳祭酒鑑, 張給事寧, 金太僕湜, 祚郞中嘉, 董尙書越, 王給事敞, 龔祭酒用卿, 華學士察, 張給事承憲, 唐太史皐, 史給事道, 許閣老國, 魏給事時亮, 朱太史之蕃, 梁給事有年, 姜閣老日廣, 王給事夢尹, 熊行人化, 劉學士鴻訓輩, 皆極一代之選. 然興象唐, 理趣不如宋, 是明人而已矣.

≪韓國詩話叢編≫ 제11권에 수록되어 있다.

30. ≪舫山詩話≫

尹廷琦(1810∼?), 자는 奇玉, 호는 舫山, 寒琴, 본관은 海南으로 尹善道의 후손이며 丁若鏞의 외손이다. 茶山 정약용에게서 수학하여 영향을 받았으며 經史에 밝고 文章이 뛰어나며 書藝에 능하여 米南宮體를 터득하였다. ≪詩經講義續集≫ 11권과 ≪東寰錄≫ 4권이 있다.

이 시화는 인쇄본이 아니라 사본이어서 글자가 선명하지 않는 난점이 있지만, 시를 인용하고 그에 대한 자신의 평어를 가하는 형식으로 구성되어 있고 그 논조가 매우 정밀하고 깊어서 학술적 의미를 지닌다. 그 예를 다음에 보기로 한다.

(시) 전의 왕조 문물이 몇 번 가을을 거쳐서 한나라는 진대의 비석을 다듬어서 고적이 남아 있네. 만권당은 텅 비고 명사는 다 갔는데 누런 唐紙에 누가 다시 멋진 글씨를 베낄 것인가. (평)고려 충선왕이 연경에 만권당을 지어서 원나라 학사 요수, 염복, 조맹부, 우집 등을 초청하여 그들과 놀았다.

(詩)「前朝文物幾經秋, 漢肄秦碑古蹟留. 萬卷堂空名士盡, 硬黃誰復搨銀鉤.」
(評)高麗忠宣王構萬卷堂于燕邸, 迎致元學士姚燧, 閻復, 趙孟頫, 虞集等與之從游.

(詩) 진자산 앞에는 소매에 바람 스치고 심양성 밖에는 저녁에 기러기 돌아가네. 시든 난초와 빼어난 국화의 향기 여전히 스며들어서 어양시화에 연이어 담는다.(評) 숭정 말년에 김청음이 바다 건너 연경에 갔는데 어양산인이 마침 말하기를, 「맑은 구름과 가는 비가 소고사에 드리우고 국화 빼어나고 난초 시드는 팔월이네. 조선사신의 말을 기억하니, 과연 동국인은 시를 많이 알도다.」 구에서 첫 두 구는 대개 청음의 '과등주'시로서 월인 오청천의 '대빈시'를 차운한 것이다.

(詩)「榛子山前拂袂風. 瀋陽城外暮歸鴻. 衰蘭秀菊香猶襲, 續載漁洋詩話中.」
(評)崇禎末金淸陰航海朝京, 漁洋山人會云:「澹雲微雨小姑祠, 菊秀蘭衰八月時. 記得朝鮮使臣語, 果然東國解多詩.」首兩句蓋淸陰過登州, 次越人吳晴川大斌詩.

≪韓國詩話叢編≫ 제11권에 수록되어 있다.

31. ≪寧齋詩話≫

李建昌(1852~1898), 자는 鳳朝, 호는 寧齋, 明美堂, 본관은 全州이다. 1866년 別試文科에 급제하여 1877년 書狀官으로 淸나라에 가서 徐郙, 黃珏 등과 교유하여 문장으로 유명하였고, 이듬해 忠淸右道暗行御史로 나갔다가 무고한 선비를 사감으로 杖殺하였다고 하여 碧潼郡에 유배되었다. 1880년 풀려나와 경기도 암행어사를 거쳐 1892년 咸興府의 난민을 다스리기 위해 按覈使로 파견되었고 甲午更張 이후에는 海州 觀察使에 임명되었으나 나가지 않았다. 書藝에 능하고 송대 曾鞏과 王安石의 영향을 받았다. ≪明美堂稿≫가 있다.

이 시화는 그의 문집에는 수록되지 않고 南遷記에 들어 있다. 분량으로
단지 8則이지만 그 내용에 있어서 詩學의 번창이 고려조 李奎報, 李齊賢, 李
穡 등 三李에서 시작된 것과 조선 宣祖에 文보다 詩를 중시한 것은 중국 使
臣을 접대하기 위한 것, 시의 律格과 押韻관계, 그리고 詩題의 선택과 情景
交融의 중요성, 滄浪 嚴羽와 漁洋 王士禎의 시론 등에 대해서 독창적인 견
해를 서술하고 있어서 시론적 가치가 있다. 다음은 창랑과 어양의 관점을
중시하는 논조로서 이 시화의 흐름을 이해할 수 있다.

태양의 마부인 희화가 채찍을 급히 하여 날지 않아도 긴 밤은 빨리 새벽으
로 전한다. 앞길은 이미 떠나는 나그네 같은데 후일의 기약에 어찌 원망함이
도연명 같은가? 황태사가 말하기를, 「무릇 글을 써서 시를 짓는데 모름지기 좋
은 시는 인위적이지 않아야 하니, 곧 좋은 시는 신운적인 뜻으로 지음이 좋은
것이다. 엄창랑은 시를 논함에 마치 거울 속의 꽃과 물속의 달, 영롱하여 투철
함, 영양이 뿔을 걸어 놓아서 자취를 찾을 수 없음 같은 것이다. 왕어양의 시
의 다섯용의 비늘과 손톱이 동쪽에 나타났다가 서쪽으로 사라진다와 같은 것
이다.」
(除夕)羲和鞭急不飛, 長夜駸駸欲傳晨. 前道已如當去客, 後期何恨似靖節. 黃
太史云: 凡作書爲詩, 須無意於佳, 乃佳須以神韻意思爲善. 嚴滄浪論詩如鏡花水
月, 玲瓏透徹, 羚羊挂角, 無迹可尋. 漁洋詩如五龍鱗爪東現西沒.

≪韓國詩話叢編≫ 제11권에 수록되어 있다.

32. ≪綠帆詩話≫

朴永輔(생졸미상), 시화 每卷에 「洌水朴永輔星伯輯」라고 기록하고, 그 밑에
「錦舲」이라는 도장이 있는 것을 보아서, 자는 星伯, 호는 錦舲으로 추정된다.
시화 서두의 小引에 기술하기를,

전희가 서부적환성을 일러 말하기를, 「수양버들이 강을 늘어져 그늘이 몇
리를 덮었고 돛대 그림자는 온통 푸르다.」라고 하였다. 그래서 다른 책의 말이

시에 알맞은 것을 편집하여 모두 이름 짓기를 '녹범시화'라고 했으니 무릇 천 편이나 된다. 그러나 구슬을 빠진 것이 또한 많아서 이후의 군자가 이것을 늘리는 데 뜻을 같이 하여 한 부의 아름다운 시화를 만들면 크게 다행으로 삼겠다.

錢希言西浮籍皖城云:「垂楊撲江, 陰幕數里, 帆影盡綠.」此詩境也. 因纂輯他書之言之宜於詩者, 總名之曰; 綠帆詩話, 凡略千篇. 然而遺珠尙多, 後之君子, 衍此同志, 合成一部佳話, 不勝厚幸.

라고 하여 시화의 명칭과 그 형성배경을 밝히고 있다. 시화에서 당시에 대해 저자의 박학다식한 면모를 보게 되는데 그 예문을 보면,

오처후의 청상잡기에, 피일휴가 말하기를, 「내가 일찍이 송경이 재상이 된 것을 부러워하였다.」라고 한 데에서 그 쇠창자와 돌마음을 몰라 이해 못하였는데 아름다운 어사를 토해내고 그 문장을 보니 매화부가 있는데 청아하고 염려하여 남조의 유신과 서릉의 체를 얻었다.

吳處厚靑箱雜記; 皮日休曰: 余嘗慕宋璟之爲相, 疑其鐵腸與石心不解, 吐婉媚辭, 及覩其文, 而有梅花賦. 淸便富艶, 得南朝徐庾體.

석혜홍의 냉재야화에 당시에 「대나무 오솔길이 깊은 곳에 통해 있고 선방에는 꽃나무가 깊다.」라는 구가 있다. 구양수는 그것을 좋아하여 매양 객에게 일러 말하기를, 고인이 공교함이 발단심이 되니 비록 이해하지만 재능을 따르지 못하고, 곧 이 일연을 본뜨려 해도 끝내 해 낼 수 없다.

釋惠洪冷齋夜話; 唐詩有竹逕通幽處禪房花木深之句. 歐陽文忠公愛之, 每以語客曰: 古人工爲發端心, 雖曉之, 而才莫逮, 欲倣此爲一聯, 終莫之能也.

≪韓國詩話叢編≫ 제11권에 수록되어 있다.

■ 柳晟俊

1943년 출생
서울대학교 중문과 졸업
서울대학교 대학원 중문과 문학석사
국립 臺灣師範大學 國文硏究所 문학박사

공군사관학교 교수부 조교수
계명대학교 중국학연구소 소장
한국외국어대학교 중국문제연구소 소장
한국외국어대학교 언어연구소 소장
미국 Harvard 대학교 교환교수
한국중어중문학회 회장
한국외국어대학교 동양학대학 학장
한국외국어대학교 중국연구소 소장
한국외국어대학교 대학원 원장

현재 한국외국어대학교 중국어과 교수, 東方詩話學會 회장

논문 <王維詩考>·<李商隱詩風考>·<全唐詩所載新羅人詩>·<寒山과 그 詩考>·
　　<滄浪詩話詩辨考>·<鄭燮詩考>·<李達과 王維의 詩 比較>·<王梵志詩考>·
　　<戴叔倫의 五律考>·<錢起詩考> 등 250여 편

저서 《申緯作品集》·《唐詩選注》·《王維詩比較硏究》·《楚辭》·《中國唐詩
　　硏究》·《唐詩論考》·《中國詩歌硏究》·《中國現當代詩歌論》·《淸詩話硏
　　究》·《初唐詩와 盛唐詩 硏究》·《韓國漢詩와 唐詩의 比較》·《中唐詩와 晩
　　唐詩 硏究》·《中國詩學의 理解》 등 110여 권

清詩話와 朝鮮詩話의 唐詩論

2008년 9월 20일 1판 1쇄 인쇄
2008년 9월 30일 1판 1쇄 발행

지은이 • 류 성 준
펴낸이 • 한 봉 숙
펴낸곳 • 푸른사상사

등록 제2-2876호
서울시 중구 을지로3가 296-10 장양B/D 701호
대표전화 02) 2268-8706(7) 팩시밀리 02) 2268-8708
메일 prun21c@yahoo.co.kr / prun21c@hanmail.net
홈페이지 //www.prun21c.com

ⓒ 2008, 류성준
ISBN 978-89-5640-644-2-93820

값 36,000원

☞ 21세기 출판문화를 창조하는 푸른사상에서 좋은 책 만들기에 노력하고 있습니다.